W.S. Maugham

毛 姆 文 集

W. Somerset Maugham

人生的枷锁（下）

Of Human Bondage

〔英〕毛姆 著 张柏然 张增健 倪俊 译

上海译文出版社

第六十四章

凌晨三点光景，菲利普就醒了，且再也不能入睡。他想起了米尔德丽德。他试图不去想她，但无奈情思缠绵，不能自已，就这样，时作时辍，反反复复，直弄得自己头昏脑涨。米尔德丽德要嫁人，这是不可避免的，因为对一位要自谋生计的姑娘来说，生活是艰难的；倘若她发现有人能够给她提供一个舒适的家并接受之，那也是无可指摘的。菲利普意识到，在米尔德丽德看来，让她同自己结婚才是个愚蠢的行动呢，因为只有爱情才能使眼下这种捉襟见肘的日子得以忍受。然而，她却并不爱他。这绝不是米尔德丽德的过错，这不过是他不得不接受的又一个事实罢了。他试图说服自己。他深知他那被刺伤的自负深深地埋在心底，此时他的情欲却从被损害的虚荣中勃然而起。实际上，在很大程度上，正是由于这一点，他才变得颓唐消沉。菲利普像鄙视米尔德丽德那样鄙视自己。他为未来作出种种打算，翻来覆去地考虑着那些同样的计划。在这当儿，他又回想起自己在她那娇嫩、苍白的脸颊上亲吻的情景，耳际又响起她那回荡不绝的嗓音。在医学院里，他同朋友们断绝来往，而眼下他却希望有人做伴。事情真凑巧，半个月前，海沃德来信说他要路过伦敦，邀请菲利普一同进餐，但那时菲利普因不愿受人打扰而婉言谢绝了。海沃德快要返回伦敦，在此度过社交季节，于是，菲利普决定写封信给海沃德。

钟敲八点。他还能爬起来，对此他感到欣慰。他脸色苍白，倦容满面。但是，在洗了把澡，穿上了衣服，用过早餐之后，他感到自己又重新回到了尘世，病痛也显得较易忍受了。这天上午，他不想去听课，而来到陆海军商场，为米尔德丽德买件结婚礼物。菲利普犹豫了半晌，最后决定买个化妆手提包。它花去了二十镑，大大超出了他的支付能力。不过，这只包既艳丽夺目又俗不可耐。他知道米尔德丽德一定会十分精确地估计出这只包的价钱来的。这件礼物既能使她感到快乐，又能表达自己对她的鄙视。他为自己挑中了这件礼物而内心感到一种隐隐扎痛的满足。

菲利普怀着惶恐不安的心情期待着米尔德丽德成亲的日子，他这是在期待着一种难以忍受的痛苦。他感到宽慰的是，星期六早晨他接到海沃德的一封信，信中说，他就在当天早些时候来伦敦，并请菲利普替他事先找好住处。菲利普急于摆脱眼下的心境，便去查阅时刻表，找出海沃德可能搭乘的那趟车。他赶往车站迎接海沃德。朋友聚首，兴奋之至。他俩将行李寄存在车站，随后便欢天喜地地走了。海沃德还同往常一样，提议他俩首先花一个小时去游览国立美术馆。海沃德已经好些时候没有观赏图画了，说是一定得去瞧上一眼，使自己跟生活的旋律合拍协调起来。数月来，菲利普找不到一个人能同自己谈论艺术和书籍。自从去巴黎以来，海沃德一直在专心致志地研究法国的现代诗人。而在法国，这类诗人繁若群星，数不胜数。眼下，海沃德就有好几位新跃文坛的天才诗人的事儿要告诉菲利普听。他们俩漫步在美术馆，各自给对方指点着自己心爱的图画，情绪激昂地交谈着，从一个话题转到另一个话题。此时，阳光普照，微风和煦。

“走，咱俩上公园去坐一会儿，”海沃德提议说，“吃过中饭再去找房间不迟。”

公园里，春意盎然，沁人心脾。这种日子叫人感到，人只要活着就是幸福。在天空的映衬下，青翠欲滴的树林，分外妖娆。淡蓝色的天幕上，嵌镶着朵朵白云。玉带般的河流的尽头，是一群身穿灰色制服的皇家禁卫骑兵队。这种层次分明的优美景色，带有一种十八世纪图画的风采。眼前的景色，使人想起的是约翰—巴普蒂斯特·佩特的那种平凡质朴的图画，而不是沃特[1]画的画。沃特的风景画富有诗意，画中只有在梦幻虚境中才能看到的那种森林幽谷的景致。菲利普心里不觉一阵轻松。他从过去读过的书本中领悟到，艺术（因为艺术的存在正如他认为自然界的存在一样）还可以将人的心灵从痛苦中解救出来。

他们俩来到一家意大利餐馆吃中饭，还要了一瓶香提酒。两人慢啜细嚼，边吃边谈，一起回忆着他俩在海德堡的熟人，谈论菲利普在巴黎的朋友，议论书籍、图画、道德和人生。猛然间，菲利普听到一只钟接连敲了三下，只觉得声声撞击着他那颗心。有那么一两分钟，海沃德说的话他啥也没听见。但是，他还一个劲儿地往自己杯子里斟酒。他喝不惯酒，并已经感到酒力直冲脑门。不管怎么说，他眼下是无忧无虑的了。多少个月来，他那敏捷的脑子闲着不思想，这时却完全陶醉在谈话中间。他为有个同自己情趣相投的人在一起交谈而感到无比欣慰。

“我说呀，咱们可别把这良辰浪费在寻找房间上头。今晚我来安顿你。你可以在明天或者下星期一再去找房间嘛！”

“好的。那眼下咱俩干什么呢？”海沃德应声说道。

“咱俩花上一个便士，乘汽船到格林威治去。”

这个主意正中海沃德的下怀。于是，他同菲利普一起跳上一辆出租马车，来到威斯敏斯特大桥，接着又乘上一艘刚要离岸的汽船。此时，菲利普的嘴角露出一丝笑意。他说：

“我还记得当初去巴黎那会儿，克拉顿，对，就是他，还发了一通

[1] 约翰·安托万·沃特（1684—1721），法国风俗画家。

长篇宏论呢。他说是画家和诗人把美赋予事物中去的，是他们创造了美。在他们看来，乔托①的钟楼和一家工厂的烟囱没有两样。然而，美丽的事物随着它们勾起一代代人们的情感而变得越来越绚丽多彩。古老的事物要比现代的事物更加美丽，其道理也就在于此。那篇《希腊古瓶颂》②现在就比刚问世那会儿要更加隽永妩媚，这是因为上百年来，情侣们不断地吟诵它，那些悲观失望者也从诗句中求得安慰的缘故。”

菲利普让海沃德去推断，面对两岸摇曳而过的景色，听了他的话会作何联想。他发现自己有意作出暗示而未被对方觉察，不觉窃窃自喜。长期来他过着的那种生活，突然间在他心灵中激起了强烈的反应，使得他思绪万千，感慨系之。伦敦缥缈的大气，晕光闪烁，给建筑物的灰石蒙上了一层柔和的轻淡优美的色彩；那一个个码头、一座座仓库透出丝丝类似日本版画式的纯朴、庄重的气息。他们俩继续向前泛舟荡漾。那雄伟壮丽的水道，是大英帝国的标志，越往前越开阔。河面上千帆竞发，穿梭不息。菲利普想起那些画家和诗人把所有这一些描绘得如此婀娜多姿，心头充满了感激之情。他们随船来到伦敦地区的泰晤士河面上。有谁能够描绘出它的庄严仪容呢？顿时，他思绪驰骋，激动不已。天晓得是什么使得人们把这浩瀚的河面变得平静如镜，使得鲍士威尔③老是跟随在约翰逊④的左右，使得老佩皮斯⑤跨上军舰的。啊，原来是壮丽的英国历史，是离奇的际遇和充满惊险的冒险！菲利普笑容可掬地转向海沃德。

---

① 乔托(1266？—1337)，佛罗伦廷派画家和建筑师。
② 《希腊古瓶颂》，为英国著名诗人约翰·济慈(1795—1821)所作。
③ 詹姆斯·鲍士威尔(1740—1795)，苏格兰律师兼作家。著有《约翰逊传》一书。
④ 塞缪尔·约翰逊(1709—1784)，英国著名的词典编纂家、作家和评论家。
⑤ 塞缪尔·佩皮斯(1633—1703)，曾为英国海军大臣，以其日记闻名。

“亲爱的狄更斯，”他喃喃地说。当觉察到自己的感情激昂起来，他不觉莞尔。

“你放弃学画，就不感到后悔吗？”海沃德问道。

“不后悔！”

“看来你是喜欢行医的？”

“不，恰恰相反，我很不喜欢当医生。不过也没有旁的事情可做呀。头两年的功课重得快把人压垮了，再说，遗憾的是，我可没一点儿科学家的气质。”

“哦，你可不能再见异思迁了。”

“嗯，不会的。我要坚持学医。我想，到了病房，我会更加喜欢上这一职业的。我有个想法，我对人比对世界上任何一样东西都更有兴趣。照我看，只有当医生，才能享有充分的自由。你把知识装在脑子里，拎着医疗器械箱，外加几味药，你就可以到处混饭吃。”

“这么说，你是不想当一名开业医师的？”

“至少在很长一段时间里不想当开业医师，”菲利普回答说。“我一取得医院的职位，便去搭乘海轮。我想到东方去——到马来群岛、暹罗①、中国等等地方去——然后，我将找些零星的活儿干干。事情总是有得做的，比如说，印度闹霍乱病啦，诸如此类。我还想去周游列国。一个经济拮据的人要做到这一点，唯一的办法就是行医。”

接着他们来到了格林威治。英尼戈·琼斯②设计的宏伟的大厦，仪态雍容地正视着河面。

“嘿，快瞧，那儿准是可怜的杰克跳下去捞钱的地方，”菲利

① 暹罗，泰国的旧称。
② 英尼戈·琼斯（1573—1652），英国著名建筑师、舞台设计师。

普说。

他们俩在公园里信步闲逛。衣衫褴褛的孩子们在嬉耍,他们的吆喝声响遍整个公园。年迈的海员们这儿一群那儿一帮地坐着晒太阳。这儿弥漫着一种百年前的那种古朴的气息。

“你在巴黎白白浪费了两年,有些可惜,”海沃德感叹了一声。

“白白浪费?瞧那个孩子的动作,瞧那阳光穿过树叶照在地上的图案,再瞧瞧头顶上那块天——啊,要是我不到巴黎去,我就看不到那儿的天空。”

海沃德发觉菲利普语塞哽咽,不禁诧异地凝视着他。

“你怎么啦?”

“没什么。对不起,我太伤感了。不过,这半年来,我无时无刻不渴望着来观赏一下大自然的美。”

“你过去一直很讲究实际。真有趣,还能从你嘴里说出那种话来。”

“去你的,我可不想变得有趣,”菲利普哈哈笑着说。“走,咱们喝杯浓茶去!”

第六十五章

海沃德的来访,给菲利普带来了莫大的好处,冲淡了他对米尔德丽德的思念。回首往事,菲利普不胜厌恶之至。他自己也闹不清,过去怎么会堕入那种不体面的爱情中去的。每当想起米尔德丽德,菲利普心中不免忿恨交加,全是米尔德丽德使他蒙受这奇耻大辱。此时,呈现在他想象中的是被夸大了的她人身、仪态方面的瑕疵。他一想到自己竟同米尔德丽德这种女人有过一段暧情昧意的纠葛，不禁不寒而栗。

“这一切都表明我的意志是多么脆弱啊，”菲利普喃喃地说。先前那段经历，犹如一个人在社交场合犯下的过错，过错之严重，无论做什么都无法宽宥，唯一的补救办法，就是把它从记忆中抹去。他对自己先前的堕落十分憎恶。这倒帮了他的忙。他像一条蜕了皮的蛇，怀着厌恶的心情，鄙夷地望着自己过去的躯壳。他为自己恢复了自制力而感到欣喜若狂。菲利普意识到，在他沉湎于人们称之为爱情的痴情之中的时候，他失去了世界上多少别的乐趣啊。那种滋味他可尝够了。要是那就叫爱情，那他从此再也不会堕入那张情网中去了。菲利普把自己的一些经历告诉了海沃德。

“索夫克勒[1]不就祈求有朝一日能挣脱吞噬他最诚挚爱情的情欲这头野兽吗？”他问道。

菲利普俨然一副获得了新生的样子。他贪婪地呼吸着周围的空气，仿佛从来没有呼吸过似的。他像稚童般惊喜地打量着世间万物。他把那段痴狂时期看作是服了半年的劳役。

海沃德来伦敦后没几天，菲利普接到一张寄自布莱克斯泰勃的请柬，邀请他去参观在一家美术馆举办的画展。他带上海沃德一同前往。在浏览画展目录册时，他们发现劳森也有一张画参加了这次预展。

“我想请柬就是他寄的，”菲利普说，“我们找他去，他肯定站在自己那幅画的前面。”

那张露思·查利斯的肖像画被摆在一个角落里，劳森就站在这张画的附近。他头戴一顶轻便的大帽子，身着宽大的浅色服装。置身在蜂拥而来观赏预展的时髦人物中间，他显出一副迷离惝恍的神

① 索夫克勒（公元前496？—前406），希腊悲剧作家。

色。他热情地同菲利普打招呼,随即同往常一样,又口若悬河地给菲利普诉说起他搬来伦敦住下了,露思·查利斯是个轻佻的女子,他租到了一间画室,并因代销一张肖像而得到一笔佣金等等。他提议他俩在一起用餐,借此机会好好叙谈叙谈。菲利普使他想起了他的相识海沃德。菲利普饶有兴趣地看着劳森面对海沃德的风雅的服饰和堂皇的气派有点儿肃然起敬的样子。

他俩奚落挖苦劳森,比在劳森和菲利普合用的那间寒伧的小画室里还要厉害。

吃饭的时候,劳森继续讲他的新闻。弗拉纳根业已返回美国。克拉顿不见了。克拉顿得出个结论,说一个人一旦同艺术和艺术家搭上关系,就不可能有所作为,唯一的办法就是立即脱离。为使出走顺利,弗拉纳根同他在巴黎的朋友们一个不落地都吵翻了。他培养了一种给他们诉说令人难堪的事实的才能,迫使他们以极大的耐心听他宣布说,他在巴黎已经呆够了,准备去赫罗纳定居。这座位于西班牙北部、深深吸引着他的小城镇,还是在他乘车去巴塞罗那的路上偶然发现的呐。他现在就独自一人住在那儿。

"我怀疑他能有什么出息,"菲利普说。

克拉顿就好作出人为的努力,来表达人们头脑里混沌不清的问题,因此,变态、易怒同他这个人就完全相称。菲利普朦胧觉得自己也是这样,不过,对他来说,是他的道德行为使他陷入了困窘。那就是他的自我表现的方式,至于对此怎么办,他可心中无数。但是,他没有时间来继续他的思索,因为劳森坦率地把同露思·查利斯的风流韵事一股脑儿地倒了出来。她遗弃了他,转而同一位刚从英国来的青年学生打得火热,闹得乌烟瘴气。劳森认为应该有人出来干预并拯救那个年轻人,要不她将毁了他。菲利普暗自忖度着,劳森最感伤心的还是他画画的中途突然闯进了那个关系破裂的插曲。

“女人们对艺术缺乏真正的感受力，”他说。“她们只是佯装她们有罢了。”不过，他末了几句话倒是相当旷达：“话得说回来，我毕竟还给她画了四张画儿，至于正在画的这最后一张画儿，不能肯定是否还能画成功呢。”

这位画家处理他的爱情纠葛那样的漫不经心，菲利普着实羡慕。劳森相当愉快地度过了一年半，并未花分文就得到了一个漂亮的模特儿，最后同她分手时，心灵上没留太深的伤痕。

“克朗肖现在怎么样？”菲利普问道。

“噢，他算是完了，”劳森皮笑肉不笑地答道。“他不出半年就要死了。去年冬天，他得了肺炎，在一家英国医院里住了七个星期。出院时，他们对他说，他康复的唯一机会就是戒酒。”

“可怜的人儿，”菲利普微微一笑。他一向是饮食有度的。

“有一阵子他是滴酒不进。他还常常到利拉斯店里去，他可熬不住不去呀。不过，他经常只是喝杯热牛奶，或者橘子汁。也太没趣了。”

“我想你没有把事实瞒了他吧？”

“哦，他自己也知道。不久前他又喝起威士忌酒来了。他说他已经老了，来不及革面洗心了。他要快快活活地过上半年，到那时，就是死也比苟延残喘活上五年要强。我想他手头拮据，简直到了山穷水尽的地步。你瞧，他生病期间，连一项进账都没有，而且跟他同居的那个荡妇使他吃尽了苦头。”

“我记得，第一次见到他时，我对他佩服得五体投地，”菲利普说。“我那时认为他简直了不起。庸俗的中产阶级的德行居然得此报应，真叫人作呕。”

“当然啰，他是个不中用的家伙。他迟早会在那贫民窟里了却残生，”劳森说。

菲利普感到伤心,因为劳森一点也没有怜悯之情。当然,这件事是因果报应,既有前因,必有后报,而生活的全部悲剧就寓于这一支配人类生活和行为的自然规律之中。

"啊,我忘了一件事,"劳森说。"你刚走不久,克朗肖叫人送你一件礼物。我当时想你会回来,因此我也就没有托人带给你,何况当时我认为根本不值得这么做。不过,那件礼物将跟我的其余几件行李一道运来伦敦,要是你想要的话,可以到我的画室来取。"

"你还没有告诉我那是个什么东西呢。"

"哦,那是条破烂不堪的地毯。我想它值不了几个钱。有一天我问他,他怎么想得起来送这种破烂货。他告诉我他在鲁德雷恩大街上一家商店里看到这条地毯,便花了十五个法郎把它买了下来。看上去还是条波斯地毯。他说你曾问过他什么是生活的意义,那条地毯就是个回答。不过,那时他烂醉如泥了。"

菲利普哈哈笑了起来。

"喔,是的,我知道了。我要来取这条地毯。这是他的绝妙的主意。他说我必须自己去找出这个答案,否则就毫无意义。"

第六十六章

菲利普心情愉快地埋头学习。他有许多事情要做,因为七月里他要参加第一次统考的三个科目的考试,其中两项是他上次未获通过的。尽管这样,他还是觉得生活充满了欢乐。他交上了一位新朋友。劳森在物色模特儿的时候,发现了一位在一家剧院练习当替角的姑娘。为了诱使那位姑娘坐着让他画像,劳森于一个星期天安排了一次午餐聚会。同那位姑娘一道来的还有一位女伴。菲利普也应邀出席。这样凑足了四个人。他的任务是专门陪伴那位姑娘的伴娘。他发觉这件事并不难,因为这位伴娘是个讨人喜欢的健谈者,有着逗人发笑的口才。她邀请菲利普到她住处去看她,并告诉他她在文森特广场有几个房间,一般于下午五点在家吃茶点。他真的去了,看到自己受到欢迎而感到高兴,以后又去登门造访。内斯比特太太不过二十五岁,身材矮小,面貌虽不美丽,但是丰采却是很温柔可爱的。她有对晶莹闪亮的眸子,高隆的颧骨和一张宽宽的嘴。她脸面各部的色调过分悬殊,使人想起了一位法国现代画家创作的一张人物肖像画。她的皮肤白皙,面颊绯红,眉毛浓密,头发乌黑发亮,其效果有些古怪,还有点不自然,但决不使人感到不适。她同丈夫分居,靠撰写稿酬微薄的中篇小说维持她和孩子的生活。有一两家出版商专门出这种小说,所以她能写多少就可以写多少。这种小说的稿酬很低,写一篇三万字的小说才给十五个英镑,不过,她也满足了。

"这样的小说,读者毕竟只要花两个便士,"她说,"而且同样的故事,他们百看不厌,我只要换换名字就行了。有时我感到腻烦,但一想起我得付洗衣费和房租,还得给孩子添置衣服,我就又硬着头皮写下去。"

除此之外,她还到几家需用配角的剧院去寻找工作,借此挣几个钱。一旦受雇,她一星期可以赚得十六个先令到一个畿尼。可一天下来,却累得筋疲力尽,她倒头便睡,活像个死人。她生活道路坎坷,但能好自为之;她那强烈的幽默感使得她能够身处困厄之中,依然自得其乐。有时时运不济,她发觉身上分文不名,这时候,她那些不值钱的家什就被送进沃克斯霍尔大桥路上的那爿当铺。在境况有所好转之前,她就一直啃着涂黄油的面包。但是,她可从来没有失去她那乐呵呵的本色。

菲利普对她过着那种得过且过的生活颇感兴趣。她絮聒不休地叙述她那怪诞的个人奋斗的经历来逗他发笑。他问她为什么不试着写些质量好些的文学作品。然而,她知道自己没有这种天赋,况且她那些粗制滥造的低劣作品按千字计算的稿酬,也还说得过去,同时,这种作品也是她倾尽全力写出来的。她除了希望眼下这种日子得以延续之外,别无他求。她看上去没什么亲戚,几位朋友也同她一样一贫如洗。

"将来会怎么样,我根本不去考虑,"她说。"只要手头有钱付三个星期的房租,有一两个英镑买食品,我就什么也不想。要是成天想着今天,愁着明天,生活还有什么意思呢?就是事情糟到无可再糟的地步,我想总还是有路可走的。"

没多久,菲利普形成了每天都去同内斯比特太太共用茶点的习惯。这样,他带着一块糕或者一磅黄油或者些许茶点去拜访她时,她不至于感到难堪。他俩开始互唤对方的教名。他对女性的柔情还不熟悉,然而对有人乐意倾听自己的苦恼,心里头倒是乐滋滋的。时光一小时一小时地飞逝。他毫不掩饰自己对她的欣羡之情。她是一位令人感到愉快的伴侣。他不禁将她同米尔德丽德比较起来:一个是愚昧无知且固执己见,凡是她不知道的东西,她一概不感兴趣;另一个是思维敏捷,才智洋溢。想到他险乎终身同米尔德丽德这样的女人缠在一起,不觉精神为之沮丧。一天黄昏,菲利普把他同米尔德丽德之间的爱情纠葛原原本本地讲给诺拉听。他这么做倒不是因为这件事给他脸上增添什么光彩,而是因为他为能得到诺拉的媚人的同情而感到乐不可支。

"我想,你现在已经彻底摆脱了这种困境了,"他讲完后,她接着说了这么一句。

有时,她像阿伯丁木偶似的,滑稽地把头侧向一边。她坐在一张竖式椅子里，做着针线活儿。她可没有时间闲着不做事哟。菲利普舒适地依在她的脚旁。

“这一切终于结束了，我打心眼里感到高兴，这种心情实在难以形容。”

“可怜的人儿，在那段时间里，你一定很不愉快吧，”她喃喃低语，同时把只手搁在他的肩膀上，以示同情。

菲利普猛地抓起那只搁在自己肩头的手吻了起来。诺拉急忙把手抽了回来。

“你干吗要这样？”她红着脸问道。

“你不高兴了？”

她两眼熠熠闪光，对着他凝视了片刻，接着又嫣然一笑。

“不是的，”她说。

菲利普倏地跪立起来，面对着她。诺拉愣愣地望着他的眼睛，那张宽宽的嘴微笑地牵动着。

“怎么啦？”诺拉问。

“啊，你是个极好的人儿。你待我这么好，我感激不尽。我太喜欢你了。”

“尽说些傻里傻气的话，”她说。

菲利普抓住她的胳膊，把她拉向自己。她未作抵抗，而是微微向前倾过身子。他吻着她那红润的嘴唇。

“你干吗要这样？”她又问道。

“因为这样舒服呗！”

她默默不语，但她那对眸子闪烁着温柔的光芒。她用手怜爱地抚摩着他的头发。

“你知道，你这样做太蠢了。咱俩是亲密无间的好朋友。我们一直像朋友一样相处不是很好吗！”

“要是你真正想要合我的心意的话，”菲利普回答道，“你最好还是不要像你眼下正在做的那样抚弄我的脸颊。”

她格格一笑，但她并没有停止抚摸他的面颊。

“我这样子错了，是吗？”她说。

菲利普惊喜交集，窥视着她的眼睛。在这当儿，他发觉她那双眼睛渐渐发亮，含情脉脉，蕴藏在那对眸子里的神情使得他心荡神驰。他的心不由得一阵激动，热泪涌进了他的眼眶。

“诺拉，你不喜欢我，是不？”他问道，一脸疑惑的神情。

“你是个聪明的孩子，亏你问得出这样愚笨的问题。”

他猛然搂抱着她。

不一会儿，菲利普松开了她，向后蹲坐在自己的脚后跟上，好奇地打量着她。

“嗯，我简直发狂了！”他说。

“为什么？”

“我觉得太惊讶了！”

“不感到愉快吗？”

“太高兴了，”他叫喊着，声音犹如从心底迸发出来似的，“太骄傲了，太幸福了，太感激了！”

他拿起她的手，不住地吻着。这对菲利普来说，一种既坚如磐石又永不泯灭的幸福开始了。他俩变成了情侣，但仍然是朋友。在诺拉的身上，存在着一种因把自己的爱倾注在菲利普身上而得到满足的做母亲的本能。她需要有个人受她爱抚、叱责和喋喋不休的称道；她有一种一心追求家庭情趣的气质，以照顾他的健康和替他缝补浆洗为人生快事。她深切同情他的残疾，而他本人对这一点异常敏感，因此，她本能地以柔情脉脉的方式来表达她对他的怜爱之情。她还是个刚过豆蔻年华的少妇，健康、丰腴。对她说来，奉献自己的爱是顺理成章十分自然的。她心境快乐，内心充满了欢笑。她喜欢菲利普，是因为他凡是听到生活中合她意的趣事儿，都同她一起畅怀欢笑；她之所以喜欢他，最重要的还是他就是他。

她把这一点告诉菲利普时，他欢欣地说：

“胡说八道。你喜欢我，因为我是个不多话的人，从不插嘴。”

菲利普压根儿就不爱诺拉。但是，他却非常喜欢她，乐意同她呆在一起，兴趣盎然地谛听她那妙趣横生的谈吐。诺拉帮助他对自己树立起信心，宛如替他在心灵的创伤上涂搽愈合的药膏。他钦佩她有勇气，充满了乐观，大胆地向命运挑战。她自己没什么人生哲学，但讲究实际，不矫揉造作。

“你知道，什么教堂、牧师，诸如此类的东西，我统统不信，”她说。“但是，我信奉上帝。不过，只要你还能勉强维持生活，只要你有时还能够仗义勇为，拯人于危难之中，我就不信上帝还会想着你。我认为，人总的来说还是正派的，而对那些不正派的人，我感到遗憾。”

“那以后怎么办呢？”菲利普问道。

“喔，我自己也心中无数，你是知道的，”她莞尔一笑。“不过，我抱着乐观的希望。无论如何，我将不用付房租，也不用写小说。”

她有着女性所特有的那种在奉承别人时善于察言观色、投其所好的天才。她认为，菲利普自量无望成为一名伟大的画家便毅然离开巴黎，这是件果断的举动。当她热烈地称颂他时，他听得如痴如狂。这一举动究竟是说明自己勇敢呢，还是说明自己生活的目的摇摆不定，他一直心存疑惑。想到她认为那是英勇的表现，他感到欣慰。她大胆地跟他谈论起那个他朋友们本能地回避的问题。

“你真傻，竟对你那条跛脚如此敏感，”她说。看到他神情阴郁，脸涨得通红，她接着说：“你知道，人们并没有像你这样想得那么多。他们第一次见着你时才注意一下,以后就忘了。"

菲利普不愿搭腔。

"你不生我的气,是不?"

"不生气。"

"你知道,我这样讲是因为我爱你。我决不想使你感到不愉快。"

"我想,你对我讲什么都可以,"菲利普微笑着答道。"我希望我能做些什么,以表达我对你的感激之情。"

诺拉用别的办法把他牢牢地掌握在自己的手中,不让他粗暴得像个狗熊。每逢他发脾气,她就嘲笑他。她使得菲利普变得更加温文尔雅。

"你可以叫我做你想要我做的任何事,"有一次他对她这样说。

"你介意吗?"

"不,我想做你要我做的事。"

他感到有一种要实现自己幸福的欲望。在他看来,诺拉把一个妻子所能给予其丈夫的一切都给了自己,然而他依旧可以自由活动。她是他从来没有过的一位最娇媚的朋友,从她那儿得到的同情,是他从未在一个男子身上找到过的。两性关系不过是他俩之间的友谊的最坚牢的纽带。有了它,他俩之间的友谊就完美无缺,但它决不是须臾不可离开的。况且他的欲望得到了满足,他变得更加平静,更容易与人相处。他感到自己完全能够控制自己。有时,他想起在那逝去的冬天日子里,他一直为十分可怕的欲念所困扰,内心里充满了对米尔德丽德的厌恶和对自己的憎恶。

他的考试日渐临近。诺拉对考试的关心程度不亚于他。她那急切的心情深深打动了他的心,使他感到非常愉快。她叫他答应立即返回,并把考试结果告诉她。他顺利地通过了三个科目的考试,当他告诉她时,她两眼热泪盈眶。

“喔,我太高兴了,那时我是多么的紧张和不安哪!”

“你这个愚蠢的小妮子,”菲利普喉咙哽咽得笑不出声来。

谁看到她这副表情会不感到激动呢?

“现在你打算做些什么?”她问道。

“我可以问心无愧地过个假期。在十月份冬季学期开学之前,我没事可做。”

“我想你将去布莱克斯泰勃你大伯那儿?”

“你完全想错了。我准备呆在伦敦,同你在一起玩。”

“我倒希望你走。”

“为什么? 你讨厌我了?”

她笑着,并把双手放在他的肩膀上。

“你最近工作太辛苦了,脸色很苍白,需要呼吸新鲜空气,好好休息一下。请走吧。”

他沉默了片刻,带着爱慕的目光凝视着她。

“你知道,我相信除了你别人谁也不会说这样的话。你总是为我着想。我猜不透你究竟看中了我什么。”

“我这一个月对你的照顾是否给你留下个好印象呢?”她欢快地笑着说。

“我要说你待人厚道,体贴入微,你从不苛求于人,你成天无忧无虑,你不令人讨厌,你还容易满足。”

“尽说些混账话,”她说。“我要对你说一句:我一生中碰到一种人,他们能从生活经历中学习些东西,这种人寥寥无几,而我就是其中的一个。”

第六十七章

菲利普在布莱克斯泰勃呆了两个月之后，急着要返回伦敦。在这两个月里，诺拉频频来信，信都写得很长，而且笔力浑厚遒劲。在信中，她用酣畅和幽默的笔调描述日常琐事、房东太太的家庭纠纷、妙趣横生的笑料、她在排练时遇上的带有喜剧性的烦恼——那时她正在伦敦一家戏院里一场重要的戏里扮演配角——以及她同小说出版商们打交道时的种种奇遇。菲利普博览群书，游泳，打网球，还去驾舟游览。十月初，他回到了伦敦，定下心来读书，准备迎接第二次统考。他急盼通过考试，因为考试及格意味着繁重的课程就此告一段落，此后，他就得上医院门诊部实习，同男男女女各色人以及教科书打交道。菲利普每天都去看望诺拉。

劳森一直在普尔避暑，他画的几张港湾和海滩的写生画参加了画展。他受托画两张肖像画，并打算在光线不便于他作画之前一直呆在伦敦。此时，海沃德也在伦敦，意欲去国外过冬。但是，时间一周周地流逝过去，他却依然滞留伦敦，就是下不了动身的决心。在这两三年间，海沃德发福了——菲利普第一次在海德堡见到他距今已有五个年头了——还过早地秃了顶。他对此非常敏感，故意把头发留得老长老长的，以遮掩那不雅观的光秃秃的脑顶心。他唯一感到安慰的是，他的眉毛俊秀如前。他那双蓝眼睛却暗淡失神，眼皮委顿地低垂着；那张嘴全无年轻人的勃勃生气，显得凋萎、苍白。海沃德仍旧含混地谈论着他将来准备做的事情，但信心不足。他意识到朋友们再也不相信自己了，因此，三两杯威士忌下了肚，他便变得哀哀戚戚，黯然神伤。

"我是个失败者，"他喃喃地说，"我经受不住人生争斗的残酷。我所能做的只是让出道儿来，让那些宵小之辈去喧嚣，扰攘，角逐他们的利益吧。"

海沃德给人以这样一个印象：即失败是一件比成功更为微妙、更为高雅的事情。他暗示说他的孤僻高傲来自对一切平凡而又卑贱的事物的厌恶。他对柏拉图①却推崇备至。

"我早以为你现在已不再研究柏拉图了呢，"菲利普不耐烦地说了一句。

"是吗？"海沃德扬了扬眉毛，问道。

"我看不出老是翻来覆去地读同样的东西有什么意义，"菲利普说，"这只不过是一种既无聊又费劲的消遣罢了。"

"但是，难道你认为你自己有颗伟大的脑瓜，对一个思想最深邃的作家的作品只要读一遍就能理解了吗？"

"我可不想理解他，我也不是个评论家。我并不是为了他，而是为了我自己才对他发生兴趣的。"

"那你为什么也要读书呢？"

"一来是为了寻求乐趣。因为读书是一种习惯，不读书就像我不抽烟那样难过。二来是为了了解我自己。我读起书来，只是用眼睛瞄瞄而已。不过，有时我也碰上一段文字，或许只是一个词组，对我来说还有些意思，这时，它们就变成了我的一个部分。书中凡是对我有用的东西，我都把它们吸收了，因此，即使再读上几十遍，我也不能获得更多的东西。在我看来，一个人仿佛是一个包得紧紧的蓓蕾。一个人所读的书或做的事，在大多数情况下，对他毫无作用。然而，有些事情对一个人来说确实具有一种特殊意义，这些具有特

---

① 柏拉图（公元前427—前347），古希腊著名哲学家。

殊意义的事情使得蓓蕾绽开一片花瓣,花瓣一片片接连开放,最后便开成一朵鲜花。”

菲利普对自己打的比方不甚满意,但是他不知如何表达自己感觉到的但仍不甚了了的情感。

“你想有番作为,还想出人头地呐,”海沃德耸耸肩膀说。“这是多么的庸俗。”

直到此时,菲利普算是了解海沃德了。他意志薄弱,虚荣心强。他竟虚荣到了这样的地步,你得时刻提防着别伤害他的感情。他将理想和无聊混为一谈,不能将两者加以区分。一天,在劳森的画室里,海沃德遇上一位新闻记者。这位记者为他的侃侃谈吐所陶醉。一周以后,一家报纸的编辑来信建议他写些评论文章。在接信后的四十八个小时里面,海沃德一直处于优柔寡断、犹疑不决的痛苦之中。长期以来,他常常谈论要谋取这样的职位,因此眼下无脸断然拒绝,但一想到要去干事,内心又充满了恐惧。最后,他还是谢绝了这一建议,这才感到松了口气。

“要不,它会干扰我的工作的,”他告诉菲利普说。

“什么工作?”菲利普没好声气地问道。

“我的精神生活呗,”海沃德答道。

接着他数说起那位日内瓦教授艾米尔①的种种风流韵事。他的聪明睿智使他完全有可能取得成就,但他终究一事无成。直到这位教授寿终正寝时,他为什么会失败以及为什么要为自己开脱这两个疑问,在从他的文件堆里找出的那本记载详尽、语颇隽永的日记里立刻得到了答案。说罢,海沃德脸上泛起了一丝不可名状的笑意。

① 亨利·弗雷德里克·艾米尔(1821—1881),瑞士作家兼哲学家。

但是，海沃德居然还兴致勃勃地谈论起书籍来了。他的情趣风雅，眼光敏锐。他耽于幻想的豪兴不衰，幻想成了他引以为乐的伙伴。其实，幻想对他毫无意义，因为幻想对他从没发生过什么影响。但是他却像对待拍卖行里的瓷器一样对待幻想，怀着对瓷器的外表及其光泽的浓厚兴趣摆弄着它，在脑海里掂量着它的价格，最后把它收进箱子，从此再不加以理会。

然而，作出重大发现的却正是海沃德。一天黄昏时分，在作了一定的准备之后，他把菲利普和劳森带至一家坐落在比克大街上的酒菜馆。这家馆子享有盛誉，不只是因为店面堂皇及其悠久的历史——它使人怀念那些发人遐思蹁跹的十八世纪的荣耀事迹——而且还因为这里备有全伦敦最佳的鼻烟。这里的混合甜饮料尤为著名。海沃德把他们俩领进一个狭长的大房间。这儿，光线朦胧，装饰华丽，墙上悬挂着巨幅裸体女人像：均是海登[1]派的巨幅寓言画。但是，缭绕的烟雾、弥漫的空气和伦敦特有的气氛，使得画中人个个丰姿秀逸、栩栩如生，仿佛她们历来就是这儿的主人似的。那黝黑的镶板、厚实的光泽黯淡的烫金檐口以及红木桌子，这一切给房间以一种豪华的气派；沿墙排列的一张张皮椅，既柔软又舒适。正对房门的桌上摆着一只公羊头，里面盛有该店遐迩闻名的鼻烟。他们要了混合甜饮料，在一起开怀畅饮。这是种热气腾腾的掺有朗姆酒的甜饮料。要写出这种饮料的妙处，手中的拙笔不禁打颤。这段文字，字眼严肃，词藻平庸，根本不足以表情达意；而浮华的措辞，珠光闪烁而引人入胜的言词一向是用来描绘激动不已的想象力的。这饮料使热血沸腾，使头脑清新，使人感到心旷神怡（它使心灵充满健康舒憩之感），使人情趣横溢，令人乐意领略旁人的机智。它像音

① 本杰明·罗伯特·海登（1786—1846），英国画家。

乐那样捉摸不定,却又像数学那样精确细密。这种饮料只有其中一个特性还能同其他东西作一比较:即它有一种好心肠的温暖。但是,它的滋味、气味及其给人的感受,却不是言语所能表达的。查尔斯·拉姆①用其无穷的机智来写的话,完全可能描绘出一幅当时的令人陶醉的风俗画;要是拜伦伯爵②在其《唐璜》的一节诗里来描述这一难以言表的事儿,他会写得字字珠玑,异常雄伟壮丽;奥斯卡·王尔德③把伊斯法罕④的珠宝倾注在拜占庭⑤的织锦上的话,兴许可能把它塑造成一个乱人心思的美人。想到这里,眼前不觉疑真疑幻地晃动着伊拉加巴拉⑥的宴会上觥筹交错的情景;耳畔回响起德彪西⑦的一曲曲幽咽的谐调,调中还透出丝丝被遗忘的一代存放旧衣、皱领、长筒袜和紧身衣的衣柜所发出的夹杂着霉味却芬芳的传奇气息;迎面飘来深壑幽谷中的百合花的清香和茄达干酪的芳香。我不禁头晕目眩起来。

海沃德在街上邂逅他在剑桥大学时的一位名叫马卡利斯特的同窗,通过他,才发现了这家专售这种名贵的混合酒的酒菜馆。马卡利斯特既是交易所经纪人,又是个哲学家。每个星期,他都得光顾一次这家酒菜馆。于是,隔了没多久,菲利普、劳森和海沃德每逢星期二晚上必定聚首一次。生活方式的改变使得他们经常光顾这家酒菜馆。这对喜于交谈的人们来说,倒也不无裨益。马卡利斯特其人,大骨骼,身板宽阔,相比之下,个头却显得太矮了,一张宽大的

---

① 查尔斯·拉姆(1775—1834),英国散文家兼评论家。
② 拜伦(1788—1824),英国诗人。
③ 奥斯卡·王尔德(1854—1900),生于爱尔兰。英国剧作家、诗人、小说家。
④ 伊斯法罕,伊朗城市。
⑤ 拜占庭,古罗马城市,后曾名康斯坦丁堡,今名伊斯坦布尔。
⑥ 伊拉加巴拉(205?—222),罗马帝国统治者,在位期为公元218—222年。
⑦ 艾基利·克劳德·德彪西(1862—1918),法国作曲家。

脸上肉滚滚的，说起话来总是柔声细气的。他是康德[1]的弟子，因而总是从纯理性的观点出发看待一切事物。他就喜欢阐发自己的学说。菲利普怀着浓厚的兴趣谛听着，因为他早就认为世间再也没有别的学说比形而上学更能激起他的兴趣。不过，他对形而上学在解决人生事务方面是否有效还不那么有把握。他在布莱克斯泰勃冥思苦索而得出的那个小小的、巧妙的思想体系，看来在他迷恋米尔德丽德期间，并没有起什么影响。他不能确信理性在处理人生事务方面会有多大的裨益。在他看来，生活毕竟是生活，有其自身的规律。直到现在，他还清晰地记得先前那种左右着他一切言行的情感的威力，以及他对此束手无策，犹如他周身被绳索死死捆在地上一般。他从书中懂得了不少道理，可却只会从自己的经验出发对事物作出判断（他不知道自己跟别人是否有所不同）。他采取行动，从不权衡行动的利弊，也从不考虑其利害得失。但是，他始终感到有一股不可抗拒的力量在驱使着自己向前。他行动起来不是半心半意，而是全力以赴。那股左右着一切的力量看来与理性根本不搭界：理性的作用不过是向他指出获得他心心念念想获得的东西的途径而已。

此时，马卡利斯特提醒菲利普别忘了“绝对命令”[2]这一著名论点。

“你一定要这样行为，使得你的每个行为的格调足以成为一切人行为的普遍规律。”

“对我来说，你的话是十足的胡说八道，”菲利普反驳道。

“你真是狗胆包天，竟敢冲撞伊曼纽尔·康德，”马卡利斯特随

① 伊曼纽尔·康德（1724—1804），德国哲学家。
② “绝对命令”系德国哲学家康德的伦理学用语，意味具有无条件的和普遍约束力的道德义务或要求。

即顶了一句。

“为什么不可以呢？对某个人说的话唯命是从，这是愚蠢的品质。当今世上盲目崇拜的气氛简直太盛了。康德考虑事情，并不是因为这些事物确实存在，而只是因为他是康德。”

“嗯，那么，你对‘绝对命令’究竟是怎么看的呢？”

（他们俩你一言我一语地争论着，就好像帝国的命运处于千钧一发之际似的。）

“它表明一个人可以凭自己的意志力选择道路。它还告诉人们理性是最最可靠的向导。为什么它的指令一定要比情感的指令强呢？两者是绝然不同的嘛。这就是我对‘绝对命令’的看法。”

“看来你是你的情感的心悦诚服的奴隶。”

“如果是个奴隶的话，那是因为我无可奈何，不过决不是个心悦诚服的奴隶，”菲利普笑吟吟地答道。

说话的当儿，菲利普回想起自己追求米尔德丽德时那股狂热的劲儿。当初他在那股灼烈的情火的烘烤下是怎样焦躁不安，以及后来又是怎样因之而蒙受奇耻大辱的情景，一一掠过他的脑际。

“谢天谢地，现在我终于从那里挣脱出来了！”他心里叹道。

尽管他嘴上这么说，但他还是拿不准这些话是否是他的肺腑之言。当他处于情欲的影响下，他感到自己浑身充满了奇特的活力，脑子异乎寻常地活跃。他生气勃勃、精神抖擞，体内洋溢着一股激情，心里荡漾着一种急不可耐的热情。这一切无不使眼下的生活显得有点枯燥乏味。他平生所遭受的一切不幸，都从那种意义上的充满激情、极为兴奋的生活中得到了补偿。

但是，菲利普刚才那番语焉不详的议论却把马卡利斯特的注意力转向讨论意志的自由的问题上来了。马卡利斯特凭借其博闻强记的特长，提出了一个又一个论点。他还颇喜欢玩弄雄辩术。他把菲利普逼得自相矛盾起来。他动不动就把菲利普逼入窘境,使得菲利普只能作出不利于自己的让步,以摆脱尴尬的局面。马卡利斯特用缜密的逻辑驳得他体无完肤,又以权威的力量打得他一败涂地。

最后,菲利普终于开口说道:

“嗯,关于别人的事儿,我没什么可说的。我只能说我自己。在我的头脑里,对意志的自由的幻想非常强烈,我怎么也摆脱不了。不过,我还是认为这不过是一种幻想而已。可这种幻想恰恰又是我的行为的最强烈的动因之一。在采取行动之前,我总认为我可以自由选择,而我就是在这种思想支配下做事的。但当事情做过以后,我才发现那样做是永远无法避免的。”

“你从中引出什么结论呢?”海沃德插进来问。

“嘿,这不明摆着,懊悔是徒劳的。牛奶既倾,哭也无用,因为世间一切力量都一心一意要把牛奶掀翻嘛!”

第六十八章

一天早晨,菲利普起床后,直觉得头晕目眩,重新躺下时,蓦地发觉自己病了,四肢疼痛,周身直打冷颤。房东太太来给他送早餐时,他朝着洞开的房门对房东太太说他身体不适,要他送一杯茶和一片烤面包来。过了没几分钟,一声叩门声之后,格里菲思走了进来。他俩同住在一幢公寓里已有一年多了,但除了在过道里互相点头打招呼之外,别无更多的交往。

“喂,听说你身体不舒服,”格里菲思说,“我想我得来看看你究竟怎么啦?”

菲利普莫名其妙地脸露赧颜,对自己的病痛满不在乎,只说过一两个钟头就会好的。

“嗯,你最好还是让我给你量量体温,”格里菲思说。

“根本没这个必要,”菲利普烦躁地回答。

“哎,还是量一下吧!”

菲利普把体温表放进嘴里。格里菲思坐在床沿上,喜气洋洋地聊着天,过了一会儿,他从菲利普嘴里抽出体温表看了一眼。

“好了,你瞧瞧体温表,老兄,你得卧床休息,我去叫老迪肯来给你看病。”

“尽扯淡,”菲利普说,“根本无关紧要,我希望你别为我操心。”

“谈不上什么操心。你在发烧,应该卧床休息。你躺着,好吗?”

他的举止仪态有一种特殊的魅力,既庄重又和蔼,简直太迷人了。

“你的临床风度简直妙不可言,”菲利普喃喃地说,微笑着合上了眼睛。

格里菲思替他抖松枕头,动作利落地铺平床单,并替他把被子塞紧。他走进菲利普的起居间寻找虹吸瓶,没找着,便从自己房间里拿了一只来。接着,他把百叶窗拉了下来。

“好了,你好好睡吧,老迪肯一查完病房,我就把他领到这儿来。”

过了好几个钟头以后才有人来看菲利普。他感到脑袋瓜像是要炸开来似的,极度的疼痛撕裂着他的四肢,他担心自己马上要叫起来。不一会儿,一记敲门声过后,格里菲思走了进来,他是那样的健康、强壮和愉快。

“迪肯大夫来了,”他通报了一声。

这位态度和蔼的老医生朝前挪了几步。菲利普跟他只是面熟,并不相识。他问了几个问题,简单地作了检查,然后便开处方。

"你看他得的是什么病?"格里菲思笑吟吟地问道。

"流行性感冒。"

"一点不错。"

迪肯大夫朝这间光线幽暗的公寓房间扫了一眼。

"你不愿意住进医院里去吗?他们会把你安置在隔离病房的,那儿要比这儿能得到更多的照顾。"

"我宁愿呆在原地不动,"菲利普说。

他不想受人打扰,而且身处陌生环境,他总是疑虑重重。他讨厌护士们大肆张扬地围着他转,不喜欢医院里那种令人沉闷的清洁环境。

"先生,我可以来照料他,"格里菲思立刻说道。

"喔,那太好了!"

他开了张药方,又关照了几句,便走了。

"现在,你一切都得听我的,"格里菲思说,"我一人身兼日夜值班护士之职。"

"谢谢你,不过我不会需要什么的,"菲利普说。

格里菲思伸出一只手,搭在菲利普的额头上。那是一只凉丝丝、干巴巴的大手,然而这一摸却给菲利普带来了快意。

"我这就把处方送到药房里去,他们把药配好,我就回来。"

不一会儿,他取来了药,在给菲利普服了一剂之后,就噔噔上楼去拿他的书。

"今天下午我就在你的房间看书,你不会反对吧?"下楼后,他对菲利普说。"我让房门开着,你需要什么,就叫我一声。"

这天晚些时候,菲利普从心神不宁的瞌睡中醒来,听到他的起居室里有说话声,原来是格里菲思的朋友看他来了。

"喂,你今晚最好别来了,"他听到格里菲思说。

过了一两分钟以后，又有一个人走进了房间，对他在这儿找到格里菲思而表示惊讶。

"我正在护理一位租赁这套房间的二年级学生，这个可怜的家伙因患流行性感冒病倒了。今晚不能玩惠斯特[1]了，老兄。"

不久，房间里就剩下格里菲思一个人了，菲利普便招呼他。

"嘿，你怎么推辞不去参加今晚的晚会啦？"他问道。

"这并不是为了你，我得读我的外科教科书。"

"你尽管去好了。我过一会儿就会好的。你不必为我操心。"

"好的。"

菲利普的病情渐见恶化。夜幕降临时，他的神志有些昏迷不清。次日晨光熹微时分，他才从心神不宁的睡眠中清醒过来。他发现格里菲思从扶手椅里爬起来，双膝跪在地上，用手指把一块块煤扔进壁炉里。格里菲思身穿宽大的睡衣裤，外面套了件晨衣。

"你在干什么？"他问道。

"我把你吵醒了吗？我在生火，想尽量不弄出响声来。"

"你为什么不躺在床上？现在什么时候了？"

"五点左右。我想，今晚我最好还是通宵陪伴着你。我把扶手椅搬了进来，是因为我怕一铺上床垫，我睡得太死，就听不见你要什么东西了。"

"我希望你快别这样了，"菲利普呻吟道，"假如把你传染上了，怎么办？"

"那你就来护理我，老兄，"格里菲思笑着说。

早晨，格里菲思打开百叶窗。因守了个通宵，他看上去脸色苍白，疲惫不堪，但神情仍很快乐。

---

① 类似桥牌的一种牌戏。

“喂,我来给你擦洗一下吧,”他兴高采烈地对菲利普说。

“我自己能洗,”菲利普说着,不觉赧然。

“胡扯,你要是躺在小病房里,护士也会来帮你洗的,而我可以做得跟护士一般好。”

菲利普身体太虚弱了,精神上也很痛苦,无力拂其美意,只好听凭他给自己洗脸、洗手、洗脚,让他给自己擦胸、擦背。他的动作温柔,给人以快感,在这同时,他嘴里吐出连珠似的亲切友好的话语。然后,正如他们在医院里做的那样,他换下了床单,抖松枕头整理被褥。

“我想,阿瑟大婶看到了我,保管叫她惊讶不已。迪肯很早就会来看你的。”

“我难以理解你为什么要待我这么好,”菲利普说。

“这对我是一次很好的实习机会。照料一个病人太有趣了。”

格里菲思把自己的早餐给了菲利普,然后穿上衣服出去吃了点东西。十点前几分钟,他手捧一串葡萄和一束鲜花回来了。

“你简直太好了,”菲利普说。

菲利普卧床了五天。

诺拉和格里菲思两人轮流照料他。虽说格里菲思同菲利普年龄相仿,然而他却像一位富有幽默感的母亲一样对待菲利普。他是个体贴人的小伙子,温文尔雅,给人以力量,但是他最大的特点还在于他有一种勃勃的生气,似乎能给每一个与其相处的人带来健康。很多人以他们的母亲或姐妹的爱抚为人生乐趣,而菲利普可不习惯这一套,然而这位体格强壮的年轻人身上洋溢着女性的柔情蜜意,却使他深受感动。菲利普的病情日见好转。于是,格里菲思懒散地坐在菲利普的房间里,讲述些欢快的男女风流逸事,替他解闷消愁。他是个爱调情的家伙,同一个时间里可以跟三四个女人鬼混。他叙述起那些他出于无奈为了摆脱困境而采取的种种办法来,确实娓娓动听。他有这样一种天才,能够使他遭遇的每一件事都蒙上一种富有浪漫色彩的魅力。他因负债累累而手头不活络时,他那些稍许值几个钱的东西都被送进了当铺,即使这样,他还是尽量装得欢天喜地,挥霍无度和落落大方。他生来就是一个冒险家。他就是喜欢那些从事不正当职业以及朝三暮四、反复无常的人,经常出没于伦敦的酒吧间,地痞流氓中很大一批人都同他相识。放荡的女人把他视作朋友,向他倾诉她们人生的烦恼、艰苦和成功;而那班赌棍们却都能体谅他的寒伧的日子,供他吃喝,还借给他面值五英镑的钞票。他虽屡试不第,但都愉快地忍受了。他用幽雅迷人的举止顺从父母双亲的规劝,使得他那位在利兹当开业医生的父亲不忍正颜厉色地对他发火。

“我在读书方面,是个实足的笨伯,”他乐呵呵地说,“我的脑子就是转不起来。”

生活也太有趣了。但是,有一点是很清楚的:即他那情感洋溢的青春期一过,在最后取得了医生的资格之后,他一定能够在医道方面有所成就。就凭他那举止的魅力,也能医治人们的病痛。

菲利普崇拜他,正如在学校里崇拜那些身材高大、品行正直、道德高尚的学生一样。菲利普病愈时,他同格里菲思成了莫逆之交。看到格里菲思似乎喜欢坐在他的房间里,谈论些令人感到快乐的趣事儿以及抽着数不胜数的烟卷儿来消磨他的时间,菲利普内心里充满了一种莫可名状的满足。有时,菲利普带他上里根特大街上的那家酒菜馆。海沃德发觉格里菲思很蠢,但劳森却意识到了他的迷人之处,并急于要给他画画。他的体态生动,长着蓝色的眸子、白皙的皮肤和卷曲的头发。他们讨论的问题,他常常是一无所知,然而他却安静地坐在一旁,俊美的脸上挂着温顺敦厚的微笑,恰如其分地感到他的在场本身足以给同伴们增添欢乐。当发觉马卡利斯特是位证券经纪人时,他热切地想得到些小费。然而,马卡利斯特脸带严肃的笑容告诉他,倘若他有时能购进些股票,他就可以赚进一笔钱财。这使得菲利普也垂涎欲滴,因为在某种程度上,他也有些入不敷出,因此借马卡利斯特提及的轻而易举的生财之道赚一点儿钱,这对菲利普是最合适不过的了。

"下次我一听到好消息就告诉你,"那位证券经纪人说。"有时真的会有好消息来的,问题在于等待时机。"

菲利普情不自禁地畅想起来,要是能赚个五十英镑,那该多好啊！这样,他就可以给诺拉买件她过冬御寒的皮大衣。他注视着里根特大街上的几家商店,挑选了几件他买得起的东西。诺拉一切都应该享有,因为她使他的生活充满了欢乐。

第六十九章

一天下午,菲利普从医院回到公寓,同往常一样,准备在同诺拉共用茶点之前,梳洗打扮一番。他刚要掏钥匙开门时,房东太太却霍地把门打开了。

"有位太太等着要见你,"房东太太说。

"找我?"菲利普惊讶地说。

菲利普不由得一怔。来者只可能是诺拉,但他不知道是什么风把她给吹来的。

"我本不应该让她进来的,可她接连来了三次,都没见着你,她看上去怪难过的,所以我告诉她可以在此等候你。"

菲利普急急从喋喋不休的房东太太面前奔过去,一头冲进房间。他感到一阵恶心：原来是米尔德丽德。她正准备坐下去，见他进来，便忙不迭地站起来。她既没有走近他，也没有说话。他惊呆了，连自己在说些什么都茫然不知。

“你究竟想要干什么?”他问道。

米尔德丽德默不作答，却哇地失声痛哭。她并没有用手蒙住眼睛，而是把手悬在身体的两侧，宛如一位垂手恳求雇佣的女用人，姿态里带有一种令人讨厌的谦卑。菲利普闹不清自己心里头是什么样的滋味，真想掉转身子奔出房间去。

“我不曾想到还会再见到你，”他终于说了这么一句话。

“要是我死了，就好了，”她呜咽着说。

菲利普让她站在原地。此时，他只想让自己镇静下来。他的双膝在颤抖。他双眼注视着米尔德丽德，精神颓然地呻吟着。

“出什么事啦?”他说。

“埃米尔——他遗弃了我。”

菲利普的心怦怦直跳。此时他意识到自己仍一如既往地狂热地爱恋着她，对她的爱情从来就没有终止过。她就站在他的面前，是那样的低声下气，那样的百依百顺。他恨不得一把将她搂进自己的怀里，在她泪水晶莹的脸上狂吻。啊，这一离别是多么的长久！他竟不知道自己是怎么能熬过来的。

“你还是坐下吧。我给你倒杯酒来。”

他把椅子移近壁炉，米尔德丽德一屁股坐了下来。他给她配了杯威士忌苏打水。她一边抽泣，一边啜饮着，那双充满悲哀的大眼睛凝视着他。她比菲利普上次见到她时要憔悴得多，脸色更苍白。

“你那时向我求婚时，我就同你结婚该有多好呢，”米尔德丽德哀戚地说。

这句话似乎在他内心激起了感情的波浪。究竟为什么会这样?

菲利普也说不出个所以然来。他不能再像刚才那样强迫自己去冷淡她了。他伸出手来搁在她的肩膀上。

“我为你身处困境而感到十分难过。”

米尔德丽德把头偎依在菲利普的怀里，歇斯底里地大哭大叫起来。头上的帽子有些碍事，她便把它脱了下来。他可从来没有料想到她竟会这样悲恸地哭着。他不住地吻着她，这似乎使她平静了些。

“你待我一向很好，菲利普，”她说，“这就是为什么我知道我可以来找你的缘故。”

“告诉我出什么事啦。”

“哦，我不能讲，我不能讲，”她叫喊着，从他的怀抱里挣脱开去。

他蹲下跪在她的身旁，把自己的脸颊紧紧地贴住她的脸颊。

“难道你不知道你无事不可对我讲的吗？我决不会怪罪于你的。”

她把事情一点一点地讲给他听，有时哽咽得厉害，他几乎听不懂她在说些什么。

“上星期一，他到伯明翰去，答应星期三返回的，可是，他没有回来，到了星期五，还不见他的人影。于是，我写信去问他出什么事了，可是他连信也不回一封。我又写了封信，并说要是再不给回音，我就要去伯明翰了。然而今天早晨，我接到一位律师的来函，函中说我无权对他提出要求，而且说，倘若我去干扰他，他就要去谋求法律的保护。”

“真是荒谬绝伦！”菲利普叫喊道。“一个男人决不可以这样对待自己的妻子。你们俩是否吵架啦？”

“哦，是的，星期日那天，我们俩干了一仗。他说他讨厌我，但是这话他从前也说过,后来还是回来的呀。我可没有想到他会当真。他感到惊惶失措,因为我告诉他快要生孩子了。我尽可能地瞒着他。最后我不得不告诉他。他说这是我的过错,还说我应该比他懂得更多一些。你听听他对我尽说些什么呀!但是,我很快就发觉他并不是一位正人君子。他一分钱也没留下就把我抛弃了。他连房租也没有付,可我又没钱去付,那位管家女人曾在我面前说这样的话——嗯,照她说来我还是个贼哩!

"他嘴上说的是一套,可是做的又是一套。我们只是在海伯里租了套房间。他就是如此的吝啬。他说我挥霍无度,可是他没给过我一个子儿呀。"

她有一种把巨细事情胡乱掺杂在一起的特殊本领。菲利普被弄得迷惑不解,整个事情听起来有些莫名其妙。

"没有一个男人是像他这样的恶棍。"

"你不了解他,现在我不愿回到他那儿去,即使他跑来跪在我面前,我也不回去。我那时真傻,怎么会想到跟他的呢?而且他并不是如他所说的那样在挣钱。他对我说的全是骗人的鬼话!"

菲利普思索了一两分钟。她的悲哀深深地震撼着他的心,他可不能只为自个儿着想啊。

"你要我上伯明翰去吗?我可以去见他,设法让你俩重归于好。"

"根本没门儿。现在他决不会回心转意了,我了解他。"

"但是,他必须负担你的生活费用,这是他推诿不了的。诸如此类的事情,我可一点儿也不懂,你最好还是去找个律师。"

"我怎么能呢?我身上一个子儿也没有。"

"这笔费用由我来付。我将给我自己的律师写封信,就是那位担任我父亲遗嘱执行人的运动家。你现在愿意同我一起去找他吗?

我估计眼下他仍在办公室里。”

“不,把写给他的信交给我,我自个儿去。”

此时,她变得镇静了一点。他坐下来写了封信。他倏地想起她身边一文不名。真凑巧,他前天才兑了张支票的现钞,给她五个英镑还是拿得出来的。

“你对我真好,菲利普,”米尔德丽德说。

“能够为你做点事情,我感到很高兴。”

“你现在还喜欢我吗?”

“跟过去一样地喜欢你。”

她撅起嘴唇,于是他吻了她。从她这一举动里,他看到了在她身上从来没有看到过的一种感情上的屈服。就凭这一点,他内心遭受到的一切痛苦都得到了报偿。

她走了,他发觉她在这儿呆了两个小时。他感到乐不可支。

“可怜的人儿,可怜的人儿,”他喃喃地自言自语,内心升腾起他以往从未有过的一股灼热的情火。

大约八点钟的光景,菲利普接到了一份电报。在这之前,他压根儿就没有想到诺拉。打开电报一看,才知道这是诺拉拍来的。

出了什么事啦?诺拉。

菲利普茫然不知所措,不知道该如何回复。诺拉正在一出戏里担任配角。他可以同有时所做的那样,俟戏一完,就跑去接她,并同她并肩漫步回家。但这天晚上,他整个心灵都反对他去见诺拉。他考虑给她写信,但不能使自己跟往常一样称呼她为“最亲爱的诺拉”。他决定去拍个电报。

抱歉。无法脱身。菲利普。

他在脑海里勾勒出诺拉的体态轮廓。她那张颧骨高高的、面色粗鄙的丑陋小脸使他感到厌恶。一想到她那粗糙的皮肤,他身上就起鸡皮疙瘩。他知道,电报发出后,还得赶紧采取某些步骤,不过,无论如何这份电报为他采取某些步骤赢得了时间。

翌日,他又发了份电报。

遗憾。不能来。详见信。

米尔德丽德提出下午四点到,而菲利普却不愿对她说这时间不方便。不管怎么说,是她先来嘛。菲利普心情急躁地等待着米尔德丽德。他站在窗前望着,一见到她,便亲自跑去开门。

"嗯? 你见到尼克逊了吗?"

"见到了,"米尔德丽德回答说。"他说那样做没有什么用处。无法可想。我只得默默忍受。"

"可是,那样做是不可能的,"菲利普叫嚷道。

她疲惫不堪地坐了下来。

"他有没有摆出理由呢?"他问。

她递给他一封捏皱了的信。

"这儿有你的一封信,菲利普。我一直没拆它。昨天我不能对你讲,真的不能对你说。埃米尔没有同我结婚。他也不能那样做,因为他已经有妻子,还生了三个孩子。"

一阵妒意和痛苦交集在一起的感情突然袭上菲利普的心头。他简直忍受不了这一打击。

"这就是我不能回去见我姨妈的缘故。眼下除了你以外,我是无人可找。"

"是什么促使你同他出走呢?"菲利普极力克制住自己,用一种低沉的声音问道。

"不知道。起先我并不了解他是个有妇之夫。当他把这事告诉我时,我当面教训了他一顿。然后,接连数月我没见着他的人影,当他再次回到店里并向我求婚时,我真不晓得到底怎么啦,只觉得好像无法可想,不得不跟他走似的。"

"那时你爱他吗?"

"不知道。那时听他说话,我情不自禁要发笑。还有一些关于他的事儿——他说我永远也不会后悔,并保证每星期交给我七英镑——他说他那时赚十五英镑,然而,这一切全是弥天大谎,他根本就没有十五英镑。那时候,我厌恶每天早上要到店里去上班,同时我同姨妈的关系不很融洽,好像使唤奴婢一样对待我,并不把我当作亲戚。她说我应该自己动手整理房间,要不就没人给我整理。哦,要是我那时不上他的当该多好呢。可是,当他走到店里征求我的意见时,我觉得我实在没有办法。"

菲利普从她身边移开去,坐在桌子旁,双手掩面。他感到深受耻辱。

"你不生我的气吧,菲利普?"她带着令人哀怜的声调说。

"不,"他回答道,同时抬起头来,但目光避着她,"我只是感到伤心极了。"

"为什么呢?"

"你是知道的,我那时深深地爱着你。我能够做到的事,我都做了,为的是想得到你的青睐。我认为你决不会去爱上别人的。得知你为了那个粗鲁的汉子而心甘情愿地牺牲自己的一切的消息,我简直感到太可怕了。我不知道你究竟看中了他什么。"

“我太难过了，菲利普。后来我后悔极了，我向你保证，真的后悔极了。”

菲利普想起了埃米尔·米勒其人。他脸色苍白，毫无血色，长着一双诡诈的蓝眼睛，一副俗不可耐的精明相，身上总是穿件颜色鲜艳的编织的背心。菲利普喟然一声叹息。米尔德丽德站起身子，走到他的跟前，双臂勾住了他的脖子。

“我永远不会忘记你曾提出要同我结婚，菲利普。”

菲利普一把抓住了她的手，抬头凝望着她。她弯下身子，吻着他。

“菲利普，假使你仍然要我，那么，凡是你喜欢的事情，我现在都愿意去做。我晓得你是一位真正的品行高尚的人。”

他的心倏忽停住了跳动。她的话使他感到有点儿恶心。

“你真太好了，不过我不能这样啊。”

“难道你不喜欢我了？”

“怎么不喜欢呢，我打心眼里爱你。”

“那么，既然我们有这个机会，为什么不乘机乐上一乐呢？你要知道，现在可没什么关系啦！”

菲利普挣脱了米尔德丽德的拥抱。

“你没有听懂我的意思。自从我遇见了你，我就害上了相思病。但是，眼下——那个男人。不幸的是，我这个人有一种丰富的想象力，一想起那件事，我就想呕吐。”

“你真有趣，”她说。

他再次握住她的手，朝她微微一笑。

“你切莫认为我不感激你。我对你是永远感谢不尽的。但是，你知道，那种情感要比我强得多呢。”

“你是个好朋友，菲利普。”

他们俩不停地交谈着，很快就回到昔日那种亲密的同伴情谊中去。天色渐晚。菲利普建议他俩在一起吃晚饭，然后去音乐厅。她想让菲利普做些说服工作，因为她有意要装出一副与她目前处境相衬的姿态。她本能地感到，此时出入娱乐场所同她目前悲痛的心境不相符合。最后，菲利普说请她一同去只是为了使他高兴，直到她认为这是一种自我牺牲的举动时，她才应承下来。她提出了一个新的很体贴人的建议，这使得菲利普感到很高兴。她叫菲利普带她上他们以前经常光顾的那家坐落在索霍街上的小饭馆。他对她感激不尽，因为她的建议给他带来了对幸福往事的美好回忆。在吃晚饭的过程中，她渐渐变得兴高采烈起来。喝着从街角那爿小酒店打来的红葡萄酒，她心里头热乎乎的，竟忘记了自己该保持一副忧郁的神情。菲利普想，此时可以平安无事地同她谈论关于今后的打算了。

“我猜想，你身上是一文不名的了，是吗？”一有机会，他就问她。

“我身上只有你昨天给的几个钱，而且还得从中拿出三英镑给房东太太呐。”

“唔，我还是再给你一张十英镑先花着，我马上去找我的律师，请他给米勒写封信。我肯定可以叫他付笔款子。要是我们能从他那里得到一百英镑的话，这笔钱可以使你维持到小孩出世。”

“我决不要他一个便士。我宁可挨饿。”

“但是像他这样子把你丢下不管也太可恶了。”

“我还得考虑我的自尊心。”

菲利普觉得有点尴尬。他自己必须严格节约，才能使他的钱一直维持到他取得医生的资格，而且他还得留下一笔钱，以作为他在眼下所在的或别的医院里当住院内科或外科医生期间所需的生活费用。但是,想起了米尔德丽德给他讲关于埃米尔吝啬的事儿,他便不敢同她争辩,生怕她谴责自己也缺乏慷慨解囊的品性。

“我宁愿沿街乞讨面包,也不愿拿他一个便士。很早以前,我就想找个工作干干,不过我目前这种状况去工作也没有好处。人都得考虑自己的健康,不是吗?”

“眼下你还不必考虑去干活,”菲利普说。“在你感到能够工作之前,我可以让你得到你所要的一切。”

“我早就知道我可以信赖你。我对埃米尔说,别以为我找不到人帮忙。我告诉他你是位真正的品行高尚的人。”

菲利普逐步了解到分居是怎么会产生的。看来那个家伙的结发妻子发觉他定期赴伦敦期间所干的勾当,并找到雇用他的那家公司的头头。她扬言要同他离婚,而那家公司声称要是她提出离婚,他们就把他解雇。那个家伙非常疼爱他的几个孩子,不堪忍受要同孩子们分离的想法。要他在妻子和情妇之间作出抉择时,他选择了妻子。他的心情一直忐忑不安,他希望不要因有孩子而使得这场纠纷更加复杂。当米尔德丽德无法再隐瞒,把即将分娩的事告诉他时,他惊恐万状,找岔儿同米尔德丽德吵架,并直截了当地把她遗弃了。

“你什么时候临产?”菲利普问。

“三月初。”

“还有三个月哩。”

讨论计划很有必要。米尔德丽德提出不想再呆在海伯里公寓里了,而菲利普也认为她应该靠近他,这样更方便些。他答应第二天去给她找房子。她认为沃克斯霍尔大桥路是个适当的地点。

“对以后来说,到那儿去路也近些,”她说。

“你这是什么意思?”

“唔,我只能在那儿呆两个月或者稍许多一点,然后我就得住进一幢房子。我知道有一处很高雅的地方,那儿有一批属于最高贵阶层的人,他们接纳你,一星期只要四畿尼,而且还没有其他额外的费用。当然啰,医生的诊费不计在内。除此之外,不要别的费用。我的一位朋友曾经去过那儿。管理这幢房子的是一位一丝不苟的太太。我打算告诉她,我的丈夫是一名驻在印度的军官,而我是来伦敦生孩子的,因为这有益于我的健康。”

听她这么说,菲利普感到有点儿离奇。娇嫩的容貌和苍白的脸色使她显得冷淡而恬静。当他想起熊熊燃烧在她胸膛的激情竟如此出人意料,他的心绪变得莫可名状的紊乱和不安,他的脉搏急剧地跳动着。

第七十章

菲利普殷切盼望回到寓所时能接到诺拉的来信,但一无所获。翌晨,也仍旧没有收到她的片言只语。诺拉杳无音信,使得他烦躁不安,同时又震惊不已。打他去年来伦敦之后,他同诺拉天天碰头见面。然而他却接连两天不去看她,也不说明不去的原因,诺拉一定要见怪。菲利普怀疑她是否于一个偶然的不幸的机会瞧见他跟米尔德丽德在一起了。想到诺拉会感到伤心或者不愉快,他于心不忍,于是,决定当天下午就去找她。他颇有点要埋怨诺拉的意思,因为他竟让自己同她保持这种感情深笃亲昵的关系。想到要继续保持这种关系,他心里头腌臜极了。

菲利普在沃克斯霍尔大桥路的一幢房子的二楼为米尔德丽德租了两个房间。房外声音嘈杂,不过他知道她喜欢窗外车水马龙的喧闹声。

“我可不喜欢半阴不阳、毫无生气的街道，住在那种地方，整天价看不到一个人影儿，”米尔德丽德说，“让我嗅上一点儿生活的气息吧。”

尔后，菲利普强迫自己来到文森特广场。举手按铃的时候，他内心充满着忧伤。他怀有一种因错待了诺拉而忐忑不安的心情。他不敢埋怨诺拉。他知道她的性子暴躁，而他又不愿看到吵架的场面。也许最好的办法还是直截了当地告诉她，说米尔德丽德现在又回到了他的身边，而他对她依然是一往情深，热烈地爱着她。对此，他深感内疚，但他再也没有什么可以奉献给诺拉的了。他料想到诺拉会感到极端痛苦，因为他明白她是爱自己的。以往她对他所怀的钟爱之情，使他感到心旌飘摇，而他对此也不胜感激之至。但是，眼下这一切简直太可怕了。她不应该忍受他强加于她的痛苦。他暗暗地问自己，现在她会怎样接待自己呢？当他沿着阶梯拾级而上时，她一切可能的举止行动一一掠过他的心头。他叩着房门。他感到脸色刷地发白，不知道该如何掩饰自己内心的不安。

诺拉正埋头奋笔疾书，但当菲利普跨进房间时，她霍地跳了起来。

“我听出是你的脚步声，”她嚷嚷着，“近来你躲到哪儿去啦？你这个淘气鬼！”

她喜气洋洋地朝他走来，两臂勾住了他的颈脖。看到诺拉感到很高兴，菲利普吻了她，然后故作姿态，说他极想用茶点。诺拉连忙生火，煮沸锅里的水。

“我最近忙得不可开交，”他笨嘴拙舌地说。

接着，诺拉神采飞扬地絮聒开了，告诉他她受托为一家以往从未雇佣过她的公司写一个中篇小说。为此，她可以拿到十五个畿尼呐。

“这笔钱是从天上掉下来的。我来告诉你我们该干些什么。我们自己会钞出去溜他一圈，到牛津去玩上一天，好吗？我就是喜欢去看看那儿的几所学院。”

菲利普凝视着她，窥察她那双眸子里是否有埋怨的阴影。但是，她那双眸子同往常一样，流露出坦率、欢乐的目光：见到了他，她感到欣喜雀跃。他的心沉甸甸的。但不能把那个残忍的事实披露给她听。诺拉给他烤了点面包，还把他当作小孩一样，将面包切成小块才递给他。

“下作坯，吃饱了吗？”她问道。

他点点头，不觉莞尔。她为他点了支烟。接着，她同往常一样，走过来坐在菲利普的双膝上。她的身子很轻。她往后靠着，偎依在他的怀里，脸上浮泛起甜蜜幸福的神情。

“给我说些可心的话儿吧，”她喃喃地说。

“说些什么呢？”

“你可以想象说你非常喜欢我。”

“我一直很喜欢你，这你是知道的。”

这会儿，他实在不忍心启口，把那件事情告诉诺拉，无论如何，也要让她安安宁宁地度过这一天。或许，他可以采取写信的方式告诉她。在信里讲要容易得多。想起她会痛哭流涕，他实在于心不忍啊。诺拉逗他吻他，然而在接吻的时候，他想起了米尔德丽德，想起了米尔德丽德的苍白的、薄薄的嘴唇。对米尔德丽德的回忆，犹如一个无骸的形体——一个要比人影丰富、充实得多的形体——每时每刻都在缠着他，不时地使他变得心猿意马，神思恍惚。

“你今天太沉默了，”诺拉说。

在他们两人之间，她的嘴碎话多总是老牌的笑把儿。他回答说：

“你从来不让我有置喙的余地，因此，我已经没有讲话的习惯了。”

“但是，你也不在听我说话呀，这种态度可不好。”

他脸微微发红，不禁怀疑起她对自己内心的隐秘是否有所觉察。他局促不安地移开自己的眼光。这天下午，诺拉身子的重量令人生厌，他不想让她碰到自己。

“我的脚发麻了，”他说。

“真对不起，”她叫喊了一声，从他腿上猛地跳了下来，“要是我改不掉这个坐在绅士们膝上的习惯，那就非得行减肥法不可啰！”

菲利普煞有介事地在地板上跺跺脚，还绕着房间兜圈儿。然后，他站在壁炉跟前，这样她就无法再坐在他的腿上了。在她讲话的当儿，他认为诺拉要比米尔德丽德高强十倍，诺拉给他带来了更多的乐趣，同诺拉谈话时他心情更为愉快，她要比米尔德丽德聪颖得多，而且性情更为温柔。她是个贤淑、诚实、有胆有识的小妇人。而米尔德丽德呢？他痛苦地认为，这几个形容词没有一个她是配的。倘若他还有理智的话，他应该矢志不渝地守着诺拉，她一定会使他感觉到比他同米尔德丽德在一起要幸福得多：不管怎么说，诺拉对他是一往情深，而米尔德丽德却只是感激他的帮助而已。不过话得说回来，重要的还在于与其被人爱还不如去爱别人，他心心念念地思念着米尔德丽德。他宁可只同米尔德丽德呆上十分钟，也不愿同诺拉呆整整一个下午，他把在米尔德丽德冷冰冰的嘴唇上吻上一吻，看得要比吻遍诺拉全身更有价值。

“我简直不能自拔，”他暗自思忖着，“米尔德丽德可算是铭刻在我的心灵上了。”

纵然她无心无肝、腐化堕落和俗不可耐，纵然她愚蠢无知、贪婪嗜欲,他都毫不在乎,还是爱恋着她。他宁可同这一个结合在一起过痛苦悲惨的日子,也不愿同那一个在一起共享鸾凤和鸣之乐。

他站起来要走的时候,诺拉漫不经心地说:

“嗯,我明天等你来,好吗?”

“好的,”他应了一声。

他心里明白,翌日他要去帮米尔德丽德搬家,不能上这儿来了。可是,他没有勇气说出口。他决定给她打个电报来。米尔德丽德上午去看了那两个房间,颇为中意。中饭后,菲利普同她一道去海伯里。她有一只箱子用来盛放衣服,另一只箱子里装些零星杂物、坐垫、灯罩、相片镜框等等,她要用这些东西来把那套租赁的房间布置得像个家庭的模样。此外,她还有两三只硕大的硬纸板箱子。不过,这些物件全都叠放在四轮出租马车上,也没有碰到车顶。他们通过维多利亚大街时,菲利普蜷缩在马车的后座,以防万一被偶然路过这里的诺拉撞见。他没有得到打电报的机会,而电报也不能在沃克斯霍尔大桥路的邮政局里打,这会使诺拉对他在那条路上的行动产生怀疑。再说,要是他人在那儿,他就毫无借口不到近在咫尺的她的寓所所在的那个广场去。他决定最好还是花上半个小时,跑去看她一趟。然而,这件迫于情势不得不做的事,弄得他心烦意乱。他很生诺拉的气,因为正是她使自己变得如此庸俗卑下、失魂落魄。但是,同米尔德丽德呆在一起,他却感到心驰神荡。帮她打开行李时,他心里头有说不出的高兴;他为自己一手把米尔德丽德安顿在由他找到的并由他付房租的寓所里,心中荡漾着一种微妙的占有欲。他可舍不得让她累坏了身子。为她做点儿事是一种乐趣,而她自己却不愿做别人急欲替她做的事儿。他为她打开箱子,取出衣服摆在一边。见她不再提议外出,他便给她拿来拖鞋,并替她脱下靴子。他为自己代操奴仆之役而感到由衷的高兴。

当他双膝下跪替她解开靴子的揿钮时,米尔德丽德一边轻怜蜜爱地抚摩着他的头发,一边说,“你太娇惯我了。”

他蓦地抓起她的双手吻了起来。

“有你在这儿,真叫人感到愉快。”

他整理坐垫,摆好相片镜框。她还有几只绿色的陶瓶。

“我将给你弄些花来放在瓶里,”他说。

他骄傲地环顾四周,打量着自己干的活儿。

“我不准备出去了,我想我还是穿件宽松的女袍,”她说。“帮我从后面解开纽扣,好吗?”

她毫无顾忌地转过身去,好像他也是个女人似的。他作为男性,对她说来,毫无吸引力。可是,她这句话所表达的亲昵劲儿,倒使得他心里充满了感激之情。他手指笨拙地解开扣子。

“在第一次走进那爿店的那天,我可没想到今天会来给你做这种事情,”菲利普强颜欢笑地说。

“总要有人做这件事的,”米尔德丽德回答了一句。

她走进卧室,套了件镶满廉价花边的天蓝色宽松女袍。然后,菲利普把她抱进一张沙发里,并去替她沏茶。

“恐怕我不能在这儿同你一起用茶了,”他不无遗憾地说,“我有一个十分讨厌的约会。不过半个钟头以后我就回来。”

要是她问起是什么样的约会,他还真不知道怎么回答呢！不过,她并没有流露出一点儿好奇心。他在租赁房间的时候,就预先订了两人的饭菜,并提出要同她一道安安稳稳地过个黄昏。他心里急着要赶回来,所以他便搭乘电车走沃克斯霍尔大桥路。他想不如索性对诺拉讲明他只能呆几分钟。

“喂,我只有向你问声好的时间,”他脚刚跨进诺拉的房间,就哇啦地说开了。“我忙得要死。”

诺拉听后把脸一沉。

“哎唷,怎么啦?”

他对诺拉居然逼着他说谎非常恼怒。他回答说医院里在举行示威,他一定得参加。就在说话的当儿,他自觉脸红了。他想她脸上显现出不相信他的神情,这使得他更为恼火。

“哦,好的,这没关系,”诺拉说,“明天一天你得呆在我这儿。”

菲利普毫无表情地望着她。翌日是星期天,他一直想在这一天同米尔德丽德呆在一起。他对自己说,就是出于起码的礼貌,他也应该那样做,总不能把她孤零零一个人扔在一间陌生的屋子里呀!

“实在对不起,明天我有约会。”

他知道这是一场他千方百计要避免的争吵的开始。诺拉的脸涨得更红了。

“可是,我已经邀请戈登夫妇来吃中饭”——演员戈登偕同妻子正在外省游览,星期日要在伦敦过——“这事我一周前就告诉你了。”

“实在对不起,我忘了,”他嗫嚅道。“我恐怕十有八九不能来。你就不能另请旁人吗?”

“那你明天干什么去?”

“我希望你不要盘问我。”

“难道你真的不想告诉我吗?”

“我还不至于不愿告诉你,不过硬逼着一个人讲自己的行踪,这也太恼人了!”

眨眼间,诺拉换了另外一副脸孔。她极力克制着不让自己发脾气,走到菲利普的跟前,拉起他的手。

“明天别让我失望,菲利普,我一直殷切地期望着能同你在一起过个星期天。戈登夫妇想见见你,我们一定会玩得很快乐。”

"要是能来,我倒是极想来的。"

"我待人不算太苛刻,对不? 我不是常常找你的麻烦的。你不能不赴那个讨厌的约会吗? 就这一次好吗?"

"实在对不起,我认为我不能这么做,"菲利普冷冷地回答说。

"告诉我这是什么样的约会,"她带着哄孩子似的口吻说道。

菲利普抓紧时间编造了个理由。

"格里菲思的两位妹妹要来度周末,我们俩要带她们出去玩玩。"

"就这些吗?"她高兴地说道。"格里菲思很容易就可以找到另一个人嘛!"

他希望能想出个比上面所说的更为紧迫的事儿来。那个借口太拙劣了。

"不,实在对不起,我不能——我已经答应了,我就得信守诺言。"

"可是,你也曾答应过我的。完全可以肯定,是我首先提出来的。"

"我希望你不要坚持了,"菲利普说。

诺拉勃然大怒。

"你是不想来,所以才不来的。不知你前些日子在干些什么勾当,你完全变了。"

菲利普看了看自己的手表。

"恐怕我一定得走了,"他说。

"你明天不来吗?"

"不来。"

"这么说,不必再劳驾光临了,"她叫嚷着,这下可大动肝火了。

"随你的便,"他回敬了一句。

“别再让我耽搁你了，”她挖苦地补了一句。

菲利普耸了耸肩膀，走出屋外。他感到如释重负，事情总算还不坏。还没有出现涕泗滂沱的场面。一路上，他因这么容易就摆脱那桩事情而额手称庆。他走进维多利亚大街，买了几束鲜花带给米尔德丽德。

这个小型便宴进行得十分成功。菲利普早先送来了一小罐鱼子酱，他知道米尔德丽德就爱吃这种东西。房东太太给他俩端上来几块炸肉排、蔬菜和一道甜食。菲利普还订了她最爱喝的红葡萄酒。帷幕敞开，炉火熊熊，灯泡安上了米尔德丽德的灯罩，房间里弥漫着舒适惬意的气息。

“这儿真像是一个家，”菲利普满面春风地说。

“兴许我会变得更加不幸，会吗？”她回答道。

吃完饭，菲利普把两张安乐椅拉到壁炉前。他俩坐在上面歇息。他悠然自得抽着烟斗，感到心旷神怡。

“明天你要做什么呢？”他问米尔德丽德说。

“喔，我要到图尔斯山去。你记得那爿店里的女经理吗？嘿，她现在已经结婚了，她邀请我去同她在一起过星期天。当然啰，她想我现在也结婚了。”

菲利普听后垂头丧气。

“可是，为了能同你在一起过星期天，我还谢绝了一张请柬呢。”

他想，米尔德丽德要是爱他的话，一定会说那就同他在一起吧。

菲利普心里明白，诺拉碰上这种情况是决不会犹豫的。

“唔，你这个笨瓜竟干出这号事来。三个星期前，我就答应她了。”

“但是，你一个人怎么去呢？”

“哦,我会说埃米尔外出办事了。她的丈夫是干手帕行当的,他是个态度非常傲慢的家伙。”

菲利普默然不语,一股难过的感情涌上了心头。米尔德丽德凝睇着他。

“你不会连这一点儿乐趣都不给我吧,菲利普?你是知道的,这是我能够出去走走的最后一个机会了,还不知要隔多久才会再有这种机会呐。况且这是我早讲定了的。”

他拿起她的手,笑着对她说:

“不,亲爱的,我要你去痛痛快快地玩上一玩。我只是想让你感到愉快。”

一本用蓝纸包着的小书打开着,书页朝下地躺在沙发上,菲利普懒懒地把它拿了起来。这是一本定价两便士的中篇小说,其作者是科特纳·帕各特。这就是诺拉写书时用的笔名。

“我非常喜欢看他写的书,”米尔德丽德说,“凡是他写的书我都看,写得太美了。”

他仍然记得诺拉对她自己的评价。

“我在那些帮厨的女工里面享有盛誉。她们都认为我颇有绅士风度。”

第七十一章

菲利普为报答格里菲思的知遇之恩,便把自己那些暧情昧意的纠葛一五一十地抖落给他听。星期天早晨用过早饭后,他俩身披晨衣坐在壁炉旁抽烟,这当儿,菲利普又给他讲起了前日与诺拉龃龉不和的事儿。格里菲思祝贺他如此干净利落地摆脱了困境。

“同一个女人谈情说爱，这是世上最容易的事儿了，”他故作庄重地说，“可是，要斩断绵绵情丝却令人十分生厌。”

菲利普对自己如此巧妙地摆脱了干系，颇有些沾沾自喜的味儿。不管怎么说，他现在可是心安理得了。一想起米尔德丽德在图尔斯山过得很愉快，他为她的幸福而的的确确感到心满意足。尽管他自己深感失望，但还是没有掠人之美，这对他来说，完全是一种自我牺牲的行为，也正是这一点使得他内心充满了喜悦。

但在星期一早晨，菲利普发觉桌子上赫然躺着一封来自诺拉的信，信上写着：

最亲爱的：

星期六那天，我大发脾气，实感抱歉，望能谅察。请同往常一样于下午来用茶点。我爱你。

你的诺拉

菲利普神情沮丧，茫然不知所措。他走到格里菲思的跟前，把这封信递了过去。

“你还是不写回信的好，”格里菲思说。

“喔，我可不能这样，”菲利普嚷道。“要是我想起她老是在盼我的回信，我心里会很不好受的。你可不知道等待邮递员的叩门声是啥滋味，我可算是有体会的了。我决不能让人家也忍受这种折磨。”

“老兄，一个人要断绝这种关系，又要不让人感到难过，这是不成的。干那号事，你得咬紧牙关。要知道，那种痛苦是不会持续多久的。”

菲利普觉得诺拉不该忍受由他强加于她的那种痛苦。诺拉能忍受多大的痛苦,格里菲思又何尝知道呢?他回想起自己在米尔德丽德告诉他她马上要结婚时所体验的痛苦。他决不想让任何人也来体验他曾经受过的那种痛苦。

“你要是不急于让她感到难过,那就去找她好了,”格里菲思说道。

“这一点我做不到。”

菲利普倏地站了起来,在房间里局促不安地来回踱着。他恨诺拉,因为她并没有让事情就此了结。诺拉早应该察觉出他对她已毫无爱情可言了。人们都说女人对诸如此类的事是很敏感的嘛。

“你也许可以帮我一把,”他对格里菲思说。

“老兄,别这样大惊小怪的。这些事情人总是有办法对付的,你懂吧。兴许她还不见得像你想的那样爱你哩。一个人往往很容易把自己用来感染人家的那种感情吹得神乎其神的。”

他带住话头,饶有兴趣地望着菲利普。

“听我说,你可以做一件事。给她去封信,告诉她你俩的关系到此结束。话要说得干脆,不要引起任何误解。这样做是会刺伤她的心的。不过,做这种事情手段辣一点,比起你三心二意地去做,对她来说,痛苦还要少一些。”

菲利普重新坐了下来,挥笔写了下面这封信:

亲爱的诺拉:

使你感到不愉快,我深感内疚。不过,我想我们俩还是让事情停留在星期六那种地步为好。我认为,既然事情已毫无乐趣可言,那么,再让它继续下去又有什么意义呢?你叫我走开,我就走了。我不存回去的奢望。再见。

菲利普·凯里

他把信拿给格里菲思看，并征求他的意见。格里菲思读完后，闪动着晶莹的眼光注视着菲利普。他心里究竟怎么想的，却只字未吐。

“我认为这封信定能奏效，”他说。

菲利普出去把信寄走了。一上午，他过得很不舒畅，一直在推测着诺拉接信后感情变化的细枝末节。他为诺拉可能要掉泪的念头所苦恼。但是在这同时，他又感到轻松。想象中的痛苦总是要比目睹的痛苦来得容易忍受，何况他眼下可以无拘无束地、情思专一地爱着米尔德丽德了。医院下班时，想到那天下午要去看望米尔德丽德，他的心几乎要跳出胸腔。

跟往常一样，他回到自己房间梳理一下。他刚把钥匙塞进门上的锁眼，突然从身后传来一个人的说话声。

“我可以进来吗？我已经等了你半个小时了。”

这是诺拉的声音。他顿觉自己的脸刷地红到了耳根。她说话时，声调欢快，没有一丝怨恨，从中听不出可资证明他俩双方龃龉的端倪。他觉得自己无地自容。他既害怕又厌恶，但还竭力装出一副笑脸。

“可以，请进吧，”他说。

菲利普把门打开，诺拉在他头里走进起居间。他心中忐忑不安，为使自己镇静下来，他递给诺拉一支烟，同时自己也点了一支。诺拉神采奕奕地凝望着他。

“你这个淘气鬼，为什么要给我写来这么一封可怕的信？我要是拿它当真的话，它足以使我感到痛心疾首。”

“这封信决不是闹着玩的，”他神情抑郁地回答道。

“别这么傻里傻气的。那天我是发了脾气，可是我写了信，道了歉。你还不满意，喏，今天我又上门请罪来了。归根结蒂，你是独立自主的，我无权对你提出任何要求。我决不要你做你不愿意做的事情。”

她从椅子里站起来，两手张着，感情冲动地朝菲利普走来。

“让我们言归于好吧，菲利普。要是我触犯了你，我感到难过。”

他不能不让她握住自己的双手，但是他不敢正视她。

“恐怕现在太迟了。”他说。

她一屁股坐在他腿旁的地板上，抱住了他的双腿。

“菲利普，别傻！我性情急躁，我知道是我伤害了你的感情，不过为了这一点就生气，那也太傻了。弄得大家都不开心，这又有什么好处呢？我们的友谊是多么令人愉快啊。”她的手指缓慢地抚摩着他的手。“我爱你，菲利普。”

他站起身子，躲开她，走到房间的另一端。

“实在抱歉，我无能为力。整个事情就此完结。”

“你的意思是说你不再爱我了？”

“恐怕是的。”

“你是在找个机会把我抛弃掉，而你就抓住了那件事，是不是？”

他默不作声。她两眼直勾勾地盯视了他一会儿，看上去她已到了忍无可忍的地步。她还是坐在原地不动，背靠着安乐椅。她无声地哭着，也不用双手蒙住脸面，豆大的泪珠一颗颗顺着她的面颊滚落下来。她没有抽泣。看到她这种样子，令人不觉悚然，痛苦万分。菲利普转过身去。

“我伤了你的心，实在对不起。就是我不爱你，这也不是我的过错。”

她默默无言。她似乎不胜悲切，只是木然地呆坐着，眼泪不住地顺着面颊流淌。要是她声色俱厉地呵斥他,他也许好受些。菲利普想诺拉脾气上来时会控制不住自己,而且他也准备她来这么一着。在思想深处,他觉得干脆大吵一场,两人都用刻毒的语言咒骂对方,在一定程度上,还能证明自己的行为是无咎的。时光匆匆流逝。最后他看到她无声地哭着而变得惊慌起来。他走进卧室,倒了杯水来,朝着诺拉俯下身去。

"你不喝点儿水吗? 喝了,心里要好受些。"

她嘴唇没精打采地伸向杯子,喝了两三口水。然后她精神倦怠地、轻声地向菲利普讨了块手帕。她擦干了眼泪。

"自然,我早就知道你从来就没有像我爱你那样爱过我,"她呻吟地说。

"恐怕事情往往就是如此,"他说,"总是有人去爱别人,也总是有人被别人爱。"

他想起了米尔德丽德,一阵剧痛袭上心头。诺拉沉默了好一会儿。

"我总是那么悲惨不幸,我的一生又是那么的可恨,"她最后说。

这话诺拉并不是对菲利普,而是对她自己说的。以往,他可从来没有听到她埋怨过她同丈夫在一起的生活,也没有听到她诅咒过穷困的境况。他过去总是非常钦佩她敢于正视世界的凛然态度。

"后来,你同我邂逅相逢,而且又对我那么好。我钦佩你,是因为你聪明,再说,找到了一个自己信得过的人,这有多可贵啊。我爱过你。但万万没料到会有如此结局,而且我一点儿过错都没有。"

她又淌下了眼泪,不过此时她较能控制住自己,用菲利普的手帕蒙住自己的脸。她极力克制住自己的情感。

"再给我些水喝,"她说。

她擦了擦眼睛。

“抱歉，我竟做出这种蠢事来。我是一点思想准备也没有啊。”

“太对不起你了，诺拉。我想叫你知道的是，我非常感激你为我所做的一切。”

他不知道诺拉究竟看中了他什么。

“唉，事情全是一个样，”她叹息地说，“倘若要男人们待你好，你就得待他们狠；要是待他们好，他们就给你罪受。”

诺拉从地板上站起来要走，她向菲利普投来长长的、沉静的一瞥，接着是一阵欷歔叹息声。

“太莫名其妙了。这一切究竟是什么意思？”

菲利普突然打定了主意。

“我想我还是告诉你，我不想让你把我看得太坏了，你是我的话，也是没有办法的啊。米尔德丽德已经回来了。”

诺拉涨红了脸。

“你为什么不立刻告诉我？我是当然应该知道的。”

“我不敢讲。”

她对着镜子端详自己，把帽子戴正。

“劳驾叫辆出租马车，”她说，“我实在走不动了。”

菲利普走到门口，叫住一辆路过的双轮双座马车。当她跟随他走到街上时，他发现她脸色非常苍白，不禁吃了一惊。她的步履沉重，好像转眼间变得苍老了似的。看到她的病容，他不忍心让她独自一人回去。

“要是你不反对的话，我陪你回去。”

见她不置可否，他便坐进了马车。他们默默地驶过大桥，穿过几条穷街陋巷，孩子们尖声訇喝着在马路上戏耍。马车来到诺拉寓所门前时，她没有立刻走出车子，看上去她似乎不能聚集足够的气力来挪动步子。

“我希望你原谅我，诺拉，”菲利普说。

她把眼睛转向菲利普。此时他发觉那双眼睛又闪烁着晶莹的泪花，但是她还极力使自己的嘴角露出一丝笑意。

“可怜的人！你太为我担忧了。你不必费心。我不怪你。我会好起来的。”

她轻轻地、敏捷地抚摸他的脸，以表示她对他不怀怨恨之心，这一动作仅仅起点暗示的作用，如此而已。然后，她跳下马车，头也不回地走进屋去。

菲利普付了车资后，便朝米尔德丽德的寓所走去。他怀有一种莫名其妙的沉重心情，真想把自己臭骂一顿。但是，为什么呢？他不知道他还能做些什么。路过一爿水果店时，他记起了米尔德丽德喜欢吃葡萄。他非常感激自己能够通过回忆记起她的每一种嗜好来表达对她的爱慕之情。

第七十二章

以后的三个月里，菲利普每天都去看望米尔德丽德。他去时随身带着书，一用过茶点，便埋首攻读，这当儿，米尔德丽德便躺在沙发上欣赏小说。有时，他抬起头来，盯着她瞅上一会儿，嘴角隐隐露出一丝甜蜜的笑意。然而，米尔德丽德总是能觉察出他向自己投来的目光。

“别望着我浪费你的时间，傻瓜！快做你的功课吧，”她说。

“好一个独裁者，”他兴高采烈地应答着。

菲利普见房东太太进来铺台布准备开饭，便放下书本，兴致勃勃地同她打趣逗乐。这位房东太太是个上了年纪、个儿瘦小的伦敦佬,伶牙俐齿的,具有逗人发笑的幽默感。米尔德丽德已经同她交上了朋友,并且还把导致自己处于目前这种不幸境遇的种种情况,对她作了一番详尽的但是虚假的叙述。这位好心肠的瘦小女人却深受感动,觉得只要米尔德丽德日子过得舒适,再大的麻烦也不为大。米尔德丽德出于礼貌起见,建议菲利普以她兄长的身份出现。他俩在一起用餐,米尔德丽德的胃口变幻莫测。但每当订到能引起她的食欲的饭菜时,菲利普心里总有说不出的高兴。看到她就坐在自己的对面,他不禁为之心醉;他按捺不住内心的喜悦,不时地拉起她的手紧紧地攥着。饭后,米尔德丽德坐进靠近壁炉的安乐椅里,他则紧挨着她坐在地板上,身子倚着她的双膝,嘴里叼着支烟。他俩常常不言不语。有时,发觉她打着盹儿,菲利普便不敢动作,生怕惊醒她,悄没声息地坐在那儿,眼睛懒懒地望着炉火,尽情享受着他的幸福。

“午觉睡得香吗?”她醒来时,他笑吟吟地问道。

“我可没睡,”她回答说,“只是闭闭眼睛就是了。”

她从来不会承认自己睡着的。她生性冷漠,而眼下她身体状况也没有使她感到特别的不便之处。她为了自身的健康,可算是费尽心机,不论什么,只要他愿意提出建议,她都照听不误。每天早晨,只要天好,她都出去,在外面呆上一段时间。天气不太冷的话,她就坐在圣詹姆士公园里。一天余下的时光,她全是悠闲地坐在沙发里消磨掉的,不是读着一本又一本的小说,就是同房东太太在一块儿唠叨扯淡。她就爱说东道西的,其谈兴之浓,经久不衰。她对菲利普絮絮叨叨地讲述房东太太的身世,谈论住在起居室那层楼上的房客以及左邻右舍的趣闻轶事。时而她脸上现出惊恐的神色,对菲利普诉说起自己害怕分娩的痛苦,生怕自己因此而撒手人世。接着,又把房东太太以及那位住在起居室那层楼上的太太的分娩情况，对菲利普从头至尾说了个罄尽。（至于那位住在起居室那层楼上的太太，米尔德丽德还不认识呢。“我这个人就喜欢清静，”她说，“可不是那种见人就搭讪的人儿。”）她带着一种莫可名状的既兴奋又惊悸的口吻娓娓叙来，不过，在大部分时间里，她对近在眼前的临产一事，却处之泰然。

“不管怎么说，我不是第一个生孩子的女人呀，对不？况且大夫说我是不会有什么麻烦的。你瞧，看来我还不是生来就不能生孩子的女人呢。”

眼看产期将至，米尔德丽德去找了房东欧文太太。欧文太太给她推荐了一位大夫，米尔德丽德每隔一周去检查一次。这位大夫索费十五畿尼。

“当然咯，我完全可以还他的价，不过这位大夫是欧文太太竭力推荐的，因此我想总不能因小失大吧。”

“如果你觉得愉快、舒适，费用我才不在乎呢！”菲利普说。

菲利普为她做什么，她都心安理得，似乎这是天经地义的；而在菲利普这方面说来，他就喜欢为她花钱，每给她一张五英镑的钞票，都在他心头激起一种幸福感和自豪感。菲利普给了她好一笔数字的钱，因为她从来不是算计着花钱的。

“我也说不清钱是怎么花的，”她自言自语地说，“就像水似的，都从我指缝里流掉了。”

“这不打紧，”菲利普说，“我能为你做的，我都乐意去做。”

她既不擅针线活，又不为那即将出世的孩子缝制几件必不可少的衣衫。她对菲利普说到头来买他几件比自己做还要便宜得多。菲利普手头有几张抵押契据，这就是他的全部钱财。近日他卖掉了一张，换来的五百英镑，眼下存在银行里，准备往一桩其意义不能一下子就能理解的事业里投资。此时,他感到自己异乎寻常的富有。他们俩常常在一起憧憬未来。菲利普切望米尔德丽德把孩子带在身边,但是米尔德丽德却连声拒绝,因为她还得去挣钱糊口,要是不带孩子,去找工作就要容易得多。她打算重新回到她先前工作过的商店里去,而把孩子交给乡下一个正经女人抚养。

"我能找到只要七先令六便士就会带好孩子的人。这样,无论对我还是对孩子来说,都有好处。"

这在菲利普看来似乎有点不近人情。但是当他试图同米尔德丽德说理时,她却装作认为菲利普只是肉痛要付孩子的抚养费。

"孩子的抚养费,你大可不必操心,"她说,"我决不会叫你付的。"

"要我付多少钱,我是不计较的,这你是知道的。"

米尔德丽德内心深处巴不得这孩子是个死胎。虽说她丝毫没有流露,但菲利普看出她存有这份心思。起初,菲利普不由得一怔,可后来,经过一番考虑,也不得不承认,鉴于种种因素,事情果真如此,倒是求之不得的。

"坐着说这论那的倒是很动听,"米尔德丽德抱怨地说,"可是叫一个姑娘出去自谋生计就艰难了,要是身边再拖着个孩子,那就更不容易了。"

"幸运的是,你还有我可以助你一臂之力呢,"菲利普笑吟吟地说着便拉起了米尔德丽德的手。

"菲利普,你一直待我很好。"

"喔,尽说些混账话!"

"你可不能说我以往对你为我所做的一切一点都没有酬报你啊。"

"老天在上,我可从来不曾想从你那儿得到什么酬报。如果说我为你做了些什么的话,那是因为我爱你才这么做的。你什么也不欠我。我希望你也爱我。除此之外,我对你没什么企求了。"

对米尔德丽德把自己的肉体看作是件商品,她可以为了尽其用途而随随便便地提供给买主的想法,菲利普感到有点吃惊。

“不过我真想报答你,菲利普。你待我一直是那么情深意切。”

“嗯,再等一段时间也无甚害处。等你身体好了以后,咱俩再去度几天蜜月不迟。”

“你真淘气,”她粲然一笑,怪嗔着菲利普。

米尔德丽德企望在阳春三月坐月子,身体一好便去海边过上半个月,这样可以让菲利普不受干扰地复习迎考,然后就是复活节,他们俩早已打算双双去巴黎度假。菲利普滔滔不绝地数说着他俩在巴黎的种种活动。到那时,巴黎可是个赏心悦目的好去处。他们可以在他所熟悉的拉丁区的一家小旅馆里开个房间,上各式各样的迷人的小饭馆去品尝食物,上戏院观看歌剧。他还要带她去欣赏音乐,引她去见见自己的亲朋好友。这一切会使她感到很有趣的。他曾在米尔德丽德面前谈起过克朗肖,她很想见见他。还有劳森,他已经去巴黎好几个月了。他们还可以去逛逛皮利埃舞厅,还将去凡尔赛、恰特兹、枫丹白露游览观光。

“那可要花一大笔钱哩,”她说。

“哦,甭管花多少钱。想想吧。我朝思暮想的就盼着这一天哪。难道你不清楚这对我有多么重要吗?过去我除了你谁也不爱,以后也不会去爱旁人。”

米尔德丽德笑眯眯的,默默地谛听着他这番慷慨陈词。他认为从她笑眼里看到的是一片脉脉柔情,对此,他对她满怀感激。她比往常要温存得多。以往她身上那种令人不快的傲慢神气,眼下已杳无踪影。她在他跟前呆惯了,不再故作姿态了,也不再像先前那样精心梳理她的头发了,只是随随便便地拢成一个发髻。她通常把她那浓密的刘海梳得齐齐整整,现在却任其披散着。她那张瘦削的脸庞使她那双眼睛显得格外的大。下眼睑布满了皱纹,在苍白的双颊衬托下,更显突兀分明。她神情阴郁,悲哀之至。从她身上,菲利普仿佛看到了圣母马利亚的影子。他希望米尔德丽德岁岁年年永不改颜。他体会到今生前所未有过的幸福。

每天晚上,一到十点,菲利普便起身向米尔德丽德告辞,一来因为她喜欢早早就寝,二来因为他回去后还得用功一两个钟头,以弥补先前几个小时耽误下来的功课。他通常在离开她之前替她梳理头发。在同她道过晚安之后,菲利普便举行仪式般地把他的亲吻奉献给她。首先,他吻吻她的手掌心(她的手指是多么的纤细,那指甲又是多么的秀美,因为她花了不少时间来修剪指甲),接着便先右后左地亲亲她那双合上的眼睛,最后贴着她的嘴唇亲了又亲,吻了又吻。在回家的路上,他那颗心充溢着爱。他引颈盼望能有机会一遂平生心愿,以弥补因自我牺牲而使自己心劳神疲的亏缺。

不久,米尔德丽德该移居私人医院了,她将要在那儿生产。此时,菲利普只能于下午去探望她了。米尔德丽德另编了一套说法,把自己说成是一名随团队驻扎在印度的士兵的妻子,而把菲利普作为自己的小叔子介绍给这家私人医院的女院长。

“我说什么都得当心,”她告诉菲利普说,“因为这儿还有一位太太,她的丈夫就在印度民政部工作。”

“我要是你的话,才不为此担忧呢,”菲利普说。“我相信她的丈夫同你的丈夫是搭乘同一条船去的。”

“什么船?”她天真地问道。

“鬼船①呗!”

---

① “鬼船”,传说中注定在海上漂流直到上帝最后审判日的荷兰水手所乘的船,被认为是一种不祥之兆。此处系菲利普的戏谑语。

米尔德丽德顺利地生下了个女孩。当菲利普获准进去看她时，那婴儿就躺在她的身边。米尔德丽德的身体非常虚弱，但因为一切都过去了，心情还是轻松的。她把孩子抱给菲利普看，而她自己用一种古怪的目光打量着这孩子。

“这小东西看上去怪滑稽可笑的，是不？我简直不敢相信她是我生的。”

那新生儿浑身通红，皮肤皱皱的，模样古怪。菲利普瞅着瞧着，脸上现出了笑容，不知说什么是好。他感到很是尴尬，因为此时那位拥有这家私人医院的看护就站在他的身旁。从她瞧自己的目光看来，菲利普觉得她压根儿就不相信米尔德丽德那种颇为复杂的说法，她认为菲利普就是这孩子的生身父亲。

“你准备给她起个什么名儿?”菲利普问道。

“究竟是叫她马德琳还是塞西莉亚，我还没打定主意。”

那位护士走开了，让他们俩单独呆上几分钟。于是，菲利普弯下腰去，对着米尔德丽德的嘴吻了一下。

“亲爱的，一切都平安地过去了，我感到很高兴。”

她抬起纤细的双臂，勾住菲利普的脖子。

“你真是个热心肠的人儿，亲爱的菲尔①。”

“现在我终于觉得你是我的人啦。我等你等了好久了，我的亲爱的人儿。”

他们听到那位看护走到门边的声响，于是菲利普急急乎直起身子。看护走进房间时，嘴角露出一丝淡淡的笑意。

---

① 菲利普的昵称。

第七十三章

三周以后,米尔德丽德带着孩子上布赖顿,菲利普前往车站给她母女俩送行。她身体恢复得很快,菲利普发现她的气色比以往任何时候都好。她打算住在布赖顿一家食宿公寓里,她曾经同埃米尔·米勒在那儿度过两三个周末。她预先写了封信去,说她丈夫奉命去德国出差,她将带着孩子到那儿去度假。她津津乐道于自己编造的谎言,而且在编造细枝末节方面还颇有些想象力呢。米尔德丽德打算在布赖顿找个乐意领养她孩子的保姆。看到她竟如此冷漠,急着要摆脱掉这个孩子,菲利普感到震惊。但她却口口声声说先让这孩子在别处呆段时间,然后再领回来,让孩子慢慢习惯在她身边生活,这样做要好得多,还说这是人之常情。菲利普曾想,她亲自带了两三个星期的孩子,总该唤起她做母亲的天性了,因此他企图借助这一点来帮助自己说服米尔德丽德能把孩子留在身边,可是根本就没有那回事。米尔德丽德对孩子也不能说不好,该做的事她都做了。有时这孩子也给她带来乐趣,而且她也常常三句话不离孩子的事儿。但是,她内心深处,对这孩子可一点感情也没有。她不能想象这孩子会是她身上的一块肉。她已经预感到这孩子长相像她生身父亲。她常常暗自纳闷,待这孩子长大以后,她还不知怎么办呢。想到自己当初怎么会那样傻,竟怀了这么个孩子,她不禁自怨自艾起来。

"要是我当初像现在这么清醒就好了,"她嘟哝了一句。

她嘲笑菲利普,因为他为了那孩子的幸福而操心,简直到了忧心如焚的地步。

"假如你是父亲的话,你就不会这么大惊小怪的了,"她说,"我倒想看看埃米尔为了这孩子而感到心乱如麻、坐卧不安的样子。"

菲利普曾经听人说起过育婴堂,以及有些可怜的孩子被他们的自私、狠心的父母扔进专以恐怖事情取乐的歹徒手中而惨遭虐待的事儿。眼下,他脑海里充斥着这些令人可怖的念头。

"别傻,"米尔德丽德说,"这是你出钱找个女人照看孩子。你一周出那么多钱,她们照顾好孩子,对她们自己也是有好处的呀。"

菲利普坚持要米尔德丽德把孩子交给自己没有生养过孩子的妇人抚养,并要她保证不再领别的孩子。

"别计较工钱,"他接着说,"我宁愿一周出半个畿尼,也不愿让这孩子去遭受饥饿或毒打。"

"你这个老伙计,还怪有趣的哩,菲利普。"

菲利普看到这孩子脆弱无力,任人处置,觉得怪揪心的。这个小东西,样子像个丑八怪,还动不动就大哭大闹发脾气。她是在生育她的人怀着耻辱、苦恼的期待中降临到人世间来的,谁也不要她,却全仗他这个陌生人为她提供吃的、住的,给她衣衫以遮掩其赤裸裸的躯体。

火车启动时,他吻了吻米尔德丽德。他本想也亲亲那个小家伙,可生怕米尔德丽德因此而讥笑他。

"你会给我来信的,亲爱的,是不?我盼望着你快点回来,哦,我简直都等不及了!"

"注意可要通过考试啊。"

近来他一直为通过考试而孜孜不倦地温习功课,眼下还剩下十天,他要作最后的冲刺。他急不可待地要通过考试:一来可省些自己的时间和费用,因为在过去四个月里,钞票以难以想象的速度从他的指缝里漏掉了;二来意味着单调乏味的课程就此结束。他要进入学习药物、妇产和外科的阶段，学习这三门课程显然要比迄今还在学的解剖学、生理学要有趣得多。菲利普怀着兴趣期待着余下的三门课程。他可不想到最后不得不向米尔德丽德坦白自己没有通过考试，尽管考试很难，绝大多数的考生第一次都没有及格。要是他考试不及格，他知道米尔德丽德对他就没有什么好印象了，她在表明自己的看法时，总是用一种与众不同的叫人下不了台的讥诮口吻。

米尔德丽德给他寄来了一张明信片，报了个平安。每天，他都从百忙中抽出半个小时给她写封长信。他历来羞于辞令，不过他发现，借助于手中的这枝秃笔，他可以把平时羞于启口的话儿都毫无顾忌地写下来告诉她。多亏了这一发现，他把自己的心里话对她倾筐倒箧地诉了个罄尽。他周身各处无不洋溢着他对米尔德丽德的爱慕之情，因此他的每一个举动、每一个念头无不受之影响。可是，以前他一直没能向她一诉衷肠。他在信中畅谈了他对未来的憧憬，描绘展现在他面前的锦绣前程，同时也倾诉了自己对她的感激之情。他扪心自问，米尔德丽德身上究竟有些什么使得他整个心灵充满了无限的快乐（以往他也常常问自己，但从来没有用语言的方式来表达）。对此，他也说不清楚。他只知道有她在自己身边，他就感到无比幸福，而她一旦离他而去，那整个世界蓦地变得凄凉阴冷，黯然无光。他只知道一想起她，他那颗心啊，仿佛在体内逐渐增大，并剧烈地跳荡着，使得呼吸都发生了困难（就像那颗心在压迫肺似的）。此时，由于见到她而激起的一阵欢喜变成了近乎是一种隐痛，他的双腿打颤，感到一种莫名其妙的虚弱，仿佛他多时粒米未进，长期饥饿而变得四肢无力，摇摇欲倒似的。他急切地盼望着她的回信。他并不指望她经常来信，因为他了解写封信对米尔德丽德来说也不是件易事。她寄来了一封短笺，字迹歪歪扭扭的，算是对他前四封信的回答，不过，他也心满意足了。在这封短笺里，她描述了那幢食宿公寓，她在那儿订了个房间；说到了那儿的天气和孩子的情况；告诉他她同一位在食宿公寓结识的太太在公寓正门前散步，而这位太太还挺喜欢孩子的哩；还说她将于星期六晚上去看戏；最后提到布赖顿到处客满了。这封短信是那么的平淡无奇，倒也拨动了菲利普的情弦。那难辨认的字迹，以及这封信本身只是例行常礼这件事，无不勾引起了一种莫名其妙的欲念。他想放怀畅笑，将米尔德丽德一把搂抱在怀里，亲她个够。

他满怀信心和兴奋走进考场。没有哪张试卷有题目难倒他的。他知道这次考得不差。考试的第二部分是 VIVA VOCE①，虽说他在回答问题时显得有些紧张，但还是竭力给以恰如其分的回答。考试成绩一公布，他便给米尔德丽德拍了个报喜的电报。

他回到住处时，发现有她写来的一封信，信上说她认为她还是在布赖顿再呆一个星期的好，原因是她已经找到了一位妇人，每周只要七个先令就乐意给她带孩子，但她还想摸一摸这位妇人的情况。再说，她此去布赖顿经海风一吹，受益匪浅，因此再多呆些时日，肯定会给她带来无穷的好处。她实在不愿向菲利普讨钱，可要是他在回信时顺便捎上几个子儿，那是最好不过的了。因为她一直想给自己买顶新帽子，总不能让自己跟那些太太们出去散步时老是戴同一顶帽子呀，而她那位女朋友对穿戴还挺讲究的哩。好一会儿，菲利普感到凄苦和失望，因通过考试而欢天喜地的心情顿时化为乌有。

“要是她对我怀有的情意有我对她的那份情意的四分之一，那她也就决不忍心在外多呆一天的。”

---

① 拉丁语，意为：“口试”。

但他很快就打消了这个念头。这纯粹是自私自利！她的健康当然比什么都要紧咯。但是眼下他无所事事，不妨去布赖顿和她一道度过这一周，这样他们俩从早到晚都可以厮守在一起了。想到这里，他的心不由得怦怦直跳。要是他突然出现在米尔德丽德的面前，并告诉她他已经在同一幢食宿公寓里订了个房间，那情景才有趣哩。他去查阅火车的时刻表，但又戛然驻步不前。米尔德丽德见到他会高兴，这一点他是有把握的。她在布赖顿结交了不少朋友。他一向沉默寡言，而米尔德丽德却喜欢热闹和恣情欢乐。他意识到她同别人在一起时要比跟他在一起快乐得多。如果他稍微感觉到自己在碍事，那他可受不了这个折磨。他不敢贸然行事，甚至也不敢写信暗示，说他眼下在城里闲着，很想到他可以天天看到她的地方去过上一周。她知道他空着无事，倘若她想叫他去，她早就会写信来说了。要是他提出要去，而她却提出种种借口叫他不去，他可不敢自讨这个苦吃。

翌日，他写了封信给她，还随信邮去五个英镑，最后他在信里带了一笔，说要是她好想于周末见见他的话，他自己很乐意到她那儿去，不过她不必为此变动她原先的计划。他焦急地等待着她的回音。她在来信中说，要是她早知道的话，她就会为此作出安排，不过她已经答应人家于星期六晚上一道上杂耍剧场观看表演。此外，要是他呆在那儿的话，会招食宿公寓里的人议论的。他为何不可以在星期天早晨来并在那儿过上一天呢？这样，他们可以上梅特洛波尔饭店吃中饭，然后她带他去见见那个气宇不凡的贵妇人似的太太，就是这位太太马上要带她的孩子。

星期天。菲利普感谢天公作美，因为这天天气晴朗。列车驶近布赖顿时，缕缕朝晖，一泻如流，透过窗子照入车厢。米尔德丽德正伫立在月台上等候他。

“你跑来接我真好极了！”菲利普一边嚷道，一边紧紧地攥住她的手。

“你也真希望我来嘛，不是这样吗？”

“我想你一定会来的。啃，你的气色挺好的哩！”

“身体的确大有起色，不过我想我在这儿能呆多久就呆多久，这个想法是明智的。食宿公寓里的那些人都是上流社会的正经人。在与世隔绝了几个月之后，我真想提高提高自己的兴致。那会儿，有时还真闷死人了。”

她戴了顶新帽子，显得挺精神的。那是顶黑色大草帽，上面插着许多廉价的鲜花。她脖子上围着的一条长长的仿天鹅绒制品制成的围巾随风飘着。她依然很瘦，走路的时候脊背微微佝偻着（她历来如此），不过，她那双眼睛似乎不像以往那么大了。虽然她的皮肤从来没有什么特别的色泽，但原先那种土黄色已经褪去。他们并肩步向海边。菲利普记起自己已经有好几个月没同她一起散步了，他蓦地意识到自己是个跛子，为了掩饰自己的窘态，便迈着僵硬的步子向前走去。

“看到我你高兴吗？”他问米尔德丽德。此时此刻，他心里激荡着狂热的爱。

“我当然高兴咯。这还用问吗？”

“喂，格里菲思向你问好。”

“真不知害臊！”

菲利普曾在她面前谈论过格里菲思的好多事情。他告诉她格里菲思此人生性轻浮，还把格里菲思在得到菲利普恪守秘密的诺言后透露给他的一些自己所干的风流韵事讲给她听，以讨她的欢喜。米尔德丽德在一旁谛听着，有时会露出一种不屑一听的轻蔑神情，不过一般说来还是不无好奇。菲利普还把他那位朋友的俊美的外貌及其洒脱的举止大事铺陈了一番,说话间还夹带着一种羡慕赞叹的口吻。

“你肯定会跟我一样地喜欢他的。他那个人生性欢快、有趣,是个很好的好人。”

菲利普还告诉米尔德丽德,说还在他同格里菲思互不熟识的时候,当他病倒在床上时,格里菲思是如何照料他的。他这番叙述把格里菲思的见义勇为的事迹一事不漏地统统讲了出来。

“你会情不自禁地喜欢上他的,”菲利普说。

“我可不喜欢相貌很帅的男人,”米尔德丽德说。“在我看来,他们都太傲慢了。”

“他想同你结识结识。我经常在他面前说起你。”

“你同他说些什么来着?”米尔德丽德问道。

除了对格里菲思,菲利普没有人可以一诉自己对米尔德丽德的满腔情愫,就这样,他渐渐把他同米尔德丽德之间的关系全抖落给格里菲思听了。他不下五十次在格里菲思面前描绘了米尔德丽德的容貌。他用充满眷恋的口吻详详细细地描绘米尔德丽德的外表,连一个细节都不漏掉,因此格里菲思对她那双纤细的手是啥模样以及她的脸色有多苍白都知道得清清楚楚。当菲利普说到她那两片毫无血色然而却富有魅力的薄薄的嘴唇时,格里菲思便嘲笑起他来。

“啊!我高兴的是我可不像你那样拙劣地对待事物,”他说。“否则,人活在世上就没有意思了。”

菲利普莞尔一笑。格里菲思哪里懂得热恋的甜蜜,就好比人们须臾不可缺少的肉、酒和呼吸的空气。他晓得那姑娘怀孕时全仗菲利普照料,而眼下菲利普将同她一道外出度假。

“唔,我得说你理应得到报偿,”格里菲思对菲利普说。“这次你肯定破费了不少钱财。幸运的是,你有能力承担这笔费用。"

"我也是力不从心哪,"菲利普接着说。"不过,我才不在乎呢!"

天色尚早,还不到吃饭的时辰,菲利普和米尔德丽德坐在广场一个避风的角落里,一边享受着阳光的乐趣,一边目不转睛地望着广场上来往的游人。一些布赖顿的男店员,三三两两地一边走一边挥舞着手杖,一群群布赖顿的女店员,踏着欢快的步履向前走去,嘴里还不住地格格笑着。他们俩一眼就辨认出哪些人是从伦敦赶来消磨这一天的。空气中寒意料峭,使得那些伦敦佬显得身体困乏,精神委顿。眼前走过一批犹太人,那些老太太们,身体敦实,裹着缎子衣服,浑身上下闪烁着珠光宝气,而男人们,个头矮小,体态臃肿,说话时总是配以丰富的手势。还有一些衣着考究的中年绅士,住在大旅馆里欢度周末。他们在吃过一顿丰盛的早餐之后,不辞辛劳地来回踱步,好使自己在用丰盛的午餐时胃口不减。他们互相校准钟点,在一起谈谈有关布赖顿博士的逸事或者聊聊海边的伦敦风光。间或走过一位遐迩闻名的演员,引起了所有在场的人们的注目,对此,这位名演员摆出一副毫不觉察的神气。时而,他身穿装有阿斯特拉罕羔皮①领子的外套,脚上套双漆皮靴子,手里拄着根银质把手的手杖;时而,他上身披着宽大的哈立斯粗花呢有带长袍,下身套条灯笼裤,后脑勺上覆盖一顶花呢帽,悠然自得地溜达着,像是刚打完猎回来似的。阳光洒在蓝色的海面上。蔚蓝的大海,一平如镜。

中餐过后,他们俩便上霍夫去看望那位领养孩子的妇人。这位妇人住在后街的一所小房子里。房子虽小,收拾得倒整整洁洁。她叫哈丁太太,一位中年模样、身体健旺的妇人,头发花白,脸膛红红

---

① 阿斯特拉罕羔皮,指产于苏联阿斯特拉罕的一种黑色卷毛小羊皮。

的，而且很丰满。她戴了顶帽子，一副慈母相，因此菲利普认为她看来似乎是位面善心慈的太太。

“你不觉得带孩子是桩十分讨厌的苦差事吗?”菲利普向那位妇人说。

那位妇人对他们两位解释说，她的丈夫是个副牧师，年龄要比她大出许多。教区的牧师们都想录用年轻人当他们的助手，这样一来，她的丈夫就很难谋得一个永久性的职位，只得在有人外出度假或病倒在床时去代职，挣得几个子儿。另外，某个慈善机构施舍给他们夫妇俩一笔小小的救济金。她感到很孤独，因此领个孩子带带兴许会使生活稍有生气。再说，由照料孩子而挣得的几个先令也可以帮她维持生计。她许诺一定把孩子喂养得白白胖胖的。

“她真像是位高贵的太太，是不?”在他们俩告辞出来后，米尔德丽德对菲利普说。

他们俩回到梅特洛波尔饭店去用茶点。米尔德丽德喜欢那里的人群和乐队。菲利普懒得说话。在米尔德丽德目光炯炯地盯视着走进店来的女客身上的服饰的当儿，他在一旁默默地凝视着她的脸。她有一种特殊的洞察力，一眼就能看出哪些东西值多少钱。她不时地向菲利普倾过身子，低声报告她观察的结果。

“你瞧见那儿的白鹭羽毛了吗? 每一根羽毛就值七个畿尼呢!”

没隔一会儿，她又说:“快看那件貂皮长袍，菲利普。那是兔皮，那是——那不是貂皮。”她得意地哈哈笑着。“我老远就可以一眼认出来。”

菲利普喜形于色。看到她这么快乐，他也感到高兴，她那机智的谈锋使得他乐不可支，深受感动。那边的乐队奏起凄楚动人的乐曲。

晚饭后，他们俩朝火车站走去。这当儿，菲利普挽起了米尔德丽德的手臂。他把他为法国之行所作的安排告诉了她。他要米尔德丽德本周末返回伦敦,但她却说在下周六以前回不了伦敦。他已经在巴黎一家旅馆里订了个房间。他热切地盼望能订到车票。

“我们坐二等车厢去巴黎,你不会反对吧?我们花钱可不能大手大脚啊,只要我们到了那儿玩得痛快,就比什么都强。”

菲利普在她面前谈起拉丁区已不下一百次了。他们将在该区的古色古香亲切可人的大街小巷间信步漫游,将悠闲地坐在卢森堡大公园的花园里。在巴黎玩够了以后,要是天公作美,他们还可以上枫丹白露。届时,树枝都将抽出新叶。早春时分,森林一片葱绿,那景致比啥都要美。它好比是支颂歌,宛如甜蜜之中夹带丝丝幽忧的爱情。米尔德丽德默默地倾听着。他转眸凝视着她。“你很想来,是不?”他问道。

“那当然咯,”她说罢嫣然一笑。

“你不知道我是多么殷切地盼望着此行早日到来。以后这几天我还不知道怎么过呢,生怕节外生枝,使得此行落空。有时候,因为我说不清我对你怀有多么深的爱情,我简直要发疯了。这下好了,最后,终于……”

他戛然而止。他们已经来到车站。刚才在路上耽搁太久了,因此菲利普向米尔德丽德道别都来不及了,只是匆匆吻了她一下,随即撒腿朝售票口拼命奔去。她站在原地没动。他跑路的姿势实在别扭、难看。

第七十四章

在紧接着的那周的星期六,米尔德丽德回到了伦敦。当晚,菲利普一直陪伴在她身边。他上歌剧院订了两个座位。晚餐时,他们俩还饮啜了香槟酒呢。米尔德丽德在伦敦已有多年,但这么开心她还是头一次,于是,她便尽情享受了一番生活的乐趣。戏院散场后,他们便雇了辆马车,朝平利科大街驶去,菲利普在那儿为她租了个房间。一路上,米尔德丽德蜷缩着身子躺在菲利普的怀里。

“我深信你见到我一定很高兴,”菲利普说。

米尔德丽德没有吱声,只是温存地攥了攥菲利普的手。对米尔德丽德来说,柔情的外露是罕见的,因此,经她这么一攥,菲利普不觉心旌飘摇了。

“我已邀请格里菲思同我们一道吃饭,”菲利普告诉她说。

“喔,你这样做我很高兴。我老早就想同他见见面了。”

星期天晚上城里没有什么娱乐场所可以带米尔德丽德去的。菲利普唯恐米尔德丽德整天同他呆在一块会感觉腻味。他想起了格里菲思,此人一举一动无不逗人发笑,可以为他们俩消磨这一夜晚助兴。菲利普对格里菲思和米尔德丽德两人都很喜欢,真希望他们俩相互结识,并且喜欢上对方。菲利普走时对米尔德丽德说:

“还只有六天时间了。”

他们预先包了罗曼诺餐馆顶层楼上的雅座。这顿佳肴丰盛而且可口,看上去远远超过了他们支付的饭钱。菲利普同米尔德丽德先到,只得坐下来等候格里菲思。

“他这个老兄历来不准时,”菲利普开腔说,“他的情人多得数不清,眼下兴许正在同她们中间的一个鬼混哩!”

但是,菲利普的话音刚落,格里菲思飘然而至。他是个瘦高个儿,长得倒挺俊的。一颗脑袋同他整个身材适成比例,给人以一种不可一世的神气,倒蛮引人注目的。他那头鬈发,那双大胆、热情的蓝眼睛,还有那张鲜红的嘴,无不具有迷人的魅力。菲利普发现米尔德丽德饶有兴味地凝睇着格里菲思，心中升腾起一种莫可名状的满足。格里菲思对着他们俩粲然一笑，算是打了个招呼。

“你的事儿我听说了不少，”在同米尔德丽德握手的当儿，格里菲思对她说。

“怕的是还没有我听到有关你的事儿多吧，”她回了一句。

“也没有你那么坏，”菲利普补了一句。

“他是不是一直在败坏我的名声呀？”

格里菲思说罢哈哈大笑。此刻，菲利普看见米尔德丽德注意到格里菲思那口牙齿是多么的洁白整齐，他那笑靥又是那么的悦人。

“你们俩理应像对老朋友一样相处，”菲利普说，“我已经分别为你们俩作了一番详尽的介绍了。”

今晚，格里菲思的心境是最好不过了，因为他终于通过了结业考试，取得了当医生的资格，并于不久前被委任为伦敦北部的一家医院的住院外科医生。他将于五月初赴任，在此之前他准备返回乡里度假。这一周是他在伦敦的最后一周，于是他决心趁此机会痛痛快快地乐上一乐。他又讲开了他那些妙趣横生的无稽之谈，对此，菲利普却赞叹不已，因为他自己就是模仿也模仿不起来。他的话多半没什么意义，不过他说话时那股活泼劲儿给他的话添加了分量。说话间，一种活力宛若一股涓涓细流从他口中淌出，凡是同他熟识的人，无不为之感动，就好比身上流过了一股暖流。米尔德丽德那种欢天喜地的样子，菲利普前所未见。眼看到由自己一手张罗的小小聚会颇为成功，菲利普感到很是高兴。米尔德丽德着实快活了一番。她的笑声越来越高，完全忘却了业已成为她第二天性的那种矜持斯文的淡漠表情。

这时，格里菲思说：

“喂，要我称呼你米勒太太还真不习惯呢。菲利普一向只叫你米尔德丽德。”

“你真那样称呼她，她大概不至于会把你的眼珠给抠出来的，”菲利普笑呵呵地说。

“那她得叫我哈利。”

在他们俩闲聊的时候，菲利普默默地坐在一旁暗自思忖，看到别人精神愉快确是件非常有趣的事儿。格里菲思不时地将菲利普戏弄一番，当然是出自一番好意啰，因为他这个人一向是正经八百、不苟言笑的。

“我想他一定很喜欢你，菲利普，”米尔德丽德笑吟吟地说。

“他这个老伙计人可不坏，”格里菲思一面接口说道，一面抓起菲利普的手快乐地摇晃着。

格里菲思喜欢菲利普这件事似乎使得他更富有魅力。他们可都是饮食有度的人儿，几滴酒下肚，其力直冲脑门。格里菲思的话越来越多，竟到了口若悬河的地步；菲利普虽觉有趣，但也不得不出来恳求他有所收敛。他有讲故事的天赋，在叙述的过程中，他把他那些富有传奇色彩的风流韵事、逗人发笑的妙处渲染得淋漓尽致。在这些艳遇中，他都是扮演了一个奔放不羁、幽默风趣的角色。米尔德丽德双眸闪烁着激动的光芒，不住地敦促格里菲思继续往下讲。于是，他便倾诉了一则又一则轶事。当餐馆里的灯光渐渐隐去时，米尔德丽德不胜惊讶。

“哎呀，今晚过得好快啊。我还以为不到九点半呢。”

他们起身离座，步出餐馆。道别时，米尔德丽德又说：

“明天我上菲利普那儿用茶。可能的话，你不妨也来。”

“好的，”格里菲思笑眯眯地说。

在回平利科大街的路上，米尔德丽德还是口口声声不离格里菲思，完全为他的堂堂仪表、裁剪精美的衣服、说话的声音以及他那欢快的性格所陶醉。

“对你喜欢上他，我是很高兴的，”菲利普说。“起先你还觉得不屑同他见面呢。这你还记得吗？”

“菲利普，我认为他这个人真好，竟这么喜欢你。他确是你应该结交的好朋友。”

她朝菲利普仰起面孔，让他亲吻，这在她来说，却是少有的举动。

“菲利普，今晚过得很愉快。太感激你了。”

“别说那些混账话，”他哈哈笑了起来。她的赞赏深深地打动了他的心，他感到双目湿润了。

她打开了房门，在进去前，她掉头对菲利普说：

“去告诉哈利，就说我狂热地爱上了他。”

“好的，”他笑呵呵地应着，“祝你晚安。”

翌日，正当他们俩在用茶点的时候，格里菲思一脚跨了进来，随即懒洋洋地坐进一张安乐椅里。他那粗手大脚慢腾腾的动作里流露出一种难以言表的性感。在格里菲思同米尔德丽德叽叽咕咕闲扯时，菲利普缄默不语。他对那两位充满了爱慕之情，因此，在他看来，他们俩相互爱慕，这也是十分自然的。即使格里菲思把米尔德丽德的心思吸引了过去，他也不在乎，因为到了晚上，米尔德丽德就全部属于他了。这时，他好比是一位对自己妻子的感情笃信不疑的温顺的丈夫，在一旁饶有兴味地看着妻子毫无危险地同一位陌生人调情。但是挨到七点半，他看了看手表，说：

“米尔德丽德，我们该出去吃饭了。”

房间里一阵沉默。格里菲思一副若有所思的样子。

“唔，我得走了，”格里菲思终于开口说，“没想到天已不早了。”

“今晚你有事吗？”米尔德丽德问道。

“事倒没什么。”

又是一阵沉默。菲利普心中有些儿不悦。

“我这就去解手,”菲利普说后,又对米尔德丽德说,“你要不要上厕所呀?”

她没有答理他。

“你为何不跟我们一道去吃饭呢?”她却对格里菲思这样说。

格里菲思望着菲利普,只见他目光阴沉地瞪视着自己。

“昨晚我随你们去吃了一顿,”格里菲思哈哈笑着说。“我去你们就不方便了。”

“哦,这没关系的,”米尔德丽德执著地说。“叫他一起去吧,菲利普。他去不碍事的,对不?”

“他愿去尽管去好了。”

“那好吧,”格里菲思立即接口说,“我这就上楼去梳理一下。”

他刚走出房间,菲利普便生气地对着米尔德丽德嚷道:

“你究竟为啥要叫他跟我们一块去吃饭呢?”

“我忍不住就说了。不过当他说他无事可做的时候,我们一声不吭,那不是太奇怪了吗。”

“喔,乱弹琴!那你又干吗要问他有没有事呢?”

米尔德丽德抿了抿嘴唇。

“有时候我想要一点乐趣。老是同你呆在一块,我就会发腻。”

他们听到了格里菲思下楼时发出的咚咚脚步声,于是菲利普转身走进卧室梳洗去了。他们就在附近一家意大利餐馆吃晚饭。菲利普气呼呼的一声不吭,但是他很快就意识到自己这副模样在格里菲思的面前显得很是不利,于是强忍下这满腹的怨气。他喝了一杯又一杯的酒,借酒浇灭烧灼他心的哀痛,还强打精神,间或也开口插上几句。米尔德丽德对自己刚才说的话感到内疚,便使出浑身解数以讨菲利普的欢心。她显得那么和颜悦色,那么含情脉脉。这倒叫菲利普责怪起自己太傻气,竟吃起醋来了。晚饭后,他们乘了辆马车上杂耍剧场,一路上,米尔德丽德还主动伸出手让他握着呢。此时,原先的那一股怨气早就飞到爪哇国去了。蓦地,不知怎地,他渐渐意识到与此同时格里菲思也握着她的另一只手。一阵痛楚再次猛烈地向心上袭来,这是一种灼人的切肤之痛。他内心惶惑不已,暗暗问自己一个以前兴许也会问的问题:米尔德丽德和格里菲思是否相互爱恋上了。他眼前仿佛飘浮着一团怀疑、忿懑、悲哀、沮丧的迷雾,台上的演出他啥也看不清,但他还是极力装出一副若无其事的样子,继续同他们俩又说又笑的。不一会儿,一种莫名其妙的要折磨自己的欲念攫住了他的心,他倏地站了起来,说他想出去喝点什么。米尔德丽德和格里菲思还不曾有机会单独相处过,他想让他们俩单独呆一会。

"我也去,"格里菲思说,"我也口渴得很。"

"喔,扯淡,你留下陪米尔德丽德说个话儿。"

菲利普自己也不知道怎么会说出这种话来的。他把他们俩撇在一边,使得内心的痛苦难以忍受。他并没有到酒吧间去,而是走上阳台,从那儿他可以监视他们而自己不被发觉。只见他们俩再也不看演出了,而是相视而笑。格里菲思还是同原来一样,眉飞色舞地侃侃而谈,而米尔德丽德则全神贯注地倾听着。菲利普只觉得头痛欲裂,一动不动地伫立在那儿。他知道自己再回去会碍事的。没有他,他们玩得很愉快,可他却备受折磨。时间飞逝而过,眼下他特别羞于再回到他们中间去。他心里明白,他们俩心目中压根儿就没他这个人。他不胜悲哀地想起今晚这顿晚饭钱以及剧场的票子还是他掏的腰包呢。他们俩把自己耍得好苦啊!他羞忿交加,不能自已。他看得出,没有他在旁边他们俩是多么的愉快。他本欲扔下他们径自回到自己的住所，但是他没拿帽子和外衣，再说自己这么一走，以后还得作没完没了的解释。他又回到自己的座位上。他发觉在米尔德丽德向自己投来的目光中隐隐流露出丝丝愠怒，他的心不由得一沉。

“你走了好一会儿了，”格里菲思说，脸上堆着欢迎的微笑。

“我碰上了几位熟人，一攀谈上就难脱身。我想你们俩在一起一定很好。”

“我感到非常愉快，”格里菲思说，“就不知米尔德丽德是怎么想的。”

她发出一声短促的洋洋得意的笑声，笑声里透出丝丝俗不可耐的味儿，菲利普听了不觉为之悚然。他提议他们该回去了。

“喂，”格里菲思说，“我跟菲利普一同送你回去。”

菲利普疑心这种安排是米尔德丽德事先暗示的。这样，她可以避免由他单独送自己回去。在马车里，他没有拉她的手，而米尔德丽德也没有主动把手伸向他；可他知道她一路上却始终握着格里菲思的手。当时他最主要的想法是这一切简直鄙俗不堪。马车辚辚向前。他暗自纳闷，不知他们俩背着他作出了哪些幽会的安排，想到这儿，不禁诅咒起自己出走而给他们以可乘之机来了，事实上正是自己故意出走才促成他们这么做的。

“咱俩也乘马车回去，”当马车来到米尔德丽德的住地时，菲利普说，“我实在太累了，脚都抬不起来。”

在回他们寓所的路上，格里菲思谈笑风生，菲利普却爱理不理的，态度冷淡地应答着，可格里菲思似乎毫不在乎。菲利普肚里思量，格里菲思想必注意到事有蹊跷了。最后，菲利普越来越沉默，格里菲思再也无法佯装不察了，顿时显得局促不安，戛然打住了话头。菲利普想说些什么，但又甚觉羞愧，难以启口。可是，机不可失，时不待人,最好趁此机会立刻弄清事情的真相。他硬逼着自己开了腔。

“你爱米尔德丽德吗?”他突然发问道。

“我?”格里菲思哈哈大笑,“今晚你老是阴阳怪气的,就是为了这个缘故吗? 我当然不爱她,我亲爱的老兄。”

他说罢挽起菲利普的手臂,但菲利普却把身子移了开去。他心里明白,格里菲思是在撒谎。他不能强迫格里菲思告诉自己说他一直没有握米尔德丽德的手。突然间,他觉得全身瘫软,心力交瘁。

“哈利,这事对你来说无所谓,”他说道。“你已经玩了那么多女人,可千万不要把她从我身边夺走。这意味着我整个生命。我的境遇已经够惨的了。”

他的说话声也变得异样,语塞喉管,忍不住抽抽噎噎地哭了起来。他赧颜满面,简直无地自容。

“亲爱的老伙计,我决不会干出任何伤害你的事来的,这你是知道的。我太喜欢你了,还不至于会干出那种荒唐事来。我只是逗着玩儿的。要是我早知道你为了这事会这么伤心,我早就小心行事了。”

“此话当真?”菲利普随即问道。

“她,我根本看不上眼。我以我的名誉担保。”

菲利普如释重负地叹了口气。马车戛然停在他们寓所的门前。

第七十五章

翌日,菲利普心境颇佳。他生怕自己在米尔德丽德身边呆得太久会使她心生腻烦。因此,他决定不到吃饭时间不去找她。他去接时,见她已梳理停当,正等候着他,于是就她这次罕见的准时践约一事跟她打趣逗笑。她身上穿的是他送的新衣裙,对此,他评头品足,说这衣裙还怪俏丽的哩。

"裙子缝得不对头,"米尔德丽德却说,"还得送回去重新改。"

"如果你打算把它带到巴黎的话,那你得叫裁缝抓紧一点。"

"到时一定能改好的。"

"还只剩下三天了。我们乘十一点钟的火车去,好吗?"

"随你的便。"

当想到差不多有一个月的光景他将天天守在米尔德丽德的身旁,菲利普的两眼闪耀着贪婪而又爱恋的光芒,骨碌碌地在她身上扫个不停。对自己的这种色欲,菲利普不觉莞尔。

"我不知道看中了你身上的哪一点,"他笑吟吟地说。

"说得好!"她回了一句。

米尔德丽德瘦骨嶙峋,几乎一眼就可以看到她的骨头架子。胸脯就跟男孩一样的扁平,嘴巴因双唇狭窄、苍白而显得很丑。她的皮肤呈淡绿色。

"到了巴黎之后,我就拼命给你吃布劳氏丸①,"菲利普边笑边说,"叫你回来的时候变得胖胖的,脸色像玫瑰花似的红润。"

"我可不想发胖,"她顶了一句。

吃饭的当儿,她对格里菲思只字不提,此刻,菲利普踌躇满志,深信自己能拿得住他,于是半开玩笑半正经地说:

"看来昨天晚上你同哈利着实调情了一番?"

"我告诉过你说我爱上了他嘛,"她笑哈哈地说。

"我可高兴地得知他并不爱你。"

---

① 布劳氏丸,低铁补血丸,适用于贫血症患者。

“何以见得?”

“我亲口问过他的嘛。”

米尔德丽德犹豫了半晌,默默地注视着菲利普,蓦然间,她双眸发出一种奇异的光亮。

“你愿意看一看他今天早晨给我的信吗?”

米尔德丽德说着随手递来一只信封,菲利普一眼就认出了那信封上格里菲思的粗大、清晰的字体。这封信一共写了八张纸,写得不错,口气坦率,读来令人神魂颠倒,正是出于一个惯于寻花问柳的男人的手笔。他在信中对米尔德丽德一诉衷肠,说他狂热地爱着米尔德丽德,而且是一见钟情呢;还声称他无意这么做,因为他知道菲利普非常喜欢她,但无奈情火中烧,不能自制。想到菲利普是那么一个可爱的人儿,他为自己感到万分羞愧,但这不是他的过错,只怨自己完全为米尔德丽德所倾倒。他还用一套甜言蜜语把米尔德丽德恭维了一番。最后,他感谢米尔德丽德答应第二天同他一起就餐,并说他急不可耐地期待着同她会面。菲利普意识到此信是前一天晚上写的,一定是格里菲思在同菲利普分手以后写的,而且还在菲利普以为格里菲思已就寝的时候,不辞辛劳地跑出去把信寄走的。

看信的那一刻,他那颗心怦怦直跳,直恶心。但是他脸上丝毫没露惊讶的神色,而是面带微笑,镇定自若地把信递还给米尔德丽德。

“那顿中饭吃得香吗?”

“真带劲,”她回答时还加重了语气。

菲利普感到双手不住地颤抖,于是他把手藏到桌子下面。

“你可不要拿格里菲思当真,要知道他是个浪荡哥儿。”

米尔德丽德接过信去,又端详了一番。

“我也是没办法，”她说话时，极力装出一副若无其事的样子。“我自己也闹不清我究竟怎么啦。”

“这事叫我可伤脑筋了，不是吗？”菲利普说。

她匆匆地扫了他一眼。

“我得说，你对此事的态度倒蛮镇定沉着的呢。”

“你想叫我怎么办呢？你想叫我歇斯底里地发作一通吗？”

“我原先以为你会生我气的。”

“奇怪的是，我一点儿也不生气。我早该知道这种事情会发生的。我太傻气了，把你们两位引到一起去了。他哪一点都比我强，这我心里清楚着哪。他生性欢快，长得又很帅，还很风趣，他的谈吐，无不迎合你的旨趣。”

“我不懂你说的是什么意思。我这个人很笨，这我也没办法。不过老实告诉你，我并不像你想象的那般蠢，还不至于到那种地步呢。我的年轻的朋友，你对我也太傲慢点了吧。”

“你想同我吵架吗？”他口气温和地问道。

“没有这个意思。但是我不懂你为什么要那样对待我，就好像我啥也不懂似的。”

“很抱歉，我可无意要触犯你，只是想心平气和地把事情说清楚。尽力想法子不要把事情搞得一团糟。我看到你被他吸引住了，这在我看来是很自然的。令人伤心的是，明知道我对你是一往情深，可他居然还怂恿你这么干。他才对我说他压根儿不爱你，可五分钟之后又写了那么一封信，这种做法在我看来也太卑鄙龌龊了。”

“你以为在我面前说他的坏话，我就不喜欢他了，那你是打错算盘了。”

菲利普沉吟良久，不知该说些什么才能使米尔德丽德明白自己的意思。他想冷静地、郑重其事地把话说清楚，但无奈眼下思潮翻滚,心乱如麻,一下子还理不出个头绪来。

“为了一宗你知道不会长久的男女私情而牺牲自己的一切,那是不值得的。说到底,他同谁都处不长,十天一过就什么都不顾了,再说你生来就很冷漠。那种艳事不会给你带来多大好处的。”

“那只是你的看法。”

米尔德丽德的这种态度倒使得他一下子发不起火来。

“你爱上了他,这是没法子的事情,我只有极力忍受这个痛苦。你和我两人一向处得不错,我对你从来没有做出什么越轨的举动,对不?你并不爱我,这我肚子里一向有数,不过你还是喜欢我的。我们一同在巴黎,你自然而然就会忘掉格里菲思。只要你下决心忘掉他,你会发觉这样做并不难。你也该为我着想着想哇,这在我来说,也是理所应当的。”

米尔德丽德闷声不响。于是,他们俩默默无言地吃着饭。沉默的气氛宛如铅块似的,越压越重,令人窒息。过了一会儿,菲利普搭讪着说些鸡毛蒜皮的小事。米尔德丽德心不在焉,似听非听的样子,他只当没看见。她只是顺着菲利普的话头敷衍几句,却不主动披露自己的心迹。后来,她突然打断菲利普的话,冷冷地说:

“菲利普,星期六我恐怕不能走了,因为医生说我不该这么做。”

他心里明白这是遁词,但嘴上还是说:

“那么,你啥时候能够动身呢?”

她瞥了菲利普一眼,发觉他的脸色苍白,神情严峻,于是迅即把目光移向别处。此时,她有些惧怕菲利普。

“我还是老实告诉你吧,我根本不能跟你一块儿去。”

“我料到你有这个意思。可是,眼下改变主意已经迟了。车票已经买了,一切准备工作都就绪了。”

“你说过除非我想去巴黎，否则你不会勉强我的，而现在我就是不想去嘛。”

“我已经改变主意了。我不打算再同自己开什么玩笑了。你一定得跟我走。”

“菲利普，作为一个朋友，我一向很喜欢你。朋友就是朋友，旁的我想都不忍去想。我也不希望你存有别的什么念头。巴黎之行，我是不能奉陪的了，菲利普。”

“可是一个礼拜前你还是很愿意去的嘛。”

“那时情况不同。”

“就因为那时你还没有碰上格里菲思？”

“你亲口说过要是我爱上了格里菲思，这也是没有办法的事情嘛。”

她的脸倏忽板了起来，两眼直直地盯视着面前的菜碟子。菲利普气得脸色发白。他真想用拳头对准她的脸给她一家伙，脑海里浮现出被打得鼻青眼肿的模样来。邻近的一张餐桌旁坐着两个十八岁的小伙子，他们不时地转眼凝视米尔德丽德。他暗自思忖，他们是否羡慕他同一位妩媚的少女在一起用餐，说不定他们还在想取他而代之呢。最后还是米尔德丽德开腔打破了这难堪的沉寂。

“咱俩一块儿出去会有什么好结果呢？就是去了，我还会无时无刻不想念他的。这样不会给你带来多少乐趣的。”

“那是我的事，”他接口答道。

米尔德丽德细细玩味着他的答话的弦外之音，不觉双颊绯红。

“但是这也太卑鄙了。”

“此话怎讲？”

“我原以为你是个真正的绅士呐。”

“那你看错人了。”

他觉得他的回答妙极了,所以他一边说着,一边还哈哈大笑哩。

“看在老天爷的分上,别笑啦!”她大声地嚷道。“菲利普,我不能陪你去。实在对不起。我知道我一向待你不好,但是一个人总不能强迫自己去做自己不愿做的事儿呀!”

“你落难的时候,啥都是我给你张罗的,难道这一切你都忘了不成?你生孩子之前的一切费用都是我开支的。你看医生以及其他一切费用也都是我付的。你上布赖顿的车票、旅费也都是我提供的。眼下我还在替你付孩子的寄养费,给你买衣服,你身上穿的哪一块布不是我买的呢?”

“如果你是绅士的话,你就决不会把你为我所做的一切在我面前抖落炫耀。”

“哦,老天爷,闭上你那张臭嘴吧!你以为我还在乎我是否是个绅士吗?要是我是个绅士,我就决不会在像你这样的俗不可耐的荡妇身上浪费时间了。你喜欢不喜欢我,我毫不在乎!我心里腌臜透了,被人当该死的傻瓜一样地耍。你星期六高高兴兴地来跟我一块去巴黎,要不然你吃不了兜着走。”

她胸中的怒火把两颊烧得通红,在回敬菲利普的当儿,也跟平常人一样硬邦邦的,可平时她却总是温文尔雅的。

“我从来就不喜欢你,打咱俩开始认识时我就不喜欢你,都是你强加给我的。你每次吻我,我都恨你。从现在起,不准你碰我一个指头,就是我饿死,也不准你碰。”

菲利普试图把自己面前的盘子里的食物一口吞下去,但喉咙的肌肉就是不听使唤。他把酒一饮而尽,随即点了支烟。他全身在不住地颤抖。他一声不吭,默默地等待着她起立,但是她却像尊泥塑木雕似的坐着不动,两眼目不转睛地望着雪白的台布。要是这时就只有他们两人的话,他就会一把把她搂在自己的怀里,在她脸上狂吻;他想象起当他把自己的嘴唇紧紧贴住她的嘴唇时她仰起那雪白纤细的颈子的情景来了。他们俩就这样无言以对过了个把钟头,最后菲利普感到那侍者渐渐用一种诧异的目光凝睇着他们俩,于是便叫侍者来结账。

“咱们走吧?”接着他心平气和地说。

米尔德丽德虽没有吭声,但伸手拿起了手提包和手套,并穿上外套。

“下次你什么时候同格里菲思见面?”

“明天,”她冷淡地答道。

“你最好把此事跟他聊聊。”

米尔德丽德下意识地打开手提包,目光触到包里的一片纸。她随即把它掏了出来。

“这就是我身上穿的这件外套的账单,”她吞吞吐吐地说。

“怎么回事?”

“我答应明天付钱的。”

“是吗?”

“这件衣服是你同意我买的。你刚才的意思是不是说你不打算付钱了?”

“是这个意思。”

“那我去叫哈利付。”她说话时,脸颊红了一下。

“他很乐意帮助你。眼下他还欠我七个英镑,上周他还把显微镜送进了当铺,因为他穷得精光。”

“你不要以为拿这个就可以吓唬我。我完全能够自己去挣钱养活自己。”

“那再好也没有了。我可不打算再在你身上花一个子儿了。”

她又想起了星期六该付的房租和孩子的领养费的事儿来,但没有吱声。他们俩走出餐馆，来到街上。菲利普问她道：

"我给你叫辆马车来好吗？我准备散一会儿步。"

"我连一个子儿也没有，可下午还得付一笔账。"

"你自己走回去也伤不了你的身体。明天你想见我的话，大约用茶点的时候我在家。"

他向米尔德丽德脱帽致意，随即信步向前走去。片刻后，他掉头朝身后望了望，只见米尔德丽德立在原地未动，神情沮丧地望着街上来往的车辆。他返身折了回来，一边嘻嘻笑着，一边把一枚硬币塞在米尔德丽德的手里。

"喏，两个先令，够你付马车费的。"

米尔德丽德还没有来得及开口说话，他便匆匆走开了。

第七十六章

第二天晌午，菲利普坐在卧室里，暗自思量着不知米尔德丽德是否会来。头一天夜里，他睡得很不好。这天上午，他在医学院俱乐部浏览了一张又一张的报纸，借以消磨时光。学校放假了，他所熟识的学生很少有在伦敦的，不过他还是找到了一两个人聊个天儿，还下了盘棋，就这样打发了那令人沉闷的时光。中饭后，他感觉疲惫不堪，头痛欲裂，于是回到自己的寓所后，便一头倒在床上捧了本小说看着。他一直没有见着格里菲思。前天夜里菲利普回来时他不在家。后来听到他回来了，却没见着，他没跟往常那样窥视菲利普的房间，看他是否已入睡。到了早晨，又听到他老早就跑了出去。很明显，格里菲思是想避免同他照面。蓦地，耳边传来一下轻轻的叩门声，菲利普一骨碌从床上跃了下来，一瘸一拐地跑去开门，只见米尔德丽德一动不动地站在门边。

“进来呀,”菲利普说。

他在她身后把门闭上。米尔德丽德一屁股坐了下来。她迟疑了一下才开腔说话。

“谢谢你昨晚给了我两个先令,”她说。

“喔,快别谢了。”

她对菲利普报以淡淡的一笑。这使得菲利普想起了一条狗因淘气挨打后,为讨主人的欢心,脸上露出一种胆怯、奉承的表情来。

“我和哈利在一起吃中饭来着,”她说。

“是吗?”

“菲利普,如果你还要我星期六陪你一起去巴黎的话,我准备陪你去。”

一种胜利的狂喜似闪电般地向他心口袭来,不过这种情感瞬息即逝,随后心中升起了一团疑云。

“是为了钱吗?”他问道。

“有一半是这个原因,”她坦率地说。“哈利无能为力。他欠了这儿五个月的房租,还欠你七个英镑,而裁缝又一直钉住他要工钱。他能当的东西都要当,可是他把什么东西都当掉了。为了要把那个做我这件衣服的女裁缝打发掉,我就够操心的了,可这星期六房租又到期了。五分钟之内我又找不到工作,总是要等一段时间才能等到个空缺。”

她是操一种平和的却是抱怨的口吻说这番话的,仿佛她这是在数说命运的种种不合理,虽说不合理,却是与生俱来,不得不逆来顺受似的。菲利普听后没有吭声,不过对她说这番话的用心却洞若观火。

“你的话只说了一半,”最后他说。

“嗯，哈利说你待我们俩一向很好。他说，在他心目中，你是他真正的好朋友，而你为我所做的一切，恐怕世上没有第二个男人会像你这样的了。他说我们做人要正直老实。正如你说他的那样，他也说自己不像你，他生性用情不专，还说我要是为了他而抛弃你，那是十分愚蠢的行为。他的感情是不会持久的，而你会。他自己常常这么说。”

“你想跟我一块儿去巴黎吗？”菲利普问道。

“我不反对。”

他凝视着米尔德丽德，嘴角向下弯曲着，透出丝丝凄苦的神情。他确实大获全胜，而且自己的夙愿即将得偿。他不禁哈哈一笑，嘲笑起自己蒙受的耻辱。米尔德丽德飞快地瞥了他一眼，但没有作声。

“我殷切地期待着咱俩一块儿去巴黎一游，我曾想过，经过了那么多的痛苦的折磨，我终于得到了幸福……”

但他并没有能够说完他想说的心里话。突然，米尔德丽德事先毫无迹象地哇的一声哭开了，顿时泪如泉涌。她坐的那张椅子，诺拉也曾坐在那儿嘤嘤抽泣过。同诺拉一样，米尔德丽德把脸搁在椅子的靠背上。靠背中央凹陷，两边微微隆起，她就把头部靠在椅子中央的凹陷处。

“我同女人打交道总是不走运，”菲利普思忖着。

她那瘦骨嶙峋的身子随着一吸一顿的抽泣而不住地起伏着。菲利普从来还没有见过一个女人如此自暴自弃地恸哭过。蓦地，一阵悸怕紧紧抓住了他的心，撕裂着他的心。他不知不觉地移步来到米尔德丽德的跟前，伸出双臂抱着她。米尔德丽德丝毫不作反抗，在这悲恸欲绝的时刻，她任其爱抚自己。菲利普在她耳边说了几句安慰的体己话，究竟说了些什么，连他自己也不甚了了。他随即弯下身子，在她脸上不住地吻着。

“你很难过吗？”他最后问了这么一句。

“我巴不得自己死去，”她神情凄怆地叹道，“但愿我分娩时死了就好了。”

她头上还戴着帽子，有些儿碍事，于是菲利普帮她取了下来。他把她的头放在椅子更舒适的部位，然后走过去坐在桌子边，目不转睛地望着她。

“亲爱的，事情糟透了，是不？”菲利普说，“真想不到任何人都需要爱呀！”

不一会儿，米尔德丽德渐渐止住了抽泣，精疲力竭地瘫在椅子里，头往后仰着，两臂无力地垂在两旁，模样古怪，活像画家勾画的用来展示服饰的橱窗模特儿。

“我可不知道你爱他爱得这么深啊，”菲利普又说。

菲利普把自己放在格里菲思的位置上，用他那样的眼睛去看人，用他那双手去抚摩；他可以设想格里菲思的躯体就是自己的躯体，用他那张嘴同米尔德丽德接吻，用他那双充满笑意的眼睛朝着她微笑。因此，菲利普完全理解格里菲思的爱恋之情。使他惊异的倒是米尔德丽德的感情。他可从来没想到她也会感情冲动，而这次是确确实实的，毫无疑问是感情冲动。他内心有某种东西消失了，他痛切地感到了这一点，仿佛什么东西崩坍了一般。他只觉得自己莫名其妙地虚弱不堪。

“我并不想使你伤心。如果你不想跟我一块去，那就别去了。不管去还是不去，我都给你钱。”

她摇摇头说：

“不能这样。我说过我要跟你去，那我就一定去。”

“假如你一心依恋着他，就是去了又有什么好处？”

“是的,你说得很对。我确实是一心依恋着他。同格里菲思一样,我也知道这种感情长久不了,不过眼下……”

她不再往下说,一下合上了双眼,像是要晕过去似的。一个奇怪的念头闪现在菲利普的脑海里,他不假思索地脱口而出:

“为什么你不跟他一道走呢?”

“那怎么成呢?你知道我们俩没钱呀。”

“钱,我给!”

“你?!”

她霍地坐直身子,盯视着菲利普。那对眸子渐渐发亮,双颊也渐渐红润起来。

“看来最好的办法还是你出去度过这段时间,然后再到我的身边来。”

由于提了这么个建议,他顿觉不胜悵悵。然而,这种痛苦的折磨却给他带来了一种奇怪的、难以捉摸的情感。米尔德丽德圆睁着双眼凝视着他。

“喔,我们怎么好用你的钱呢?哈利决不会同意的。”

“啊,你去劝他,他是会同意的。”

她的反对反倒使他更加坚持自己的意见,然而他打心眼里希望米尔德丽德能断然拒绝这个建议。

“我给你五英镑,这样你可以在外地从这周星期六呆到下星期一。这点钱足够了。到了星期一,他就要回家乡,一直呆到他回伦敦北部上任为止。”

“哦,菲利普,这是真的吗?”她不由得嚷了起来,还拍着手。“只要你让我跟他一块走,以后我一定会深深地爱你的,为了你,我做什么都心甘情愿。只要你真的这样做了,我肯定能克服这个感情上的危机。你真的愿意给我们钱吗?”

"真的,"他答道。

此时,米尔德丽德变得判若两人,嘴一咧便哈哈笑了起来。看得出她感到欣喜若狂。米尔德丽德离开椅子,跪在菲利普的身旁,紧紧地拉住他的手。

"你真好,菲利普。你是我见过的最好的人儿。以后你会不会生我的气呀?"

菲利普微笑着摇了摇头,可他内心却承受着多么巨大的痛苦啊!

"我现在可以去告诉哈利吗?我可以对他说你不介意吗?除非你说没关系,要不然他是不会同意的。喔,你不知道我有多爱他!以后你要我怎么样我就怎么样。星期一我就回来同你一起去巴黎,去哪儿都可以。"

她站了起来,并戴上了帽子。

"你上哪?"

"我去问问他是否愿意带我一起走。"

"那么急呀?"

"你要我留在这儿吗?你要我留下来我就不走。"

她一屁股坐了下来,但是菲利普却格格一笑。

"不,没关系,你还是去吧。不过有件事得说清楚:眼下我不愿见到格里菲思,见到他太使我伤心了。去告诉他,说我菲利普对他不怀敌意,也没有别的什么不好的看法,但是请他离我远一点。"

"好吧,"她从椅子里一跃而起,迅即戴上手套,"我会把他的话传给你的。"

"你今晚最好来跟我一道吃晚饭。"

"那敢情好。"

她仰起脸等他吻她,当菲利普的嘴唇贴近她的嘴唇时,她伸出双臂勾住他的脖子。

“你真是个可爱的人儿,菲利普。”

两三个小时以后,她差人给他送来了便条,说她头痛不能践约同他一同进餐。菲利普几乎料到她会来这么一着的。他知道她是在同格里菲思一道吃饭。他妒火中烧,但是那种迷住了他们俩心窍的突如其来的勃勃情欲,像是从天外飞来似的,仿佛是天神赋予他们的一般,他深感自己无能为力,也无可奈何。他们相爱是非常自然的。他看到了格里菲思胜过自己的种种长处,并承认如果自己处在米尔德丽德的位置,也会干出米尔德丽德所干的事情来的。最使他伤心的是格里菲思的背信弃义的行为。他们一直是情意那么深厚的好朋友,而且格里菲思分明知道他对米尔德丽德是多么的一往情深。格里菲思应该对他高抬贵手嘛。

星期五以前他一直没有见到米尔德丽德,不过他也讨厌见到她。但是当她出现在他面前时,他知道自己在米尔德丽德的心目中没有丝毫的地位,因为他们两人都心心念念想着格里菲思。陡然间,他对她耿耿于怀。现在他明白了她和格里菲思相爱的原因了。格里菲思此人很蠢,喔,简直愚蠢至极!这一点他一向都知道,不过是视而不见罢了。格里菲思既愚蠢又浮躁。他身上的那种魅力恰恰掩盖了他那颗极端自私的心,为了满足自己的私欲,他任何人都可以出卖。他过的生活是多么的贫乏空虚,整天价不是在酒吧间游荡,就是在杂耍剧场里酗酒,再不就是到处眠花宿柳,闹出一桩桩桃色事件!他历来不读书,除了声色犬马,啥也不懂。他没转过一个好念头:最常挂在嘴边的字眼儿是“漂亮”。这是他送给一个男人或女人的最高的赞美词。漂亮!无怪乎他能讨米尔德丽德的欢心,他们这是同声相应,同气相求。

菲利普对米尔德丽德说些无关紧要的琐事。他知道米尔德丽德想讲讲格里菲思的事儿，但是他不给她置喙的机会。他避而不谈两天前的晚上她用一个小小的借口拒绝同他一道吃晚饭的事儿。他漫不经心的，试图使她相信他突然变得对什么都满不在乎。他练就一种唠叨小事的特殊本领，专聊些他知道能刺痛她心的琐碎小事。他的话是绵里藏针，说得又很圆滑，叫她听了有苦说不出。最后，她霍地站了起来。

"我想我该走了，"她说。

"你还挺忙的哩！"他回敬了一句。

她伸出了手，菲利普与她握别，并为她打开了房门。他知道她想要讲的事儿，同时也知道他冷冰冰的、冷嘲热讽的神气吓得她不敢启口。他的羞怯常常使他显得态度冷漠，无形之中使人们见了他都退避三舍。他发现了这一点之后，便一有机会就装出这种样子去对付别人。

"你总不会忘记你的许诺吧！"他扶着房门的当儿，米尔德丽德说。

"什么许诺？"

"钱呀。"

"要多少？"

他说话的口气冷淡、审慎，使得他的话显得特别的戳心。米尔德丽德的脸红了。他心里明白现在米尔德丽德恨死他了，对米尔德丽德克制住自己不发脾气的毅力，菲利普感到不胜惊讶。他要让她吃些苦头。

"明天要付衣服钱和房租。就这些了。哈利不走了，所以我们也不需要那笔钱了。"

菲利普的心咯噔一下，手松开了，房门又砰然闭上了。

"怎么不走呀？"

“他说我们没钱，也不能用你的钱。”

一个魔鬼抓住了菲利普的心，这是一种潜伏在他体内的自己折磨自己的魔鬼。虽说他满心希望格里菲思和米尔德丽德不要双双出走，但是他也无计可施。他让自己通过米尔德丽德去劝说格里菲思。

“只要我愿意，我不懂为什么不能去，”他说。

“我对他就是这么说的嘛。”

“我本该想到，假如他真的想走，他是不会犹豫的。”

“喔，不是那么回事，他一直想走。要是手头有钱，他立刻就走。”

“如果他过于拘谨的话，那我就把钱给你。”

“我说过，如果他愿意，这笔钱就算是你借给我们的，我们一旦手头宽裕，便立即如数奉还。”

“这样一来，跟你跪在一个男人面前乞求他带你去度周末，多少有些儿不同。”

“多少有些儿不同，是这样吗？”说罢，她厚颜无耻地格格一笑。

这笑声使得菲利普直打冷颤。

“那你打算干什么？”他问道。

“不干什么。他明天回家去。他一定得走。”

这下菲利普可得救了。格里菲思不在眼前，他就可以使米尔德丽德重新回到自己的身边。她在伦敦一个熟人也没有，只得同他厮守在一起。只要他们单独在一起，他就能够使她很快忘却这段风流艳事。要是他就此作罢，不再多言，倒什么事也没有。然而他有着一种强烈的欲念，想要打消他们的顾忌，他倒要看看他们对待他究竟会可恶到什么地步。只要他略施小技稍稍引诱他们一下，他们就会向自己屈服，于是他一想到他们俩卑躬屈膝、低三下四的丑态，心里就激荡起一种按捺不住的喜悦。虽说他每吐一个字，内心犹如针戳般地难受，但他发觉这痛苦里面自有无穷的乐趣。

“看来，事情到了此时不干更待何时的地步啰。”

“我对他正是这么说的，”她说。

她的讲话带着情绪亢奋的调子，菲利普听后不由得一怔。他局促不安地咬着手指甲。

“你们想上哪儿呢？”

“喔，上牛津去。他曾在那儿上过大学，这你是知道的。他说带我去参观校园呐。”

菲利普记起有一次他曾经提议他们俩一块儿去牛津玩上一天，可她断然拒绝，说什么一想到那儿的景致，她就感到兴味索然。

“看来你们会遇上好天气的。那里现在该是好玩的时候。”

“为了说服他去那儿，我嘴皮都磨破了。”

“你不好再试一试吗？”

“你是否还想让我们走呀？”

“我想你们不必跑那么远嘛，”菲利普说。

她顿了一两秒钟，两眼直勾勾地望着菲利普，而菲利普竭力装作友好地转眸凝视她。他恨她，鄙视她，但是又诚心诚意地爱着她。

“我把我的打算告诉你，我准备去找他，看他能否为之作出安排。要是他同意了，我明天就来你这儿取钱。明天你什么时候在家？”

“我一吃过中饭就回来等你。”

“好的。”

“现在我就给你钱去付衣服钱和房租。”

他走到书桌跟前，拿出他手头所有的现钱。那件衣裙要付六畿尼，此外，还有她的房租、饭钱和孩子的领养费。他一共给了她八英镑十先令。

“太谢谢你了,”她说。

米尔德丽德说罢转身走了。

第七十七章

在医学院地下餐厅一吃过午饭,菲利普便回到自己的寓所。此时已是星期六晌午时分,房东太太正在打扫楼梯。

“格里菲思先生在吗?”菲利普问房东太太。

“不在,先生。今天早上你走后不久他也走了。”

“他还回来吗?”

“我想不会回来了,先生。他把行李都搬走了。”

菲利普猜不透格里菲思那样做究竟是什么意思。他信手捧起一本书,读了起来。这是他刚从威斯敏斯特公共图书馆借来的伯顿[①]著的《麦加[②]之行》。第一页读完了,他却不知所云,因为他的心思根本不在书上,而一直竖起两耳,悉心谛听着是否有人来拉门铃。他不敢存有这样的奢望:格里菲思会把米尔德丽德留在伦敦而独自回坎伯兰省亲。等了不一会儿,米尔德丽德就会来找他要钱的。他硬着头皮继续读着,竭力把注意力集中到书上去。这么一来,书上的句子倒是看进脑子里去了,可是郁结在心头的痛苦使得他曲解了这些句子的确切含义。他满心希望自己当初不提那个由自己掏腰包资助他们旅行的馊主意就好了,但是,一言既出,他又没

① 指英国作家、探险家理查德·弗朗西斯·伯顿爵士(1821—1890)。
② 麦加,伊斯兰教徒的朝圣地,位于沙特阿拉伯西部。

有勇气收回。这倒不是为了米尔德丽德，而是为了他自己。他身上有股病态的执拗劲儿，驱使着他去做他下决心要做的事。他发现读了三页书，但脑子里依然空空如也，压根儿没留下一点印象。于是，他把书又翻了过去，重新从头读起。他发觉自己翻来覆去地老是看着同一个句子，蓦地，书上的句子同自己的思绪交织在一起，犹如噩梦中一幅森然可怖的图案。有一件事是他能够做到的，即离开这儿躲到外面去，子夜过后再回来。这样，格里菲思和米尔德丽德就走不成咯。他仿佛看到他们俩每过一个小时就跑来探问一次，问房东太太他是否在家。想到他们俩扫兴失望的样儿，他心里头喜滋滋的，兴奋之余，不觉下意识地又把书上的那个句子重念了一遍。然而，他可不能做那种事。让他们来拿钱吧！那样的话，他就可以知道人们可能寡廉鲜耻到何种地步。此时他再无心读下去了，书上的字简直看不清。他倒在椅子里，紧闭着双眼，呆板的神情里透出丝丝凄苦。他在等待着米尔德丽德的到来。

房东太太悄然走进房来问道：

“先生，你见不见米勒太太？”

“叫她进来。”

菲利普打起精神，不动声色地接待了米尔德丽德。他一时情不自禁地想拜倒在她脚下，抓起她的双手，乞求她不要离他而去，但是他知道此时没有什么东西可以打动她的心。她会把他说的话和他的一举一动都告诉给格里菲思。他感觉羞愧不已。

“你们的远足准备得怎样了？”他乐呵呵地问道。

“我们马上就走。哈利就在门外。我告诉他你不愿见他，所以他就不进来了。不过他还是想知道，他是否可以进来呆上一分钟，跟你说声再见。”

“不行，我不想见到他，”菲利普回了一句。

他看得出米尔德丽德根本不在乎他见不见格里菲思。她既来了，他想趁早把她打发走。

“喏，这是张五镑的钞票。我希望你马上就离开这儿。”

她接过钞票，道了声谢，随即转过身去，脚步咚咚地离开房间。

“你哪天回来？”他问道。

“嗯，星期一就回来，因为那天哈利一定得回家去。”

他知道他想要说的话难免出乖露丑，有损自己的体面。但是无奈胸中情火和妒火中烧，灼灼逼人，他也顾不上体面不体面了，便脱口说了出来：

“到那天我可以不可以去看你？”

他一时不能自已，说话时还是夹带着哀求的调子。

“当然可以啰。我一回到伦敦就同你联系。”

两人握手道别后，菲利普隔着窗帘眼巴巴地望着米尔德丽德跃入停在门口的四轮出租马车。马车辚辚地走远了。此时，他颓然倒在床上，双手掩面，不觉热泪盈眶。对此，他自己生起自己的气来了。他用双手紧紧扭住自己的身子，竭力不让自己掉泪，但没能忍住，他不住地啜泣，哭得好不伤心。

菲利普顿觉周身瘫软无力，内心羞愧不已。他还是从床上爬了起来，跑去洗了把脸，还为自己调制了一杯浓烈的威士忌掺和苏打水的饮料。喝过后，他觉得稍微好受一些。蓦然间，他瞥见了搁在壁炉上面的去巴黎的两张车票，一时火冒三丈，便一把抓起车票，把它们扔进了炉火。他知道把票退了自己还可得笔钱，但是只有把它们烧了才解心头之恨。接着，他离开寓所，外出找个人在一起说个话儿，以排遣内心的愁闷。但是，学校俱乐部里空无一人。他感到百无聊赖，要不找个人说个话儿，自己准会发疯。但是劳森还在国外。他信步来到海沃德的住处，那个应声出来开门的女仆告诉他，说海沃德已上布赖顿度周末去了。然后菲利普来到一家美术馆，可真不凑巧，这家美术馆又刚刚闭馆。这下他变得心烦意乱，真不知做什么是好。他不禁想起格里菲思和米尔德丽德来了：这时他们俩正在去牛津的路上，面对面地坐在车厢里，心里乐开了花。他又回到自己的住所，但这里的一切使他心里充满了恐怖，因为就是在这个鬼地方，近来他接二连三地遭受到莫大的不幸。他力图再次捧起那本伯顿爵士写的书。但是，他一面读着书，一面心里不断地嘀咕着，说自己是个彻头彻尾的大傻瓜，因为正是他让他们结伴外出旅行的，主动给他们提供盘资，而且还是强塞给他们的呢。当初，在把格里菲思介绍给米尔德丽德认识的时候，他完全可以预料到事情的后果，因为他自己满腔按捺不住的激情足以勾起另一位的勃勃欲念。此时，他们恐已抵达牛津了，或许就住在约翰街上的一家食宿公寓里。菲利普至今还没到过牛津。可格里菲思却经常在他面前谈起这个地方，他完全知道他们俩会上哪儿观光游玩。他们吃饭可以上克拉伦敦餐馆：每当要寻欢作乐，格里菲思总是上这家餐馆。菲利普就在查里恩十字广场①附近一家饭馆里胡乱吃了点东西。因为他早下定决心要去看场歌剧，所以一吃完饭，便奋力穿过拥挤不堪的人群，来到剧院的正厅后座。剧院正上演奥斯卡·王尔德的一出戏。他暗自纳闷，这晚米尔德丽德和格里菲思他们俩是否也会去逛戏院，不管怎么说，他们总得想法子打发时光呀。他们是一对蠢货，都满足于在一起磨牙扯淡。他回想起他们俩旨趣鄙俗下流，真是天造地设的一对，这时，他心里有一种说不出的高兴。他心猿意马地看着演出，每一幕之间都要喝上几口威士忌，以提高一下自己的情趣。他不习惯喝烈性酒，不一会儿，酒力发作，直冲脑门，而

---

① 查里恩十字广场，指伦敦市中央斯特兰德街西头的繁华广场。

且他越喝心里越烦躁、郁闷。演出结束时,他又喝了一杯。他不能上床睡觉,自己心里也明白就是上了床也睡不着,他就是害怕看到由于自己想象力活跃而浮现在自己眼前的种种画面。他竭力克制自己,不去想格里菲思和米尔德丽德。他知道自己酒喝得太多了。眼下,一种跃跃欲试做件可怕的、卑鄙下流事儿的欲念攫住了他的心。他想喝他个酩酊大醉。他浑身兽欲勃发,急煎煎地想发泄一通。他真想趴倒在地上。

他拖曳着那条瘸腿,朝皮卡迪利大街踉跄走去。他醉醺醺的,心里悲愤交集,犹如猫爪抓心似的难受。蓦地,一个脸上涂满脂粉的妓女挡住了他,并用手挽起了他的胳膊。他嘴里骂骂咧咧的,用力推开那个妓女。他朝前挪了几步,随即又打住脚步,心想她跟旁的什么女人还不一样嘛。他为自己刚才言语粗鲁而感到内疚。于是他又走到她的面前。

"嘿,"他开腔打着招呼。

"见鬼去吧,"她回敬了一句。

菲利普听罢哈哈大笑。

"我是想问问你今晚能否赏个脸儿,陪我去喝杯茶。"

那个妓女饶有兴趣地打量着菲利普,心里踌躇着,好一会儿没有讲话。她发觉菲利普喝醉了。

"我不反对。"

这句话他从米尔德丽德嘴里听到过不知多少次了,这个妓女居然也这样说话,菲利普直觉得诧异。他把妓女带上一家饭馆,这是他同米尔德丽德常常光顾的地方。在走路的当儿,菲利普发觉她老是目光朝下瞅着他的腿。

"我有条腿是瘸的,"他说,"你有意见吗?"

"你这个人真怪,"她笑着说。

WHITBREAD
& CO'S
Imperial
STOUT

他回到自己的住所时，浑身骨头疼痛不已，脑壳里像是有把榔头不住地敲打着，痛得他几乎要惊呼救命。他又喝了杯威士忌加苏打水，镇定一下自己的情绪，然后爬上床去。不一会儿，便酣然入睡，直到次日中午才醒。

第七十八章

星期一终于盼来了，菲利普心想精神上的旷日持久的折磨总算熬到了头。他查阅了火车时刻表，发现格里菲思乘最晚一班车可于当天夜里赶到故里，这班车将于下午一点后不久从牛津发出。他估计米尔德丽德将赶几分钟以后的那趟车返回伦敦。他真想去车站接她，但转而一想，米尔德丽德也许喜欢独自呆上一天，说不定这天夜里她会寄封短信来，告诉他她已经回到了伦敦，要不他就第二天到她住处去看望她。想到又要同她见面，他心里不觉有些黯然。他对格里菲思恨之入骨；而对米尔德丽德，尽管出了那么多事，却还怀有一种虽令人心酸但依然灼热的情欲。菲利普庆幸的是海沃德星期六下午离开了伦敦，发狂似的外出寻求人生的乐趣去了。要是海沃德还在伦敦，那他无论如何也熬不住不把这一切告诉海沃德，而海沃德定会对他的懦弱无能感到惊讶。当知道菲利普在米尔德丽德委身于另一个男人之后，居然还想她做自己的情妇，海沃德一定会鄙视他的，同时会感到震惊、厌恶。管它是震惊还是厌恶，他才不在乎呢！只要他能一遂平生所愿，让自己的欲望得以满足，他随时可以作出任何让步，并已作好准备，就是蒙受更加辱没人格的耻辱也在所不惜。

薄暮时分，他的两条腿违心地把他带到了米尔德丽德的寓所门外。菲利普抬头望了望她房间的窗户,黑洞洞的没见掌灯,但他驻步不前,不敢去打听她的消息,因为他对米尔德丽德的应许深信不疑。翌晨,他没见有信,便于中午时分跑去探问。那儿的女用人告诉他,米尔德丽德还没有回来。对此,他迷惑不解。他知道格里菲思不得不于前天赶回老家的,因为他要在一次婚礼上充当男傧相,再说,米尔德丽德身上没钱啊。他脑子里顿时折腾开了,反复考虑着种种可能发生的事情。下午,菲利普又去了一趟,并留下张便条,邀请米尔德丽德晚上同他一道吃晚饭,措词口气平和,仿佛近半个月来压根儿没发生什么事似的。他在便条中写明地点和时间,并抱着米尔德丽德会准时践约的一线希望,耐心地等着。一个小时过去了,却不见她的人影儿。星期三早晨,菲利普不再好意思跑去询问了,便差一位信童去送信,并嘱咐他带个回音来。可是不出一个小时,那位信童回来了,带去的信原封不动地拿了回来。他报告菲利普,说那位女士还在乡下,尚未返回伦敦。菲利普简直要发狂了,正是米尔德丽德的这一谎言的打击使他难以忍受。他反复地喃喃自语,说他厌恶米尔德丽德,并把由米尔德丽德撒谎所带来的失意心情迁怒于格里菲思。他恨死了格里菲思,此时叫他用刀宰了格里菲思也是高兴的。菲利普在房间里踱来踱去,心想要是趁黑夜突然扑到他身上,对准喉部的颈动脉给他一刀,瞅着他像条癞皮狗似地倒在街头,那该有多么痛快啊。菲利普义愤填膺,气得灵魂出窍。他一向不喜欢喝威士忌,但还是喝了,借以麻木自己的神经。星期二星期三,接连两晚,他都喝得酩酊大醉才上床睡觉。

星期四早晨,他起得很迟。他醉眼惺忪,一脸菜色,踽踽曳足来到起居间,看看有没有他的信。他一看到格里菲思的字体笔迹,一种莫可名状的感觉袭扰着他的心头。

亲爱的老兄：

此信不知从何落笔，但又不能不写。我希望你不要生我的气。我知道我不该带米莉出来，但无奈情火灼热，不能自已。她简直把我给迷住了，为了得到她，我完全会不择手段。当她告诉我你主动为我们出盘缠的时候，我哪里会拒绝呢。眼下，一切都成了过眼烟云。我真为自己感到害臊，要是当初我不那么昏头昏脑，该有多好啊！我希望你能写封信给我，说你不生我的气，同时我还希望你能允许我去看望你。千万给我写上几句，好老兄，告诉我你宽恕我。这样，才能使我的良心稍安。我当时认为你不持异议，否则你就不会主动给我们钱了。但是我知道我不该接受那笔钱。我于星期一抵达故乡，而米莉想独自在牛津多呆几天。她准备于星期三返回伦敦，因此，当你接到此信，你可能已经见到她了。但愿一切都会好起来。万望赐我一信，说你宽恕我。急盼回音。

你的忠实的朋友

哈利

菲利普怒不可遏，把信撕了个粉碎，他根本无意回复。他蔑视格里菲思的道歉，不能忍受格里菲思对自己良心的那番谴责。一个人完全可以做出卑怯的事来，但是事情一过又忏悔，那才是卑鄙的。菲利普认为格里菲思的来信正表明他是个懦夫和伪君子，他对信中流露出来的伤感情绪深恶痛绝。

“你干下了畜生似的勾当，然后只消说声道歉，就什么事都没了，这倒轻巧呀！”菲利普喃喃自语道。

他内心深处盼着能有个机会给格里菲思点厉害瞧瞧。

不过，他知道米尔德丽德无论如何是已经回到了伦敦，便匆匆穿上衣服，也顾不得刮脸了，喝了点茶后就雇了辆马车，赶往米尔德丽德的寓所。马车好似蜗牛爬行。他急煎煎地想见到米尔德丽德，不知不觉地向他根本不相信的上帝祷起告来了，祈求上帝让米尔德丽德态度和善地接待他菲利普。他只求把以往的一切都忘掉。他怀揣着一颗狂跳不止的心，举手按着门铃。他满怀激情，急欲再次把米尔德丽德紧紧搂抱在自己的怀里，这当儿，他把以往遭受的痛苦都抛到了九霄云外。

"米勒太太在家吗？"菲利普快活地问道。

"她走了，"女用人回答说。

菲利普茫然地望着女用人。

"一个钟头以前她来这里把她的东西搬走了。"

有好一会儿，菲利普不知该说些什么。

"你把我的信交给她了吗？她说过她搬到哪儿了吗？"

菲利普顿然领悟到米尔德丽德又欺骗了他。她是决计不回到他身边来了。他极力在这位女用人面前挽回自己的面子。

"哦，嗯，我肯定马上就可以收到她的信的，兴许她把信寄往另一个地址了。"

说罢，菲利普转身就走，神情沮丧地回到了自己的寓所。他完全可以料到她会这么做的；她从来就不把他放在心上，打一开始就当他是个傻瓜。她毫无怜悯之心，待人一点也不厚道，也没有一丝仁爱。眼下他只能忍气吞声地接受这不可避免的结局。他悲恸欲绝，宁愿去死，也不愿忍受这般痛苦的折磨。突然间，他想一了百了倒还好些：他可以去投河，也可以去卧轨，但是还没来得及说出这些想法就一一否决了。理智告诉菲利普，到时候这个不幸的遭遇会被忘怀的，只要他下狠心，也可以把米尔德丽德从脑海中抹去；为了一个俗不可耐的荡妇而去结果自己的生命，那是十分荒唐的。生命只有一次，无故把它抛去则是疯狂的举动。他感觉到他永远克服不了自己的情欲，不过他也明白说到底这只是个时间的问题。

菲利普不愿再在伦敦呆下去了。这儿的一切无不使他回忆起自己遭受的种种不幸。他先给大伯打了个电报，说他马上去布莱克斯泰勃，然后匆匆整理行装，搭乘最早的一趟车走了。他一心想离开那几个肮脏的房间，因为正是在那儿，痛苦接踵而至，一一降临到他的头上！他要呼吸一下清新空气。他厌恶自己，觉得自己有些儿疯了。

自菲利普长大成人，牧师大伯就把牧师公馆里最好的备用房间给了他。这个房间位于公馆的一角，一扇窗前有棵百年老树挡住了视线，不过从另一扇窗口望出去，可以看到在公馆花园和空地的尽头，有一片开阔的芳草地。房间里的糊墙纸，菲利普打幼年时代起就熟记于心了。墙四周贴满了描绘维多利亚时代早期的风格古雅的水彩画，都是牧师大伯年轻时候的一位朋友画的。画面的色彩虽说已经褪去，但风韵犹存。梳妆台的四周围着价格昂贵的薄纱绸。房间里还有一只放衣服的高脚柜。菲利普欣慰地叹了口气，他从没有意识到所有这一切对他还会有多大的用处。牧师公馆里的生活依然如故。没有一件家具挪动过位置。牧师大伯的食谱、谈吐一应如前，没有变化，每天工作之余，还是要散上一会儿步。所不同的是，他稍长胖了些，话儿更少了些，气量更狭小了些。对鳏夫的生活，他已经习惯了，因此很少想念他的亡妻。他还是动辄就同乔赛亚·格雷夫斯发生口角。菲利普跑去看望了这位教会执事。他显得较前清癯，脸色也苍白了些，表情更为严肃。他仍然独断独行，还对把蜡烛插在圣坛上这件事耿耿于怀。那几爿店依然呈现出一派古朴气氛，看来令人赏心悦目。菲利普伫立在那爿专售诸如高筒靴、防雨油布衣帽和帆的滑车索具之类的航海用品的商店跟前，这当儿，他回忆起孩提时代的情景来。那会儿，他感到这爿店里弥漫着那令人惊心动魄的海上生活的乐趣，富有一种诱发人们去未知世界探险的魅力。

每次邮差来“笃笃”敲门时，菲利普的那颗心总是控制不住地怦怦直跳，说不定房东太太会转来米尔德丽德给他的信件。但是，他肚里明白，根本不会有他的信的。如今，他能比较冷静地思考问题了。他认识到他试图强迫米尔德丽德爱自己，无疑是缘木求鱼。一个男人给予一个女人的、一个女人给予一个男人的究竟是什么东西，而这东西又为什么能使一个男人或一个女人变成顺从对方的奴隶，对此，菲利普一窍不通。把这种东西叫作性欲的本能倒是方便的。不过，要是事情还不仅仅于此，他又弄不懂为什么有时它会强烈地吸引着一个人，而对另一个人却毫无吸引力呢？这种东西是不可抗拒的。理智不是它的对手；而与他相比，什么友谊啦，感激啦，利益啦，统统软弱无力。正因为他激不起米尔德丽德的性欲冲动，所以他所做的一切对米尔德丽德不起一丝一毫的作用。这个想法使得菲利普感到恶心，这使得人类的本性与走兽无异了。蓦地，他感到人们的心灵里也有见不得人的阴暗角落。因为米尔德丽德对他的态度冷漠，所以他就认为她毫无性感，还认为她那毫无血色的容颜、两片薄薄的嘴唇、那臀部狭小和胸脯扁平的身材，还有那有气无力的动作，无不一一证实了他的假设。然而，她有时却情欲突发，不能自制，甚至敢冒天大的危险，以填欲壑。他永远也捉摸不透她同埃米尔·米勒之间的风流韵事，这似乎不像是她所能干出来的，而她自己也不可能解释。不过，眼下他亲眼目睹了她同格里菲思的勾搭成奸，知道这是旧事重演，她完全为一种抑制不住的欲望迷住了心窍。菲利普力图找出究竟是什么东西使得那两个男人对米尔德丽德具有神奇的吸引力。他们俩均本性粗俗,都拥有一种能挑起她平庸的幽默感的庸俗的逗笑本领,而使他们能得手的也许还是放浪形骸的性行为,这正是他们俩与众不同的特别之处。米尔德丽德感情细腻,举止文雅,一看到人生的赤裸裸的事实而感到战栗。她认为肉体的作用是不光彩的,谈论简单的事物时,她都运用各种各样委婉的说法,说话总是煞费苦心地挑个精确恰当的字眼儿,认为这样要比用简单的字眼儿更为适宜。所以,那两个男人的兽性犹如一根鞭子,在抽打着她那苍白纤弱的肩膀,而她怀着耽迷肉欲的痛苦的心情不住地颤抖着。

有件事菲利普已经下决心要付诸行动。他可不愿意再回到原先租赁的房间去了,因为在那儿他遭到了不堪忍受的痛苦。他写了封信通知房东太太。他想把属于自己的东西全部带走,决定另租几间没有家具的房间,这样的房间住了又舒服又便宜。他这样考虑也是迫于情势,因为在过去的一年半时间里,他花了近七百英镑,他得最大限度地紧缩开支,以弥补过去的亏损。间或他展望未来,不寒而栗。他过去真傻,竟在米尔德丽德身上花那么多钱。不过他心里明白,要是事情再重演一遍,他还是会那么干的。菲利普的朋友们因为他性格内向不那么生气横溢而认为他意志刚强,深谋远虑和头脑冷静,有时想到这一点,菲利普不觉好笑。他们认为他有理智,一致称赞他懂得为人处世的常识。但是他心里明白,他那平静的表情,不过是一张自己自觉不自觉套在脸上的假面具,其作用宛如彩蝶身上的保护色而已,相反他却为自己意志的薄弱而感到震惊。在他看来,他好比风中的一片孤叶,完全为感情上每一次掀起的哪怕是小小的涟漪所左右,一旦情欲控制了自己,他就显得无能为力。他完全丧失了自制力。他只是表面上显得还有自制力,因为许多能打动别人的事情,他却一概无动于衷。

他怀着几分讥诮的心情思索起自己安身立命的人生哲学来了，因为在他经历的多事之秋里，他的人生哲学对他没起多大的作用。他不禁怀疑起思想对一个人在其人生道路的关键时刻是否真会有什么帮助。在他看来，他倒是完全为一种异己的然而又存在于自己体内的力量所左右，这种力量犹如把保罗和弗兰西斯卡①步步推向罪恶深渊的巨大的地狱阴风那样催逼着自己。他考虑他所需要做的事情，以及何时采取行动，但在连他自己也莫名其妙的本能和情感的控制之中，他显得无能为力，一筹莫展。他做起事来就像是部机器，在他所处的环境和他的人格这两股力量的驱使下运转一般。他的理智却像个人在一旁冷眼旁观，而无力参与其间，就像伊壁鸠鲁②所描述的诸神那样，在九天之上坐视人们的所作所为，却无力改变事态的发展，连一点点都改变不了。

第七十九章

菲利普于开学前两三天赶回伦敦，以便为自己找个栖身之所。他在威斯敏斯特大桥路以远一带走街穿巷，四处寻觅，但这一带的房子肮脏极了，看了叫人恶心。最后，他终于在肯宁顿区找到了一幢房子。该地区弥漫着一种幽静、古朴的气氛，使人回想起当年萨克雷③所了解的泰晤士河彼岸的伦敦的情景来。眼下肯宁顿大街两旁的梧桐树正纷纷抽出新叶。想当年纽科姆④一家乘坐的四轮

① 弗兰西斯卡，13 世纪意大利一妇人，因同其妹夫保罗通奸而闻名。
② 伊壁鸠鲁（公元前 341？ —前 270），古希腊唯物主义哲学家。
③ 威廉·梅克皮斯·萨克雷（1811—1863），英国小说家。
④ 萨克雷的长篇小说《纽科姆一家》中的主人公。

四座马车肯定是经过这儿辚辚驶往伦敦西区的。菲利普看中的那条街上的房子都是一色的两层楼房,窗户上大都张贴着供出租字样的告示。他走到一幢告示上注明房间无家具配备的房子跟前,举手叩了叩门。一位面孔板板的、不苟言笑的妇人应声出来开门,并带菲利普去看了看四个小房间,其中一个房间里有炉灶和洗涤槽。房租每周九个先令。菲利普并不需要这么多房间,但鉴于房租低廉,他希望同那位女人当场拍板。他问她是否可以为他打扫房间和烧顿早饭,但她回答说她不做这两件事就已经够忙的了。菲利普听了此话反而觉得挺高兴,因为她这是在暗示他,她除了收他的房租以外,不想同他有什么瓜葛。她接着又告诉菲利普说,如果他到街头拐角处那爿食品店——同时又是邮政所——去打听一下,说不定可以找到个愿意来"照料"他的女人。

菲利普的家具不多,还是他几次搬迁时逐步集拢来的。一张安乐椅是他在巴黎买的;一张桌子,三两幅画,还有一条小小的波斯地毯,这些东西都是克朗肖送给他的。他大伯给了他一张折叠床。因为现在他大伯不再在八月份出租房子了,所以用不着折叠床了。此外,他花了十先令买了几样必不可少的家具用品。他还花了十先令买了一种金黄色的糊墙纸,把那个他打算辟为起居室的房间裱糊起来。墙上挂着劳森送给他的一幅描绘大奥古斯丁街的素描画,以及安格尔的《女奴》和马奈的名画《奥兰毕亚》。他当年在巴黎时,每当刮胡子,他都对着这两张画沉思。为使自己不忘记一度涉足艺坛的经历,菲利普还挂起了他给那位年轻的西班牙人米格尔·阿胡里亚画的木炭肖像画——这是他的最佳画作,画面上挺立着一位赤身裸体的青年男子,双拳紧握,十个脚趾以一种奇特的力量紧紧抠着地板,脸上透出一股刚毅的神气,使人看后经久难忘。虽说隔了这么长时间,菲利普对这幅杰作的不足之处还是一目了然的,但是由这幅画勾起的种种联想使得自己原谅了这些瑕疵。他心中纳闷，不知米格尔怎么样了。本无艺术天赋的人却偏要去敲艺术之宫的大门，世上没有比这种事儿更可怕的了。说不定，他因为不堪忍受餐风露宿、饥饿和疾病的折磨，最后病死在医院里；或者绝望之余，最后葬身于污浊的塞纳河；也许因为南方人所特有的不坚定性，他自动急流勇退，而现在兴许作为马德里一办公室的职员，正把他的雄才大略倾注于角逐政治或者斗牛场中。

菲利普邀请劳森和海沃德前来参观他乔迁的新居。他们俩践约而来，一个人手里拎了瓶威士忌酒，另一个人拿了包 paté de foie gras①。听到他们俩对自己的眼力啧啧称赞时，菲利普心里美极了。他本想把那位当证券经纪人的苏格兰佬一并请来热闹一番，无奈他只有三张椅子，只能招待两位客人，多请一位就没椅子啦。劳森知道菲利普正是通过他才同诺拉·内斯比特结识的。此时，他同菲利普说起了几天前他邂逅诺拉的事儿。

“她还问你好呢。”

一提起诺拉的名字，菲利普顿时双颊绯红（他就是改不了一发窘就脸红的令人难堪的习惯），劳森在一旁用疑惑的目光瞅着菲利普。现在，劳森一年中有大半时间呆在伦敦。他还真是入乡随俗哩，头发也理得短短的，一身笔挺的哔叽制服，头上还戴了顶圆顶硬礼帽。

“我想，你跟诺拉之间的事儿完结了吧，”劳森说。

“我已经有好几个月没见到她了。”

“她看上去还挺精神的哩。那天她戴了顶非常漂亮的帽子，上面还装饰着很多雪白雪白的鸵鸟羽毛。她日子一定过得很不错。”

① 法语，一种过油猪肝糜的菜肴。

菲利普转换了话题,可心里头却放不下诺拉。过了一会儿,他们三人正在谈论别的事情,菲利普却突然脱口问劳森说:

“你碰见她那会儿,有没有她还在生我的气的印象啊?”

“一点儿也没有。她还说了你一百二十个好哩!”

“我想去看看她。”

“她又不会把你吃掉的。”

前一个时期,菲利普常常思念诺拉。米尔德丽德抛弃他时,他第一个念头就是想起了诺拉,并满怀苦涩的心情对自己说,诺拉绝不会像米尔德丽德那样对待他的。他一时情不自禁地想回到诺拉的身边去,而诺拉一定同情他的遭遇的。然而他又自惭形秽,因为诺拉一向待他很好,而他却待她非常刻薄。

劳森和海沃德告辞后,他吸着就寝前的最后一斗烟。这当儿,他自言自语地说:“假使我一直守着她该多好啊!”

菲利普浮想联翩,回想起他和诺拉在文森特广场边那个舒适的小房间里度过的良辰美景,想起了他们俩上美术馆参观和上戏院看戏的情景,回忆起那一个个他们俩在一起促膝谈心的迷人的夜晚。他追忆起诺拉时刻把他的健康挂在心间,凡是有关他的事儿,她都深表关切。她怀着一种诚挚的、忠贞不渝的情意深深地爱着菲利普,这种爱远不止是性爱,而几乎是一种母爱。他知道这种爱是十分可贵的,正是为了这一点,他该诚心诚意地感谢上天诸神的恩泽。他拿定主意去求诺拉开恩。她内心一定非常痛苦,但他觉得她心地高洁、豁达大度,定会宽宥他的,因为她一向与人友善。是否给她写封信呢?不。他要突然闯进她的屋去,一下拜倒在她的脚下——他心里明白,到时候他怯心怯胆的,做不出这个富有戏剧性的动作来的。不过这确是他喜欢考虑的方式——直截了当地告诉她,如果她愿意收留他,那么她尽可以永远信赖他。他已经从他所经历的那令人憎恶的灾难中恢复过来了,他了解她的人品之可贵,而现在她完全可以相信他。他遐思翩跹,思绪一下子转入对未来的憧憬。他想象自己星期天同诺拉一道在河面上泛舟荡漾;他还要带她去格林尼治游览。他永远忘不了那次同海沃德一道出去游览观光的欢乐,那伦敦港的美景永远深深地留在他的记忆里。炎夏的下午,他和诺拉将坐在公园里闲聊。他想起诺拉的欢声笑语,宛如一弯溪水汩汩流过卵石时发出的声响,趣味隽永,絮絮叨叨,却又富有个性。想到这里,菲利普不禁哧哧地笑了起来。到那时,他所蒙受的痛苦将像一场噩梦似的从他脑海里隐去。

次日下午用茶点时分,菲利普想这个时候诺拉肯定在家。但是他举手叩门时,一股勇气顿时跑得无影无踪。诺拉会宽恕他吗?他这样死乞白赖地缠着她太可鄙了。一位女用人应声出来开门。他以前每天来访时都没见过这位女用人。菲利普向她打听内斯比特太太是否在家。

"请你去问她能否见见凯里先生?"菲利普说,"我在这里等回话。"

那个女用人噔噔奔上楼去,不一会儿,又噔噔奔了下来。

"先生,请您上楼。二楼前面那个房间。"

"我知道,"菲利普说着,脸上绽出一丝微笑。

菲利普怀着一颗怦怦直跳的心走进屋去。他笃笃敲着房门。

"请进,"那个熟悉的、欢快的声音说道。

这个声音好比是在招呼他走到充满恬静、幸福的新天地里去。他的脚一跨入房间,诺拉便迎上前来。

她同菲利普握了握手,仿佛他们俩前一天才分手似的。这当儿,一个男人倏地站了起来。

"这位是凯里先生——这位是金斯福德先生。"

见到诺拉并非独自一人在家，菲利普感到很失望。他在就座的当儿，暗暗地仔细打量着面前的陌生男人。他从未听到诺拉提起过这个男人的名字，不过在他看来，那个陌生男人坐在椅子里无拘无束，就像是在自己家里一般。这个男人四十岁光景，胡子剃得溜光，一头长长的金发，搽着发油，梳理得平整熨帖。他的肤色红红的，长着一对美男子过了青春期才有的充满倦意的、浑浊的眼睛。他嘴大鼻大，颧骨高高隆起，突兀分明。他身材魁梧，腰圆背粗，个儿中等偏高。

“我一直在想，不知你究竟怎么了，”诺拉说话时脸上还是原先那副欢天喜地的样子。“前些日子我碰见劳森先生——他告诉你了吗？——我对他说你也该来看看我。”

菲利普从她的面部表情里捉到一丝局促的神色。菲利普自己对眼下这次见面颇感别扭尴尬，看到诺拉却安之若素，钦慕之心油然而生。诺拉为他沏了杯茶，正要往茶里加糖时，菲利普连忙出来制止。

“瞧我的记性！”她嚷了起来，“我都忘了。”

菲利普才不信她会忘呢，他喝茶从不加糖这一习惯，她一定记得牢着呢。他把这件事当作她方寸已乱、沉不住气的一种外露。

因菲利普突然来访而中断的谈话又开始了。菲利普渐渐觉得自己夹在他们中间有点儿不尴不尬，似乎是个多余的人。金斯福德旁若无人，只当没有他在场，一味自顾自地高谈阔论。他的谈吐倒也不无幽默，只是口气嫌武断了点。他看上去是个报界人士，对每一个涉及的论题他都有些饶有兴味的内容。菲利普发觉自己渐渐被挤出了谈话圈子，感到不胜惊愕。他打定主意要奉陪到底，一直坐到这位不速之客起身告退为止。他心中暗自纳闷，不知这位金斯福德先生是否也看上了诺拉。以往，他同诺拉经常在一起议论有些油头光棍想同诺拉吊膀子的事儿，还在一起嘲笑过那些不知趣的家伙呢。菲利普想方设法把谈话引入只有他同诺拉熟悉的话题中去，但是他每次这样做的时候，那位报界人士总是插进来，而且还总是成功地把谈话引入一个不容菲利普置喙、只得保持沉默的话题。对此，菲利普心中不觉对诺拉有些忿忿然，因为她应该看得出他正在被人愚弄的呀。不过说不定她这是借此对他惩罚，于是，这么一想，菲利普又恢复了原先的那股高兴劲儿。最后钟敲六点的时候，金斯福德蓦地站起身来。

“我得告辞了，”他说。

诺拉同他握了握手后，陪他走到楼梯平台处。她随手把房门带上，在外面呆了两三分钟。菲利普不知他们俩嘀咕了些什么。

“金斯福德先生是什么人?”诺拉回到房间时，菲利普兴高采烈地问道。

“噢，他是哈姆斯沃思市一家杂志的编辑，近来他录用了不少我的稿子。”

“我还以为他想赖在这儿不走了呢。”

“你能留下来，我很高兴。我想同你聊聊。”她坐在一张大安乐椅里，把她那瘦小的身子尽可能蜷成一团，双腿盘在屁股底下。菲利普看到她这个逗人发笑的习惯姿势，不觉莞尔。

“你看上去活脱像只猫咪。”

诺拉那双妩媚的眼睛忽地一亮，朝菲利普瞟了一眼。

“我是该把这个习惯改掉了。到了我这样的年纪，动作还像个孩子似的，是有点儿荒唐，可是把双腿盘在屁股底下坐着，我就觉得舒服。”

“又坐在这个房间里了，我太高兴了，”菲利普愉快地说，“你不知道我是多想念这个房间啊!”

“那你前一时期到底为什么不来?”诺拉快活地问了一句。

“我怕来这儿,”菲利普说罢,脸又红了。

诺拉用充满慈爱的目光瞅了他一眼,嘴角泛起了妩媚的笑意。

“你大可不必嘛。”

菲利普犹豫了好一会儿。他的心怦怦直跳。

“我们上一次见面的情形你还记得吗?我待你太不像话了,对此,我深感惭愧。”

她两眼直直地凝视着菲利普,但没有说话。菲利普昏头昏脑的,仿佛上这儿来是为了完成一件他这时才意识到是荒谬绝伦的差事似的。诺拉只是闷声不响,于是菲利普又得生硬地脱口而说:

“你能宽恕我吗?”

接着,菲利普把感到痛心疾首几乎自杀的事儿告诉了诺拉,并把他和米尔德丽德之间所发生的一切,那个孩子的出世、格里菲思结识米尔德丽德的过程,以及自己的一片痴情、信任以及受人欺骗的事儿,一一抖搂了出来。他还对诺拉倾诉他常常想起她对自己的好意和爱情,并为自己抛弃了她对自己的好意和爱情而无限懊悔。只有当他同诺拉在一起的时候,他才感到幸福,而且他现在真正认识到诺拉的人品之高贵。由于情绪激动,菲利普的声音也变得嘶哑了。有时,他深感羞愧,简直到了无地自容的地步,因此说话时一双眼睛死死盯住地板。他那张脸因痛苦而扭曲着,然而能一诉满腔的情愫,使他获得了一种莫可名状的轻松感。他终于说完了。他颓然倒入椅子,筋疲力尽,默默地等待着诺拉开腔说话。他把心里话都和盘托出了,甚至在诉说的过程中,还把自己说成是个卑劣宵小之徒。可诺拉始终不吭一声,他感到十分惊讶。他抬起眼皮瞅着她,发觉她并未看着自己。诺拉的脸色异常苍白,一副心事重重的样子。

“你就没有话要对我说吗?”

诺拉不由得一惊,双颊蓦地绯红。

“你恐怕过了好长一段很不顺心的日子,”她说,“我太对不起你了。”

她看样子想继续往下讲,但又戛然打住话头。菲利普只得耐住性子等着。最后她像是强迫自己说话似的。

“我已经同金斯福德先生订婚了。”

“你为何不一开始就告诉我呢?”菲利普不禁嚷了起来,“你完全不必让我在你面前出自己的洋相嘛!”

“对不起,我是不忍打断你的话啊……你告诉我说你的朋友又回到了你的身边后不久,我就遇上了他——”她似乎在竭力搜寻不使菲利普伤心的词儿——“我难过了好一阵子,可他又待我非常好。他知道有人伤了我的心,当然他不了解此人就是你。要没有他,日子还真不知怎么过呢。突然间,我觉得我总不能老是这样子没完没了的干啊,干啊,干啊;我疲劳极了,觉得身体很不好。我把我丈夫的事儿告诉了他。要是我答应尽快同他结婚,他愿意给我笔钱去同我丈夫办理离婚手续。他有个好差使,因此我不必事事都去张罗,除非我想这么干。他非常喜欢我,而且还急于来照料我,这深深地打动了我的心。眼下我也非常喜欢他。”

“那么离婚手续办妥了没有?”

“离婚判决书已经拿到了,不过要等到七月才能生效。一到七月我们就立即结婚。”

有好一会儿,菲利普默然不语。

“但愿我没出自己的丑,”他最后喃喃地说。

此时,他在回味着自己那番长长的、出乖露丑的自白。诺拉用好奇的目光注视着他。

“你从来就没有正正经经爱过我，”诺拉说。

“坠入情网不是件令人很愉快的事儿。”

不过，菲利普一向能很快使自己镇静下来。他站了起来，向诺拉伸出手去。这当儿，他嘴里说道：

“我希望你生活幸福。无论如何，这对你来说是件最好不过的事情。”

诺拉拉起菲利普的手握着，不无依恋地凝视着菲利普。

“你会再来看我的，不是吗？”诺拉问了一声。

“不会再来了，”菲利普边说边摇头，“看到你很幸福，我会吃醋的。”

菲利普踏着缓慢的步子离开了诺拉的寓所。不管怎么说，诺拉说他从来就没有爱过她，这话是说对了。他感到失望，甚至还有些儿愤然，不过与其说他伤心，还不如说是他的虚荣心受到了损伤。对此，他自己肚子里有数。这时，他渐渐意识到上帝跟自己开了个不大不小的玩笑，不由得噙着悲泪嘲笑起自己来了。借嘲笑自己的荒唐行为而自娱的滋味可不是好受的啊！

第八十章

在以后的三个月里，菲利普埋头研读三门新课程。不出两年工夫，原先蜂拥进入医学院学习的学生越来越少了。有些人离开医院，是因为发觉考试并不像他们原先想象的那么容易；有些则是被他们的家长领回去了，因为这些家长事先没料到在伦敦生活的开销竟会这么大；还有一些人也由于这样或那样的情况而纷纷溜了。菲利普认得一个年轻人，他别出心裁地想出了一个生财之道，把买来的廉价商品转手送进了当铺，没多久，又发现当赊购来的商品更能赚钱。然而有人在违警罪法庭的诉讼过程中供出了他的名字，消息传来，医院里引起了一阵小小的骚动。接着，被告人受到还押，以待证实，随后由他那位受惊的父亲交割了财产转让证才了结此事。最后这个年轻人出走海外，履行“白人的使命”①去了。另有一个小伙子，在上医学院学习之前，从未见过城市是啥样的，一下子迷上了游艺场和酒吧间，成天价混迹于赛马迷、透露赛马情报者和驯兽师中间，现在已成了一名登录赌注者的助手。有一次，菲利普曾在皮卡迪利广场附近的一家酒吧间里碰上了他，只见他身上着一件紧身束腰的外套，头上戴着一顶帽檐又宽又厚的褐色帽子。还有一名学生，他颇有点歌唱和模拟表演的天才，曾在医学院的吸烟音乐会上因模仿名噪一时的喜剧演员而大获成功。这个人弃医加入了一出配乐喜剧的合唱队。还有一位学生，菲利普对他颇感兴趣，因为此人举止笨拙，说起话来大叫大嚷的，使人倒不觉得他是个感情深切的人儿。可是，他却感到生活在伦敦鳞次栉比的房舍中间大有窒息之感。他因成天价关在屋里变得形容枯槁，那个连他自己也不知道是否存在的灵魂宛如被捏在手掌心的麻雀，苦苦挣扎着，悸怕得直喘气，心儿狂跳不止。他渴望着广袤的天空旷无人烟的田野，他孩提时代就是在这种环境里度过的。于是，一天，他趁两课之间的间隙时间不告而别了。以后，他的朋友们听说他抛弃了学医而在一个农场里干活了。

菲利普眼下在学有关内科和外科的课程。一周中有几个上午，他去为门诊病人包扎伤口，乐得借此机会赚几个外快，他还在医生

① “白人的使命”，意指白种人负有把文明带给落后民族的责任。此系英国作家吉卜林（1856—1936）等人为帝国主义侵略辩护的用语。

的教授下学习使用听诊器给病人听诊的方法。他学会了配药方。他即将参加七月举行的药物学考试,他觉得在同各种各样药物打交道、调制药水、卷包药丸以及配制药膏中间自有一番乐趣。无论什么事,只要从中能领略得一丝人生的情趣,菲利普无不劲头十足地去做。

一次,菲利普远远地瞥见格里菲思,但没同他打照面,因为他不愿忍受见面时装着不认识他而带来的痛苦。菲利普意识到格里菲思的朋友们知道了他们俩之间的纷争,并推测他们是了解纷争的原委的,因此菲利普在格里菲思的朋友们面前感到有些儿不自然。其中有些人甚至现在也成了他的朋友。他们中间有位名叫拉姆斯登的青年人,此人身材修长,长着个小脑袋,整天没精打采的,是格里菲思最虔诚的崇拜者之一。格里菲思系什么样的领带他也系,格里菲思穿什么样的靴子他也穿,还模仿格里菲思的谈吐和手势。他告诉菲利普说,格里菲思因菲利普没有回信而伤心透了。格里菲思想同菲利普重修旧好。

"是他请你来当说客的吗?"菲利普问道。

"喔,不是的,我这么说完全是自己的主意,"拉姆斯登回答说。"他为自己所干的事情感到心里很过意不去。他说你以往待他一直很好。我知道他非常想同你和好。他不上医院来是怕碰见你,他认为你会不理睬他的。"

"我应该如此。"

"要知道,这件事弄得他心里难过极了。"

"我能忍受格里菲思得以极大的毅力才能忍受的这点小小的不便。"

"他将尽自己的一切努力来求得和解。"

"那也太孩子气、太歇斯底里了!他干吗要这样呢?我不过是个微不足道的小人物，没有我他日子照样可以过得非常好嘛！我对他丝毫不感兴趣。”

拉姆斯登心想菲利普这个人也太冷酷了，他顿了一两分钟，迷惑不解地用目光打量着四周。

“哈利向上帝祈祷，但愿他同那个女人没什么瓜葛就好了！”

“是吗？”菲利普问了一声。

他说话时语气冷淡，对此，他还挺感满意的哩。可谁又能想到此时他那颗心在胸膛里剧烈地跳荡着呢。他不耐烦地等待着拉姆斯登的下文。

“我想你差不多把这件苦恼的事儿给忘了，是不？”

“我？”菲利普答道。“是差不多全忘了。”

菲利普一点一滴地摸清了米尔德丽德同格里菲思之间的纠葛的来龙去脉。他嘴边挂着微笑，默默地谛听着，装出一副若无其事的样子，骗过了在跟他说话的那个蠢汉。米尔德丽德同格里菲思在牛津度过了周末，非但没有浇灭反而燃起了她那勃勃情火。因此，当格里菲思动身回乡之际，她突然心血来潮，决定独自留在牛津再呆上两三天，因为在那儿的几天日子过得太舒心了。她觉得没有任何一种力量可以把她再拉回到菲利普的身边去，一见到他，就要倒胃口。格里菲思对由自己勾起来的情火不觉大吃一惊，因为他早对同米尔德丽德一道在乡下度过的两天感到冗长乏味了，再说他也无意把一段饶有情趣的插曲变成一桩纠缠不清的私通事件。她迫使他给她写信，于是，作为一个诚实、正经，生来礼貌周全，彬彬有礼，还企望取悦于每一个人的小伙子，他一回到家，便给她写了一封洋洋洒洒、拨人心弦的信。米尔德丽德迅即写了封激情四溢的回信。信中措词不当，这是她缺乏表达能力的缘故。信上的字写得歪歪扭扭，语气猥亵，使得格里菲思心生腻烦，紧接着第二天又来了一封，过了一天,第三封信又接踵而至。此时,格里菲思开始意识到她的爱不再讨人喜欢,却令人深感惊恐。他连信也没有回。不料她给他发来连珠炮似的电报,询问他是否有病,有没有收到她的信,说她因不见他回信而忧心忡忡。这样一来,他只得又提起笔来写信,不过这次他把回信写得尽可能随便些,只要不惹她生气就行。他在信中求她以后别再打电报了,因为他很难就电报一事对他母亲解释清楚。他母亲是个老脑筋,总认为电报是个吓人的玩意儿。她随即写信来说她要见他,并说她打算把身边的东西送进当铺(她身边有只化妆手提包,还是菲利普送给她的结婚礼品,可值八镑),然后打票去找他,并要住在离格里菲思的父亲行医的村庄四英里远的市镇上。这下可把格里菲思吓坏了。这次他倒打了个电报给米尔德丽德,求她千万不要干出这种事情来,并答应一回到伦敦就同她联系。可是,格里菲思一回到伦敦就发觉米尔德丽德已经上格里菲思要去赴任的那家医院找过他了。他可不喜欢这种做法。因此,见到她时,便关照她不论用什么托词都不能上医院去找他。到了这个时候(两人隔了三个星期没有见面),他发觉米尔德丽德实在叫人讨厌,自己也闹不清当初为什么会同她纠缠在一起的。于是,他决心尽快地把米尔德丽德甩掉。他这个人可又不愿与人争吵,也不忍叫人伤心,不过他还有别的事情要干呀,最后还是横下一条心,绝不让米尔德丽德再来缠扰自己。在同米尔德丽德见面时,他还是跟从前一样的举止文雅、笑容可掬、诙谐风趣、温情脉脉,而对自前一次见面以后一直没去看她一事,他总能找出些令人信服的借口来。尽管如此,他还是千方百计地躲着米尔德丽德。当米尔德丽德敦促他践约时,他总是在最后一刻打个电报给她,找个托辞溜之大吉。房东太太(格里菲思任职头三个月是在寓所度过的)奉命见到米尔德丽德来访就说他有事外出了。米尔德丽德便采取在街上堵截的办法。

格里菲思得知她已在附近候了三两个钟头后；就往她耳朵里灌上几句甜言蜜语，随即推说有事务上的约会，便撒腿就走。后来他渐渐变得形迹诡秘，能神不知鬼不觉地溜出医院大门。有一次，他半夜里回寓所时，看到寓所前空地栏杆旁立着一位妇人。因不知她是何许人，格里菲思转身就走，一路奔到拉姆斯登的住所，在他那儿借宿一夜。第二天，房东太太告诉他说，前一天夜里米尔德丽德坐在他门口一连哭了几个钟头，最后房东太太只好无可奈何地对米尔德丽德说，如果她再不走，她可要派人去叫警察了。

“我说呀，老兄，”拉姆斯登说，“你倒脱得干系好自在。哈利说，要是他当初稍微考虑一下，想到她竟会这样惹人讨厌，就是去见鬼也不会跟她有什么瓜葛。”

菲利普脑海里浮现出米尔德丽德于深夜接连几个小时坐在门口哭泣的情景，仿佛看到她在房东太太驱赶时木然仰望的神情。

“不知她眼下怎么样了。”

“哦，她在某处找到了工作。真是谢天谢地。这样，她整日都有事忙了。”

关于米尔德丽德的最新消息，他是在夏季学期快结束时才听说的。他听说格里菲思被米尔德丽德的死乞白赖的纠缠激怒了，最后也顾不得文雅不文雅了，直截了当地对米尔德丽德说，他讨厌受人烦扰，叫她最好滚远点，别再打扰他。

“他只好这么着了，”拉姆斯登说，“事情也做得太过分了。”

“事情就这么了结了？”菲利普问道。

“噢，他已有十天没见着她了。要知道，哈利甩个把人的手段可高明啦。这是他遇到的最棘手的一件事，可他把它处理得妥妥帖帖。”

从此以后，菲利普再也没有听到有关米尔德丽德的消息。她湮没在伦敦茫茫的人海之中。

第八十一章

冬季学期一开学，菲利普就上医院门诊部实习。门诊部有三名助理医师轮流为门诊病人看病，每人每周值班两天。菲利普投在蒂勒尔大夫手下当助手。蒂勒尔大夫在医科学生中颇有点声望，大家都争先恐后地要当他的助手。这位大夫年方三十五，身材颀长，面容清癯，小小的脑瓜上覆着剪得短短的红发，一双蓝眼睛鼓鼓的，红红的脸膛油光发亮。他能说会道，嗓音悦耳动听。说话时，还喜欢插句把笑话。他还有点儿玩世不恭。蒂勒尔大夫是个有所成就的人，行医多年，预期不日即将被授予爵士衔。由于常同医科学生和穷人们打交道，他一面孔的恩人气派；又因为常与病人周旋，他身上流露出一个壮汉的乐善好施的神态。所有这些均是某些顾问医师通常具有的职业风度。蒂勒尔大夫的言谈举止使得病人感到自己好比是站在一位和蔼可亲的教师面前的小学生，而他的疾病不过是一个可笑的恶作剧，与其说使人感到痛苦，毋宁说给人带来了乐趣。

前来实习的医科学生，每天都得到门诊部去观察病例，尽量学得一些医疗知识。不过，当轮到某个学生给自己的指导医师当助手时，他的职责就要略为具体些了。那个时候，圣路加医院门诊部共有三个相互沟通的就诊室，还有一个宽敞的、光线昏暗的候诊室。候诊室里竖着粗实的大理石柱，摆着一张张长条椅。病人们正午挂上号后就在此等候。他们手里拿着药瓶或药罐，排着长队，有的衣衫褴褛、蓬头垢面，有的穿着还颇为体面。男女老少各色人等，坐在这半明不暗的候诊室里，给人以一种怪异、可怕的印象。此情此景使人想起了多米尔①所作的令人森然可怖的画面。这几个房间四周墙壁都漆成橙红色，高高的墙裙一抹栗色。里面弥漫着消毒药水的气味儿，随着下午时光的流逝，还充斥着从人身上散发出来的汗臭味。第一个房间最大，中央摆着供大夫看病用的桌子和椅子。这张桌子的两旁各放一张略微矮小的桌子，一边坐着住院医生，一边坐着当天负责记录的助手。记录用的簿子很大，里面分别登录着病人的姓名、年龄、性别、职业以及病情的诊断情况。

下午一点半，住院医生首先来到这儿，按了按铃，通知传达把老病号挨个儿叫进来。老病号总是不少的。他们得赶在蒂勒尔大夫两点上班之前尽快处理完这批复诊病人。跟菲利普在一起的这位住院医生，生得短小精悍，颇有些自尊自大的神气。他在助手面前总是摆出一副纡尊降贵的姿态。那些同他年龄相仿的医科学生对他的态度比较随便，并不用跟他目下地位相称的礼貌待他，对此，他很不以为然。他立即着手给复诊病人看病。这时，有个助手协助他。病人们川流不息地走进就诊室，走在前面的都是男病人。他们主要是来看慢性支气管炎和“令人头痛的咳嗽”。其中一人走到住院医生面前，另一人走到助手跟前，分别交上挂号证。事情进行得顺利的话，住院医生或助手就在挂号证上写明“连服十四天”的字样，于是病人就拿着药瓶或药罐上药房取足够服用十四天的药品。有些滑头病人缩在后面，希望让住院医生给他们看病，但很少有人得逞的。通常只有那么三四个人，因为病情特殊非得让住院医生亲自过问不可，才有幸被留下。

不一会儿，蒂勒尔大夫飘然而至。他脚步生风，动作敏捷，使人不禁想起嘴里一边嚷着“我们又来到贵方宝地”一边跃上马戏团舞

① 多米尔（1809—1879），法国画家。

台的丑角来了。他那股神气似乎在告诉人们：你们都生些什么样的荒唐病呀？鄙人驾到，手到病除！他刚坐稳身子，就问有没有要他看的复诊病人，接着便动作迅速地检查着病人，那对精明的眼睛审视着他们，在这同时，还同住院医生讨论病人的症状，不时地插句把笑话（逗得在场的助手们开怀畅笑）。那位住院医生格格地欢笑着，不过从他的神气来看，他似乎认为助手们竟咧嘴傻笑太不知趣了。接着他便哼哼哈哈地不是说天气很美就是抱怨天气太热，然后按响电铃，吩咐传达招呼初诊病人进来。

病人一个挨一个地走向蒂勒尔大夫的桌子跟前。他们中有老头，有小伙子，也有中年人。多数属于劳力者，其中有码头苦力、马车夫、工厂工人和酒店侍者。不过他们中也有些衣冠端正的人，显然是些社会地位比较优越的店员、职员之类的人物。蒂勒尔大夫用怀疑的目光打量着他们。有时候，有些人故意披件蹩脚衣服，装出一副穷酸相。但是蒂勒尔大夫的目光犀利，对凡是他认为是伪装的一律加以制止，有时干脆拒绝给那些他认为出得起医疗费的人看病。女人可是最叫人头痛的捣乱者。不过她们伪装的手法实在不高明，往往身上穿件破烂不堪的斗篷或者裙子，可忘了抹去套在手指上的戒指。

“你戴得起珠宝饰物，也一定有钱请医生。医院是个慈善机构。”蒂勒尔大夫冷冷地说。

他说罢便把挂号证扔还给病人，叫下一位病人上来。

“但是我持有挂号证呀！”

“我才不在乎呢。你快给我出去！你没权利上这儿来揩油，占穷人看病的时间。”

那个病人恶狠狠地瞪了蒂勒尔大夫一眼，气呼呼地退了出去。

“她很可能会写信给报社，去告伦敦的医院管理不善，”蒂勒尔大夫一边笑吟吟地说，一边信手拿起下一个病人的挂号证，并用狡黠的目光朝那病人扫一眼。

大多数病人都以为这家医院是国立医疗机构，并认为他们交纳的赋税中就有一部分是用来办这家医院的。因此，他们把来看病当作自己的应有权利。他们还认为医生费时给他们看病一定得到很高报酬。

蒂勒尔大夫让他的助手们每人检查一名病人。助手们把病人带进里面房间。这些房间都很小，每个房间都摆着一张睡椅，上面铺着一块马毛呢。助手首先向病人提出各种各样的问题，然后检查他的肺部、心脏、肝脏，并把检查情况一一记在病历卡上，同时根据自己的判断开出处方。这一切完毕后，他便等候蒂勒尔大夫进来。蒂勒尔大夫一看完外头的男病人，就来小房间，身后还尾随着一小批实习的学生。此时，助手便高声读出自己检查的结果。蒂勒尔大夫听完后，便向助手提出一两个问题，然后亲自动手检查病人。要是碰到值得一听的情况的话，刚才跟他一道进来的那批医科学生便纷纷掏出听诊器。此时，你就会看到这样的场面：两三个学生站在病人的面前，默默地诊听着他的胸腔，可能还有两名学生在诊听他的背部，而在旁边还有几位学生，一个个急不可耐，急于想一饱耳福。那位病人处在这批学生的包围之中，脸上虽说有几分尴尬的神色，但看到自己成为人们注意的中心，倒也不见得不高兴。在蒂勒尔大夫口齿伶俐地剖析病例的当儿，那位病人扑朔迷离地在一旁聆听着。有两三个学生再次操起听诊器专心听着，力图听出蒂勒尔大夫刚才提到的杂音和噼啪声。他们听完后，才叫那病人穿上衣服。

病情诊断完毕后，蒂勒尔大夫便回到大房间里，重新在他的办公桌旁就座。这时候，无论是哪位学生在他身边，他都要征求该学生对刚才他看过的病人开什么处方。被问的那位学生随即报出一两种药名。

“你开这种药?”蒂勒尔大夫接着说。“嗯,无论从哪一点来看,你那个处方颇有独到之处。不过,我认为我们不能轻率从事啊。”

他的话总是逗得学生哄堂大笑,而他对自己的连珠妙语似乎也颇为欣赏,眸子里总是闪烁着扬扬得意的神色。这时候,他开出完全不同于那位学生提出的处方来。一旦碰上两个一模一样的病例,学生就建议采用蒂勒尔大夫给第一个病人开的处方,可他却充分发挥其聪明才智,煞费苦心地开出一味完全不同的药来。有时候,配药房的药剂师成天疲于奔命,双腿累得够呛,他们喜欢医师开列已备药品,以及多年临床证明疗效灵验的该院的传统混合药剂。对此,蒂勒尔大夫心里知道得一清二楚,可他还是乐于开出一种配方复杂的药方来。

“我们得给药剂师找些事儿干干。要是我们老是在处方上写‘药方:白朊’,那他的脑子就不好使了。”

学生们听后又爆发出一阵热烈的笑声。蒂勒尔大夫闪烁着兴奋的目光,朝他们扫视了一下。然后,他按了按铃,吩咐探头进来的传达说:

“请叫复诊女病人进来。”

在传达把复诊女病人领进就诊室时,他身子后仰靠在椅背上,同住院医生聊起天来。女病人徐徐进入房间,中间有一队队身患贫血症,额前留着蓬松的刘海,嘴唇惨白的姑娘。她们吃的食物很粗糙,而且常常吃了上顿没下顿的,但她们还是患有消化不良症。那些上了年纪的妇人,有胖墩墩的,也有瘦骨嶙峋的,因生育过多,天一凉就咳个不停,过早地衰老了。这些女人身上,这病那病的,应有尽有。蒂勒尔大夫和住院医生很快就把她们打发走了。随着时间的流逝,那小小的就诊室里的空气变得越来越浑浊。住院医生看了看手上的表。

“今天初诊的女病人多不多?”蒂勒尔大夫问了一声。

“我想不会少的,”住院医生回答说。

“我们还是让她们都进来吧。你继续替老病号看。”

初诊的女病人被唤进了就诊室。男人生病,大都是由饮酒过度而引起的;可对女人来说,她们的疾病则大半是由营养不良引起的。到了六点钟光景,病人全都看完了。由于全神贯注地站了整整一个下午,再加上房间里空气浑浊,菲利普觉得筋疲力尽。此时,他同其他几位助手一起踱向医学院去用茶。他感到工作富有情趣,令人向往,表面看来虽然粗陋,但其间却富有人情味,倒是艺术家们用来创作的好素材。菲利普突然想到自己本人就处在艺术家的地位上,而那些病人不过是捏在自己手中的泥团,心头不觉掠过一阵狂喜。当回忆起自己当年在巴黎度过的时光时,菲利普饶有兴味地耸了耸肩。那会儿,他抱着创造出美好事物的目的,成天热忠于色彩、声调、价值,天晓得是些什么玩意儿。同男男女女的病人直接打交道,使他体会到一种从未有过的力量感。他发觉在端详他们的面孔和倾听他们的谈吐中间自有无穷的乐趣。他们走起路来,各有各的姿势,有的粗鲁地拖曳着脚步,有的踏着轻快的碎步,有的迈着缓慢、沉重的步子,还有的则羞羞答答,忸怩不前。往往只要瞧一眼他们的外表就知道他们从事何种职业。你学会该怎么发问才能使他们懂得你的意思,你会发现在哪些问题上他们通常是要撒谎的,这时你晓得该问哪些问题才能从他们嘴里掏出真情来。你发觉人们用各自不同的方式提着相同的问题。在接受对危急病症开的处方时,有的人不是启齿一笑就是开个玩笑,可有的却一脸丧气,绝望至极。菲利普发觉自己同这些人在一起时,就不像以往同别人在一起时那样害羞胆怯。他并不感到他有什么怜悯,因为怜悯意味着自己在摆架子。同他们在一起时，他大有如鱼得水之感。他还发觉自己有能耐叫他们安下心来，而每天大夫叫他检查病人时，他仿佛觉得那病人怀着一种特殊的信任感把自己托付给他似的。

“也许，”菲利普暗自思忖着，这当儿，脸上还挂着一丝微笑呢，“也许我生来就是当医生的料子。如果我无意之中选择了正适合我干的事儿，那简直太有趣了。”

在菲利普看来，助手们中间只有他才能领悟到那些下午值班中的富有戏剧性的意趣。对其他助手来说，那些男女仅仅是一个个病人而已。要是病情错综复杂，他们就欢迎；要是病情一目了然，他们就会觉得厌烦。他们为听到了杂音或为检查出肝病而不胜惊讶；听到肺部发出的一种异乎寻常的响声，他们就会喋喋不休地议论起来。但是，对菲利普来说，事情远不止于此。他只是看看他们的长相、头部的形状、手、眼神以及鼻子的高低，就觉得兴趣盎然。在那门诊室里，他看到的是被不测之故侵袭的人的本性，此时世俗的面具被粗暴地撕下了，呈现在眼前的是赤裸裸的心灵。有时还会看到一种无师自通的禁欲主义的表现，那情景简直动人心魄。有一次，菲利普遇上一位粗鲁、目不识丁的男病人。他告诉菲利普说他的病已无可救药，但说话时极力控制自己的情感。面对使得这位老兄在陌生人面前还是那么坚毅的奇妙的本能，菲利普不由得惊讶不已。要是他本人面对着自己的心灵时，是否也能这样勇敢呢？是否会向绝望的情感低头屈服呢？有时候也会发生令人悲伤的事情。一次，有位少妇带了她妹妹来作体检。那位姑娘年方十八，容颜娇嫩，生着一对大大的蓝眼睛。有那么一会儿，浅色的头发在一缕秋天阳光的照耀下，反射出缕缕金光。她的肤色美得惊人。在场的几位助手微笑地盯视着她。在这几间邋里邋遢的门诊室里，他们很少看到这样的窈窕女郎。那位少妇开始介绍亲属病史，说她的父母双亲均死于肺结核。一位弟弟和一位妹妹也由于同样的原因而夭亡了。她们姐妹俩是这家的幸存者。那位姑娘近来老是咳嗽,还日见消瘦。她解开罩衫,露出那白如牛奶的脖子。蒂勒尔大夫默默地检查着。同往常一样,他的动作敏捷利索。他吩咐两三个助手用听诊器诊听他手指示的部位。接着,他叫那位姑娘扣好衣服。那位少妇站得稍远一点。为了不让那姑娘听见,她压低了嗓门说话。她的声音因害怕而发颤了。

“大夫,她没得肺病,是不?”

“恐怕她毫无疑问是得了。”

“她是最后一个了。她再一走,我可没一个亲人了。”

那个少妇嘤嘤抽泣起来。蒂勒尔大夫脸色阴郁地望着她。他私下里想她自己又何尝不是如此,同样活不长。那姑娘转过身来,发觉她姐姐在流泪。她明白这意味着什么。血色渐渐从她那张妩媚的脸蛋上褪去,两行泪珠顺着双颊扑簌而下。她们俩站了分把钟,无声地抽泣着。接着,那少妇把在一旁冷眼旁观的几个人都忘了,走到她妹妹跟前,一把把她搂在怀里,一前一后地摇晃着,仿佛是在哄婴儿似的。

她们走后,一位学生问道:

“你认为她还能活多久?”

蒂勒尔大夫耸了耸双肩。

“她的兄弟和姐妹一发现症状以后三个月就死了。她也会是这样的。假如她们有钱,那还可以想想办法。你可不能叫她们上圣马利兹医院去呀。对她们这种人来说,无法可想。”

一天,来了位身体强壮、正当盛年的中年汉子。他身上有块地方终日疼痛不止,使他备受折磨。可给他看病的这位跛脚医生看来并没有使他的疼痛有丝毫的减轻,最后诊断为不治之症,只有等死。

这不是那种令人胆寒然而还是情有可原的不可避免的死亡，因为科学在这病症面前也束手无策嘛。这种死亡之所以不可避免，是因为这个人不过是错综复杂的社会文明这部庞大机器上的一个小小齿轮，就像一部自动机那样，压根儿无力改变自己周围的环境。要病痊愈，他就得彻底休息。然而，蒂勒尔大夫并没有要求他做不可能做到的事情。

"你该换个轻微的工种干干。"

"在我那个行业里，可没一件轻活。"

"嗯，你再这样干下去，是要送命的。你的病可不轻呢。"

"你的意思是说我快要死了？"

"我可不想这么说，不过你肯定不宜干重活。"

"我不干，谁来替我养活妻子儿女呢？"

蒂勒尔大夫耸了耸肩膀。这种困境在他面前出现已不下上百次了。眼下，时间紧迫，还有许多病人在等着他呢。

"那好吧，我给你开些药，一个星期之后再来，告诉我你的感觉怎样。"

那个汉子拿起上面开着毫无疗效的药方转身走了出去。医生爱说什么随他说去。他对自己不能继续干活这一点倒并不觉得难过懊丧。他有个好工作，岂能轻易撒手。

"我说他还有一年可活，"蒂勒尔大夫说。

有时候，门诊室里会出些富有戏剧性的事件。耳边不时传来有人操着浓重的伦敦口音说些不无幽默的隐语。时而走进来个老妇人，就像狄更斯笔下出现的这一类人物一样，她说起话来特别啰唆，絮絮叨叨地说个没完没了，把他们逗得呵呵直乐。有一次，来了位女人，是一家颇有名气的杂耍剧场的芭蕾舞演员。她看上去有五十岁了，可自报才二十八岁，脸上涂抹着厚厚的脂粉，一对乌黑的大眸子滴溜溜地转动着，厚颜无耻地对那些学生们频递媚眼。她那笑容既下流又颇具诱惑力。她非常自信。特别令人感兴趣的是，她对蒂勒尔大夫那股随便亲热劲儿，正好比她在对待一位信誓旦旦的追求者一般。她患有慢性支气管炎，在蒂勒尔大夫面前抱怨这病给她眼下从事的行当带来不便。

“我真弄不懂为什么我偏偏要生这种病。说句老实话，我真的弄不懂。我这辈子没生过一天病。你只要瞧我一眼就会知道这是不假的。”

她的眼睛对着周围的年轻人骨碌碌转，那假装的长睫毛对他们意味深长地眨了一下。她还朝着他们露了露那口黄牙。她操着一口伦敦土音，不过说话时却带着一种幽雅的情感，每吐一个字，都使听者觉得趣味隽永。

“这就是人们常说的咳嗽病，”蒂勒尔大夫神情严肃地答道，“许多中年妇女都得这种毛病。”

“哦，天哪！你的话跟一位女士去说倒蛮动听的。还从来没有人说我是个中年妇女呢。”

她圆睁着双眼，头朝一边歪着，带着一种难以形容的诡诈相凝视着蒂勒尔大夫。

“这就是我们这一行业的不利之处了，”蒂勒尔大夫说，“它有时逼着我们说话不能那么高雅了。”

她在接过处方的当儿，再一次朝蒂勒尔大夫嫣然一笑，那笑容颇有点勾魂摄魄的魅力。

“你一定会来看我跳舞的，亲爱的，是不？”

“我一定去。”

蒂勒尔大夫说罢按响电铃，吩咐带下一个病人。

“有你们这几位先生在这儿保护我，我感到非常高兴。”

不过,总的印象既非悲剧也非喜剧。这种印象无法用言语来表达。真是五花八门,色彩斑斓;充斥着眼泪和笑声、幸福和悲哀。一切是那么冗长乏味,既饶有兴趣而又平淡无奇。情况正如你见到的那样:它是那么的喧嚣、热烈,又那么的严肃;它是那么的可悲、可笑,又那么的微不足道;它既简单又复杂;有欢乐,但又包含着绝望;还有母亲对子女的母爱;男人对女人的情爱;欲望拖曳着沉重的步伐穿过房间,惩罚着罪人和无辜者以及一筹莫展的妻子们和可怜的孩子们;男男女女都酗酒,但不可避免地要付出那笔惨重的代价;一个个房间都回荡着死神的叹息声;新生命在那里得到了诊断,却使得一些可怜的姑娘心里充满恐惧和羞愧。这儿既不好又不坏,有的只是赤裸裸的事实。这就是生活。

第八十二章

临近年底的时候,菲利普在医院门诊部为期三个月的实习生活也快结束了。这时,他接到劳森从巴黎寄来的一封信。

亲爱的菲利普:

克朗肖眼下正在伦敦,很想同你见见面。他的地址是:索霍区海德街四十三号。这条街究竟在伦敦哪一角,我也说不清楚,不过你肯定能找到的。行行好吧,去照顾照顾他。他很不走运。至于他眼下在干些什么,到时他会告诉你的。这儿的情况同往日无异,你走之后似乎没什么变化。克拉顿已经回到巴黎,但是他变得叫人无法忍受。他跟每个人都闹翻了。据我所知,他连一个子儿也没有搞到,眼下就住在离植物园不远的一间小小的画室里，可他不让任何人看他的作品。他整天不露面，因此谁也闹不清他在干些什么。他也许是个天才，但是就另一方面来说，他也可能神经错乱了。顺便告诉你件事：有一天我突然遇上了弗拉纳根。那时，他正领着弗拉纳根太太在拉丁区转悠呢。他早撒手不干画画，而改做制造爆玉米花机器的生意了，看上去手里还很有几个钱哩。弗拉纳根太太颇有几分姿色，我正在想法子给她画张肖像画。要是你是我的话，你会开多少价？我无意吓唬他们。不过，要是他们俩心甘情愿地出我三百镑，我还不想去当那个笨伯，只收一百五十镑呢。

永远属于你的

弗雷德里克·劳森

菲利普随即写了封信给克朗肖，翌日即收到了回音。

亲爱的凯里：

我当然不会忘记你的。曾记否，当年我助过你一臂之力，将你从“绝望的深渊”①中拯救出来，而眼下我自己却无可挽回地堕入了“绝望的深渊”。能见到您我很高兴。我是个流落在一个陌生城市里的异乡客，深受市侩们的蹂躏。同您在一起谈谈昔日在巴黎的往事，倒是件令人愉快的事儿。我无意劳您的驾跑来看我，只因为我那一方斗室实在不够体面，不宜接待一位操珀根先生的职业的杰出人士。不过，我每天下午七至八时之间，都在迪恩街一家雅号为奥本普莱塞的餐馆里消夜，您这

① “绝望的深渊”一语引自英国散文作家约翰·班扬的名作《天路历程》。

时候来准能找到我。

您的忠诚的

J·克朗肖

菲利普接到回信后，当天便赶去看望克朗肖。那家餐馆只有一间店堂，属于最低级的一类餐馆。看来，克朗肖是这儿绝无仅有的一位顾客。克朗肖远离风口，坐在角落里，身上还是穿着那件寒酸的厚大衣，菲利普从来没见他脱过，头上戴了一顶破旧的圆顶硬礼帽。

"我上这儿吃饭，是因为我可以一人独处，无人打扰，"克朗肖开腔说道。"这家饭馆生意不那么景气，来吃饭的只是些妓女和一些失业的侍者。店家也准备关门了，所以这儿的饭菜糟糕透了。不过，他们破产却对我有利。"

克朗肖面前摆着一杯艾酒。他们俩已将近三年没碰面了，克朗肖容貌大变，菲利普见了不由得大吃一惊。克朗肖原先身子胖胖的，而眼下却显得干瘪，肤色焦黄；颈皮松弛，皱纹叠出；衣服飘挂在身上，像是给别人买的衣服似的，衣领要大上三四个尺码。所有这些，使他的外貌更显得邋遢。他双手不住地颤抖着。这时，菲利普想起了他的信笺上爬满了歪歪扭扭、杂乱无章的字母。很明显，克朗肖病得还不轻哩。

"这几天我吃得很少，"克朗肖又说。"我早晨病得很厉害。中饭也只是喝些汤，然后就吃一点儿奶酪。"

菲利普的目光下意识地落到了那杯艾酒上，却被克朗肖瞧见了，他对菲利普投以嘲弄的一瞥，借此阻止菲利普作常识上的劝告。

"你已经诊断了我的病症，你认为我喝艾酒是个极大的错误。"

"你显然得的是肝硬化，"菲利普说。

“显然是的。”

克朗肖盯视着菲利普，要是在过去，那目光足以使得菲利普难以忍受。那目光仿佛指出，他脑子里所考虑的问题虽令人苦恼，却是显而易见的；既然你对这显而易见的问题不持异议，那还有什么好说的呢？于是，菲利普换了话题。

“你打算什么时候回巴黎去？”

“我不打算回巴黎了，我快要死了。”

他竟以一种极其自然的口气谈论自己的死亡，菲利普听后不觉为之愕然。一霎间，千言万语涌上了菲利普的心头，但这些话似乎都是毫无意义的空话。菲利普肚里雪亮，克朗肖确是个垂死的人了。

“那么你打算在伦敦定居啰？”菲利普笨拙地问了一声。

“伦敦对我有什么意义呢？我就好比是条离了水的鱼。我穿过挤满人群的街道时，人们把我推过来挤过去的，仿佛走在一座死城里一样。我只觉得我不能死在巴黎。我想死在我自己的人民中间。我自己也不知道最终是一种什么样的神秘的本能把我拉回来的。”

菲利普认识那位和克朗肖同居的女人以及他们的两个拖着又脏又湿的裙子的女儿，但是克朗肖在他面前从来不提起她们，他也不愿谈论她们的事儿。菲利普暗自纳闷，不知她们景况如何。

“我不懂你为何要讲到死呢？”菲利普说。

“三两年以前的一个冬天，我患过肺炎，当时人们都说我竟能活了下来，真是个奇迹。看来我危如累卵，稍微有点什么就会死的，再生一场病就会要了我的命。”

“哦，瞎说！你的身体还不至于坏到这种程度。只要当心就行了。你为什么不把酒戒了呢？”

“因为我不想戒。一个人要是准备承担一切后果，那他干什么都没有顾忌。唔,我就准备承担一切后果。你倒会说叫我戒酒,可我现在就只有这么个嗜好了。想想看,要是戒了酒,那生活对我来说还有什么意义呢?我从艾酒里求得的幸福,你能理解吗?我就是想喝酒,而且每次喝酒,我都喝得一滴不剩,过后,只觉得我那颗心沉浸在莫可名状的幸福之中。酒这玩意儿使你讨厌,因为你是个清教徒,你心里对肉体的快乐很反感。可肉体的快乐最强烈,且最细腻。我是个具有活泼的七情六欲的男人,而且我一向是全身心地沉湎于此。现在我得为之付出代价,而且我也准备付这笔代价。"

有好一会儿,菲利普两眼直直地盯视着克朗肖。

"你就不害怕吗?"

克朗肖沉思了半晌,没有作答。他似乎是在考虑他的回答。

"有时候,当我一人独坐的时候,我也害怕过,"他说话时眼睛瞅着菲利普。"你以为那是在谴责吗?你错了。我并不为我的害怕心理所吓倒。那是愚蠢的。基督教说,你活着就应该念念不忘死。死是微不足道的。对死亡的恐惧绝不应该影响一个聪明人的一举一动。我知道我临死时会挣扎着想呼吸空气,我也知道到那时我会惊恐万状,我还知道我将无力抑制住自己不对人生把我逼入这样的绝境而悔恨不已,但是我不承认我会悔恨人生。眼下,虽说我身体虚弱,上了年纪,身患沉疴,一贫如洗,而且已行将就木,但我的命运依然掌握在我的手心。因此,我没什么好遗憾的。"

"你还记得你送给我的那条波斯地毯吗?"菲利普问道。

克朗肖同以往一样,脸上渐渐泛起一丝微笑。

"你问我人生的意义是什么的时候,我告诉你那条地毯会给你作出回答。嗯,你找到答案了吗?"

"还没呢,"菲利普莞尔一笑,"你不好告诉我吗?"

“不,不能,我不能做这种事。答案要你自己去找,否则就毫无意义。”

第八十三章

克朗肖要出版诗集了。多少年来,他的亲朋好友一直敦促他快把诗集出出来,可因懒惰,他一直没为此采取必要的步骤。他总是以在英国诗魂已丧失殆尽的说法来搪塞友人的劝勉。花费了多年的心血写成了一部书,出版后只是在浩繁的卷帙中排上两三行,卖掉二三十册,其余的竟落得个被拉回去化纸浆的下场。由于多年的磨难,他的名利之心早已泯灭。这如同其他所有事情一样,不过是场梦幻虚境而已。然而,他朋友中却有一位把此事一手揽了过去。此人是位文人,名叫伦纳德·厄普姜。菲利普还是在巴黎拉丁区的一家咖啡馆里同克朗肖一起见过他一两回。厄普姜作为文艺批评家在英国颇有声望,同时也是大家所公认的法国现代文学的权威诠释者。他长期生活在法国,混迹于那些致力于把《法兰西墨耳库里》办成生动活泼的评论刊物的人士中间,因此只消用英语把这些人士的观点介绍一通,他在英国就赢得了独辟蹊径的声誉。菲利普曾经拜读过他的一些文章。他通过直接模仿托马斯·布朗爵士[1]的笔调确立了自己的风格。他写的句子,虽说复杂,但经苦心安排,倒还平稳。用的都是些冷僻但华丽的辞藻,这就给他的文章蒙上一层与众不同的个性色彩。伦纳德·厄普姜诱使克朗肖把全部诗稿交到自己手中,翻开一看,发觉这些诗作足够出一部不小的诗集。

① 托马斯·布朗爵士(1605—1682),英国医生兼作家。

他许诺要凭借自己的声望去影响出版商。其时，克朗肖手头拮据，急需用钱。自身染疾病以来，克朗肖发觉自己较前更难坚持写作了，弄来的几个钱勉强够付酒钱。厄普姜写信告诉他，说这个那个出版商均啧啧称赞他的诗作，不过认为不值得出版。这时，克朗肖的心倒被说动了，于是他写信给厄普姜，反复说明他已到了捉襟见肘的地步，并催促厄普姜再花些气力。克朗肖眼看自己将不久于人世，极想给自己身后留部正式出版的诗集，再说，在内心深处，他总觉得自己写下了伟大的诗作。他殷殷盼望着有朝一日自己会像颗新星般地出现在世人面前。他一辈子都把这些美妙的珍品密藏在自己的心底，但在行将同世界诀别，再也用不着这些珍品之际，毫不在乎地把它们奉献给世人，此举确乎不无可资称道之处。

伦纳德·厄普姜来信说有位出版商已经同意出版他的诗集。克朗肖便当机立断，决定立即返回英国。通过一番奇迹般的说服工作，厄普姜使得克朗肖同意把超过版税的十英镑给他。

"注意，是先付版税，"克朗肖对菲利普说道。"弥尔顿①那会儿才拿到十镑现钱呢。"

厄普姜答应为克朗肖的诗作写篇署名文章，同时还要邀请那些评论家朋友们尽力写好评论。克朗肖对此事表面上采取超然物外的态度，但明眼人一看就知道，想到自己将轰动文坛，他感到乐不可支。

一天，菲利普践约上那家克朗肖坚持要在那儿吃饭的蹩脚餐馆去，但是克朗肖却没有露面。菲利普得知他已三天没上这家餐馆了。菲利普胡乱吃了点东西，随即按克朗肖第一次来信中讲的地址跑去找他。他好不容易才找到海德街。这条街上挤满了被烟熏黑

① 约翰·弥尔顿（1608—1674），英国诗人，政论家。

了的房子,许多窗户的玻璃都破了,上面粘着一条条法文报纸,极不雅观,门也多年没油漆了。房子的底层都是些腌臜破败的小商店,有洗衣店、皮匠店、文具店等等。衣衫褴褛的孩子们在马路上打闹戏耍。一架手摇风琴在奏一首淫荡的小调。菲利普叩着克朗肖寓所的大门(底下是一爿专售廉价甜食的小店),一位身上系着脏围裙的法国女人应声出来开门。菲利普问她克朗肖是否在家。

"噢,是的,后面顶楼里是住着一个英国人。我不知道他在家不在家。你要见他,最好自己上去找。"

一盏煤气灯照亮了楼梯。屋子里弥漫着一股呛人的气味。菲利普走过二楼时,从一个房间里走出一位妇人,她用怀疑的目光打量着菲利普,但没有吭声。顶楼上有三扇房门,菲利普在中间的一扇门上敲了一下,接着又敲了敲,但屋里没有动静,接着转了转门把,发觉房门锁着。他又去敲另一扇门,还是没有响声,接着推了推房门。房门"吱呀"一声开了,只见房间里一片漆黑。

"谁?"

他听出这是克朗肖的声音。

"我是凯里。可以进来吗?"

他不等克朗肖回话,便径直走了进去。窗户紧闭着。一股恶臭扑鼻而来,简直不堪忍受。街上的弧光灯透过窗户的缝隙照进几缕光线。菲利普这时看清在这小小的房间里,虽说只有头靠头放着的两张床、一个脸盆架和一张椅子,人进来了却没有回旋的余地。克朗肖躺在紧挨窗户的那张床上,纹丝不动,只是低声格格笑了笑。

"你为什么不把蜡烛点起来呢?"隔了一会,克朗肖说。

菲利普划亮一根火柴,发现就在他床边的地板上有个蜡烛台。他点亮了蜡烛,把烛台移放在脸盆架上。克朗肖一动不动地仰卧在床上,穿着睡衣,模样儿挺古怪的。他那光秃的脑顶心特别显眼,一脸土灰色，活脱像个死人。

“喂，老兄，看上去病得不轻呀。这儿有没有人来照顾你呀？”

“乔治早晨上班前给我送来了一瓶牛奶。”

“乔治是谁？”

“我叫他乔治，是因为他的名字叫阿道尔夫。他同我合用这套宫殿般的房间。”

此时，菲利普方才注意到另外一张床上的被褥自有人睡过以来从未叠过，那只枕头上搁头的地方乌黑乌黑的。

“你不会是说你同别人合用这个房间吧？”菲利普不由得嚷了起来。

“为什么不好跟人合用呢？在索霍这个鬼地方，住房可是要花钱的呀。乔治是个跑堂的，每天早晨八点去上班，店不打烊不会回来，因此，他根本不碍我的事。我们俩都睡不好觉，于是他就给我讲讲他的身世，借此消磨长夜。他是个瑞士人。我对于跑堂的一向很感兴趣，他们都是从娱乐的角度来看待人生的。”

“你躺了几天了？”

“三天了。”

“你是说这三天中除了一瓶牛奶外别的啥也没吃吗？你究竟为何不给我捎个信呢？让你整天躺在床上，身边也没有一个人服侍你，我真于心不忍啊。”

克朗肖听罢笑了笑说：

“瞧你的脸色。哎呀，可爱的人儿，我知道你是真的为我难过。你这个好小子。”

菲利普脸刷地红了。看到这间简直不是人住的房间以及这位穷困的诗人的失意潦倒的境地，一股忧戚悲凉之情涌上了菲利普的心头，但不料内心的感受全部在他脸上显现出来了。克朗肖凝睇着

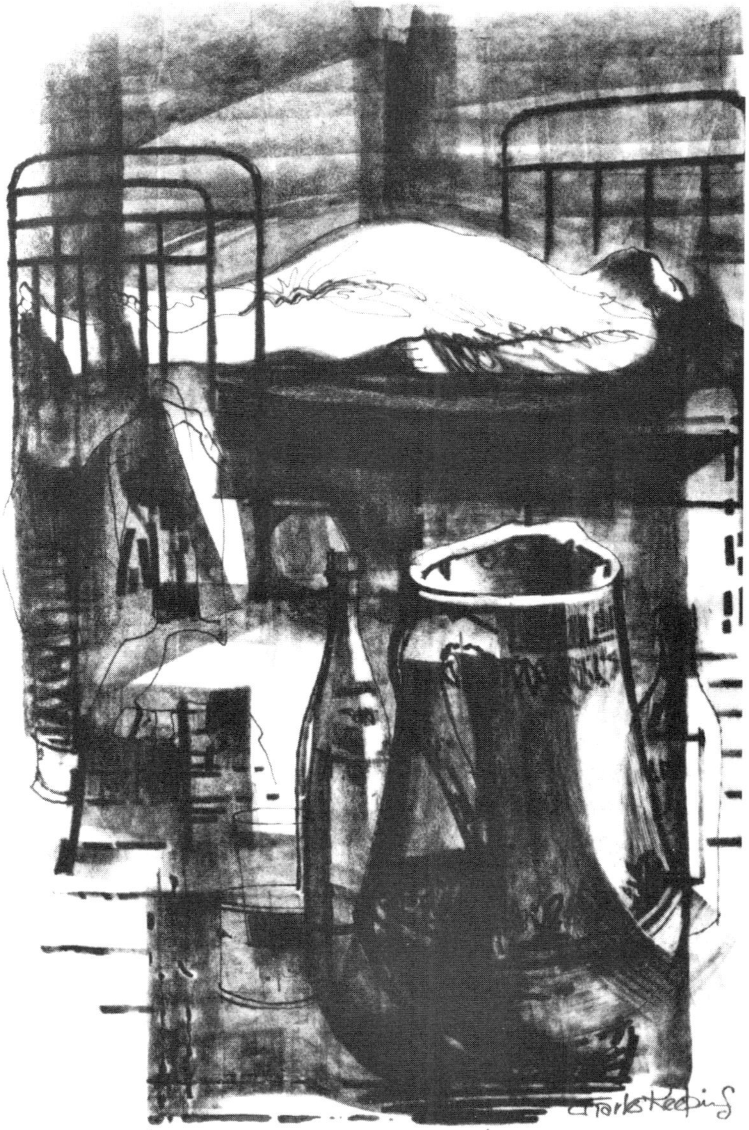

菲利普，脸带微笑地继续说：

“我一直都很愉快。瞧，这都是诗集的校样。要晓得，区区不适可能会使别人惶惶不安，可我却是毫不在乎的。如果你做的梦赋予你任凭驰骋的无限的时间和空间，那么人生中境遇的变迁又有何了不得的呢?”

诗集的校样就放在床上。克朗肖躺在这个半明不暗的房间里，居然还能着手校对清样。他把校样拿给菲利普看，在这当儿，他的双眸忽地放亮。他翻过一张张校样，双眼望着那清晰的字体，不禁喜形于色。接着，他朗诵了一节诗。

“这诗写得不赖，对不?”

菲利普蓦地生出个主意。照这个主意去做，他要稍稍多花笔开支，可是即便多一笔哪怕数目最小的开支，菲利普都是无能为力的。不过，从另一个方面来说，对眼下这件事，菲利普却不愿考虑节省开支的问题。

“喂，我可不忍再让你留在这儿了。我那儿多个空房间，眼下空着无人住，我不费事就可以借张床来。你愿意不愿意上我那儿去，跟我住一段时间呢？这样省得你付房租了。”

“喔，亲爱的老弟，你会坚持要我把所有窗户都打开的。”

“只要你愿意，就是把所有的窗户都封上也不碍事的。”

“明天我就会好的。今天我本来也是可以起来的，只是觉得身子发懒。”

“那样的话，你很容易就可以搬过去住。你一感觉身体不适，就上床躺着，我会在家照顾你的。”

“你喜欢这样的话，那我就搬过去，”克朗肖说，脸上带着他那种迟钝而又凄苦的微笑。

“那再好没有了。”

他们俩商定菲利普第二天来接克朗肖。次日上午，菲利普忙里偷闲,抽出一个小时为这事作些准备。他发现克朗肖已经穿戴停当,头戴帽子,身穿厚呢大衣,默默地坐在床上。脚边地板上躺着只小小的、破旧的旅行皮箱,里面盛放着他的衣服和书籍,已经捆绑好了。他看上去像是坐在车站候车室似的。菲利普瞧见他这个模样,不觉哈哈笑了起来。他们俩乘四轮四座马车直奔肯宁顿大街而去。马车上的窗户全都关得严严实实。到了那儿以后,菲利普把他的客人安顿在自己的房间里。菲利普这天一大早就上街,为自己买了副旧床架,一只便宜的五斗柜和一面镜子。克朗肖一到就安下心来修改他的校样,他感觉精神好多了。

菲利普发觉他的这位客人除了其疾病症状有些恼人以外,总的说来还是很好相处的。他上午九时有课,因此要到晚上才能见着克朗肖。有那么一两次,菲利普劝克朗肖就跟他在一起将就吃些用残汤剩菜做的晚餐,但是克朗肖实在不好意思,不肯留下来,宁肯跑到索霍区,上一两家最便宜的饭馆买点东西填填肚子。菲利普叫他去找蒂勒尔大夫看病,他却一口回绝,因为他知道医生会叫他戒酒,而这酒他是决心不戒的了。每天上午,他总是病得很厉害,但是一到中午,几口艾酒下了肚,就又来了精神,到了子夜时分回到家里时,他又能侃侃而谈,谈话中才气横溢,正是这一点使得当时初次同他见面的菲利普惊叹不已。他的校样已修改完毕,诗集将于早春时节与其他一些出版物一同问世。到那时,人们说不定该从雪片般飞来的圣诞节书籍的重压下喘过气来了。

第八十四章

新年伊始,菲利普便上外科门诊部当敷裹员。此项工作的性质,同他不久前在内科门诊部所从事的工作没有什么两样,只不过是工作方式更加直接而已。这是外科不同于内科的性质所决定的。因循守旧的公众对内、外两科疾病的态度总是过分拘谨,任其四处蔓延,致使其中相当一部分人身受染病之苦。菲利普在一位名叫雅各布的外科助理医师手下当敷裹员。此人矮墩墩、胖乎乎的,脑顶心秃秃的,生性欢快,热情洋溢。说起话来,一口伦敦腔,嗓门扯得老大。医学院的学生们在背后送给他一个雅号——丑莽汉。然而,无论是作为一名外科大夫,还是一名教员,他都称得上才智过人,倒使得一部分学生忽略了他外表的丑陋。他还颇爱开玩笑,而且对病人也罢,对学生也罢,他都一视同仁,照开不误。他津津有味地出他手下的敷裹员们的洋相。那些敷裹员啥也不懂,诚惶诚恐,对他那副屈尊俯就俨然跟他们是平等的姿态很不适应。在这种情况下,拿他们开开心,那还不是易如反掌。一到下午,他心情更加愉快,因为他可以唠叨他的老生常谈,而那些来实习的学生们只得赔着笑脸硬着头皮听着。有一天,一个男孩跑来求医看跛足。他的父母亲想知道是否还有法子治好他的跛足。雅各布先生转过身来,对菲利普说:

"凯里,这个病人最好由你来看。这个课题你该了解一下。"

菲利普的脸红了。这位外科大夫显然是在捉弄他菲利普,而旁边的几位被他吓住了的敷裹员,一个个胁肩谄笑。看到这番情景,菲利普的脸不由得涨成了猪肝色。说实在的,自从来到圣路加医院,菲利普一直怀着急切的心情留心研究这个课题。图书馆里有关各种各样的跛足的资料他都读遍了。菲利普叫那孩子脱去靴子和长筒袜。这孩子才十四岁。满是雀斑的脸上,长着一对蓝眼睛,嵌着一只塌鼻子。他父亲唠叨说,如有可能,他们想把孩子的脚治好,否则拖着条瘸脚对孩子独自谋生不利。那孩子性情可开朗啦,一点也不怕羞,伶牙俐齿的,且脸皮很厚。对此,他父亲很是反感。那孩子对自己的跛足还挺感兴趣的哩。

“要知道,这脚不过样子难看些吧,”他对菲利普说,“可我丝毫不觉得不便。”

“住嘴,厄尼,”他父亲呵斥道,“你废话说得太多了。”

菲利普检查着那孩子的跛足,并用手轻轻地抚摩着。他不理解这孩子为什么一点也不感到羞耻,而这种羞耻感却无时无刻不是沉重地压在自己的心上。他不知道为什么他就不能像这个孩子那样,对残疾抱明智的漠然的态度。这会儿,雅各布先生走到他的面前。那男孩坐在一张长椅边上,外科大夫和菲利普两人分别站在他的两旁,其余几位学生成半月形围拢着。跟往常一样,雅各布才气横溢地、绘声绘色地就跛足发表了一个简短的演讲:他论及跛足的类型以及因不同的组织构造而形状各异的跛足。

“我想你那只跛足是呈马蹄形的,是不?”他说着,猛然转向菲利普。

“是的。”

菲利普觉察到同学们的目光一下子都集中在自己身上,脸刷地绯红,为此,他还暗暗地责骂自己。他感到手掌心沁出了涔涔汗水。由于行医多年,雅各布先生才能讲得头头是道,并独具慧眼,令人钦佩。他对自己的职业抱有浓厚的兴趣。但是菲利普并没有用心听讲,一心巴望这位老兄快点把话讲完。蓦地,他意识到雅各布是在对他说话。

“凯里,让你脱一会儿袜子,你不会介意吧?”

菲利普只觉得全身上下一阵震颤。刹那间,他真想冲着雅各布大喊“你给我滚”,然而他却没有勇气发脾气,生怕自己落得个被人讥笑的下场。于是,他强忍内心的愤懑,装出一副若无其事的样子来。

“这没什么，”他回了一声。

他一屁股坐了下来，开始解皮靴扣子。他的手指颤抖着，心里想他不该解这个扣子的。他回忆起上学时同学们强迫他脱下鞋袜裸露跛足时的情景，想起了由此而深深印在自己心灵上的创伤。

“他总是把双脚保养得好好的，洗得干干净净的，是不？”雅各布操着刺耳的伦敦土音说。

在场的学生们格格发笑。菲利普注意到刚才被检查脚的那个男孩用一种急切的、好奇的目光俯视着他的脚。雅各布一把抓住菲利普的跛足，接着说：

“是啊，这一点我预料到了。我看你这只脚是动过手术的。我想是小时候动的手术吧？”

接着，他滔滔不绝地解释着。学生们一个个倾过身子，注视着菲利普的跛足。雅各布放手的时候，两三个学生还盯着那只跛足仔仔细细地瞧了个够。

“你们看够了，我再穿袜子，”菲利普笑吟吟地说，但这微笑含有嘲讽的意味。

他准能把他们一个个都干掉。他想要是用把凿子（他不知道自己怎么会想起用这种工具来的）捅他们的脖子，那该多杀气啊！人是多么像野兽啊！他巴不得自己能相信炼狱之说，这样，想到他们这些人将受到可怕的折磨，他心里也可舒畅一些。雅各布先生把注意力转向治疗方法上，他的话一半是说给那孩子的父亲听的，一半是讲给学生们听的。菲利普套上袜子，扣上靴子。最后，那位外科大夫的话讲完了，但像是想起了什么似的，突然转向菲利普说：

“嘿，我认为你再动次手术说不定还是有好处的。当然我不能还你一只同常人一样的脚，不过我想我还是可以做些事情的。你好好想想吧。什么时候你想休假,你尽管到医院里来住一段时间好了。”

菲利普常常问自己这条跛腿是否还有办法治好。但是他讨厌提起自己的残疾,所以一直没有跟医院里任何一位外科医生商讨过这个问题。他从书中得知,小时候无论接受过什么样的治疗,都是不会有什么效果的,因为当时的医术不如现在的高明。不过,只要能使得他穿上正常的靴子,走路时也瘸得不那么厉害,就是再挨一刀还是值得的。他想起他曾虔诚地祈祷出现奇迹。他的牧师大伯曾许诺说,万能的上帝是完全能够创造出这种奇迹来的。想到这儿,他不觉凄苦地一笑。

“那会儿,我真傻!”他暗自思忖着。

快到二月底的时候,克朗肖的病情明显地恶化,再也起不来了。他整天躺在床上,但还坚持要把所有的窗户都闭上,仍旧拒绝医生看病。他只吃很少一点滋补食品,却一个劲儿要求给他买威士忌和香烟。菲利普知道他根本不该喝酒抽烟,但是拗不过克朗肖。他的观点是很难驳倒的。

“我知道烟酒肯定在夺我的命,可我不在乎,你劝过我了,做到了仁至义尽。我不听你的忠告。给我酒喝,然后滚你的蛋。”

伦纳德·厄普姜一星期中有两三次飘然来访,枯叶般的外表使得用“枯叶”这个词儿来描写他的仪表最形象、最确切不过了。他三十五岁,头发又长又灰白,脸色苍白,长得活像棵野草。那样子叫人一看就知道他很少涉足户外。他头上戴了顶像是非国教牧师戴的帽子。菲利普对他那种傲慢的态度很反感,讨厌他那口若悬河的谈吐。伦纳德·厄普姜就喜欢夸夸其谈,全然不顾听众的兴趣,而这一点正是一位出色的演说家必不可少的品质。厄普姜从来不会想到他所讲的都是听众们早已听厌了的陈词滥调。他字斟句酌地对菲利普发表自己对罗丹[1]、艾伯特·萨曼恩和凯撒·弗兰克[2]的看法。菲利普雇佣的打杂女工只是上午来干一个小时的活，菲利普本人又整天都得泡在医院里，这样，一天大部分时间，克朗肖就得独自一人呆在家里。厄普姜告诉菲利普说他想叫个人来陪伴克朗肖，可只是干打雷，不下雨。

“想到那位伟大的诗人孤零零地呆在家里，实在叫人担心。喂，他很可能死的时候身边连个人影也没有呢。”

“我想这很可能，”菲利普说。

“你怎么好这样冷酷无情呢！”

“你满可以每天上这儿来干事，这样的话，他需要什么，身边也有个人呀。你为什么不这样做呢？”菲利普淡淡地反问道。

“我？亲爱的老兄，我只能在我熟悉的环境里工作，再说我经常要外出呀。”

另外，看到菲利普把克朗肖接到自己的住处，厄普姜满肚子的不高兴。

“我倒希望你让他仍旧住在索霍，”他说话的当儿，那双细长的手臂在空中挥舞了一下，“那个阁楼虽说脏了点，可还有一丝浪漫气息。即使是换成了华滨或肖迪奇，我也能容忍，可就是不能容忍把他搬到体面的肯宁顿来。那是一块多么理想的安葬诗魂的地方啊！”

克朗肖时常使性子。可菲利普时时提醒自己不要发脾气，因为他那急躁的心情不过是疾病的症状而已。厄普姜有时赶在菲利普下班以前来看望克朗肖，而克朗肖总是在这个时候，当着厄普姜的

---

① 奥格斯特·罗丹（1840—1917），法国雕塑家。
② 凯撒·弗兰克（1822—1890），法国作曲家、钢琴演奏家。生于比利时。

面，狠狠地发泄一通自己对菲利普的怨气。厄普姜则在一旁饶有兴趣地谛听着。

厄普姜对菲利普说话总是带着刺儿，而菲利普却极力抑制住自己的情感。但是，一天黄昏，菲利普终于忍无可忍了。那天，他在医院干了一天重活，回到寓所时，人已疲惫不堪。正当他在厨房里沏茶时，伦纳德·厄普姜一脚跨了进来，告诉菲利普说克朗肖对他坚持请医生来看病一事颇有怨言。

"难道你没有意识到，你享有一种非常罕见、非常微妙的特权吗？当然啰，你应该使出浑身解数，来证明你的高尚的品德是足以信赖的。"

"这种罕见的、微妙的特权，我可担当不起呀，"菲利普顶了一句。

每当提及钱的事儿，伦纳德·厄普姜总是流露出一种不屑一顾的神气，而且，他那敏感的天性总是变得激愤起来。

"克朗肖的举止言谈本来还有些优美的东西，可都被你的死乞白赖给搅了。你应该给你所体会不到的微妙的想象留些余地嘛。"

菲利普的脸色阴沉。

"我们一起去找克朗肖评评理，"菲利普态度冷冷地说。

那位诗人正躺在床上看书，嘴里还叼着烟斗呢。房间里弥漫着一股霉臭味。尽管菲利普常来打扫收拾，但房间里还是邋里邋遢的。看来，克朗肖住到哪儿，哪儿就休想干净。克朗肖看见他们俩走了进来，便摘下了眼镜。此时，菲利普简直是到了怒不可遏的地步。

"厄普姜说你埋怨我老是催你去请医生看病，"菲利普说。"我要你去看病，是因为你随时都有生命危险。再说，你一直不去找医生看病的话，那我就无法得到健康证明书。一旦你去世，我可要被传讯，还会为没请医生一事受到指责。”

“这一点我倒没想到。我原以为你催我去看病，是为了我而不是为你自个儿着想的。那好吧，你愿什么时候请医生来，我就什么时候看病。”

菲利普沉默不语，只是以难以觉察的动作耸了耸双肩。一直在注视着他的克朗肖不由得哧哧笑了起来。

“别生气嘛，亲爱的。我晓得，你想为我做你所能做到的一切。那就请你去叫医生来吧。说不定他真能帮点我的忙呢。至少说，这样可以使你得到些安慰。”接着，他把目光转向厄普姜。“你是个地道的蠢货，伦纳德。你怎么想起来去伤他的心呢？除了在我死后为我写篇漂亮的文章外，你啥也不会为我做的。我一向了解你。”

次日，菲利普跑去找蒂勒尔大夫。他想只要他把克朗肖的病情一讲，蒂勒尔大夫那个人准感兴趣。事情果真是这样。蒂勒尔大夫一下班，就跟着菲利普来到肯宁顿大街。他完全同意菲利普早先讲的那番话，也认为克朗肖已病入膏肓，无可救药了。

“你愿意的话，我可以把他送进医院，”他对菲利普说道。“可以安排他住在单人病房里。”

“说啥他也不会肯的。”

“要知道，他每分钟都有死亡的可能。要不，很可能还会再次生肺炎。”

菲利普点点头。蒂勒尔大夫又嘱咐了几句，并答应菲利普他随叫随到。临走时，他还留下了自己的地址。菲利普送走大夫，回到克朗肖的身边，发觉他正沉静地捧着本书看呢。克朗肖连问一声医生有何嘱咐都没有问。

“亲爱的老弟，这下你该满意了吧？”他问道。

“我想，你说啥也不会照蒂勒尔大夫的嘱咐去做的，对不？”

“那自然啰，”克朗肖笑眯眯地应了一声。

第八十五章

半个月以后的一天黄昏，菲利普从医院下班回到寓所，敲了敲克朗肖的房门，见里面没有动静，便推门走了进去。克朗肖蜷曲着身子侧卧着，菲利普来到床头前。他不知克朗肖是在睡梦中呢，还是同往常一样，只是躺在床上生闷气。看到他的嘴巴张着，菲利普不由得一惊。他摸了摸克朗肖的肩头，不禁惊叫了起来，连忙把手伸进克朗肖的衬衫底下试试心跳，他一下呆住了，惶然不知所措。绝望之中，他掏出镜子放在克朗肖的嘴上，因为他曾经听说以前人们也是这样做的。看到自己独自同克朗肖的尸体呆在一起，菲利普感到惊恐不安。他身上衣帽齐全，便噔噔跑下楼去，来到街上，跳上一辆马车，直奔哈利大街。幸好蒂勒尔大夫在家。

“嘿，请你立即跟我走一趟好吧？我想克朗肖已经死了。”

“他死了，我去也没多大用处，对不？”

“你能陪我走一趟，我将感激不尽。我已叫了辆马车，就停在门口。只消半个小时，你就可以回来的。”

蒂勒尔戴上了帽子。在马车里，他问了菲利普一两个问题。

“今天早晨我走的时候，他的病情也不见得比平时坏呀，”菲利普告诉蒂勒尔大夫说。“可是我刚才走进他的房间时，可把我吓了一跳。想想看，他临终时身旁连一个人也没有……您认为当时他知道自己要死吗？”

这时，克朗肖先前说过的话儿又回响在菲利普的耳边，他暗自思忖着，不知克朗肖在生命即将终止的那一刹那，有没有被死亡的恐惧所吓倒。菲利普设想着自己处于同样的境地，面对死神的威胁，必然会惊惶失色，更何况克朗肖临终时，身边连一个安慰的人都没有哇。

“你的心情很不好，”蒂勒尔大夫说。

蒂勒尔大夫睁着晶莹闪烁的蓝眼睛凝视着菲利普，目光中流露出同情的神色。

他在看过克朗肖的尸体后对菲利普说：

“他已经死了好几个钟头了。我认为他是在睡眠中死去的。病人有时候是这样咽气的。”

克朗肖的躯体缩作一团，不堪入目，没有一点人样。蒂勒尔大夫平心静气地盯视着尸体，接着下意识地掏出怀表瞥了一眼。

“嗯，我得走了。待会儿我派人给你送死亡证明书来。我想你该给他的亲属报丧。”

“我想他并没有什么亲属，”菲利普答了一句。

“那葬礼怎么办？”

“喔，这由我来操持。”

蒂勒尔大夫朝菲利普瞥了一眼，肚里盘算着他该不该为葬礼掏几个英镑。他对菲利普的经济状况一无所知，说不定菲利普完全有能力承担这笔费用，要是这时他提出掏钱的话，菲利普兴许会觉得此举太不礼貌。

“唔，有什么要我帮忙的，尽管说好了，”他最后说了这么一句。

菲利普陪他走到门口，两人便分手了。菲利普径直去电报局拍了个电报，向伦纳德·厄普姜报丧。然后，菲利普去找殡仪员。每天上医院时，菲利普都得经过这位殡仪员的店面，橱窗里一块黑布上写的“经济、迅速、得体”六个银光闪闪的大字，陈列在橱窗里的两口棺材模型，常常吸引住他的注意力。这位殡仪员是个矮胖的犹太人，一头黑色鬈发，又长又油腻，在一根粗壮的手指上套了只钻石戒指。他用一种既颐指气使又神情温和的态度接待了上门来的菲利普。他不久便发觉菲利普一筹莫展，于是答应立即派个妇人去张罗必不可少的事宜。他建议举办的葬礼颇有些气派；而菲利普看到这位殡仪员似乎认为他的异议有些儿吝啬，不觉自惭形秽起来。为这区区小事而同他讨价还价，实在有失体面。因此，菲利普最后同意承担这笔他根本承担不起的费用。

"我很理解您的心情，先生，"殡仪员说，"您不希望大肆铺张——而我自己也不喜欢摆阔讲场面——可是，您希望把事情办得体体面面的呀。您尽管放心，把事情交给我好了。我一定尽力让您少花钱，而把事情办得既妥帖又得体。我就说这么些，也没别的可说了。"

菲利普回家吃晚饭。在这当儿，那个妇人上门来陈殓克朗肖的遗体。不一会儿，伦纳德·厄普姜打来的电报送到了。

惊悉噩耗，痛悼不已。今晚外出聚餐，不能前往，颇为遗憾。明日一早见您。深表同情。厄普姜。

没隔多久，那位妇人笃笃敲着起居室的房门。

"先生，我干完了。您是否进去瞧他一眼，看我做的合适不？"

菲利普尾随她走了进去。克朗肖仰面直挺挺地躺着，两眼紧闭，双手虔诚地交叉着放在胸口。

"按理说，您该在他身边放上些鲜花，先生。"

"我明天就去弄些来。"

那位妇人向那具僵直的躯体投去满意的一瞥。她已经履行了自己的职责，便捋下袖管，解开围裙，戴上无檐软帽。菲利普问她要多少工钱。

"嗯,先生,有给两先令六便士的,也有给五先令的。"

菲利普满面赧颜地递给那位妇人不到五个先令的工钱,而她却以与菲利普眼下所怀有的莫大的哀痛相称的心情连声道谢,随即便告退了。菲利普仍旧回到起居室,收拾掉晚饭留下来的剩菜残汤,坐下来阅读沃尔沙姆撰写的《外科学》。他发现这本书很难懂。他感到自己内心异常紧张,楼梯上一有响声,便从座位上惊起,那颗心突突乱跳不止。隔壁房间里的东西,原先还是个人,可眼下却化作乌有,使得他心里充满惊悸。笼罩着房间的沉寂气氛仿佛也有生命似的,里面像是有个神秘物在悄然移动着;死亡的阴影沉重地压迫着这套房间,令人不可思议,森然可怖。菲利普为了曾经是他朋友的那个人而蓦地生出一种恐惧感。他力图迫使自己专心致志地读书,但过了没多一会,他便绝望地把书推开了。刚刚结束的那条生命毫无价值,这一点使得他心烦意乱。问题倒并不在克朗肖是死还是依旧活着,哪怕世界上从来就没有克朗肖这么个人,情况还是如此。菲利普想起了青年时代的克朗肖,然而要在自己脑海里勾勒出身材细长、步履轻快有力、脑袋覆着头发、意气风发、充满了信心的克朗肖来,还得作一番想象才行呢。在这里,菲利普的人生准则——即如同附近的警察那样凭本能行事——却未能奏效。这是因为克朗肖生前奉行的也是这套人生准则,但他到头来还是令人可悲可叹地失败了。看来人的本能不足信。菲利普不禁觉得惘然。他扪心自问,要是那套人生准则不能奏效,那么还有什么样的人生准则呢?为什么人们往往采取这一种方式而不采取另一种方式行事呢?人们是凭自己的情感去行动的,但是他们的情感有可能是好的,也有可能是坏的呀。看来,他们的情感是把他们引向成功还是毁灭,纯粹是偶然的际遇而已。人生像是一片无法摆脱的混沌。人们在这种无形的力量的驱使下四处奔波，但是对这样做的目的何在，他们却一个也回答不出，似乎只是为了奔波而奔波。

翌日清晨，伦纳德·厄普姜手持一个用月桂树枝扎成的小花圈来到菲利普的寓所。他对自己向逝去的诗人敬献这样的花圈的做法颇为得意，不顾菲利普无声的反感，试着把花圈套在克朗肖的秃头上，可那模样儿实在不雅，看上去就像跳舞厅里卑劣的小丑戴的帽子的帽檐。

"我去把它拿下来，重新放在他的心口，"厄普姜说。

"可你却把花圈放到他的肚子上去了，"菲利普说。

厄普姜听后淡然一笑。

"只有诗人才知道诗人的心在哪里，"他接着回答道。

他们俩一起回到起居室。菲利普把葬礼的筹备情况告诉了厄普姜。

"我希望你不要心疼花钱。我喜欢灵柩后面有一长队空马车跟随着，还要让所有的马匹全都装饰着长长的随风飘摇的羽翎，送葬队伍里应该包括一大批哑巴，他们头戴系有长长飘带的帽子。我很欣赏空马车的想法。"

"葬礼的一切开销显然将落在我的肩上，可目前我手头并不宽裕，因此我想尽量压缩葬礼的规模。"

"但是，我亲爱的老兄，那你为何不把葬礼办得像是给一位乞丐送葬那样呢？那样的话，或者还有点儿诗意呢。你就是有一种在办平庸的事业方面从来不会有过错的本能。"

菲利普脸红了，但并没有搭腔。翌日，他同厄普姜一道坐在他出钱雇来的马车里，跟在灵柩的后面。劳森不能亲自前来，送来了只花圈，以示哀悼。为了不使灵柩显得太冷清，菲利普自己掏钱买了一对花圈。在回来的路上，马车夫不时挥鞭策马奔驰。菲利普心力交瘁,顿时酣然入睡了。后来他被厄普姜的说话声唤醒了。

"幸好他的诗集还没有出。我想,我们还是把诗集推迟一点出版的好。这样,我可以为诗集作序。我在去墓地的途中就开始考虑这个问题。我相信我能够做件非常好的事。不管怎么说,作为开头,先为《星期六评论》杂志写篇文章。"

菲利普没有接他的话茬。马车里一片沉静。最后还是厄普姜开腔说:

"我要充分利用我写的文章的想法恐怕还是比较明智的。我想为几家评论杂志中的一家写篇文章,然后将此文作为诗集的前言再印一次。"

菲利普密切注视着所有的杂志,几个星期以后,厄普姜的文章终于面世了。那篇文章似乎还掀起了一阵波动,许多家报纸还竞相摘要刊登呢。这确实是篇妙文,还略带传记的性质,因为很少有人了解克朗肖的早期生活。文章构思精巧,口气亲切动人,语言也十分形象生动。伦纳德·厄普姜撷取克朗肖在拉丁区与人交谈和吟诗作赋的几个镜头,以其缠绕繁复的笔调,将它们描绘得有声有色,风雅别致;经他笔下生花,克朗肖的形象顿时栩栩如生,跃然纸上,变成了英国的凡莱恩[①]。他描写了克朗肖的凄惨的结局,以及那个坐落在索霍区的寒伧的小阁楼;他还允许自己有节制地陈述为说服那位诗人移居一间坐落在百花争艳的果园、掩映在忍冬树树荫里的村舍所作的种种努力,他那严谨的态度着实令人神魂颠倒,使人想起他的为人岂止是谦逊,简直是豁达大度。写到这里的时候,伦纳德·厄普姜添枝加叶,大肆渲染,其措词显得端庄却又战战兢兢,虽夸张却又委婉动人。然而有人却缺乏同情心,虽出于好心但却又不

① 法国诗人保尔·凡莱恩(1844—1896)。

老练，把这位诗人带上了俗不可耐却体面的肯宁顿大街！伦纳德·厄普姜之所以用那种有所克制的诙谐的口气描写肯宁顿大街，是因为恪守托马斯·希朗爵士的遣词造句的风格所必需的。他还巧妙地用一种讽刺的口吻叙述了克朗肖生前最后三个星期的情况，说什么克朗肖以极大的耐心忍受了那位自命为他的看护的青年学生，那位青年学生好心却办了坏事。还叙述了那位天才的流浪者在那不可救药的中产阶级氛围中的可怜的境遇。他还引用了艾赛亚[①]的名言"美自灰烬出"来比喻克朗肖。对那位为社会所遗弃的诗人竟死在那俗不可耐的体面的氛围之中，这一反语运用得妙极了，这使得伦纳德·厄普姜想起了耶稣基督置身于法利赛人[②]中间的情景来，而这一联想又给了他一个略显文采的机会写下一段字字玑珠的佳文。接着他又告诉读者，说逝者的一位朋友把一个月桂树枝编成的花圈安放在仙逝的诗人的心口。在讲述这一雅致的想象时，他那高雅的情趣竟使他能容忍仅仅暗示了一下而没有直接点明这位朋友是谁。还说死者的那秀美的双手以一种诱人情欲勃发的姿态安放在阿波罗[③]的月桂枝上。这些月桂枝散发着艺术的幽香。它比那些精明的水手从物产丰富的、令人不可思议的中国带回来的绿宝石还要绿。跟上文相比，文章的结尾更有画龙点睛之妙。他详细叙述了为他举行的中产阶级的平淡无奇、毫无诗意的葬礼的情况，本来对像克朗肖这样的诗人，要不就应该像安葬王子那样，要不就该像埋葬一个乞丐那样举行葬礼的。这是一次登峰造极的打击，是腓

① 艾赛亚，基督教《圣经》中的人物，希伯来的大预言家。

② 法利赛人，古代犹太教一个派别的成员。该派标榜墨守传统礼仪，基督教《圣经》中称他们是言行不一致的伪善者。

③ 阿波罗，古代希腊神话中的太阳神。据传说，阿波罗爱上了河神珀涅俄斯的女儿达佛涅。当达佛涅拒绝了他的爱情后，阿波罗穷追不舍，将要追及时，珀涅俄斯把她变成了一株桂树。阿波罗便采了一些月桂树的枝叶做了一个花冠，戴在自己的头上，作为永久的纪念。后世"桂冠诗人"一词即起源于这个故事。

力斯①人对艺术、美和非物质的事物取得了最后胜利。

伦纳德·厄普姜从未写出过这么好的文章。这篇文章堪称富有风韵、文雅和怜悯的奇作。在文章中间，他不时引用了克朗肖写得最好的诗句，因此，当克朗肖诗集出版时，诗集的灵魂早已被抽去了，但是他却把自己的观点发挥得淋漓尽致。就这样，他成了一名引人注目的评论家。以前他看上去似乎有些傲气，但是，这篇文章里却充满了暖人心扉的人情味，使人读来趣味隽永，爱不释手。

第八十六章

转眼间，春天到了。外科门诊部的敷裹工作一结束，菲利普便上住院部当助手。这项工作要延续半年之久。每天上午，助手都得同住院医生一道去查巡病房，先是男病房，然后是女病房。他得登录病情，替病人体检，接着便同护士们在一起消磨时光。每周两个下午，值班医师带领几名助手查巡病房，研究病情，给助手们传授医疗知识。这里可不像门诊部，工作显得平淡、单调，同实际挂得不紧。尽管如此，菲利普还是学到了不少东西。他同病人们相处得很融洽，看到病人们张着笑脸欢迎他去护理他们，颇有点沾沾自喜哩。其实，他对病人的痛痒也不见得有多深的同情，不过他很喜欢他们，在人前从不摆架子。因此，他比其他几位助手要得人心。菲利普性情和顺，待人厚道，言语暖人心窝。正如每一个同医院有关系的人一样，菲利普也发觉男病人比女病人要容易相处些。女病人动辄发

① 腓力斯，巴勒斯坦西南岸的古代国家（公元前 12 世纪至 4 世纪）。腓力斯人是犹太民族的强敌，一般被视为没教养、不懂文学艺术的人。

牢骚，脾气坏透了。她们常常言词刻薄地抱怨疲于奔命的护士们，责怪护士对她们照顾不周。她们一个个都是令人头痛的、没心没肝的臭婆娘。

菲利普真够幸运的，没隔多久就交上了一位朋友。一天上午，住院医生把一位新来的男病人交给了菲利普。菲利普坐在床沿上，着手往病历卡里记载病人的病情细节。在看病历卡的当儿，菲利普发觉这位病人是位新闻记者，名字叫索普·阿特尔涅，年纪四十八，这倒是位并不常见的住院病人。该病人的黄疸病突然发作，而且来势还很猛。鉴于病状不明显，似有必要作进一步观察，就被送进病房里来了。菲利普出于职业需要，用一种悦耳动听的、富有教养的语调问了一连串问题，病人都一一作了回答。索普·阿特尔涅躺在床上，因此一下子很难断定他是高是矮。不过那小小的脑瓜和一双小手表明他个儿中等偏矮。菲利普有种观察别人的手的习惯，而眼下阿特尔涅的那双手使他看了感到十分惊奇：一双纤小的手，细长、尖削的手指顶端长着秀美的玫瑰色指甲，皮肤很细腻，要不是身患黄疸病的缘故，肤色定是白得出奇。阿特尔涅把手放在被子上面，其中一只手稍稍张着，而无名指和中指并拢着，一边在跟菲利普说着话，一边似乎还颇得意地端详着他的手指呢。菲利普忽闪着晶莹发亮的眼睛，扫视了一下对方的脸盘。尽管脸色苍黄，但仍不失为一张生动的脸。眸子蓝蓝的，鼻子显眼地凸露着，鼻尖呈钩状，虽说样子有点吓人，倒也不难看。一小撮花白胡须翘翘的。脑顶心秃得很厉害。不过他原来显然长着一头浓密的鬈发，还挺秀气的哩。眼下他还蓄着长发。

“我想你是当记者的，”菲利普开腔说。“你为哪家报纸撰稿呀？”

“不管哪家报纸，我都给他们写稿。没有一家报纸打开来看不到我的文章的。”

此时床边就有一张报纸，阿特尔涅伸手指了指报纸上的广告。只见报上用大号铅字赫然印着那家菲利普熟悉的公司的名称：莱恩-赛特笠公司位于伦敦雷根林大街。下面紧接着是司空见惯的广告：拖延就是偷盗时间。字体虽比上面的略小些，但也够突兀显眼的了。接下去是一个问题，因其问得合情合理，故显得触目惊心：为什么不今天就订货？接着又用大号字体重复了“为什么不呢？”这五个大字，字字犹如一把把榔头，在敲击着时间偷盗者的良心。下面是几行大字：以高得惊人的价格从世界各主要市场购进千万副手套。宇内几家最可靠的制造商出产的千万双长筒袜大减价。广告最后又重复了“为什么不今天就订货？”这个问题，不过，这次字体写得就像竞技场中的武士用的臂铠似的。

“我是莱恩-赛特笠公司的新闻代理人。”阿特尔涅在作自我介绍的当儿，还挥了挥他那漂亮的手。

菲利普接着问些普普通通的问题，其中有些不过是些日常琐事，而有些则是精心设计的，巧妙地诱使这位病人吐出他或许不想披露的事情来。

“你到过外国吗？”菲利普问道。

“曾在西班牙呆过十一年。”

“在那儿干啥来着？”

“在托莱多的英国水利公司当秘书。”

此时，菲利普想起克拉顿也曾在托莱多呆过几个月。听了这位记者的答话，菲利普怀着更浓的兴趣注视着他。但是，他又感到自己如此情感毕露很不合适，因为作为医院的一名职员，他有必要同住院病人保持一定距离。于是，他给阿特尔涅检查完毕后，便走向别的病床。

索普·阿特尔涅的病情并不严重，虽说肤色还是很黄，但他很快就感觉好多了。他之所以还卧床不起，是因为医生认为某些反应趋于正常之前，他还得接受观察。一天，菲利普走进病房时，发现阿特尔涅手里拿着支铅笔，正在看书。菲利普走到他的床前时，他突然啪地合上书本。

"我可以看看你读的书吗？"菲利普问道，他这个人一瞧见书不翻阅一下是不会罢休的。

菲利普拿起那本书，发觉是册西班牙诗集，都是圣胡安·德拉克鲁斯[①]写的。在他翻开诗集的当儿，一张纸片从书里掉了出来。菲利普拾起一看，原来纸上写着一首诗呢。

"你总不能说你这是借写诗来消闲吧？对一位住院病人来说，做这种事是最不合适的。"

"我这是试着搞些诗歌翻译。你懂西班牙语吗？"

"不懂。"

"嗯，有关圣胡安·德拉克鲁斯的事儿，你都知道啰，对不？"

"我真的一无所知。"

"他是西班牙的神秘人物之一，也是西班牙出类拔萃的诗人之一。我认为把他的诗译成英语倒挺有意思的。"

"我拜读一下你的译稿好吗？"

"译稿还很粗糙。"阿特尔涅嘴上这么说，可他的手还是把译稿递到了菲利普的面前，其动作之快，正表明他巴不得菲利普一读呢。

译稿是用铅笔写的，字体清秀，但很古怪，像是一堆黑体活字，难以辨认。

"你把字写成这样，是不是要花很多时间呀？你的字漂亮

① 圣胡安·德拉克鲁斯（1542—1591），西班牙神话作家、抒情诗人。

极了。”

“我不明白为什么不应该把字写得漂亮些呢?”

菲利普读着阿特尔涅译的第一首诗:

夜深了,
月色正朦胧;
心田欲火熊熊,
喔,幸福的心情难以形容!
趁一家人睡意正浓,
我悄然向前步履匆匆……

菲利普闪烁着好奇的目光打量着索普·阿特尔涅。他说不清自己在他面前是有点儿羞怯呢,还是被他深深吸引住了。蓦地,他觉悟到自己的态度一直有些儿傲慢。当想到阿特尔涅可能觉得他可笑时,菲利普不觉脸上一阵发臊。

“你的名字起得真特别,”菲利普终于开腔说话了,不过总得找些话聊聊呀。

“阿特尔涅这个姓在约克郡可是个极为古老的名门望族的姓氏。我一家之长出去巡视他的家产,一度要骑上整整一天的马,可后来家道中落,一蹶不振。钱都在放浪的女人身上和赛马赌博上头挥霍光了。”

阿特尔涅眼睛近视,在说话的时候,两眼古怪地眯缝着,使劲地瞅着别人。他拿起了那部诗集。

“你应该学会西班牙语,”阿特尔涅对菲利普说。“西班牙语是一种高雅的语言,虽没有意大利语那么流畅,因为意大利语是那些男高音歌手和街上手转风琴师们使用的语言,但是气势宏伟。它不像花园里的小溪发出的潺潺流水声，而是像大江涨潮时汹涌澎湃的波涛声。”

他那不无夸张的话语把菲利普给逗笑了，不过菲利普还是颇能领略他人讲话的妙处的。阿特尔涅说话时眉飞色舞，热情洋溢，滔滔不绝地给菲利普讲述着阅读《堂吉诃德》原著的无比的快乐，还侃侃谈论着令人着迷的考德隆[1]的文体清晰，富有节奏、激情和传奇色彩的剧作。此时此刻，菲利普在一旁饶有兴味地聆听着。

“哦，我得干事去了，”突然，菲利普说了一句。

“喔，请原谅，我忘了。我将叫我妻子给我送张托莱多的照片来，到时一定拿给你瞧瞧。有机会就过来跟我聊聊。你不知道，跟你在一起聊天我有多高兴啊。”

在以后的几天里，菲利普一有机会就跑去看望阿特尔涅，因此两人的友情与日俱增。索普·阿特尔涅可谓伶牙俐齿的，谈吐虽不怎么高明，但不时地闪烁着激发人想象力的火花，倒蛮鼓舞人心的。菲利普在这个虚假的世界上生活了这么多年之后，发觉自己的脑海里涌现出许许多多前所未有的崭新画面。阿特尔涅态度落落大方，无论是人情世故还是书本知识，都比菲利普懂得多。他比菲利普年长多岁。他谈话侃侃，颇有一种长者风度。可眼下，他人在医院，是个慈善领受者，凡事都得遵循严格的规章制度。他对这两种身份所处的不同的地位，却能应付自如，而且还不无幽默感。一次，菲利普问他为何要住进医院。

“哦，尽可能地享用社会所能提供的福利，这就是我的生活准则。我得好好利用我所赖以生存的这个时代。病了，就进医院歇着。我可不讲虚假的面子。我还把孩子都送进寄宿学校读书呢。”

---

① 考德隆（1600—1681），西班牙剧作家。

“真的呀?”菲利普问了一声。

“他们还受到了起码的教育,比起我在温切斯特受到的教育,不知要强多少倍呢。你想想看,除了这一着,我还能有别的什么办法使他们得到教育呢?我一共有九个孩子哪。我出院回家后,你一定得上我家去见见他们。好吗?”

“非常愿意,”菲利普连声答道。

第八十七章

十天以后,索普·阿特尔涅的病况大有好转,可以出院了。临走时,他把自己的住址留给了菲利普。菲利普答应于下星期天下午一点同他一道进餐。阿特尔涅曾告诉菲利普,说他就住在一幢还是英尼戈·琼斯盖的房子里,说话间,就像他议论任何一件事情那样,还唾沫四溅地把栎木栏杆大吹特吹了一通。在下楼为菲利普开门的瞬间,他又迫使菲利普当场对那过梁上的精致雕花啧啧称赞了一番。这幢房子坐落在昌策里巷和霍尔本路之间的一条小街上,样子寒碜,极需油漆,不过因为它历史悠久,倒也显得庄严。这幢房子一度颇为时髦,但眼下却比贫民窟好不了多少。据说有计划要把它推倒,在原址造几幢漂亮的办公大楼。再说,房租低廉,因此阿特尔涅的那点工资,还能够付他一家赁住的楼上两层房间所需的租金。阿特尔涅站直身子是啥模样,菲利普还从没见到过呢。这时候,他看到阿特尔涅竟这么矮小,不由得吃了一惊。他身高至多不过五英尺五英寸。他的装束奇形怪状:下身套了条只有法国工人才穿的蓝色亚麻布裤子,上身穿了件棕色天鹅绒旧外套,腰间束了根鲜红的饰带,衣领很矮,所谓领带,是一个飘垂着的蝴蝶结,而这种领带只有《笨拙》杂志画页上的法国小丑才系。他热情地欢迎菲利普的到来，接着便迫不及待地谈起房子来了，说话的当儿，还满怀深情地用手抚摩着栏杆。

“瞧瞧这栏杆，再用手摸摸，真像一块绸子。实在是个了不起的奇迹！五年后，强盗就会拆去当柴卖啰。”

他执意要把菲利普拖到二楼一个房间里去。那里，一位只穿件衬衫的男人和一位胖墩墩的妇人正在同他们的三个孩子一道品尝星期日午餐呢。

“我把这位先生带来看看你家的天花板。你从前看到过这么漂亮的天花板吗？唷，霍奇森太太，你好呀！这位是凯里先生，我住院时，就是他照顾的。”

“请进，先生，”那个男人说。“不管是谁，只要是阿特尔涅先生的朋友，我们都欢迎。阿特尔涅先生把他的朋友全都领来参观我家的天花板。不管我们在干什么，我们在睡觉也罢，我正在洗澡也罢，他都砰的一声推门直往里闯。”

菲利普看得出来，在他们这些人眼里，阿特尔涅是个怪人。不过尽管如此，他们还是很喜欢他。此时，阿特尔涅正情绪激昂地、滔滔不绝地讲解这块十七世纪就有的天花板的美妙之处，而那一家子一个个张大着嘴巴听得入了神。

“霍奇森，把这房子推倒简直是犯罪，呃，对不？你是位有影响的公民，为什么不写信给报社表示抗议呢？”

那位穿衬衫的男人呵呵笑了笑，接着面对菲利普说：

“阿特尔涅先生就喜欢开个小小的玩笑。人们都说这几幢房子不卫生，还说住在这里不安全。”

“什么卫生不卫生，见鬼去吧。我要的是艺术。”阿特尔涅说。“我有九个孩子，喝的水不干不净，可一个个壮得像头牛似的。不，不行，我可不想冒险。你们那些怪念头我可不想听！搬家时，我不弄清楚这儿的水是脏的就决计不搬东西。”

门上响起了一记敲门声，接着一个金发小姑娘推门走进来。

“爸爸，妈妈叫你别光顾着说话，快回去吃午饭。”

“这是我的三女儿，”阿特尔涅戏剧性地伸出食指点着那小妞儿说。“她叫玛丽亚·德尔皮拉尔，不过人家叫她吉恩，她更乐意答应。吉恩，你该擤擤鼻子啦。”

“爸爸，我没有手绢儿。”

“嘘！嘘！孩子，”说话间，他变戏法似的掏出了一块漂亮的印花大手帕，“你瞧，上帝给你送什么来啦？”

他们三人上楼后，菲利普被领进一个四周嵌着深色栎木护墙板的房间。房间中央摆着一张狭长的柚木桌子，支架是活动的，由两根铁条固定着。这种式样的桌子，西班牙人管它叫 mesa de hieraje①。看来他们就要在这里用餐了，因为桌子上已摆好了两副餐具。桌旁还摆着两张大扶手椅，栎木扶手又宽又光滑，椅子的靠背与座位均包着皮革。这两张椅子，朴素雅洁，但坐了并不舒适。除此以外，房间里就只有一件家具，那是个 bargueño②，上面精心装饰着烫金铁花，座架上刻着基督教义图案，虽说粗糙了些，但图像倒还精致。顶上搁着两三只釉碟。碟子上裂缝纵横，但色彩还算鲜艳。四周墙上挂着镶在镜框里的西班牙画坛名师之作，框架虽旧但很漂亮。作品的题材令人厌恶，画面因年深日久加上保管不善已有损坏；作品所表达的思想并不高雅。尽管如此，这些作品还洋溢着一股激情。房间里再没有什么值钱的陈设了，但气氛倒还亲切可

① 西班牙语，意为铁架支撑的桌子。
② 西班牙语，意为一种带有许多小抽屉的橱。

人。里面弥漫着既堂皇又淳朴的气息。菲利普感到这正是古老的西班牙精神。阿特尔涅打开 bargueño,把里面漂亮的装饰和暗抽屉一一指给菲利普看。就在这个时候,一个身材修长、背后垂着两根棕色发辫的姑娘一脚跨了进来。

“妈妈说午饭做好了,就等你们二位了。你们一坐好,我就把饭菜端进来。”

“莎莉,过来呀,同这位凯里先生握握手,”他掉过脸去,面对菲利普说。“她长得个儿大不大?她是我最大的孩子。你多大啦,莎莉?”

“爸爸,到六月就十五岁了。”

“我给她取了个教名,叫玛丽亚·德尔索尔。因为她是我的第一个孩子,我就把她献给荣耀的卡斯蒂尔[1]的太阳神。可她妈妈却叫她莎莉,她弟弟管她叫布丁脸。”

那姑娘羞赧地微笑着,露出了那口齐整洁白的牙齿,双颊泛起了两朵红晕。她身材苗条,按年龄来说,个儿很高。她长着一对褐色的眸子,额头宽阔,面颊红扑扑的。

“快去叫你妈妈上这儿来,趁凯里先生还没有坐下来用饭,先跟他握个手。”

“妈妈说一吃过中饭就来。她还没梳洗呢。”

“那好,我们这就去看她。凯里先生不握一下那双做约克郡布丁的手绝不能吃。”

菲利普尾随着主人走进厨房,只见厨房不大,可里面的人倒不少,显得过分拥挤。孩子们吵着、嚷着,可一见来了个陌生人,戛然平静下来了。厨房中央摆着一张大桌子,四周坐着阿特尔涅的儿女

① 卡斯蒂尔,西班牙中部古王国。

们,一个个伸长了脖子等吃。一位妇人正俯身在锅灶上把烤好的马铃薯取出来。

“贝蒂,凯里先生看你来了,”阿特尔涅通报了一声。

“亏你想得出来的,把他带到这儿来。晓得人家会怎么想?”

阿特尔涅太太身上系了条脏围裙,棉布上衣的袖子卷到胳膊肘,头上夹满了卷发用的夹子。她身材修长,比她丈夫高出足有三英寸。她五官端正,长着一对蓝眼睛,一脸的慈善相。她年轻时模样儿挺标致的,但岁月不饶人,再加上接连不断地生养孩子,目下身体发胖,显得臃肿,那对蓝眸子失却了昔日的光彩,皮肤变得通红、粗糙,原先富有色泽的青丝也黯然失色。这时候,阿特尔涅太太直起腰来,撩起围裙擦了擦手,随即向菲利普伸过手去。

“欢迎,欢迎,先生,”她低声地招呼着。菲利普心中好生奇怪,觉得她的口音太熟悉了。“听阿特尔涅回来说,在医院里你待他可好啦。”

“现在该让你见见我那些小畜生了,”阿特尔涅说。“那是索普,”他说着用手指了指那个长着一头鬈发的胖小子,“他是我的长子,也是我家的头衔、财产和义务的继承者。”接着他伸出食指点着其他三个小男孩。他们一个个长得挺结实,小脸蛋红扑扑的,挂着微笑。当菲利普笑眯眯地望着他们时,他们都难为情地垂下眼皮,盯视着各自面前的盘子。“现在我按大小顺序给你介绍一下我的女儿们:玛丽亚·德尔索尔……”

“布丁脸!”一个小男孩冲口喊了一声。

“我的儿呀,你的幽默也太差劲了。玛丽亚·德洛斯梅塞德斯、玛丽亚·德尔皮拉尔、玛丽亚·德拉孔塞普西翁、玛丽亚·罗萨里奥。”

“我管她们叫莎莉、莫莉、康尼、露茜和吉恩,”阿特尔涅太太接着说。

“嘿,阿特尔涅,你们二位先回你的房间,我马上给端饭菜去。我把孩子们梳洗好后,就让他们到你那儿去。”

“亲爱的,如果让我给你起个名字的话,我一定给你起个‘肥皂水玛丽亚’。你老是用肥皂来折磨这些可怜的娃娃。”

“凯里先生,请先走一步,要不我怎么也没办法叫他安安稳稳地坐下来吃饭的。”

阿特尔涅和菲利普两人刚在那两张僧侣似的椅子上坐定,莎莉就端来了两大盘牛肉、约克郡布丁、烤马铃薯和白菜。阿特尔涅从口袋里掏出六便士,吩咐莎莉去打壶啤酒来。

“我希望你不是特地为我才在这儿吃饭,”菲利普说。“其实跟孩子们在一起吃,我一定会很高兴的。”

“嗳,不是这么回事,我平时一直是一个人在这个房间里用餐的。我就喜欢保持这古老的习俗。我认为女人不应该同男人坐在一张桌子上吃饭。那样的话,我们的谈兴都给搅了。再说,那样对她们也没有好处。我们说的话会被她们听见的。女人一有思想,可就不安分守己啰。”

宾主两人都吃得津津有味。

“你从前吃过这样的布丁吗? 谁做都赶不上我太太做得好。这倒是不娶阔小姐为妻的一大优点。你一定注意到我太太不是位名门淑女了吧?”

这个问题把菲利普弄得尴尬极了,他不知怎么回答才好。

“我可不曾想过这方面的问题,”他笨嘴拙舌地回答了一句。

阿特尔涅哈哈大笑,笑声爽朗,颇具特色。

“不,她可不是富家小姐,连一点点小姐的影子都没有。她父亲是个农夫,可她这辈子从来不为生活操心。我们一共生了十二个孩子，只活了九个。我总是叫她赶快停止，别再生了，可她这个死女人太顽固了。现在她已经养成习惯了，就是生了二十个，我还不知道她是否就心满意足了呢。”

就在这个时候，莎莉手捧啤酒走了进来，随即给菲利普斟了一杯，然后走到桌子的另一边给她父亲倒酒。阿特尔涅用手勾住了她的腰。

“你可曾见过这么漂亮、高大的姑娘吗？才十五岁，可看上去像是二十岁了。瞧她的脸蛋儿。她长这么大，连一天病也没生过。谁娶了她真够走运的，是不，莎莉？”

莎莉听惯了父亲的这种调侃的话，所以并不觉得难堪，只是默默地听着，脸上露出淡淡的、稳重的笑意。她那种大方中略带几分羞赧的神情倒怪逗人疼爱的。

“当心别让饭菜凉了，爸爸，”她说着便从她父亲的怀抱里挣脱开去。“要吃布丁，就叫我一声，好不好？”

房间里就剩下他们两位。阿特尔涅端起锡酒杯，深深地喝了一大口。

“我说呀，世上还有比英国的啤酒更好喝的酒吗？”他说。“感谢上帝赐予我们欢乐、烤牛肉、米粉布丁、好胃口和啤酒。我曾经娶过一个阔女人。哦，我的上帝！千万别娶阔女人为妻，我的老弟。”

菲利普不由得哈哈笑了起来。这个场面、这位装束古怪令人发笑的小矮个儿，这嵌有护墙板的房间、西班牙式样的家具和英国风味的食物，这一切无不使得菲利普陶醉。这儿的一切是那么的不协调，却又是雅趣横生，妙不可言。

“我的老弟，你刚才之所以笑，是因为你不屑娶一位比你地位低的女人为妻的缘故。你想娶个同你一样的知书识理的妻子。你的脑子里塞满了什么志同道合之类的念头。那完全是一派胡言，我的老弟！一个男人总不见得去同他的妻子谈论政治吧。难道你还认为我在乎贝蒂对微分学有什么看法吗？一个男人只要一位能为他做饭、看孩子的妻子。名门闺秀和平民女子我都娶过，个中的滋味我清楚着哪。我们叫莎莉送布丁来吧。”

说罢，阿特尔涅两手拍了几下，莎莉应声走了进来。她动手收盘子时，菲利普刚要站起来帮忙，却被阿特尔涅一把拦住了。

“让她自个儿收拾好了，我的老弟。她可不希望你无事自扰。对不，莎莉？再说，她也不会因为她伺候而你却坐着就认为你太粗鲁无礼的。她才不在乎什么骑士风度呢。我的话对不，莎莉？”

“对，爸爸，”莎莉一字一顿地回答道。

“我讲的你都懂吗，莎莉？”

“不懂，爸爸。不过你可知道妈妈不喜欢你赌咒发誓的。”

阿特尔涅扯大嗓门格格笑着。莎莉给他们送来两盘油汪汪、香喷喷、味儿甘美的米粉布丁。阿特尔涅津津有味地吃着自己的一份布丁。

“鄙人家里有个规矩，就是星期天这顿中饭绝不能更改。这是一种礼仪。一年五十个星期天，都得吃烤牛肉和米粉布丁。复活节日①那天，吃羔羊肉和青豆。在米迦勒节②，我们就吃烤鹅和苹果酱。我们就这样来保持我们民族的传统。莎莉出嫁后，会把我教给她的许多事情都忘掉的，可有一件事她绝不会忘，就是若要日子过得美满幸福，那就必须在星期天吃烤牛肉和米粉布丁。”

“要奶酪的话，就喊我一声，”莎莉随便地说。

“你可晓得有关翠鸟③的传说吗？”阿特尔涅问道。对他这种跳

① 复活节日，即复活节后的第一个星期日。
② 米迦勒节，每年 9 月 29 日，英国四大结账日之一。
③ 相传此鸟巢居海上，冬至产卵时有使海波平静的魔力。

跃性的谈话方式，菲利普渐渐也习惯了。“翠鸟在大海上空飞翔的过程中乏力时，它的配偶便钻到它身子底下，用其强劲有力的翅膀托着它继续向前飞去。一个男人也正希望自己的妻子能像那只雌翠鸟那样。我同前妻在一起生活了三年。她是个阔小姐，每年有一千五百镑的进账。因此，我们当时经常在肯辛顿大街上那幢小红砖房里举办小型宴会。她颇有几分姿色，令人销魂。人们都是这么说的，比如那些同我们一道吃过饭的律师和他们的太太啦，作家代理人啦，初出茅庐的政客啦，等等，他们都这么夸她。哦，她长得风姿绰约，夺人魂魄。她让我戴了绸帽穿上大礼服上教堂。她带我去欣赏古典音乐。她还喜欢在星期天下午去听讲演。她每天早晨八点半吃早饭。要是我迟了，就吃凉的。她读正经书，欣赏正经画，喜欢听正经的音乐。上帝啊，这个女人真叫我讨厌！现在她的姿色依然不减当年。她仍旧住在肯辛顿大街上的那幢小红砖房里。房子四周墙壁贴满了莫里斯①的文章和韦斯特勒②的蚀刻画。她还是跟二十年前一样，从冈特商店里买回小牛奶油和冰块在家举行小型宴会。”

菲利普并没有问这对毫不相配的夫妇俩后来是怎么分居的，但阿特尔涅本人却主动为他提供了答案。

“要晓得，贝蒂并不是我的妻子。我的妻子就是不肯同我离婚。几个孩子也混账透顶，没一个是好东西。他们那么坏又怎么样呢？那会儿贝蒂是那里的女用人之一。四五年前，我一贫如洗，陷入了困境，可还得负担七个孩子的生活。于是我去求我妻子帮我一把。可她却说，只要我撇下贝蒂跑到国外去，她就给我一笔钱。你想，我

① 莫里斯（1834—1896），英国诗人、美术家、工匠和社会主义者。
② 韦斯特勒（1834—1903），旅居英国的美国籍画家、蚀刻画家。

忍心这么做吗？有段时间，我们常常饿肚子。可我妻子却说我就爱着贫民窟呐。我失魂落魄，潦倒不堪。我现在在亚麻制品公司当新闻代理人，每周拿三镑工资。尽管如此，我每天都向上帝祈祷，谢天谢地我总算离开了肯辛顿大街上的那幢小小的红砖房。”

莎莉进来送茄达奶酪，但阿特尔涅仍旧滔滔不绝地说着：

“认为一个人有了钱才能养家活口，这是世界上最大的错误。你需要钱把你的子女培养成绅士和淑女，可我并不希望我的孩子们成为淑女和绅士。再过一年，莎莉就要出去自己混饭吃。她将去学做裁缝。对不，莎莉？至于那几个男孩，到时都得去为大英帝国效劳。我想叫他们都去当海军。那里的生活非常有趣，也很有意义。再说，那儿伙食好，待遇高，最后还有一笔养老金供他们养老送终。”

菲利普点燃了烟斗，而阿特尔涅吸着自己用哈瓦那烟丝卷成的香烟。此时，莎莉已把桌子收拾干净。菲利普默默无言，心理却为自己与闻阿特尔涅家庭隐私而感到很不自在。阿特尔涅一副外国人的相貌，个头虽小，声音却非常洪亮，好夸夸其谈，说话时还不时加重语气，以示强调，这一切无不令人瞠目吃惊。菲利普不由得想起了业已作古的克朗肖。阿特尔涅似乎同克朗肖相仿佛，也善于独立思考，性格豪放不羁，但性情显然要比克朗肖开朗欢快。然而，他的脑子要粗疏些，对抽象的理性的东西毫不感兴趣，可克朗肖正由于这一点才使得他的谈话娓娓动听、引人入胜。阿特尔涅声称自己是乡下显赫望族的后裔，并为之感到自豪。他把一幢伊丽莎白时代的别墅的几张照片拿出来给菲利普看，并对菲利普说：

“我的老弟，阿特尔涅家几代人在那儿生活了七个世纪。啊，要是你能亲眼看到那儿的壁炉和天花板，该多有意思呀！”

护墙板的镶装那儿有个小橱。阿特尔涅从橱子里取出一本家谱。他仿佛是个稚童，怀着扬扬得意的心情把家谱递给了菲利普。

那本家谱看上去怪有气派的。

“你瞧,家族的名字是怎么重现的吧:索普、阿特尔斯坦、哈罗德、爱德华。我就用家族的名字给我的儿子们起名。至于那几个女儿,你瞧,我都给她们起了西班牙名字。”

菲利普心中倏忽生出一种不安来,担心阿特尔涅的那席话说不定是他精心炮制的谎言。他那样说倒并不是出于一种卑劣的动机,不过是出于一种炫耀自己、使人惊羡的欲望而已。阿特尔涅自称是温切斯特公学的弟子。这一点瞒不过菲利普,因为他对人们仪态方面的差异是非常敏感的。他总觉得他这位主人的身上丝毫没有在一所享有盛誉的公学受过教育的气息。阿特尔涅津津有味地叙说他的祖先同哪些高贵门第联姻的趣闻逸事,可就在这时,菲利普却在一旁饶有兴味地作着种种猜测,心想阿特尔涅保不住是温切斯特某个商人——不是煤商就是拍卖商——的儿子呢;他同那个古老的家族之间的唯一关系保不住仅是姓氏碰巧相同罢了,可他却拿着该家族的家谱在人前大肆张扬,不住炫耀。

第八十八章

随着一阵叩门声,一群孩子蜂拥而入。此刻,他们一个个浑身上下收拾得干干净净、整整齐齐。一张张小脸蛋因刚用肥皂擦洗过而闪闪发亮。湿润的头发梳理得服服帖帖。他们将在莎莉的带领下到主日学校去。阿特尔涅喜气洋洋,像演戏似地同孩子们打趣逗乐。不难看出,他还怪疼爱他们的哩。他为自己的孩子们一个个长得身强体壮、英气勃勃而感到骄傲,他那股骄傲的神气倒蛮感人肺腑的呢。菲利普隐约觉得孩子们在他跟前显得有点儿拘束,而当他们的父亲把他们打发走时，他们很明显怀着一种释然的心情一溜烟地跑开了。没过几分钟，阿特尔涅太太走了进来。这时，卷发的夹子拿掉了，额前的刘海梳理得一丝不乱。她穿了件朴素的黑上衣，戴了顶饰有几朵廉价鲜花的帽子。眼下她正在使劲往那双因劳作而变得通红、粗糙的手上套着手套。

“我这就上教堂去，阿特尔涅，”她说，“你们不需要什么了吧？”

“只要你的祷告，贝蒂。”

“我的祷告对你不会有什么好处，你这个人根本连听也没心思听。”她说罢微微笑了笑，接着转过脸去，面对着菲利普，慢声慢气地说：“我没办法叫他跟我一块上教堂。他比无神论者好不了多少。”

“你看她像不像鲁宾斯的第二个妻子？”阿特尔涅顿时嚷了起来。“她穿上十七世纪的服装，看上去不也是仪态雍容吗？要娶老婆，就要娶她这样的老婆，我的老弟。你瞧她那副模样儿！”

“我晓得你又要耍贫嘴了，阿特尔涅，”她沉着地顶了他一句。

阿特尔涅太太好不容易揿下了手套的揿钮。临行前，她朝菲利普转过身去，脸上露出和蔼但略为尴尬的笑容。

“你留下来用茶点，好不？阿特尔涅喜欢找个人说个话儿，可不是经常能找到有头脑的人的。”

“那还用你讲，他当然要在这儿用茶点咯，”阿特尔涅说。妻子走后，他又接下去说道：“我规定让孩子们上主日学校，我也喜欢贝蒂到教堂去。我认为女人应该信教。我自己不相信宗教，可我喜欢女人和孩子信教。”

菲利普自己对涉及真理方面问题的态度极端严谨，因此当看到阿特尔涅采取这种轻浮的态度，不觉微微一怔。

“孩子们所接受的恰恰是你认为是不真实的东西，你怎么能无动于衷、听之任之呢？”

“只要那些东西美丽动听，就是不真实，那又有什么关系呢。要求每一件事情既符合你的理智又符合你的审美观，那你的要求也太高了。我原先希望贝蒂成为天主教徒，还巴不得能看到她头戴纸花王冠皈依天主教呢。可是，她却是个耶稣教徒，真是不可救药。再说，信不信教是一个人的气质问题。要是你生来就有颗信教的脑袋，那你对什么事情都会笃信不疑；要是你生来就没有信教的脑袋，不管你头脑里灌进什么样的信仰，你慢慢总会摆脱这些信仰的。宗教或许还是最好的道德学校呐。这好比你们这些绅士常用的药剂中的一味药，不用这味药而改用别的，也同样解决问题。这就说明那味药本身并无功效，不过起分解别的药使其容易被吸收罢了。你选择你的道德观念，这是因为它与宗教结合在一起。你失去宗教信仰，但道德观念依然还在。一个人假如不是通过研读赫伯特·斯宾塞的哲学著作而是通过热爱上帝来修身养性的话，那他将更容易成为一个好人。”

菲利普的观点正好同阿特尔涅的背道而驰。他依然认为基督教是使人堕落的枷锁，必须不惜一切代价摧毁之。在他头脑里，他的这种看法总是自觉或不自觉地与坎特伯雷大教堂的令人生厌的礼拜仪式和布莱克斯泰勃的冷冰冰的教堂里的冗长乏味的布道活动联系在一起的。在他看来，阿特尔涅刚才谈论的道德观念，不过是一种一旦抛弃使之成立的种种信仰时就只有一个战战兢兢的神明庇佑的宗教的一部分。就在菲利普思索如何回答的当儿，阿特尔涅突然就罗马天主教发表了长篇宏论，他这个人对听自己讲话比听别人发言要更有兴趣得多。在他的眼里，罗马天主教是西班牙的精髓。西班牙对他来说可非同一般，因为他终于摆脱了传统习俗的束缚而在西班牙找到了精神庇护所，他的婚后生活告诉他传统习俗实在令人厌倦。阿特尔涅对菲利普娓娓描述起西班牙大教堂那幽暗空旷的圣堂、祭坛背面屏风上的大块金子、烫过金粉但已黯然失色的颇有气派的铁制饰物，还描述了教堂内如何香烟缭绕、如何阒然无声。说话间，阿特尔涅还配以丰富的表情，时而加重语气，使他所讲的显得更加动人心魄。菲利普仿佛看到了写在主教穿的宽大白法衣上的圣徒名单，身披红法衣的修道士们纷纷从圣器收藏室走向教士席位，他耳边仿佛响起了那单调的晚祷歌声。阿特尔涅在谈话中提到的诸如阿维拉、塔拉戈约、萨拉戈萨、塞哥维亚、科尔多瓦之类的地名，好比是他心中的一只只喇叭。他还仿佛看到，在那满目黄土、一片荒凉、寒风呼啸的原野上，在一座座西班牙古城里矗立着一堆堆巨大的灰色花岗岩石。

"我一向认为我应该到塞维利亚去看看，"菲利普信口说了这么一句，可阿特尔涅却戏剧性地举起一只手，呆呆地愣了一会儿。

"塞维利亚！"阿特尔涅叫嚷道。"不，不行，千万别到那儿去。塞维利亚，一提起这个地方，就会想起少女们踏着响板[①]的节奏翩翩起舞，在瓜达尔基维尔河畔的花园里引吭高歌的场面，就会想起斗牛、香橙花以及女人的薄头罩和 mantones de Manila[②]。那是喜歌剧和蒙马特尔[③]的西班牙。这种轻而易举的噱头只能给那些智力平平、浅尝辄止的人带来无穷的乐趣。尽管塞维利亚有那么多好玩好看的东西，可塔渥菲尔·高蒂亚[④]还是从那儿跑了出来。我们去步他后尘，也只能体验一下他所体验过的感觉而已。他那双既大又肥的手触到的只是显而易见的东西。然而，那儿除了显而易见的东西之外，再也没有别的什么了。那儿的一切都打上了指纹，都被磨

① 一副木头或象牙制的圆形凹板，用手指拍合，作为音乐或舞蹈的伴奏器。
② 西班牙语，意为"披巾"。
③ 蒙马特尔，法国巴黎的一个区，艺术家聚集之地，该地以酒吧间闻名。
④ 塔渥菲尔·高蒂亚（1811—1872），法国诗人、小说家和批评家。

损了。那儿的画家叫缪雷里奥①。”

阿特尔涅从椅子里站起身来，走到那个西班牙式橱子跟前，打开闪闪发光的锁，顺着烫金铰链打开橱门，露出里面一格格小抽屉。他从里面拿出一叠照片来。

“你可晓得埃尔·格列柯这个人？”他问菲利普。

“喔，我还记得在巴黎的时候，就有个人对埃尔·格列柯着了迷似的。”

“埃尔·格列柯是托莱多画家。我要给你看的那张画，贝蒂就是找不出来。埃尔·格列柯在那张画里就是画他喜爱的那个城市，画得比任何一张画都要真实。坐到桌子边上来。”

菲利普把坐椅向前挪了挪，接着阿特尔涅把那些照片摆在他面前的桌上。他惊奇地注视着，有好一会儿，他屏息凝气，一声不吭。他伸长手去拿其他几张照片，阿特尔涅随手把它们递了过来。那位谜一般的画师的作品，他从来未看到过。晃眼一看，他倒被那任意的画法弄糊涂了：人物的身子奇长，脑袋特别小，神态狂放不羁。这不是现实主义的笔法，然而，这些画面还是留下了一个令人惴惴不安的真实印象。阿特尔涅迫不及待地忙着作解说，且使用的全是些鲜明生动的辞藻，但是菲利普只是模模糊糊地听进了几句。他感到迷惑不解。他莫名其妙地深受感动。在他看来，这些图画似乎有些意思，但又说不清究竟是什么意思。画面上的一些男人，睁大着充满忧伤的眼睛，他们似乎在向你诉说着什么，你却又不知所云；带有方济各会或多明我会特征的长脚修道士，一个个脸红脖子粗，打着令人莫名其妙的手势。有一张画的是圣母升天的场面。另一幅是画耶稣在十字架上钉死的情景，在这幅画里，画家以一种神奇的

① 缪雷里奥（1617—1682），西班牙画家。

感情成功地表明，耶稣的身躯决不是凡人那样的肉体，而是神圣之躯。还有一幅耶稣升天图，上面画着耶稣基督徐徐升向太空，仿佛脚下踩的不是空气而是坚实的大地：基督的使徒们欣喜若狂，举起双臂，挥舞着衣巾，这一切给人以一种圣洁的欢愉和狂喜的印象。所有这些图画的背景几乎都是夜空：心灵之夜幕，地狱阴风飕飕，吹得乱云飞渡，在闪闪烁烁的月光照射下，显得一片灰黄。

这当儿，菲利普想起当年克拉顿深受这位令人不可思议的画师的影响的事情来。这是他平生第一次目睹这位画师的遗墨。他认为克拉顿是他在巴黎所熟识的人中间最最有趣的。他好挖苦人，高傲矜夸，对一切都怀有敌意，这一切使得别人很难了解他。回首往事，菲利普似乎觉得克拉顿身上有股悲剧性的力量，千方百计想在绘画中得到表现，但终究未能得逞。他那个人性格怪异特别，好像一个毫无神秘主义倾向的时代那样不可理解；他对生活不能忍受，因为他感到自己无法表达他微弱的心跳所暗示的意义。他的智力不适应精神的功能。这样看来，他对采取新办法来表现内心的渴望的那位希腊人深表同情也就不奇怪了。菲利普再次浏览那些西班牙绅士们的众生相，只见他们脸上皱纹纵横，翘着尖尖的胡子，在浅黑色的衣服和漆黑的背景映衬下，他们的脸显得十分苍白。埃尔·格列柯是位揭示心灵的画家。而那些绅士，脸色惨白，形容憔悴，但不是由劳累过度而是由精神备受压抑才这样的。他们的头脑惨遭摧残。他们走路时，仿佛对世界之美毫无意识似的。因为他们的眼睛只是注视着自己的心，所以他们被灵魂世界的壮观搞得眼花缭乱。没有一个画家能像埃尔·格列柯那样无情地揭示出世界不过是临时厕身之地罢了。他笔下的那些人物是通过眼睛来表达内心的渴望的：他们的感官对声音、气味和颜色的反应迟钝，可对心灵的微妙的情感却十分灵敏。这位卓越的画家怀着一颗菩萨心肠到处转悠,看到了升入天国的死者也能看到的形形色色的幻物,然而他却丝毫不感到吃惊。他的嘴从来就不是一张轻易张开微笑的嘴。

菲利普依然缄默不语,目光又落到了那张托莱多的风景画上。在他眼里,这是所有的画中最引人注目的一幅。他说什么也不能把自己的目光从这幅画上移开去。此时,他心里不由得生起一种莫可名状的情感,他感到自己开始对人生的真谛有了新的发现。他内心激荡着一种探险的激情。瞬息间,他想起了曾使他心力交瘁的爱情:爱情除了眼下激起他内心一阵激动之外,简直微不足道。他注视着的那幅画很长,上面画着一座小山。山上房舍鳞次栉比,拥挤不堪;照片的一角,有个男孩,手里拿着一张该城的大地图;另一角站着位象征塔古斯河的古典人物;天空中,一群天使簇拥着圣母。这种景致同菲利普的想法正好相悖,因为多年来他一直生活在这样一个圈子里,这个圈子里的人们唯不折不扣的现实主义为尊。然而,他这时又再次感觉到,比起他先前竭力亦步亦趋地加以模仿的那些画师们所取得的成就来,埃尔·格列柯的这幅画更具有强烈的真实感。他为什么会有这种感受,这连他自己也莫名其妙。他听阿特尔涅说画面是如此的逼真,以致让托莱多的市民来看这张画时,他们还能认出各自的房屋来。埃尔·格列柯笔下所画的正是他眼睛所看到的,但他是用心灵的眼睛观察人生的。在那座灰蒙蒙的城市里,似乎飘逸着一种超凡越圣的气氛。在惨淡的光线照耀下,这座心灵之城看上去既不是在白天,也不是在黑夜。该城屹立在一座绿色的山丘之上,但这绿色却又不是今世所见的那种色彩。城市四周围着厚实的城墙和棱堡,将为祷告、斋戒、懊悔不已的叹息声和禁锢的七情六欲所摧毁,而不是为现代人所发明创造的现代机器和引擎所推倒。这是上帝的要塞。那些灰白色的房屋并非是用一种为石匠所熟知的石头砌成的,那样子令人森然可怖,不知道人们是怎样在这里面生活的。你穿街走巷，看到那儿恰似无人却不空，大概不会感到惊奇，那是因为你感觉到一种存在虽说看不见摸不着，但内心深处却感到它无处不在、无时不有的缘故。在这座神秘的城市里，人的想象力颤摇着，就好比人刚从亮处走进黑暗里一般。赤裸裸的灵魂来回逡巡，领悟到不可知的东西，奇怪地意识到经验之亲切却又不可言喻，并且还奇怪地意识到了绝对。在那蔚蓝的天空，人们看到一群两胛插翅的天使簇拥着身穿红袍和蓝外套的圣母，但毫不觉得奇怪。那蔚蓝色的天空因具有一种由心灵而不是肉眼所证明的现实而显得真实可信，那朵朵浮云随着缕缕奇异的犹如永堕地狱的幽灵的哭喊声和叹息声的微风飘动着。菲利普感到该城的居民面对这一神奇的景象，无论是出于崇敬还是感激，都不感到惊奇，而是自由自在，一意孤行。

阿特尔涅谈起了西班牙神秘主义作家，议论起特雷莎·德阿维拉①、圣胡安·德拉克普斯、弗赖·迭戈·德莱昂②等人。他们都对灵魂世界怀着强烈的情感，而这灵魂世界菲利普只有在埃尔·格列柯的画作中才能体会得到：他们似乎都有触摸无形体和看到灵界的能力。他们是他们那个时代的西班牙人，在他们的心里，一个伟大民族的光辉业绩都在颤抖。他们的想象中充满了美利坚的光荣和加勒比海的四季常绿的岛屿；他们的血管里充满了由长期同摩尔人作战磨炼出来的活力；他们因为自己是世界的一代宗师而感到骄傲；他们感到自己胸怀天涯海角、黄褐色的荒原、终年积雪的卡斯蒂尔山脉、阳光和蓝天，还有安达卢西亚鲜花怒放的平原。生活充满了激情，色彩斑斓。正因为生活提供的东西太多，所以他们的欲望

---

① 特雷莎·德阿维拉（1515—1582），西班牙天主教加尔默罗教会修女。
② 弗赖·迭戈·德莱昂（1807—1841），西班牙将军，后因反对伊丽贝尔二世而被处死。

永无止境,总是渴望得到更多更多。正因为他们也是人,所以他们的欲壑总是填不平,于是,他们将他们的勃勃生气化为追求不可言喻的东西的激情。阿特尔涅有段时间借译诗以自遣,对找到个能读懂自己的译稿的人,他不无高兴。他用其优美动听且带着颤抖的嗓音,背诵起对灵魂及其情人基督的赞美诗,以及弗赖·卢易斯·德莱昂①开头写着 en una noche oscura② 和 noche serena③ 的优美诗篇。他的译稿文体简朴,但不无匠心。他觉得,无论怎么说,他所用的辞藻正体现了原作那虽粗糙然而雄浑的风韵。埃尔·格列柯的图画解释了诗歌的含义,而诗歌也道出了图画中的真义。

菲利普对理想主义怀有某种厌恶感。他一向强烈地热爱生活,而就他平生所见,理想主义在生活面前大多胆怯地退却。理想主义之所以退却,是因为他不能忍受人们相互你争我夺;他自己没有勇气奋起而战,于是把争斗说成是庸俗的。他自己庸庸碌碌,可当同伴们并不像他看待自己那样对待他时,他就蔑视伙伴们,并借此聊以自慰。在菲利普看来,海沃德就是这样的人。海沃德五官端正,精神委顿,眼下变得体态臃肿,秃了脑顶心。但他还精心爱护着几处残留的俊俏的容颜,仍旧趣味隽永地谈论着要在那含糊不定的未来作出一番成就。然而,在所有这一切的后面,却是威士忌,在街上追逐女人,恣情纵欲。与海沃德所代表的人生观恰恰相反,菲利普口口声声要求生活就像它现在这个样子,什么卑鄙、恶习和残疾,这些他都无动于衷。他声称他希望人都应该是赤身裸体、一丝不挂。当下贱、残忍、自私或色欲出现在他面前时,他都愉快地搓着双手:那才是事情的本来面目。在巴黎的时候,他就知道世间既无美也无

① 弗赖·卢易斯·德莱昂(1572—1591),西班牙抒情诗人。
② 西班牙文,意为“一个黑沉沉的夜晚”。
③ 西班牙文,意为“万籁俱寂”。

丑,而只有事实;追求美完全是感情用事。为了摆脱美的专横,他不是就在一张风景画上画了个推销 chocolat Menier① 的广告吗?

然而这样一来,他似乎又把一件事情加以神圣化了。好久以来,他对此一直有些感觉,但总是犹犹豫豫地吃不准,直到此时方才觉悟到了这一点。他感到自己开始有所发现,隐隐约约地觉得,世间还有比他推崇备至的现实主义更为完美的东西,不过这一更为完美的东西当然不是面对人生软弱无力的理想主义。它太强烈,非常有魄力;生活中的欢乐、丑和美、卑劣行径和英雄行为,它都一概接受。它仍旧是现实主义,不过是一种更为高级的现实主义。在这种现实主义里面,事实为一种更为鲜明的荣光所改造。通过已故的卡斯蒂尔贵族们的悲哀目光,菲利普似乎看问题更为深刻。而那些圣徒的脸部表情,乍一看似乎有点癫狂和异样,可现在看来里面似乎蕴含着某种令人难以捉摸的意义。但是菲利普却无法解出其中之味。这好比是个信息,一个他要接受的非常重要的信息,但是这个信息却是用一种他陌生的语言传递的,他怎么也听不懂。他一直在孜孜探索着人生的意义。他似乎觉得这里已为他提供了答案,却又嫌太隐晦,太空泛。他困惑不解。他仿佛看到了某种像是真理的东西,就好比在暴风雨的黑夜里,借着闪电望见大山的轮廓一般。他似乎认识到自己的意志是强大的;认识到自我克制完全可能同屈服于欲望一样强烈、活跃;还认识到精神生活会与一个征服多种领域并进而对未知的世界进行探索的人的生活一样色彩斑斓,一样五光十色,一样充满了经验。

① 法语,指一种巧克力糖。

第八十九章

菲利普同阿特尔涅的谈话为一阵上楼梯的咯噔咯噔的脚步声打断了。阿特尔涅跑去为从主日学校归来的孩子们开门,孩子们笑着嚷着蜂拥而入。阿特尔涅笑逐颜开地询问他们在主日学校里的情况。莎莉只呆了一会就走了,因为她母亲吩咐她趁她父亲同孩子们逗着玩的时候去准备茶点。阿特尔涅开始给孩子们讲一则汉斯·安徒生①的童话故事。这些孩子一点也不怯生,他们很快就得出结论:菲利普并不可怕。珍妮走过来,站在菲利普的身旁,不一会儿,竟爬到菲利普的身上,舒舒服服地坐在他的大腿上。对过着孤单的光棍汉生活的菲利普来说,这还是第一次置身于洋溢着天伦之乐的小家庭之中。当日光落在那些全神贯注地谛听着童话故事的孩子们身上时,他那双眼睛不由自主地眯眯笑了起来。他这位新结识的朋友的生活,乍看起来似乎有些古怪,眼下却显得十分自然,尽善尽美。莎莉又回到了房间。

"嘿,孩子们,茶点准备好了,"莎莉喊道。

珍妮从菲利普的腿上溜了下来,跟着其他孩子一道跑向厨房。莎莉这才开始在那张长长的西班牙餐桌上铺台布。

"妈妈说,她是不是也来这儿同你们一块用茶点?"莎莉问道。"我可以去招呼孩子们吃茶点。"

"请禀告你母,若蒙她光临作伴,我两人将不胜荣幸骄傲之至,"阿特尔涅戏谑地说。

---

① 汉斯·安徒生(1805—1875),丹麦著名的小说家、诗人兼童话作家。

在菲利普看来，阿特尔涅不说话则已，一张嘴说话总是离不开演说家的华丽的辞藻。

"那好，我也给妈妈铺块台布，"莎莉应声说。

不一会，莎莉又回来了，手里托着浅盘，盘子里放着一个面包、一块厚厚的黄油和一罐草莓果酱。在她把这些东西一一摆在桌子上的当儿，她父亲同她打趣逗乐。他说莎莉该出去见见世面了。他告诉菲利普，说成双成对的追求者排着队候在主日学校门口等她，一个个争先恐后地要伴送她回家，可她却矜夸傲慢，连睬也不睬他们。

"爸爸，你就别说了，"莎莉嗔怪地说，脸上现出她那冷漠但不无好意的微笑。

"一个裁缝店的伙计就因为莎莉不肯同他打招呼，一气之下去当了兵。还有一位工程师，请注意，这回是个工程师，只为了莎莉不愿在教堂同他合用一本赞美诗集这件事，就开始酗酒。你知道了这一切之后，恐怕连想看她一眼都不敢想喽。我真担心，她束发以后还不知会怎么样呢？"

"妈妈自己送茶来，"莎莉淡淡地说了一句。

"莎莉从来不听我的话，"阿特尔涅哈哈大笑，用慈爱的、骄傲的目光望着莎莉。"她整天只知道干她的事，什么战争啦，革命啦，动乱啦，她都一概不闻不问。对一个诚实的男人来说，她将会是个多么贤惠的妻子哟！"

阿特尔涅太太端茶进来。她一坐下来便动手切面包和黄油。看到她把丈夫当小孩子似的伺候，菲利普感到挺有趣的。她给阿特尔涅涂果酱，把面包和黄油切成一片片的，好让他不费事就送进嘴里。她取下了帽子。她身上穿的节日服装似乎紧了点，样子就像他小时候有时跟大伯去拜访的那位农夫的妻子。直到此时，他才明白她的声音听上去为什么这么熟悉的原因。她的口音同布莱克斯泰勃一带居民的口音非常相近。

“您是哪里人?”菲利普问阿特尔涅太太说。

“我是肯特郡人,老家在费尔恩。”

“我想大概是这样。我大伯是布莱克斯泰勃教区的牧师。”

“说来真有趣,”阿特尔涅太太说。“我刚才在教堂还在想您同凯里先生是否是亲戚来着。我见过凯里先生多次啦。我的一位表妹就是嫁给布莱克斯泰勃教堂那边的罗克斯利农场的巴克先生的。我做姑娘时常到那儿去住上几天。你们说这事有趣不有趣呀?”

阿特尔涅太太说罢又饶有兴趣地把菲利普打量了一番,此时她那对黯然失色的眸子又放出了光亮。她问菲利普知道不知道费尔恩这块地方。费尔恩离布莱克斯泰勃只有十英里,是个美丽的村庄,菲利普的牧师大伯有时候在收割季节也到那儿去作感恩祈祷。阿特尔涅太太还报出了村庄附近的几位农夫的姓名。她为能再一次谈论她少女时代度过的乡村而感到高兴,对她来说,回想一下凭她这种阶层的女人所特有的记忆力而刻在脑海的往昔的情景和熟悉的人们,确是人生一大快事。这也使得菲利普内心生出一种莫名其妙的情感。一缕乡村气息似乎消融、荡漾在这间位于伦敦中心的门墙镶有嵌板的房间里了。菲利普仿佛看到了高耸着亭亭若盖的榆树的肯特沃土,嗅到了馥郁芬芳的气味,气味中充斥着北海海风的咸味,因此变得更加刺鼻、浓烈。

钟敲十点,菲利普才起身告辞。八点钟时,孩子们进来同他告别,一个个无拘无束地仰起小脸蛋让菲利普亲吻。他对这些孩子满怀怜爱之情。而莎莉只是向他伸过一只手来。

“莎莉是从来不吻只见过一面的先生的,”她的父亲打趣说。

“那你得再请我来啊,”菲利普接着说了一句。

“你不要理睬我爸爸说的话就是了，”莎莉笑吟吟地说。

“她是个最有自制力的妙龄女郎，”她父亲又补了一句。

在阿特尔涅太太张罗孩子们睡觉的当儿，菲利普和阿特尔涅两人吃了顿有面包、奶酪和啤酒的夜餐。当菲利普走进厨房同阿特尔涅太太告别时（她一直坐在厨房里休息，并看着《每周快讯》），阿特尔涅太太亲切地邀请他以后再来。

“只要阿特尔涅不失业，星期天总是有一顿丰盛的饭菜的，”阿特尔涅太太对菲利普说，“你能来伴他说个话儿是最好不过的。”

在随后一周的星期六，菲利普接到阿特尔涅的一张明信片，信上说他全家引颈盼望菲利普于星期日与他们共进午餐。但是菲利普担心阿特尔涅家的经济状况并不如他说的那么好，于是便写了封回信，说他只来用茶点。菲利普去时，买了一块大葡萄干蛋糕带着，为的是不让自己空着手去接受别人的款待。他到时发觉阿特尔涅全家见到他都非常高兴。而他带去的那块蛋糕彻底地赢得了孩子们对他的好感。菲利普随大家一道在厨房里用茶点，席间欢声笑语不绝。

不久，菲利普养成了每个星期日都上阿特尔涅家的习惯。他深得阿特尔涅的儿女们的爱戴，这是因为他心地纯真，从来不生气的缘故。还有一个最简单不过的理由是他也喜欢他们。每当菲利普来按响门铃的时候，一个孩子便从窗户探出小脑袋，要是吃准是菲利普到了的话，孩子们便一窝蜂地冲下楼来开门迎他，接着一个个投入菲利普的怀抱。用茶点的时候，他们你争我夺地抢着坐在菲利普的身边。没过多久，他们便称呼他菲利普叔叔了。

阿特尔涅谈锋甚健，因此菲利普渐渐了解到阿特尔涅在不同时期的生活情况。阿特尔涅一生中干过不少行当，但在菲利普的印象中，阿特尔涅每干一项工作，总是设法把工作弄得一团糟。他曾在锡兰①的一个茶场里做过事，还在美国当过兜售意大利酒的旅行推销员。他在托莱多水利公司任秘书一职比他干任何别的差事都长。他当过记者，一度还是一家晚报的违警罪法庭新闻记者。他还当过英国中部地区一家报纸的副编辑以及里维埃拉的另一家报纸的编辑。阿特尔涅从他干过的种种职业里搜集到不少趣闻，他什么时候想娱乐一番，就兴趣盎然地抖落那些趣闻。他披卷破帙，博览群书，主要的兴趣在读些海内珍本；他讲起那些充满深奥难懂的知识的故事来，真是口若悬河，滔滔不绝，还像小孩子似的，看到听众脸上显出惊奇的神情而感到沾沾自喜。三四年以前，他落到了赤贫如洗的境地，不得不接受一家大花布公司的新闻代理人一职。他自认自己才识过人，觉得接受这一差事辱没了自己的才干，但是，在他妻子的一再坚持之下，以及迫于家庭生计，他才硬着头皮干了下来。

第九十章

菲利普从阿特尔涅家告辞出来，穿过昌策里巷，沿着河滨马路走到国会大街的尽头去搭乘公共汽车。同阿特尔涅一家结识六个星期之后的一个星期天，菲利普同往常一样赶着去乘公共汽车，到站后发觉开往肯宁顿的汽车已客满了。此时虽说还是六月，但白天下了整整一天的雨，夜间的空气变得既潮湿又阴冷。为了能坐上位子，他便步行来到皮卡迪利广场。公共汽车停靠在喷泉附近，汽车到达这儿时，车上的乘客很少超过两三位的。汽车每隔一刻钟开一班，因此他还得等些时候才能乘上汽车。他目光懒散地瞅着广场上

① 斯里兰卡的旧称。

的人群。酒吧间都打烊了,周围却还有不少人在走动。菲利普的脑海里正翻腾着在阿特尔涅富有魔力的天才的启迪下萌生出来的各种各样的念头。

蓦然间,菲利普的心咯噔一下——他看到了米尔德丽德。他已有好几个星期没去想她了。她正要从沙夫兹伯雷林荫道的拐角处横穿马路,见一队马车驶过来,便站在候车亭里等着。她一心想寻找机会穿过马路,对其他事情一概无暇顾及,米尔德丽德头戴一顶硕大的黑草帽,上面饰有一簇羽毛,身上穿了件黑绸衣。那个时候,女人时兴穿拖裙。见道路畅通了,米尔德丽德随即穿过马路,朝皮卡迪利大街的方向走去,衣裙在身后地上拖着。菲利普怀着一颗狂跳不止的心,默然地尾随着她。他并不希冀同米尔德丽德说话,只是心中有些纳闷,这么晚了,她还上哪儿去呢?他想看一看她的脸。米尔德丽德步履蹒跚地往前走去,随即拐入埃尔街,又穿过里根特大街,最后又朝着皮卡迪利广场的方向走去。菲利普被搞懵了,猜不透她葫芦里卖的是什么药。兴许她是在等人吧。蓦地,菲利普产生一种极大的好奇心,想弄清楚她究竟在等谁。米尔德丽德匆匆追赶前面一位头戴圆顶硬礼帽的矮个子男人,此人正漫不经心地朝前走去,米尔德丽德乜斜着眼睛,打他身旁擦肩而过。她朝前走去,最后在斯旺-埃德加商店大楼前戛然收住脚步,面向大路伫候着。当那矮个子男人走近时,米尔德丽德启齿一笑。那男人瞪着双眼望了她一会,然后掉过头去,继续朝前晃悠而去。此时,菲利普一切都明白了。

菲利普的心被一种恐惧感紧紧地攫住了。有好一阵子,他只觉得双腿软弱无力,连站都站不住。过了一会儿,他连忙追上米尔德丽德,触了触她的臂膀。

“米尔德丽德!”

她蓦然惊恐地转过身来。他想米尔德丽德的脸红了，不过他站在暗处看不分明。半晌，他们俩相对无言地站立着。最后还是米尔德丽德打破了沉默。

“想不到在这儿见到你!”

菲利普一时不知说什么是好，浑身震颤不已。他思绪万千，心潮起伏，情难自禁。

“真可怕，”他气喘吁吁地说，声音之低，像是说给自己听似的。

米尔德丽德再也没有吭声，转过身子背朝着菲利普，眼睛朝下望着地面。菲利普感到自己的脸因痛苦而扭曲着。

“有没有说话的地方?”

“我不想跟你说什么，”米尔德丽德脸色冷冷地说。“别缠我了，好吗?”

菲利普陡然想起说不定她眼下急需用钱，一时不得脱身。

“你实在没钱用，我身上倒还有两三个硬币，”菲利普脱口而出。

“我不懂你的意思。我这是回住处的路上碰巧路过这儿。我想等一位跟我在一起干活的女友。”

“我的天哪，你就别说谎了吧，”菲利普喟然叹道。

蓦地，他发觉米尔德丽德在嘤嘤抽泣，于是又问道：

“我们能不能找个地方说个话儿? 我能不能上你那儿去呢?”

“使不得，万万使不得，”她呜咽地说。“他们不许我把男人带到那儿去。如果你愿意的话，我明天去找你。”

菲利普肚里雪亮，米尔德丽德是决不会践约的。这一回他决不轻易放她走了。

“不能挨到明天，我要你现在就带我去找个地方说话。”

“嗯，好吧，房间倒是有一个的，不过要付六先令。”

“六先令不打紧，付就是了。在哪？”

米尔德丽德把地址告诉了菲利普，菲利普随即叫了一辆马车。马车驶过不列颠博物馆，来到格雷旅馆路附近的一条穷街陋巷。米尔德丽德叫车夫把马车停在街道的拐角处。

“他们可不喜欢把马车一直赶到门口，”米尔德丽德嘟哝了一句。

这还是打他们俩坐上马车以来的第一句话。他们下了马车朝前走了几码，接着米尔德丽德对着一扇大门重重地连击三下。菲利普注意到扇形窗上有块硬纸板告示，上面写着“房间出租”的字样。大门悄然无声地开了，从里面走出一位上了年纪的高个子妇人。她瞪了菲利普一眼，随后压低了声音同米尔德丽德叽咕了几句。米尔德丽德领着菲利普穿过过道，来到房子后部的一个房间。里面黑洞洞的。米尔德丽德向菲利普讨了根火柴，点亮了一盏煤气灯，因没有灯罩，火舌直发出刺耳的嗞嗞声。菲利普这才看清自己此时站在一个又脏又小的卧室里，里面摆着一套漆成松树一般颜色的家具，对这个房间来说，它们显得太大了。花边窗帘很龌龊，窗格栅蒙着一把大纸扇。米尔德丽德一屁股瘫进壁炉边的一张安乐椅里，菲利普则坐在床沿上。他感到害臊。他这才看清米尔德丽德的双颊涂抹着厚厚的胭脂，眉毛描得漆黑，可她形容憔悴，一副病恹恹的样子，面颊上红红的胭脂使得她白里泛绿的肤色分外触目。米尔德丽德心神不宁地凝视着那面纸扇，而菲利普也想不出说些什么，直觉得语塞喉管，像是要哭出来似的，他连忙用手蒙住自己的双眼。

“我的上帝，这事真可怕，”菲利普哀戚地叹道。

“我真弄不懂你大惊小怪些什么呀，我本以为你心里一定很高兴。”

菲利普没有回话，转眼间她一下子呜咽起来。

“你总不会认为我这么做是因为我喜欢吧?”

“喔,我亲爱的,”菲利普不由得嚷了起来,“我非常难过,简直难过极了。”

“这对我屁的用处都没有!”

菲利普再一次感到无言以对,生怕自己一开口,她会误解为他这是在责备或者嘲笑她。

“孩子呢?”菲利普最后问了一句。

“我把她带到伦敦来了。我手头没钱,不能让她继续呆在布赖顿,只得我自个儿带了。我在去海伯里的路上租了个房间。我告诉他们说我是个演员。每天都得从那儿走到伦敦西端,路是够远的,可是这个差事是很少有人让太太们干的呀。”

“先前的店主们不愿意你再回去吗?”

“哪里也找不到工作。为了找工作,我的两条腿都跑断了。有一次我的确找到了工作,但是我因生病离开了一个星期,待我回去上班时,他们就不要我了。你也不能责怪他们,对不? 那是他们的地方嘛,他们可用不起身体不健壮的姑娘啊。”

“现在你的气色很不好,”菲利普说。

“今晚我本不宜出门的,但是有啥办法呢,我得用钱哪。我曾经给埃米尔写过信,告诉他我身边一个子儿也没有,但是他连一封回信都不给我。”

“你完全可以写信给我嘛。”

“我不想写信给你,倒不是因为以前发生的事情,而是因为我不想让你知道我陷入了困境。如果你说我这是罪有应得,我也决不会感到奇怪的。”

“即使到了今天,你还是很不了解我,不是吗?”

有一会儿,菲利普回忆起他正是因为米尔德丽德的缘故才遭受的极度痛苦,对此,他深深感到发腻。但往事毕竟是往事,都已成了过眼烟云。当他望着眼前的米尔德丽德,他知道他再也不爱她了。他很为她感到难过,但又为自己摆脱了与她的一切纠葛而感到庆幸。菲利普神情忧郁地凝望着米尔德丽德,不禁暗暗地问自己当初怎么会沉湎于对她的一片痴情之中的。

“你是个地地道道的正人君子,”米尔德丽德开口说,“你是我平生见到的唯一的君子。”她停顿了片刻,接着红着脸儿说:“菲利普,我实在不想启口,不过请问你能否给我几个钱呢?”

“我身上碰巧还带了点钱,恐怕总共不过两英镑吧。”

菲利普说罢把钱全掏给了她。

“我以后会还你的,菲利普。”

“哎,这没什么,”菲利普脸带微笑地说,“你就不必操这份心啦。”

菲利普并没有说出他想说的话,他们俩你一言我一语地交谈着,仿佛事情本来就该如此似的,就好像她此刻将重新过她那种可怕的生活,而他却不能做出什么来阻止她似的。米尔德丽德从安乐椅里站起身来接钱,此时他们俩都站立着。

“我送你走一程好吗?”米尔德丽德问道,“我想你要回去了。”

“不,我不着急,”菲利普答道。

“能有机会坐下歇息,我很高兴。”

这句话以及这句话包含的全部意思撕裂着菲利普的心。看到她疲惫不堪地瘫入安乐椅的样儿,菲利普感到痛心疾首。良久,房间里一片沉寂,窘迫中,菲利普点燃了一支香烟。

“菲利普,你太好了,连一句不中听的话都没说。我原以为你会说我不知羞耻呢。”

菲利普看到米尔德丽德又哭了。当初埃米尔·米勒抛弃她时她跑到自己的面前痛哭流涕的情景,此刻又浮现在他眼前。一想起她那多舛的命途以及他自己所蒙受的羞辱,他对她怀有的恻隐之心似乎变得愈发强烈。

"要是我能摆脱这种困境多好!"米尔德丽德呻吟地说。"我恨透了。我是不宜过这种日子的,我可不是过这种日子的姑娘啊。只要能跳出这个火坑,我干什么都心甘情愿。就是去当用人,我也愿意。喔,但愿我现在就死。"

她作了这番自怨自怜之后,精神彻底垮了。她歇斯底里地呜咽着,瘦小的身体在不住地颤抖。

"喔,你不知道这种日子是啥滋味儿,不亲身体验是决不会知道它的苦处的。"

菲利普实在不忍心看着她哭,看到她处于这么可怕的境地,他的心都碎了。

"可怜的孩子,"他喃喃地说,"可怜的孩子。"

他深感震撼。突然间,他脑际闪过一个念头,这个念头在他心里激起了一阵狂喜,简直到了心醉神迷的地步。

"听我说呀,如果你想摆脱这个困境,我倒有个主意。眼下我手头拮据,处境十分艰难,我得尽量节省。不过,我还是在肯宁顿大街上租赁了一套房间,里面有一间空着没人住。愿意的话,你可以带着孩子上我那儿去住。我每周出三先令六便士雇了个妇人,为我打扫房间和烧饭。这两件事儿,你也能做,你的饭钱也不会比我付给那位妇人的工钱多多少。再说,两个人吃饭的开销也不会比一个人多。至于你那孩子,我想她吃不了多少东西的。"

米尔德丽德倏地停止了抽泣,目不转睛地望着菲利普。

"你的意思是说,尽管发生了这么多事情,你还能让我回到你的身边去吗?"

菲利普想到他要说的话儿，脸上不觉显出尴尬的神情。

“我不想叫你误解我的意思。我只是为你提供一个我并不要额外多出一个子儿的房间和供你吃饭。我只指望你做我雇佣的那位妇人所做的事情，除此之外，我别无他求。我想你也肯定能够烧好饭菜的。”

米尔德丽德从安乐椅里一跃而起，正要朝他跟前走来。

“你待我真好，菲利普。”

“别过来，就请你站在那儿吧，”菲利普连忙说，还匆匆伸出手来，像是要把她推开似的。

他不明白自己为什么要这么做，但是他不能容忍米尔德丽德来碰他。

“我只想成为你的一个朋友，除此以外，我没有任何其他念头。”

“你待我真好，”米尔德丽德絮絮叨叨地说，“你待我真好！”

“这么说你会到我那儿去啰？”

“哦，是的，只要能摆脱这个困境，我干啥都愿意。你是决不会懊悔你所做的事情的，菲利普，决不会的。菲利普，什么时候我可以上你那儿去？”

“最好明天就来。”

米尔德丽德又突然哭起来了。

“你这哭什么呀？”菲利普笑吟吟地问道。

“我真是感激不尽。我不知道我这辈子还能不能报答你？”

“喔，别放在心上。现在你还是回去歇着吧。”

菲利普把地址写给了她，并对她说如果她次晨五点半到的话，他会把一切都安排得顺顺当当的。夜很深了，没有车子可乘，只得步行回去。不过，本来很长的路，现在也不觉长了，他完全为兴奋的心情所陶醉，只觉得脚底生风，有点儿飘然欲仙的味道。

第九十一章

第二天一清早，菲利普就起床为米尔德丽德收拾房间。他把那位一直照料他生活的妇人辞退了。大约六点光景，米尔德丽德来了。一直伫立在窗前向外张望的菲利普，连忙下楼开门，并帮她把行李拿上楼来。所谓行李，不过是三只用褐色纸包着的大包裹。因迫于生计，她不得不把一些并非必需的用品典卖了。米尔德丽德身上穿的还是昨晚那件绸衣裙，虽说眼下没施脂粉，但眼圈周围还是黑黑的，这显然是早上洗脸马虎而留下的印记。这使得她显得病恹恹的。她怀抱着孩子步出马车时的姿态凄楚动人。她显得有点儿腼腆。他们俩发觉没什么好说的，只是平平淡淡地互相寒暄了几句。

"啊，你到底来了。"

"我从来没在伦敦的这一带住过。"

菲利普领她去看房间。克朗肖就是在那个房间里咽气的。菲利普一直不想再搬回那个房间去住，虽说他也知道这种想法有些儿荒唐。自从克朗肖猝然弃世以来，他一直呆在那个小房间里，睡的是一张折叠床。当初，他是想让自己的朋友睡得舒适些才搬进那个小房间的。那个孩子安静地躺在她母亲的怀里。

"我想，你认不出她来了吧，"米尔德丽德说。

"打我们把她送到布赖顿起，我就没看见过她。"

"把她安顿在哪儿呀？她太沉了，时间长了，我可抱不动。"

"我恐怕还没置摇篮呢，"菲利普说话的当儿，局促不安地笑了笑。

“喔,她可以跟我睡。她一直是跟我睡的。”

米尔德丽德把孩子放在一张安乐椅里,随即目光朝房间四下里打量着。她认出房间里大部分陈设均是她在菲利普原来的住处见过的。只有一件没见过,那就是劳森去年夏天为菲利普画的那幅人头像,眼下悬挂在壁炉上方。米尔德丽德用一种不无挑剔的目光审视着这幅画像。

“从几个方面来说,我喜欢这张画。可从另一些方面来说,我又不喜欢它。我认为你要比这张画漂亮得多。”

“事情还真起了变化呢,”菲利普哈哈大笑,“你可从来没有当面说过我漂亮呀。”

“我这个人可没那个闲心思去为一个男人的相貌担忧。我不喜欢漂亮的男人。在我来看,漂亮的男人太傲慢了。”

说罢,她的目光扫视着房间,出乎女性的本能,她在寻找一面镜子,但是房间里却一面也没有。她抬起手拍了拍额前浓密的刘海。

“我住在这儿,别人会说什么呢?”她突然发问道。

“喔,这儿只住着另一个男人同他的妻子。他成天在外头,除了星期天去付房租外,其余的日子里我一直见不到他的妻子。他们夫妇俩从不跟人交往。打我住到这儿以来,我对他们中间的一位还没讲满两句话呢。”

米尔德丽德走进卧室,打开包裹,把东西安放好。菲利普试图读一点书,但无奈情绪亢奋,无心阅读。于是,他仰坐在椅子里,嘴里叼了支香烟,眼睛笑眯眯地凝视着熟睡的孩子。菲利普感到非常愉快。他自信他压根儿没有眷恋米尔德丽德之心。原先他对米尔德丽德所怀有的那种情感已荡然无存,对此,他也感到不胜惊讶。

他隐隐约约觉得自己对她的肉体有种嫌恶的情绪,他想要是去抚摩她,他身上准会起鸡皮疙瘩。他猜不透自己究竟是怎么回事。就在这当儿,米尔德丽德随着一阵叩门声走了进来。

“我说呀,以后你进来就甭敲门了,”菲利普说,“每一个房间你都看过了吗?”

“我从来还未见过这么小的厨房呢。”

“到时你会发觉这个厨房大得足够你给我们俩烹制高级点心的了,”菲利普口气淡淡地顶了她一句。

“我看到厨房里啥也没有。我想还是上街去买些东西来。”

“是得去买些来。不过,对不起,我得提醒你花钱得算计着点。”

菲利普给了她些钱。她出门上街去了。半个小时以后,她就回来了,并把买来的东西往桌子上一放。因爬楼梯,此时她还直喘气呢。

“嘿,你身患贫血症,”菲利普说,“我得给你开些布劳氏丸吃吃。”

“我找了好一会儿才找到商店。买了点猪肝。猪肝的味儿挺鲜的,对不?再说也不能一下吃很多猪肝,所以说猪肝要比肉铺子里的猪肉上算得多。”

厨房里有个煤气灶,米尔德丽德把猪肝炖在煤气灶上以后,便走进房里来摊台布。

“你为什么只摊一块呢?”菲利普问道,“你自己不吃吗?”

米尔德丽德两颊绯红。

“我想兴许你不喜欢跟我同桌吃饭。”

“为什么会不喜欢跟你同桌吃饭呢?”

“嗯,我只是个用人,是不?”

“别傻里傻气的啦！你怎么会这么傻呢?”

菲利普粲然一笑,但是米尔德丽德那谦恭的态度在他心中激起了一阵莫名其妙的慌乱。可怜的人儿啊！他们俩初次见面时她的仪态至今还历历在目。菲利普沉吟了半晌才开腔说话。

“别以为我这是在给你施舍,”他说,“我们俩不过是做笔交易。我为你提供食宿,而你为我干活。你并不欠我什么东西。对你来说,也没有什么不光彩的。”

对此,米尔德丽德没有应声,然而,大颗大颗的泪珠顺着双颊滚滚而下。菲利普根据在医院的经验得知,像米尔德丽德这一阶层的女人都把伺候人视为下品。菲利普不由得有点儿沉不住气了,但是他还是责怪自己,因为米尔德丽德显然是身子疲乏不舒服。他站了起来,走过去帮她在桌子的另一边也摊上块台布。这时,那孩子醒了。米尔德丽德预先已经给她准备下梅林罐头食品了。猪肝和香肠做好后,他们便坐下来吃饭。为了节约起见,菲利普把酒给戒了,只是喝点儿开水。不过,他家里还存有半瓶威士忌酒。于是他想喝上一点儿兴许对米尔德丽德会有好处。他尽力使这顿晚餐吃得愉快些,但是米尔德丽德却神情阴郁,显得精疲力竭的样子。一吃完晚饭,她便站起来,把孩子送回床上。

“我想你早些上床休息对你的身体会有好处的,”菲利普说,“你瞧上去累极了。”

“我想洗好碗碟后就去睡觉。”

菲利普点燃了烟斗,开始埋头看书。听到隔壁房间有人走动的声响是愉快的。因为有的时候,孤独感压得他喘不过气来。米尔德丽德走进来打扫桌子。耳边不时传来她洗涤时发出的碗碟磕碰声。菲利普暗自思忖着,竟穿着黑色绸衣裙打扫桌子,收拾碗碟,这正是她与众不同的个性特点,他想着想着不觉莞尔一笑。但是,他还得用功呢，于是捧着书走到桌子跟前。他正在研读奥斯勒[1]的《内科学》。这本书深受学生欢迎，从而取代了使用多年的泰勒撰写的教科书。不一会儿，米尔德丽德走了进来，边走边放下卷起的袖子。菲利普漫不经心地瞥了她一眼，但没有移动。这个场面怪离奇的。菲利普感到有些儿尴尬，生怕米尔德丽德会认为他会出她的洋相，然而除了用满足性欲的办法之外，他又不知用什么办法去安抚她。

“喂，明天上午九时我有课，因此我得八点一刻就吃早饭。你来得及做吗？”

“哦，来得及的。怎么会来不及呢？我在国会大街时，每天早晨我都得赶到赫尔内山去乘八点十二分的车。”

“我希望你会发觉你的房间很舒服。今晚睡个长觉，明天你一定会大变样。”

“我想你看书看得很晚，是不？”

“我一般要到十一点，或十一点半左右。”

“那祝你晚安。”

“晚安。”

他们中间就隔着张桌子，但菲利普并没有主动伸出手去。米尔德丽德轻轻地把房门闭上了。菲利普听到她在卧室里走动的声响。不一会儿，耳边传来了米尔德丽德上床就寝时那张床发出的吱吱嘎嘎声。

第九十二章

翌日是星期二。同往常一样，菲利普扒拉了两口早饭后，便连

---

① 威廉·奥斯勒爵士(1845—1919)，加拿大医生兼医学著作家。

奔带跑地去赶九点钟的课。因此，他只能同米尔德丽德三言两语打个招呼，没时间多说话。黄昏时分，他从医院回到寓所，发现米尔德丽德凭窗而坐，双手在不停地补缀他的袜子。

“哟，你倒蛮勤俭的嘛，”菲利普满面春风地说。“你这一天干了些啥呀？”

“哦，我把房间彻底打扫了一下，然后抱着孩子出去溜达了一会儿。”

此刻，米尔德丽德身上穿了件陈旧的黑上衣。这还是她当初在茶食店里干活时穿的制服，旧是旧了些，不过穿上它要比穿前天那件绸衣裙显得精神些。那女孩坐在地板上，仰着头，忽闪着一对神秘的大眼睛瞅着菲利普。当菲利普蹲下去坐在她身边抚弄她的光脚丫时，她突然格格笑了起来。斜阳西照，房间里充满缕缕柔和的光线。

“一回来看到屋里有人走动，真叫人心里感到乐滋滋的。一个女人，外加一个孩子，倒把房间点缀得富有生气。”

菲利普从医院药房搞回来一瓶布劳氏丸，交给了米尔德丽德，并嘱咐她每餐饭后一定要服用。这种药她已经用惯了，因为打十六岁起，她就断断续续地吃了不少。

“劳森肯定会喜欢上你这泛着绿色的皮肤，”菲利普说道。“他一定会说你这皮肤很有画头。但是近日来我倒挺担忧的，你的皮肤一天不变得像挤奶女工那样白里透红，我心里一天也不会好受。”

“我已经觉得好多了。”

吃过饭菜简单的晚餐之后，菲利普便往烟草袋里装满烟丝，然后戴上帽子。星期二晚上，他一般都要到皮克大街上的那家酒菜馆去，而今晚他高兴的是自从米尔德丽德来到他这儿，转眼又是星期二了，因为他想借此机会向米尔德丽德明白无误地表明他俩之间的关系。

“你要出去吗?”米尔德丽德问道。

“是的,每逢星期二,我总是要出去玩一个晚上。我们明天见。祝你晚安。”

菲利普总是怀着一种兴奋的心情上这家酒菜馆。那位颇有哲学家头脑的证券经纪人马卡利斯特是那儿的常客,天底下任何一件事情,他都要与人争个长短。海沃德只要人在伦敦也常到那儿去,虽然他同马卡利斯特两人相互都讨厌对方,但他们却一反常态,每逢星期二晚上都上这家酒菜馆会上一面。马卡利斯特认为海沃德是个可怜的家伙,对他那多愁善感的气质嗤之以鼻;他用讥讽挖苦的口吻询问海沃德创作文学作品的情况,当海沃德含糊其辞地回答说不久将有杰作面世时,他听后总是报之以嘲弄的微笑。他们俩争论起来十分激烈,说起话来都颇有分量,对此,他们俩都很欣赏。夜间酒馆聚首临近结束时,他俩一般都能弥合分歧,握手言欢,相互认为对方是顶呱呱的一流人才。这天晚上,菲利普发觉除了他们两位外,劳森也在场。随着在伦敦结识的人越来越多,劳森经常于夜间外出就餐,因此很少到这家酒菜馆来。他们三位在一起谈笑风生,气氛十分融洽,因为马卡利斯特通过证券交易所为他们两位捞了笔外快,海沃德和劳森各得了五十英镑。对劳森来说,这五十英镑非同小可,因为他进账不大,可花起钱来倒是大手大脚的。此时,劳森已达到了画人物肖像画的阶段,并受到了评论界的普遍关注,同时他还发现为数不少的贵妇人更乐于不掏一个子儿端坐着让他画肖像(无论是对那些贵妇人还是对劳森本人来说,这种作法都是做广告的绝好机会,同时也为那些贵妇人赢来了艺术保护人的声誉)。但是,劳森很少能找到个傻瓜肯出一大笔钱让劳森给他的夫人画肖像画的。尽管如此,劳森还是感到心满意足。

“这倒是个绝妙的赚钱办法,以前我从来没想到过,”劳森喜滋滋地嚷道,“我甚至连六便士的本钱都不必掏。”

“年轻人,你上星期二没上这儿来,可失掉了一个极好的机会,”马卡利斯特对菲利普说。

“老天爷,你为啥不写信告诉我呢?”菲利普接着说,“要知道一百镑对我有多大的用处啊!”

“喔,那会儿时间来不及了。人得呆在现场。上星期二我听到了一个好消息,便问他们两个家伙是否也想试一试。星期三上午我为他们买进了一千股,下午行情就看涨了,于是我赶紧把股票抛出去。这样,我为他们两人各赚得五十镑,而我自己得了两三百镑。”

菲利普心里充满了妒意。近来他把最后一张抵押契据卖了,这张抵押契据是他的全部财产,眼下就剩了六百英镑现款了。有时候,一想到今后的日子,菲利普心里不觉恓惶。他还得读两年才能取得当医生的资格,此后他得设法在医院找个职位,这样一来,至少有三年的光景,他别指望能赚得一个子儿。就是他紧缩开支,过最俭朴的生活,到那时,他手头至多只剩百把英镑。百把英镑的积蓄微乎其微,万一生病不能挣钱或者什么时候找不到工作,那日子就更难打发了。因此,玩上一玩可带来幸运的赌博,对他来说,那情形就完全不同啦。

“哦,嗯,别着急,”马卡利斯特说,“机会很快就会有的。几天之内,南非国家很快就会出现股票行情暴涨,到时候我一定为你好生留意着就是了。”

马卡利斯特当时正在南非矿山股票市场干事,他常常给他们讲起一两年以前股票行情暴涨时发大财的故事。

“好吧,下次可别忘了我呀。”

他们围坐在一起高谈阔论,不觉已到子夜时分。菲利普住得最远，首先告辞。如果赶不上最后一班电车，他就得步行，那样回到寓所就很迟了。事实上，将近十二点半光景，他才回到寓所。他上得楼来，发觉米尔德丽德仍旧坐在他的安乐椅里，感到十分诧异。

“你为什么还不上床睡觉？”菲利普大声嚷着。

“我不困。”

“就是不困，也该上床躺着，这一样可以得到休息嘛！”

她一动不动地坐在安乐椅里。菲利普注意到晚饭后她又换上了那件黑色绸衣裙。

“我想我还是等着你，万一你需要拿个东西什么的。”

米尔德丽德说罢两眼直勾勾地望着他，两片毫无血色的嘴唇隐隐约约露出一丝笑意。菲利普自己也拿不准他是否理解了她的用意。他只觉得有点儿尴尬，但还是装出一副快活的、漫不经心的样子。

“你这样做是好的，但也太淘气了。快给我睡觉去，要不明天早晨就爬不起来了。”

“我还不想上床睡觉。”

“扯淡，”菲利普冷冷地说了一声。

米尔德丽德从安乐椅里站了起来，绷着脸儿，走进了她的卧室。当耳边传来她沉重的锁门声时，菲利普脸上绽开了笑容。

以后的几天倒平安无事地过去了。米尔德丽德随遇而安，在这陌生的环境中定居下来了。菲利普匆匆赶去上课之后，她一上午就在寓所操持家务。他们吃的很简单。不过，她就喜欢为了买些许必不可少的食品而在街上磨蹭个老半天。她不能自己想吃什么就做什么，但尽管如此，她还是给自己煮杯可可喝喝，弄些奶油和面包啃啃。享受过后，便用小人车推着孩子上街溜达，然后回到寓所，百无聊赖地打发下午余下的时光。她心力交瘁，然而只做几件轻便的家务活儿还是合适的。菲利普把房租钱交由米尔德丽德去付，借此她同菲利普的令人生畏的房东太太交上了朋友，而且不出一个星期，她居然能够给菲利普聊聊左邻右舍的情况，了解的情况之多，远远超过了菲利普一年中所知道的。

"她可是位非常好的太太，"米尔德丽德对菲利普说，"简直像个贵妇人。我告诉她说我们是夫妻。"

"你认为有此必要吗？"

"嗯，我总得对她说点什么呀。我人住在这儿而又不是你的妻子，这事叫人看来不是太可笑了吗？我不知道她对我会有什么看法。"

"我想她根本不相信你说的话。"

"她肯定相信，我敢打赌。我告诉她说我们结婚已两年了——要知道，由于有了这个孩子，我只好这么说——只有你那儿的人才会不相信，因为你还是个学生。因此，我们得瞒着不让别人知道，不过现在他们的看法也改变了，因为我们将要跟他们一道去海滨消暑。"

"你可是个编造荒诞故事的老手啰，"菲利普说了一句。

看到米尔德丽德撒谎的劲头仍不减当初，菲利普心中隐隐有些反感。在过去的两年中，她可什么教训都没记取。但是当着米尔德丽德的面，他只是耸了耸肩膀。

"归根结蒂一句话，"菲利普暗自思忖，"她运气不佳。"

这是个美丽的夜晚，夜空无一丝云彩，天气温暖宜人，伦敦南部地区的人们似乎倾巢而出，都涌到了街上。周围有一种使得那些伦敦佬坐立不安的气氛，而每当天气突然变化，这种气氛总是唆使伦敦佬走出家门来到户外。米尔德丽德收拾好饭桌以后，便走到窗口跟前，凭窗眺望。街上的喧闹声迎面扑来，人们相互的呼唤声、来往车辆的呼啸声、远处一架手转风琴的乐曲声，纷纷从窗口灌进房间，送进他俩的耳中。

"菲利普，我想今晚你非看书不可，对不？"米尔德丽德问菲利普，脸上现出渴望的神情。

"我应该看书。不过，我不晓得为什么我非看不可。嘿，你想叫我干点别的什么事吗？"

"我很想出去散散心。难道我们就不能去坐在电车顶上溜他一圈吗？"

"随你的便。"

"我这就去戴帽子，"她兴高采烈地说。

在这样的夜晚，人们要耐住性子呆在家里是不可能的。那孩子早已进入温柔的梦乡，留她在家决不会有什么问题的。米尔德丽德说以前夜里外出就常常把孩子一人扔在家里，她可从来没醒过。米尔德丽德戴好帽子回来时，心里别提有多高兴了。她还抓紧时间往脸上搽了点胭脂。而菲利普还以为她是太激动了，苍白的面颊才升起了两朵淡淡的红晕呢。看到她高兴得像个孩子似的，菲利普真的动了感情，还暗暗责备起自己待她太苛刻了。来到户外时，她开心地哈哈笑了起来。他们一看到驶往威斯敏斯特大桥的电车，便跳了上去。菲利普嘴里衔着烟斗，同米尔德丽德一道注视着车窗外人头攒动的街道。一家家商店开着，灯光通明，人们忙着为第二天采购食品。当电车驶过一家叫做坎特伯雷的杂要剧场时，米尔德丽德迫不及待地喊了起来：

"哦，菲利普，我们一定得上那儿去看看，我可有好久没上杂要剧场了。"

"我们可买不起前排正厅座位的票，这你是知道的。"

"喔，我才不计较呢，就是顶层楼座我也够高兴的了。"

他们俩下了电车，往回走了百把码的路，才来到杂耍剧场门口。他们花了十二便士买了两个极好的座位，座位在高处，但决不是顶层楼座。这晚他们运气真好，剧场里有不少空位置呢。米尔德丽德双眸熠熠闪光，感到快活极了。她身上有种纯朴的气质打动了菲利普的心。她对菲利普来说是个猜不透的谜。她身上某些东西至今对菲利普仍不无吸引力，菲利普认为她身上还有不少好的地方。米尔德丽德从小没有教养，她人生坎坷；他还为了许多连她本人也无法可想的事情去责备她。如果他要求从她那里得到她自己也无力给予的贞操，那是他自己的过错。要是她生长在另一种生存环境里，她完全可能出落成一个妩媚可爱的姑娘。她根本不堪人生大搏斗的冲击。此刻，菲利普凝睇着她的侧影，只见她的嘴微微张着，双颊升起两朵淡淡的红晕，他认为她看上去出人意料的圣洁。一股遏制不住的怜悯之情涌上他的心头，他诚心诚意地宽宥她给自己带来了苦难的罪过。剧场里烟雾腾腾，使得菲利普的两眼发痛，但是当他对米尔德丽德提议回家时，她却转过脸来，一脸的恳求人的神色，请求他陪她呆到终场。菲利普粲然一笑，同意了。米尔德丽德握住了菲利普的手，一直握到表演结束。当他们汇入观众人流走出剧场来到熙熙攘攘的街上时，米尔德丽德还无意返回寓所。于是，他们俩比肩漫步来到威斯敏斯特大街，伫立在那儿，凝眸望着熙来攘往的人群。

“几个月来我还没有这么痛快过呢，”米尔德丽德说。

菲利普感到心满意足。他一时情不自禁地要把米尔德丽德及其女儿领到自己的寓所，而现在已变成了现实，为此，他对命运之神充满了感激的心情。看到她表示善意的感激之情，他打心眼里感到高兴。最后米尔德丽德终于累了，他们跳上一辆电车返回寓所。此时夜已深了，当他们步下电车，拐入寓所所在的街道时，街上空荡荡的阒无一人。这当儿,米尔德丽德悄悄地挽起了菲利普的胳膊。

“这倒有点像过去的情景了,菲尔,”米尔德丽德说道。

以前她从来没有叫过他菲尔,只有格里菲思一人这样叫过,即使是现在,一听到这一称呼,一种莫可名状的剧痛便袭上心来。他还记得当初他痛心疾首欲求一死的情景。那会儿,巨大的痛苦实难忍受,他还颇为认真地考虑过自杀来着。这一切似乎都是遥远的往事啰。他想起过去的自己时,不觉莞尔。眼下,他对米尔德丽德只有满腔的怜悯之情,除此别无任何其他感情可言。他们来到寓所跟前。步入起居间之后,菲利普随手点亮了煤气灯。

“孩子好吗?”他口中问道。

“我这就去瞧瞧她。”

米尔德丽德回到起居间,并说打她走了之后,那孩子睡得一直很香甜,连动也没动。这孩子可真乖!菲利普向米尔德丽德伸出一只手,并说:

“嗯,晚安。”

“你这就去睡觉吗?”

“都快一点啦。近来我不习惯睡得很迟,”菲利普答道。

米尔德丽德抓起了他的手,一边紧紧地攥着,一边笑眯眯地望着他的眼睛。

“菲尔,那天夜里在那个房间里,你叫我上这儿来同你呆在一起,你说你只要我给你做些烧饭之类的事情,除此之外,你不想我做别的什么。就在那会儿,我脑子里想的事情同你认为我在想的事情,可不是一码事啊。”

“是吗?”菲利普说着,从米尔德丽德的手中抽回自己的手。“我可是这样想的。”

“别这样傻里傻气的啦,”米尔德丽德哈哈笑着说。

菲利普摇了摇头。

“我是很认真的。我决不会提出任何别的条件来让你呆在这儿的。”

“为什么不呢?”

“我觉得我不能那么做。这种事我解释不了,不过它会把全盘事情搞糟的。”

米尔德丽德耸了耸双肩。

“唔,很好,那就随你的便吧。不过,我决不会为此跪下来求你的。我可不是那种人!”

说罢,她走出起居间,随手砰地带上身后的房门。

第九十三章

翌日上午,米尔德丽德脸色阴沉,闷声吞气。她把自己关在卧室里,足不出户,直到该烧中饭时才走出房门。她可是个蹩脚厨娘,除了烧排骨、炒肉片之外,会做的菜就寥寥无几了,而且她还不懂得要物尽其用,把一些碎杂儿都给扔了。因此,菲利普不得不承担一笔比原先估计的要大得多的开支。米尔德丽德摆好饭菜之后,便在菲利普的对面坐了下来,可就是不吃不喝。菲利普问她,她只说是头疼得厉害,肚子不饿。菲利普心里高兴的是他还有个好去处可以打发这天余下的时光——阿特尔涅一家子都挺爽快,且还很好客。他们一个个都怀着高兴的心情期待着他的登门造访,这倒是件意想不到的好事。菲利普从阿特尔涅家回到寓所时,米尔德丽德早已就寝了。可是到了第二天,她还是那样的一言不发。吃晚饭时,她坐在桌边,愁眉锁眼的,但他默默告诫自己要体贴她,要体谅她的心情。

“你怎么一声也不吭呀?”菲利普笑容可掬地问道。

“我受雇替人烧饭和打扫房间,可不曾想到还要与人说话。”

菲利普认为这个答话太无礼了,但是如果他们俩还要继续在一起过日子,那他就必须尽力而为,使得他俩的关系不要过于紧张。

“恐怕你是为了那天晚上的事儿生我的气了吧?”菲利普说。

谈论这件事倒叫人颇为尴尬,不过显然有必要跟她把话说清楚。

“我不知道你的话是什么意思,”米尔德丽德回了一句。

“请别发脾气。要不是我认为我们之间的关系只能是朋友关系,当初我就不会叫你住到这儿来了。我之所以提出这个建议,是因为我想你希望有个栖身之处,你也可以有个出去找个活儿干干的机会。”

“喔,别以为我看重这件事儿。”

“我一刻儿也没这样想过,”菲利普连忙接口说,“你也不应当以为我这个人不讲情义。我知道你是为了我才提出那个事情的。我只是感到那个事情会使一切都显得丑恶和可怕,我也说不清楚自己怎么会有这种想法的。”

“你这个人真怪,”米尔德丽德说着用好奇的目光注视着菲利普,“真叫人猜不透。”

此刻,她对菲利普已无怨恨之心,但颇感惆怅迷惘,不知道菲利普究竟是什么心思。她默默地接受了这种生活方式,她的确朦朦胧胧地感到菲利普的行为是非常高尚的,对此,她不能不佩服。不过在这同时,她又想嘲笑他,或许还有点儿瞧不起他。

“他是个不好对付的家伙,”米尔德丽德私下里这么想。

对他们来说,日子倒过得挺顺当的。菲利普白天都泡在医院

里，晚上除了去阿特尔涅家或上皮克大街上的那家酒菜馆以外，一般都在寓所看书做功课。有一次，一位医生邀请他出席一次正式的午餐会，因他曾在这位医生手下实习过。他还参加了两三次同学们举行的晚会。而米尔德丽德则听其自然，对这种寂寞单调的生活倒也接受下来了。要是她对菲利普在晚上把她独自一人扔在寓所这件事有所介意，她嘴上可从来不说。间或，菲利普也把她带上杂耍剧场去散散心。菲利普是在切实地贯彻他的意图，即他们俩之间的关系只能是他为米尔德丽德提供食宿之便，而米尔德丽德得以操持家务来抵偿。米尔德丽德决定夏天不去找工作，因为去找也没有用。在菲利普的许可下，她拿定主意在原地呆到秋天。她想，到了秋天，出去找工作要容易些。

“就我来说，就是你找到了工作，只要你认为方便的话，你还可以呆在这里。房间是现成的，原先我雇佣的那个老妈子可以来照料孩子。”

菲利普变得非常疼爱米尔德丽德的孩子。他有做慈父的天性，可就是没有机会得以表露。米尔德丽德待孩子也不能说不好。她把孩子照应得很好。有一次，孩子患了重感冒，她就像位尽心尽职的护士那样照料着孩子。可是，孩子使她心生厌烦。孩子一打扰她，她就恶声恶气的。她喜欢这孩子，可缺少那种忘我的母爱。米尔德丽德不是个感情外露的人，相反觉得情感的流露荒唐可笑。当菲利普把孩子抱在膝上坐着，逗孩子玩、吻孩子的时候，她就大声嘲笑他。

“你真是她的生身父亲的话，也至多只能这样喜爱她了，”她说，“跟这孩子在一起的时候，你要多傻气有多傻气。”

菲利普的脸刷地红了，他就怕受人奚落。自己对另一个男人的孩子竟会如此的一往情深，真是荒唐！他不由得为自己感情的洋溢而感到难为情。然而,此刻那孩子似乎感觉到他喜欢她,便把那张小脸紧紧地贴住菲利普的脸,并依偎在他的怀抱里。

“对你来说一切都很好啰,”米尔德丽德说。“不顺心的事儿你又沾不上边。要是你夜里睡得好好的,可就因为这位小太太不想睡,让你醒上个把钟头,你会有什么想法呢?”

菲利普以为早忘却了的自己孩提时代的往事,一下子都涌现在自己的脑海里。他信手抓起了孩子的脚趾。

“这只小猪卖给市场,这只小猪留在家里。”

傍晚回家,一走进起居间,他第一眼就是搜索那四肢趴在地板上的孩子。一听到那孩子看到他后发出的愉快的叫唤声,他心里不由激起几朵兴奋的浪花。米尔德丽德教孩子管菲利普叫爸爸,可是当孩子第一次自动地叫菲利普爸爸时,她又肆无忌惮地发出一阵浪笑。

“我怀疑你是否因为这孩子是我的才这么喜欢她的,”米尔德丽德说,“不知道你对别人的孩子可也是这样的。”

“我从来不认识任何人的孩子,所以我也说不上来,”菲利普答道。

菲利普在住院部实习的第二学期即将结束。此时,他交上了好运。时值七月中旬。一个星期二晚上,他上皮克大街上的那家酒菜馆去,发现只有马卡利斯特一人在那儿。他们俩坐在一起,谈了一会儿那两位缺席的朋友。过了一会儿,马卡利斯特对菲利普说:

“喂,顺便给你说个事儿。今天我听到了一个非常好的消息。是关于新克莱恩丰顿的消息。新克莱恩丰顿是罗得西亚的一座金矿。要是你想投一下机的话,倒是可以赚一笔钱的。”

菲利普一直在心情迫切地等待这么个机会,可机会真的来了,他倒犹豫起来了。他极怕输钱,因为他缺少点赌徒的气质。

“我很想试试,不过我不知道我是否敢去冒这个险。一旦坏事,我要蚀掉多少本呀?”

“就因为看你对这事很迫切,我才把这件事告诉你的,要不然,我根本不会讲。”

菲利普觉得马卡利斯特把他看作是一头蠢驴。

“我是很想赚笔钱的,”他哈哈笑着说。

“除非你准备冒险,否则就甭想赚到一个子儿。”

马卡利斯特谈起别的事情来了。坐在一旁的菲利普,嘴上嗯嗯哼哼地应答着,可心里头却一刻不停地盘算着,要是这场交易最后成功了,那么下次他们俩见面时,这位证券经纪人就会看他的笑话。马卡利斯特的那张嘴可会挖苦人了。

“如果你不介意的话,我倒想试它一试,”菲利普热切地说。

“好吧。我给你买进二百五十份股票,一看到涨上两个半先令的话,我就立即把你的股票抛售出去。”

菲利普很快就算出了这笔数字有多大,此刻,他不禁垂涎三尺。到时候,就会从天外飞来三十英镑的意外之财,他认为命运的确欠他的债。第二天早晨吃早饭时,他一看到米尔德丽德,就把此事告诉了她。可她却认为他太愚蠢了。

“我从来没碰到过有谁通过证券交易所发了大财的,”她说道,“埃米尔经常这么说的。他说,你不能指望通过证券交易所去发财。”

菲利普在回家的路上买了张晚报,眼睛一下子就盯住了金融栏。他对这类事一窍不通,好不容易才找到马卡利斯特讲起的股票。他发现股票行情上涨了四分之一。他的心怦怦直跳。蓦地,他又忧心如焚,担心马卡利斯特把他的事给忘了,或者由于别的什么原因没有代他购进股票。马卡利斯特答应给他打电报。菲利普等不及乘电车回家，跳上了一辆马车。这在他来说，倒是个罕见的奢侈行为。

“有我的电报吗？”他一跨进房门便问道。

“没有，”米尔德丽德答了一声。

他顿时拉长了脸，深感失望，重重地瘫进了一张椅子里。

“这么说来，他根本没给我购进股票。这个混蛋！”他愤愤地骂了一句。“真倒运！我整天在考虑我怎么花那笔钱。”

“喂，你打算干什么呀？”米尔德丽德问了一句。

“现在还想它做什么？喔，我多么需要那笔钱啊！”

米尔德丽德哈哈一笑，随手递给他一封电报。

“刚才我是跟你闹着玩的。这电报我拆过了。”

他一把从她手中夺过电报。马卡利斯特给他购进了二百五十份股票，并正如他说的那样，以两个半先令的利息把股票抛了出去。委托书第二天就到。有一会儿，菲利普很恼火，米尔德丽德竟跟他开这么个残忍的玩笑，可是隔了不久，他完全沉浸在欢乐之中了。

“我有了这笔钱，情形可就不同啦，”他大声叫了起来。“你愿意的话，我给你买件新衣服。”

“我正需要买一件新衣服，”米尔德丽德接口说。

“我现在把我的打算告诉你。我打算在七月底去开刀。”

“哎，你有啥毛病啊？”她插进来问道。

米尔德丽德觉得，他身患一种她不知道的暗疾这件事，兴许能够帮助她弄明白她为什么对他感到迷惑不解的原因。而菲利普涨红了脸，因为他不愿提起他的残疾。

“没什么毛病，不过他们认为我的跛足还是有办法治的。以前我腾不出时间来，可现在就没有关系了。我在医院里只呆几个星期，然后我们可以去海滨度过余下的夏日。这对你，对孩子，对我，对我们大家都有好处。”

“哦,我们上布赖顿去吧,菲利普。我喜欢布赖顿,你在那儿有那么多的颇有身份的朋友。”

菲利普依稀想起了康沃尔一带的小渔村。但是在米尔德丽德说话的当儿,他忽然觉得到那儿去,米尔德丽德会憋得发慌的。

“只要能看到大海,上哪儿都行。”

不知怎么的,菲利普心中突然萌生出一种不可抗拒的对大海的渴望之情。他想痛痛快快地洗个海水浴。他兴奋地畅想起自己拍击海水浪花四溅的情景来,没有比波涛汹涌的大海更能激起他无限的欢乐。

“嘿,那可美极啦!”菲利普叫喊着。

“倒像是去度蜜月一样,是不?”米尔德丽德说。“菲尔,你给我多少钱去买新衣服呀?”

第九十四章

菲利普在雅各布先生手下当过敷裹员,于是他便请这位助理外科医师给他的跛足开刀。雅各布先生欣然同意,因为他就是对被众人忽视的跛足感兴趣,而且眼下正在为撰写一篇论文搜集资料。事先他忠告菲利普,说他不能使跛足变得像那只好足一模一样,不过他相信他还是能够有所作为的。还说动过手术后,菲利普走起路来还是有点跛,但可以不再穿先前那样难看的靴子了。当想起自己过去曾因笃信上帝能够为他背走沉重的大山而虔诚地向上帝祷告的情景,菲利普的脸上总是浮出一丝凄苦的笑容。

“我并不希望出现奇迹,”菲利普回答说。

"我认为你能让我尽我所能医治你的残疾的决定是明智的。到时候,你会发觉拖着条跛腿行起医来是很不方便的。外行人就好生怪念头,死也不肯同医生打交道。"

菲利普住进了单人病房。每个病区外头楼梯平台处都有这么个只有一个房间的单人病房,它是专门为特殊病人预备的。他在那儿住了一个月,因为雅各布先生在他能够走动之前是不让他走出这个病房的。手术进行得很顺利,他有足够的时间好生养息。劳森和阿特尔涅跑来看望他。有一次,阿特尔涅太太还带了两个孩子来探望他哩。还有他所认识的同学们也不时地前来和他闲聊解闷。米尔德丽德一星期来两次。大家都对他很和气。菲利普这个人一看到别人不厌其烦地关心体贴他,心里总是激动不已,而眼下更是深受感动,感激不尽了。他没什么要烦的,心情轻松愉快。他不必为未来担忧,管它钱够不够花还是期终测验能不能通过,这些都没什么好发愁的。此时,他可以尽心披卷破帙了。近来他一直不能好好看书,因为米尔德丽德老是干扰他:有时候他正要集中脑筋思考些问题,可米尔德丽德却打开了话匣,说些不着边际的话儿,而且菲利普不回答她还决不罢休;每当他要定下心来好好看书,米尔德丽德就要他帮手干件事,不是跑来叫他把个她拔不出来的瓶塞子拔出来,就是拿来个榔头叫他相帮钉个钉子。

他们决定于八月赴布赖顿度假。菲利普想到了那儿之后去住旅馆,可米尔德丽德却说那样的话,她又得做家务了。她提议他们赁住在食宿公寓,这样,她也可以享受几天假期呀。

"在家我得天天张罗饭菜,我都腻透了,想彻底改变一下。"

菲利普最后同意去住食宿公寓。而米尔德丽德凑巧还认识肯普镇上的一家食宿公寓。住在那儿,每人一周的开销也不会超过二十五个先令。她同菲利普商定由她写信去预订房间。但是,在从外边回到肯宁顿寓所时,菲利普却发觉信根本没写,不觉恼怒。

“想不到你还真忙呢,”他没好气地说了一句。

“嗯,我可不能什么事都想到呀。即使我忘记了,那也不是我的过错,对不?”

菲利普急于要到海边去,也不愿意为同那家食宿公寓的女主人联系而滞留伦敦。

“我们可以把行李寄存在车站,直接走去,看看那儿有没有房间。如果有,我们只要到外边去雇位脚夫,让他去取行李好了。”

“你看怎么好就怎么干吧!”米尔德丽德口气生硬地回了一句。

她可不喜欢受人的气,顿时一声不吭,满脸怒容,心神不定地坐在一边,望着菲利普忙着为外出度假准备行装。在八月的阳光照射下,这幢小小的公寓里头异常闷热,户外马路上腾起一阵阵带有恶臭的热浪。当他躺在病房里的病榻上,面对着涂抹着红色颜料的墙壁,他一直向往着呼吸海边的新鲜空气,让海涛拍打自己的胸膛。他觉得,要是再在伦敦呆上一夜,他准会发疯。一看到布赖顿的大街上挤满了前来度假的人群,米尔德丽德的脾气又好了。当乘上马车驶出车站前往肯普镇时,他们俩都变得兴致勃勃。菲利普还用手轻轻地抚摩着孩子的脸颊哩。

“我们在这儿呆上几天,准能让她的小脸蛋变得红扑扑的,”菲利普说话时,双眼还含着微笑。

他们来到那家食宿公寓门前,便把马车辞退了。一位衣着不整的妇人应声出来开门。当菲利普问及是否有空房间时,她却回答她得进去问一下。她把她的女主人领了出来。一位身材敦实、一副生意人脸孔的中年妇人下得楼来,先是按职业习惯对菲利普他们狠狠地盯视了一眼,然后才开口询问他们要开什么样的房间。

“开两个单人房间,如果可能的话,还要在其中一个房间放个摇篮。”

“恐怕我这儿没有两个单人房间。我这儿还有个双人大房间，我可以给你们一个摇篮。”

“我想那样不怎么合适，”菲利普说。

“到了下个星期，我可以再给你们一个房间。眼下布赖顿游客拥挤，将就些吧。”

“就只住几天工夫，菲利普，我想我们可以凑合着对付几天再说，”米尔德丽德接口说。

“我想两个房间要方便些。你可以给我们另外介绍一处食宿公寓吗？”

“可以，不过我想他们也不见得会有比我更多的空房间。”

“请你把地址告诉我们，你不会介意吧？”

那位身材敦实的女主人指给他们的食宿公寓就在下一条街上。于是，他们转身朝它走去。菲利普走起路来还是挺快的，虽说他的身体孱弱，走路还得借助拐杖。米尔德丽德抱着孩子。两人默默地走了一阵子后，他蓦地发觉米尔德丽德哭了。哭声扰得他心烦意乱。他不予理睬，可是她硬是把他的注意力吸引了过去。

“把你的手帕给我用一用好吗？我抱着孩子不能掏手帕，”她抽抽搭搭地说着，转过脑袋，不看菲利普。

菲利普默默无言地把自己的手帕递了过去。米尔德丽德擦干了眼泪，看他不说话，便接着说：

“我这个人身上可能有毒。”

“请你别在大街上吵吵嚷嚷的，”菲利普说。

“你那样坚持要两个单人房间也太可笑了。别人对我们会怎么看呢？”

“要是人们知道真情的话，我想他们一定会认为我们俩都很有道德，”菲利普说。

这当儿，米尔德丽德睨视了菲利普一眼。

“你总不会告诉人家我们不是夫妻吧？”米尔德丽德紧接着问道。

“不会的。”

“那你为何不能像丈夫似的跟我睡在一起呢？”

“亲爱的，对此，我无法解释。我无意羞辱你，但我就是解释不清。我知道这种念头是愚蠢的，也是不合情理的，但这种念头非常执著，比我坚强。我过去非常爱你，以致如今……”他突然中断了他的话。“不管怎么说，这种事情是不可言喻的。”

“哼，你从来就没有爱过我！”米尔德丽德嚷道。

他们俩按着所给的地址，一路摸到了那家食宿公寓。原来，这家食宿公寓是个精力旺盛的老处女开设的。她长着一对狡黠的眼睛，说起话来伶牙俐齿的。他们要么租赁一个双人房间，每人每周出二十五先令，那小孩也要出五先令，要么就住两个单人房间，但每周可得多付租金一英镑之多。

“我不得不收这么高的租金，”那个老处女带着歉意解释道，“因为，如果有必要的话，我甚至可以在单人房间里都摆上两张床。”

“我想那租金也不见得会使我们破产。你说呢，米尔德丽德？”

“喔，我才不在乎呢。一切安排对我来说都是够好的，”她回答说。

菲利普讨厌她那阴阳怪气的回答，但一笑置之。女房东已经派人去车站取他们的行李了，于是，他们坐下来边休息边等着。此刻，菲利普感到那只开过刀的脚隐隐作痛，便把它搁在一张椅子上，心里舒坦多了。

“我想我和你同坐在一个房间里，你不会介意吧？”米尔德丽德冲撞地说。

“我们就不要赌气斗嘴啦，米尔德丽德，”菲利普轻声规劝道。

“我倒不了解你手头还很有几个钱呢，竟能每周抛出去一镑的房钱。”

“别对我发火。我要让你明白，我们俩只能这样子住在一起。”

“我想你是瞧不起我，肯定是的。”

“当然不是这样的。我为什么瞧不起你呢？”

“一切都是那么别扭，很不自然。”

“是吗？你并不爱我，是不？”

“我？你把我当成什么人了？”

“看来你也不像是个易动情的女人，你不是那样的女人。”

“此话说得太丢脸了，”米尔德丽德阴沉沉地说。

“哦，我要是你的话，才不会为这种事大惊小怪呢。”

这家食宿公寓里大约住着十多个人。他们都来到一个狭窄的、光线昏暗的房间里，围坐在一张狭长的桌子四周用餐。女房东端坐在餐桌的顶头，为大家分发食物。饭菜做得很差劲，可女房东却称之为法国烹调，她说这话的意思是下等的原料加上些蹩脚的作料：用鲽鱼冒充箬鳎鱼，把新西兰老羊肉充作羔羊肉。厨房既小又不方便，所以端上来的饭菜差不多都是凉的。房客中有陪伴上了年纪尚未出阁的老姑娘的老夫人；有假装斯文、滑稽可笑的老光棍；还有脸色苍白的中年职员和他们的夫人，他们在一起津津有味地谈论着他们那些已出嫁的女儿以及在殖民地身居高位的儿子。这些人反应迟钝，却又装腔作势。在餐桌上，他们议论科雷莉小姐的最新出版的小说，其中有些人喜欢莱顿勋爵而不喜欢阿尔马·塔德曼先生①，而另

① 莱顿和阿尔马·塔德曼均为科雷莉小姐的小说中的人物。

外几位恰恰与此相反。不久,米尔德丽德却跟那些太太们谈论起她同菲利普两人的富有浪漫色彩的婚姻来了。她说菲利普发觉自己成了众矢之的,因为他还是个“书生”(说话时,米尔德丽德常常把“学生”说成“书生”)时就同一位姑娘成了亲,所以他一家人——颇有地位的乡下绅士——便取消了他的财产继承权;而米尔德丽德的父亲——在德文郡拥有大片土地——就因为米尔德丽德同菲利普结婚,也撒手不管她的事儿。这就是为什么他们来住一家食宿公寓而又不为孩子雇个保姆的缘故。不过,他们得分开住两个房间,因为他们历来舒适惯了,可不想一家人挤在一个狭小的房间里头。同样,其他几位游客对他们自己之所以住在这种食宿公寓里也有各种各样的理由。其中一位单身绅士通常总是到大都市去度假的,可他喜欢热闹,而在那些大旅馆里总是找不到一个可心的伙伴。那位身边带着一位中年未出阁女儿的老太太正在伦敦修建一幢漂亮的别墅,可她却对女儿说:“格文妮,我亲爱的,今年我们一定得换换口味,去度个穷假。”因此,她们俩就来到了这儿,尽管这儿的一切同她们的生活习惯是那么的格格不入。米尔德丽德发觉他们这些人都太矜夸傲慢了,而她就是厌恶粗俗的平庸之辈。她喜欢的绅士就应该是名副其实的绅士。

“一旦人成了绅士和淑女,”米尔德丽德说,“我就喜欢他们是绅士和淑女。”

这种话对菲利普来说有些儿神秘莫测。但是当他听到她三番两次地跟不同的人说这种话时,他发现听者无不欣然赞同,由此他得出结论,只有他是个榆木脑瓜,一点也不开窍。菲利普和米尔德丽德单独成天厮守在一起,这还是破天荒第一次。在伦敦,他白天整天看不到她,晚上回家时,他们也只是聊一阵子家务、孩子以及邻居的事儿,随后他就坐下来做他的功课。眼下,他却成天伴在她左右。早饭后,他们俩便步行去海边,下海洗把澡,然后沿着海滩散一会儿步,上午的时光不费事就过去了。到了黄昏时分,他们把孩子弄上床睡着以后,便上海边码头消磨时光,倒还舒畅。因为在那里,耳畔不时传来轻柔的乐曲声,眼前人流络绎不绝(菲利普借想象这些人的各种各样的身份并就这些编造了许许多多小故事以自娱。现在,他养成一种习惯,就是嘴上哼哼哈哈地敷衍着米尔德丽德的话语,而自己的思绪不为所动,继续自由地驰骋着),可就是下午的时间冗长乏味,令人难熬。他们俩坐在海滩上。米尔德丽德说他们要尽情享受布赖顿博士赐予人们的恩泽。由于她老是在一旁喋喋不休地发表她对世间万物的高见,他一点也没法看书。要是他不加理睬,她就会埋怨。

“喔,快把你那些愚蠢的破书收起来吧。你老是看书也看不出名堂来的,只会越看头脑越糊涂,你将来肯定是昏头昏脑的,菲利普。”

“尽说些混账话!”他顶了一句。

“再说,老是捧着本书,待人也太简慢了。”

菲利普发现也难跟她交谈。她自己在说话的当儿,也不能集中自己的注意力,因此,每每眼前跑过一条狗,或者走过一位身穿色彩鲜艳的运动夹克的男人,都会引起她叽叽呱呱地议论上几句。然而,过不了多久,她会把刚才说的话忘个精光。她的记忆力甚差,就是记不住人的名字,但不记起这些名字又不甘心,因此常常在讲话中戛然停顿下来,绞尽脑汁,搜索枯肠,硬是要把它们记起来,有时候,因实在想不出而只好作罢。可是后来她谈着谈着,又忽然想起来了,这时,即使菲利普在讲另外一些事,她也会打断他的话,插进来说:

“科林斯,正是这个名字。我那会儿就知道我会记起来的。科林斯，我刚才一下记不起来的就是这个名字。”

这倒把菲利普给激怒了。却原来不管他在说些什么，她都不听；而要是她讲话时菲利普一声不响的话，她可要埋怨他死气沉沉的。对那些抽象的概念，听不了五分钟，她那个脑子就转不起来了。每当菲利普津津有味地把一些具体的事物上升为抽象的理论，她脸上立刻就会显露出厌烦的神色。米尔德丽德常常做梦，而且记得非常牢，每天都要在菲利普跟前啰啰唆唆地复述她的梦境。

一天早晨，他收到了索普·阿特尔涅写来的一封长信。阿特尔涅正以戏剧性的方式度假。这种方式很有见地，同时也显示出他此人的个性。他以这样的方式度假由来已久，已有十年的历史了。他把全家带到肯特郡的一片蛇麻草田野上，那儿离阿特尔涅太太的老家不远，他们要在那儿采集三周的蛇麻子草。这样，他们可以成天呆在旷野里，还可以赚几个外快。使阿特尔涅太太更感满意的是，这样的度假方式可以使他们全家同生她养她的故乡土地之间的关系得到加强。而阿特尔涅在信中也正是特别强调这一点。置身在旷野里给他们带来了新的活力，这像是举行了一次富有魔力的典礼，使得他们返老还童，生气勃勃，精神大振。以前，菲利普就曾经听到阿特尔涅就这个问题滔滔不绝地、绘声绘色地发表过一通离奇古怪的议论。此刻，阿特尔涅在信中邀请菲利普到他们那儿呆上一天，说他渴望把他对莎士比亚以及奏乐杯的想法告诉给菲利普听，还说孩子们嚷着要见见菲利普叔叔。下午，在同米尔德丽德一道坐在海滩上时，他又把信打开来看了一遍。他思念起那九个孩子的慈祥的妈妈、好客的阿特尔涅太太；想起了莎莉，她年纪不大却神情端庄，稍稍带有一种做母亲的仪态和一种富有权威的神气，她前额宽阔，一头秀发编成一根长长的辫子；接着又想起了一大群别的孩子，一个个长得俊俏、健康，成天乐呵呵的，吵吵嚷嚷的。他的心一下子飞到了他们的身边。他们身上具有一种品质——仁慈，这是他以前从来没有在别的人身上看到过的。直到现在，菲利普才意识到他的心显然被他们那种光彩照人的品质深深地吸引住了。从理论上来说，他不相信什么仁慈不仁慈，因为倘若道德不过是件给人方便的事儿的话，那善与恶也就没有意义了。他可不喜欢自己的思路缺乏逻辑性，但是仁慈却明摆着，那么自然而毫无矫饰，而且他认为这种仁慈美不可言。在沉思的当儿，他漫不经心地把阿特尔涅的来信撕成了碎片。他想不出一个甩掉米尔德丽德而自己独身前往的办法来，但他又不愿意带着米尔德丽德一同前去。

这天烈日炎炎，天空中无一丝云彩，他们只得躲避在一个阴凉的角落里。那孩子一本正经地坐在沙滩上玩石子，间或爬到菲利普的身边，递过一块石子让菲利普握着，接着又把它从他手中抠去，小心翼翼地放在沙滩上。她在玩一种只有她知道的神秘的、错综复杂的游戏。此时，米尔德丽德呼呼入睡了，仰面朝天，嘴巴微启着，两腿成八字形叉开，脚上套的靴子样子古怪地顶着衬裙。以往他的目光只是木然无神地落在她的身上，可此刻他却目不转睛地望着她，目光里闪烁着一种稀奇的神情。他以往狂热地爱恋着她的情景历历在目，他心里头不禁暗自纳闷，不知道他为什么现在对她会这么冷淡的。这种感情上的变化使他心里充满了苦痛，看来，他以往所遭受的一切痛苦毫无价值。过去，一触到她的手，心里便激起一阵狂喜；他曾经渴望自己能钻进她的心灵里去，这样可以同她用一个脑子思想，分享她的每一种感情。当他们俩陷入沉默的时候，她所说的每一句话无不表明他们俩的思想简直是南辕北辙，背道而驰。他曾对隔在人与人之间一道不可逾越的障碍作出过反抗。为此，他身受切肤之痛。他曾经发狂似地爱过她，而眼下却对她无一丝一毫爱情可言。他莫名其妙地感到这是一种悲剧。有时候，他很恨米尔德丽德。她啥也学不会，而从生活的经历中她什么教训也没有汲取。她一如既往，还是那么粗野。听到她粗暴地呵斥食宿公寓里的那位累断筋骨的女用人时，菲利普心中十分反感。

不一会儿，菲利普盘算起自己的种种计划来了。学完四年之后，他就可以参加妇产科的考试了，再过上一年，他就可以取得当医生的资格。然后，他就设法到西班牙去旅行一趟，亲眼去欣赏一下只能从照片上看到的那儿的旖旎风光。刹那间，他深深地感到神秘莫测的埃尔·格列柯紧紧地攫住了他的心，暗自思忖，到了托莱多他一定能找到埃尔·格列柯。他无意去任意挥霍，有了那一百英镑，他可以在西班牙住上半年。要是马卡利斯特再能给他带来个好运，他完全可以轻而易举地达到自己的目的。一想到那些风景优美的城池和卡斯蒂尔一带黄褐色的平原，他的心里就热乎乎的。他深信他可以从现世生活中享受到比它给予的更多的乐趣，他想他在西班牙的生活可能更为紧张：也许有可能在一个古老城市里行医，因为那儿有许多路过或者定居的外国人，他可以在那儿找到一条谋生之路。不过那还是以后的事。首先，他要谋得一两个医院里的差事，这样可以积累些经验，以后找工作更为容易些。他希望能在一条不定期的远洋货轮上当名随船医生，在船上有个住舱。这种船装卸货物没有限期，这样可以有足够的时间在轮船停留地游览观光。他想到东方去旅行。他的脑海里闪现出曼谷、上海和日本海港的风光。他遐想着那一丛丛棕榈树、烈日当空的蓝天、肤色黧黑的人们以及一座座宝塔，那东方特有的气味刺激着他的鼻腔。他那心房激荡着对那世界的奇妙的渴望之情。

米尔德丽德醒了。

“我想我肯定睡着了，”她说。“哎哟，你这个死丫头，瞧你尽干了些啥呀？菲利普，她身上的衣服昨天还是干干净净的，可你瞧，现在成了什么样儿了!”

第九十五章

他们从布赖顿回到伦敦以后,菲利普便上外科病房做包扎工作。他对外科的兴趣不如对内科来得浓厚,因为内科学是一门以经验为依据的科学,给人的想象力以更大的驰骋余地,再说,外科的工作相应地要比内科的累人一些。上午九点至十点他得去听课。课一散,便上病房包扎伤口啦,拆线啦,换绷带啦,忙个不停。菲利普自夸上绷带还有一手。每当护士说了句把赞许的话,他听后心里总有一种甜丝丝的感觉。每周总有几个下午进行外科手术,此时,菲利普便身穿白大褂,站在手术示范室的助手位置上,随时递上手术师所需要的器械,或者用海绵吸去污血,好让手术师看清下手的位置。一旦对不常见的疑难病症开刀时,手术示范室里就挤得满屋子都是人,不过,通常只有五六个学生在场。接着手术便在一种菲利普颇为欣赏的恬静的气氛下有条不紊地进行着。当时,世人好像特别爱生阑尾炎似的,被送进手术室来割除盲肠的病人何其多矣!菲利普在一名外科医生手下当敷裹员,而这位大夫同他的一名同事进行着一场友好对抗赛,比谁盲肠割除的快,谁的切口小。

不久,菲利普被指派去负责事故急诊病人。敷裹员们轮流担当此职,轮上一次,连续值班三天。在这期间,他们得住在医院,一日三餐都在公共休息室里吃。大楼底层临时收容室附近有个房间,里面有张床,白天叠起来放在壁橱里。无论白天黑夜,当班的敷裹员都得随叫随到,时刻准备照料送来的受伤病人,从早到晚,疲于奔命。夜里,每过一两个小时,头顶上方的铃声便当啷当啷响个不停;

铃声一响,当班的敷裹员便本能地从床上一跃而起。星期六夜里当然是最忙的,特别是酒馆一打烊,医院里更是忙得不可开交。警察们把一个个醉汉送进来。此时,他们得赶快用胃唧筒把他们胃里的酒抽出来。而送进来的女人比那些醉汉情况更严重,不是被她们的丈夫打破了头,就是打得鼻子鲜血直淌。其中有的女人对天赌咒发誓,要上法庭去控告丈夫;有的则羞愧万分,只说是碰上交通事故了。面对这种种情况,敷裹员能处理的,便尽力而为,如处理不了,便去把住院医生请来。不过,敷裹员们一个个都很谨慎,万不得已才去请住院医生,因为住院医生没有好处是决不愿意跑五段楼梯下来看病的。送进医院来的,从断了个指头到割断喉管,各色病人,应有尽有。小伙子们跑来要求包扎被机器轧坏了的双手;被马车撞倒了的行人,在玩耍时不是摔断了腿就是跌折了手的小孩,也被送进医院。间或,警察们还把自杀未遂者抬了进来。菲利普看到一个人脸色惨白,圆睁着一双疯狂的眼睛,嘴巴张着吐出大口大口的血。菲利普在病房里工作了数周之后,一次负责照看一名警官。那位警官看到自己还活着,整天不说一句话,一脸的愤怒和凶相,还公开嚷道,他一出院还要自杀。病房里塞满了病人,此时警察们再送病人来,住院医生就会处于进退两难、首鼠两端的境地。要是叫他们把病人抬到火车站转别处去治疗,万一病人就死在火车站,那各家报纸就会发表耸人听闻的言论。可是有时候也很难断定病人究竟是奄奄一息呢还是醉酒不醒。菲利普直到累得力不能支的时候才上床睡觉,省得才躺下个把小时又要爬起来。他趁工作间隙时间,到急救室同夜班女护士一起聊天。这个女人一副男人相,头发花白,在急救部当了二十年的护士。她很喜欢这个工作,因为不论什么事她自个儿可以说了算,没旁的护士来打扰她。她干起事来手脚不快,不过非常能干,在处理危急病人方面从未出过差错。敷裹员们,不是初出茅庐毫无经验，就是一有事就慌了神儿，但一看到她在场，就顿觉浑身增添了无穷无尽的力量。她见过敷裹员千百个，可从来没有在她脑子里留下一点印象，无论是谁，她都管他们叫布朗先生。当他们劝诫她以后别叫他们布朗先生，并把他们的真实姓名告诉她时，她只是点点头，过后还是继续叫他们布朗先生。她那个房间没什么摆设，只有两张马毛呢面子的长椅，一盏火光融融的煤气灯。菲利普饶有兴趣地坐在那儿聆听她的谈话。她早已不把那些送进医院来的病人当人看待了。在她眼里，他们只是酒鬼、断臂、割破的喉咙。她把疾病、不幸和世界的残忍统统当作理所当然的事情，觉得人们的行动既无值得赞扬也无值得责备的地方。她都默认了。她具有某种冷峭的幽默感。

"有个人的自杀事儿，我至今还记得清清楚楚，"她对菲利普说。"那个人跳进了泰晤士河。人们把他捞了出来，并把他送到这儿来。可十天后，他因喝了泰晤士河里的水而得了伤寒症。"

"他死了吗？"

"是的，他死了。他是不是自杀，我也一直弄不清楚……也真有趣，还会寻短见。我还记得有个人，他找不到活儿干，老婆也死了，就把衣服全部送进当铺，拿了这笔钱买了支左轮手枪。他把自己弄得不成人样，打瞎了一只眼睛，可人却没有死。后来你猜他怎么样，一只眼睛瞎了，脸皮也给削去一块，可他得出个结论，说这个世界毕竟还不太坏。打那以后，他日子还过得挺好的哩。有件事情我一直在注意观察，那就是人们并不像你认为的那样是为爱情去自杀的。这种说法纯粹是小说家们的胡思乱想。人们之所以要寻短见，是因为他们没有钱。我也不知道为什么会这样的。"

"看来金钱比爱情更为重要，"菲利普说道。

就在那时候，钱的事儿不时地在他脑海里盘旋着。他过去常说两人的开销跟一个人的差不多，现在看来那话说得太轻飘了，事实上根本不是这么回事。他越来越为自己的开销之大而发愁。米尔德丽德可不是个好管家，由她当家，花费之大，就好比他们一日几餐都是在馆子里吃似的。再说，那个小孩要添置衣服，米尔德丽德要买靴子以及其他一些离了它们就没法过活的零星什物。他们从布赖顿回到伦敦以后，米尔德丽德口口声声说要出去找工作，但就是不见她行动。没几天，一场重感冒害得她接连半个月卧病在床。痊愈后，她根据招聘广告出去试了几次，结果不是因为去迟了位子被人占去，就是因为活儿太重她吃不消而作罢。一次，有个地方主动招她去做工，每周工资十四先令，可她认为自己不应该只拿那么点工资。

“不管人家开什么价你都接受，那样做是没有好处的，”她振振有词地说。“要是你太自贱了，人家会瞧不起的。”

“我认为每周十四先令也不能算少了，”菲利普干巴巴地顶了一句。

菲利普不禁想有了这十四先令，家里的开销就可以松一些了。可米尔德丽德已经在暗示菲利普，说她之所以找不到工作，是因为她去会见雇主的时候，身上没有一件像样的衣服。菲利普便买了件给她。虽然她又出去试了几次，但菲利普认为她根本不诚心找工作，啥事都不想干。菲利普所了解的唯一生财之道是股票交易所。他夏天初次尝试，就得到了甜头，眼下急于再交个好运。但是，德兰士瓦①发生了战事，南非境内一切陷入停顿。马卡利斯特对菲利普说，不出一个月，雷德弗斯·布勒就要开进比勒陀利亚②，到那时，

① 德兰士瓦，南非地名。
② 比勒陀利亚，南非地名。

行情就会看涨。眼下他们只有耐心等待,等着英国的反击使物价下跌,到那时兴许可以购进股票。菲利普迫不及待地翻阅着他常看的报纸上的"市井趣谈"专栏。他忧心忡忡,肝火很旺,动不动就发脾气。有那么一两次,他正颜厉色地说了米尔德丽德几句,可碰上米尔德丽德既不圆通也没那份耐心,当场以牙还牙,发了通脾气,结果两人大吵一场。菲利普照例对自己所做的事情感到悔恨万分,而米尔德丽德对人生就没有宽容之心,接连好几天,不给菲利普一点好脸色看,并且吃饭时故作姿态,有意不打扫房间,把衣服什物扔得起居室满地都是,变着法儿来刺激菲利普,搅得他一刻不得安宁。菲利普一门心思注视着战事的进展,早早晚晚贪婪地翻阅着报纸,可她对眼前的一切却毫无兴趣。她在街道上结识了几个人,其中一位曾问过她是否要叫副牧师来看看她。米尔德丽德便戴上一只结婚戒指,自称为凯里太太。寓所墙上挂了两三张菲利普在巴黎创作的画,其中两张是女人的裸体像,还有一张画的是米格尔·阿胡里亚,画面上的米格尔·阿胡里亚紧握双拳,两腿叉开地挺立着。菲利普把这几张画挂在墙上,因为它们是他的最佳画作,一看见它们,他就想起了在巴黎度过的那段美好时光。米尔德丽德对这几张裸体画早就看不顺眼了。

"菲利普,我希望你把那几张画摘下来,"一天,她终于憋不住了,开腔说道。"昨天下午住十三号的福尔曼太太来后,我的眼睛不知看什么好了。我发觉她两眼瞪视着那几张画。"

"那几张画怎么啦?"

"那几张画很不正经。照我说,房间里挂满了裸体画像,真叫人讨厌。再说这对我的孩子也没有益处。她慢慢开始懂事了。"

"你怎么这样庸俗?"

"庸俗?我说这是叫趣味高雅。对这几张画,我一直没说过什么话,难道你就以为我喜欢成天价看着那几个赤身裸体的画中人吗?”

“米尔德丽德,你怎么就没有一点点幽默感呢?”菲利普口气冷冷地诘问道。

“我不晓得此事跟幽默感有什么关系。我真想伸手把它们摘下来。如果你想听听我对这几张画的看法,那么老实告诉你,我认为它们令人作呕。”

“我不想知道你有什么看法,我也不准你碰这几张画。”

每当米尔德丽德同菲利普怄气时,她就拿孩子出气,借此惩罚菲利普。那个小女孩正如菲利普喜欢她那样也非常喜欢菲利普。她把每天清晨爬进菲利普的卧室(她快两岁了,已经会走路了),随即被抱进他的被窝里这件事,当作一大乐事。米尔德丽德一不让她爬时,她就会伤心地哭叫起来。菲利普一劝说,米尔德丽德随即顶撞道:

“我不希望她养成这种习惯。”

此时,要是菲利普再多言,她就会说:

“我怎么管教我的孩子,不与你相干。让别人听见了,还以为你就是她的老子呢。我是她的老娘,我应该知道什么事是对她有好处的,难道我不应该吗?”

米尔德丽德竟如此不明事理,菲利普感到非常恼怒。不过,菲利普这一向对她很冷淡,因此很少生她的气了。对她在自己身边走动,菲利普也慢慢习惯了。转眼圣诞节到了,菲利普有几天假日。他带了几棵冬青树回家,把房间装饰了一番。圣诞节那天,他还分别给米尔德丽德及其女儿赠送了几件小小的礼物。他们总共才两个人,所以不能吃火鸡了。但是米尔德丽德还是烧了只小鸡,煮了块圣诞节布丁,这些东西是她从街上食品店里买来的。他们俩还喝了瓶葡萄酒。吃完晚餐后,菲利普坐在炉火边的安乐椅里,抽着烟斗。他喝不惯葡萄酒,几滴酒下肚,倒使他暂时忘却了近来一直在为钱操心的事儿。他感到心旷神怡。不一会儿,米尔德丽德走了进来,告诉他那女孩要他吻她。菲利普脸带微笑地走进了米尔德丽德的卧室。接着,他哄那孩子闭上眼睛睡觉,随手捻暗煤气灯。在走出卧室时,他怕孩子会哭,便让房门敞开着。他回到了起居室。

“你坐在哪儿?”他问米尔德丽德说。

“你还坐在安乐椅里。我就坐在地板上。”

他坐进安乐椅里,接着米尔德丽德席地坐在火炉前,背倚着菲利普的双膝。此时,他不由得回想起当初在沃克斯霍尔大桥路那个房间里的情景来了。那时,他们俩也是这样坐着,不同的是两人的位子颠倒了一下。当时,他菲利普坐在地板上,把头搁在米尔德丽德的膝上。那会儿,他是多么狂热地爱着她呀!眼下,他心中萌发出一种长久以来没有过的温情。他仿佛感到那女孩的柔软的双臂依然环绕着他的颈部。

“你坐得舒服吗?”他问米尔德丽德。

米尔德丽德抬头仰望着菲利普,脸上笑容嫣然,随即点了点头。他们俩神情恍惚地望着壁炉里的火苗,谁也不说话。最后,米尔德丽德转过身来,凝视着菲利普,眼睛里闪烁着好奇的目光。

“打我来到这里,你还一次没吻过我呢。你知道吗?”她突然说道。

“你要我吻吗?”菲利普笑着反问了一句。

“我想你再也不会用那种方式来表示你喜欢我了吧?”

“我非常喜欢你。”

“你更喜欢我的女儿。”

菲利普没有回答,此时,米尔德丽德将脸颊紧贴着他的手。

“你不再生我的气了?”接着她又问道,两眼望着地板。

“我为什么要生你的气呢?”

“我从来没有像现在这样喜欢你,我是在历尽辛苦、受尽磨难之后才学会爱你的呀。”

听到她说出这样的话来,菲利普的心一下子冷了半截。她用的那些词语全是她从看过的廉价小说里抠来的。他不禁怀疑她说这番话时,她心里是否当真是那样想的。或许她除了运用从《家政先驱报》上学来的夸张言词之外,不知道用什么办法来表达她的真情实感吧。

“我们俩像这样子生活在一起,似乎太离奇了。”

菲利普久久没有作答,沉默再次笼罩着他们俩。不过最后菲利普终于开口说话了,看来还没完没了呢。

“你不要生我的气。这类事情的发生,实在也是没有法子。我知道我过去因为你做的那些事情而认为你刻毒、狠心,但我也太傻气了。你过去不爱我,为此而责备你是荒谬的。我曾经认为我可以想法子叫你爱我,但我现在明白了,那是根本不可能的。我不知道是什么东西使得别人爱上你的,但不管是什么缘故,只有一个条件在起作用,要是不具备这个条件,你的心再好,你再大方,也决不能创造出这种条件来的。”

“我早该想到,要是你曾经真心实意地爱我,那你应该仍旧爱着我。”

“我也早该这么想的。我至今还记得清清楚楚。过去我常常认为这种爱情将是天长地久不会变的。那时候,我感到宁愿去死也不能没有你。我时常渴望着有那么一天,当你色衰容谢,谁也不喜欢你的时候,我将永生永世陪伴着你。”

米尔德丽德默不作声。接着,她站了起来,说是要上床歇着去了。她朝菲利普胆怯地启齿笑了笑。

“今天是圣诞节,菲利普,你愿意同我吻别吗?”

菲利普哈哈一笑,双颊微微发红。他吻了吻米尔德丽德。米尔德丽德走进了卧室,他便开始埋头读书。

第九十六章

两三个星期之后,菲利普和米尔德丽德两人龃龉的局面白热化了。米尔德丽德被菲利普的言谈举止弄得莫名其妙,愤激非常。她心里好比打翻了五味瓶,酸、甜、苦、辣、咸,各种情感一齐涌泛上来,然而她却从容自如地转换着心情。她常常独处一隅,思量着自己目下的处境。她并没有把她全部感情通过嘴说出来,甚至连那些究竟是什么样的情感都闹不清楚,然而浮现在脑海里的某些东西却是那么清晰明显。于是她反反复复地咀嚼着,回味着。她对菲利普一直不理解,也不怎么喜欢他,但有他伴在自己的身旁,她又感到高兴,因为她认为菲利普是位绅士。她之所以有这样的印象,是因为他的父亲是位医生,他的大伯又是名牧师。她又有点瞧不起他,把他当作傻瓜一样地加以戏弄,呆在他面前她心里又总觉得不是个味儿。她下不了一走了之的决心,但又感到菲利普老是在挑她的碴儿,因而心中很是不快。

刚来肯宁顿这套小房间那会儿,她心力交瘁,内心羞愧不已。能过上无人打搅的清静日子,这正是她求之不得的。一想到不用付房租,她心里舒畅极了。不管天好天坏,她都不必外出,要是身体不适,还可以安安静静地躺在床上歇息。她对自己以往过的日子深恶痛绝。见人要堆三分笑,还得卑躬屈膝献殷勤,那种营生简直可怕极了。即使现在,当她回想起男人的粗鲁和他们满嘴的秽语时,当那些情景闪现在她脑际时,她忍不住还要为自己凄苦的身世悲恸欲绝地痛哭一场。不过昔日那种生涯很少出现在她的脑海里了。菲利普帮她跳出了火坑,她感激涕零。当她回忆起往日菲利普爱她爱得那么真诚而她待他又是那么不近情理,一种悔恨自责的心情袭上心头。同菲利普和好如初,还不是易如反掌。在她看来,这不是什么了不得的大事。当菲利普拒绝她的建议时,她倒不觉吃了一惊,不过她只是轻蔑地耸了耸双肩:他爱摆架子就让他摆吧,她才不在乎呢。要不了多久,他就会变得火急火燎,到那时,就挨到她拒绝啦。要是菲利普认为他那么一摆架子,她就什么办法也没有了,那他就大错特错了。毫无疑问,她还是拿得住他的。菲利普那人是有点叫人捉摸不定,但是这不打紧,他的脾性她可算是摸透了。菲利普常常同她拌嘴,并一再发誓再也不要见到她,可要不了多久,他又跑回来,跪在她面前,乞求宽恕。想到菲利普拜倒在自己面前的那副丑态,米尔德丽德的心头掠过一阵狂喜。菲利普甚至会心甘情愿地躺在地上,让她米尔德丽德踏着他的身子走过去。她看到过他痛哭流涕的样子。米尔德丽德可知道该怎么整治菲利普:不理睬他,任他去发脾气,自己只当没看见,故意冷落他,过不了一会儿,他肯定会跑到她面前来摇尾乞怜的。她脑海里蓦地浮现出菲利普在她面前那种奴颜婢膝的可怜相,她不觉扑哧一笑,还觉得怪开心的哩。这一下她可出了气了。男人的滋味,她算是尝够了,眼下并不想同他们发生什么瓜葛。她差不多打定主意要跟菲利普过一辈子了。说千道万,说到底,菲利普毕竟还是个地地道道的绅士,这一点总不能讥消嘲弄吧?难道不是吗?不管怎么说,她可用不着着急,她也不准备采取主动。看到菲利普愈来愈喜欢她的女儿,米尔德丽德感到很高兴,虽说她有时也觉得可笑。他居然会那么疼爱她与另一个男人所生的孩子,这事太滑稽了。毋庸置疑,菲利普他那个人是有点儿怪。

不过,有那么一两件事情使得她颇觉诧异。菲利普对她一向百依百顺,唯命是从,对此,她倒也习以为常了。在过去,他巴不得给她跑腿做事呢。她常常看到他为自己的一句气话而神情沮丧,而为自己的一句好话而欢天喜地。可现在他却变得判若两人。米尔德丽德自言自语地说,这一年来,菲利普的态度丝毫没有转变。她倒从来没料到菲利普的感情竟会起变化,这种可能性在她脑子里连闪都没有闪一下,她总以为她发脾气的当儿菲利普那不闻不问的态度完全是假装的。有时他要读书,竟直截了当地叫她闭嘴不要做声。这当儿,她不知自己该怎么办才好,是以牙还牙,发一通火呢,还是忍气吞声,逆来顺受;她感到迷惑不解,竟什么反应也没有。接着,在一次谈话中间,菲利普告诉她,说他只想让他们俩之间的关系成为一种纯粹是精神上的爱恋关系。此时,米尔德丽德记起他俩相好时的一件事情来了,她突然以为菲利普是怕她会怀孕。为此,她苦口婆心地劝慰他,向他保证出不了纰漏,可菲利普却无动于衷,依然故我。像米尔德丽德这种女人,是不可能理解居然有男人会不像她那样迷恋肉欲的,而她本人同男人的关系则纯粹是一种肉体关系。她永远也不能理解男人还会有其他兴趣和爱好。她心中突然萌发出一个念头,认为菲利普另有所爱了。于是她暗暗观察菲利普,怀疑他同医院里的护士或外面的野女人勾搭上了。她巧妙地问了菲利普几个问题,但从他的答话中得知阿特尔涅家中没有她值得忧虑的人物。她还牵强附会地认为,菲利普同其他医科学生一样,因工作关系才同护士接触,可压根儿没有意识到她们是些女性呢。在他的脑子里,她们总是同淡淡的碘仿气味联系在一起的。没有人给菲利普来信,他的东西里也没夹着姑娘的相片。要是他心有所爱的话,他会把相片藏得好好的,可是他总是态度极其坦率地回答米尔德丽德的所有问题,从中找不出一点蛛丝马迹来。

“我深信他没有爱上任何别的女人,”米尔德丽德自言自语地说。

这件事倒使她心上的石头落了地。这么说来,菲利普当然还是爱着她米尔德丽德啰。但是,这又使菲利普的言谈举止显得难以理解。如果他真是那样对待她的话,那当初又为什么要叫她来住在这套寓所里呢?这事不是太离奇了吗!像米尔德丽德这种女人是根本想不到世间还真有可能存在着怜悯、豁达和仁慈的。她得出的唯一结论是菲利普那个人叫人捉摸不透。她甚至还认为,菲利普的举止态度只有一个理由可以解释,那就是他富有骑士风度,非常敬重女人。她的头脑塞满了廉价小说里的那些乌七八糟的荒唐事,整天想入非非,对菲利普那令人伤透脑筋的行为作着种种富有浪漫色彩的解释。她的想象纵横驰骋,想起了什么痛苦的误会啦,圣火的涤罪洁身啦,雪白雪白的心灵啦,还有什么圣诞节之夜的严寒冻死人啦,等等。她决心要趁他俩在布赖顿度假期间,断了他那些荒唐念头。因为到了那儿,他们俩就能单独相处,周围的人无疑都会认为他们是一对夫妻。再说,那儿还有码头和管弦乐队呢。当她发觉任凭她说什么都不能使菲利普同她合住一个房间时,当他用一种她从未听到过的声调跟她谈论这件事时,她顿时醒悟到他根本不需要她。此时,她感到不胜惊骇。菲利普以往向她倾诉的痴情话以及昔日他狂热地钟爱着自己的情景,她至今还记忆犹新。她内心里羞恨交集,很不是滋味。但她天生有种傲慢骄横的性格,难过了一阵后也就没事了。菲利普别以为她真的爱他,其实她根本不爱他。有时,她还恨死他了,巴不得有朝一日好好羞辱他一番呢。但是她发觉自己简直无能为力,真不知有什么办法能对付他。跟他在一起的时候，米尔德丽德渐渐变得局促不安起来。她还暗暗痛哭了一两次哩。有几次，她决心对他分外友好，可是当他们并肩在寓所前街上溜达时，她一挽起菲利普的手臂，菲利普总是找个借口脱开身去，仿佛被她一碰就感到很不舒服似的。她百思不得其解。此时，她只有通过她的女儿才能对他施加影响，因为他看上去愈来愈喜欢她的女儿了：她只要给女儿一巴掌或有力的一推，都足以叫菲利普气得脸色发白。

只有当她怀抱女儿站着的时候，菲利普的双眼才会再现昔日那种温柔的笑意。有一次，一位站在海滩上的男人给她和女儿照相时，她才发现这个秘密。从那以后，她常常做出这种姿势，专门让菲利普瞧。

他们俩从布赖顿返回伦敦之后，米尔德丽德开始寻找她声称非常容易找到的工作。此时，她不再想依赖菲利普了，竟畅想起她怀着得意的心情告诉菲利普，说她即将带着孩子搬进新居的情景来了。她想那样才杀气呢。不过，当快要找到工作时，她突然变卦了。她眼下已经变得不习惯干时间老长的活儿了，也不想让女老板支来差去的，况且她的尊严使得她一想起又要穿上制服心里就反感嫌恶。她早就对她所有认识的街坊邻里说过，她跟菲利普日子过得蛮红火的，要是他们听说她不得不外出干活，那她的脸皮往哪里搁呢？她生就的惰性又执著地抬起头来。她不想离开菲利普，再说，只要他心甘情愿地供养她，她不明白自己为什么一定要走呢。诚然，他们不能大手大脚地花钱，不过她到底还有的吃，有的住呀，再说菲利普的境况还会好转的嘛。他的大伯老了，随时都可能咽气，到时候，他就可以得到一笔小小的钱财；即便是眼下这种日子，也比为了一周几个先令而从早到晚当牛做马要强得多呀。于是，她找工作的劲头松了下来，虽然她还是不停地翻阅着报纸上的广告栏，那也只是装装样子,表明只要一有值得她干的活儿,她还是想干活罢了。但是,一种恐惧感攫住了她的心,她生怕菲利普腻味了,不愿再负担她的生活费用。眼下,她根本拿不住菲利普。她思忖着,菲利普之所以还让她留在跟前,是因为他喜欢那个孩子。她心里不停地盘算着,还气呼呼地想有朝一日她一定要向菲利普报仇雪恨。对菲利普再也不喜欢她了这一点,她怎么也不甘心,她要想法子叫他喜欢自己。她气得七窍冒烟,可有时候她又莫名其妙地渴望得到菲利普。现在他的态度竟变得冷若冰霜,真把她给气死了。她就这样不断地思念着菲利普。她认为菲利普对她太残忍了,她也不知道自己到底做错了什么事而要受这份罪。她不断振振有词地说,像他们这样生活在一起,简直不近情理。转而她又想,如果情况是另外一个样,而她又即将临盆分娩,那他肯定会娶她为妻的。菲利普那个人的确古怪,不过他还是个货真价实的绅士,谁也不能否认这一点。久而久之,她都想入迷了,心里拿定主意要采取强硬措施来促使他们之间的关系有个转机。近来他一直不肯吻她,而她却很希望他能亲亲她。她至今还清晰地记得以往他是那么激情奔放地紧贴着她的嘴唇啊。每当想到这件事,她心中不由得生出一种不可名状的情感。她常常目不转睛地瞅着菲利普的嘴。

二月初的一天黄昏,菲利普关照米尔德丽德,说他晚饭要跟劳森在一起吃。那天,劳森要在他画室里办生日宴会。他还说要很迟才能回来。劳森从皮克街上的那家酒菜馆里打了几瓶他们喜欢喝的混合酒。他们准备痛痛快快玩一个晚上。米尔德丽德问那儿有没有女宾,菲利普说那儿没有女宾,只请了几个男人,他们只准备坐坐聊聊天,吸吸烟。米尔德丽德认为这种生日宴会听上去不怎么有趣,要是她是个画家的话,那非得在房间四周摆上半打模特儿不可。她独自上床睡觉,可说什么也睡不着。顿时,她计上心来,随即从床上爬起，跑去把楼梯口的插销插上，这样菲利普就进不来了。午夜一点光景，菲利普才回到寓所，这时她听到了菲利普发现插销被插上后的骂娘声。她爬下床来，跑去把插销拉开。

“你干吗要插上插销睡觉呢？噢，对不起，让我把你从床上拖了出来。”

“我特地把插销拉开的，也不晓得它怎么会插上的。”

“快回去睡觉，要不会着凉的。”

菲利普说罢，便走进起居室，捻亮煤气灯。米尔德丽德跟在他后头走了进来，径直朝壁炉跟前走去。

“我的脚冰冷的，烤烤火暖一暖。”

菲利普坐了下来，开始脱靴子。他那对眸子闪闪发亮，双颊泛着红光。她想他肯定喝酒了。

“玩得痛快吗？”米尔德丽德问罢，朝他嫣然一笑。

“当然啰，玩得可痛快啦！”

菲利普的神志很清醒，不过在劳森那儿他一直不停地说呀笑呀的，因此眼下他还是非常兴奋。这顿夜宵勾起了他对昔日在巴黎生活的情景的回忆。他心情十分激动，从口袋里掏出烟斗，往烟斗里装着烟丝。

“你还不睡吗？”米尔德丽德问道。

“还不想睡，连一点睡意都没有。劳森的劲头可足了。从我到他画室那刻起，他的嘴巴就没有停过，一直滔滔不绝地讲到我走。”

“你们谈些什么呢？”

“天晓得，海阔天空，无所不谈。你应该去瞧瞧那个场面，我们大家都扯大了嗓门狂呼乱叫，可旁边就没有一个人在听。”

回忆起夜宵的情景时，菲利普欢悦地哈哈笑了起来，米尔德丽德也附和着哈哈笑着。她肚里雪亮，菲利普喝酒喝过量了。她还巴不得他喝醉了呢。对男人的习性,她可算是摸透了。

“我坐下来好吗?”她问了一声。

菲利普还没来得及回话,她已稳稳当当地一屁股坐在他的腿上了。

“你还不睡的话,那最好去披件睡衣。”

“噢,这样很好嘛。”话音刚落,她展开双臂,钩住他的脖子,把脸紧紧地贴着他的脸,接着又说:“你为什么变得这么可怕的呢,菲尔?”

菲利普想站起身子,可她就是不让。

“我爱死你了,菲利普,”她说。

“别讲这种混账话。”

“这不是假的,是真的。我没有了你就不能活下去。我需要你。”

菲利普挣脱了她钩住自己脖子的双臂。

“请站起来吧。你自己轻狎自己还不算,把我也弄得像个白痴似的。”

“我爱你,菲利普。我想弥补我过去对你的一切过错。我不能再像这个样子活下去了,这样子不合人性呀。”

菲利普从安乐椅里站了起来,把米尔德丽德独自扔在那儿。

“很抱歉,现在为时太迟了。”

米尔德丽德蓦地痛心疾首地抽泣起来。

“可为什么呢?你怎么会变得这样冷酷无情呢?”

“我想,这是因为我过去太爱你的缘故。我那股热情都耗尽了。一想起那种事情,我厌恶得浑身汗毛直竖。现在,每当我看见你,我就不能不联想起埃米尔和格里菲思来。我自己也无法控制,我想,这兴许是神经质吧。”

米尔德丽德一把抓起菲利普的手，在上面吻了个遍。

“快别这样，”菲利普不由得叫了起来。

米尔德丽德神情颓然地瘫进安乐椅中。

“我不能再像这个样子生活下去了。你不爱我，我宁可走。”

“别傻了，你没地方可去，你可以在这儿爱呆多久就呆多久。不过务必记住，我们俩除了朋友关系，别的啥关系都没有。”

猛地，米尔德丽德一反刚才那种激情奔放的神态，柔声媚气地笑了笑。她侧着身子挨近菲利普，张开双臂一把搂住了他。她操着一种轻柔的、甜蜜的声调说：

“别再傻里傻气的啦。你心里不好受，这我知道。可你还不知道我也是个好女子。”

说罢，米尔德丽德把脸依偎在菲利普的脸上，并使劲地厮磨着。可在菲利普看来，她那双笑眼是令人生厌的媚眼，从那里射出的猥亵的目光使得他心里充满了恐怖。他本能地往后退了退。

“放开我！”他喊了一声。

但是米尔德丽德就是不松手。她撅起嘴唇直往菲利普的嘴边凑过去。菲利普抓住她的双手，粗暴地把它们掰开，然后猛地把她推开去。

“你真使人讨厌！”他喝道。

“我？”

米尔德丽德伸出一只手撑着壁炉稳了稳身子，定睛瞅了菲利普一会儿，双颊顿时泛起了两片红晕。她突然发出一阵尖利、愤怒的笑声。

“我还讨厌你呢！”

她顿了顿，深深地吸了口气。接着，她便拉开嗓门，破口大骂起来。凡是她能想到的脏话都骂出来了。她骂出的话竟那么污秽刺耳，菲利普不觉为之愕然。过去她一向热切地要使自己变得高雅，每当听到一声粗鲁的话语都会为之变脸。菲利普倒从来没料到她居然也学会了她刚刚说出的那些脏话。她走到菲利普的跟前，把脸直冲着他的脸。她那张脸因情绪激愤而扭曲着。在她扯开嗓子滔滔不绝地骂娘的当儿，口水顺着嘴角滴答滴答直滴。

"我从来就没把你放在眼里，一天也没有过。我一直拿你当傻瓜耍。看到你，我就讨厌，讨厌极了。我恨死你了，要不是为了几个钱，我从来也不会让你碰我一个指头。我不得不让你吻我时，我心里腻味极了。格里菲思和我在背后讥笑你，笑你是个十足的蠢驴。蠢驴！蠢驴！"

接下去是一连串不堪入耳的骂人话。她把天底下所有的卑鄙行为都往菲利普头上栽，说他是个吝啬鬼，头脑迟钝，骂他金玉其外，败絮其中，为人自私刻薄。凡是菲利普很敏感的事情，她都言语刻毒地挖苦一番。最后，她猛地转过身走开去。此时，她还是歇斯底里大发作，嘴里不干不净地叫骂着。她一把抓住房门把手，使劲打开房门。接着她掉过脸来，口吐恶言，刺伤菲利普的心。她知道有句话是菲利普最忌讳听到的。于是，她把满腔的怨恨和恶意一股脑儿地倾进她的话中，憋足气冲口骂了一声，好似一记当头棒喝！

"瘸子！"

第九十七章

次日早晨，菲利普一觉从梦中惊醒，发觉时间不早了，连忙望了望表，只见指针指着九点。他一骨碌从床上跃起，跑进厨房弄了点热水刮了刮脸。此时，连米尔德丽德的人影都未见。她吃晚餐用的餐具都堆在洗涤槽里，还没有洗呢。菲利普走过去敲了敲她的房门。

“醒醒，米尔德丽德，时间不早了。”

米尔德丽德在里面一声不吭。菲利普接着重叩了几下，可她还是闷声不响。菲利普心想她这是故意同自己怄气。此时，菲利普急着要到医院去，没工夫来理会她。他自个儿烧了点水，然后跳进浴缸洗了个澡。浴缸里的水通常是前一天晚上就放好的，以便驱赶寒气。穿衣的当儿，他脑子里在想米尔德丽德总会给他准备好早餐的。他边想边步出浴室，来到起居室。以前有那么两三次，她虽发脾气，但早餐还是给他做的。可是他还没见米尔德丽德有什么动静，此时，他意识到这一回他真想吃东西的话，就得自己动手啰。这天早晨，他一觉睡过了头，可她倒好，还这么捉弄他，菲利普不觉又气又恼。他早餐都准备好了，可还不见米尔德丽德出来，耳边只听得她在卧室里走动的脚步声。她显然是起床了。菲利普自顾自倒了杯茶，切了几片牛油面包，一边吃着，一边往脚上套着靴子。然后，噔噔冲下楼去，穿过小巷，来到大街上等电车。他两眼一眨不眨地望着报亭前的告示牌，搜寻着有关战争的消息。在这同时，他心里暗自思量着前一天晚上发生的事儿。眼下事情算是过去了，第二天再说吧。他忍不住认为这件事太离奇了。他觉得自己太可笑了，连自己的情感都抑制不住，有时候还被它冲得昏头昏脑的。他非常憎恨米尔德丽德，因为是她使得自己陷入眼下这种荒谬的境地的。菲利普重新怀着惊奇的心情，回味着米尔德丽德歇斯底里大发作的场面，以及她嘴里吐出的一连串污言秽语。一想起她最后骂他的话，菲利普的脸就不由得红了，可他只是神情轻蔑地耸了耸双肩。他的同事们一生他的气，总是拿他的残疾来出气，对此，他早就司空见惯了。他还看到医院里有人模仿他一瘸一拐的走路姿势。当然，那些人是不会在他面前学的,总是在他们认为菲利普不注意的时候才模仿。现在他也知道那些人学他走路,绝不是出于一种恶意,而是因为人本来就是一种好模仿的动物。再说,模仿他人的动作是逗人发笑的最简便的办法。他深深懂得这一点,但他永远不能听之任之,无动于衷。

菲利普为自己又要开始工作而感到高兴。走进病房,他觉得里面洋溢着一种愉快、友好的气氛。护士同他打着招呼,脸上挂着职业性的微笑。

“您来得太迟了,凯里先生。”

“昨晚我尽情玩了一个晚上。”

“从你的脸色就看得出来。”

“谢谢。”

菲利普满面春风地走到第一个病人——一个患有结节溃疡的男孩——跟前,给他拆去绷带。那孩子看到了菲利普感到很高兴。菲利普一边给他上干净绷带,一边逗着他玩。菲利普可是病人心目中的宠儿。他对他们总是和颜悦色地问寒问暖;他那双手又柔软又敏捷,病人们从没有疼痛的感觉。可有些敷裹员就不一样,做起事来毛手毛脚,不把病人的痛痒放在心上。菲利普和同事们一道在俱乐部聚会室吃中饭,只是吃几块烤饼和面包,外加一杯可可。他们一边吃着一边议论战事。有些人也准备去参战,然而上司对此事倒挺顶真的,一概不接纳那些尚未获得医院职位的人。有人认为,要是战争继续打下去的话,到时候他们会乐意接纳凡是取得医生资格的人的,不过大多数人都认为要不了一个月就会停战的。眼下罗伯兹就在那儿,形势很快就会好转的。马卡利斯特也持同样看法,并对菲利普说,他们得瞅准机会,抢在宣布停火之前购进股票,到时候,股票行情就会看涨,这样他们俩都能发笔小小的洋财。菲利普

托付马卡利斯特一有机会就代为购进股票。夏天赚得的三十英镑，吊起了菲利普的胃口，这次他希望能捞它三百两百的。

一天的工作结束后，菲利普乘电车返回肯宁顿大街。他心里有些纳闷，不知晚上米尔德丽德会做出什么事来呢。一想到她很可能倔头倔脑不搭理自己，菲利普感到腌臜极了。每年这个时候，傍晚温暖宜人，即使光线幽暗的伦敦南端的街上，也充斥着二月那令人昏昏欲睡的气氛。漫长的隆冬季节消逝了，世间万物蠢蠢欲动，一切生物均从长眠中苏醒过来了。整个大地响遍窸窸窣窣声，好似春天重返人间的脚步声，预示着春天又要开始其万世不易的活动了。此时此刻，菲利普实在讨厌回到寓所去，只想坐车朝前再走一程，尽情地呼吸一下户外的新鲜空气。但是，一种急着想见见那孩子的欲望蓦地攫住了他的心。当脑海里浮现出那孩子咧着嘴嘻嘻笑着，一步一颤地向他扑来的情景时，菲利普情不自禁地微笑起来。他来到寓所跟前，抬头一望，只见窗户黑咕隆咚的，心里不觉一惊。他连忙跑上楼去叩房门，但屋里毫无动静。米尔德丽德出门时，总是把钥匙放在门口的蹭鞋垫底下的。菲利普在那儿拿到了房门钥匙。他打开门走进起居室，随手划亮一根火柴。他顿觉出事了，但脑子一时没反应过来，不知究竟出了什么事。他开足煤气，点亮灯盏，灯光把整个房间照得通明雪亮。他朝四下里打量了一番，不禁倒抽了口凉气。房间里被弄得一塌糊涂，所有东西都被捣毁了。顿时，他火冒三丈，一个箭步奔进米尔德丽德的卧室。那里漆黑一团，空空荡荡的。他点了盏灯照了照，发现米尔德丽德把她和孩子的衣物一应席卷而去（刚才进门时，他发觉手推车没放在原处，还以为米尔德丽德推着孩子上街溜达了哩），洗脸架上的东西全被搞坏了，两张椅子上布满纵横交错的砍痕，枕头被撕开了，床上的床单和床罩被刀戳得像破渔网似的。那面镜子看上去是用榔头敲碎的。菲利普感到不胜惊骇。他转身走进自己的卧室，那儿也是一个样，被搞得乱七八糟，乌烟瘴气。木盆和水罐被砸破了，镜子粉碎了，床单撕成了布条子。米尔德丽德把枕头上的小洞撕开，伸进手去把里面的羽毛掏出来，撒得满地都是。她一刀捅穿了毯子。梳妆台上凌乱地摊着他母亲的一些相片，镜框散架了，玻璃砸得粉碎。菲利普跑进厨房，只见杯子、布丁盆、盘子和碟子等凡能砸碎的东西全都被砸成了碎片。

面对眼前一片凌乱的景象，菲利普气得七窍冒烟，连气都喘不过来。米尔德丽德没留下片言只字，只留下这副烂摊子，以示其满腔的憎恨。菲利普完全想象得出她造孽时那副咬牙切齿、紧绷着脸的神态来。菲利普重新回到起居室，惘然地环顾四周。他感到惊奇的是他内心竟无一丝怨恨。他好奇地凝视着米尔德丽德放在桌子上的菜刀和榔头。随即，他的目光落在扔进壁炉里的那把断裂的切肉用的大餐刀上。米尔德丽德着实花了番时间才把这些东西捣毁的。劳森给他画的那张肖像画被米尔德丽德用刀划了个“十”字，那画面可怕地开裂着。菲利普自己创作的画都被她撕成了碎片。所有的照片、马奈的名画《奥兰毕亚》、安格尔的《女奴》以及腓力普四世的画像都被米尔德丽德用榔头捣烂了。桌布、窗帘和两张安乐椅都留下了斑斑刀痕，破得不能用了。菲利普用作书桌的桌子上方，墙上挂着一条小小的波斯地毯，那还是克朗肖生前赠送给他的。米尔德丽德一向对这条地毯心怀不满。

“如果那是条地毯的话，那就应该把它铺在地板上，”她曾经这样对菲利普说过。“那东西又脏又臭，真不是个玩意儿。”

那条波斯地毯惹得米尔德丽德经常发火。菲利普曾对米尔德丽德说过，那条地毯隐含着一个难猜的谜语的谜底，而米尔德丽德却以为菲利普是在讥诮她。她用刀在地毯上连划三下，看来她还真的花了点气力呢。此时，那条地毯拖一块挂一片地悬在墙上。菲利普有两三只蓝白两色相间的盘子,并不值钱,不过是他花很少几个钱一只只陆续买回来的。这几只盘子常常勾起当时购买时的情景,因此他非常珍爱它们。可眼下它们也同遭厄运,碎片溅得满屋都是。书脊也被刀砍了。米尔德丽德还不厌其烦地把未装订成册的法文书拆得一页一页的。壁炉上小小的饰物被弄破扔进了炉膛。凡是能用刀或榔头捣毁的东西都捣毁了。

菲利普的全部财产加起来也卖不到三十英镑,可是其中好多东西已伴随他多年了。菲利普是个会治家的人,非常珍惜那些零星什物,因为那些零星什物都是他的财产呀。他只花了区区几个钱,却把这个家装扮得漂漂亮亮的,又富有个性特征,因此他很为自己这个小小的家感到自豪。他神情颓丧地瘫进了椅子里。他喃喃自语地问道,米尔德丽德怎么会变得如此心狠手辣。转瞬间,一阵惊悸向他心头袭来。他从椅子里一跃而起,三步并作两步地奔进过道,那儿有一只盛放着他全部衣服的柜子。他急切地打开柜门,顿时松了口气。米尔德丽德显然把柜子给忘了,里面的衣服一件都没动过。

他又回到起居室,再次看了看那混乱不堪的场面,茫然不知所措。他无心整理那堆废品。屋里连一点吃的东西都没有。他肚子饿得叽里咕噜直叫唤。他上街胡乱买了点东西填了填肚子。从街上回到寓所时,他心情平静了些。一想到那孩子,菲利普心里不由得咯噔了一下。他思忖着,不知那孩子会不会想念他,刚开始的时候,她也许会想他的,但是过了个把星期之后,怕是会把他忘得一干二净的。啊,终于摆脱了米尔德丽德的胡搅蛮缠,菲利普暗暗额手庆幸。此时,他想起米尔德丽德,心中已没有忿恨,有的只是一种强烈的厌倦感。

“上帝啊,但愿我这辈子再不要碰见米尔德丽德了!”他喟然一声长叹。

眼下，他只有一条路可走，那就是搬出这套房间。他决定第二天上午就通知房东太太，说他不再赁住这套房间了。他无力弥补这场损失，再说，身边余下的几个钱，只够租个租金低廉的房间了。他巴不得赶快离开这套房间：一来租金昂贵，他不能不为此犯愁；二来在这套房间里，米尔德丽德的影子无时不在，无处不有。菲利普一拿定了主张，不付诸行动，他总是心神不定，坐立不安。于是，第二天下午，他领来了一位做旧货生意的经纪人。这位经纪人出价三英镑，买下了那些被毁坏的和未被毁坏的家具什物。两天之后，菲利普搬进了医院对面的一幢房子。他刚进圣路加医院那会儿，就赁住在这儿的。房东太太是个正正经经的女人。菲利普租了个顶楼卧室，她只要他每周付六先令的租金。卧室狭小、简陋，窗户正对屋背后的院子。此时，菲利普除了几件衣服和一箱书籍以外，身边别无长物。不过，菲利普对自己还能住上这间租金不贵的卧室，心里还是很高兴的。

第九十八章

菲利普手头的些许钱财，在别人眼里是九牛一毛，可对他本人来说，却是性命攸关。可就是他这笔微乎其微的钱财，却也受到他的祖国目下所经历的一连串事件的影响。人们正在作出名垂青史的业绩，这一过程具有极其伟大的意义，但竟波及一名默默无闻的医科学生的人生道路，似乎又有些荒谬。马格斯方丹、科伦索、斯平·科珀的相继败北，使国家蒙受奇耻大辱，给贵族绅士们的威信以致命的一击。那些贵族绅士一向宣称他们天生具有治理国家的能力，在这之前，他们还没发现有谁敢认真地向他们这一断言挑战过呢。然而，旧秩序在土崩瓦解：人们真的在作出名垂史册的光辉业绩。接着，巨人施展其威力，可因仓促上阵又犯了大错，最后竟无意中造成了一种胜利的假象。克隆杰在派尔德堡投降了，莱迪史密斯解围了。三月初，罗伯兹勋爵开进了布隆方丹。

这则消息传至伦敦两三天后，马卡利斯特一走进皮克大街那家酒菜馆，就高兴地嚷道，股票交易所的情况大有起色。战火不日就要平息，不出几个星期，罗伯兹就要开进比勒陀利亚，股票行情已经涨了，而且很快就会暴涨。

“好机会来了，”他对菲利普说。“可等到大家都抢购股票就不行了。功败垂成，就在此一举啦！”

马卡利斯特还打听到内部消息。南非的一座矿山的经理给他所在公司的一位高级合伙人打了一份电报，电报中说工厂未受丝毫破坏。他们将尽快复工。那可不是投机，而是一宗投资。为了表明那位高级合伙人也认为形势无限好，马卡利斯特还告诉菲利普，说那位高级合伙人为他两个姐姐各买进了五百股。要不是那个企业跟英格兰银行一样牢靠，他那个人是从不轻易向任何企业投资的。

“鄙人就准备孤注一掷，”马卡利斯特说。

每份股票为二又八分之一至四分之一英镑。马卡利斯特劝菲利普不要太贪心，能涨十先令也该满足了。他自己准备买进三百股，并建议菲利普也买同样数目的股票。他将把股票攥在手里，一有合适的机会便把它们抛售出去。菲利普非常信任马卡利斯特，一方面因为马卡利斯特是个苏格兰人，而苏格兰人办事生来就小心谨慎，另一方面因为上一次他给菲利普赚了些钱。于是，菲利普二话没说，当场认购了同样数目的股票。

“我想我们一定能够抢在交易冻结之前把股票抛售出去，”马卡利斯特说,“万一不行,我就设法把本钱交还给你。”

对菲利普来说,这个办法再好也没有了。你尽可沉住气,直到有利可图时再抛售出去,这样自己永远也不必掏钱。他又开始怀着兴趣浏览报纸上刊登股票交易所消息的专栏。第二天,无论什么都往上涨了一点,马卡利斯特写信来说他不得不用二又四分之一英镑买一股。他说市况坚挺。不过,一两天之后,股票行情有所下跌。南非方面来的消息令人不安,菲利普不无忧虑地看到自己的股票跌了两成。可是马卡利斯特却充满了乐观,他认为布尔人撑不了多长时间,四月中旬以前,罗伯兹将挺进至约翰内斯堡,并为之跟菲利普赌一顶大礼帽。结账时,菲利普得付出将近四十英镑。这件事把他的心弄得七上八下的,不过他觉得唯一的选择就是咬紧牙关坚持到底:照他的境况来说,这笔损失他可付不起呀。以后的两三个星期内,一点动静都没有。那些布尔人却不愿承认他们打输了,不承认他们目下别无他路只有投降这个结局,事实上,他们还取得了一两次小小的胜利呢。菲利普的股票又下跌了半个克朗。事情很明显,战争还未能结束。人们纷纷抛售手中的股票。在同菲利普见面时,马卡利斯特对前途悲观失望。

“趁损失不大时,赶快撤手这个办法不知是否是个上策。我支付的数目跟我想得到的差额的数目一样大。”

菲利普郁郁不乐,忧心如焚,夜不成眠。为了要赶到俱乐部阅览室去看报纸,他三口两口就把早饭扒拉下肚。这些日子他早饭只是喝杯茶,吃上几片牛油面包。消息时好时坏,有时干脆什么消息都没有。股票行情不动则已,要动就是往下跌。他惶惶然不知所措。要是现在把股票脱手,那他实实足足要亏损三百五十英镑,这样一来,他手头就只剩有八十英镑维持生活了。他衷心希望当初他不那么傻,不到股票交易所去投机赚钱该有多好啊,尽管如此,目前唯一的办法就是硬硬头皮顶下去。具有决定性意义的事情随时都可能发生,到时候,股票行情又会看涨。眼下,他可没有赚钱的奢望,一心只想弥补自己的亏空。这是他得以在圣路加医院完成学业的唯一机会。夏季学期五月份开学,学期结束时,他将参加助产学的考试。此后,他再学一年就可以结业了。他心里仔仔细细地盘算了一番,只要有一百五十英镑,就足以付学费以及其他一切费用,但是一百五十英镑已经是最低限度的数字了,有了这笔款子,他才能学完全部课程。

三月初的一天,他走进皮克大街那家酒菜馆,一心想在那里碰上马卡利斯特。同他在一起议论战争形势,菲利普觉得内心会稍微宽松一些;当意识到除自己以外还有数不胜数的人们同遭拮据之苦,菲利普便感到自己的痛苦变得不再那么难以忍受了。菲利普走进一看,只见除了海沃德以外,旁人谁也没来。他刚坐下去,海沃德就开口说道:

"星期天,我要乘船去好望角了。"

"真的!"菲利普惊叫了一声。

菲利普万万没想到海沃德会上好望角。医院里也有许多人要出去。政府对凡是取得了当医生资格的人都表示欢迎。其他人出去都是当骑兵,可他们纷纷写信回来说上司一得知他们是医科学生,便把他们分配到医院去工作了。举国上下顿时掀起了一股爱国热浪,社会各阶层的人都纷纷自愿报名奔赴前线。

"你是以什么身份去的?"

"哦,我是去当骑兵的,被编在多塞特义勇骑兵队里。"

菲利普认识海沃德已有八个年头了。他们俩青年时代的那种亲密情谊已消失得无影无踪。那种亲密情谊源于菲利普对一个能够给他谈论文学艺术的人发自内心的敬慕之情。但是取代这种亲密情谊的是礼尚往来的世俗习惯。海沃德在伦敦的时候,他们俩每个星期碰一两次面。海沃德依旧带着一种幽雅、欣赏的口吻谈论着各种各样的书籍,菲利普都听腻了。有时,海沃德的谈吐弄得他怪恼火的。菲利普不再盲目相信世间除了艺术别的都毫无意义的那种陈词滥调了,还对海沃德轻视实践和不求进取甚为反感。菲利普拿起杯子,晃了晃杯中的混合酒。这当儿,他想起了自己早年对海沃德所怀的友好情谊以及他殷切地期待着海沃德有所作为的事儿。这一切幻想,早已像肥皂泡似的破灭了。他心里明白,海沃德除了夸夸其谈外旁的什么事也成不了。海沃德已是三十五岁的人了,他发觉每年三百英镑的进账越来越不够开销,可这点钱他年轻时还觉得颇为宽裕的呢。他身上穿的衣服,虽说依然是高级裁缝师缝制的,但穿的时间要长得多了,这在过去他认为是不可能的事。他身材太高大了,那头浅色头发梳理得也不得法,未能遮盖得住秃秃的脑顶心。他那对蓝眼睛浑浊、呆滞。不难看出,他喝酒太多了。

“你怎么想起要上好望角的呢?”菲利普脱口问了一声。

“噢,我也说不清楚,我想我应该这样。”

菲利普缄默不语,感到腌臜极了。他心里明白,海沃德是在一种躁动不安的情感驱使下才上好望角的,而这种情感从何而来,海沃德本人也说不清。他体内有股力量在推着他奔赴前线去为祖国而战。他一向认为爱国热忱不过是一种偏见,又自我标榜笃信世界主义,他一直把英国视作一块流放之地,可又采取目下这一行动,此事简直令人不可思议。他的同胞们伤害了他的感情。菲利普心中不由得纳闷起来,究竟是什么促使人们做出跟他们的人生哲学截然相反的事情来的呢?要是让海沃德脸带微笑地袖手旁观野蛮人互相残杀,似乎显得更合理些。这一切似乎都表明,人们不过是被一种看不见的力量玩弄于股掌之上的傀儡而已,是它在驱使人们做出这样或那样的事情。有时,人们还凭借理智来为其行动辩护,要是做不到这一点,他们干脆悍然不顾理智,一味地蛮干。

“人真是特别,”菲利普说,“我万万没料到你会去当骑兵。”

海沃德微微笑了笑,神色显得有些尴尬,但没有说话。

“昨天我体检过了,”海沃德最后说,“只要知道自己体魄很健全,就是受点 gêne①,那也还是值得的。”

菲利普发觉,本来完全可以用英语表达的意思,海沃德却矫揉造作地用了个法文字。就在这时候,马卡利斯特一脚走了进来。

“我正想找你,凯里,”他说。“我们那儿的人都不想继续抱着股票不放了,市况很不景气,所以他们都想叫你认兑股票。”

菲利普的心不由得一沉。他知道那样是不行的,因为那样做意味着他得承受一笔损失,但碍于自尊心,他还是操着平稳的语调回答说:

“我不晓得我的想法好还是不好。你还是把股票抛出去算了。”

“嘴上说说倒省劲,我还没有把握能不能把股票卖出去呢。市况萧条,一个买主也找不到哇。”

“可股票的价格已跌到了一又八分之一英镑了哇。”

“噢,是的,不过这也无济于事。就是卖出去也卖不到那个价呀。”

菲利普沉吟了半晌,极力使自己的情绪镇静下来。

“那你的意思是说股票一钱不值啰?”

“哦,我可没这么说。它们当然还是值几个钱的,不过,要知道,眼下没人来买呀。”

① 法语,意为“拘束”。

“那你一定得把它们抛售出去,能得多少就得多少。”

马卡利斯特眯缝着双眼瞅着菲利普,怀疑他是否被这个坏消息给震懵了。

“实在抱歉,老伙计,不过我们俩是风雨同舟啊。谁料到战争会像这样子拖延下去呢。是我拖累了你,可我自己也搭在里头呀。”

“这没有关系,”菲利普说,“人总是要冒险的嘛。”

菲利普说罢转身回到桌子边的座位上。他刚才是站着跟马卡利斯特说话的。菲利普惊得直发愣,脑瓜突然胀痛欲裂,然而他不想让在座的其他两位认为他懦弱,便又陪着坐了一个小时。不管他们俩说什么,他都发狂似的哈哈大笑。最后他离座告辞了。

“你对待这件事的态度非常冷静,”马卡利斯特在他握手的当儿说,“我想任何一个人损失了三四百英镑都不会像你这样处之泰然。”

一回到那间狭小、简陋的卧室,菲利普便一头扑倒在床上,伤心绝望透顶。他对自己的愚蠢行为非常懊悔。尽管他不住地告诫自己懊悔是荒唐的,因为木已成舟,无法挽回,但是他还是情难自已,悔恨不已。他痛苦极了,怎么也合不上眼。前几年中,他白白地浪费金钱的种种情景,一股脑儿地涌现在他的脑海里。他头疼得仿佛要炸开似的。

第二天傍晚,邮差在递送当天的最后一批邮件时,给他送来了账单。随即,他翻了翻自己的银行存折,发现付清一切账目以后,仅落得七个英镑。七个英镑！谢天谢地,他总算还有钱付清这些账目。要是他不得不告诉马卡利斯特,说自己没钱付账,那该是多么可怕呀。夏季学期期间,菲利普在眼科病房当敷裹员。他曾从一位学生手里买得一副检眼镜。他还没有付钱呢,但是他又没有勇气去对那位学生说自己不再想买那副检眼镜了。再说,他还得买些书籍。他手头还有五英镑左右。他靠这点钱过了六个星期。随后,他给牧师大伯写了封信,他认为这封信完全是用一种谈公事的口吻写成的。他在信中说,由于战争的缘故,他遭受了重大损失,除非他大伯伸手拉他一把,否则他就不能继续他的学业。他在信中恳请大伯借给他一百五十英镑,在以后一年半中按月寄给他。对这笔钱他将付利息,并许诺在他开始挣钱以后,将逐步偿还本金。他最迟在一年半以后就可以取得当医生的资格了,到那时,他肯定能得到一个周薪为三英镑的助手职位。他大伯回信说他无能为力,并说在眼下一切都跌价的情况下,叫他去变卖些许财产的做法是不道德的。至于他手头现有的几个钱,为了对他本人负责起见,他觉得很有必要仍旧由他保管,以备万一生病时好用。在信写结束的时候,他还稍稍训诫了菲利普几句,说他过去曾一而再、再而三地告诫菲利普,可菲利普只是把他的话当作耳边风。他不能不坦率地说,他对菲利普目下的处境并不感到奇怪。因为他早就认为菲利普花钱一向大手大脚,入不敷出,最后落得这种结局本是在意料之中的。在读信的当儿,菲利普的脸一阵红,一阵白。他不曾料到他大伯竟会拒绝他的请求,顿时火冒三丈。但是,他又满腹惆怅。要是他大伯不肯资助他,他就不能继续呆在医院。突然,一阵恐惧感攫住了他的心。他也顾不得面子不面子了,提笔又给那位布莱克斯泰勃教区牧师写了封信,把他的困境描述得十分窘迫。可是,也许菲利普没有把话说清楚,他大伯并未意识到菲利普究竟困难到何种地步。他在回信中说他不能改变初衷,还说菲利普年已二十有五,也该自己挣饭吃了。他死后,菲利普虽可获得些许财产,但是,即使到那时,他也不愿给菲利普留下一个便士的现钱。菲利普感觉得出,信中字里行间流露出了一个多年来反对过他的所作所为而事实又证明反对正确了的人的得意心情。

第九十九章

菲利普开始典当衣服。为了紧缩开支,除了早饭,他每天就吃一餐,仅用些面包、奶油和可可。这一餐是在下午四时,这样可以熬到第二天早晨。到了晚上九时,饥肠辘辘,无力支撑,只得上床睡觉。他曾考虑去向劳森告贷,但因害怕吃闭门羹而畏葸不前,最后熬不过,还是去向他借了五英镑。劳森非常乐意借钱给菲利普,不过在借钱的当儿,却说:

"你会在一个星期左右的时间里还给我的,是不?我还得用这个钱去付给我做画框的人的工钱,再说我眼下手头也紧得很哪。"

菲利普深知自己到时根本还不出这笔钱来,但想到劳森不知对自己会有什么看法时,他感到很不好意思。于是,三两天以后,又把这笔钱原封不动地退还给劳森。劳森正要外出吃中饭,见了菲利普便邀请他一道进餐。菲利普根本吃不起什么东西,当然很乐意跟他一道去吃顿像样的饭菜。星期天,他肯定可以在阿特尔涅家吃上一顿美餐。他对是否把自己的事儿告诉阿特尔涅一家有点犹豫不决,因为他们一直认为他颇为殷实,生怕他们一旦知道了他身上不名一文以后会不怎么看重他。

虽说他日子一向过得并不富裕,可他从来不曾想到会落到饿肚子的地步。这种事情是从来不会在跟他生活在一起的人们中间发生的。他感到羞愧难言,就像是患有一种不光彩的疾病似的。他的经验已不足以对付目下所处的困境。他除了继续在医院干下去之外,不知道还能做些什么,对此,他感到不胜惊愕。他有个模糊的希望:事情总会好转的,他不怎么相信眼下发生的事儿会是真的。想当初刚开始上学那会儿,他常常想他的学校生活不过是场梦,一觉醒来就会发觉自己回到了家里。但是不久,他想到一个星期左右之后他将囊空如洗,一文不名,得赶紧想法子赚些钱。要是早已取得了医生资格,即使拖了只跛足,他还是可以到好望角去,因为当时对医护人员的需求量极大。要不是身有残疾,他兴许早被征入经常被派出国外的义勇骑兵队了。菲利普找到了医学院的秘书,询问是否可以让他辅导智力差的学生,但是那位秘书却说他根本无望做这种事儿。菲利普阅读医学界报纸上的广告栏,发现有个人在富勒姆路上开了爿药房,便去向这个人申请当一名无医生资格的助手。菲利普上门去找那个人洽谈时,发觉那位医生朝他的跛足瞥了一眼。当听到菲利普说自己还是个四年级生,那医生便立即表示他的经验还不够。菲利普心里明白这只是个托辞而已,那个人是不愿录用一位不像他想象中那么灵活的助手的。随后,菲利普把注意力转向其他赚钱的方式。他既懂法文又懂德文,凭这一点,也许能找到个文书的职位。虽然羞于按广告要求预先寄一份个人申请书,但他还是向那些要求出示证件的公司提出了申请。不过他毫无资历可言,也没有人给他推荐。他意识到无论是他的法文还是他的德文,都不足以应付生意经,因为他对商业用语一窍不通,再说他既不会速记也不会打字。他不得不承认自己到了山穷水尽的地步。他考虑给那位作为他父亲遗嘱执行人的律师写封信,但是又终究不敢写,因为他违背了这位律师的明白无误的劝告,把抵押着他的全部财产的契据卖了个精光。菲利普从大伯那儿得知,尼克逊先生一点儿也不喜欢他。尼克逊先生从会计室里得知,菲利普这一年里是既毫无作为又吊儿郎当。

"我宁肯饿死,"菲利普喃喃地自言自语。

有那么一两次,他起了自杀的念头。从医院药房里很容易就可以搞到些毒药,想到这里,他不无欣慰地认为,即使事情到了最坏的地步,他手边就有毫无痛苦地结果自己生命的办法。但是,这件事他压根儿没认真考虑过。当米尔德丽德遗弃他随格里菲思出走时,他悲恸欲绝,真想以一死来了却精神上的痛苦。可眼下他并不像那次一样想寻死觅活的。菲利普记起了急救室那位女护士对他说的一番话。她说,人们更经常的是为无钱而不是为失恋而自杀的。他认为自己倒是个例外。在这当儿,他不禁扑哧一声笑了起来。菲利普多么希望能对人诉说自己满腹的忧虑,但他又不能让自己把这些忧虑和盘托出。他感到难为情。他继续外出寻找工作。他已经三个星期未付房租了,对房东太太解释说他到月底才能得到笔钱。房东太太听后没有做声,只是噘起了嘴巴,脸上冷若冰霜。到了月底,房东太太跑来询问菲利普,说让他先付些房租这种做法是否适宜。房东太太的话使他感到一阵恶心。他说手头无钱,付不出房租,但他告诉房东太太,说他将写信给他大伯,下星期六他肯定能够结清积欠的赁金。

"嗯,我希望你能结清欠账,凯里先生,因为我自己也得交房租呀,我可无法老是让账拖欠下去。"她说话时虽说语气平和,但话中夹带着一种使人发憷的斩钉截铁的味儿。她顿了顿后又说:"下星期六你再不付房租,我可要去向医院秘书告状了。"

"喔,会付的,你就放心吧。"

房东太太瞧了他一会儿,随即朝空荡荡的房间扫视了一眼。等她再次启口时,仍然口气平平,语调平缓,仿佛是在说一件最平淡无奇的事儿似的。

"我楼下有块热乎乎、香喷喷的大块肉,如果你愿意到楼下厨房去的话,我欢迎你来分享这顿午饭。"

菲利普顿时感到自己浑身燥热,羞得无地自容,差一点没哭出声来。

"太谢谢您了,希金斯太太,不过我现在一点儿也不觉得饿。"

"那好,先生。"

房东太太一走,菲利普猛地扑倒在床上,使劲握紧双拳,竭力克制住不让自己哭出声来。

第一百章

星期六。菲利普曾答应房东太太在这一天缴纳房租。一个星期来,他天天引颈期待着什么新情况出现,结果什么工作也没找着。他可从未沦入这般绝望的境地,因而不觉茫然,束手无策。他内心里总认为这一切是个荒谬绝伦的玩笑。他身边只有几枚铜币,凡是用不着穿的衣服都典卖光了。他的住处还有几本书和一些零星什物,兴许还可以卖一两个先令。可是,房东太太却虎视眈眈地望着他的一举一动,他生怕自己从住处拿东西出来时遭到房东太太的阻截。唯一的办法就是直截了当地告诉房东太太,说他缴不起房租,可他又没有这么个勇气。眼下是六月中旬,夜晚倒还温暖宜人。于是,菲利普决定在外过夜。他沿着切尔西长堤缓步而行,那河面一平如镜,无声无息。最后,他走累了,便坐在一张长条椅上打个盹儿。他蓦地从梦中惊醒过来,不知自己睡了多久。他梦见一位警察把他推醒,催逼着他继续往前走。但是,他张开眼皮一看,发觉身边并无旁人。不知怎么的,他又抬步朝前走去,最后来到奇齐克,在那儿又睡了一觉。长条椅硬撅撅的,睡得很不舒服,不多时他便醒了。这一夜似乎特别的长。他不禁打了个寒颤。一股凄苦之情爬上了他的心头,不知究竟怎么办才好。他为自己竟在长堤上过夜而感到害臊，觉得这件事似乎特别丢脸。坐在暗地里，他直觉得双颊阵阵发烫。此刻，他回想起那些从前亦有过此番经历的人们对他讲的话来，而那些人中间，有的还是当牧师、军官的，还有曾经念过大学的哩。他暗自纳闷，自己是否也会成为他们中间的一员，去加入那列排在慈善机关前面的队伍中去，等着施舍一碗汤喝。与其如此，倒不如以自杀了此残生，他可不能像那样子苟且偷生。劳森要是得知他落到这般田地，肯定会向他伸出援助之手的。为了顾全面子而不去恳求帮助，这种做法是荒唐的。他真弄不懂自己怎么会堕入这般凄惨的境地的。他一向审时度势，总是尽力去做自己认为是最好的事情，可眼下一切都乱了套。他总是力所能及地帮助别人，并不认为他比其他任何人来得更为自私，可如今他却陷入了这种困厄的境地，事情似乎太不公平了。

但是，尽坐着空想又顶什么事呢。他继续朝前走着。此时，晨光熹微，万籁俱寂，那条河显得优美极了，四周似乎弥漫着一种神秘莫测的气氛。这天定是个好天，黎明时的颢穹，白苍苍的，无一丝云彩。菲利普感到心力交瘁，饥饿在啮蚀着五脏六腑，但又不能定下心来坐着歇息，因为他一直在担心会受到警察的盘诘。他可受不了那种耻辱。他发觉自己身上很脏，很希望能洗上一把澡。最后，他来到汉普顿宫，感到要不吃点东西填填肚子，准会哇地哭出声来。于是，他选了家下等馆子走了进去。馆子里热气腾腾，使得他有点儿恶心。他本打算吃些富有营养的食物，以维持以后几天的日子，但一看见食物，却又不住地反胃。他只喝了杯茶，吃了些涂黄油的面包。此刻，他记起了这天是星期天，他满可以上阿特尔涅家去，他们家可能会吃烤牛肉和富有约克郡地方风味的布丁。但是他疲惫不堪，无力面对那幸福的、喧嚷的家庭。他愁眉不展，心情坏透了，只想自个儿呆在一个地方。于是，他决定走进汉普顿宫内花园里去,静静地躺一会儿。他浑身骨头疼痛不已。或许,他可以找到个水泵房,这样就可以洗洗脸和手,还可以喝它几口,因为此刻他渴得嗓子眼里直冒烟。眼下肚子饱了,他又饶有情趣地想起了鲜花、草坪和婷婷如盖的大树来了,觉得在那样的环境下,可以更好地为今后作出谋划。他嘴里叼着烟斗,仰面躺在绿荫下的草坪上。为了节省起见,很长一段时间以来,他每天只准自己抽两袋烟。看着烟斗里还能装满烟丝,一股感激之情从心底涌泛上来。别人身无分文时是怎么样打发日子的,他可不知道。不一会儿,他酣然入梦了。一觉醒来,已是中午时分。他想,呆不了多久,就得动身去伦敦,争取次日凌晨赶到那儿,去应对那些有所作为的招聘广告。菲利普想起了牧师大伯,他曾许诺死后把他的些许财产留给自己的。这笔遗产的数目究竟有多大,菲利普毫无所知:至多不过几百英镑罢了。他不知道能否去提他即将继承的这笔钱财。唉,不经那老东西的同意,这笔钱是提不出来的,而他大伯眼睛不闭是永远不会撒手的。

“我唯一能做的就是耐心等待,等到他死!”

菲利普盘算起他大伯的年龄来。那位布莱克斯泰勃教区牧师早过了古稀之年,还患有慢性支气管炎。可许多老人都身患同样的疾病,却一个个抱住尘世不放,死期还遥遥无期呢。不过在这期间,总会有什么新情况出现的。菲利普总觉得他的境况有些反常,人们处在他特殊的位子上是决计不会挨饿的。正因为他不愿相信他目下的境况是真的,所以他并不失望。他打定主意,去向劳森先借上半个英镑。菲利普一整天呆在汉普顿宫内花园里,肚子饿了就抽上几口烟,不到动身去伦敦的时候,他不去吃东西,因为那段路还不短哩,他得为走完这段路程而养精蓄锐。天气转凉以后,他才动身朝伦敦走去,走累了,就在路边的长条椅上躺上一会儿。一路上没有一个人打扰他。到了维多利亚大街,他梳洗整容了一番,喝了杯茶,吃了点涂黄油的面包。吃东西的当儿,他浏览着晨报上的广告栏,目光停留在几家闻名遐迩的公司的装饰织品部招聘售货员的广告上。他的心不由得莫名其妙地变得有些儿沉重。囿于中产阶级的偏见,他觉得踏进商店去当售货员怪丢人现眼的,但他耸了耸双肩。说到底,这又有什么要紧的呢?他决定去试它一试。菲利普不觉诧异起来,觉得自己对每一次遭受的耻辱都逆来顺受,甚至还堂而皇之地迎上前去,就像是在胁迫命运同自己摊牌似的。他怀着难言的羞赧心情,于九时来到装饰织品部。这时,他发现已经有许多人赶在自己的头里先到了。他们中间从十六岁的少年到四十岁的成年男子各种年龄的人都有。有几个人压低了声音在交谈着,但大多数都缄默不语。菲利普站进队伍里的时候,周围的人都向他投来充满敌意的一瞥。这当儿,他听到有个人在说:

“我盼只盼早点通知我落选的消息,这样我好及时到别处去找工作。”

站在身后的那个人朝菲利普瞥了一眼,随即问了一句:

“您过去做过这种工作吗?”

“没做过。”

那个人顿了顿后便接着说道:“吃过了午饭,即使是小客栈,未经事先预订房间,也是不会接待你的。”

菲利普两眼望着那些店员,只见有的在忙着悬挂擦光印花布和印花装饰布,还有的人呢,他听身边的人介绍说,他们是在整理从乡间邮来的订货单。约莫九点一刻的光景,经理到了。他听到队伍里有人告诉另一个人说这位就是吉本斯先生。此人中年模样,矮矮胖胖的,蓄着浓密的胡子。深色的头发,油光可鉴。他动作轻快,脸上一副精明相。他头上戴了顶丝绸质地的帽子,身上着了一件礼服大衣,翻领上别了朵绿叶簇拥着的洁白的天竺葵。他径直走进办公室,让门敞开着。那间办公室很小,角落里摆着一张美国式的有活动顶板的书桌,此外,就是一个书橱和一个柜子。站在门外的人望着吉本斯先生慢条斯理地从大衣翻领上取下天竺葵,把它插入盛满水的墨水瓶里。据说上班时别花是违反规定的。

(这天上班时间,店员们为了讨好他们的顶头上司,一个个竞相赞美那枝天竺葵。

“我这辈子还从没见过比这更美的花儿呢,”他们争先恐后地说。“总不会是你自个儿种的吧?”

“是我自个儿种的,”吉本斯先生说着,脸上笑容可掬,那对聪慧的眼睛里流露出一丝自豪的光芒。)

吉本斯先生摘下帽子,换下礼服大衣后,瞟了一眼桌上的信件,随后又朝站在门外的那些人瞥了一眼。他微微弯了弯手指,打了个手势,于是站在队伍里的第一个人便进了他的办公室。这些人一个挨着一个打他面前走过,回答着他的发问。他问得很简短,在发问的当儿,两眼死死地盯视着应试人员的脸孔。

“年龄?经历?你为什么离开你以前的工作?”

他脸上毫无表情地听着别人的答话。轮到菲利普时,菲利普觉得吉本斯先生用一种异样的眼光凝视着他。这天菲利普穿着整洁,衣服裁剪得还算贴身,显得有些儿与众不同。

“有何经历?”

“对不起,我从没干过这类工作,”菲利普答道。

“那不行。”

菲利普走出了办公室,此番经历并没有给他带来比想象的更为剧烈的痛苦,所以他也不觉得特别难受。他不可能存有一下子就能找到职位的奢望。此时,他手里还拿着那张报纸,便又在广告栏里找开了。他发现霍尔本地区有爿商店也在招聘一名售货员。可是,到那儿一看,这一职位已经给人占了。这一天他还想吃东西的话,那就得赶在劳森外出用餐之前到达劳森的画室。他沿着布朗普顿路信步朝自由民街走去。

“喂,月底之前,我手头一个钱也没有了,”菲利普一有机会便对劳森说。“我希望你能借给我半个英镑,好吗?”

他发现开口向别人借钱可真难哪。此时,他回想起医院里有些人向他借钱时的那种漫不经心的样子来,他们从他手里借走钱,非但无意归还,而且看上去还像是他们在赐予他恩典似的。

“非常乐意,”劳森说。

可是,劳森把手伸进口袋掏钱时,发觉自己总共才有八个先令。菲利普的心一下子凉了半截。

“嗯,呃,那就借给我五个先令吧,好吗?”他轻轻地说道。

“喏,给你五先令。”

菲利普来到威斯敏斯特一家公共浴室,花了六便士洗了个澡。然后,他买了点食物填了填肚子。他自己也不知道如何打发这天下午的时光。他不愿再回到医院去,生怕被人撞见问这问那的,再说,眼下那儿也没他干的事了。他曾经呆过的两三个科室里的人对他的不露面兴许会感到纳闷,不过他们爱怎么想就怎么想吧,反正他也不是第一个不告而别的人。他来到免费图书馆,借了几张报纸看起来,看腻了就抽出史蒂文森①的《新天方夜谭》。但是,他发觉一个字也看不进去。书上写的对他来说毫无意思,因为他还在不停地考虑着他眼下困厄的境地。他脑子里翻来覆去地考虑着同样的问题,头都胀了。后来,他渴望着吸口新鲜空气,便从图书馆出来,来到格林公园,仰天躺在草坪上。他怏怏不乐地想起了自己的残疾,

---

① 罗伯特·路易斯·史蒂文森(1850—1894),英国小说家。

正因为自己是个跛子,才没能上前线去打仗。他渐渐进入了梦乡,梦见自己的脚突然变好了,远离祖国来到好望角的骑兵团队。他在报纸上的插图里看到的一切为他的想象添上了翅膀。他看到自己在费尔德特,身穿卡其军服,夜间同旁人一道围坐在篝火旁。他醒来时,发觉天色尚早,不一会儿,耳边传来议院塔上的大钟当当接连敲了七下。他还得百无聊赖地打发余下的十二个小时呢,他特别害怕那漫漫的长夜。天上阴云密布,他担心天快下雨了。这样,他得上寄宿舍去租张铺过夜。他曾在兰佩思那儿看到寄宿舍门前的灯罩上亮着的广告:床铺舒适,六便士一个铺位。可他从来没进去住过,而且也怕那里面的令人作呕的气味和虫子。他打定主意,只要天公作美,就在外头宿夜。他在公园里一直呆到清园闭门,然后才起身到处溜达。眼下,他感到疲惫不堪。蓦然间,他想要是能碰上个事故,兴许倒是个好运气。那样的话,他就可以被送进医院,在干干净净的床铺上躺上几个星期。子夜时分,他实在饥饿难忍,于是便上海德公园拐角处吃了几片马铃薯,喝了杯咖啡。接着,他又到处游荡。他内心烦躁不安,毫无睡意,而且生怕遇上警察来催促他不停地往前走。他注意到自己渐渐地从一个新的角度来看待那些警察了。这是他在外露宿的第三个夜晚了。他不时地坐在皮卡迪利大街上的长条凳上小歇一会,破晓时分,便信步朝切尔西长堤踅去。他谛听着议院塔上的大钟的当当钟声,每过一刻钟便做个记号,心里盘算着还得呆多久城市才能苏醒过来。早晨,他花了几枚铜币梳洗打扮了一番,买了张报纸浏览上面的广告栏的消息,接着便动身继续去寻找工作。

接连数日,他都是这样度过的。他进食很少,渐渐觉得浑身懒洋洋的,软弱无力,再也打不起精神去寻找工作,而要找到工作看上去确比登天还难。他抱着能被录取的一线希望,久久地等待在商店的门口，却被人家三言两语就打发走了。对此，他也慢慢地习以为常了。他瞧着招聘广告的说明，按图索骥，跑遍了整个伦敦去寻求工作。可是没多久，他发现一些面熟的人也同他一样一无所获。他们中间有那么一两个人想同他交个朋友，可是他疲倦不堪，没精打采的，也懒得接受他们的友好表示。以后他再也没有去找过劳森，因为他还欠劳森五个先令未还呢。近来，他成天价头昏眼花，脑子也不好使，对以后他究竟会落得个什么结局，他也不怎么介意了。他经常哭泣，起初他还不住地生自己的气，觉得怪丢人的，可后来他发觉哭了一场，心里反而觉得好受些了，至少使得他感到肚子也不怎么饿了。凌晨时分，寒风刺骨，他可遭罪了。一天深夜，他溜进寓所去换了换内衣。约莫凌晨三点光景，他断定这时屋内的人们还在酣睡，便悄然无声地溜进了房间，又于早上五点偷偷地溜了出来。在这期间，他仰卧在柔软的床铺上，心里着实痛快。此时，他浑身骨头阵阵酸痛。他静静地躺在床上，扬扬得意地领略着这番乐趣，感到惬意至极，怎么也睡不着。他对食不果腹的日子慢慢习惯了，倒也不大觉得肚子饿，只是觉得浑身无力而已。眼下，他脑海里常常掠过自杀的念头，但是他竭尽全力不让自己去想这个问题，生怕自杀的念头一旦占了上风，他就无法控制住自己。他一再默默地告诫自己，自杀的举动是荒唐的，因为要不了多久，他就会时来运转的。他说什么也摆脱不了这样的印象：他眼下所处的困境显得太荒谬，因此他根本就没有把它当真。他认为这好比是一场他不得不忍受的疾病，但最后终究是会从这场疾病中康复过来的。每天夜里，他都赌咒发誓，无论什么力量都不能使他再忍受一次这样的打击，并决心次日早晨给他大伯和律师尼克逊先生，或者劳森写封信。可是到了第二天早晨，他怎么也不想低三下四地向他们承认自己的失败。他不清楚劳森知道了他的情况后会有何反应。在他们的友好交往中,劳森一向是轻率浮躁的,而他却为自己略通世故人情而感到自豪。他将不得不把自己的愚蠢行为向劳森和盘托出。在接济了他一次以后,劳森很可能会让他吃闭门羹,对此,菲利普心里惴惴不安。至于他的大伯和那位律师,他们肯定会有所表示的,不过,他怕他们会呵斥自己,而他自己可不愿受任何人的呵斥。他咬紧牙关,心里不住地默默念叨着:事情既然发生了,那就是不可避免的了,懊恼是荒唐可笑的。

这样的日子过了一天又一天,可劳森借给他的五先令却维持不了多久。菲利普殷切期盼着星期日快快到来,这样,他就可以上阿特尔涅家去。究竟是什么阻拦他迟迟不去阿特尔涅家的,菲利普自己也说不清楚,兴许是他想独自熬过这一难关的缘故吧。虽说阿特尔涅家道艰难,过着捉襟见肘的日子,可眼下也只有阿特尔涅能够为他排难解闷了。或许在吃过午饭后,他可以把自己的难处告诉给阿特尔涅。他嘴里不断地念叨着他要对阿特尔涅说的话。他十分担心阿特尔涅会说些惠而不实的漂亮话来打发他,要是那样的话,他可真受不了。因此,他想尽可能地拖延时间,迟一点让自己去尝那种遭人冷遇的苦味。此时,菲利普对他的伙伴都丧失了信心。

星期六的夜晚,又湿又冷。菲利普吃足了苦头。从星期六中午起直到他拖着疲乏的步子上阿特尔涅家这段时间里,他粒米未吃,滴水未进。星期天早晨,他在查里恩十字广场的盥洗室里花去了身上仅剩的两便士,梳洗了一番。

第一百零一章

菲利普举手按门铃的当儿,窗口探出一个脑袋,不一会儿,他听到楼梯上一阵杂乱的咚咚脚步声，这是孩子们冲下楼给他开门来了。他弯下腰，仰起一张苍白、急切、憔悴的脸，让孩子们挨着亲吻。孩子们对他充满了爱慕之情，深深地打动了他的心。为了使自己喘过气来，他跟孩子们东扯葫芦西扯瓢地聊着，在楼梯上走走停停、停停走走。此时他有点儿歇斯底里的，几乎什么事情都会引起他大哭一场。孩子们问他上个星期天为何不来他们家，他回答说病了。他们想知道他生的是什么病，而菲利普为了同他们逗趣，回答说是患了一种神秘莫测的病症，那病名非驴非马，听上去既像希腊文，又像拉丁文，模棱两可的（医学专门术语里希腊、拉丁两种文字混合在一起的现象多的是）。他们听后一个个高兴地尖叫起来。他们把菲利普拖进起居室，要他把那个病名再说一遍，好让他们的父亲也长点见识。阿特尔涅站了起来，同菲利普握了握手。他瞪视着菲利普，不过他生就一双圆圆的、向前凸出的眼睛，那样子看上去总是在虎视眈眈地望着别人似的。菲利普闹不清楚，为什么今天这种场合会使自己忸怩不安。

“上星期天，我们都牵念你哩，”阿特尔涅说道。

菲利普一说谎，没有不脸红的，因而此刻当他解释完毕为何没来的原因以后，他那张脸涨得通红通红。这当儿，阿特尔涅太太走了进来，上前同菲利普握了握手。

“我希望你好些了，凯里先生，”她说。

菲利普心里不由得嘀咕起来，她怎么会想到他身体不好呢？因为他跟随孩子们上楼时，厨房门一直是紧闭着的啊，再说孩子们一步也没有离开过他呀。

“晚饭再有十分钟还好不了，”阿特尔涅太太慢腾腾地拖长声音说。“等晚饭的这会儿，你先来一杯牛奶打鸡蛋好吗？”

阿特尔涅太太脸上显出一种关切的神色，这使得菲利普局促不安起来。他强颜欢笑，回答说他一点儿也不觉得饿。见莎莉走进来摆台布，菲利普便立即拿她开玩笑。家里人都开她玩笑，说她将来会长得跟阿特尔涅太太的一位姑姑一样胖。这位姑姑名叫伊丽莎白，孩子们谁也没见过她，只把她当作令人生厌的体态臃肿的典型而已。

“嘿，莎莉，自上次见到你以来，发生了一个什么变化呀？”

“据我所知，什么变化也没有。”

“我相信你一直在长膘。”

“我深信你长不了膘，”她反唇相讥，“你完全成了个骷髅。”

菲利普的脸刷地红了。

“你这就不对啰，莎莉，”她的父亲嚷道。“罚你一根金头发。珍妮，去拿把大剪刀来。”

“嗯，他是很瘦嘛，爸爸，”莎莉抗辩说，“简直骨瘦如柴。”

“这不是问题的要害，孩子。他完全有权利瘦吧，可是你过度肥胖却有失体面。”

他说话的当儿，扬扬自得地用手搂住莎莉的腰，并用赞叹的目光注视着她。

“让我把台布铺好，爸爸。要是我轻快了，有些人也不见得会来关心这件事。”

“不正经的小丫头！”阿特尔涅叫了一声，一只手戏剧性地挥了挥。“她老是用嘲笑来刺激我，说什么约瑟夫已经向她求婚了。约瑟夫是在霍尔本开珠宝店的那个莱维的一个儿子。”

“莎莉，你有没有接受他的求婚呀？”菲利普问道。

“你到这时还不了解我父亲吗？他说的话没一句是真的。”

“嗯，要是他还没有向你求婚的话，”阿特尔涅又嚷道，“我向圣乔治[1]和可爱的英格兰发誓，我就去扭住他的鼻子，要他立即回答我他究竟居心何在。”

“请坐下，爸爸，晚饭已做好了。喂，孩子们，你们都听着，统统出去，都去洗手，一个也别想溜，我要检查你们的手，然后才让你们吃饭。好，快走！”

菲利普觉得饿极了，可当真要吃时，又没有胃口，一点儿东西都咽不下去。他脑子疲惫不堪。他竟没有注意到阿特尔涅一反常态，只顾闷着头吃饭，很少说话。坐在这舒适宜人的屋子里，菲利普感到宽慰，但是他无法控制自己，仍不时地抬头向窗外张望。这天刮着暴风，下着暴雨。蛮好的天气给搅了。外面寒气袭人，凄风呼啸，阵阵暴雨哗啦啦地拍打着窗户。菲利普心里犯起愁来，不知今晚在何处安身。阿特尔涅一家睡觉挺早的，他呆在这儿，至迟不得超过十点钟。一想到要走进那凄风苦雨的黑暗中去，菲利普的心不由得一沉。对他来说，呆在朋友家里，那黑漆漆的夜要比他孤单单地一人呆在户外显得更加可怕。他不时地劝慰自己，还有许多人也将在户外过夜。他几次想通过说话来引开自己的思绪，但是话刚说出一半，一听到雨点敲打窗户发出的噼噼啪啪声又缩了回去，不觉胆战心惊。

“这倒像三月里的天气，”阿特尔涅说，“没有谁喜欢在这种天气里去渡英吉利海峡。”

不一会儿，晚饭吃好了，莎莉进来收拾餐桌。

“这种两便士的蹩脚货，你想不想也来一根？”阿特尔涅说着，随手递给菲利普一支雪茄烟。

菲利普接过雪茄，并高高兴兴地吸了一口。这口烟下肚，心里

① 圣乔治，英国的守护神。

着实畅快。莎莉收拾完毕后,阿特尔涅关照她随手把门关好。

“这下没人来打扰我们了,”他转过脸来对菲利普说。“我事先跟贝蒂说好的,我不叫,不准让孩子们进来。”

菲利普听后不觉诧异,但是还没来得及领会他的意思,阿特尔涅用惯常的动作扶了扶架在鼻梁上的眼镜,然后接着往下说道:

“上星期天我写给你一封信,询问你出什么事没有。见你不回信,我星期三跑到你的住处找你去了。”

菲利普把头转向别处,默然不语。他的心怦怦直跳。阿特尔涅一言不发。眨眼间,房间里一片沉寂。菲利普忍受不了,但又想不出一句话来。

“你的房东太太告诉我,说你打上星期六晚上起就没住在那儿,而且还说你还欠着上个月的房钱没付。这个星期你都睡在哪儿了?”

这个问题菲利普实在不想回答。他目光呆滞地凝视着窗外。

“没地方可去。”

“我一直想法找到你。”

“为什么?”菲利普问了一声。

“贝蒂和我的日子也一直很穷,我们还得抚养孩子。你为什么不上我家来呢?”

“我不能呀!”

菲利普生怕自己哇地一声失声痛哭。他感到周身软弱无力。他闭上双眼,皱了皱眉头,竭力控制住自己的情感。他突然愤恨起阿特尔涅来了,恨阿特尔涅不让他清静。他的精神彻底垮了。此时,他的双目依然紧闭着,为了使自己的语调平稳,他一字一顿地说着,把上几个星期的遭遇一股脑儿都告诉了阿特尔涅。在诉说的过程中,菲利普似乎觉得自己的行为有点儿愚蠢,这使得他更加语无伦次。他感到阿特尔涅会认为他是个彻头彻尾的大傻瓜。

“好,在你找到工作之前,你就跟我们住在一起,”他讲完以后,阿特尔涅这样说道。

菲利普莫名其妙地涨红了脸。

“喔,你们太好了,不过我想我不能这么做。”

“为什么不能呢?”

菲利普没有回答。他出于本能,生怕自己打扰人家而加以拒绝,再说他生性就羞于接受别人的恩惠。他心里明白,阿特尔涅夫妇俩也只是做做吃吃,勉强得以糊口,另外家里那么多人,既没有地方也没有多余的钱来接济一位陌生人。

“你当然应该住到这儿来,”阿特尔涅说。“索普可以跟他的弟兄们合睡,你就睡他的床。别以为多了你那一日三餐饭,我们就对付不了了。”

菲利普害怕说话。于是,阿特尔涅走到门口,呼唤他的妻子。

“贝蒂,”阿特尔涅太太进来时他说,“凯里先生准备住在我们这儿。”

“哦,那敢情好哇,”她说。“我这就去把床铺好。”

她把什么都当作理所当然的事,说话时声音是那么的亲切、友好,菲利普深受感动。他从来不指望人们对他表示友善,然而人们一旦对他表示友善,他就感到惊异、激动。此刻,他再也克制不住自己,两颗硕大的眼泪夺眶而出,顺着面颊扑簌而下。阿特尔涅夫妇俩佯作没看见,在一旁商讨安置他的办法。阿特尔涅太太走后,菲利普身子往后靠在椅子上,两眼眺望着窗外,不觉粲然一笑。

“今晚这天气可不宜外出散步哟,对不?”

第一百零二章

阿特尔涅当面告诉菲利普，说他毫不费劲就可以在他所在的那家大亚麻布制品公司里给菲利普找个工作。公司里有几位店员上了前线，而莱恩-塞特笠是家富有爱国热忱的公司，保证给上前线的店员们保留职位。公司把英雄们的工作压在留下来的店员身上，但又不增加这些人的工资，这样一来，公司既表现出热心公益的精神，又省下了一笔开支。不过战争尚在进行，生意倒也不是太不景气的，假期一到，店员中有些人照常度假，一外出就半个来月，这样一来，公司就不得不再雇用些店员。菲利普的生活经历使得他怀疑，即使在这种情形下，公司方面是否还能雇用他。然而，阿特尔涅却俨然以公司的举足轻重人物自居，坚持说公司经理不能拒绝他提出的任何建议。他还说，菲利普在巴黎时于绘画方面所受的训练非常有用场，只要稍等一段时间，定能得到一个薪俸优厚的设计服装式样或绘画广告的职位。菲利普为夏季买卖画了一幅广告画，阿特尔涅随即把它带走了。两天之后，他又把那幅广告画带了回来，对菲利普说经理对他的画稿倍加称赞，但是经理真诚地表示遗憾，眼下设计部门没有空缺。菲利普问阿特尔涅除此之外是否就没有旁的事可干了。

“不见得就没有了。”

“你有把握吗？”

“嗯，明天公司要招聘一位顾客招待员，”阿特尔涅说话的当儿，两道怀疑的目光透过镜片盯住菲利普。

“你认为我有可能获得这个职位吗？”

阿特尔涅不觉有些儿惘然。他一直在引导菲利普等待着一个更为体面、光彩的职位，另一方面，他本身也是家徒壁立，无力为菲利普无限期地提供膳宿之便哟。

“你完全可以先接受这一职位干着，同时等待一个更好的职位。你一旦被公司录用了，总是能够得到一个比较好的机会的。”

“我可不是那种高不攀低不就的人物，这你是知道的，”菲利普笑吟吟地说。

“如果你拿定了主意，那明天上午八点三刻你得上公司去走一趟。”

尽管有战事，找工作显然还不是件易事，因为菲利普走到店里时，那儿早有不少人在等着啦。他认出了几位他外出找工作时邂逅相遇过的人，其中有一位，他曾见过此人晌午时分还躺在公园里。对菲利普来说，此人就跟他一样，也是个无家可归、在外露宿的角色。这儿挤着各色人等，年纪有老有轻，身材高矮不等，但是每一个人都为即将同经理会见而精心修饰边幅：他们都一丝不苟地把头发梳理得溜滑，不厌其烦地把手洗了又洗。他们全都等候在一条走廊里，菲利普后来才知道这条走廊通着餐厅和工作室。这条走廊每隔几码就开有一个五六步阔的门洞。虽说店里装有电灯，可这条走廊上却燃着煤气灯，灯外网着铁丝以作保护，一盏盏煤气灯咝咝地燃烧着。菲利普八点三刻准时到达店里，可一直等到将近十点光景才被叫进办公室去。这是个只有三个角落的房间，活脱脱像块切开倒在一边的干酪。墙上贴着几张穿着紧身胸衣的女人照片，两张广告样稿。其中一张画的是一个男人，身着草绿色和白色条纹相间的宽大睡衣裤；另一张画的是一条船，扯满风帆，在蓝色的海面上破浪前进，风帆上印着“大批白布待销”几个大字。办公室最长的一堵墙原来就是该店一个橱窗的背部，眼下橱窗正在进行布置。在会见的过程中，一位助手走出走进的，忙个不停。那位经理正看着一封信件。此人面色红润，长着一头沙色的头发和一大把沙色的大胡子，胸前表链中央悬挂着一大串足球优胜奖章。他身穿衬衫，端坐在一张硕大的办公桌的后面，手边搁着架电话机，面前堆放着当天的广告、阿特尔涅的大作，还有粘贴在卡片上的剪报。他朝菲利普瞟了一眼，但没有说话，只顾对打字员口授信件。这位打字员是个姑娘，坐在另一个角落里的一张小桌子旁。然后，他才问起菲利普的姓名、年龄以及先前的工作经历。看来，他一说话就控制不住自己，总是拉开嗓门，发出刺耳的声音，话音里还流露出浓重的伦敦土音。菲利普注意到他那上排牙齿一颗颗大得吓人，而且还朝前龇着，给人以一种牙根松动、只要猛地一拉即会脱落的印象。

"我想阿特尔涅先生已经对您说起过我，"菲利普说道。

"喔，你就是那位画广告的年轻人吗？"

"是的，先生。"

"对我们没有一点用处，要晓得，一丁点儿用场都没有。"

他上下打量着菲利普，似乎注意到从某些方面来说，菲利普不同于前面进来的几位应招人员。

"你要知道，你一定得搞件工装礼服穿穿。我估计你还没有吧。你看上去倒是个正派的年轻小伙子。我想你觉得从事艺术不上算吧。"

从他的话中，菲利普猜不透他是否有雇用他的意思。他用一种敌视的态度对菲利普说着话。

"你的家在哪儿？"

"我小时候父母亲就去世了。"

"我乐意给年轻人一个机会。我曾经给了不少年轻人这样的机会，而他们现在都成了部门的头头了。他们都很感激我，为了他们我也要说这件事。他们知道我为他们做了些什么。从梯子的最低一级爬起，这是学生意的唯一道路。往后，只要你持之以恒，坚持拾级而上，那谁也不能预料这会把你引向哪儿。要是你合适的话，有朝一日，你会发觉你自己处于同我现在一样的位子上的。牢牢记住我刚才说的话吧，年轻人。"

"先生，我非常愿意尽我最大的努力把工作做好，"菲利普说。

菲利普知道不论他说什么，只要有可能，他都说上一个"先生"，但是这种说法自己听来有些刺耳，因此他生怕自己做得太过分了。这位经理谈锋极健。说话的当儿，他感觉到自己是多么的了不起，由此心里升起一种乐不可支的情感。直到他滔滔不绝地说了一大套之后，才给菲利普一个肯定的答复。

"唔，我相信你会那样去做的，"最后他态度傲慢地说，"不管怎么说，我不反对给你一个尝试的机会。"

"非常感谢您，先生。"

"你可以立即来上班。我付你每周六先令和你的生活费。就这么些了，要晓得，六先令只是零花钱，按月付，你爱怎么花就怎么花。从星期一开始算起，我估计你对此也没有可埋怨的吧。"

"是的，先生。"

"哈林顿大街，你知道这条街在哪儿吗？在沙夫兹伯雷林荫路上。你就住在那儿，门牌是十号。呣，对，是十号。你愿意的话，星期天夜里就住到那儿去。随你的便，或者你可以于星期一把你的箱子搬到那儿去，"经理点点头，说了声"再见"。

第一百零三章

阿特尔涅太太借给菲利普一笔钱。这笔钱足够他付清积欠房东太太的房租,这样,房东太太就会允许他把行李物品拿走。他花了五先令外加一张典当一套西服的当票,从当铺老板那里换了件礼服大衣,穿在身上倒挺合身的。其余的衣服他都赎了回来。他叫卡特·帕特森把他的箱子送到哈林顿街,星期一早晨跟阿特尔涅一道上店里去报到。阿特尔涅把他介绍给服装部的进货员之后就走了。这位进货员名叫桑普森,三十岁光景,是个动作灵活、爱大惊小怪的小矮个儿。他同菲利普握了握手,接着,为了炫耀一下他颇引以为豪的渊博的知识,他问菲利普是否会讲法语。当菲利普回答说他会时,他的脸上现出了惊讶的神色。

"还会别的语言吗?"

"我还会讲德语。"

"哎哟!我自己偶尔去逛逛巴黎。Parlez-vous français?① 到过马克西姆大百货公司吗?"

菲利普被分配站在服装部的楼梯顶端。他的工作就是把人们引到各个部门去。照桑普森先生说漏嘴的情况来看,这儿的部门还不少哩。突然,桑普森发现菲利普走路有点儿瘸。

"你的腿怎么啦?"桑普森先生问道。

"我有只脚是瘸的,"菲利普回答说,"不过并不妨碍我走路或做别的什么事情。"

进货员用怀疑的目光盯着菲利普的跛足瞧了一会儿。菲利普暗自忖度,他这是对经理录用自己感到迷惑不解。菲利普肚里雪亮,那经理压根儿就没注意到他的不便之处。

"我并不承望你第一天就把什么都搞对。如有什么疑问,只要去问问那些年轻姑娘好了。"

① 法语,意为"你会讲法语吗?"

说罢，桑普森转身走了。菲利普力图把这个那个部门的地点记在脑子里，目光热切地寻找前来问讯的顾客。钟敲一点，他上楼去吃中饭。餐厅位于这幢大楼的顶层。长长的餐厅很是宽敞，灯火通明，所有的窗户全都紧闭，以防灰尘进入，大厅里弥漫着呛鼻难闻的烹调菜肴的油腻味。一张张长餐桌覆着台布，每隔几张桌子放着个盛满水的大玻璃瓶，餐厅中央摆着盐罐子和几瓶醋。店员们吵吵嚷嚷地涌进餐厅，坐在长板凳上，在十二点半前来用饭的那批店员坐得滚热的凳子到现在还未凉下来呢。

“什么腌菜也没有，”紧挨着菲利普而坐的那个人说道。

这是个年轻人，细挑个儿，苍白的脸上嵌了个鹰钩鼻。他的脑袋很大，头颅凹凸不平，像是被人这里按一下那里敲一下似的，样子古怪，额头和颈子上均长满了红肿的粉刺。他的名字叫哈里斯。菲利普发现有几天餐桌的尽头摆着几个大汤盆，里面盛着各种各样普通的腌菜。餐厅里没有刀叉。不一会儿，一个身穿白大褂的又高又胖的男仆，手里捧着几把腌菜走进餐厅，噗地一声把腌菜扔在餐桌上，大家纷纷伸手各取所需。腌菜刚从脏水里洗捞出来，还热乎乎、油腻腻的呢。几位身穿白上衣的男仆转着圈往餐桌上分发猪肉，一片片猪肉在汤盆里不住地浮动着。这些男仆们一个个好比魔术师，一个敏捷的动作，把一盆盆肉放到餐桌上，溅得满桌都是肉汤。接着又送来了大碟白菜和马铃薯。一看到这种样子，菲利普直反胃。他注意到其他店员都一个劲儿地往菜上倒醋。餐厅里嘈杂声震耳欲聋。人们高谈阔论，哈哈大笑，大声叫唤，还夹杂着刀叉的乒乒乓乓的磕碰声和咀嚼食物的怪声音。菲利普回到服装部很高兴。他逐渐记住了每个部门的地点，当有人问路的时候，他很少求助于其他店员了。

“右边第一个拐弯处。左边第二个拐弯处，夫人。”

生意清闲时，有一两位女店员过来同菲利普搭讪几句，而他觉得她们这是在打量他。到了五点，他再次被叫到楼上餐厅去用茶点。他巴不得能坐上一会儿呐。那儿有涂着厚厚一层黄油的面包，许多店员还有瓶装的果酱呢，原来这些果酱是存放在“贮藏室”里的，上面还写着他们各自的名字。

六点半商店打烊时，菲利普已累得筋疲力尽了。哈里斯——就是吃中饭时紧挨着菲利普坐的那个年轻人——主动提出带菲利普到哈林顿街，去认认他的床位。哈里斯告诉菲利普，说他的房间里还有一张空床，而其他房间都住满了，他希望菲利普能同他睡在一起。哈林顿街上的那座房子原来是个皮靴店，眼下这爿店用作宿舍。不过，屋里光线很暗，因为窗子面积的四分之三都用木板堵住了，至今木板尚未拆除，窗子顶端留下的缝隙是屋子里的唯一通风口。屋子里散发出一股霉臭味，菲利普对自己不必住在这种地方而感到万分庆幸。哈里斯把他带上二楼的起居室，里面赫然摆着一架钢琴，那琴键活像一排龋齿。桌子上有个无盖的香烟筒，里面装有多米诺骨牌。过期的《斯特兰德杂志》和《图画报》凌乱地散落在地板上。其他的房间用作卧室。菲利普即将搬来住的那个寝室在屋子的顶层。房间里一共摆了六张床，每张床旁不是放着一只大衣箱就是一只小纸箱。唯一的家具是只衣柜，有四个大抽屉和两个小抽屉。菲利普作为新来的可以用其中一个抽屉。抽屉都配有钥匙，但钥匙都是一样的，因此有没有钥匙没啥关系。哈里斯劝菲利普把他那些稍微值钱的物品锁在大衣箱里。壁炉上方挂着一面镜子。哈里斯还领着菲利普去看了看盥洗室，这个房间面积倒还不小，里面一排八只洗脸盆，住在这里的人全上这里来用水。盥洗室跟浴室相通。浴室里有两只变色发黑的澡盆，木制部分沾满了肥皂污斑，盆内一圈圈水印子表明洗澡人用的水量不同。当哈里斯和菲利普回到寝室时,他们看到一个高个子男人正在换衣服,还有一位十六岁光景的男孩一边梳理着头发,一边使劲地打着呼哨。一两分钟以后,那个高个子同谁也没说话便掉头走了出去。哈里斯朝那个男孩眨眨眼,那个男孩嘴里仍然不停地打着呼哨,也朝哈里斯眨眨眼。哈里斯对菲利普说,那个男人名字叫普赖尔,是行伍出身,眼下在丝绸部工作。此人从不与人交往,但每天夜里都去会女朋友,就像刚才那种样子,连一声“晚安”都不说。不一会儿,哈里斯自己也走了,就剩下那个男孩。在菲利普解行李的当儿,那男孩在一旁用好奇的眼光打量着菲利普。他的名字叫贝尔,在缝纫用品部里只干活不拿钱。他对菲利普的晚礼服非常感兴趣。他还把房间里其他人员的情况都告诉了菲利普,还向菲利普提出了各种各样有关他的问题。他是个生性活泼的少年,谈话的过程中,他不时地操着半哑的声音哼上几段从杂耍剧场听来的歌曲。菲利普收拾好东西之后走出户外,在大街小巷里转悠,望着那儿川流不息的人群,偶尔也站在餐馆门外眼巴巴地看着人们鱼贯而入。此时,他觉得肚子饿了,便买了个小果子面包,边走边啃。他从守门人那儿领到一把前门钥匙,这位守门人每晚十一点半关闭煤气灯。菲利普怕被关在门外,便及时赶回宿舍。他已经了解到罚款的具体事项:如果晚上十一点以后才回宿舍,那就得罚一先令,过了十一点半要罚款两个半先令。除此以外,还得报告店方。要是被连续报告三次,就要被开除工作。

菲利普回到宿舍时,除了那位大兵没回来外,其余的都在宿舍里,其中两位已经钻进被窝了。他的脚刚跨进寝室,一阵叫喊声迎面扑来。

“喔,克拉伦斯!捣蛋鬼!”

菲利普发觉,原来贝尔把他的晚礼服套在长枕头上了。贝尔对自己这一杰作颇为得意。

“克拉伦斯，你应该穿这套礼服去参加社交晚会。”

“一不小心，就会赢得莱恩公司里最漂亮的女人的青睐。”

菲利普已经听说过社交晚会的事儿了，因为伙计们一个个都牢骚满腹，埋怨公司把他们的工钱扣下了一部分不发。每月扣去两先令，用作医药费和借阅图书馆那些破烂不堪的小说的图书费。但每月另外还得扣除四先令，说是付洗衣费，这样一来，菲利普发觉他每周六先令的工钱，其中四分之一永远发不到他的手上。

好几个人在啃着面包夹肥香肠。店员们晚饭就吃这种三明治。这种三明治是从隔几个门面的一家小店里买来的，两便士一份。此刻，那个大兵摇摇晃晃地走了进来，不声不响地、动作敏捷地扒去衣服，扑地一声倒在床上。到了十一点十分时，煤气灯的火头“噗”地跳了一下，五分钟以后灯便熄灭了。此时，那位大兵已经呼呼入睡了，而其他几个人身着睡衣裤，哄挤在大窗户跟前，对着下面走过的女人投扔吃剩的三明治，嘴里还嚷着不三不四的脏话。对面的一幢六层楼房是犹太人裁缝工场，每晚十一点放工。一个个房间灯火辉煌，窗户上没装百叶窗。工场主的女儿——这家有父亲、母亲、两个小男孩和一位年方二十的妙龄少女，共五口人——出来把楼里各处的灯关掉。偶尔，她也任凭其中一个裁缝在自己身上轻薄一番。与菲利普同住一个寝室的店员们饶有兴味地瞅着尾随那位姑娘的两个男人，并就这两个男人谁能得逞打赌。将近子夜时分，哈林顿·阿姆斯剧院终场时，他们也一个个上床睡觉去了。贝尔的床铺紧靠门口，他从一张张床上跳过去，最后回到了自己的床上，嘴里还是叽里咕噜地说个不停。最后，四周万籁俱寂，耳边不时传来那个大兵的均匀的轻微鼾声。此时，菲利普也上床就寝了。

翌晨七时，菲利普被一阵响亮的铃声惊醒了。到了七点三刻，他们都穿好了衣服，套上袜子，匆匆下楼取靴子。他们边跑边扣靴子，赶往牛津街店里去吃早饭。店里八点开饭。迟到一分钟，就没有吃；进入店后，就不准外出买早饭吃。有时候，他们知道不能按时到店，便在宿舍附近的小店里买上三两个面包揣在怀里。不过，这样太花钱了，因此，多数人空着肚子去上班，一直干到吃午饭。菲利普吃了点牛油面包，喝了杯茶，一到八点半，又开始了他一天的工作。

“右边第一个拐弯处。左边第二个拐弯处，夫人。”

接着，他便机械地回答各种各样的问题。这工作单调乏味，也很累人。几天之后，他的两条腿疼痛难熬，站都站不住，那厚厚的柔软的地毯更加烧脚，使之疼痛钻心，到了夜里，脱袜子都很疼。对此，店员们都是怨声载道。招待员伙伴们告诉他，说两脚不住地出臭汗，把袜子和靴子都烂光了。跟他住在一个寝室里的那些人也同遭此罪，为了减轻疼痛，他们睡觉时把脚伸在被窝外面。起先，菲利普简直一步都难挪动，接连好几个晚上，他只得呆在哈林顿宿舍的起居室里，把脚浸在冷水里。在这种场合，他唯一的伙伴就是贝尔那孩子，因为他常常留在宿舍里整理他搜集来的各种邮票。他一边用小纸条捆扎邮票，一边嘴里老是一个劲地吹着口哨。

第一百零四章

每隔一周的星期一，莱恩公司都要举办一次社交晚会。菲利普来后第二周就碰上了。他跟部门里的一位女同事约好一同前往。

“对她们要迁就一点，”那位女同事对菲利普说，“就跟我对待她们那样。”

这位女店员叫霍奇斯太太，是个年纪四十有五的半老徐娘，头发染得不三不四，黄脸盘上网着一根根细小的血管，泛黄的眼白衬托着淡蓝色的眸子。她对菲利普颇感兴趣。菲利普进店还不满一个礼拜，她就唤起他的教名来了。

"这样做的结果，你我心中都有数，"霍奇斯太太接着说。

霍奇斯太太对菲利普说，她本来不姓霍奇斯。可说话间，她三句不离一个"我那口子密司脱洛奇斯①"。她丈夫虽是个有资格出席高等法庭的律师，可待她却粗鲁极了。她可是那种自由惯了的女人，于是一气之下便离开了她那口子。不过话得说回来，她可尝过有她那口子挨着自己坐在她的马车里的滋味，亲爱的——她叫谁都是亲爱的——因此，他们家吃饭总是很迟。霍奇斯太太习惯用她那根硕大无朋的银胸针针尖剔牙齿。那根胸针打成鞭子和猎鞭交叉的形状，中间还有两个踢马刺。菲利普在这陌生环境里感到很不自在。店里的姑娘们都叫他是"傲慢的家伙"。有一次，一位姑娘叫他一声"菲尔"，可他却没意识到她是在叫自己，所以没有搭理。那姑娘猛地把头往后一仰，骂他是只"骄傲的公鸡"。第二次两人见面时，那姑娘正经八百然而话中带刺地喊了他一声凯里先生。那姑娘名叫朱厄尔，不久将同一位医生结婚。她的女伴们从来没见过那位医生，可她们却一个个都夸他一定是位绅士，因为他送给了朱厄尔小姐很多讨人欢喜的礼物。

"听了她们的话，可千万别往心里去，亲爱的，"霍奇斯太太开导菲利普说。"我过去经历过的事儿，你也得经历经历。她们那些姑娘也可怜得很，懂的东西也不比别人多！你放心吧，不管她们说你什么，你都不要见气，到时她们会喜欢上你的。"

① 这位太太把"H"吞掉不发音，两词读成了一个词。

社交晚会是在地下餐厅举行的。餐桌被推在一边,腾出地方让大家跳舞,而小桌子摆得整整齐齐,供人们轮流玩惠斯特牌戏。

“公司里的头头们早早就到会场去了,”霍奇斯太太说。

霍奇斯太太介绍菲利普同班奈特小姐认识。班奈特小姐是莱恩公司超群出众的美人。她是衬裙部的进货员。菲利普走进会场时,她正在同男用针织品部的进货员交谈着。班奈特小姐身材敦实;脸盘又宽又大,上面涂抹着厚厚的脂粉;胸脯沉甸甸的,大有撑破胸衣之势;亚麻色的头发梳理得一丝不乱。她穿着过分讲究,不过收拾得倒还利落,浑身上下一袭黑色衣服,领头高高的。手上戴着光洁的手套,连打牌也不脱。颈脖上套了几条沉重的金链子,双腕戴着手镯,耳朵上挂着两个圆圆的头像垂饰,其中一个是亚历山德拉女王的头像。她手里拎一只黑色的缎子提包,嘴里不住地咀嚼着牛皮糖。

“见到您很高兴,凯里先生,”她说。“您这是首次光临晚会,对不? 我想您有点儿局促,不过没必要这样,真的没必要。”

班奈特小姐为了不使人们感到拘束,真是费尽了心机。她不停地拍拍人们的肩头,随后爽朗地哈哈大笑。

“我不是个淘气鬼吧?”她尖声叫着,同时把脸转向菲利普,“您对我一定会有看法吧? 可我就是忍不住呀。”

凡是来参加晚会的人都到了。绝大多数是年轻店员,其中有至今尚未找到女友的小伙子,也有还没找到可心的小伙子陪自己外出散步的妙龄女郎。有几个年轻人,一副绅士派头,身穿普通西装,佩着雪白的领带,表袋里装着块鲜红的手帕,一个个跃跃欲试,准备在此大显身手。他们有一种忙忙碌碌然而又心不在焉的神气。有的表现出一副信心十足、踌躇满志的样子,而有的却心急如焚,用一种热切的目光不停地左顾右盼着。不一会儿,一位浓发如云的女郎坐定在钢琴边，十指敏捷地掠过琴键，发出一阵嘈杂的声响。观众们安静下来后，她目光朝四下里扫视了一遍，然后报出歌曲名：

《俄罗斯兜风歌》。

那女郎动作灵巧地把铃铛系在手腕上，这当儿，全场爆发出一阵掌声。她报以一笑，随即弹出一曲激越昂扬的曲调。结束时，掌声四起，而且比刚才更为热烈。待大家静下来后，她又演奏了一段描绘大海的小品。只听得一连串轻微的颤音，象征着浪涛拍击海岸；那轰鸣般的和音加上猛地一踩强音踏板，表示暴风雨的来临。此后，一位先生出来唱了首叫《跟我说声再见》的歌，接着又不得不加唱一首《催眠曲》。在场的观众鉴赏力高雅，一个个热情洋溢。他们使劲为每一个表演者鼓掌，直到表演者同意加演节目为止。这样，也就没有人会生有厚此薄彼的猜疑。班奈特小姐大模大样地来到菲利普的跟前。

"我相信，您不是会弹琴就是会唱歌，"她狡黠地说。"这从您脸上就可以看出来。"

"恐怕我啥也不会。"

"连朗诵也不会？"

"我可没什么拿手好戏。"

男用针织品部的进货员倒是位有名的朗诵家。他手下的那些店员一个劲儿地点他出来给大家表演朗诵。他们没费多少劲敦促，他便朗诵了一首富有强烈悲剧气氛的长诗。朗诵的当儿，他的眼珠骨碌碌地转动着，一只手搭在胸口，看上去是一副悲恸欲绝的样子。可最后一行诗句泄漏了全诗的主题，原来是说他晚饭没有吃到黄瓜。观众们听后报之以一阵哈哈笑声，不过这笑声有点儿勉强，因为大家对他这首长诗都耳熟能详了。班奈特小姐既没有唱歌，又没有演奏，也没有朗诵。

“喔,她有她自己的一套小把戏,”霍奇斯太太解释说。

“哟,你就别拿我开心啦。不过手相术和超人的视力方面的事儿,我是知道一点儿的。”

“哎唷,快瞧瞧我的手,班奈特小姐,”班奈特小姐手下的姑娘们争先恐后地喧嚷着,一个个急于讨她的欢心。

“我可不喜欢相手,我真的不喜欢。我曾经对人们说过不少可怕的事情,可后来都一一应验了,这使人变得有点儿迷信了。”

“哦,班奈特小姐,就看这一次。”

一小群人团团围住班奈特小姐。她神秘地讲着有关好人和坏人、一封信里的钞票以及旅途的种种趣闻逸事,人群中不时发出一阵阵尴尬的尖叫声、开心的格格笑声、伤心的欷歔声和赞叹的欢呼声,还有人因害羞而把脸涨得通红。最后,她讲得粉脸上暴出一颗颗硕大的汗珠。

“瞧我,”她说,“浑身上下汗出得像下雨似的。”

晚饭九点开始,免费供应饼子、面包、三明治、茶叶和咖啡,不过谁想喝矿泉水,得自己掏腰包。年轻人豪爽洒脱,常常敬请女士们喝姜汁酒,而女士们出于礼貌,总是婉言谢绝。唯独班奈特小姐偏偏爱好喝姜汁酒。在晚会上,她总要喝上两瓶,有时甚至喝三瓶,不过她都坚持由自己付钱。那些年轻人就喜欢她这种痛快劲儿。

“她这个老姑娘就是怪,”人们说,“不过,请注意,她人可不坏,跟有些女人就是不一样。”

晚饭一吃过,人们就开始玩起升级惠斯特牌戏来了。眨眼之间,餐厅里甚嚣尘上。当人们从一张餐桌移到另一张餐桌时,那叫喊声、欢笑声更是此起彼伏,不绝于耳。班奈特小姐觉得身上越来越热。

“瞧我,”她说道,“浑身上下汗淋淋的。”

不久，一位血气方刚的年轻人站起来说，如果大家还想跳舞，那最好得抓紧时间马上就开始。刚才伴奏的那位女郎一屁股坐在钢琴前，抬起一只脚，毅然决然地踩在强音踏板上。她弹奏了一曲柔和怡神的华尔兹舞曲，用低音打着节拍，同时还隔一会儿就用右手按一按高八度音栓。她还变着法儿，两手交叉地用低音弹奏乐曲。

“她弹得棒极了，对不?”霍奇斯太太对菲利普说。“更棒的是，她从来没上过学，这全凭她耳朵听来的。”

班奈特小姐喜爱舞蹈和诗歌甚于其他一切。她的舞跳得很好，舞步轻缓，双眸流露出一种神情，仿佛她在悠悠沉思。她谈论起地板、热气和晚饭，说话间上气不接下气。她说波特曼宿舍里的地板是全伦敦最高级的，她就喜欢上那儿去跳舞；那儿的人都是出类拔萃的妙人儿，她才不愿跟那些自己一点不了解的人跳舞呐。嘿，要是那样的话，可能招人嘲笑，自己还不知为了什么呢。差不多在场的每一个人都跳得很出色，都玩得非常痛快。一个个跳得满头大汗，那些年轻人的高领头被汗水泡软了，耷拉了下来。

菲利普在一边袖手旁观。此时，一种前所未有的沮丧感袭上他的心头。他感到孤单寂寞，简直难以忍受。他并没离开晚会，因为他怕显得太傲慢。于是他跟姑娘们在一起说说笑笑，但内心深处却充满了悲戚。班奈特小姐问他是否有女朋友。

“还没有呢，”菲利普微笑着作答。

“哦，嗯，这儿姑娘多的是，有你挑的。她们中间有些是非常好的体面姑娘。我想要不了多久，你会交上女朋友的。”

她目光狡黠地注视着菲利普。

“对她们要迁就一点，”霍奇斯太太说，“我刚才就是这样对他说的。”

晚会到十一点钟光景才散。菲利普辗转反侧，不能成眠。和别人一样,他也把酸痛的脚放在被子外面。他使出全身力气,克制自己不去想眼下过的这种生活。此时,耳边传来那个大兵的轻微的鼾声。

第一百零五章

店员的工资由秘书每月发放一次。到了付工资那一天,一批批店员从楼上用过茶点下来,走进过道,依次排在候领工资的长蛇阵队伍后面。队伍齐整,犹如一长队排在美术馆门前等候购票的观众。他们一个个地走进办公室。秘书坐在办公桌后面,面前摆着几只盛放着钞票的木匣子。他喊了一声店员的名字后,用怀疑的目光瞥上店员一眼,随后目光敏捷地对着一本账簿扫上一眼,嘴里读出应付的工资数,信手从木匣里取出钞票,一张张地数进手里。

"谢谢,"秘书说。"下一位。"

"谢谢,"领得工资的店员回礼道。

接着,那店员便走到另一位秘书跟前,交付四先令的洗衣费和两先令的俱乐部费,如被罚款,还得交上罚款。然后离开办公室,握着余下来的几个钱,回到自己的工作岗位,在那儿一直呆到下班。跟菲利普住在同一宿舍的人大多都欠那个卖三明治的妇人的债,因为他们一般都买她的三明治当晚饭。她是个有趣的老太婆,体态臃肿,一张宽阔的脸,红光焕发,乌黑的青丝分成两绺,利落地分伏在额头的两旁,其发式同早期画像中的维多利亚女王一模一样。她头上总是戴一顶黑色的无边软帽,腰间系条白色围裙。衣袖管总是高高地卷在胳膊弯里。她就用那双肮脏、油腻的大手切三明治。她的背心、围裙和裙子上都沾满了油渍。她叫弗莱彻太太,可大家都叫她一声“妈妈”,而她也非常喜欢这些店员,称他们为她的孩子。临近月底的时候,店员们去向她赊购三明治,她从来不会不同意,而且据说有时哪个店员有了难处,她还借给他几个先令花花呢。她是个好心肠的女人。当店员们外出度假或者度假归来时,他们都要去亲亲她那胖胖的、红红的面颊。有人被解雇后,一时又找不到工作,就从她那儿不花一个子儿地弄些三明治填肚,借此苟延残喘,这种事儿已不是一起两起的了。店员们也是有心有肝的,知道她的心肠好,都报之以情真意切的敬爱之心。他们常喜欢讲个故事,说是有个人在布雷福德发了笔大财,开了五爿商店,十五年以后回到了伦敦,特地来登门拜访弗莱彻妈妈,还送给她一块金表哩。

菲利普发觉一个月工资就剩下了十八个先令。这是他平生头一次凭自己的双手挣来的钱,但并没有给他带来可能会有的自豪感,心中只有一种怅然伤感。这笔钱数目之小更衬托出他境遇之艰困。他随身带了十五个先令,把它们交给阿特尔涅太太,算是还给的部分欠款。但是阿特尔涅太太只收了十先令,不肯多收一个子儿。

“你要知道,照这个样子,我得拖上八个月才能还清你的账。”

“只要阿特尔涅不失业,我还是等得起的,说不定公司会给你涨工资呢。”

阿特尔涅喋喋不休地说要去找经理谈谈菲利普的事儿,说这种不充分利用菲利普才能的做法是荒唐的,然而他却按兵不动。不久,菲利普得出这样一个结论:在经理的心目中,公司的新闻代理人并不像阿特尔涅自己认为的那样是个举足轻重的人物。间或菲利普也看到阿特尔涅在店里,这时,他那夸夸其谈的劲头不知哪儿去了,只见一个低三下四、态度谦恭的小老头,身穿整洁的、普通的、蹩脚的衣服,步履匆匆地穿过各个部门,仿佛怕被人瞧见似的。

“每当想起我的才能在公司里遭到埋没，”阿特尔涅在家里说，“我真恨不得递张辞职书上去。在那儿像我这样的人是没有前途的。我的才能受到压抑，没有用武之地。”

阿特尔涅太太在一旁默默地做着针线活，对他的牢骚不予理睬。她噘了噘嘴。

“这时候找个工作很不容易。眼下你的工作固定，也有保障。我希望只要人家满意你，你就给我呆在那儿吧。”

阿特尔涅显然会照她的话去做的。看到这位目不识丁、并未履行合法手续就同他结合在一起的女人，竟能拿住那个才思横溢、朝三暮四的男人，倒是挺有意思的。眼下菲利普却是另一番境遇。阿特尔涅太太对他像慈母般的体贴，她那种热切地想让菲利普吃顿好饭的心情，猛烈地叩击着菲利普的心弦。每个星期天他都可以在这么个洋溢着友好情谊的家庭里度过，这是他生活中的一种安慰（当他慢慢习惯于这种生活时，生活的单调和索然无味正是使他感到惊愕的）。坐在那堂堂皇皇的西班牙椅子里，同阿特尔涅纵论天下大事，这是一种享受。虽说他目下的境况显得危如累卵，但他总是不把菲利普说得心花怒放是不会放他回哈林顿街的。起先，菲利普为了使先前的学业不致荒疏，一度想发愤学习他的医学教科书，但他发觉这种努力毫无成效。干了一天累人筋骨的活儿下来，心思说什么也集中不到书上去，而且在他还不知得等上多久才能重返医院的情况下，就是在工作之余再埋头攻读，似乎也无济于事。他多少次梦见自己又回到了病房，但一觉醒来，内心却痛苦不已。看到房间里还睡着别人，菲利普心里有一种说不出的厌烦。他生来独处惯了的，而现在却成天要同别人混在一起，不能独自清静片刻，这事令人毛骨悚然。也就是在这种时候，他发觉要战胜自己的绝望情绪是何其困难啊！他知道他只能继续干他的顾客招待员的营生，没完没了地说些“先向右拐,左边第二个房间,夫人”诸如此类的话。只要他不被撵出商店,也就谢天谢地了!因为参战的店员们很快就会复员回来,公司曾经答应保留他们的职位的,这样一来,另外一批人就得卷铺盖滚蛋。他将不得不使出浑身解数,以保全他现有的这一低贱的差使。

只有一件事才能使他摆脱目下的困境,那就是他那位牧师大伯早日去见上帝。到那时,他可以获得几百英镑,有了这笔钱,他就能够在医院修完全部课程。菲利普渐渐一心一意地期盼着那老头儿快快死去。他掐指计算着他大伯还能在人间赖上多久。他大伯早过了古稀之年,具体岁数菲利普也说不上来,不过至少也有七十五岁了,还身患慢性支气管炎,一到冬天就咳嗽得很厉害。虽然有关老年慢性支气管炎的细节,菲利普已是烂熟于心,但还是一而再、再而三地查阅着医学书籍。来一个严酷的冬天就够那个老东西受的了。菲利普一心只盼老天来股寒流,下场暴雨。这个念头无时无刻不在他脑海里盘旋着。他简直成了个偏执狂。高温也能影响威廉大伯的身体健康,而在八月里,就有三个星期的炎暑天气。菲利普脑子里想,说不定哪一天会接到一封报告牧师突然去世的唁电,他想象到那时他心中会有说不出的宽慰。他人站在楼梯的高处,把人们引向各个不同的部门,可脑子里却一刻不停地盘算着如何花那笔钱。究竟能到手多少钱,他也说不清楚,也许最多不过五百英镑。不过,即使只有这么点钱,也足够派用场的了。他将立即离开这家商店,他才不愿提什么辞职书呢!接着去把箱子一捆,跟谁也不打招呼,就一走了之。然后他将回医院去。这是第一步。到时候,功课会不会忘了好多了呢?这不打紧!只消半年,他就可以把荒废的功课全部补起来,一旦准备好后,他就参加三个项目的考试,先考妇产学,接下来再考内科学和外科学。蓦地,一阵悸怕袭上了菲利普的心头，生怕他大伯会不顾所许下的诺言而把遗产捐赠给教区或教堂。这个想法使得菲利普忧心忡忡。他大伯还不至于会残忍到这种地步吧。不过，事情果真如此，他将干些什么，心里早已拿定主意了，决不会让这种日子拖得过久的。他之所以还能忍气吞声地活着，就是因为他还有所指望。没有了希望，也就没有了恐惧。到那时，唯一的断然措施就是自杀。想到自杀，菲利普考虑得很具体，很周到，连该吃哪一种既致命而又无痛楚的药，以及如何搞到这种药等问题都想到了。想到这里，他胆气倍增。倘若事情到了忍无可忍的地步，不管怎么说，他还是有办法对付的。

"靠右边的第二个门，夫人，在楼下。左边第一个门，走进去就行。菲利普斯先生，请向前走。"

菲利普每月值一个星期的班。他得于清晨七时赶到商店，去监督清洁工。清扫完毕后，他得把蒙在框架上和模特儿身上的挡灰布取下来。然后，到了傍晚，店员们下班之后，他又得把挡灰布盖在框架和模特儿上面，同时还得跟那些清洁工"合伙"打扫店堂。这可是桩吃灰尘的肮脏活。在店里是不准看书、写字和抽烟的，他只得在店内四周踱步，因此，时间过得令人厌倦地缓慢。九点半下班时，公司免费供应他一顿晚餐，这是唯一的慰藉。下午五点用过茶点后，他的食欲仍然十分旺盛，所以这时送上来的公司供应的面包、奶酪和充裕的可可，吃在嘴里还是香喷喷的。

菲利普来到莱恩公司三个月以后的一天，进货员桑普森先生怒气冲冲地走进服装部里来。经理进来时凑巧注意了一下服装橱窗，便派人把桑普森先生请了去，当他的面把橱窗的色彩设计狠狠地挖苦了一番。对上司的讽刺挖苦，桑普森先生无可奈何，只得默默忍受，可是一回来便把气出在店员们的头上，把那位负责布置橱窗的可怜的家伙骂了个狗血喷头。

“要想干好一件事情，就得自己亲自动手，”桑普森先生咆哮着。“我过去一直是这样说的，以后还要这样讲。什么事也不能交由你们这批王八蛋来干。你们不都说自己聪明吗？嘿，聪明个屁！”

他就指着店员们的鼻子骂着，仿佛这些话是世上最最刻毒的骂人话似的。

“难道你们就不懂橱窗里涂了铁蓝色不就把其他的蓝颜色给抵消了吗？”

“凯里，下星期五你来布置橱窗。让大家瞧瞧你能干出些什么名堂来。”

他嘴里骂骂咧咧地走进自己的办公室。菲利普却心事重重。到了星期五上午，他怀着一种羞愧得直想恶心的情感钻进橱窗，双颊烧得发烫。得在过路人面前出丑露乖，真让人心里发毛，尽管他自我告诫说屈服于这种心情挺傻气，但还是转过身来背朝着街上。在这个时候，不太可能有医院的学生走过牛津街，再说他在伦敦几乎没有什么别的熟人。但是菲利普动手干活的当儿，总觉得喉咙里塞了团棉花似的；疑神疑鬼地认为他一转身就可能会接触到某个熟人的眼光。他使出了吃奶的力气，赶紧完成任务。他一眼就看出橱窗里红色服装全部挤到了一起，于是，只是把这些服装比先前分开一点，就取得了很好的效果。进货员走到街心端详着菲利普布置的橱窗，脸上明显地泛起了满意的神情。

“我早就晓得让你来布置橱窗的做法不会错到哪儿去。事实是你跟我都是绅士，请注意，我是不会在店里说这种话的，不过你和我确实是绅士，这一点随时随地都可以看得出来。你说看不出来也白搭，因为我知道事实确是如此。”

这以后，菲利普被指派定期布置橱窗，但他就是不习惯干这种抛头露面的工作。他就怕星期五早晨，因为这天一到，橱窗就得重新布置。这种恐惧心理使得他夜不成寐,心里好不自在,早晨五时就醒了。店里的姑娘们都注意到他很怕羞,而且没过多少天就发现了他背朝大街地站在橱窗里的奥秘。她们都一个劲儿地取笑他,说他是“自高自大的家伙”。

“我想,你生怕被你姑妈撞见后会把你的名字从她的遗嘱中划去。”

总的说来,他同这些姑娘相处得挺融洽的。她们都认为他有点儿古怪,不过他的那条瘸腿似乎倒成了他之所以与众不同的理由了。随着时间的推移,她们渐渐发觉菲利普这人倒是蛮忠厚的。他谁的忙都帮,而且从不计较。他性情平和,礼貌周全。

“看得出,他是一位绅士,”她们议论说。

“还非常不爱讲话,对不?”一位少妇说。她谈起戏剧来,真是激情洋溢,唾沫四溅,可菲利普听后却无动于衷。

姑娘中大多数都有了自己的“小伙子”,而那些至今尚未找到的却说她们宁可让人以为没人倾心于她们。有那么一两个姑娘流露出很愿意同菲利普调情的意向,而他却神情严肃而又饶有兴味地密切注视着她们的撩拨他人情欲的种种花招。有段时间里,他对枕席之欢感到腻味,然而他一方面几乎总是感到厌烦,另一方面却又常常迷恋声色,急煎煎地想以求一逞。

第一百零六章

菲利普避而不到他境况优裕时去过的地方。在皮克大街那家酒菜馆里举行的小小聚会,已经散伙了。那个马卡利斯特因背叛了朋友,再也不露面了。海沃德上了好望角。只有劳森还留在伦敦,可菲利普感到他跟这位画家之间没有共同语言,因此并不希望同他见面。但是,一个星期天下午,菲利普吃过中饭后换了身衣裳,顺着里根特大街朝坐落在圣马丁巷的免费图书馆走去,打算在那儿泡上一个下午。忽然,他发现劳森朝自己迎面走来。他的直觉驱使他闷头继续朝前走去,但劳森却没有给他这样的机会。

"你这一向究竟上哪儿啦?"劳森高声问道。

"我吗?"菲利普说。

"我给你写过一封信,想请你上我的画室来吃个闹宴的,可你一直不给回音。"

"没接到你的信呀。"

"你是没收到,这我知道。我上医院找你去了,只见信还搁在文件架上。你不学医啦?"

菲利普迟疑了好一会儿。他羞于道出真情,但这种寒碜感倒使他内心不觉愤然。他强打起精神来回答劳森的话,这当儿,他不由自主地涨红了脸。

"是的。我仅有的一点钱都用光了,无力继续我的学业。"

"唉,我真为你难过。那现在你在干什么呢?"

"我在一爿店里当招待员。"

菲利普语塞喉管,不是个滋味,但还是决意不隐瞒真相。菲利普两眼直盯盯地看着劳森,发觉他一脸的尴尬相,便嘿嘿一声冷笑。

"要是你肯屈尊光临莱恩-塞特笠公司,走进'成衣'部,你就会看到我身穿大礼服,潇洒地四处溜达,给那些前来购买衬裙和长筒袜的太太们指路。右边第二个拐弯,夫人。左边第二个拐弯。"

看到菲利普对自己的职位冷嘲热讽的态度,劳森极不自然地笑着,不知说什么才好。菲利普描绘的工作情景,使得劳森不胜惊愕,但他又不敢流露出同情。

“这对你来说倒是个变化，”劳森说了一句。

他觉得自己说这种话未免太不得体了，顿时不胜懊悔。菲利普听后，赧颜满面，脸色阴沉。

“是个变化，”菲利普说。“顺便说个事，我还欠你五个先令呢。”

他把手伸进了口袋，掏出了几枚银币。

“哦，这没什么。我都忘了。”

“别胡说，喏，快拿去。”

劳森默默地接过钱去。他们俩站在人行道中间，来往的行人推撞着他们。菲利普的双眼闪烁着讥讽的神色，使得那位画家大有芒刺在背之感。劳森哪里知道，此时此刻，菲利普却是心情沉重，悲痛欲绝。劳森很想为菲利普做些什么，但又茫然不知所措。

“嘿，你到我画室来，咱俩好好聊聊不行吗？”

“我不去，”菲利普回答。

“为什么？”

“没什么可聊的。”

菲利普看到劳森眼里闪出痛苦的神色，虽感到遗憾，但心想这是没法子的事，他得为自己着想啊。他不能容忍与人谈论他目下困厄的境况，只有狠狠心肠不去想它，他心里才稍许有几分安宁。他生怕一旦披露了自己的心迹，他的精神就会彻底崩溃。更重要的是，他对以前遭受过不幸的地方具有一股无法遏制的厌恶情绪。他那次空着肚子站在画室里等着劳森施舍一顿饭时蒙受的耻辱，至今还记忆犹新；他上次向劳森借五个先令的情景恍如昨日。他最不愿意看到劳森，因为一看到劳森，他就会想起他那些潦倒落魄的日子。

“那好吧，哪一天晚上你到我画室来，咱俩在一块吃顿饭。哪一天来，你自己决定。”

那位画家的好意，打动了菲利普的心弦。他暗自思忖着，各种各样的人都对他表示友善，这真不可思议。

“你太好了，老兄，不过我还是不想来。”他向劳森伸出一只手，并说了声“再见”！

劳森被这一似乎无法解释的举动弄糊涂了，迷惘地同菲利普握了握手，而菲利普匆匆转过身去，一瘸一拐地走了。菲利普的心情沉重，而且同往常一样，他又责备起自己刚才的举动来了。他自己都闹不清究竟是什么样的盲目骄傲，使得自己把主动伸过来的友谊之手给挡了回去。身后传来追赶他的脚步声。不一会儿，他听到劳森在叫他。他收住脚步，心中升起一股无名之火。他拉长了脸，冷冷地面对着劳森。

“什么事呀？”

“我想，海沃德的事儿，你听说了吧？”

“我只知道他上好望角去了。”

“要知道，他到了好望角没多久就死啦！”

菲利普沉吟了半晌，简直不敢相信自己的耳朵。

“怎么回事？”他问道。

“哦，得伤寒症死的。真不幸，是不？我想兴许你还不晓得的。我刚听说这个消息时，心里也咯噔了一下。”

劳森匆匆点了点头，便走开了。菲利普只觉得一阵震颤刺透了他的心。他从未失去过一位年龄同他相仿的朋友。至于克朗肖，他的年龄要比菲利普大得多，他的去世似乎还是合乎情理的正常死亡。这一噩耗给了他一记特别沉重的打击。此时，他联想到自己最终也不免一死。同任何人一样，菲利普虽说也完全明白凡人皆有一死，但内心深处却并没有意识到这一条规律也同样适用于自己。虽说他对海沃德早就没有了亲密的情谊，但海沃德猝然离开人世这件事，还是猛烈地撞击着他的心。眨眼间，往昔他俩的趣味隽永的谈话又回响在他的耳边。当想到他们再也不能在一起促膝谈心，他感到很是心疼。他们俩第一次见面以及在海德堡愉快地度过了几个月的情景，历历如在眼前。回忆起那逝去的岁月，菲利普不由得黯然神伤。他下意识地摆动着双腿，朝前走着，也没注意自己是在走向哪里。猛然间，他抬头一看，发觉自己没有拐入草市街，而径直沿着沙夫兹伯里林荫路向前走去。折回去，他又不高兴。再说，听了那则消息之后，他毫无心思读书，只想独自坐着沉思。他决定到不列颠博物馆去。独个儿坐在幽静处是他眼下唯一的一种享受。自从进了莱恩公司，他常常到不列颠博物馆去，坐在来自巴台农神庙①的群像雕塑前面，自己并无什么想法，只是让那些雕像来安抚他那茫然若失的灵魂。可是这天下午，它们对他却无所启示，坐了几分钟以后，他再也耐不住性子，便神情恍惚地走了出来。外面游人济济，中间有一脸蠢相的乡下佬，还有专心致志地读着旅游指南的异国客。他们那种吓人的丑陋相玷污了这里的永恒的艺术珍品；他们一个个坐不定立不稳的样子，扰乱了不朽的神灵的安宁。于是，菲利普转身进了另一个房间，这里游人寥寥。他疲倦地一屁股坐了下来，可他的神经却非常兴奋，说什么也不能把那批游人从脑海中驱赶出去。有时候，在莱恩商店里，他也有同样的感觉，总是不胜惊骇地瞪视着人们打他眼前鱼贯而过。他们一个个容貌丑陋至极，脸上无不流露出一副卑贱相，叫人看了实在可怕。他们的脸面被下贱的欲念所扭歪，令人感到他们对任何一个美好的思想都视为不可思议。他们生就一双狡黠的眼睛，一个不堪一击的下巴颏，他们虽无害人之心，却一个个俗不可耐、褊狭猥劣。他们的幽默感既

① 巴台农神庙在希腊雅典，是祭雅典娜女神的庙。

低级又滑稽可笑。有时候，菲利普发觉自己眼睛望着他们，可心里在思量着他们究竟跟何种动物相似（他极力不让自己作这样的联想，因为要不多久他就会入迷而无法摆脱），他发觉他们仿佛是一群群绵羊、马匹、狐狸和山羊。一想到人类，他心里充满了厌恶。

然而，不一会儿，房间里的气氛强烈地感染着他，使他的心情渐渐平静下来了。他心猿意马地浏览着房间里的一排排墓石。这些墓石均出自公元前四五世纪雅典石匠的手艺。它们虽平淡无奇，并非天才之作，但是无不闪烁着古朴风雅的雅典精神。随着岁月的流逝，一块块墓石的棱角磨平了，都呈蜂蜜一般的颜色，使人不由得想起了海米塔斯山①上的蜜蜂。有些墓石雕成一个人赤身裸体地坐在椅子上的形象；有的描绘生命垂危的人向钟爱他的人们诀别的悲壮场面；还有的是刻画行将就木的人紧紧抓住活在人世间的人的手的情景。图画淳朴，惟其淳朴，显得格外动人心弦。朋友之间、母子之间的生离死别，何等地悲壮！而逝者的克制使得生者内心的悲哀变得越发深沉。唉！那是很久很久以前的事儿了，打那以后，沧海桑田，不知过去了多少个世纪！两千年来，那些痛悼死者的人们也跟被哀悼者一样变成了一抔黄土。然而，那种悲哀却至今还在人间，眼下菲利普就感到不胜哀戚。他心中油然生起一股怜悯之情，不禁连连喟叹道：

“可怜的人儿！可怜的人儿啊！”

菲利普突然想起那些张口呆看的游览观光者，那些手捧旅游指南、大腹便便的异国客，以及那些为满足不足挂齿的欲念和俗不可耐的爱好而蜂拥挤入商店的平庸之辈，他们都是人，最终都不免一死。他们也有所爱，但是，终究都得同他们心爱的人永世分离，儿子

① 海米塔斯山，雅典附近的山脉，最高峰海拔 3367 英尺。

要同母亲诀别，妻子要同丈夫永别，说不定他们生死别离的场面将更为凄惨，因为他们一辈子都过的是丑恶的、下贱的日子。他们连究竟是什么给世界带来美这一点都一无所知。一块漂亮的墓石上刻着两个年轻人手携手的浅浮雕像，那恬淡的线条，朴实的画面，都令人感到那位雕刻家是带着一种真诚的情感从事创作的。这幅浅浮雕像，并不是为友谊而是为世界赐予人类又一件珍品这件事而竖立的一座丰碑。菲利普目不转睛地仰望着雕像，这当儿，他感觉自己的眼眶渗出了泪水。他想起了海沃德。他们俩初次相遇时，他对海沃德怀有热切的钦佩之情，可后来心中的偶像幻灭了，接着就是互相冷淡，最后只有习惯与旧日情谊才把他们维系在一起。这一幕幕往事一一掠过菲利普的脑际。生活中就有这样的事：你接连数月每天都碰见一个人，于是你同他的关系便十分亲密起来，你当时甚至会想没有了这个人还不知怎么生活呢。随后两人分离了，但一切仍按先前的格局进行着。你原先认为一刻也离不开的伙伴，此时却变得可有可无，日复一日，久而久之，你甚至连想都不想他了。菲利普回想起早先在海德堡的日子。那会儿海沃德完全有能力干出一番轰轰烈烈的事业来，对未来怀有满腔激情，可后来随着时光的流逝，他不知怎么的却一事无成，最后竟自暴自弃，心甘情愿地成了一名败北者。现在他死了。他活得毫无意义，死得毫无价值。他极不光彩地死于一种愚昧的病症，直到生命终止时，还是功不成，名不就，一事无成，仿佛世上从来就没有过他这个人似的。

菲利普一个劲儿地问着自己：人活着究竟有什么意义？世间万物，一切皆空。拿克朗肖来说，情况何尝不是如此。他活着，不过是个碌碌之辈，无声无息；他一死，就被人忘得一干二净。他余下的那几本诗集只是摆在旧书摊上出售。他的一生似乎只是提供个机会给人写篇评论文章，除此之外，就别无意义。于是菲利普内心不由得呐喊起来：

“这又有什么意思呢？”

人们一生中所作的努力同其最后结局显得多么不相称啊。人们却要为年轻时对未来的美好憧憬，付出饱尝幻灭之苦的惨重代价。痛苦、疾病和不幸，重重地压在人生这杆天平的一侧，把它压倾斜了。这一切意味着什么呢？菲利普联想到自己的一生，想起了开始步入人生时自己所有的凌云大志，想起了他身患残疾给他带来的种种限制，想起了他举目无亲、形单影只的景况，想起了他在没有疼爱、无人过问的环境中度过的青春岁月。除了做些看上去是最好的事情以外，他不知道自己还有没有做过别的什么事情。即使如此，他还是一个倒栽葱摔了下来，陷入了深深的不幸之中。有些人并不比他菲利普高强多少，却一个个飞黄腾达；还有些人要比他菲利普不知高强多少倍，可就是郁郁不得志。一切似乎纯粹是靠碰机会。人无论是正直的还是不正直的，雨露毫无偏向地统统洒在他们身上。这里面是没有什么道理可讲的。

在思念克朗肖的当儿，菲利普记起了他送给自己的那条波斯地毯。当时克朗肖曾说那条地毯可以为他揭示生活的奥秘。蓦然间，菲利普悟出了道理，不觉扑哧笑出声来。啊，终于找到了答案。这好比猜谜语，百思不得其解，但一经点破谜底，你简直不能想象自己怎么会一下被这谜语所难倒的。答案最明显不过了：生活毫无意义。地球不过是一颗穿越太空的星星的卫星罢了。在某些条件的作用下，生物便在地球上应运而生，而这些条件正是形成地球这颗行星的一部分。既然在这些条件的作用下，地球开始有了生物，那么，在其他条件的作用下，万物的生命就有个终结。人，并不比其他有生命的东西更有意义；人的出现，并非是造物的顶点，而不过是自然对环境作出的反应罢了。菲利普想起了有关东罗马帝国国王的

故事。那国王迫切希望了解人类的历史。一天,一位哲人给他送来了五百卷书籍,可国王朝政缠身,日理万机,无暇披卷破帙,便责成哲人将书带回,加以压缩综合。转眼过了二十年,哲人回来时,那部书籍经压缩只剩了五十卷,可此时,国王年近古稀,已无力啃这些伤脑筋的古籍了,便再次责成哲人将书缩短。转眼又过了二十年,老态龙钟、白发苍苍的哲人来到国王跟前,手里拿着一本写着国王孜孜寻求的知识的书,但是,国王此时已是奄奄一息,行将就木,即使就这么一本书,他也没有时间阅读了。这时候,哲人把人类历史归结为一行字,写好后呈上,上面写道:人降生世上,便受苦受难,最后双目一闭,离世而去。生活没有意义,人活着也没有目的。出世还是不出世,活着还是死去,均无关紧要。生命微不足道,而死亡也无足轻重。想到这里,菲利普心头掠过一阵狂喜,正如他童年时当摆脱了笃信上帝的重压后所怀有的那种心情一样。在他看来,生活最后一副重担从肩上卸了下来,他平生第一次感到彻底自由了。原先他以为自己人微言轻,无足轻重,而眼下却觉得自己顶天立地,强大无比。陡然间,他仿佛觉得自己同一直在迫害着他的残酷的命运势均力敌,不相上下了。既然生活毫无意义,尘世也就无残忍可言。不论是做过的还是没来得及做的事,一概都无关宏旨。失败毫不足奇,成功也等于零。他不过是暂时占据在地球表层的芸芸众生中间的一个最不起眼的动物而已;然而,他又无所不能,因为他能从一片混沌之中探出其奥秘来。菲利普思想活跃,脑海里思潮翻腾;他感到乐不可支,心满意足,不禁深深地吸了几口气。他真想手舞足蹈,放喉高歌一番。几个月来,他还没有像此刻这么心舒神爽。

“啊,生活,”他心里喟然长叹道,“啊,生活,你的意趣何在?”

这股突如其来的思潮,以其无可辩驳的力量,向菲利普明白无误地表明了生活毫无意义这一道理。在这同时,菲利普心中又萌生出另一个念头。他想原来克朗肖就是为了向他说明这一点才送给他波斯地毯的呀。地毯织工把地毯的格局编得错综复杂,并非出自某种目的,不过是满足其美感的乐趣罢了。正如地毯织工那样,一个人也是这样度过其一生的。倘若一个人不得不相信其行动是不由自主的,那么,他也可以以同样的观点来看待其人生,人生也不过是一种格局而已,生活既无意义,也无必要,生活只不过是满足一个人的乐趣而已。从生活、行为、感情和思想的五花八门的事件中剪辑些材料,他完全可能设计出一种有一定规律可循的图案,一种错综复杂的图案,或者一种色彩缤纷的漂亮的图案。虽说这兴许充其量不过是一种他认为自己可自由选择的幻想,虽说这兴许总是一种荒诞不经的幻象与缕缕月光混杂在一起的戏法而已,但这一切均无关紧要:生活看上去就是如此,而在菲利普看来生活也确实是这样的。眼下,菲利普认为生活没有意义,一切都微不足道。在这种思想背景下,他认为一个人可以从那宽阔无垠的生活长河(这是一汪无源之水,奔腾不息,却不汇入大海)中掬起几滴不同的水,拼凑成那种格局,从而使自己心满意足。有一种格局,最明显,最完美无缺,同时也最漂亮动人。这种格局是:一个人呱呱坠地来到人间,渐渐长大成人,恋爱结婚,生儿育女,为挣片面包而含辛茹苦,最终蹬腿弃世而去。但是生活还有别的样式的格局,这些格局虽杂乱无章,却是妙不可言,幸福从未涉足其间,人们也不追逐功名,但从中可以感觉到一种更加乱人心思的雅趣。有些人的一生,其中也包括海沃德的一生,他们的人生格局尚未完美之前,盲目的、冷漠的机会却使它突然中断了。于是,有人就说些安慰话,虽暖人心窝,却于事无补。还有些人的一生,正如克朗肖的一生那样,为人们提供了一个难以效法的格局:人们还没来得及认识到他们哪些人的一生本身就证明其人生是正当的,观点就要改变,传统的标准就又得修改了。菲利普认为他抛弃了追求幸福的欲念,便是抛弃了他的最后一个不切实际的幻想。用幸福这根尺来衡量,那他的生活就显得很可怕;然而当他意识到还有别的尺来衡量他的生活时,顿然觉得浑身充满了力量。幸福跟痛苦一样的微不足道,它们的降临,跟生活中出现的其他细节一样,不过是使得人生格局更趋纷繁复杂罢了。霎时间,他仿佛超然物外了,感到生活中的种种意外和不测再也不能像从前那样使他的情绪为之波动了。眼下,无论发生什么事情,都不过是使得生活的格局更趋复杂罢了,而且当最后的日子到来之际,他会为这格局的完成而感到由衷的高兴。这将是一件艺术珍品,将丝毫不减它那动人的光彩,因为唯独只有他才知道它的存在,而随着他的死亡,它也就立即消失。

想到这里,菲利普心里有说不出的高兴。

第一百零七章

进货员桑普森先生渐渐喜欢上了菲利普。这位先生精神抖擞,干劲十足,店里的姑娘们都说,即使他娶上个阔绰的顾客,她们也不觉得惊奇。他住在郊外,可他常常给店员们留下在办公室也穿着夜礼服的印象。有时候,那些值班打扫的店员发觉他一早来上班也穿着夜礼服,在他走进办公室换上工装礼服的当儿,他们一个个神情严肃地相互眨巴着眼睛。每逢这种场合,桑普森先生偷偷溜出店去匆匆吃点早饭,以后在上楼回办公室的途中,他总是一边搓着双手,一边朝菲利普不住地挤眉弄眼地使眼色。

"哎呀!"他感慨万千地说,"多美的夜晚!多美的夜晚!"

他告诉菲利普,说他是这店里的唯一的绅士,而只有他和菲利普两人才懂得人生的真谛。话音刚落,他倏地换了个面孔,称菲利普叫凯里先生而不再是一口一个“老兄”了,转而又摆出一副跟进货员这一职位相称的派头,把菲利普推到了顾客招待员的岗位上而对他发号施令。

莱恩-塞特笠公司每周收到一次从巴黎寄来的时装样片,并将这些时装款式稍加改动,以迎合他们的顾客的需要。他们的主顾可非同一般,绝大多数都是一些较小的工业城镇里的女工,她们的情趣高雅,不屑穿本地生产的工装服,可又限于条件,对伦敦情况不摸底,一下还难找到一家像样的服装公司。除此以外,便是一大批杂耍剧场里的坤伶,拥有这样的主顾同这家公司的雅号似乎有点儿不大相称。而这正是桑普森先先搭上的关系,对此,他还颇为沾沾自喜哩。这批戏子开始只在莱恩公司定做戏服,可桑普森先生渐渐诱使他们中间的许多人也在店里做些其他服饰。

“衣服做得跟帕奎因公司的一样好,价钱却便宜一半,”他说。

桑普森先生见人三分笑,说话富有诱惑力,这种态度倒颇得此类主顾的欢心,无怪乎他们一个个都说:

“在莱恩公司可以买到谁都知道是从巴黎运来的外套或裙子,还有什么必要再把钱扔到别处去呢?”

桑普森先生同那些他曾替他们做过礼服的公众的宠儿结下了友谊,对此,他感到很是自豪。一个星期天下午两点钟,他随维多利亚·弗戈小姐一起上了她那幢坐落在图尔斯山上的漂亮别墅,并同她共进了午餐。回来后,他洋洋洒洒地叙述了一遍,把店员们说得一个个心里喜滋滋的。他说:“她穿了件我们缝制的深蓝色上衣,我敢说,她压根儿没想到这上衣是我们店里的货,因此我只得亲口对她说,这件上衣要不是我亲手设计的话,那一定是帕奎因公司设计的。”菲利普从未留意过女人的服装,然而过了一段时间以后,也渐渐从技术的角度对女人的服装发生了兴趣，对此，他自己也觉得有些好笑。他很能鉴赏颜色，在这一点上，他倒是训练有素的，店里谁都望尘莫及。再说，在巴黎学画时，他还学得一些有关线条美的知识，至今未忘。桑普森先生此人虽无知无识，但很有些自知之明，还有一种综合别人建议的机灵劲儿。每设计一种新款式，他都要不住地征求店员们的意见，而且他耳朵很灵，很快就发现菲利普的批评建议颇有价值。但是他生性好妒忌别人，从来不愿采纳别人的意见。在他根据菲利普的建议对某种设计进行修改之后，他总是说：

"嗯，最后终于按照我的想法把设计修改出来了。"

菲利普来到店里五个月后的一天，艾丽丝·安东尼娅小姐跑来要见桑普森先生。这位小姐以其仪态既庄重又诙谐而且遐迩闻名。她是个粗壮的女人，长着一头亚麻色头发，宽宽的脸庞涂抹着脂粉，说起话来，声音有些儿刺耳。她有着一个惯与外省杂耍剧场里的男仆打情骂俏的女喜剧演员的活泼欢快的仪态。她即将登台表演一首新曲子，希望桑普森先生为她设计一种新戏服。

"我想做一件叫人一见就瞠目吃惊的戏服，"她对桑普森先生说，"要知道，我可不要那老套头，要的是与众不同的戏服。"

桑普森先生和颜悦色。他说店里肯定可以做出中她意的戏服来，并向她出示了几张戏服设计图样。

"我知道这里面没有一种式样是合您意的，不过，我只是想让您看看我向您建议的大致范围。"

"喔，不行，这根本不是我心目中要的式样，"艾丽丝·安东尼娅小姐眼睛不耐烦地朝设计图样瞄了一眼后说，"我要的是这样一件戏服，穿上它叫人看了好比一拳打在他的下巴上，打得他牙齿嘎啦嘎啦地直响。"

"是的，我懂您的意思，安东尼娅小姐，"进货员说着，脸上堆着一种喜人的微笑,可他的双眼却显出迷惑不解的神情。

“我想,到头来我还得上巴黎去做。”

“哦,安东尼娅小姐,我想我们会使您满意的。您在巴黎能做到的戏服,我们这里同样能做。”

安东尼娅小姐一溜烟似的走出了服装部之后,桑普森先生感到有些苦恼,跑去找霍奇斯太太商量。

“她确确实实是个疏忽不得的怪人,”霍奇斯太太说。

“艾丽丝,你在哪里?”进货员烦躁地嘟哝了一声,并认为在同艾丽丝·安东尼娅小姐对阵中他略胜一筹。

在他的脑子里,杂耍剧场里用的戏服不外乎是各种各样的短裙子,上面滚着缠七缠八的花边和挂着一片片闪闪发光的小金属圆片。但是安东尼娅小姐在这个问题上的态度可毫不含糊。

“哎呀! 啃!”她尖叫了一声。

她用一种对任何平庸之物都深恶痛绝的语调诅咒着,甚至还没有表达出她对那些金属小圆片的嫌恶之情呢。桑普森先生搜索枯肠,抠出了一两个主意来,可霍奇斯太太却直截了当地告诉他,说他那些馊主意一个都不中。最后正是霍奇斯太太对菲利普提出了这么个建议:

“菲尔,你能画画吗? 你为何不试它一试,看看你能画些啥?”

菲利普买了一盒廉价的水彩颜料。到了晚上,那个十六岁的淘气包贝尔一边不住手地整理着邮票,一边不断打着呼哨,一连吹了三个曲子。在这当儿,菲利普搞出了几份服装设计图样。他至今还记得当年在巴黎见过的一些戏服的式样,并以其中一种式样为蓝本,略作些修改,涂着一种既浓艳又奇异的色彩,效果还满不错的哩。他感到大喜过望,并于第二天上午把它拿给霍奇斯太太看。这位太太似乎被惊呆了,随即拿着它去见进货员。

“毋庸讳言，”桑普森先生说，“这份设计倒是别具一格。”

这份设计倒把他一下子给难住了，不过他那双训练有素的眼睛一眼就看出，照这份设计缝制出衣服来倒是挺吸引人的。为了保全自己的面子，他又开始提出一些改动的意见来了。但是，还是霍奇斯太太有些见地，她建议他就把这张设计图样原封不动地拿去给安东尼娅小姐过目。

“行不行就在此一举了，说不定她会喜欢上这种式样的。”

“还远不止于此呢，”桑普森说话的当儿，两眼注视着面前的那张袒胸露背的戏服设计图样。“他还会画画，是不？想不到他一直瞒着不让人知道。”

当有人通报安东尼娅小姐来到服装部时，桑普森先生把设计图样放在桌上显眼的地方，好让安东尼娅小姐一跨进办公室就能看到它。她果真立刻扑向设计图样。

“这是什么？”她嚷了起来。“为什么不能给我做这样的戏服？”

“这正是我们为您搞的，”桑普森慢条斯理地说。“您喜欢吗？”

“别说有多喜欢啦！”她说，“快给我递半品脱矿泉水来，里面再滴上一滴杜松子酒。”

“啊，您瞧，不必上巴黎去了吧。您只要说一声您要什么，我们这里就有什么。”

戏服立即差人去做了，当看到做好了的戏服时，菲利普满意得心儿扑扑直跳。那位进货员和霍奇斯太太把功劳全部归于他们两人，不过菲利普才不在乎这些呢。他跟着他们俩上蒂伏里杂耍剧场去看安东尼娅小姐试装，此刻，他心里头充满了欢乐。在回答霍奇斯太太提问的当儿，他把自己当年学画的经历告诉了她，还说他生怕那些同他住在一起的店员认为他想摆架子，所以他一直小心翼翼地丝毫不透露他先前的经历。霍奇斯太太把这个消息在进货员面前鹦鹉学舌般地重述了一遍。对此,进货员在菲利普面前一声不吭,不过渐渐地对他另眼相待,不久又让他为两位乡下的主顾搞了几份设计,这些设计都获得了好评。从此以后,桑普森先生在主顾们面前说“你可知道,有位曾在巴黎学过画的聪明小伙子”在协助他工作。不久,菲利普便身穿衬衫,从早到晚安坐在屏风后面,设计服装图样。有时候,他简直忙得不可开交,只得于下午三时同一些“迟到者”在一起吃午饭。他喜欢这样,因为他们人数不多,再说一个个累得精疲力竭,都懒得说话了。饭菜也稍许好一些,都是那些进货员们吃剩的食物。菲利普这次从商店的顾客招待员擢升为戏服设计员的事儿,在服装部引起了强烈的反响。他意识到他成了大伙儿妒忌的对象。哈里斯——那位脑袋奇形怪状的店员——是菲利普在店里第一个认识的人,并非常喜欢菲利普。他也掩饰不住内心的妒意。

“天底下所有的运气都让某些人碰上了,”哈里斯在菲利普面前嘀咕道,“要不了多久,你自己就可以当进货员了,到那时,我们都得口口声声叫你先生啰。”

他对菲利普说,他应该去要求增加工资,原因是别看他眼下干着复杂的活儿,可工资却并不比一开始就拿的每周六先令多一个子儿。但去向经理要求增加工资却是件棘手的事情。在对付这一类申请涨工资的人方面,经理有种讥讽挖苦人的办法。

“你认为你应该得到更多的工资,对不? 那么你认为你该得多少呢? 呃?”

此时,申请者心惊肉跳的,会说他认为他应该每周再增加两先令。

“哦,很好,你认为你应该得到这么多,你就可以得到这么多,”接着他顿了顿,有时还用一种冷酷的目光瞅着人,“同时,你还可以得到解雇通知书。”

此时想撤回涨工资的请求也是白搭,你一定得卷铺盖滚蛋。经理的观点是,心有不满的店员是不会把活儿干好的,假如他们不配涨工资,那还不如干脆打发他们开路的好。结果除非是想走的人,其他人中间没有谁敢出来要求涨工资。菲利普心有踌躇。他房间里的人都说进货员离不开他,对此,他将信将疑。这些伙伴都是老实巴交的人,不过他们的幽默感还嫌太原始了,要是他在他们的怂恿下去要求增加工资而遭到解雇,这对他们来说,倒是件非常有趣可笑的事儿。他不能忘记当初寻找工作时尝过的辛酸,再也不想尝这种滋味了。他知道到别处去谋个式样设计员的差使,其可能性微乎其微。周围有成百上千个人能画得跟他一般好。但是他急需用钱,原先的几件衣服都穿破了,成天站在那厚厚的地毯上,脚底光出臭汗,把袜子和靴子都烂坏了。一天早晨,在地下餐厅吃完饭后上楼时,他穿过那条通向经理办公室的过道。这当儿,他几乎说服自己去采取那冒险的步骤。他看到办公室前排着一队男人,是招工广告把他们引来同经理面谈的。大约一百人的光景,中间无论谁一旦受雇,都将给予同菲利普一样的待遇和六先令的周工资。他看见他们中间有些人正因为他受到录用而向他投来羡慕的目光。那目光使他不禁打了个寒颤。他可不敢冒这个险。

第一百零八章

寒冬逝去。菲利普时常到圣路加医院去,看看有没有他的信。他总是在夜色浓重时悄悄地溜进医院,这样就碰不上熟人了。复活节那天,他接到大伯的一封信,甚感诧异,因为这位布莱克斯泰勃教区牧师一生中给他写的信，加起来不满半打，而且都是谈些事务上的事儿。

亲爱的菲利普：

如果你考虑近期内度假并愿意上这儿来的话，我将为见到你而感到高兴。冬天，因慢性支气管炎发作，我病得很重，而威格拉姆大夫对我的康复不抱任何希望。我体魄异乎寻常的强健，感谢上帝，我奇迹般地恢复过来了。

你的亲爱的

威廉·凯里

读罢此信，菲利普心中不觉愤然。在大伯的心目中，菲利普过的是一种什么日子呢？他甚至在信中问也不问一声。他就是饿死了，那老东西也不放在心上。然而，在回宿舍的路上，菲利普蓦地起了一个念头，戛然收住脚步，立在一盏路灯下，把信掏出来又看了一遍，只见那信上的笔迹失去了其通常所特有的那种公事公办的执拗劲头，一个个字写得斗大，还东倒西歪的。或许疾病对他的打击远远超过了他愿意承认的程度，于是他想借此正式的信件，表达其对他世上唯一的亲人的渴想之情吧。菲利普回信说他可以于七月间到布莱克斯泰勃去度上半个月的假期。这份请柬来得正是时候，因为他一直在为如何打发这一短短的假期犯愁。九月里，阿特尔涅全家要去采蛇麻子，而他是不能不去的，因为到了九月，秋季的服装图样都已搞完了。莱恩公司有个规矩，即每个雇员不管愿意与否都得过上半个月的假期，而在度假期间，要是没地方可去，仍可睡在宿舍里，但膳食得自理。有些店员在伦敦附近没有朋友，对他们来说，假期倒是件伤脑筋的事情。这时，他们只得从微薄的工资里扣出几个钱来买食物充饥，整天价无所事事，日子过得百无聊赖。自从同米尔德丽德一起去布赖顿以来，已经两年过去了，在这期间，菲利普一直没有离开过伦敦一步。眼下，他渴望着呼吸一下新鲜空气，企求着享受一下海边的静谧。他怀着这种强烈的欲望熬过了五月和六月，最后真到了要离开伦敦时，他倒变得惴惴不安起来。

离伦敦前最后一个夜晚，菲利普向桑普森先生交代了留下来的一两件活计。突然间，桑普森先生对他说：

“你一向拿多少工资？”

“六先令。”

“我想六先令太少了。等你度假回来，我去要求给你增加到十二先令。”

“那太谢谢了，”菲利普笑吟吟地说，“我正非常需要添置几件衣服呢。”

“凯里，只要你忠于职守，不要像他们中间有些人那样，成天同姑娘们混在一起嬉耍逗乐，我会照应你的。注意，你要学的东西还多着呢，不过你还是有出息的。我要说，你是有出息的。一旦时机成熟，我一定设法让你拿每周一镑的工资。”

菲利普心中暗自纳闷，不知还得等多久才能拿到每周一镑的工资呢？还得等上两年？

菲利普吃惊地发现他大伯容颜大变。上次见到大伯时，他身子还很结实，腰板直挺挺的，胡子剃得光光的，一张世俗的脸圆圆的。然而，他的身体莫名其妙地垮了下来，皮肤焦黄，眼泡浮肿，身子佝偻着，显得老态龙钟。在这次生病期间，他蓄起了胡须，走起路来，步履迟缓。

“今天我的身体不怎么好，”当菲利普刚回到牧师公馆，跟大伯一道坐在餐厅里时，大伯就说开了。“高温搅得我心烦意乱，人觉得很不舒服。”

菲利普询问了一些有关教区的事务，在这当儿，他凝视着他大伯，暗暗打量着他大伯究竟还能活多久。炎热的夏季足以让他完蛋。菲利普注意到他那双手瘦骨嶙峋的，还不住地打颤。这对菲利普来说倒是利害攸关的啊。如果他大伯夏天就去世，那冬季学期一开学，他就可以回到圣路加医院去。一想到再也不必回到莱恩公司去了，他的心情万分激动。吃饭时，牧师大伯弓着背坐在椅子上，那位打他妻子死后前来料理他生活的管家问道：

“先生，让菲利普先生切肉好吗？”

那个老头儿出于不甘流露自己的虚弱的心理，本想自己动手切肉，但一听到管家的提议，心中不免一喜，便作罢了。

“您的胃口还真好哩，”菲利普说。

“喔，那倒是的，我一向吃得下东西。不过我比你上次在这里的时候瘦多了。瘦一点也好，我一直就不喜欢发胖。威格拉姆大夫认为我的消瘦倒是件求之不得的大好事。”

饭后，管家给牧师大伯送来了药。

“把处方拿来给菲利普少爷看看，”牧师吩咐说。“他也是一名医生。我希望他能认为这处方开得不错。我曾告诉威格拉姆大夫，说你眼下正在学习当医生，他应该削减医药费。我要付的账单可吓人了。这两个月来，他天天上门来替我看病，而每来一次就索费五先令。这笔费用不小吧，是不？现在他每周来两次。我打算叫他不必再上门来了，如有必要，我会派人去请他的。”

他目光急切地凝望着菲利普看医生开的处方。处方上开的尽是麻醉剂，一共两味药，牧师解释说，其中的一味只有在神经炎发得难以忍受时才服用。

“我用药时很当心，”他说，“我可不想染上吸鸦片的恶习。”

他压根儿没提他侄儿的事情。菲利普想大伯生怕自己向他伸手要钱，所以小心提防着，来个先声夺人，絮聒不休地数说他要付各种各样的账目。他在大夫身上已经花去了那么多的钱，而付给药房的钱还要更多。再说，他生病期间，卧室里每天都得生火。现在每逢星期天，他早晚都要坐马车上教堂。菲利普生气极了，真想对他大伯说他不必担心，他侄儿并不打算向他借钱，但是他还是忍住没说。在菲利普看来，除了耽于口腹之乐和对金钱的占有欲之外，生活的一切乐趣都在那个老头儿身上丧失殆尽。人到老年，真令人可恶。

下午，威格拉姆大夫来了。看完病以后，菲利普陪他走到花园门口。

“您认为他的病况如何?”菲利普询问道。

威格拉姆大夫说话做事关心的倒不是对与不对，而是要不得罪人，只要有可能，他总是不会冒险提出明确的意见来的。他在布莱克斯泰勃行医已有三十五年之久，赢得了为人可靠的名声，而许多病人认为作为一个医生，要紧的倒不是聪明，而是为人可靠。布莱克斯泰勃新来了位医生——虽说此人在此定居已达十年，但是人们仍旧把他看作是个抢人饭碗的侵夺者——据说他人非常聪明，可是体面人家很少找他看病的，因为没有人真正了解他的情况呀。

“喔，他比意料的要好得多，”威格拉姆回答菲利普的询问时说。

“他身上有没有要紧的毛病呀?”

“唔，菲利普，你大伯可不年轻啰，”那位大夫说话间，脸上泛起一种审慎的微笑，这笑容似乎在说那位布莱克斯泰勃教区牧师毕竟还不是个龙钟的老人哪。

“他似乎认为他的心脏不怎么好。”

“对他的心脏，我倒是不大满意的，”那位大夫竟妄加猜测起来，“我认为他应该小心才是，要多加小心啊。”

一个就在菲利普舌边打滚而没问出口的问题是：他大伯究竟还能活多久？他怕问出来，威格拉姆会感到震惊。碰到诸如此类的问题，就要遵循生活的礼节，话要说得含蓄。不过，菲利普在问另一个问题的当儿，脑际突然掠过一个念头，那位大夫想必对一个病人的亲人们焦急心情已是司空见惯，不会心生奇怪的。他一定能透过他们哀切怜悯的表情看到他们的心。菲利普对自己的虚伪报以淡淡一笑，随即垂下眼睑，问威格拉姆大夫道：

“我想他马上还不至于有生命危险吧？”

这种问题是医生最忌讳的。要是说病人至多只能再活上一个月，那他家里就会立即忙着操办丧事，可是如果到时病人依然活在世上，他家里人就会带着满肚子的不高兴朝护理人员发泄，埋怨让他们过早地遭受到不必要的精神折磨。从另一方面来讲，要是说病人或许还能活上一年，可他不出一个礼拜就命赴阴曹，那死者家属就会说你是不懂医术的饭囊。他们想要是早知道病人这么快就会咽气的话，他们满可以趁他咽气之前多给他点温暖啊。威格拉姆大夫打了个手势，表示不再让菲利普纠缠下去了。

“只要他能维持现状，我认为他还不会有什么严重的危险，”他终于不揣冒昧地说。“不过，从另一方面来说，我们别忘了，他毕竟不年轻了，嗯，这部机器渐渐磨损了。如果他能挺过夏天，我看不出他为什么就不能非常舒适地活到冬天；然后，要是冬天不给他带来多大的不快，唔，我不认为他还会发生什么不测。”

菲利普返身折回餐厅，他大伯还坐在那儿。牧师头上戴了顶室内便帽，肩头裹着一条长方形钩针编织的披巾，看上去样子古怪极了。他两眼直愣愣地望着餐厅门口,菲利普走进来时,眼光一下子停留在菲利普的脸上。菲利普发觉他大伯一直在焦急地等待着他。

“嗯,关于我的情况他说什么来着?”

菲利普突然领悟到他大伯非常怕死。菲利普感到有点惭愧,于是自觉不自觉地把目光移向别处。他常常因人性的怯弱而陷入困窘。

“他说他认为您眼下大有好转,”菲利普答了一声。

他大伯的双眸顿然放出一丝兴奋的光亮。

“我的体格简直强健极了,”牧师说道,“旁的他还说了些什么?”他又满腹狐疑地追问了一句。

菲利普粲然一笑,接着说:

“他说,只要您当心,就没有理由说明您为什么不能活到一百岁。”

“我不知道我能不能活到一百岁,但是我就不信活不到八十岁。我母亲就活到八十四岁才去世的嘛。”

凯里先生座位旁摆着一张小桌子,上面放着一本《圣经》和一卷厚厚的《英国国教祈祷书》,多少年来,他一直惯于对全家吟诵这中间的内容。此刻,他伸出不住颤抖着的手,拿起了《圣经》。

“那些基督教创始人一个个寿命都很长,对不?”牧师说着,神情诡谲地笑了笑。从他的笑声里,菲利普听出有一种胆怯的恳求的调子。

那老头儿死死抱住尘世不放。诚然,他对他的宗教教义绝对信奉,对灵魂不灭说笃信不疑。他感到就凭他所处的地位,他一直修身养性,行善积德,足以使他的灵魂在他死后升上天国!在那漫长的传教布道的岁月里,他一定给众多生命垂危的人们带来了宗教的安慰!也许,他也像那从自己为自己开的处方里得不到一点好处的医生一样。菲利普为他大伯那种依恋俗世的执拗劲所震惊,所迷惑。那老头儿的灵魂深处究竟是一种什么样的难以言状的恐惧,他感到莫名其妙。他恨不能深入到他大伯的灵魂中去,那样的话,那种对他所怀疑的未知世界所怀有的恐惧感将赤裸裸地暴露在他的眼前。

时光似流水,半个月的假期一晃就过去了。菲利普又回到了伦敦。在那挥汗如雨的八月里,他都呆在服装部屏风后面,穿着衬衫,不停地挥笔作画。轮休的店员们都外出度假去了。晚上,菲利普通常到海德公园里去听乐队演奏。他渐渐适应了自己的工作,因此,工作倒变得不像开始时那么累人了。他的脑子从长期的呆滞状态中恢复了过来,寻求着令人清新的活动。他一门心思期盼着他大伯快快死去,不停地做着同样的梦:一天清晨,递来一份报告那牧师猝然去世的电报,从此他彻底自由了!可眼皮一睁开,却原来梦幻一场,心里头顿时忧愤交加,不是个味儿。既然那老头儿的死亡是随时可能发生的,菲利普便沉湎于为自己的未来作出精心的安排。就这样,他很快就把这一年光阴打发过去了。这一年是他取得合格资格前必经的阶段,他竟还一心扑在他计划的西班牙之行中。他阅读有关该国情况的书籍,这些书籍均是他从免费公共图书馆借来的。从各式各样的图片中,他精确地知道西班牙每一座城池的风貌。他仿佛看到自己驻足在科尔多瓦那座横跨瓜达尔基维尔河的大桥上,穿行在托尔多市的弯弯曲曲的街道之间;坐在教堂里,从埃尔·格列柯那儿索取他感到这位神秘莫测的画家吸引他的人生奥秘。阿特尔涅体谅他的心情,每到星期天下午,他们俩就在一起绘制详尽的旅行路线,以便菲利普不致漏掉一块值得一游的地方。菲利普还开始自学西班牙语,以消除自己的不耐烦心理。每天黄昏,他就坐在哈林顿街宿舍楼里的无人问津的起居室,花一个小时做西班牙语练习,还借助手边的英语译稿,绞尽脑汁思索着《唐·吉诃德》的妙语佳句。阿特尔涅每周给他上一次课,这样菲利普学会几句话,好在旅行时用。阿特尔涅太太在一旁讥笑他们。

"瞧你们俩还学西班牙语!"她说。"你们就不能找件有益的事情做做吗?"

可是莎莉有时却站在一旁,神情严肃地谛听着她父亲和菲利普用一种她听不懂的语言交谈着。莎莉渐渐长大成人,这年圣诞节时,她就要把头发梳上去了①。她认为她父亲是世界上有史以来最了不起的人物,总是引用她父亲对菲利普的赞词来表达她对菲利普的看法。

"爸爸对你们的菲利普叔叔可推崇了,"她对弟妹们这样说道。

长子索普已经是可以上"阿雷休所"号船当水手的年龄了,于是阿特尔涅便在家人面前绘声绘色地吹起他那儿子穿着水手制服回来度假时的模样儿来了。莎莉一到十七岁,就将去跟一位裁缝学徒。阿特尔涅又像发表演说似的谈论着小鸟翅膀硬了,一只只正扑翅飞离父母修筑的窝巢。他两眼噙着泪水告诉他们,说他们还想回来的话,窝巢依然还在原地,随时可以来吃顿便饭,可以在临时搭起的地铺上歇息,还说做父亲的心扉永远对着他孩子们的苦恼开放。

"阿特尔涅!你又胡说了,"他的妻子嗔怪地说。"只要孩子们老老实实做人,我就不信他们会遭遇到什么烦恼。只要你做事牢靠,不怕吃苦,你的饭碗就永远不会被人砸掉,这就是我的看法。我还可以告诉你说,就是我再也看不到他们自己挣饭吃,我也不会感

---

① 过去的英国少女在十五岁左右就要把头发梳上去,盘在头上。

到难过的。”

由于生育孩子、繁重的家务和不断的操心，阿特尔涅太太开始显得衰老了。有几次，黄昏时分，她的背疼痛难忍，只得坐下来歇息。她心目中的幸福就是能雇个姑娘来干些粗活，免得她每天早晨七点以前就得起床。阿特尔涅挥了挥他那秀美、白皙的手，说：

“哎哟，我的贝蒂，你跟我两人为这个国家立了一大功劳哩。我们养育了九个身体壮实的孩子。男孩们将来可以为国王陛下效劳。姑娘们将来可以做饭、缝衣服，到时将轮到她们来生育白白胖胖的小崽子。”他掉过脸去，面对着莎莉，为了安抚她，用一种跟刚才适成对照的平稳但又不无夸张的口吻补了一句：“她们还可以伺候那些光站着不动只是等待的人。”

近来，阿特尔涅在狂热地信奉各种自相矛盾的学说的同时，又钻研起社会主义理论来了。此刻，他说：

“贝蒂，在社会主义国家里，你和我两人可以领到优厚的退休金。”

“喔，别在我面前夸你那些社会主义者了，我可没这份耐心，”阿特尔涅太太嚷道。“我的生活信条是：别管我！我可不喜欢别人来打扰。我虽身处逆境，但不会灰心丧气。人各为己，迟者遭殃啊！”

“你把我们的生活说成是逆境吗？”阿特尔涅说。“根本不是那回事！我们的一生有过苦，也有过乐，我们作过斗争，我们家一向很穷，但是这种生活有意义，啊，当我看到站在周围的孩子，我得说，这种生活值得过上一百次！”

“你又吹开了，阿特尔涅！”她说着，用一种不是愤恨而是稳重的责备的目光凝望着阿特尔涅。“生这些孩子，你倒舒服，自得其乐，可我却身受十月怀胎之苦，生下来还要我带。我不是说我不喜欢他们，眼下他们都在这儿，不过，要是我能回过去重新生活的话，我倒愿意一辈子一直一个人过。唉，要是光我一个人的话，说不定现在我自己就开了爿店了，银行里存着四五百英镑，还雇个姑娘替我做些粗活。喔，无论如何，我可不愿再回忆我这辈子过的日子。”

菲利普暗自思忖，对难以数计的千百万芸芸众生来说，生活不过是没完没了的干活，既不美也不丑，只是像接受四季转换那样接受这种生活。世间的一切似乎都毫无意义，他不由得变得激愤起来。他不甘使自己相信人生毫无意义的说法，而他所见的一切，他的全部思想，无不更加坚定了他的信念。虽然他不胜愤慨，但这是一种令人快乐的愤慨。人生纵然没有意思，但还不至于那么吓人。于是，他以一种奇异的力量面对人生！

第一百零九章

秋尽冬来。菲利普曾将自己目前的住址留给伯父的管家福斯特太太，好让她写信跟自己联系。不过，他现在还是每星期去医院一次，看看有没有信。一天黄昏，他看到自己的名字赫然出现在一只信封上，而那字体笔迹正是他永远不愿再看到的。他心头不由得产生一股不可名状的感觉。有一阵子他真不想伸手去拿信。它勾起了一连串令人憎恶的回忆。可是后来，他终究沉不住气，还是把信撕了开来。

亲爱的菲尔：

是否可以尽快和您见一面。我的境遇很不妙，不知怎么办才好。不是钱的事儿。

您的忠实的
米尔德丽德
于菲茨罗伊广场
威廉街七号

他将信撕得粉碎,走到街上,随手把碎片撒向茫茫的暮曛之中。

“巴不得她见鬼去哩,”他嘟哝了一句。

他想到要同她再次见面,心头禁不住涌起一阵厌恶之感。她是不是真的在受苦,他才不在乎呢。不管她落到何等地步,都是罪有应得!想到她,他又恼又恨,过去的一片痴情,现在变成了满腔的厌恶。回首往事,他心烦意乱,直打恶心。他漫步走过泰晤士河时,由于竭力避免再想到她,甚至本能地把身子缩到了一边去。他上了床,可是没法入睡。他暗自纳闷,不知她究竟出了什么事。她不到走投无路的地步是不会给他写信的。担心她生病、挨饿的念头,怎么也没法从脑子里驱散掉。他恼恨自己意志薄弱,但是他知道,如果不亲眼见她一面,自己怎么也安不下心来。第二天一早,他在一张明信片上匆匆涂了几笔,随后在去店里上班的途中投寄了出去。信里尽量写得冷冰冰的,只说得知她境况窘迫,颇觉黯然,说他将于当晚七时按所写的地址前去探访。

那是一幢肮脏破败的出租公寓,坐落在一条污秽的街道上。菲利普想到要同她见面,心里头就很不是个滋味。他在向人打听她是否住在这儿的时候,忽然异想天开地巴望她已经搬离了。这儿看上去正是那种人们经常搬进迁出的住所。昨天他没想到看一下她信封上的邮戳,不知道那封信在信架上已搁了多久。应铃声出来开门的那个妇人,并没有开腔回答他的询问,只是默不作声地带他穿过通道，在屋子深处的一扇门上敲了几下。

“米勒太太，有位先生来看你，”她朝屋内招呼了一声。

房门开了一线，米尔德丽德心怀猜疑地打缝隙里朝外瞟了一眼。

“噢，是你呀，”她说，“进来吧。”

他走了进去，她随手把门带上。这是一间狭小的卧室，那乱糟糟的样子，和她住过的每一间寓所没有什么两样。地板上有一双鞋，东一只，西一只，上面的尘土也没擦拭干净。帽子丢在五斗橱上，旁边还有几绺假卷发，外套就撂在桌子上。菲利普想找个放帽子的地方，门背后的衣帽钩上挂满了裙子，他看到裙边上还沾有泥污哩。

“坐下好吗？”她说着，尴尬地笑了一声。“我想，这回你又收到我的信，你觉得有些意外，是吗？”

“你嗓子哑得很哪，”他回答说，“喉咙痛吗？”

“是的，痛了好一阵子了。”

菲利普没有吱声，在等待着她解释为什么要跟他见面。卧室里狼藉的景象足以表明她又堕入先前的那种生活里去了，而他一度把她从那种生活里硬拖了出来。他不知道那小孩究竟怎么样了，壁炉架上倒有一张那孩子的照片，但房间里看不到一丝痕迹能说明孩子和她住在一起。米尔德丽德手里捏着手帕，把它揉成个小球，两手传来传去。他看出她内心十分紧张。她目不转睛地凝视着炉火，他可以从容打量她而不会遇上她的目光。她比离开他的时候消瘦得多了，脸上的皮肤焦黄而干枯，更加紧绷绷地贴在颧骨上。头发染过了，成了亚麻色，这使得她模样大变，越发俗不可耐了。

“说实在的，一接到你的回信，我的心就宽下来了，”她终于开腔了，“我怕你说不定已经离开医院了。”

菲利普没有吱声。

“我想你已经正式取得医生资格了,是吗?”

“没有。”

“怎么会呢?”

“我已经不在医院了。一年半以前,我不得不改行,另谋生计。”

“你就是好见异思迁,似乎干什么事都干不长。”

菲利普又沉默了半晌。接着,他冷冷地说:

“我做了笔投机买卖,但不走运,把手头仅有的一点本钱赔了个精光。再没钱继续学医了。我只得尽量想办法挣钱糊口。”

“那么你现在干哪个行当呢?”

“我在一家商店里做事。”

“喔!”

她飞快地瞥了他一眼,随即又将目光移开去。他发现她脸红了。她神经质地用手帕轻轻拍打着自己的手掌。

“你总不至于把你的医道全忘了吧?”她好不容易把这句话从喉咙眼里挤了出来,腔调古里古怪的。

“还没有全忘掉。”

“我想见你,就是为了这个。”她的声音降低成沙哑的耳语。“我不知道自己害了什么病。”

“为啥不上医院去看呢?”

“我才不愿去呢,让那些学生哥儿们全冲着我直瞪眼,弄得不好,他们还要留我在那儿呢。”

“你觉得哪儿不舒服?”菲利普冷冷地问道,用的是门诊室询问病人的那套行话。

“嗯,我身上出了一片疹子,怎么也好不了。”

菲利普感到一阵说不出的厌恶猛然袭上心头，额头上沁出了汗珠。

“让我瞧瞧你的喉咙。”

他把她带到窗口前，尽自己的可能替她作了一次检查。陡然间，他看清了她那双眼睛，那对眸子里充满着极端的恐惧，叫人看了毛骨悚然。她真被吓坏了。她要他来宽慰自己；她用哀求的眼光望着他，又不敢启口央求他讲几句宽慰的话语，但她全身的神经绷得紧紧的，巴不得能听到这样的话儿呢。然而，让她宽心的话儿，他一句也没有。

“恐怕你病得还不轻哩，”他说。

“你看是什么病？”

他对她实说了，她一下子面如死灰，甚至连嘴唇也变得焦黄。她绝望地流下泪来，起初是无声的痛哭，后来渐渐泣不成声了。

“实在对不起，”他沉默了良久，终于这么说了，“但是，我不得不以实言相告。”

“真还不如去寻死，两眼一闭也就一了百了了。”

对于这一威胁，他未予理会。

“你手头有钱吗？”他问道。

“有六七镑的样子。”

“要知道你不能再这样生活下去了。你不觉得自己可以找点活儿干干吗？我恐怕帮不了你的大忙，我一星期也只拿十二个先令。”

“我现在还能干些什么呢？”她不耐烦地大声嚷嚷。

“真是活见鬼，你总得想法子干点什么呀。”

他神情严肃地跟她说话，把她自己有什么样的危险，以及她对别人又会引起什么样的危险，一五一十地向她说了，而她则郁郁不乐地谛听着。他试图安慰她几句，讲到最后，尽管她一肚子的不高兴,他总算还是让她勉强同意按他的劝告行事。他开了一张药方,说要把它拿到最近的药房去配。他还再三叮嘱她,一定要按时服药。他站起身来,伸出手,准备告辞。

“别垂头丧气啦,你的喉咙要不了多久就会好的。”

但他刚动身要走,她的脸孔倏地扭曲了,她上前一把拉住他的大衣。

“哦,别离开我,”她声音嘶哑地嚷道。“我真害怕呀。别把我丢下不管啊,菲尔,求求你!我再没有别人可找了,你是我曾有过的唯一的朋友!”

他觉得出她的灵魂沉浸在恐怖之中。说也奇怪,这种惊恐之状和他在他伯父眼睛里看到的很相似,那时他伯父生怕自己将不久于人世。菲利普垂下了头。这个女人两次闯进他的生活,搞得他狼狈不堪;她没有资格对他提什么要求。然而,他却感到内心深处蕴藏着一种异样的隐痛,究竟为什么,他也闹不清楚;而正是这种隐痛,使得他在接到她的信后心绪不宁,直到他服从了她的召唤为止。

“我看啊,这种隐痛一辈子也别想排除得掉,”他自言自语地说。

他一挨近她,就会感到浑身不舒服,这种莫名其妙的嫌恶使得他茫然不知所措。

“你要我怎么办呢?”他问道。

“咱俩一块儿到外面去吃点东西。我请客。”

他犹豫不决。他觉得她又在慢慢地潜回到自己的生活中来,而他原以为,她已永远地从他的生活中消失了。她盯住他望,那副迫不及待的神情不免令人作呕。

“喔,我知道我一向待你很不好,但是现在,可别把我扔下不管呀。你也算解了心头之恨了。要是你现在撇下我孤零零一个人,我简直不知道怎么办才好。"

"好吧,反正我也无所谓,"他说,"不过咱们得省着点儿,眼下我可没有钱来乱花。"

她坐下来,穿上鞋,随即又换了条裙子,戴上帽子,两人一同走了出去,在托顿汉法院路上找到了一家餐馆。菲利普已经不习惯在晚上这个时候吃东西,而米尔德丽德的喉咙痛得厉害,连食物也咽不下。他们吃了一点儿冷火腿,菲利普喝了一杯啤酒。他们相对而坐,以前他们就是这么坐着的。他怀疑这种情景她是否还会记得。他俩之间也实在无话可说,要不是菲利普硬逼着自己开口,就会一直这么一声不吭地呆坐下去。餐馆里灯火通明,好多面俗里俗气的镜子互相映照着,映像翻来覆去,重叠不尽。在这一片华灯之下,她显得既苍老又憔悴。菲利普急于想打听那小孩的情况,但是没有勇气启口。最后还是她自己提起来的:

"告诉你吧,孩子去年夏天死啦。"

"啊!"他说。

"也许你会感到难过吧?"

"才不呢,"他回答道,"我高兴得很咧。"

她瞟了他一眼,理解到他这话的含义,随即把目光移了开去。

"你一度挺疼这个孩子的,对不?我那时总觉得奇怪,你怎么会那么疼爱另一个男人生的小孩。"

他们吃完了就来到药房取药,菲利普刚才曾把药方留在那儿,让他们先配好。回到那间凌乱破旧的卧室以后,他叫她吞服了一剂。他俩又闲坐了一会,一直到菲利普得回哈林顿街时才起身告辞。这一番折腾实在使他厌烦透了。

菲利普每天都去看她。她服用他开的药,照他的嘱咐行事。不多久,疗效果然十分显著,这一来,她对菲利普的医术信服得五体投地。随着病情的逐步好转,她人也不再那么垂头丧气了。说起话来也随便多了。

"只要我一找到工作,一切就全上正轨了,"她说。"我摔跤也摔够了,现在想学点乖了,省得你再为我忙得团团转了。"

菲利普每次遇见她,总要问她有没有找到工作。她要他别担心,只要拿定主意了,准会找到点事情干干的。她有好几手准备,趁这一两个星期养精蓄锐岂不更好。对此,他也不便说她不是,但是随着这一期限的临近,他也越来越固执己见。现在她心情可开朗多了,她嘲笑他,说他是个专爱无事空扰的小老头。她把自己去找那些老板娘面谈的经过唠唠叨叨地说给他听,因为她打算在一家餐馆里弄一份差事。她还告诉他老板娘们讲了些什么,她又回答了些什么。眼下吗,什么还都没有敲定,但是她相信到下星期初肯定会有眉目的,没有必要仓促行事嘛,拣错了行当可追悔莫及啊。

"这种说法太荒唐了,"他不耐烦地说,"现在你不管找到什么差事都得干,我可帮不了你的忙,况且你也没有用不完的钱哪。"

"啊,不过我也还没有到山穷水尽的地步,还可以碰碰运气呐。"

他目光严厉地打量着她。他们初次见面以来已三个星期,那时候她手头的钱还不足七英镑。他顿时起了疑心。他回想起她说过的一些话,仔细玩味推敲。他怀疑她是否真去寻找过工作。说不定她一直在欺骗他哩。她手头的钱居然能维持这许多日子,真是天大的怪事。

"你这儿的房租要多少?"

"嘿,房东太太为人和气,跟其他的房东可不一样,她从来不上门来催缴房租,我什么时候手头方便,就什么时候付。"

他沉默不语。他怀疑的事如若属实,那真是太可怕了。这不禁使得他踌躇起来。盘问她也是白搭,她什么也不会承认的,要想知道真情,就只得亲自去查明。他已习惯在每晚八时同她分手,时钟一敲,他便起身告辞;但是这回他并没有直接回哈林顿街去,而是站在菲茨罗伊广场的拐角里,这样不管谁沿着威廉街走来,都逃不过他的眼睛。他似乎觉得已等了好长时间了,心想也许是自己猜测错了。他正打算离开,就在这时,只见七号的门开了,米尔德丽德走了出来。他闪身躲回到暗处,注视着她迎面走来。她戴的帽子上还插着一簇装饰羽毛,他曾在她房间里看到过,她穿的那身衣服他也认得,在这条街上显得过分惹眼,而且也不合时令。他尾随她缓步前行,来到托顿汉法院路,她放慢了脚步,在牛津街的拐角处站定身子,四下望了一眼,随即穿过马路,来到一家音乐厅门首。他急忙跨前几步,碰了碰她的胳膊。他看到她面颊抹着胭脂,嘴唇上涂着一层口红。

"你上哪儿去,米尔德丽德?"

听到他的声音她不由得吃了一惊,像她平时被人戳穿谎言时那样,脸刷地绯红。接着,她眼睛里射出一道他所熟识的愠怒的目光,她本能地企图借破口大骂来防身自卫,然而话到嘴边,又咽了下去。

"哟,我不过是想来看看演出罢了。每天晚上老是一个人孤零零地坐着,把人都要闷死啦。"

他不再装作相信她的话了。

"你不能这么干的。天哪,我对你讲了不下五十次了,这有多危险!你得赶紧悬崖勒马才是。"

"得了,别来这一套!"她粗暴地嚷道,"你以为我能靠喝西北风过日子吗?"

他一把抓住她的手臂,下意识地想把她拖走。

"看在上帝的分上,来吧。让我送你回家去。你不知道自己在干些什么哟！这是犯罪！”

“关我什么事呢？让他们来碰运气吧！男人们一直这样对待我，难道我还得为他们操心吗？”

说罢，她一把推开菲利普，径自走到售票处跟前，付了钱就进去了。菲利普口袋里只有三个便士，无法跟她进去。他回转身子，沿着牛津街缓步向前走去。

“我再也无能为力了，”他喃喃地说。

事情就这样了结了。从此，他再也没有见着米尔德丽德。

第一百一十章

这一年的圣诞节适逢星期四，菲利普所在的那爿商店要打烊歇业四天。他给大伯去了封信，询问他去牧师住宅度假是否方便。他接到福斯特太太写来的回信，信中说凯里先生身体有恙，不便写信，但是他极想见见自己的侄儿，要是菲利普能来，他感到很高兴。福斯特太太在门口迎候菲利普，他俩握手时，她告诉他说：

“先生，你会发现他比你上次在这儿时变得多了。不过，你得装作若无其事，好吗，先生？他为自己的健康状况而神经十分紧张。”

菲利普点了点头。于是，她领着他走进餐室。

“菲利普先生到了，先生。”

这位布莱克斯泰勃教区的牧师已是病入膏肓，奄奄一息。他那凹陷的双颊、佝偻的躯体最清楚不过地说明了这一点。他坐在扶手椅里，身子缩成了一团，头部怪诞地向后仰着，肩上披了条围巾。现在，他离了拐杖就寸步难行，两手颤抖得非常厉害，连用餐都十分艰难。

“他看来活不了多久了，”菲利普一边望着他，一边暗自思忖着。

“你觉得我现在的气色怎样？”牧师问道，“你认为我比你上次在这儿的时候变多了吗？”

“我看，你现在身板比去年夏天要硬朗得多。”

“那是因为天气热的缘故。气温一高，总叫人受不了。”

在上几个月中，有好几个星期，凯里先生是在楼上卧室里度过的，其余几周的时光是在楼下消磨的。他手边有个手摇铃，说话的当儿，他摇铃叫福斯特太太来。福斯特太太就坐在隔壁房间里，时刻准备着听从凯里先生的召唤。他问福斯特太太他第一天走出卧室是哪个日子。

“十一月七日，先生。”

凯里先生两眼盯视着菲利普，看他听后有何反应。

“但是，我的胃口还是不错的，不是吗？福斯特太太，你说呢？”

“是的，先生，你的胃口好极了。”

“不过，就是吃了不长肉。”

眼下，除了他本人的健康，其余什么都不在他心上。他的生活单调乏味，不时遭到病痛的袭击，只有在吗啡的麻醉下，他才能合上眼睛睡一会儿。尽管如此，他却执拗地、念念不忘地想着一件事：活下去！只要眼睁着活在人世就好！

“太糟了，我得开支一笔数目庞大的医药费。”他又丁丁当当地摇响手铃。“福斯特太太，把药费账单拿给菲利普瞧瞧。”

福斯特太太立即从壁炉架上取下药费账单，并把它递给了菲利普。

“这仅仅是一个月的账单。即使你来给我看病，我也怀疑你能否叫我少付些药费。我曾想直接从药房里买药，但这又要支付邮费。”

他明显地对自己的侄儿不大感兴趣，竟连菲利普目前在干些什么也没有想到问一声。但看上去，他因有菲利普在自己跟前而感到很高兴。他问菲利普能呆多久，菲利普回答说他星期二一定得动身，这时，他表示要是菲利普能多呆些日子就好了。他絮聒不休地诉说起自己病痛的症状，以及医生对他病情的诊断。他突然打住话头，摇起了手铃。福斯特太太应声走了进来。他说：

“喔，我不知你还在不在隔壁。我打铃只是想知道你是否在那儿。”

福斯特太太走后，他对菲利普解释说，要是他不能肯定福斯特太太是否在附近，他就会感到惶惶不安，因为他一旦有个三长两短，福斯特太太知道她该做些什么。菲利普发觉福斯特太太疲惫不堪，眼皮因缺乏睡眠而沉重得抬不起来。他便暗示大伯，说他让福斯特太太太操劳了。

“瞎讲，”这位牧师说，“她壮得像头牛。”后来，当福斯特太太进来给他送药时，他对她说：

“菲利普少爷说你太操劳了，福斯特太太。你喜欢照顾我，不是吗？”

“喔，我没关系，先生。凡是我能做的事情，我都愿意去做。”

没一刻儿工夫，药剂生效了，凯里先生便昏昏入睡了。菲利普走进厨房，问福斯特太太终日操劳是否吃得消。他看出她接连数月都没有得到安宁。

“嗯，先生，我又有什么法子想呢？”她回答道，“那位可怜的老先生一切都仰赖着我去给他张罗。哎，虽然有时他真叫人讨厌，但是，你又舍不得离开他，这有什么办法呢？我在这儿已呆了那么多年了，要是他一旦狠心走了，我真不知该怎么办才好哩。”

菲利普看到她确实怜爱着这个老头儿。她帮他洗澡穿衣服，给他做饭，甚至一夜都要起来五六次，因为她就睡在他隔壁房间里。每当他醒来，他总是丁丁当当地摇铃，直到她走进他的卧室为止。他随时都可能咽气蹬腿，然而他也许还可以苟延残喘几个月。她居然这样百依百顺地、心肠仁慈地照料一位陌生人，着实令人叹服。诚然，世上就只有她这样一位孤苦伶仃的老太婆料理着他，看了又叫人悲怆和心酸。

在菲利普看来，大伯终生布道的宗教，现在对他说来，不过是履行一种形式而已：一到星期六，教区副牧师来到他面前，给他吃圣餐，而且他自己也经常吟诵《圣经》；然而，很清楚，他还是怀着极其恐惧的心情看待死亡。他信奉死亡就是通向来世永恒幸福的入口，但是他自己却不想进去领略那种幸福生活的乐趣。他不时地遭受病魔的折磨，像是被铁链缚住一样，成天价在椅子里消磨时光。但是，他却像紧紧依偎在一个他用钱雇来的女人的怀抱里的孩童一样，赖在他所熟识的尘世不肯离去。

菲利普的脑海里始终盘旋着一个他不好发问的问题：他怀疑这位牧师在其垂暮之年，是否还笃信灵魂不灭之说，而眼下他就如同一部机器一样，久遭磨损，行将报废。很可能在他的灵魂深处，深信宇宙间压根儿就不存在什么上帝，深信今世一了，万事皆空。不过，不到万不得已，他是决不会说出这一信念的。但他不好发问，因为他知道，大伯的回答除老生常谈外，决不会有什么新鲜货色。

节礼日[①]那天傍晚，菲利普同他大伯一起坐在餐室里。翌日一大早他就得动身，赶在上午九时前返回店里。这时，他是来给凯里

① 节礼日，英国法定假日，在圣诞节的次日，如遇星期日，推迟一天。按英国俗例，这天向邮递员等赠送“节礼”，故称“节礼日”。

先生道别的。那位布莱克斯泰勃教区的牧师正在打盹儿,菲利普躺在靠窗的沙发上,书本跌落在膝盖上,目光懒散地打量着房间的四周。他盘算着房间里的家具能卖多少钱。他曾在这幢房子里徜徉,察看那些打孩提时代起就熟知的各色什物。家里有几件瓷器,倒还值几个钱,菲利普暗自忖度着这些瓷器是否值得带上伦敦;至于那些家具,还都是维多利亚女王时代的款式,红木质地,结实而丑陋,拿去拍卖的话,就三文不值两文了。家里还有三四千册藏书,不过谁都知道,这批书是卖不了几个钱的,很可能不会超过一百英镑。大伯究竟能给他留下多少钱财,菲利普不得而知,然而他却已是第一百次地掐算他至少还需多少钱,才能支付自己修完医学院的课程、取得学位、维持在受医院的聘书前一段日子的生活所需的费用。他两眼望着那个老头儿,辗转反侧,夜不成眠。他那张布满皱纹的脸上没有一丝人性;那是一张神秘莫测的动物的面孔。菲利普心想,要结果那条卑贱的生命该是多么的容易。每天傍晚,当福斯特太太伺候他大伯服用使他安静地度过夜晚的药剂时,他都这么想过。那里摆着两只瓶子:一只瓶内装有他定时服用的药物;另一只瓶内装有鸦片剂,只有当疼痛难以忍受时才服用。这种鸦片剂倒好后摆在他的床头边,他一般在凌晨三四点钟吞服。倒药时加大剂量,不屑举手之劳,他大伯就会在夜间死去,而且任何人都不会有所怀疑,因为威格拉姆大夫希望他这样死去,而他本人也毫无痛楚。菲利普一想到自己手头拮据、急需用钱,便情不自禁地攥紧拳头。再过几个月的那种悲惨生活,对这个老东西来说是无关紧要的,而对他菲利普来说,却意味着一切。他快到了无法忍受的地步。想起翌日凌晨又要重返商店卖命,他感到极其惊恐,不寒而栗。他一想起那个充斥着他脑海的念头,他那颗心便怦怦直跳。虽然他极力想把那个念头从自己的脑海中排遣出去,但无济于事。结果这个老头儿的生命真是易如反掌，不费吹灰之力。菲利普对这个老东西毫无感情，从来就不喜欢他。他大伯一辈子都很自私，甚至对敬慕他的妻子也同样如此，对托他抚养的孩子漠不关心；他这个人虽然说不上残酷无情，但是愚昧无知，心如铁石，又有点儿耽于声色。结果这个老头儿的生命真是易如反掌，不费吹灰之力。但菲利普不敢去做。他害怕追悔莫及，倘若他终生懊恨他所做的事情，那么有钱又有什么用处呢？尽管他经常告诫自己，懊悔是徒劳无益的，但还是有几件事情偶尔闯进他的心灵，搅得他心绪不宁。他但愿这些事情不负自己的良心。

他大伯睁开了眼睛，菲利普感到高兴，因为那样他看上去有点儿像人的模样了。当想到一度在脑际闪过的念头时，他着实感到惊悸，他所考虑的是谋财害命啊！他怀疑旁人是否有过类似的想法，还是自己反常、邪恶。他想，到了真要动手的时候，他也绝不可能去做这种事情，但这种念头确确实实是有的，还不时地浮现在自己的脑海里，如果说他手下留情，那完全是出于畏惧心理。他大伯开腔说话了。

“你不是在巴望我死吧，菲利普？”

菲利普感觉到自己的心在胸腔里剧烈地跳动。

“哎呀，没有的话！”

“那才是个好孩子。我可不欢喜你存有那样的想法。我死后，你可以得到一笔数目不大的金钱，但你不能有所指望。要是你那样想的话，那就没你的好处。”

他说话声音很低，语调中流露出一种异乎寻常的惶恐不安。菲利普的心陡然感到一阵剧痛。他暗自纳闷，究竟是什么样的奇怪的洞察力，使得这个老家伙能猜测到他心中的邪念呢？

“我祝你再活上二十年，”菲利普说。

“哦，我可不指望还能活那么久。不过，只要我注意保养身体，我不相信我就不能再活它三年五载的。”

他沉默了一会儿，而菲利普也无言以对。接着，这个老头儿似乎作了番考虑后又说开了。

“谁都有权能活多久就活多久。”

菲利普希望转移自己的思绪。

“顺便提一下，我想你从没有收到过威尔金森小姐的信吧？”

“喔，不，今年早些时候，我还接到她一封信哩。她已经结婚了。你知道吗？”

“真的吗？”

“是真的。她同一位鳏夫结了婚。我相信他们的日子一定很美满。”

第一百十一章

次日，菲利普又开始工作，但是，他期待数周之久的他大伯的结局仍杳无音讯。光阴荏苒，数周变成了数月。冬天将尽，公园里的树木绽出新芽，接着，抽出了茸茸嫩叶。一股倦怠之情搅扰着菲利普的心头。尽管时间过得令人厌倦地缓慢，但时光似水，一泻不返。他思忖着，他的韶华流逝，弹指间，青春时代将一去不复返，但自己却还可能是功不成，名不就，一事无成。他既然肯定要辞去目前的工作，那这工作就越发显得毫无意义。他设计服装，技巧熟练；虽说没有发明创造的禀赋，但在改造法国的时髦服饰以适应英国市场的需求方面，菲利普的头脑却相当灵活。有时，他对自己的设计图案深感满意，但是，工人们在制作过程中，因技术拙劣，总是把他的图案弄得一团糟。他注意到自己因自己的主张没有得到切实的贯彻执行而变得激忿起来,觉得很好笑。他得步步留神。每当他提出自己的独到见解时,桑普森先生总是断然拒绝:他们的主顾并不希冀奇特的货色;而这爿商店在商界处于举足轻重的地位,在同这样的顾客打交道时,你表示过分亲昵是不值得的。有那么一两回,他把菲利普一顿好熊,他认为这个年轻人有点儿自命不凡,因为菲利普的想法总是不对他的思路。

"你得当心着点,我的好小伙子,否则,总有一天要把你赶到街上去!"

菲利普真想对准他的鼻梁狠狠地揍他一拳,但他还是忍住了。这种日子毕竟不会太长了。到时候,他将永生永世不再同这些人往来。有时,他可笑地、绝望地号叫,说他大伯一定是个铁打钢铸的汉子。多么强壮的体格啊!他生的那种病,或许早在一年前就可以把任何一个好端端的人打入阴曹地府。最后,当牧师快要断气的消息到来的时候,菲利普被弄得措手不及。其时,他一直在考虑其他事情。眼下是七月,再过半个月,他将外出度假。他接到福斯特太太的一封信,信中说大夫断定凯里先生活不了多久了,要是菲利普希望再见他一面的话,那就立即赶来。菲利普去找店主,说他要走。桑普森先生可是个通情达理的人儿,他得知这种情况后,没有作难。菲利普同他部门里的人员一一道别。他离走的原因在同事们中间传开了,并被大大地夸大了,他们都认为他已经得到了一笔财产。霍奇斯太太同他握别时,双眼饱噙着泪水。

"我想,我们再也不能经常见到您了,"她说。

"离开这家莱恩商店,我还是高兴的,"菲利普回答道。

说来奇怪,在离开这些他认为他一直感到厌恶的人们时,他心里还着实难受了一番。在驶离哈林顿大街上那幢房子时,他也高兴不起来。他过去曾预示过在这种场合他将有的种种情感,然而,眼下他却处之泰然,毫不在意,只当是自己外出度几天假而已。

“我的性情现在变得恶劣透了,”他自言自语道。“我总是引颈盼望着某些事情,可是,这些事情当真到来了,自己却又总感到扫兴。”

他于午后到达布莱克斯泰勃。福斯特太太在门首迎他。她的脸神告诉他大伯还活着。

“今天他觉得好些了,”福斯特太太说,“他的体质真好。”

她领菲利普走进卧室,凯里先生仰卧在床上。他朝菲利普淡淡一笑,这笑容流露出一丝他再次战胜敌手后的那种狡黠的、心满意足的神色。

“我想我昨天一切都完了,”他吃力地咕哝着。“他们都对我不抱任何希望了。福斯特太太,你不也是这样的吗?”

“你的体格实在强健,这是不用怀疑的。”

“我虽上了年纪,可气数还未尽啊!”

福斯特太太说,牧师不能讲话,这样要累垮的。她把他当作一个小孩看待,既慈爱又专断。这老头儿看到自己使得他们的一切期待归于破灭,就像小孩子那样心满意足。他突然意识到是有人特地把菲利普叫回来的,但想到菲利普枉费心机,白跑了一趟,不禁窃窃自喜。以前,他心脏病曾发作过多次,总觉得自己似乎快要死了,但他还是没有死。要是心脏病不再发作,他一两个星期之内完全可以康复。他们都在谈论他的体格,然而他们中间没有一个人知道他的体格究竟有多强健。

“你就呆一两天吗?”他问菲利普,佯装认为菲利普是来度假的。

“我正是这么想的,”菲利普高高兴兴地应了一句。

“呼吸几口海边的空气对你是有好处的。”

此时,威格拉姆大夫来了,看过牧师以后,便同菲利普交谈起来。他的举止适度。

“恐怕这一次他准完,”他说。“这对我们大家都是个重大损失。我认识他已有三十五个春秋了。”

“他眼下看上去还挺不错的哩,”菲利普说。

“我是用药来延续他的生命的,但这维持不了多久。前两天的情况可危急了,我想他大概死过五六次了。”

医生沉默了一两分钟。但是,到了门口,他突然对菲利普说:

“福斯特太太对你说了些什么没有?”

“你这话是什么意思?”

“他们这些人太迷信了。福斯特太太认为他有桩心事,而这桩心事不了,他口眼不闭,可是,他又不愿说出来。”

菲利普听而不答,于是医生继续说下去:

“当然啰,那全是些废话。他这一生清白无瑕,尽到了他的责任,一直是我们教区的好牧师。他没有什么可以引以自责的。我可以肯定,我们大家都将怀念他。他的继任者是否能有一半像他这样好,对此,我表示怀疑。”

接连数日,凯里先生的病情还是老样子,毫无起色。他失去了原先极好的胃口,东西只吃很少一丁点儿。现在,威格拉姆大夫不愿再想法减轻折磨着他的由神经炎引起的疼痛,神经炎痛,加上他瘫痪的四肢不住地颤抖,累得他筋疲力尽。但他的脑子还是清醒的。菲利普和福斯特太太轮流看护他。许多月来的劳累把她拖垮了,在那几个月中,她专心致志地照料着他。为此,菲利普坚持要彻夜陪伴病人,这样好让她睡上一宿。他不让自己睡熟,坐在安乐椅里,在遮掩的烛光下阅读《天方夜谭》,借此消磨漫漫长夜。这部书他还是小时候读过的，这时候，书中的故事又把他带到了童年时代。间或他静坐着，屏息凝气地倾听着夜的寂静。鸦片剂麻醉作用逐渐消退时，凯里先生变得烦躁不安，使得菲利普手脚不停地忙碌着。

最后，一天清晨，当小鸟正在树上唧唧喳喳地啁啾时，他听到有人叫他的名字，便连忙跑到病榻跟前。凯里先生仰卧着，两眼瞪视着天花板，没有把目光转向菲利普。菲利普看到他的额头上汗水涔涔，就拿起一条毛巾，替他把汗水擦掉。

“是菲利普吗？”老头儿问了一声。

菲利普不由得吃了一惊，因为他的声音倏地变得异样了，这声音低微而又沙哑。一个人内心惶恐不安时，说话就是这个样子。

“是的。你要些什么吗？”

停顿了片刻。那双视而不见的眼睛直瞪瞪地望着天花板。脸一阵抽搐。

“我想我快要死了，”他说。

“嘿，瞎说什么！”菲利普大声说道，“三年五载还不会死的。”

两行泪珠从老头儿的双眼里涌了出来，使得菲利普深受感动。在他的一生中，从未流露出任何特殊的情感。此时菲利普看到这番情景，很感到有些害怕，因为这两行老泪意味着一种难言的恐惧。

“去把西蒙斯先生请来，”他大伯说，“我要吃圣餐。”

西蒙斯先生是教区的副牧师。

“现在就去吗？”菲利普问道。

“快去，要不就迟了。”

菲利普出去唤醒福斯特太太，但是已经迟了，福斯特太太已经起来了。菲利普叫她派名花匠去送信，说完便返身转回他大伯的卧室。

“你有没有派人去请西蒙斯先生？”

“已经派人去了。”

屋里一片寂静。菲利普坐在床沿上，间或替他大伯擦去额头上渗出来的汗水。

“让我握住你的手，菲利普，”老头儿终于开腔说话了。

菲利普向他伸出自己的手，他像抓住了自己的生命似地死命抓住这只手，犹如在境况危急之中寻求精神上的依托。也许他这一辈子从未真正爱过一个人，但是眼下他却本能地向人求助。他的手湿漉漉、冷冰冰，无力却又绝望地抓住菲利普的手不放。这个老头儿正在同死亡的威胁交战。菲利普心想，这一关谁又能逃脱得了呢。啊，此情此景是多么的森然可怖，然而，人们居然还对让其善男信女遭受如此残忍的折磨的上帝笃信不疑！他从来不把他大伯放在心上，两年来，他无时无刻不在巴望他大伯快点死去；但是，眼下他无法克服自己满怀的怜悯之情。要做到不同于野兽，该要花多大的代价啊！

他俩依然缄默不语。此间，只有一次凯里先生用微弱的声音问道：

“他还没有来吗？”

最后，管家终于悄没声儿地踅了进来，报告说西蒙斯先生到了。管家手里拎着一只装有白法衣和头巾的提包。福斯特太太双手捧着圣餐钵。西蒙斯先生默默地同菲利普握了握手，然后他怀着他那种职业所特有的严肃的神情走到病人身边。菲利普和那位管家用人走出了房间。

菲利普在花园的四周踱步。在晨曦中，一切都是那么湿润，那么沁人心脾。鸟儿在欢乐地引吭高歌；天空蔚蓝，充满了带咸味的空气，芬芳、凉爽；玫瑰花吐艳怒放。树木葱翠，绿坪如茵，流光溢彩。菲利普边踱步边思索着此时在房间里进行的神秘的事情。他内心中不由得升腾起一股奇特的情感。不一会儿,福斯特太太走出房间,来到他的跟前,说他大伯要见他。那位副牧师正在把他的东西收进那只黑提包里。病人微微侧过头来,用微笑同他打招呼。他的这一变化,这一异乎寻常的变化,菲利普见了心里不由得一怔。他眼睛里再也没有那种惊恐的神色,他脸上那种痛苦的神情一扫而光,他看上去愉快而安详。

"我现在已作好了准备,"他说,此时说话的腔调也变了。"上帝一旦决定召见我,我心悦诚服地把我的心灵奉献给他。"

菲利普默不作声。他看得出他大伯一片诚心诚意。这简直是个奇迹。他获得了他心目中的救世主的膏血,这些给了他一种力量,使他对自己不可避免地要进入冥府不再诚惶诚恐。他心里明白他即将寿终正寝,他屈从命运的安排。不过他又加了一句:

"我将重新跟我亲爱的妻子在一起。"

听后,菲利普不禁为之愕然。他还记得大伯待她是多么的冷漠自私,对她那谦恭、忠实的爱情是多么的麻木不仁、无动于衷。然而,那位副牧师却深受感动,转身走开,福斯特太太一边抽泣着,一边陪送副牧师到门首。凯里先生因劳累打起瞌睡来了,菲利普坐在他的床头边,静静地等待着他大伯的终期到来。早晨慢慢地挨过去了,老头儿的呼吸声渐渐变成了鼾息声。医生来了,并说这老头儿快要咽气了。他神志不清,无力地吻着床单。他局促不安,还大喊大叫。威格拉姆大夫给他作了次皮下注射。

"这一针现在已不起什么作用,他随时都有死亡的可能。"

医生望望手表,又望望病人。菲利普看到这时已是十点钟了。威格拉姆大夫在想着吃饭的事儿。

"您不必等了,"菲利普说。

"我无能为力了,"医生回答道。

医生走后，福斯特太太问菲利普他是否愿意去找那位木匠兼殡仪员，并且要菲利普叫此人派个妇人来张罗陈殓事宜。

“你需要呼吸一点新鲜空气，”她说，“这对你是有好处的。”

那位殡仪员住在半英里之外。当菲利普对他说明来意后，他问道：

“那位可怜的老先生是什么时候死的？”

菲利普踌躇不答。他突然想起，在他大伯断气之前就叫一个女人去替他擦身，这似乎有点残忍。同时，他暗自纳闷，福斯特太太为什么要叫他上这儿来呢？他们可能会认为他迫不及待地要把那老头儿弄死。他觉得那位殡仪员用一种古怪的目光在注视着自己。这位殡仪员又把刚才问的问题重复了一遍，这使得菲利普感到浑身不自在，心里不由得嘀咕起来：这碍他什么屁事呢？

“牧师是什么时候去世的？”

起初，菲利普情不自禁想回答说牧师刚才去世的，但转而一想，要是他大伯再弥留几个小时，那就不可解释了。他不觉满面赧颜，尴尬地回答道：

“喔，他还没死呢。”

那位殡仪员迷惑不解地打量着菲利普，这时，菲利普匆匆解释道：

“福斯特太太独自一人在家，她那儿需要一个女人做帮手。你懂吗？他现在可能已经死了。”

那位殡仪员点点头。

“噢，是的，我懂了。我马上就派一个人去。”

菲利普回到牧师住宅时，便径直走进那间卧室。福斯特太太从床边的一张椅子里站立起来。

“他还是同你离开时的情况一样，”她说。

她下楼去弄些吃的,而菲利普却惊奇地注视着死亡的进程。此时,那具做着微弱无力的挣扎的、失去了知觉的躯体里没有一丝人的味儿。有时,从那张松弛的嘴唇中间发出一阵低沉的呻吟。烈日当空,普照大地,花园里树木婆娑,荫翳凉爽宜人。这天气真美!一只绿头苍蝇嗡嗡嘤嘤,撞击着窗玻璃。刹那间,耳边响起一阵可怕的嘎嘎声,使得菲利普大吃一惊,不觉毛骨悚然。四肢一阵抽搐过后,那老头儿死了。这部机器终于停止了运转。那只绿头苍蝇盘旋飞鸣,不时发出撞击窗玻璃的嘈杂声。

第一百十二章

乔赛亚·格雷夫斯以其出色的组织能力操持着葬礼事宜,事情办得既得体又省钱。葬礼一完,他便伴着菲利普返回牧师住宅。已故牧师的遗嘱就在他手里。他一边喝着茶,一边怀着同目下气氛相适应的情感,向菲利普宣读了遗嘱。说是遗嘱,不过半张纸,上面写明凯里先生身后留下的一切均由其侄儿菲利普继承。具体项目有:家具;银行存款八十英镑;除在爱皮西公司搭股二十份外,还分别在奥尔索普酒厂、牛津杂耍剧场和伦敦一家餐馆搭有股份。这些股份当时均是在格雷夫斯先生指点下购买的。此时,格雷夫斯先生颇为得意地对菲利普说道:

"要知道,是人,就得吃、喝,还要玩乐。假使你把钱投入公众认为是须臾不可缺少的项目里,那你就放心好了,保管吃不了亏。"

格雷夫斯的一番话将下等人的粗鄙与上等人的高雅之间的差别,表现得淋漓尽致,恰到好处。对下等人的粗鄙,菲利普心有反感,但也心悦诚服地接受了。向各种行业投资的金额加起来也不过五百英镑左右,但这笔数目还得包括银行的存款以及拍卖家具所得的款项。对菲利普来说,这是一笔财产,虽说他心里头并不怎么高兴,倒也有一种长久压在心头的石头顿然落地之感。

接着,他们俩商定及早把家具拍卖出去。此后,格雷夫斯先生告辞走了,菲利普便动手整理死者留下来的书信和文件。那位尊敬的威廉·凯里牧师生前一向夸耀自己从不毁坏一件东西,并以此为荣。因此房间里放满了一扎扎五十年来的往来信件和一包包签条贴得整整齐齐的单子。已故牧师不但保存别人写给他的信件,而且还保存了他写给别人的信件。其中有一扎颜色泛黄的信件,都是牧师在四十年代写给他父亲的。当时,他作为牛津大学的毕业生在德国度了个长假。菲利普漫不经心地读着。这个写信的威廉·凯里同他记忆里的威廉·凯里迥然不同,然而对一个细心的读者来说,也不难从这个写信的青年身上看到那个成年的凯里的某些影子。信都写得礼貌周全,可就是有点装腔作势、矫揉造作的味儿。他在信里表明自己为了饱尝所有值得一看的名胜,可谓是历尽了辛苦,费尽了气力;他还怀着幽雅、激动的心情,描绘了莱茵河畔的城堡的丰姿。沙夫豪森的瀑布打开了他感情的闸门,他在信中写道:“我不禁对宇宙的万能造物主肃然起敬,感恩戴德,他的作品简直太奇妙、太优美了。”而且,他还情不自禁地联想到那些生活在“神圣的造物主的这一杰作面前的人们,应该为其过一种圣洁的生活的期望所感动”。菲利普在一叠单子里翻出一张袖珍画像,上面画的是刚被授予圣职的威廉·凯里:一个身体瘦削的年轻副牧师,头上覆着长长的鬈发,一双黑黑的大眼睛,目光蒙眬,一张苦行者似的苍白的脸。这当儿,菲利普的耳边响起了他大伯的哧哧笑声,他大伯生前常常一边这样笑着一边讲着几位敬慕他的女士亲手做了几打拖鞋送给他的事。当天下午余下的时间和整个晚上,菲利普都用来整理这堆数不胜数的信件。他先扫视一下信上的地址和落款的签名，然后他把信撕成两半，随手扔进身边的废纸篓里。突然，他翻到了一封签名为海伦的信件，但上面的字迹他却不认识，一手老体字，笔画很细又很生硬。抬头称呼是“亲爱的威廉”，落款是“您的亲爱的弟媳”。他顿时恍然大悟，意识到此信原来是他母亲写的。他从没有看到过她写的信，因此她的字体对他很陌生。信中写的就是关于他的事情。

亲爱的威廉：

斯蒂芬曾给您去过一信，感谢您对我们儿子的出世的祝贺以及您对我本人的良好祝愿。感谢上帝，我们母子俩安然无恙。我深深感激上帝赐予我的慈悲。现在我既然能够握笔，我就很想对您和亲爱的路易莎一表衷肠。我这一次分娩以及我同斯蒂芬结婚以来，你们俩一直都很关心我，对此，我真是感激不尽。在这里，我请求您帮我一个忙。斯蒂芬和我都想请您做这个孩子的教父，并希望您能接受这一请求。我深信您一定会慨然允诺，认真担当此任，正因为如此，我才不揣冒昧地启口向您提出这一绝非小事的请求。我殷切期盼您能担当此任，因为您既是一名牧师，又是这孩子的伯父。这孩子的幸福，真令人牵肠挂肚，放心不下。为此，我日日夜夜向上帝祷告，祈求上帝保佑这孩子日后成长为一个善良、诚实和笃信基督的人。我衷心地希望，在您的教诲下，这孩子将成为一名信奉基督教义的信徒，但愿他一生一世都做一个虔诚的、谦恭的、孝顺的人。

您的亲爱的弟媳

海伦

菲利普把信推向一边，向前倾过身子，双手捧住脸。这封信拨动了他的心弦,同时也使他惊讶不已。他感到惊讶的是,此信通篇都是一种说教的口气,在他看来,既不令人生厌,但也不催人伤感。他母亲去世将近二十年了,他只知道她长得很美,除此之外,他对她毫无印象。当知道他母亲生前曾是这么天真、虔诚,菲利普心中不由得好生奇怪。他可从来没想到他母亲的这一方面的性格。他再次捧起他母亲的信,重新读着信中谈及他的段落,读着她对自己所怀的希望和想法。可他却变成了跟他母亲所期望的迥然不同的另一种人。他仔细端详了自己一会儿。也许她还是死了的好。随即,在一时感情冲动的驱使下,菲利普嚓地一下把信撕碎了。信中的亲密感情和愚直口气使此信看上去纯属一种奇特的私人信件。此时,菲利普心中不由得生出一种莫名的情感,总觉得自己阅读这封披露他母亲芳魂的信件是不道德的。接着,他继续整理牧师留下来的那堆令人生厌的信件。

几天后,菲利普来到伦敦,两年来第一次在白天堂而皇之地迈进圣路加医院的大厅。他去见了医学院的秘书。秘书看到菲利普,不胜惊讶,连忙好奇地询问起菲利普前一时期的情况来。菲利普的前一段人生经历给予他一种自信,并使得他能用一种新的眼光来看待事物。要是在过去,听了秘书的询问后,菲利普一定会窘态百出,觉得无地自容。可现在他却头脑冷静,从容以对,回答说有些私事使得他不得不中断学业,现在他想尽快取得当医生的资格。而且为了防止秘书追问,他故意把话说得含含糊糊的。鉴于他最早可以参加的考试科目是助产学和妇科学,他便登记上名字到妇科病房去当名助产医士。时值放假,他没费什么劲就得到了这个位子。两人最后商妥,他的工作安排在八月的最后一周与九月的前两周。菲利普从秘书那儿出来,信步穿过校园。夏季学期的考试刚结束,所以校园里很少见到人,显得空荡荡的。他沿着河边台地闲逛。此时,他心满意足。他暗自思忖着，这下他可以开始过一种崭新的生活了，将把以往的一切过错、愚行和遭受的不幸统统抛在身后。那奔腾不息的河流象征着一切都成了过眼烟云，象征着一切总是在不断地消失，象征着一切皆无关紧要。一个充满机会的灿烂前景展现在他眼前。

菲利普一回到布莱克斯泰勃，就忙着处理他大伯的遗产。拍卖家具的日子定在八月中旬，因为那时将有许多人从各地赶来此地消暑度假，这样家具可以卖好价钱。藏书目录已经打出，并分发给坎特伯雷、梅德斯通和阿什福等地的旧书店的经纪人。

一天下午，菲利普突然心血来潮，跑到坎特伯雷，去观看他原来读书的学校。他打离开学校那天起，一直就没有回去过。他还记得那天离开学校时，他心里怀有一种如释重负之感，认为从那以后，他就可以自由自在，一切听凭自己安排了。漫步在他多年来稔熟的坎特伯雷的狭窄街道上，他心头不禁泛起一股新奇的情感。他望了望那几爿老店铺，依然还在，仍旧在出售与过去一样的商品。书店里一个橱窗摆着教科书、宗教书籍和最近出版的小说，另一个橱窗里悬挂着大教堂和该城的照片。运动器具商店里堆满了钓鱼用具、板球拍、网球拍和足球。那爿裁缝店还在，他整个童年时代穿的衣服都是在这店里做的。那爿鱼店还开着；他大伯以前每次来坎特伯雷都要上这爿店买上几尾鱼的。他沿着肮脏的街道信步朝前走去，来到一堵高高的围墙跟前，围墙里有幢红砖房，那是预备学校。往前走几步就是通向皇家公学的大门。菲利普站在周围几幢大楼环抱的四方院子里。此时四点，学生们从学校里蜂拥而出。他看见教师一个个头戴方帽、身穿长袍，但一个也不认识。他离开这所学校已经十多年了，学校面貌大为改观。菲利普望见了学校校长，只见他缓步从学校朝自己家走去，边走边同一位看样子是个六年级学生聊着天。校长的面目依旧，倒无甚变化，还是菲利普记忆中的那个瘦骨嶙峋、形容枯槁、行为怪诞的样子，两道目光还是那样的灼热，不过，原来乌黑的胡子眼下却夹杂着几根银丝，那张缺少血色的脸刻着深深的皱纹。菲利普真想走上前去同他说个话儿，但是又怕校长记不起自己，而自己也怕给别人作自我介绍。

男学生们逗留在学校里，互相交谈着。隔了不多时，其中有些学生急于变着法儿玩耍，便跑出来打球了；后面的学生三三两两地跑出校门。菲利普知道他们这是到板球场去的。还有一批学生进入场地打网球。菲利普站在他们中间，完全是个陌生人，只有一两个学生冷漠地瞥了他一眼。不过，为诺尔曼式的楼梯所吸引而前来参观的人屡见不鲜，因此观光者很少引起人们的注意。菲利普好奇地注视着那些学生。他不无忧伤地思索着他同那些学生之间的距离之大，并心酸地回想起当初他曾想轰轰烈烈干番事业，到头来却成事甚少。在他看来，逝去的岁月，犹如难收的覆水，白白地浪费了。那些孩子一个个精神抖擞，生龙活虎，正在玩着他当年曾经玩过的游戏，就好像自从他离开学校至今，世上连一天都没有过去。然而，当初就在这同一地方，他至少还能叫出每个人的名字来，可现在却没有一个是他认识的。再过上几年，换了别的孩子们在运动场上玩耍，眼前的这批学生也会像他现在这样被撇在一边无人理睬。他很想知道他当年的同窗眼下景况如何：他们也都是三十岁的人了。有的说不定已死了；而活着的也都成家立业，生儿育女了。他们或是军人，或当了牧师，抑或成了医生和律师。他们都行将告别青春而步入不惑之年。他们有谁跟他菲利普一样把生活搞得一团糟的？他想起了他一度深爱的那个男孩来了。说来也奇怪，他竟会记不起他的名字。那个男孩的音容笑貌，菲利普依然记忆犹新，历历在目。他们俩曾是很要好的朋友，可就是记不起他的名字。菲利普饶有兴味地回忆着正是为了他的缘故自己曾妒火中烧的情景。

想不起他的名字，可把菲利普急得像什么似的。他渴望自己再变成个小孩，就像他看到的那些闲步穿过四方院子的孩子一样，这样，他就可回避他的那些过错，重新做人，从生活中领悟到更多的道理。蓦地，一股难以忍受的孤独感向他心上袭来。他几乎抱怨起前两年中过的苦日子来了，因为仅仅为了苟且活在世上而作出的苦苦挣扎，却使得生活的痛苦缓和了。你必汗流满面才得糊口。[1] 这句格言虽说不是对人类的诅咒，却是一帖使人类俯首听命于生活摆布的麻醉剂。

但是菲利普沉不住气了，又回想起他对人生格局的想法：他所遭受的不幸，不过是一种美丽的、精巧的装饰品的一部分。他不断地提醒自己，什么无聊啊，激动啊，欢乐啊，痛苦啊，他都要高高兴兴地接受下来，因为它们都给他设计的图案增色添彩。他自觉地追求着美。他还记得，自己还是个小孩的时候，一定很喜欢那座哥特式大教堂，正如眼下人们站在网球场看到的一样。于是，他移步来到那儿，双目凝视着乌云密布的苍穹下面那座灰色的庞然建筑物，中央的塔尖高耸入云，好像人们在对上帝赞美似的。孩子们正在打网球，一个个都很敏捷，健壮，活泼。菲利普不由自主地谛听着孩子们的叫喊声和欢笑声。年轻人的叫喊声有其特殊的音色美，然而菲利普只是用眼睛欣赏展现在他面前的美妙的事物。

第一百十三章

八月份最后一周的第一天，菲利普走马上任，在他负责的地段

① 此句出自《圣经·旧约·创世纪》第三章第十九节。

内履行助产医士的职责。这工作可不轻哩,平均每天都要护理三名产妇。产妇事先从医院领取一张“卡片”,临产时,就叫一个人——通常是个小女孩——把“卡片”送至医院传达室,随即传达便伴着送信的来找住在马路对面的菲利普。要是在深夜,医院传达则独自穿过马路来唤醒菲利普,因为他身边就有一把开菲利普房门的钥匙。接着,菲利普便摸黑起床穿衣,步履匆匆地穿行在泰晤士河南岸的一条条阒无人影的街道上;这当儿,菲利普心里总是充满了一种神秘感。深更半夜来送“卡片”的,一般都是做丈夫的亲自出马。要是以前已经生过几胎的,那么,来送信的这位丈夫的态度便显得漠然;可是如果是新婚的,那做丈夫的就像热锅上的蚂蚁似的,心急如焚,有时候竟借酗酒来浇灭心头的焦虑。他经常要走上一英里路,有时甚至更多。于是一路上,菲利普就同前来报信的闲聊些劳动条件和生活费用之类的琐事,从而了解到不少有关泰晤士河彼岸的各种行业的情况。他使得接触他的人们树立起信心。他久久等候在闷热的房间里,产妇躺在一张大床上,而这张床却占去了房间的一半面积;在这期间,产妇的母亲和照料产妇的看护无拘无束地交谈着,时而也态度极其自然地同他聊上几句。他前两年的生活遭遇使得他懂得了有关赤贫人家的生活的许多事情,而他们发觉他对他们的生活状况了解得如此清楚,一个个直觉惊奇。他还因不上他们的当而给他们留下了深刻的印象。菲利普性情温顺,干起事来总是轻手轻脚的,而且还不发脾气。他们都很喜欢他,因为他从不以同他们一道喝茶为耻。要是天亮了,可他们还在等待产妇分娩的话,他们就请他吃上一片面包,喝上几口水。他从不挑食,多数情况下都能吃得津津有味。菲利普到过许多人家,其中有些人家的房子蜷缩在污秽街道旁的肮脏的院子里,里面黑咕隆咚的,空气浑浊不堪,邋遢得简直叫人伸不进脚去。但是出人意料,有些房间虽然外表破败不堪，地板被蛀虫咬坏，房顶上还有裂缝，但气宇不凡：屋里的橡树栏杆精雕细刻，玲珑剔透；四周墙壁仍旧嵌有镶板。这种房子往往住得非常拥挤，每家只住一个房间。日里，孩子们在院子里訇喝喧闹声不绝。那些年深日久的墙壁正是各种害虫的孳生繁殖之地；屋里充满了一股臭气，令人作呕，因此菲利普不得不燃起烟斗。住在这里的人们过着半饥半饱的生活，添丁自然不受欢迎，作爸爸的总是虎起脸迎接出世的新生儿，而做妈妈的则绝望地望着从自己身上掉下来的肉。这下又多了一张吃饭的嘴，可是要糊住眼下几张嘴，食物都不够呢。菲利普常常觉察出人们巴不得生下来的孩子是个死胎，或者即使生了下来，也希望孩子快快死去。一次，菲利普为一名产妇接生，她生了双胞胎。产妇得知后，突然伤心地号啕大哭起来。产妇的母亲当即说：

“真不知他们有什么法子喂大这两个孩子呢。”

“说不定上帝到时候觉得该把他们俩召到他那儿去哩，”在一旁的看护接着说。

菲利普瞥见那个男人目光凶残阴冷地盯视着那一对并排躺着的小不点儿，不觉吃了一惊。他感到，在场的这家人对这两个突然来到人世的可怜的小家伙无不抱有深深的敌意，并怀疑要是他事先不口气坚决地关照他们的话，那么任何“不测”都是可能发生的。想不到的事故常常发生。做母亲的睡觉时“压”着了小孩啦，还有给孩子喂错了食物啦，这误食现象兴许不都是由于粗心大意造成的。

“我每天都来看一次，”菲利普叮嘱着，“我提醒你们一句，要是这两个孩子有个三长两短，那你们是要受到传讯的。”

那个做父亲的一声不吭，可是恶狠狠地瞪了菲利普一眼。他居心叵测。

“上帝保佑这两个小生命，”孩子的外婆说，“他们还会出什么事呢？”

要产妇在床上静卧十天，这是行医的一再坚持的最低要求；可是要做到这一点，谈何容易。操持家务可是件麻烦事。不出钱是找不到人照看孩子的。再说，丈夫下班回来，又饿又累，一看茶点还没准备，就会不住地喃喃埋怨。菲利普曾听人说过穷帮穷的事儿，可不止一个家庭主妇向他抱怨，说不出钱是请不到人来帮助打扫和看管孩子的，可她们两袋空空，掏不出这笔费用。菲利普倾听女人们之间的谈话，或者偶尔听到些谈话的片言只语，虽话犹未尽，但话中意思他还是猜得出的。通过这些谈话，他渐渐意识到穷人同上层阶级的人毫无共同之处。穷人并不艳羡富有者，因为双方的生活方式迥然不同，而且他们怀有一种典型的自得其乐的心理，总认为中产阶级的生活里充满了虚情假意，显得极不自然。况且，他们还有点儿瞧不起中产阶级的那些有钱人呢，认为那些人是一批蠢货，从不用自己的双手劳动。那些高傲的有钱人只图清静，不希望受人打扰，可是人数众多的穷人们却把他们当作揩油的对象，知道该说些什么话来打动他们，使他们大发慈悲，随意散财。这点好处来自富人的愚蠢和他们自己的口才，他们认为接受它是理所当然的。他们虽然鄙视、冷淡教区副牧师，但对他倒能容忍；可是那位牧师助理却激起了他们满腔忿恨。她一走进屋子，不管人家喜欢不喜欢，就把所有窗户全打开，一边嘴里还念叨着“我还有关节炎呢，身上已经够冷的了”。她还在屋里到处转悠，这里看看，那里摸摸的。如果她不说地方肮脏，那就听她那张利嘴怎么说的吧：“他们雇个人，事情当然好办啰。要是她有四个孩子，又得自己烧饭，还得替孩子缝补浆洗，我倒要来看看她的房间是怎么整理的呢。”

菲利普发现，对穷人们来说，人生的最大悲剧不是生离死别，因为这是人之常情，只要掉几滴眼泪就可以涤除心头的悲哀；对他们来说，人生的最大悲剧是在于失业。一天下午，菲利普看到一个男人在其妻子生产三天后回到家里，对妻子说自己被解雇了。这个男人是个建筑工人，当时外边活儿不多。他讲完之后，便坐下来用茶点。

"哎唷，吉姆，"他的妻子哀叹了一声。

那男人神情木然地咀嚼着食物。这食物一直炖在小锅里，等他回来吃的。他目光呆滞地望着面前的盘子。他的妻子睁着一对充满惊恐神色的小眼睛，朝着自己的男人望了两三次，接着低声地抽泣起来。那位建筑工人是个粗壮的小矮个儿，脸孔粗糙，饱经风霜，前额有一道长长白白的疤痕。他有一双树桩似的大手。顿时，他一把推开盘子，仿佛他不再强迫自己进食似的，随即掉过脸去，两眼凝视着窗外。他们的房间是在后屋的顶层，从这里望出去，除了铅灰色的云块以外，别的啥也看不见。房间笼罩在一种充满绝望的沉默之中。菲利普觉得没什么可说的，只有离开房间。他没精打采地走开去，因为他这天夜里几乎没合眼，而心里对世界的残酷充满了愤懑。寻求工作的失望的滋味，菲利普是领教过的；随之而来的悲凉心情真比饥饿还难忍受。谢天谢地，他总算不必信奉上帝，要不然，眼前的这种事情他怎么也忍受不了。人们之所以能对这种生活安之若素，正是由于生活毫无意义这一缘故。

菲利普觉得有些人花时间去帮助穷人是完全错了，因为他们根本没有想到穷人对有些东西已习以为常，并不感到有什么妨碍，而他们却企图去加以纠正。他们硬要去纠正，结果反而扰乱了他们的安宁。穷人并不需要空气流通的大房间；他们觉得冷，是因为食物没有营养，血液循环太缓慢。房间一大，他们反而会觉得冷，想要弄些煤来烤火了。几个人挤在一个房间里并无害处，他们宁愿这样住着;他们从生到死从来没有单独生活过,然而孤独感却始终压得他们受不了;他们还喜欢居住在混乱不堪的环境里,四周不断传来喧闹声,然而他们充耳不闻。他们觉得并无经常洗澡的必要,而菲利普还经常听到他们谈起住医院时一定要洗澡的规定,说话的语气还颇有些不满哩。他们认为这种规定既是一种侮辱,又极不舒服。他们只想安安稳稳地过日子。那个时候,如果男人一直有工作做,那么生活也就过得顺顺当当,而且也不无乐趣。一天工作之余,有足够的时间在一起嗑牙扯淡,再喝上杯啤酒倒蛮爽心悦神的。街道上更是乐趣无穷。要看点什么,那街上有的是伦纳德①的肖像画和《世界新闻》杂志。"可是你怎么也弄不懂时间是怎么过去的。实际情况是,做姑娘时,读点书确实是难得的,可是一会儿做这事,一会儿做那事,弄得一点空闲时间都没有,连报纸也看不了。"

按照惯例,产妇生产后,医生得去察看三次。一个星期天,快吃午饭时分,菲利普跑去看一位产妇。她产后第一次下床走动。

"我可不能老躺在床上,真的不能再躺了。我这个人就是闲不住,一天到晚啥事不干,老是在床上挺尸,心里不安哪。所以我就对厄尔布说,'我这就下床,来给你做午饭。'"

此时,厄尔布手里已经拿着刀叉坐在餐桌边了。他还年轻,生着一张老老实实的脸,一对眸子蓝蓝的。他赚的钱可不少,照此光景看来,这对年轻夫妇过着算得上是小康的日子。他们俩才结婚几个月,都对躺在床边摇篮里的那个脸蛋宛如玫瑰似的男孩欢喜得了不得。房间里弥漫着一股牛排的香味,于是菲利普的两眼不由得朝厨房那边望了一眼。

① 伦纳德(1723—1792),英国著名肖像画家,英国皇家美术协会第一任会长。

“我这就去把牛排盛出来，”那女人说。

“你去吧，”菲利普说，“我只看一眼你们那个宝贝儿子就走的。”

听了菲利普说的话，他们夫妇俩都笑了。接着，厄尔布从桌边站了起来，陪着菲利普走到摇篮跟前。他骄傲地望着他的儿子。

“看来他挺好的嘛，对不？”菲利普说。

菲利普抓起帽子，此时，厄尔布的妻子已经把牛排盛出来了，同时在餐桌上还摆了一碟子青豌豆。

“你们这顿中饭吃的真不错呀，”菲利普笑吟吟地说了一句。

“他只有星期天才来家，我喜欢在这天给他做些特别好吃的东西，这样他在外头干活时也会想着这个家。”

“我想，你不会反对坐下来同我们一道吃吧？”厄尔布说。

“喔，厄尔布，”他妻子吃惊地嚷了一声。

“你请我，我就吃，”菲利普说，脸上带着他那种迷人的笑容。

“嘿，这才够朋友哪。我刚才就晓得，他是不会见怪的，珀莉。快，再拿个盘子来，我的亲妹子。”

珀莉显得有些狼狈，心想厄尔布做事一向很谨慎的，真不知他还会想出个什么鬼点子来呢。但是，她还是去拿了只盘子，动作敏捷地用围裙擦了擦，然后从橱子里又拿出一副刀叉来。她最好的餐具同她的节日盛装一道放在橱子里。餐桌上有一壶黑啤酒，厄尔布操起酒壶给菲利普斟了一杯。他想把一大半牛排夹给菲利普吃，菲利普坚持大家匀着吃。房间有两扇落地窗，里面阳光充足。这个房间原先是这幢房子里头的一个客厅。当初这幢房子不说很时髦，至少也是够体面的，兴许五十年前一位富裕商贾或一名军官出半价赁住在这儿的。结婚前，厄尔布曾经是位足球运动员，墙壁上就挂了几张足球队的集体照，照片上一个个运动员头发捋得平平整整的，脸上现出忸怩的神情，队长双手捧着奖杯，神气十足地坐在中间。此外，还有一些表明这个家庭幸福美满的标志：几张厄尔布亲属的照片和他妻子身穿节日盛装的倩影。炉壁上有块小小的石头，上面精心地粘着许多贝壳；小石头两旁各放一只大杯子，上面写着哥特体的“索斯恩德敬赠”的字样，还画着码头和人群的画。厄尔布这个人有点儿怪，他不参加工会，并对强迫他参加工会的做法很气愤。工会对他没有好处，他从来就不愁找不到工作。一个人只要长颗脑袋，并且不挑挑拣拣，有什么工作就干什么，那他就不愁拿不到高工资。珀莉她可胆小如鼠。要是她是厄尔布的话，她准会参加工会。上一次工厂闹罢工，厄尔布每次出去做工时，她都认为他会被人用救护车送来家。这当儿，珀莉转过身面对着菲利普。

“他就那么顽固，罢工又跟他没关系。”

“嗯，我要说的是，这是个自由的国度，我可不愿听凭别人摆布。”

“说这是个自由的国度这话顶啥用，”珀莉接着说，“他们一有机会，照样砸瘪你的头。”

吃罢中饭，菲利普把自己的烟袋递给厄尔布，两人都抽起了烟斗。不一会儿，菲利普说可能有人在他房间里等他，便站起来同他们握了握手。这当儿，他发现他们对他在这里吃饭并且吃得很香表示很高兴。

“好啦，再见，先生，”厄尔布说，“我想我夫人下次再自伤体面时，我们一定能找个好医生了。”

“你胡说些什么呀，厄尔布，”珀莉顶了一句，“你怎么知道还会有第二次呢？”

第一百十四章

为期三周的助产医士的工作快收尾了。菲利普已经护理了六十二名产妇,累得精疲力竭。最后一天的夜里,将近十点光景,他才回到寓所。此时,他衷心希望这天夜里再也不要来人把他叫去出诊了。连续十天,他没睡过一个囫囵觉。他刚从外面看完病回来,那个病人的情况着实令人可怕。他是被一个身材魁梧、外表粗鲁、嗜酒成性的汉子叫去的,接着被带进了一个臭味呛鼻的院子里的一个房间。那是个小小的亭子间,一大半地盘被一张木头床占据了,床上遮掩着肮脏不堪的红色帐幔。头顶上方的天花板很低,菲利普举手就能触到。一缕孤凄惨淡的烛光是房间里唯一的亮光。菲利普借着如豆的烛光,朝天花板扫了一眼,只见上面爬满了密密麻麻的臭虫。那个病人是个中年模样、相貌粗俗的女人。她已经接连生了几胎死婴。这类事情菲利普也不是没听说过。事情是这样的:她的丈夫曾经在印度当过兵;过分拘谨的英国公众强加在印度头上的法案,使得种种令人烦恼的疾病无由控制地孳生蔓延,结果无辜的人们却身受其害。菲利普打着呵欠,脱去衣服,洗了个澡,接着把衣服在水上面抖落着,两眼注视着在水面上蠕动的小虫子。他正要上床睡觉,耳边传来了一阵叩门声,随即医院的传达一脚跨了进来,给他送来了一张卡片。

"你这个该死的,"菲利普骂骂咧咧地说。"你是我今晚最不愿见到的人。这卡片是谁送来的?"

"我想是产妇的丈夫送来的,先生。我去叫他等一下好吗?"

菲利普望了望卡片上的地址,发现那条街是自己熟悉的,于是抬头告诉传达，说他自个儿能找到。他连忙穿好衣服，五分钟以后，手里提着黑皮箱，出门来到了街上。此时，一个男人来到他的跟前，但因天黑，他看不清那人的模样。那人说他就是来送卡片的人。

“先生，我想我还是在这里等您的好，”那人说道，“我们那儿的街坊都很粗野，再说他们也不认得您呀。”

菲利普听罢哈哈一笑。

“谢谢你的好意。不过医生嘛，他们还是认得出来的。许多比维弗尔街更难对付的街道我都闯过来了。”

菲利普的话确实不假。他手里的那个黑皮包倒是一张通行证，可以使他安然无恙地穿过充满险情的小巷和走进臭气熏人的家院，而那些地方连警察都不敢贸然插脚。有那么一两次，菲利普走过时，身边有那么一小伙人用好奇的目光打量着他。他听到他们唧唧喳喳的议论声，最后听到其中一个人说：

“这是医院的医生。”

他打他们身边走过时，他们中间有一两个还同他打了个招呼：“晚安，先生。”

“先生，您不介意的话，我们就走快一些，”此时，给他领路的那个男人说道，“他们告诉我说时间很紧迫。”

“那你为什么来得这么迟？”菲利普问了一句，同时脚下加快了步伐。

走过一盏路灯时，菲利普朝那人打量了一下。

“你看上去还很年轻哩，”他说。

“我才满十八岁，先生。”

那人模样儿长得挺俊，脸面光洁洁的，连一根汗毛也看不出，瞧上去还是个孩子。他个儿虽不高，身板倒挺敦实的。

“你这么年轻就结婚啦，”菲利普说。

“我们不得不这样。”

“你赚多少钱呀?”

“十六先令,先生。”

一周十六先令的工资,要养活妻子和孩子,是够紧的。他们夫妇俩住的房间表明他们穷得叮当响。房间面积中等,可看上去挺大的,因为里面几乎没有什么家具。地板上没有铺地毯。墙上也没有张贴画片,而大多数人家的墙壁上都挂着照片,或镶在廉价镜框里的从圣诞节出版的画报上剪下来的图画。眼下,病人就躺在一张最蹩脚的一种铁床上。菲利普惊讶地发现她相当年轻。

“我的老天爷,她至多不过十六岁吧,”菲利普对身边的妇人说。那个妇人是来“帮助病人彻底解脱痛苦”的。

病人的卡片上写明她已十八岁。不过,人们年轻的时候,总喜欢多报一两岁的。她也长得很漂亮,在他们这样的人中间还是罕见的,因为这部分人吃的食物营养不足,呼吸的空气浑浊不堪,居住的环境很不卫生,一般体质都是很差的。她容貌柔媚,长着一对大大的眼睛,一头浓密的青丝,精心梳理成女叫贩的发型。他们夫妇俩都神情十分紧张。

“你最好在门外等着。这样,我需要你时,你就能随叫随到。”菲利普吩咐那个男人说。

菲利普这下对他看得更清晰了,为他身上的一股孩子气而感到惊讶不已,觉得他不应该焦虑不安地守在门口等待着孩子的降生,而应该到街上去跟那些小孩子一起嬉戏玩耍。时间一个小时、一个小时地流逝过去,但直到凌晨两点孩子才生下来。看来一切都进行得很顺利。此时,做丈夫的被叫进屋去。看到他尴尬、羞怯地吻着他妻子的样儿,菲利普的心不觉为之一动。菲利普收拾起器具,临走之前,再次诊了诊产妇的脉息。

“哎哟!”他不由得脱口叫了一声。

菲利普连忙扫了产妇一眼,顿时意识到出事了。碰到危急的病症时,一定要请高级助产医师到场。他是个取得合格资格的医生,况且这个地段就归他管。菲利普匆匆写了个条子,把它交给那个男人,吩咐他快步到医院去。菲利普叮咛着他要快,因为他妻子的病情非常危急。那人立即动身走了。菲利普内心万分焦急地等待着,他知道产妇正在大量出血,生命危在旦夕。他担心她会在他的上司赶到之前死去,因此他想尽一切办法进行抢救。他内心殷切希望高级助产医师没有被叫到别的地方去出诊。此时此刻,每一分钟都显得特别的冗长。高级助产医师终于赶到了,在检查病人的当儿,他压低声音问了菲利普几个问题。菲利普从他的脸部表情看出病人的情况异常严重。这位高级助产医师名叫钱特勒,是个寡言少语的人,个子高高的,鼻子长长的,瘦瘦的脸上布满了深深的皱纹,这表明他年纪不小了。他连连摇着头。

“这病打一开始就是不治之症。她丈夫在哪?”

“我叫他在楼梯上等着,”菲利普答道。

“去把他叫进来吧。”

菲利普拉开门,叫那人进屋来。那人坐在黑洞洞的楼梯的第一级台阶上。这楼梯连着下一层楼。他走到铁床跟前。

“怎么啦?”他问道。

“嗯,你妻子体内在出血,没办法止住。”高级助产医师停顿了一下,因为他觉得很难说出这叫人伤心的事儿,但他抑制住自己的情感,强迫自己的声音变得粗鲁起来。“她快要死了。”

那个人一声不响、纹丝不动地站在那儿,双眼凝视着他妻子。此时,他妻子仰面躺在床上,脸色苍白,昏迷不醒。接着照料产妇的看护插进来说:

Charles Keeping

“这两位先生已经尽了最大努力，哈利，打一开始我就预感到事情不妙。”

“住嘴！”钱特勒喝道。

窗户上没有窗帘，户外夜色似乎渐渐变淡了。此时虽说尚未破晓，不过也快了。钱特勒倾全力想方设法维持那个产妇的生命，但是生命还是在悄悄地从她身上离去，没隔多久，她突然死了。她那个孩子相的丈夫伫立在蹩脚的铁床的一端，双手扶着床架。他不言不语，脸色惨白。钱特勒不安地瞥了他一两眼，担心他会晕倒。此时，哈利的嘴唇刷白。那位看护在一旁抽抽噎噎地哭着，但他没有理会她。他双眼充满了迷惘疑惑的神色，死死地盯视着他的妻子。他使人想起了一条狗在无缘无故地遭到一顿鞭打之后的神情。钱特勒和菲利普收拾器具的当儿，钱特勒转过身去，对那人说：

“你最好躺一会儿。我想你够累的了。”

“这儿没有我睡觉的地方，先生，”那人回答说。他话音里带着一种谦卑的调子，令人听了不觉可怜。

“在这幢房子里，你连一个可以让你临时睡一会儿觉的人都不认识吗？”

“在这里，我没一个熟人，先生。”

“他们俩上星期才搬来这儿住，”那个看护说，“还没来得及认识人呢。”

钱特勒颇为尴尬地顿了顿，然后走到那人面前，说：

“对这件事，我感到非常难过。”

说罢，他伸出自己的手。哈利的目光本能地扫了一下自己的手，看看是否干净，然后才握住钱特勒伸过来的手。

“谢谢您，先生。”

菲利普也同他握了握手。钱特勒吩咐看护早晨上医院去领死亡证明书。他们俩离开了那幢房子,默默地向前走去。

“刚开始的时候,见了这种事情心里有点儿难受,是不?”钱特勒终于开口问道。

“是有点儿难受,”菲利普回答说。

“你愿意的话,我去告诉传达,让他今夜不要再来叫你出诊了。”

“到了上午八点,我的事反正就要结束了。”

“你一共护理了多少产妇?”

“六十三名。”

“好。那你就可以领到合格证书了。”

他们俩来到圣路加医院门口。钱特勒拐进去看看是否有人等他,菲利普径自朝前走去。前一天白天天气燠热,即使眼下是凌晨时分,空气还暖烘烘的。街上一片阒寂。菲利普一点也不想睡觉。他的工作反正已经结束,不用那么着急回去休息。他信步向前逛去,黎明前的安静和清新的空气使得他顿觉心舒神爽。他想一直朝前走去,立在桥上观看河上日出的景致。拐角处的一名警察问他早安。他根据那只黑皮箱就知道菲利普是何许人了。

“深更半夜还出诊呀,先生,”那位警察寒暄说。

菲利普朝他点了点头便自顾朝前走去。他身子倚靠在栏杆上,两眼凝望着晨空。此时此刻,这座大城市像是座死城一般。天空中无一丝云彩,但由于黎明即将来临,星光也渐渐变得暗淡。河面上飘浮着一层恬淡的薄雾,北岸的一幢幢高楼大厦宛如仙岛上的宫殿。一队驳船停泊在中流。周围的一切都蒙上一层神秘的紫罗兰色。不知怎么的,此情此景乱人心思,且使人肃然敬畏。但瞬息间,一切都渐渐变得苍白、灰蒙和阴冷。接着一轮红日跃进水面,一束金光刺破天幕,把它染成了彩虹色。那死去的姑娘,脸上白惨惨的无一点血色,直挺挺地躺在床上,以及那男孩像丧家犬似的站在床头的情景,始终浮现在菲利普的眼前,他怎么也不能把它们从自己眼前抹去。那个肮脏房间里空无一物的景象,使得悲哀更加深沉,更加撕肝裂胆。那姑娘风华正茂时,突然一个愚蠢的机会使她夭亡了,这简直太残忍了。但是,正当他这样自言自语的时候,菲利普转而想起了是一种什么样的命运在等待着她呢,无非是生儿育女,同贫穷苦斗,结果青春的美容为艰苦的劳作所毁,最后丧失殆尽,成了个邋里邋遢的半老徐娘——此时,菲利普仿佛看到那张柔媚的脸渐见瘦削、苍白,那头秀发变得稀疏,那双纤纤素手,因干活而变得粗糙、难看,最后变得活像老兽的爪子——接着,她男人一过年富力强的时期,工作难找,工钱最低,逼得硬着头皮干,最后必然落得两手空空、家徒壁立的境地;她或许很能干,克勤克俭,但这也无济于事,到头来,她不是进贫民所了其残生,就是靠其子女的剩菜残羹苦度光阴。既然生活给予她的东西这么少,谁又会因她的死去而为她惋惜呢?

但是怜悯毫无意义。菲利普认为这些人所需要的并不是怜悯。他们对自己也不怜悯。他们接受他们的命运,认为这是非常自然的事情。要不然,喔,老天啊!要不然,他们就会越过泰晤士河,蜂拥来到坚固、雄伟的高楼大厦林立的北岸;他们就会到处放火,到处抢劫。此时,天亮了,光线柔和、惨淡,薄雾轻盈,把一切都罩上一层淡雅的色彩。那泰晤士河面波光粼粼,时而泛青灰色,时而呈玫瑰红色,时而又是碧绿色:青灰色有如珍珠母的光泽;绿得好似一朵黄玫瑰花的花蕊。萨里·赛德公司的码头和仓库挤在一起,虽杂乱无章,倒也可看。面对着这幅幽雅秀丽的景色,菲利普的心剧烈地跳荡。他完全为世界的美所陶醉。除此之外,一切都显得微不足道。

第一百十五章

门诊部冬季学期开学前的几个星期终于挨过去了。到了十月,菲利普便定下心来开始按部就班地学习。回到了久违的医院,菲利普发现自己在新来的学生中间显得非常突兀。不同年级的学生相互之间很少交往,而菲利普当年的同窗们绝大多数都已取得了当医生的资格:有的已经离开了圣路加医院,在乡村医院或医务室当助手或医生;有的则就在圣路加医院任职。休整了两年之后,他觉得神清气爽,精神抖擞。他想这下可以生气勃勃地大干一番了。

阿特尔涅的一家对他时来运转都感到很高兴。菲利普从他大伯的遗物里挑出几件留着未卖,给他们全家每一个人都赠送了礼物。他把一条原来属于他伯母的金链条送给了莎莉。她出落成一个水灵灵的姑娘,跟一位裁缝学徒,每天早上八点就得到坐落在里根特大街上的店铺去干活,一干就是一整天。莎莉生着一对明澈的蓝眼睛,额头宽阔,一头浓密的光灿灿的秀发。她体态丰腴健美,臀部宽大,胸脯丰满。为此,那位好议论她仪表的父亲不断地提醒她千万不要发胖。她身体健康,富有性感和女性的温柔,所以具有迷人的魅力。她有许多求爱者,但都因她毫不动心而悻悻离去。她给人以这样一个印象:在她看来,男女之间的性行为无聊透顶。因而,不难想象那些毛头小子一个个会觉得莎莉可望而不可即。她年纪不大,却老成持重。她一向帮助阿特尔涅太太操持家务,照顾弟妹,久而久之,举止行为流露出一种当家婆的神气,使得她母亲嗔怪她有点儿好强,啥事都要依着她的心意。她终日寡言少语;可是随着年岁的增长,似乎也有了一种恬静的幽默感。有时候,她也开口说上句把,这意味着她表面虽冷若冰霜,内心却情不自禁地对其同胞产生了兴趣。菲利普觉得同她很难建立起亲密的关系,而同这家其他人相处却亲密无间。间或,她那冷淡的表情使得他有点儿气恼。她身上有个叫人猜不透解不开的谜。

在菲利普送给莎莉金项链的当儿,阿特尔涅吵吵嚷嚷地坚持莎莉应该用亲吻来感谢菲利普,把莎莉说得脸涨得通红,身子连连往回退。

"不,我不吻,"莎莉说。

"不知好歹的贱丫头!"阿特尔涅叫道。"为什么不吻?"

"我不喜欢男人吻我,"莎莉回答说。

菲利普望着她发窘,觉得饶有兴味,随即把阿特尔涅的注意力引到别的话题上去。他不费吹灰之力就可以做到这一点。不过,后来阿特尔涅太太显然在莎莉面前提起过这件事情,因为第二次菲利普来后,他同莎莉单独在一起呆了几分钟,莎莉抓住这个机会对他说:

"上星期我不愿吻你,你不会恨我吧?"

"哪能呢,"菲利普笑着作答。

"这不是因为我不领情,"当她说出那事先准备好的拘泥于虚礼的话时,她的双颊不禁微微一红。"我将永远珍惜这条项链,你把它送给了我,太谢谢你了。"

菲利普总感到很难同她说话。她做起那些她一定得做的事情来,手脚很麻利,可就是好像感到没有必要与人说话似的。不过,她也不是一点不爱交际的。一个星期天的下午,阿特尔涅伉俪俩一道外出了,菲利普——已被他们视作家中的一个成员——自个儿坐在会客室里念书。这时莎莉走了进来,坐在窗前做针线活儿。女孩子的衣服都是自家做的,所以莎莉不能一事不做地白过个星期天。菲利普心想她想跟他说话，于是放下了手中的书本。

“继续念你的书，”莎莉说，“我只是想，你一个人在这里寂寞，所以我来陪陪你。”

“你是我平生遇见的最不爱说话的人，”菲利普说。

“我们可不希望家里再来一个话匣子，”她说。

她的语调并没有一丝讥诮的口吻，只是说了句实话。不过，菲利普听后觉得，在她看来——天哪！——她父亲再也不是她童年时代心目中的那个铮铮汉子了！她脑子里把她父亲那爽心悦人的谈吐和他不知节俭而每每使全家陷入困境的德行联系在一起，将他的夸夸其谈同她母亲的务实的常识作着比较。虽说她觉得她父亲那欢快的性格很有趣，但有时说不定也有点儿不耐烦。她埋头做针线活的当儿，菲利普目不转睛地望着她。她身体健康、敦实、匀称；看着她站在店铺里那些胸脯扁扁的、脸色惨白的姑娘们中间，其情景想必很奇特。米尔德丽德就患有贫血症嘛。

一段时间以后，像是有人在向莎莉求婚了。偶尔她也同她在车间里结识的朋友们一道外出。她遇上了一个小伙子，在一家欣欣向荣的公司里当电气工程师，是个最合适不过的求婚者了。一天，她告诉她母亲，说那个电气工程师已经向她求婚了。

“你怎么说来着?”她母亲问道。

“嗯，我告诉他，说我眼下还不急于想结婚。”莎莉顿了一下，她思考问题时总是这样。“见他那副着急的样子，我便告诉他可以在星期天来我们家用茶。”

这件事正对阿特尔涅的心思。为了扮好那个年轻人的岳丈这一角色，他排练了整整一个下午，直到他把孩子们逗得笑破了肚子为止。排练刚结束不久，阿特尔涅翻箱倒箧，找出了一顶土耳其帽，坚持要把它戴在头上。

“阿特尔涅,看你再胡闹!”他妻子说。这一天,阿特尔涅太太穿上了节日的盛装——黑天鹅绒质地的。近年来,她的体态越来越胖了,所以这衣服显得太紧。“你这样要把女儿的机会给搅了的。”

她拼命想把那顶帽子摘下来,可她那小个子男人像条泥鳅似的溜了。

“女人,放掉我吧!说啥也甭想叫我把这顶帽子摘下来。得让那个年轻人一进门就知道,他打算走进的这家可不是个普通人家。”

“让他戴着吧,妈妈,”莎莉用她那平和的、漫不经心的口气说道。“如果唐纳森先生对接待他的方式不满意,他可以走他的路,可以不来嘛。”

菲利普认为那个年轻人正面临一场严峻的考验。阿特尔涅穿着一件棕色的天鹅绒上衣,系了条线条平滑的黑领带,头上覆着一顶鲜红的土耳其帽,这身打扮叫那位天真无邪的电气工程师看了,非大吃一惊不可。他一到,就受到男主人那西班牙大公般的高傲的礼仪的欢迎,而阿特尔涅太太则以极其诚朴的、毫无矫饰的方式接待了他。他们端坐在修道士似的高靠背椅子上,面前是张古老的熨衣桌。这时,阿特尔涅太太从一把光瓷茶壶里倒着茶,这把壶给眼下的欢乐气氛蒙上了一层英格兰及其乡村的地方色彩。她还亲手做了些小饼儿,桌子上还摆着自产的果酱。这是一次在农舍里举行的茶话会,对菲利普来说,置身在这座詹姆士一世时代落成的房子里,倒觉得别有一番雅趣。阿特尔涅出于某个荒唐的理由,心血来潮地突然大谈特谈起拜占庭的历史来了。他一直在攻读《衰亡史》①这部巨著的后几卷。此刻,他戏剧性地翘起食指,直往那位惊

① 指《罗马帝国衰亡史》这部历史巨著,共六卷,由英国著名历史学家爱华德·吉本前后花了十二年(1776—1788)才写成。

讶不已的求婚者耳朵里灌输有关西奥多拉和艾琳[1]的丑闻。他滔滔不绝地同客人攀谈起来，而那个年轻人则陷入了无可奈何的缄默和困窘的境地，不时地点着头，以表示他跟主人是心有灵犀一点通的。可阿特尔涅太太却对索普的夸夸其谈颇不以为然，不停地打断他的话头，给那位年轻人斟茶，一个劲儿地劝他多用些饼儿和果酱。菲利普注视着莎莉，只见她低眉垂目地坐在那儿，沉着冷静，缄默不语，若有所思。她那长长的眼睫毛在面颊上投下一道媚人的阴影。谁也吃不准她究竟是觉得这场面是有趣呢，还是喜欢那个年轻人。她这个人真叫人猜不透。但是有一件事是肯定的，即那位电气工程师仪表堂堂，长着一头金黄色的头发，配着一张小白脸儿，脸面修整得光光洁洁。他五官端正，一张脸诚实淳厚，讨人喜欢。他身材颀长，体态匀称。菲利普情不自禁地认为他将成为莎莉的理想的配偶，幸福正在向这一对年轻人招手。对此，菲利普心中不觉泛起了一种醋意。

不一会儿，那位求婚者起身说他该告辞了。莎莉不声不响地站起身来，默默地伴着他走到大门口。当她回到起居室时，她父亲突然大声嚷道：

"嘿，莎莉，我们认为你那个小伙子非常好，准备欢迎他成为我们家的一员。请教堂公布结婚预告吧，到时我一定要谱首祝婚歌曲。"

莎莉没有接她父亲的话茬，默默地动手收拾茶具。突然间，她敏捷地瞟了菲利普一眼。

"菲利普先生，你对他的看法如何？"

她一直拒绝跟弟妹们一样称他为菲尔叔叔，但又不愿意直呼

① 艾琳，希腊神话中的和平女神，为宙斯母法律、正义与誓言之女神所生的女儿。

其名。

“我认为你们俩真是天生一对，地造一双。”

莎莉又一次匆匆地瞥了他一眼，接着她脸上浮起一阵淡淡的红晕，连忙埋头干她的事。

“我认为他是个非常好的、谈吐文雅的年轻人，”阿特尔涅太太发表意见说。“我想他正是那种年轻人，不管哪个姑娘嫁给他，都会感到很幸福的。”

莎莉沉默了一两分钟。这当儿，菲利普一边惊异地打量着她，一边暗自思忖着，她的沉默可能有两种解释：她可能是在玩味她母亲刚才说的话；要不，她兴许在想着意中人吧。

“莎莉，我在跟你说话，你怎么一声不吭呀？”她母亲追问道，话语间含有几分愠怒。

“我却认为他是个傻瓜。”

“那你不想接受他的求婚了？”

“是的，我不。”

“我真不懂你的要求究竟有多高，”阿特尔涅太太说。很显然，这下她心里很不痛快。“他是个很正派的小伙子，可以为你提供一个非常舒适的家。没有你，我们这里也已经够吃够喝的了。你能有这么个好机会，不抓住它，太不像话了。而且，你也许还可以雇个姑娘给你干些粗活呢。”

菲利普过去从未听到阿特尔涅太太这么直截了当地诉说其生活的艰辛。他这才明白料理每一个孩子的生活该是一副多么沉重的担子啊。

“妈妈，你不要多说了，”莎莉同往常一样，说话口气很温和，“我不想嫁给他。”

“我认为你是个冷酷无情、残忍自私的姑娘。”

“如果你想叫我自谋生计，那好，我随时随地都可以去当用人。”

“别这么傻里傻气的啦，你知道你父亲是决不会让你去当用人的。”

菲利普一下触到了莎莉的目光，觉得她那目光闪烁着一丝有趣的神情。他心中嘀咕着，刚才那番谈话哪一点竟触发了她的幽默感来着。她真是个古怪的姑娘。

第一百十六章

在圣路加医院的最后一年里，菲利普不得不刻苦攻读。他对生活心满意足，并感到自己不再为爱情牵心，还有足够的金钱满足自己的需要，这真是件非常惬意的事情。他曾经听到有些人用一种轻蔑的口吻谈论钱的事儿，他很想知道这些人是否当真过过一天捉襟见肘的窘困日子。他深知经济拮据会使人变得渺小、卑贱和贪婪，会扭曲他的性格，使他从一个庸俗的角度来看待世界。当一个人不得不掂量每一便士的分量时，那金钱就会变得异乎寻常地重要：一个人是该有一种能恰如其分地估出金钱价值的本领。菲利普离群索居，除了去看望阿特尔涅一家人之外，他谁都不见，尽管如此，他并不感到孤单。他忙着为自己今后的人生作着种种设想，有时也回味一下昔日的光景。间或，他也怀念起旧时的亲朋好友，但并没有去走访他们。他真想能知道一下诺拉·内斯比特的生活近况。眼下她可是姓另一个夫姓的诺拉了，但菲利普就是想不起当时那个即将同诺拉结婚的男人的名字来。他为自己得以结识诺拉而感到高兴：她可是个心肠好、意志刚毅的妙人儿。一天晚上，临近十一点半的光景，他蓦地看到劳森正沿着皮卡迪利大街迎面走来。劳森身穿晚礼服，说不定刚从戏院散场出来，准备回住所去。菲利普在一时感情冲动的驱使下，迅即闪进一条小巷。他同劳森已经两年没见面了，觉得现在再也无法恢复那中断了的友情了。再说，他同劳森没什么话好谈。菲利普不再对艺术感兴趣，在他看来，眼下他要比自己小时候更能欣赏美的事物，但艺术在他眼里却显得一文不值。他一门心思要从纷繁复杂、杂乱无章的生活中撷取材料来设计出一种人生的格局，而他用来设计人生格局的那些材料，似乎使自己先前对颜料和辞藻的考虑显得微不足道。劳森此人正好适合菲利普的需要。同劳森的友情正是他处心积虑设计的人生格局的主题。忽视这位画家再也引不起自己的兴趣这一事实，纯粹是出于情感上的缘故。

有时候，菲利普也思念米尔德丽德。他故意不走有可能撞见她的那几条街道，不过偶尔出于好奇心，或许出于一种他不愿承认的更深的情感，在他认为米尔德丽德很可能会出现在皮卡迪利大街和里根特大街一带的时候，他就在那里踯躅徘徊。这种时候，他到底是渴望见到她，还是害怕见到她，连他自己也说不清楚。一次，他看到一个很像米尔德丽德的背影，有好一会儿，他把那个女人当成了米尔德丽德。顿时，他心中浮泛起一种奇特的感情：一阵莫名其妙的揪心似的疼痛，其中夹杂着惧怕和令人作呕的惊慌。他三步并作两步赶上前去，结果一看发觉自己看错了人。此时，他感到的究竟是失望，还是如释重负，这连他自己也不甚了了。

八月初，菲利普通过了最后一门功课——外科学——的考试，领得了毕业文凭。他在圣路加医院度过了七个春秋，年纪快近三十岁了。他手里拿着证明他的医生资格的文凭卷儿，步下皇家外科学院的阶梯，此时，他的心儿满意地蹦跳着。

“这下我才真正开始步入人生，”他默默地想。

第二天，他上秘书办公室登记姓名，等候分配医院职位。那位秘书是个生性欢快的小个子，蓄着黑黑的胡子，菲利普发现他总是那么和蔼可亲。秘书对菲利普的成功表示了一番祝贺之后，接着说：

“我想你不会愿意去南部海滨当一个月的代理医师吧？一周薪水三个畿尼，还提供食宿之便。”

“我不反对，”菲利普回答说。

“在多塞特郡的法恩利。那里有个索思大夫。你马上就得去。索思大夫的助手怄了一肚子气走了。我想那里准是块好地方。”

那秘书说话的态度使得菲利普心生狐疑。他觉得事情有些蹊跷。

“那么究竟是谁难缠呀？”菲利普问。

那位秘书迟疑了一下，接着带着调和的声调哈哈笑了笑。

“嗯，事实是这样的，我了解他是一个脾气相当执拗的、有趣的老头儿。负责机构都不愿给他派助手去了。他说话直率，心里想什么就往外捅什么，可是人们都不喜欢这样子。”

“可是，你想他对一个刚刚取得医生资格的人会满意吗？再说，我是初出茅庐的新手呀。”

“能有你当助手，他应该感到高兴才是，”那秘书要起了外交辞令来了。

菲利普思索了一会儿。他想，最近几周内他无事可干，能有机会赚几个钱，又何乐而不为呢？他可以把这些钱积攒起来，用作去西班牙度假的旅费。去西班牙度假一事，还是早在他被圣路加医院接受为学员时就给自己许下的心愿。倘若那里什么也不给他，他满可以上别的医院去嘛。

“好吧,我去。”

“要去你今天下午就得去。你说合适吗? 要合适,我马上就去发电报。”

菲利普真希望再耽搁几天再走,可转而一想,他前天晚上才去看过阿特尔涅一家(他一通过考试便跑去向他们报告这个喜讯),因此他没有不马上动身去那儿的理由。他要带的行李不多。当晚钟敲七点后不久,他便走出法恩利火车站,叫了辆马车直奔索思大夫的医院而去。那是幢宽阔的矮矮的灰泥房子,墙上爬满了五叶地锦。他被引进门诊室,那儿有个老头儿正伏案写着东西。女用人把菲利普领进门诊室的当儿,那老头儿抬起头来,但既没有起身也没有吭声,只是双目瞪视着菲利普。菲利普不觉一惊。

“我想您在等我吧,”菲利普首先开口说道。“今天上午,圣路加医院的秘书给您拍了封电报。”

“我将晚饭推迟了半个钟头。你想洗个澡吗?”

“好的,”菲利普接着答道。

对索思大夫的古怪脾气,菲利普觉得挺有趣的。此时,他已经站了起来。菲利普发觉面前的那个老头儿个儿中等,瘦精精的,满头银发,剪得短短的。一张大嘴抿得紧紧的,看上去像是没长嘴唇似的。他蓄着连鬓胡子,除此以外,脸部修得光光洁洁。下巴颏宽宽的,使他的脸成方形,加上那连鬓胡子一衬托,脸就显得更加方正。他身穿一套棕色的苏格兰呢制服,还系了条宽大的白色硬领巾。他的衣服松松地挂在身上,似乎原先是做给另一个身材魁梧的人穿的。他看上去活像十九世纪中叶的一位令人肃然起敬的农夫。此时,他打开了门。

“那儿是餐厅,”他用手指着对面的门说。“楼梯平台处第一扇房门,那就是你的卧室。洗完澡就下楼来吃晚饭。”

在吃晚饭的过程中,菲利普知道索思大夫一直在注视着自己,但他很少说话。菲利普觉得他并不想听到自己的助手说话。

“你什么时候取得医生资格的?”索思大夫突然发问道。

“昨天。”

“上过大学吗?”

“没有。”

“去年,我的助手外出度假时,他们给我派了位大学生来。我告诉他们以后别再干这种事了。大学生一副绅士派头,我可受不了。”

接着,又是一阵沉默。晚饭虽简单,却很可口。菲利普外表缄默,心潮却在翻腾汹涌。对自己来这儿当名临时代理医师,他感到乐不可支。他顿时觉得自己长大了许多,真想像疯子似的狂笑一番,可又不知要笑什么。他想起了当医生的尊严,越想越觉得要咯咯笑出声来。

可是索思大夫突然发问,打断了他的思路。

“你今年多大啦?”

“快三十了。”

“那怎么才取得医生资格的呢?”

“我将近二十三岁时才开始学医,而中间我还不得不停了两年。”

“为什么?”

“穷呗。”

索思大夫神情古怪地瞥了他一眼,又沉默不语了。晚饭吃完时,索思大夫从桌子边站了起来。

“你知道在这里行医是怎么回事吗?”

“一无所知,”菲利普答了一句。

"主要是给渔民和他们的家属看病。我负责工会和渔民的医院。过去有段时间,这里就我一名大夫,不过后来因为他们想方设法要把这个地方开辟成海滨游览胜地,所以又来了一位医生,在山崖上开了家医院。于是,手头有几个钱的人都上他那儿去看病了。只有那些请不起那位大夫的人才上我这儿来。"

菲利普看得出来,跟那位医生之间的竞争一事,无疑是这个老头儿的一块心病。

"我毫无经验,这您是知道的,"菲利普说。

"你,你们这种人,啥事都不懂。"

索思大夫说完这句话,便甩下菲利普独自步出了餐厅。女用人走出来收拾餐桌的当儿告诉菲利普,说索思大夫每天晚上六点至七点要看病人。这天晚上的工作结束后,菲利普从卧室里拿了一本书,点燃了烟斗,便埋头看了起来。这是种极愉快的消遣,因为近几个月来,除了看些医学书籍外,他啥书都没看过。十点钟的时候,索思大夫一脚走了进来,两眼一眨不眨地望着菲利普。菲利普平时看书时就怕两脚落地,因此,这时他双脚正搁在一张椅子上。

"看来你这个人倒怪会享福的啊,"索思大夫说话时脸孔板板的,要不是他眼下兴致正浓的话,准会一触即跳的。

"你对此反感吗?"菲利普双眼扑闪着问了一句。

索思大夫瞪了他一眼,但并没有直接回答他的问题。

"你看的是什么书?"

"斯摩莱特①写的《柏尔葛伦·辟克尔》。"

"碰巧我还晓得斯摩莱特写了本《柏尔葛伦·辟克尔》的小说呢。"

① 斯摩莱特(1721—1771),苏格兰小说家。《柏尔葛伦·辟克尔》是其长篇小说之一。

"对不住。请问,凡是行医的都不怎么喜欢文学,对不?"

菲利普把小说放在桌上,索思大夫顺手把它拿了起来。这是一种属于布莱克斯泰勃教区的版本中间的一卷。书很薄,是光泽暗淡的摩洛哥山羊皮装潢的,书名是铜版刻印的。书页切口一律烫金,但因年代已久,书中散发出一股呛鼻的霉味。索思大夫手里捧着小说的当儿,菲利普下意识地向前倾过身子,两眼不觉流露出一丝笑意。但他的表情并没有逃过索思大夫的眼睛。

"你觉得傻气吗?"他冷冰冰地问道。

"我看你一定是很喜欢看书的,只要见到别人拿书的样儿,就能知道他是什么样的人。"

索思大夫顿时把那部小说放回到桌上。

"八点半吃早饭。"说罢他掉头就走了。

"真是个有趣的老家伙!"菲利普心里嘀咕了一声。

时隔不久,菲利普就摸清了为什么索思大夫的助手们觉得此公难处的原委。首先,他强烈反对医学界近三十年中的一切新发现。某些药物,因据说有奇特的疗效而风行一时,结果不出几年就被弃置不用了,这种情形他可容忍不了。索思大夫曾在圣路加医院当过学生,走出医院大门时随身带了几种普通的混合药剂配方,他就靠这几味药行了一辈子医,而且发现他这几味药同历年来花样繁多的时新药品一样灵验。菲利普惊讶地发现索思大夫竟对无菌法抱有怀疑,只是有碍于人们都赞同这办法才勉强接受了。但是他却对病人采取连菲利普早就了解的预防措施,坚持在医院里要把对儿童使用的预防措施用在士兵们身上,其谨小慎微的程度,简直令人发指。

"我曾经亲眼看到抗菌剂的出现并压倒了其他一切药物,可后来呢,又看到无菌法取而代之。真是乱弹琴!"

原来派来的那些年轻人只熟悉大医院的规矩,而且在大医院中的气氛的潜移默化的熏陶下，对一般诊疗医生总是毫不掩饰地流露出一种不屑一顾的神气。他们见过病房里的疑难病症。他们虽懂得肾脏的起因不明的疾病的治疗方法，可是碰到伤风感冒之类的毛病时，就一筹莫展，他们有的只是些书本知识，却自负矜夸，目中无人。索思大夫双唇紧闭，默默地注视着他们，一有机会便恣意出他们的洋相，表明他们是多么的无知，是多么的夜郎自大，并以此取乐。这里主要是给渔民们看病，赚不了几个钱，因此医生自己配制药剂。一次，索思大夫对他的助手说，如果给一个渔民配一种治胃疼的药水，里面和着一半贵重药剂的话，那医院还怎么能够维持下去呢。他还抱怨那些年轻助手没有修养，他们只读些《体坛新闻》和《不列颠医学杂志》，别的啥也不看；他们写的字，既不易辨认又常常拼错。有两三天时间，索思大夫时刻不停地注意着菲利普的一举一动，只要给他抓住一点过错，他便会把菲利普挖苦一番。而菲利普也意识到了这一点，一声不响地工作着，心里却暗自好笑。此时，菲利普对自己职业的改变感到由衷的高兴。他喜欢无拘无束地工作，也喜欢肩上担点斤两。他内心感到无比的喜悦，因为他看来可以通过自己的谈吐使得病人受到鼓舞，建立起信心来。他对能亲眼看到医疗的全过程感到着实愉快；如果在大医院里，他只能站得老远地看着。他常常出诊，这样，便经常出入一所所矮屋顶的小房子，那里面摆着钓鱼用具和风帆，间或也有些远海航行的纪念品，比如日本产的陶罐子啦、马来西亚的长矛和船桨啦，或者从布坦布尔露天集市买来的匕首啦，等等。在那一间间闷气的房间里，飘溢着一种传奇气氛，而大海的咸味却给它们带来一股辛辣的新鲜气息。菲利普喜欢跟水手们在一起拉呱，而水手们看到他这个人倒并不盛气凌人，便滔滔不绝地把他们青年时代的远航经历讲述给他听。

有那么一两次，他犯了误诊的错误。以前他从来没有看过麻疹。一天,有个出疹子的病人来找他看病,他却把它诊断为病因不明的皮肤病。又有那么一两起,他的疗法正好跟索思大夫所设想的相悖。第一次,索思大夫言词尖刻地数说了他一顿,而他却饶有情趣地在一旁听着;菲利普本有敏捷答辩的天赋,这当儿他回了一两句嘴,使得正在数说他的索思大夫一下子愣住了,用惊异的目光打量着他。菲利普脸上一本正经,可那双眼睛却熠熠闪光。那位老先生不由得认为菲利普这是在讥笑自己。以往,助手们讨厌他、惧怕他,他习以为常,但菲利普的这副德行,他倒是平生头一次遇到。他真想痛痛快快地把菲利普臭骂一通,然后请他卷铺盖乘下一班火车滚蛋。从前他就是这样对待他的助手的。可是,他内心惴惴不安,心想要是真的那样的话,菲利普准会当场奚落他一番,想着想着,他蓦地觉得眼前的事儿还怪有趣的。他微微启开了嘴,毫不情愿地笑了笑,随即转身走开了。过了一会儿,他渐渐意识到菲利普是故意拿他开心的。起初他吃了一惊,可不久心里也乐了。

"真他妈的皮厚,"他暗自笑着,"真他妈的皮厚!"

第一百十七章

菲利普写信告诉阿特尔涅,说他正在多塞特郡当临时代理医生,没几天工夫,便接到了阿特尔涅的回信。阿特尔涅矫揉造作,把信写得礼貌有加,里面堆砌了一大堆华丽的辞藻,宛如一顶镶满珍贵宝石的王冠;一手黑体活字,龙飞凤舞,却很难辨认,可他就为自己能写这一手好字而感到自豪。在信里,阿特尔涅建议菲利普上肯特郡蛇麻子草场同他及他家里的人欢聚,而他本人是每年都要上那儿去的。为了说服菲利普,他在信里还就菲利普的心灵以及弯弯曲曲的蛇麻草的卷须，作了一大套既优美动人又错综复杂的议论。菲利普立即回了封信，说一俟有空便上肯特郡。虽说那儿并非是自己的诞生地，可他对那个塔内特岛怀有一种特殊的感情。想到自己即将回到大地母亲的怀抱，在蔚蓝的昊天下过上半个月，菲利普觉得自己仿佛来到了那富有田园牧歌式的诗情画意的阿卡迪亚①的橄榄林，内心不觉燃起火一般的激情。

光阴如梭，在法恩利当临时代理医生的一个月期限很快就到了。临海的山崖上，一座新兴城镇拔地而起，一幢幢红砖别墅鳞次栉比，环抱着一个个高尔夫球场。一家大饭店刚刚落成开张，以接纳蜂拥前来避暑的游览观光者。不过，菲利普难得走到那里去。山崖下面靠近港口处，上世纪遗留下来的小石头房子虽杂乱无章地拥挤在一起，却也无伤大雅；那一条条狭窄的街道，坡度挺大，但却有发人遐思的古色古香风味。水边立着一座座整洁的小平房，屋前都有一个小巧玲珑的花园，里面不是住着业已退休的商船船长们，就是住着靠海为生的母亲们和寡妇们。这些小房子都笼罩在一片古朴、宁静的气氛之中。小小的港口，停泊着来自西班牙和法国勒旺岛的小吨位货船；时而随着一阵富有浪漫色彩的微风，一只只帆船徐徐漂进港口。眼前的这番景致，使得菲利普想起了充斥着污黑的煤船的小小的布莱克斯泰勃港口。他想，正是那小小的港口勾起了他向往一睹东方诸国和热带海上阳光灿烂的岛屿的风采的欲念，而眼下这种欲念依然扎根于他的内心深处。但是，只有在这儿，你才会感觉到自己比在那北海边更加贴近那浩瀚、深邃的海洋；而在北海边，你总感到自己的视野受到限制。在这里，面对着宁静的、广阔无垠的大海极目远望时，你不觉舒爽地吸一口长气；而那习习西风、

① 阿卡迪亚，古希腊一地名，常比作风光明媚、人情淳朴的理想之乡。

那英格兰特有的亲切可人的带有咸味的微风，会使你的精神亢奋，同时还会使你的心肠变软，变得温情脉脉。

菲利普在索思大夫身边工作的最后一周的一天晚上，正当他们俩在配制药剂的时候，一个孩子脚步咚咚地跑到外科手术室门口。原来是个衣衫褴褛的女孩子，脸上很脏，还光着脚丫子。菲利普应声把门打开。

“先生，请你马上到艾维巷的弗莱彻太太那儿走一趟，好吗？”

“弗莱彻太太怎么啦？”索思大夫操着他那刺耳的声音问了一句。

可那女孩子理也不理他，继续朝菲利普说道：

“先生，弗莱彻太太的小儿子出事故了，请你去一趟好吗？”

“去告诉弗莱彻太太，就说我马上就去，”索思大夫在里面关照孩子说。

那女孩迟疑了一下，把一个污黑的手指塞进那张肮脏的嘴巴里，一声不响地站在那儿，目不转睛地望着菲利普。

“孩子，怎么啦？”菲利普笑吟吟地问道。

“先生，弗莱彻太太说，请新来的大夫去。”

药房里传来一阵声响，索思大夫随即从里面走了出来，来到过道上。

“难道说弗莱彻太太信不过我吗？”他咆哮起来。“打她出生那天起，我就一直给她看病。为什么现在我连给她的小崽子看病都不行了呢？”

有一会儿，那个小女孩看上去像是要哭的样子，可后来她还是忍住了。她有意朝索思大夫伸了伸舌头，索思大夫还没来得及还过神来，她便用足力量撒腿跑走了。菲利普看出这下那位老先生可给恼怒了。

“你看上去累得够呛了,再说,从这里到艾维巷的路可不近啃,”菲利普这样说,是在暗示索思大夫不要抢着去了。

索思大夫瓮声瓮气地骂着。

“这点儿路,对一个双腿齐全的人来说,要比一个只靠一条半腿走路的人近得多哩。”

菲利普脸刷地涨得通红,好一会儿,只是一动不动地站着。

“你是要叫我去呢,还是你自个儿去?”菲利普最后淡淡地问了一声。

“既然他们点的是你,我还去干吗?”

菲利普拿起帽子,出诊去了。他回来时,都快八点了。此时,索思大夫正背朝着壁炉站在餐厅里。

“你这次去的时间可不短呀,”索思大夫说。

“对不住。你为什么不先用饭呢?”

“我喜欢等嘛。你出去这么久,是一直呆在弗莱彻太太家的吗?”

“不,并不是一直呆在她那儿的。回来的路上,我停下来观赏了一下日落的景致,倒没有留意时间过得这么快。”

索思大夫没有吱声。此时,女用人给他俩送来了一些炙烤虾。菲利普津津有味地吃着。索思大夫突然发问说:

“你为什么要去观赏日落的景致?”

菲利普嘴里塞满了东西,只是嘟噜了一句:

“因为我感到愉快。”

索思大夫神情古怪地瞪了他一眼。那张苍老、疲倦的脸上绽开了一丝笑意。此后,他们一声不响地埋头吃饭。可是,当女用人给他们斟完红葡萄酒离开的时候,索思大夫身子往后靠了靠,把犀利的目光停在菲利普的身上。

“年轻人,刚才我提到了你的跛足,你生气了吧?”他接着对菲利普说。

“人们生我气的时候,常常直接地或间接地提到我的跛足。”

“我想,人们了解这正是你的弱点。”

菲利普面对着他,两眼直勾勾地望着他。

“你发现了这一点感到很高兴,是不?”

索思大夫没有回答,只是凄苦地哧哧笑了几声。他们俩就这样四目凝视着静坐了一会儿。接着,索思大夫所说的话倒使得菲利普不胜惊愕。

“你为什么不留在这里呢?我将把那个该死的笨蛋辞掉。”

“难为你想得这么周到,不过我希望今年秋天在圣路加医院得到个职位。这对我以后谋求别的工作有很大好处。”

“我的意思是跟你合伙办这所医院,”索思大夫执拗地说。

“为什么呢?”菲利普惊讶地问道。

“这里的人像是欢迎你留下来。”

“我以前还想你是决不会赞同这种事情的呢,”菲利普干巴巴地说。

“我行医都有四十年了,难道你以为我还在乎人们喜欢我的助手而不喜欢我吗?我才不在乎呢,朋友!我和我的病人之间没有什么情感可言,我也不指望他们对我感恩戴德,我只要他们付我的医疗费就行了。唔,对我的建议,你有什么想法?”

对此,菲利普没有做声。这并不是因为他在考虑索思大夫的建议,而是因为他感到诧异。居然会有人主动邀请一个刚取得医生资格的嫩手合伙开办医院,很显然,这件事太异乎寻常了。菲利普很惊奇地意识到,索思大夫已经喜欢上自己了,虽然他嘴上永远也不会明说。他想,要是他去把这件事告诉给圣路加医院的那位秘书听,不知此君会有何感想呢?

"在这儿给人看病一年可收入七百镑。我们俩合计一下你搭多少股份,你可在以后逐步偿还给我。我死后,你来继承我的位子。你至少得花两三年时间到处去谋求医院职位,然后才能带助手,最后才能独立开业行医。我想我的建议比那样子要强。"

菲利普心里明白,像这样的机会,在他那个行业里的大多数人都求之不得哩。他知道,行医的人比比皆是,尽管索思大夫的医院的资产并不多,但其中一半人都会感激涕零地接受他这一建议的。

"实在对不起,我不能接受你的建议,"菲利普终于开口说。"接受你的建议就意味着我要放弃多年来所追求的一切。虽说我遭受过这样那样的不幸,但我从来没有放弃过我的目标,即取得当医生的资格,以便去周游世界。眼下,每当我早晨醒来,我浑身骨头酸痛,像是在催促我快点动身。至于到什么地方去,我倒并不介意,反正只要出国,到我从未到过的地方去就行。"

眼下,看来离实现这个目标为期不远了。他在圣路加医院的任期将于第二年年中结束,此后便径直上西班牙去。他可以在那里呆上几个月,在那个对他说来总是充满传奇色彩的国度里到处漫游。然后,他就乘船远涉重洋到东方去。人生的道路还长着呢,时间充裕得很。只要高兴,他可以花几年时间在人迹罕见的地方和在陌生的人群中到处漫游,而在那些地方,人们以各种各样的离奇古怪的方式生活着。他不知道他要追求什么,也不知道旅行会给他带来什么,但他感到,通过旅行他将会了解到生活中许多新鲜事,并为自己刚揭开的奥秘找到些线索,结果都会使自己发觉生活的奥秘更加不可思议。即使他啥也得不到,至少可以消除扰乱他心境的不安心理。然而索思大夫却向他表示了自己的深情厚谊,不说出恰当的理由而断然拒绝他的好意似乎有些忘恩负义。于是,菲利普照例涨红着脸，竭力表现出一副郑重其事的样子，向索思大夫解释他要完成多年来一直珍藏在心中的打算是多么的重要。

索思大夫静静地倾听着，那双狡黠的、昏花的眼睛渐渐变得柔和起来。菲利普觉得索思大夫并不逼他接受自己的恩惠这一点格外亲切可人，因为仁慈常常是带有强制性的。索思大夫看来认为菲利普的理由还挺有道理的，便不再谈论这一话题，转而讲起了他的青年时代的经历。他曾经在皇家海军服过役，这段经历，使得他同大海结下了不解之缘。退役时，他便定居在法恩利。他给菲利普讲述了昔日在太平洋航行的情景和在中国的充满冒险的经历。他曾参加过一次镇压婆罗洲①的蛮人的远征，曾经到过当时还是个独立的国家的萨摩亚。他还停靠过珊瑚群岛。菲利普出神地谛听着。他一点一点地给菲利普介绍了自己的身世。索思大夫是个鳏夫，他的妻子早在三十年前就亡故了，而他的女儿嫁给了罗得西亚的一位农夫。翁婿俩反目，他女儿一气之下十年没有回英国。这样，他等于从来没有结过婚，也没有过孩子。他形单影只，孑然一身。他脾气暴躁，不过是他用来掩盖其绝望心理的保护色而已。对菲利普来说，看到索思大夫，与其说是不耐烦倒不如说是怀着一种嫌恶的心情在等待着死神的降临，整日诅咒老年，且又不甘心受随老年而来的种种束缚，然而又觉得只有死亡才是他摆脱生活的苦海的唯一办法，这确是一幕悲剧。菲利普突然闯进了他的生活，于是，由于同女儿长期分手而早已泯灭了的做父亲的天性——在他同女婿吵架时，他女儿站在她丈夫一边，她的几个孩子他一个也没见过——一下子都倾注在菲利普的身上。起初，这件事使得他挺生气的，他自言自语地说这是年老昏聩的迹象。可是，菲利普身上有种气质强烈地吸

① 婆罗洲，今加里曼丹的旧称。

引着他。有时他发觉自己莫名其妙地对菲利普微笑。菲利普一点不惹他讨厌。有那么一两回,菲利普还把手搭在他的肩膀上。这种近乎是爱抚的动作,打他女儿多年前离开英国之后,他从未得到过。菲利普要走时,索思大夫一路陪着上火车站,这当儿,他的神情莫名地沮丧。

“我在这儿过了一段非常愉快的日子,”菲利普说,“你待我太好了。”

“我想,你对于离去感到很高兴吧?”

“在你这儿,我一直感到很高兴。”

“可你还是想出国见见世面去? 啊,你还年轻。”他踌躇了一会后说:“我希望你别忘了,你一旦改变主意,我的建议依然有效。”

“那就太感谢你了。”

菲利普同车窗外的索思大夫握手告别。不一会儿,火车徐徐驶离车站。菲利普想起了他将在蛇麻草场度过半个月的事儿。想到朋友再次聚首,他心里乐滋滋的;他之所以感到高兴,还因为那天天气真美。在这同时,索思大夫却朝着他那幢空寂的房子踽踽走去。他感到自己异常衰老,非常孤独。

第一百十八章

菲利普到达费尔内时,夜已很黑了。费尔内是阿特尔涅太太的故乡。她自小就养成采集蛇麻子的习惯,嫁了丈夫,有了孩子以后,她还是每年偕同他们来到这里采集蛇麻子。同许多肯特郡老乡一样,她一家子定期外出采集蛇麻子,一来可赚得几个钱补贴家用,但主要还是把此行看作一年一度的远足,并把此行当作最愉快的节日。早在这节日到来之前几个月,一家人就都翘首企足地期待着啦。这活儿并不重,大家在露天里通力合作,起劲地采着。对孩子们来说,这是次漫长的、不无乐趣的野炊。在这蛇麻子草场,小伙子们得以与姑娘们相遇;工作之余,在那漫漫长夜,他们便成双成对地戏耍追逐于街头巷尾,恣情欢娱一番。于是,采集蛇麻子季节一过,接着就是举行婚礼。新郎新娘们坐在一辆辆大车上,车上放着被褥、瓶瓶罐罐,还有椅子和桌子等等什物。采集蛇麻子的季节一过,费尔内便显得空空荡荡的。本地人却非常排外,一向反对"异乡客"——他们常常把伦敦佬唤作"异乡客"——的侵入。本地人瞧不起那些伦敦佬,同时又惧怕他们。他们把伦敦佬视作粗野的货色,地方上体面人家不愿意跟他们联姻结亲。过去,来这儿采集蛇麻子的人都睡在谷仓里面,但十年前,在草场的一侧盖起了一溜茅屋。于是,阿特尔涅一家同别的人家一样,每年来到此地都住在同一间茅屋里。

阿特尔涅驾了辆马车上火车站去接菲利普。马车是从草场小酒馆里借来的,他还在那里为菲利普订了个房间。小酒馆离草场只有四分之一英里。他们把菲利普的行李留在房间里,然后便来到盖满茅屋的蛇麻子草场。这里的茅屋狭长、低矮,分隔成几个房间,每个房间约十二平方英尺。每座茅屋前都用树枝燃起一堆篝火,一家人围坐在篝火旁,一个个目光急切地注视着烹调晚餐。海风和阳光把阿特尔涅的孩子们的脸膛染成了棕红色。阿特尔涅太太戴了顶太阳帽,简直判若两人,使人感到多年的城市生活并没有使她发生多大的变化。她是个道道地地的乡村妇人。瞧她身处乡村的氛围中是多么从容自如啊。此时,她正在油煎香肠,同时一刻不停地照看着身边的小孩子。不过菲利普到时,她还是腾出手来同他热烈握手表示欢迎,脸上绽开了笑容。阿特尔涅激情满怀地数说起乡村生活的种种乐趣来了。

“生活在城市里,我们渴望着阳光和光明。那不是生活,是一种长期监禁。贝蒂,我们把一切都卖了,到乡村来办个农场吧!”

“你在乡村的表现,我可清楚着哪,”阿特尔涅太太兴高采烈地怪嗔着丈夫说。“嘿,冬天一下雨,你就会一个劲儿地吵着回伦敦啦。”她说着掉头转向菲利普。“我们一来这儿,阿特尔涅总是这副样子。说什么,啊,乡村,我太喜欢你啦!嘿,他连哪是甜菜,哪是甘蓝,都还分不清哩。”

“爸爸今天偷懒,”吉恩插进来说,她的个性非常直率,“他连一篮都没采满。”

“我很快就学会怎么采了,孩子。到了明天你瞧着吧,我一定采得比你们加起来的还要多。”

“孩子们,快来吃晚饭吧,”阿特尔涅太太嚷了一声。“莎莉到哪儿去了?”

“妈妈,我在这儿。”

话音刚落,莎莉从茅屋里走了出来。此时,火堆里的木头噼啪作响,火舌往上直蹿,火光将她的脸孔映得通红。近来,菲利普发觉她身上老是穿着洁净的工装;自从她去缝纫厂做工以来,她就喜欢穿这种服装,可这天晚上,她却穿着印花布上衣,倒别有一种迷人的魅力。这上衣宽宽大大的,穿着它干起活来身子灵便多了。衣袖卷着,裸露着她那健壮的、圆滚滚的双臂。她同她妈妈一样,也戴了一顶太阳帽。

“你看上去像是神话里的挤奶女工,”菲利普在同她握手的当儿这样说道。

“她可是蛇麻子草场里的美人,”阿特尔涅说,“我敢说,要是乡绅老爷的儿子看到你的话,他马上就会向你求婚。”

"乡绅老爷可没有儿子,爸爸,"莎莉回了一句。

她环顾四周,想找个座位。菲利普看到后,便挪了挪身子,腾出地方让她坐在自己的身边。在这被篝火照得通明的夜晚,莎莉的模样儿美得惊人,活脱像个淳朴的女神,令人想起了老赫里克①以幽雅细腻的诗句描绘的那些水灵、健美的婷婷女郎来。晚餐吃得很简单,香肠就着牛油面包。孩子们喝茶,而阿特尔涅夫妇俩同菲利普喝啤酒。阿特尔涅狼吞虎咽地吃着,每吃一口都高声地赞美一番。他一个劲儿地嘲笑鲁克勒斯②,还把布里拉特-沙瓦林③臭骂了一顿。

"阿特尔涅,有一点你还是值得称赞的,"他的妻子说,"那就是你吃东西的胃口真好,这没错的!"

"我的贝蒂,这都是你亲手做的呀,"阿特尔涅说话的当儿,像演说家似的向前伸了伸食指。

菲利普心情非常愉快。他欢乐地凝视着连成长串的篝火。人们围坐在火堆旁取暖,凝视着划破夜幕的通红的火光。草场的尽头矗立着一排榆树;头顶上,星光灿烂。孩子们喧哗着、嬉笑着,而阿特尔涅,活脱像个小孩,挤在他们中间,用他的拿手戏法和荒诞离奇的故事,逗着孩子们发出阵阵狂呼乱叫。

"这儿的人可喜欢阿特尔涅了,"阿特尔涅太太对菲利普说。"嗯,一天,布里奇斯太太对我说,现在离了阿特尔涅先生,我们还不知怎么办才好呢。他总是变着戏法儿玩,说他是一家之长,还不如说他像个小学生更恰当些。"

莎莉不言不语地坐着,可她却非常周到地伺候着菲利普,那神

① 赫里克(1591—1674),英国诗人。
② 鲁克勒斯(公元前110?—前56?),古罗马将军,以宴会豪奢著名。
③ 布里拉特-沙瓦林(1755—1826),法国名厨师。

态倒把菲利普给迷住了。有她坐在自己的身边，菲利普感到很高兴。他不时朝她那张健康的、被太阳晒得黝黑的脸瞥上一眼。一次，两人的目光相遇时，莎莉朝他恬静地微微一笑。晚饭后，吉恩和另一个小男孩被支去到草场尽头的小溪里打一桶洗碗水。

“孩子们，快领你们的菲利普叔叔去看看我们睡觉的地方。你们也该上床歇着去了。”

孩子们伸出一双双小手，拉的拉，拽的拽，簇拥着菲利普朝茅屋走去。他走进茅屋，随即划亮了一根火柴，只见茅屋里面几乎什么家具都没有，除了一只存放衣服的铁皮箱外，就只有几张床。一共是三张床，都靠墙摆着。阿特尔涅跟着菲利普走进了茅屋，骄傲地把床指点给他看。

“我们就睡在这种床上，”他嘴里不住地嚷道。“你睡的那种弹簧床和盖的天鹅绒被褥，这里可一样也没有。我睡在哪儿也没有像睡在这儿这么香甜过。你可得要裹着被单睡啰。亲爱的老弟，我打心眼里替你难过。”

三张床都垫了一层厚厚的蛇麻草蔓，蛇麻草蔓上面又铺了层稻草，最上面都蒙了块毯子。露天里散发着馥郁的蛇麻草香味，在这种环境中干了一整天之后，那些无忧无虑的采集者们倒头便睡，一个个睡得都像死人似的。晚上九点时，草场四周阒无人影，笼罩在一片静谧之中。一两个酒鬼赖在小酒馆里，不到酒馆十点打烊不会回家。除此之外，其他人都进入梦乡了。阿特尔涅送菲利普去酒馆安歇，临行前，阿特尔涅太太对菲利普说：

“我们五点三刻吃早饭，我想你肯定不会起那么早的。叫我说，六点钟我们就得干活了。”

“他当然也得早早起身咯，”阿特尔涅接着话茬嚷道。“他也得跟大家一样干活，出力挣饭钱嘛。不干活，没饭吃，我的老弟。”

"孩子们早饭前下海游泳,他们回来的路上会叫醒你的。他们要走过'快乐的水手'酒馆的。"

"他们来叫醒我,那我就同他们一块去游泳,"菲利普说。

他这么一说,吉恩、哈罗德和爱德华高兴地叫了起来。次日清晨,菲利普的一场好梦被孩子们闯进房间来的吵闹声打断了。他们一个个跳到他床上。他不得不提起拖鞋把他们赶下去。他匆匆穿了件上衣,套上裤子,尾随着他们奔下楼去。天刚破晓,空气里还透着丝丝寒意,天空万里无云,金灿灿的阳光普照大地。莎莉站在大路中间,一手牵着科尼的手,手臂上挎着条毛巾和一套游泳衣。他这时才看清,她那顶太阳帽是淡紫色的,在它的映衬下,她的脸蛋黑里透红,像只苹果似的。她照例不慌不忙地朝菲利普微微笑了笑,算是跟他打招呼。蓦然间,菲利普发现她那口牙齿小小的,整整齐齐,雪白雪白的。他不禁对自己以前怎么会没有注意到这一点而感到惊奇。

"我是想让你再睡一会儿的,"莎莉开腔说道,"可他们非要上去把你叫醒不可。我对他们说你并不想去海里游泳。"

"哪里的话,我很想去哩。"

他们沿着大路向前走了一段,然后穿过一片片草地。他们这么走,走不了一英里地就可以到海边。海水灰蒙蒙的,寒气逼人,菲利普一看,身上不觉一阵寒颤。可此时,孩子们都纷纷脱去衣服,一边喊着一边跑进海里。莎莉无论做什么事,总是不紧不慢的,直到孩子们围着菲利普溅水时,她才走了下去。游泳是菲利普的拿手好戏,一走进水里,他就感到舒展自如。没隔一会儿,孩子们一个个都模仿着他的姿态,忽而装成快淹死的人,忽而又装作想游泳又怕打湿了头发的胖女人的神态,欢声笑语不绝,热闹非凡。瞧他们这副德行,要是莎莉不严厉地吆喝,他们还不知要玩到何时才想上岸呢。

“你跟他们中任何一个一样坏，”莎莉责备菲利普说，说话时神情严肃，像是个做母亲的。其神态既富有戏剧性，又动人心弦。“你不在，他们从不像这样顽皮。”

他们走在回去的路上，莎莉手里拿着太阳帽，那头秀发飘垂在一只肩膀上。等他们回到茅屋时，阿特尔涅太太已经上蛇麻子草场干活去了。阿特尔涅下身套了条谁也没穿过的裤子，外套的纽扣一直扣到脖子，这表明他里面没穿衬衣。他头上戴了顶宽边软帽，正在火堆上熏着雄鳟鱼。他自得其乐，看上去活像个土匪。一看到他们一帮人，他便扯开嗓门，背诵着《麦克佩斯》①里巫婆的台词，在这同时，他手中熏的雄鳟鱼发出一股冲鼻的臭气。

“你们不该玩这么久，早饭时间都过了，妈妈可要生气了，”当他们来到他的跟前时他这么说。

几分钟以后，哈罗德和吉恩两人拿了几片牛油面包，晃悠着穿过草地，朝蛇麻子草场走去。他们是最后离开的。蛇麻草园子是同菲利普的童年紧密联系着的景色之一，而在他眼里，那蛇麻子烘房最富有典型的肯特郡的地方特色。菲利普跟在莎莉的后面，穿过一行行蛇麻草。他对这儿的一切毫不感到陌生，就好像回到了自己的家里一般。此时，阳光明亮，人影投地，轮廓鲜明。菲利普目不转睛欣赏着茂盛的绿叶。蛇麻草渐渐变黄了，在他看来，它们中间蕴蓄着美和激情，正如西西里的诗人们在紫红色的葡萄里所发现的一样。他们俩并肩朝前走着，菲利普觉得自己完全为周围万物茂盛、欣欣向荣的景象所陶醉。肥沃的肯特郡大地升腾起缕缕甜蜜的、芬芳的气息；九月的习习微风，时辍时作，飘溢着蛇麻草浓郁诱人的香味。阿特尔斯坦不由得心头一热，情难自已地引吭高歌起来，可他

① 《麦克佩斯》系莎士比亚的著名悲剧之一。

发出的是十五岁男孩才有的那种沙哑声，怪不得莎莉转过身去说：

“阿特尔斯坦，你给我安静些吧，要不，我们耳边听到的尽是轰轰的雷声。”

不一会儿，耳边传来七嘴八舌的唧唧喳喳声，又过一会儿，采集蛇麻子的人说话声更高了。他们不停地起劲采着，一边不住地说啊，笑啊。那些人有的坐在椅子上，有的坐在方凳上，也有的坐在木盒子上，每人身边都放着篮子，有的干脆站在大箱旁边，把采得的蛇麻子径直扔进大箱内。周围有不少小孩，还有许多吃奶的婴儿，其中有躺在活动摇篮里的，也有裹着破被放在松软、干燥的地上的。小孩采得不多，可玩的倒不少。女人们一刻不停地忙着，她们自小就采惯了的，速度要比来自伦敦的异乡人快两倍。她们炫耀地报出她们一天中采的蛇麻子的蒲式耳①数，可又一个劲儿地抱怨，说眼下挣的钱可比从前要少得多。过去，每采五蒲式耳可得一先令，可现在要采八蒲式耳，甚至九蒲式耳才能挣得一先令。以往，一个快手一季挣得的钱，足够维持她当年其余时日的生活，现在可根本办不到，只是来度个假而已，啥也捞不到。希尔太太用采蛇麻子挣得的钱买了架钢琴——她是这么说的——不过，她的日子过得够寒酸的，那种日子谁也不愿过。有人认为她说是这么说，要是把事情揭开来的话，大家说不定就会知道她是到银行里取了些钱凑足款子才买那架钢琴的。

采蛇麻子的人分成几个小组，每组十个人，但其中不包括孩子。因此，阿特尔涅高声夸口说，总有一天他有个全是他家里人组成的小组。每个小组有个组长，负责把一扎扎蛇麻草放在各人的蛇麻草袋子旁边（蛇麻草袋是个套在木框架上的大麻袋，高达七英尺。一

① 蒲式耳，计量谷物等的容量单位，在英国等于36.368升。

排排麻袋放在两堆蛇麻草的中间），而阿特尔涅眼红的正是组长这一位子，所以他盼着孩子们快快长大，到那时可以自家组成一个小组。此时，与其说他是在卖力地干活，倒不如说他是为了鼓励别人出劲干才来的。他优哉游哉地荡到阿特尔涅太太的身边，嘴上叼了支香烟，动手采蛇麻子。阿特尔涅太太两手不停地干了半个小时，刚把一篮蛇麻子倒进麻袋里。阿特尔涅口口声声说这天他要比任何人都采得多，当然要除去孩子他妈，因为谁也不可能采得像她那么快。这件事使他回想起阿佛洛狄忒①对普塞基②的几次试探的传说，于是他便给孩子们滔滔不绝地讲起了普塞基倾心爱着她从未见过的新郎的故事来了。他讲得娓娓动听。菲利普谛听着，嘴角含着微笑；在他看来，那古老的传说跟周围的场面无比和谐一致。天空，瓦蓝瓦蓝的，他认为即使在希腊，天也不会这么美。孩子们头发金黄，两腮宛如两朵玫瑰，身体结实、壮美，充满了生命的活力；蛇麻子形状玲珑剔透；叶子碧绿，色泽有如喇叭形植物；富有魔力的绿草丛中的小径，极目远眺，在远处缩成一点；采集蛇麻子的人，一个个头戴太阳帽。所有这一切，要比你在那些教授们著的教科书或博物馆中察觉到的更富有希腊精神。菲利普对英国之美，内心里充满了激情。他想起了一条条蜿蜒、清静的路，一簇簇编成树篱的灌木丛，一片片绿茵茵的、点缀着榆树的芳草地，一座座小山的幽雅线条和上面覆着的一个个坟丘，一块块平坦的沼泽地，以及北海那惨淡凄怆的景象。他为自己感受到了英国的优美动人之处而感到非常高兴。可是不久，阿特尔涅变得坐立不安，声称要去看看罗伯特·肯普的妈妈的生活近况。他跟蛇麻子草场的每个人都混得很熟，总是直呼

① 阿佛洛狄忒，古希腊执掌爱与美的女神，相当于罗马神话中的维纳斯。
② 普塞基，阿佛洛狄忒之女、小爱神厄洛斯所爱的美女。

其教名，而且还对每一个家庭的家史及其每个成员的身世无不了如指掌。他虽爱虚荣，但心眼倒不坏，在人们中扮演了一个时髦绅士的角色。他待人亲热，但那股亲热劲里含有几分故献殷勤的味儿。菲利普不愿跟他一块儿去。

“我要干活挣顿饭吃吃，”他说。

“说得好，我的老弟，”阿特尔涅说罢，手臂在空中一挥便走了。“不干活，没饭吃！”

第一百十九章

菲利普自己没有篮子，便同莎莉坐在一起。吉恩对菲利普不帮她而去帮她大姐采蛇麻子感到可笑至极。于是菲利普只得答应等莎莉的篮子装满后就去帮助她。莎莉摘得几乎跟她母亲一样快。

“采这种东西会碰伤你的手，使你不好缝衣服吧？”菲利普问莎莉说。

“哦，不会的。采蛇麻子同样需要一双柔软的手。这就是为什么女人总比男人采得快的缘故。粗活干久了，手就会变得粗糙，手指就会变得僵直不灵活，要快也快不起来。”

菲利普就喜欢欣赏她那敏捷的动作，而莎莉也不时地注视着他，脸上带有一种俨然是个母亲似的神气，令人看了不觉有趣，然而又不无迷人的魅力。起初他笨手笨脚的，为此，她常常嘲笑他。莎莉弯下腰来，教他如何把整棵蛇麻子拔起的诀窍，这样一来，他们俩的手就碰到了一起。他不胜惊讶地觉得莎莉顿时满脸绯红。他无论如何也不能使自己相信她眼下已是个盈盈女子了，这是因为他打她还是个黄毛丫头时就认识她了，总是情不自禁地还把她当作小孩子看待。然而,她身后有许多求婚者这一事实,表明她已不再是个黄毛丫头了。虽说他们来到这儿还没几天工夫,可是莎莉的一位姨兄倒已经盯上她了,使得她不得不耐着性子听着他那倾箧倾筐的痴情话。她这位姨兄名叫彼得·甘恩,是阿特尔涅太太的姐姐的儿子。阿特尔涅太太的这位姐姐嫁的是费恩附近的一位农夫。彼得·甘恩觉得每天来一趟蛇麻子草场很有必要,个中的缘由,大家都心照不宣。

八时整,耳边传来一阵号角声,算是收工吃早饭的号令。虽然阿特尔涅太太不住地唠叨着他们不配吃这顿早饭,可他们一个个狼吞虎咽,吃得可香甜啦。一吃完饭,他们就接着干,一直干到十二点,这时号角声又响了,招呼人们收工吃中饭。计量员趁这个空子,带上记账员,一箱一箱地过数。这位记账员先是在自己的账本上然后在采集者的账本上登录所采的重量。从装满蛇麻子的箱子里,用蒲式耳的量器钩起蛇麻子灌进大布袋里。然后,计量员和车夫把一袋袋蛇麻子抬上马车。阿特尔涅不时地跑来跑去,不是说希思太太摘了多少多少,就是说琼斯已经收了多少多少蛇麻子,接着便想当然地要全家加油,努力超过她们。他总是想创造采蛇麻子的记录。他情绪高昂时,可以手脚不停地采上个把小时;可是,他的主要兴趣在于采蛇麻子的动作可以把他那双高贵的手的妙处表现得淋漓尽致。他对自己的那双手总是感到无比的自豪。为了修剪美化指甲,他可是花了一番心血的。在张开他那渐渐变尖的五指的当儿,他对菲利普说,为了使手常年洁白如玉,西班牙的大公们睡觉时手上还套着上了油的手套。他带着戏剧性的口吻说,那只扼守欧洲的手跟女人的手一样,总是那么漂亮和纤巧。他姿势优美地采摘蛇麻子的当儿,他一边端详着自己的手,一边怀着满意的心情感叹着。对这种动作产生腻味时,他便给自己卷上一支烟,然后便跟菲利普大谈特谈文学和艺术。一到下午，天气变得热不可耐。人们干起活来劲头不如先前那么足了，而且交谈声也停止了。上午那种滔滔不绝的说话声，眼下却变成了语无伦次的杂谈。莎莉的上唇沁出一颗颗小小的汗珠，在干活的当儿，她那张嘴微微地启开着。她看上去活脱像一个含苞待放的玫瑰花蕾。

收工时间要看烘炉房的情况而定。有时候烘炉房很早就装满了。到下午三四点钟，如果所采的蛇麻子已够当晚烘的了，那就吹号收工。但是，在通常情况下，一天中最后一次计量工作要到五点才开始。每一批采集者把蛇麻子过完数后，便动手收拾工具；放工时间一到，他们一边聊着天，一边优哉游哉地荡出草场。女人们纷纷赶回茅屋，忙着打扫和准备晚饭，而不少男人则结伴朝小酒馆走去。一天工作之余，喝上一杯啤酒确是一大快事。

阿特尔涅家的蛇麻子是最后一个过秤。当计量员朝他们走来时，阿特尔涅太太如释重负地松了口气，随即站了起来，伸了个懒腰，因为她以同样的姿势一坐就是几个小时，身上都有些发僵了。

"好啦，我们到'快乐的水手'去吧，"阿特尔涅说。"每天的礼仪都要一项不拉地履行。眼下再也没有比上小酒馆更神圣的事儿了。"

"阿特尔涅，带个酒壶去，"他的妻子吩咐说，"带一品脱半的啤酒回来，吃晚饭时好喝。"

说罢她往阿特尔涅的手里一个铜币一个铜币数着。酒馆里早已挤满了人。店堂里，沙色地板，四周摆着长条椅，墙上贴满了泛黄了的维多利亚时代的职业拳击家的画像。酒馆老板能叫出所有顾客的姓名，此时，他身子倾过柜台，脸上堆着宽厚的笑容，正注视着两个年轻人往两根立在地上的杆子上套圈圈。他们俩都没有套中,逗得周围的旁观者发出阵阵喝倒彩声。人们互相挤了挤,为新来的顾客让座。菲利普发觉自己坐在两个陌生人中间,一边是位上了年纪的身穿灯芯绒衣服的雇工,两膝下面都系了根细绳子,另一边是个十七岁的毛头小伙子,只见他油光满面的,一绺鬈发平展地贴在红彤彤的额头上。阿特尔涅执意要试试手气,去套圈圈玩。他下了半品脱啤酒的赌注,结果硬是赢了。在为败北者祝酒时,他说:

"我的孩子,与其去赢赛手,我还不如来赢你这半品脱啤酒喝喝哩。"

阿特尔涅胡子翘翘的,头上戴了顶宽边帽,跻身在这群乡下佬中间,那副模样显得有些稀奇古怪,而且从周围人们的表情中不难看出,他们都觉得他古怪。尽管如此,阿特尔涅却兴致勃勃,热情洋溢,他颇有些感染力,使得周围那些人一个个不得不喜欢上他。人们无拘无束地交谈开了,互相操着粗犷的、缓慢的塔内特岛的方言打趣逗乐,当地爱说俏皮话的人一说出连珠妙语,顿时引起哄堂大笑。真是一次难得的愉快的聚会!只有铁石心肠的人才会对这些伙伴表示不满。菲利普的目光移向窗外,只见外面依然一片光明,充满了阳光。窗户就跟村舍的窗户一样,上面挂着块小小的系了根红布带的窗帘。窗台上摆着几盆天竺葵。不多时,这些会享清福的人们一个个离座起身,晃晃悠悠地返回草场,那里家家户户正忙着做晚饭呢。

"我想你该准备上床歇着了,"阿特尔涅太太对菲利普说,"你是过不惯一早五点就起床,成天价呆在户外的日子的。"

"菲利普叔叔,你要跟我们一道去游泳,对不?"孩子们大声地嚷道。

"那当然啦!"

他身体疲乏,但精神却很愉快。晚饭后,他坐在一张没有靠背的椅子上,身子靠着茅屋的墙壁,嘴里衔着烟斗,两眼凝视着星空。莎莉正忙着呢,不停地走出走进。他目光懒懒地注视着她井井有条地工作。她的步态引起了他的注意,倒不是因为她的步态特别优美,而是因为她连走起路来都是那样的自如和沉着。她依靠臀部的力量,向前摆动着双腿,两只脚似乎断然地踏在地上。阿特尔涅早已溜到邻居家里去嗑牙扯淡去了,而这时菲利普听到阿特尔涅太太在不指名地唠叨着。

“喂,家里茶叶完了,我想让阿特尔涅上布莱克太太的小店里去买些回来。”一阵沉默过后,她又提高嗓门喊道:“莎莉,快到布莱克太太的小店去给我买半磅茶叶,好吗?我的茶叶喝光了。”

“好的,妈妈。”

沿大路约半英里路开外处,布莱克太太拥有间小屋子。她把这间屋子既用作女邮政局长的办公室,又办了爿小百货商店。莎莉走出茅屋,捋下卷起的衣袖。

“莎莉,我陪你一道去好吗?”菲利普问道。

“别麻烦了。我一个人走不怕的。”

“我并没有说你怕的意思,我马上要上床休息了,我刚才只是想在临睡前舒展舒展两条腿。”

莎莉什么也没说。他们俩便动身朝小店走去。大路白晃晃的,静悄悄的。夏日之夜,万籁俱寂。他们俩谁也没说多少话。

“这时候天还是很热,是不?”菲利普开腔说道。

“我认为这是一年之中最好的天气。”

不过,他们俩不言不语,倒也不显得尴尬。他们觉得两人肩并肩地走路本身就是件令人愉快的事情,因此,觉得没有说话的必要。当来到掩映在栽成树篱的灌木丛中的梯磴跟前时,耳边突然传来一阵喃喃细语声，夜幕中显出两个人的身影来。这两个人紧挨着坐在一起，莎莉和菲利普走过时，他们连动也没动一下。

“不知道他们是些什么人，”莎莉说了一句。

“他们看上去很幸福，是不？”

“我想他们也把我们当作一对情侣了。”

他们看到了前面那间小店射出来的灯光，不一会儿，两人便走进了小店。一时间，那雪亮的灯光照得他们连眼睛都睁不开。

“你们来迟了，”布莱克太太说，“我正打算打烊，”说着，她朝钟望了一眼，“瞧，都快九点了。”

莎莉买了半磅茶叶（阿特尔涅太太买茶叶从来不肯超过半磅），接着两人返身上路回家。间或耳边传来一声夜间野兽发出的短促、尖利的嘶叫声，但这不过使夜显得格外静寂罢了。

“我相信，你静静地站着，一定能听见大海的声音，”莎莉说。

他们俩竖起耳朵谛听着，脑海里的想象使得他们听到了细浪拍击沙石发出的微弱声响。当他们再一次走过梯磴时，那对恋人还在原地没走，不过这一回他们不再喁喁私语，而是相互搂抱着对方，那个男的嘴唇紧紧地贴着女的双唇。

“看来他们还怪忙乎的哩，”莎莉说了一声。

他们拐了个弯，有好一会儿，一缕温暖的微风吹拂着他俩的面颊。泥土散发着清香。在这极其敏感之夜，似乎蕴藏着一种不可名状的东西，一种说不出道不明的东西在远处伫候着他们。阒寂顿时变得意味隽永。菲利普心中萌生出一种不可名状的情感，这种情感似乎非常丰富，仿佛要融化了（这些平庸的辞藻倒把那种奇特的感觉描述得恰到好处）。菲利普感到愉快、热切和有所期待。此时，菲利普突然想起了杰西卡和洛伦佐两人所写的诗句来。他们各自用接引诗句的办法向对方低声朗诵自己的优美动人的诗句；但是他们俩胸中的激情，却透过两人都觉得有趣的巧妙的奇想，放射出夺目的光芒。他不知道大气中究竟是什么使得他的感官变得如此异乎寻常地机敏起来。在他看来，他才是享受香气、声响和大地芬芳的纯洁的心灵。他从未感受到有这样一种高雅的审美能力。他真担心莎莉开口说话，把这宁静给破坏了，然而她到底没吐一个字。他真想听听她那润喉发出的声音。她那低低的、音色优美的嗓音正是这乡村之夜本身发出的声音。

他们来到草场前，莎莉就要在这里穿过栅门回茅屋去。菲利普走进草场，替莎莉启开栅门。

“唔，我想我该在这里同你分手了。”

“谢谢你陪我走了那么多路。”

莎莉把手伸向菲利普，菲利普一边握着她的手，一边说：

“如果你是真心诚意的，那你就该像你家别的人那样同我吻别。”

“我不在乎，”她说了一句。

菲利普原本是说着玩的。他只是想吻她一下，因为这样他感到快乐，他喜欢莎莉，再说这夜晚又是多么的迷人。

“祝你晚安，”他说，随即轻轻地笑了笑，把莎莉拉向自己的身边。

莎莉向他翘起了她那温馨、丰满和柔软的双唇；他吻着，并留恋了一会儿，那两片嘴唇微启着，宛如一朵鲜花。接着，他不知怎么搞的，顿时张开双臂环抱住她。莎莉默默地顺从了他。莎莉的身躯紧紧地贴着他的身躯。他感到她的心紧贴自己的心。他顿然昏了头，感情犹如决口的洪水将他淹没了。他把莎莉拉进了灌木丛的更暗的阴影处。

第一百二十章

菲利普睡得像个死人一样，蓦地从梦中惊起，发觉哈罗德手里正拿了根羽毛在他脸上撩痒呢。他睁开眼皮的当儿，身边爆发出一阵欢笑声。此时，菲利普却还像喝醉了酒似的，睡眼惺忪，迷迷糊糊的。

"快爬起来，你这个懒骨头，"吉恩嚷道，"莎莉说你不赶紧起来，她可不等你了。"

吉恩这么一嚷，菲利普才明白过来是怎么回事。他的心不由得一沉，刚刚钻出被窝的身子突然一动不动，心里直担忧自己怎么有脸去见莎莉。顿时，他内心充满了一种自责的心情，一个劲儿地懊恨自己竟干出这种事儿来。这天早晨，莎莉会对他说些什么呢？他害怕见到莎莉，心里不住地责问自己怎么这样傻呢。但是，孩子们可不给他时间多想，爱德华已经给他拿好了毛巾和衬裤，而阿特尔斯坦已把他的被子给掀掉了。三分钟以后，他们全都噔噔奔下楼梯，来到户外。莎莉朝他微微一笑，那笑容跟往常一样，依然是那么甜蜜、那么纯洁。

"你穿衣服真费时间哪，"莎莉说，"我还当你不会来了呢。"

她的态度没有一丝异样的感觉。菲利普原以为她的态度会起微妙的变化，或者来个一百八十度的大转弯；他曾想莎莉见到他时会羞怯忸怩，或者会怒形于色，或许会比以前更亲热一些呢，可是她的神态却同以往一模一样，没有一点变化。他们结伴走向海滨；一路上谈笑风生。然而莎莉却一声不吭，不过她总是这样的含蓄、娴静，菲利普还从来没看到她不是这个样子的呢。莎莉既不主动说

Charles Keeping

话，别人跟她说话时也不有意规避。这下可把菲利普吓坏了。他曾巴望前一天夜里他俩之间发生的事儿总会对莎莉带来些变化，可是从眼前的情景看来，就好像他俩之间啥事也没有发生似的。他仿佛觉得自己堕入五里雾中似的。菲利普向前走去，一手搀了个女孩，另一手拉着一个男孩的手，说话时，他尽量装出一副漫不经心的样子，企图借此求得个答案来。他脑海里折腾开了，不知莎莉是否把他俩之间发生的事儿忘了个精光。或许，莎莉也跟他一样，一时间感情上涌不能自制而干出那种傻事，只是把它当作在特殊情况下发生的突然事故来看待，眼下她兴许下决心把那件事从她脑海中涤除掉。这只能归结于与她的年龄和性格极不相称的意志力和早熟的智慧。菲利普意识到他对莎莉毫无了解，总觉得她身上蕴藏着一个令人猜不透的谜。

他们在海里玩跳背游戏，孩子们不住地鼓噪着、戏耍着，其热闹场面同前一天没有两样。可莎莉对他们像是个母亲似的，警觉地照料着他们，一见他们游得太远了，就把他们唤回来。当别的孩子们玩得热火朝天的时候，她却自个儿不紧不慢地在水里游来游去，时而仰卧在水面上，顺水漂浮着。不多时，她便爬上海滩，开始擦干身子，接着带着命令的口吻，把孩子们一个个唤出水，最后就剩下菲利普还在海里。菲利普乘机游了个痛快。他来到这儿，已是第二天了，对这冰凉的海水倒也适应了；对置身在散发着带有咸味的新鲜气息的大海中，他感到由衷的喜悦。他为自己的四肢能舒展自如地翻腾在碧波之中，心里有说不出的高兴，于是以坚强有力的动作在水里不停地划着、游着。然而，这时莎莉身上围了条浴巾，来到了海边。

“菲利普，你马上给我上来，”莎莉喊道，仿佛菲利普只是个归她照料的小孩子。

菲利普看到她俨然一副权威的神气,不觉有趣,便脸带微笑地向她跟前游来。这时,莎莉嗔怪地说:

“你真顽皮,赖在水里这么久不上来。你的嘴唇都发紫了,瞧你的牙齿,冷得直打哆嗦。”

“好,听你的,我这就上岸。”

莎莉从来还没有用这种态度同他说过话。看来,他俩之间发生的事情像是给予她一种制约他的权利似的。她完全把菲利普当作由她照料的孩子来看待了。几分钟以后,他们都穿好了衣服,便一同往回走去。莎莉两眼盯视着菲利普的双手。

“瞧,你那双手都冻得发紫了。”

“哦,没关系的。不过是血液循环的问题,要不了多久,就会正常的。”

“把手给我。”

莎莉把菲利普的双手握在自己的手掌心里,分别在他的两只手上不停地擦着,直到他的手泛起血色为止。菲利普深受感动,但又迷惑不解,两眼直勾勾地望着她。因为身边有别的孩子在,他不好说什么,也没接触她的目光。不过他心里明白,她那双眼睛决不是有意避开他的眼光的,只是没有相遇罢了。那天白天,莎莉的一举一动丝毫没有流露出一点她意识到他们俩之间发生的事情。要说有什么变化的话,那就是她比平时话说得多一些。当他们一起坐在蛇麻子草场时,莎莉告诉她母亲,说菲利普太顽皮了,直到浑身冻得发紫才上岸来。这件事简直不可思议。然而,看来前一天夜里所发生的事情,只是激发她处处保护菲利普的情感而已。正如对待她的弟妹们那样,她对他也抱有同样的一个做母亲的天性。

直到黄昏时分,菲利普才有个单独同莎莉相处的机会。那会儿,莎莉在张罗晚饭,而菲利普就坐在火堆旁的草地上。阿特尔涅太太到下边的村子里买东西去了,而孩子们则一个个散在各处,玩各自喜爱的游戏。菲利普局促不安,想说些什么,却又说不出来。莎莉态度安详,手脚麻利地忙乎着。沉默使得菲利普很尴尬,可她却无动于衷。除非是有事非讲不可或者有人同她说话,否则莎莉一般很少主动开口说话的。菲利普最后实在憋不住了。

"莎莉,你生我的气了?"他突然脱口问了一句。

莎莉不声不响地抬起眼皮,毫无表情地望了望菲利普。

"我?不生气呀。干吗要生气呢?"

菲利普听完不觉一惊,无言以对。莎莉揭开锅盖,捣了捣锅里的食物,然后又盖上锅盖。周围空气里飘溢着一股食物的香味。莎莉又朝菲利普望了一眼,双唇微启,脸上露出一丝淡淡的笑容。倒是她那双眸子里充满了笑意。

"我一直很喜欢你,"她说。

菲利普的心不由得咯噔一下,顿觉双颊绯红。他勉强地轻声笑了笑。

"我以前可不知道这一点。"

"那因为你是个傻瓜呗。"

"我不知道你为什么喜欢我。"

"我自己也说不清楚,"她说着,又往火里添了些柴禾。"你饿着肚子在外露宿了几天之后来到我家的情景,你还记得吗?就在那一天,我知道自己喜欢上你了。那天是我和妈妈两人把索普睡的床腾出来给你睡的嘛。"

菲利普的脸又涨得通红,因为他不知道她心里竟老是记着那件事,而他自己一想起那件事,心里总是充满了恐惧和羞愧。

"就是为了这个缘故,我才决心不跟旁的什么人有什么瓜葛。你还记得妈妈要我嫁给那个年轻人的事儿吗?我让他到我家来,是因为他老是死乞白赖地缠着我,不过我心里明白我是不同意这桩婚事的。”

菲利普惊讶得连一句话也说不出来,一股不可名状的情感涌上心头,如果这种情感不叫幸福的话,他还真不知道叫什么呢。莎莉再次捣了捣锅里的食物。

“真希望孩子们赶快回来吃饭。不知道他们溜到哪里去了。晚饭已经好了。”

“要不要我去找他们回来?”菲利普接着问了一句。

能有机会聊聊家庭琐事,菲利普感到不那么紧张。

“嗯,你这个主意倒也不错,我得说……喔,妈妈回来了。”

接着,菲利普从草地上站了起来,这当儿,莎莉不无尴尬地望着他。

“今晚我把孩子们送上床后,要不要我来陪你散散步呀?”

“好的。”

“嗯,你就在梯磴旁边等着,我事一完就去找你。”

满天星斗下,菲利普坐在梯磴上静静地等候着,身子掩映在两边高高耸起的即将成熟的黑莓丛中。泥土里散发出阵阵沁人心脾的芬芳气息,四周笼罩在一片静谧、幽雅的气氛之中。他的心狂跳不止。他对眼前发生的一切都不甚了了。他通常总是把情爱与喊声、眼泪和狂热联系在一起,可是在莎莉身上,那些东西却连个影子都看不到。尽管如此,他还是猜不透除了爱情外还能是什么使得莎莉委身于他呢?但是莎莉爱他吗?她的姨兄彼得·甘恩,腰板挺挺的瘦高个儿,脸色黧黑,走起路来步履轻巧且跨度又大。要是她钟情于她的姨兄,菲利普一点也不会觉得奇怪的。他心中不由得纳闷起来,莎莉究竟看中他什么来着。他不知道莎莉是否正像他理解的爱情的含义那样爱恋着他。要不然又是什么呢?他对莎莉的纯洁深信不疑。他隐约觉得许多事情交融在一起，这中间包括那令人陶醉的空气、蛇麻子草和那迷人的夜晚，一个女性与生俱来的健美的本能，满腔的柔情蜜意和一种母爱与姐妹之情交织在一起的情感。对这一切，莎莉虽并未意识到，但却实实在在地感觉到。她心里充满了仁爱，所以才把她所有的一切奉献给他。

菲利普听到大路上传来了一阵脚步声，接着从茫茫的夜色里显出一个人影来。

“莎莉！”菲利普低声地唤了一声。

莎莉收住脚步，站在梯磴跟前。随着她的到来，四周蓦地飘溢出一股甜丝丝的、清新的乡村气息。她身上仿佛带有新割的干草的芳香，熟透了的蛇麻子的香味和青葱嫩草的清新气息。她那柔软的双唇紧紧地贴着他的双唇，她那健康娇美的身躯平躺在他的怀抱里。

“牛奶和蜂蜜，”菲利普喃喃说道，“你就像那牛奶和蜂蜜。”

他使莎莉合上双眼，随即一一地亲吻着她的眼睑。她那丰腴、健壮的手臂裸露到肘部，菲利普的手在上面轻轻地抚摩着，惊奇地注视着她那美丽的手臂。她的手臂在黑暗里闪烁着光辉，就像鲁宾斯[①]画的那样，白得出奇，给人以透明感，手臂一侧长着金黄色的茸茸汗毛。这是撒克逊女神才有的手臂，然而，没有一个不朽者的手臂有她的那样优美和富有天然淳朴的意趣。菲利普不觉想起了村舍花园，里面盛开着只有在男人心中才能开放的可亲可爱的鲜花；想起了蜀葵和命名为约克和兰卡斯特的红白两色相间的玫瑰花束；还想起了黑种草、美国石竹、忍冬草、飞燕和虎耳草。

“你怎么会看上我的呢？”菲利普说，“我只是个平平常常的、微

① 鲁宾斯(1577—1640)，比利时画家。

不足道的瘸子,长得又丑。”

莎莉双手捧住菲利普的脸,亲吻着他的嘴唇。

“你真是个地地道道的傻瓜,”莎莉接着说。

第一百二十一章

蛇麻子采完后,菲利普便随阿特尔涅全家一同返回伦敦,这时候,他口袋里就装着圣路加医院录用他为助理住院医生的通知书呢。回到伦敦后,他在威斯敏斯特租赁一套简朴的房间住了下来,并于十月初到医院去上班。那儿的工作五花八门、情趣盎然,每天他都能学到些新东西。他渐渐地觉得自己不像原先那么无足轻重了。他经常同莎莉见面。此时,菲利普感到万事如意,心舒神爽。除了轮到应付门诊病人之外,他通常都是六点下班。一下班,他便到莎莉所在的缝纫店去,等候从店里下班回家的莎莉。几个毛头小伙子总是在店门对面的人行道上或向前稍走几步的拐角处荡来荡去;店里的姑娘们或三三两两,或几个一伙地从店里出来,一认出那几个小伙子时,便一边你推我搡的,一边嘴里咯咯笑个不停。莎莉穿了件普普通通的黑上衣,同那个与菲利普比肩采蛇麻子的乡村女郎判若两人。她步履匆匆地从店里出来,见到菲利普后,渐渐放慢脚步,朝他恬然一笑,算是打了个招呼。他们俩并肩穿过繁华喧闹的街道。菲利普把医院里的工作情况讲给莎莉听,而莎莉则把当天在店里干的活计告诉菲利普。久而久之,莎莉的女工友们姓甚名谁,菲利普也耳熟能详了。他发觉莎莉具有一种含蓄但机智的幽默感。莎莉讲起店里的姑娘们以及那些迷上她们的毛头小伙子们来,妙语连珠,把菲利普引逗得呵呵直乐。她谈论起富有特色的趣事逸闻来，总是不动声色，仿佛事情本身压根儿就没有丝毫可笑之处似的，可她谈吐机智、语颇隽永，使得菲利普兴味盎然，忍俊不禁。这时候，莎莉朝菲利普一个飞眼，那充满笑意的目光表明她对自己的幽默毫无觉察。他们俩见面时，只是握握手；分手时，亦是客客气气。有一次，菲利普邀请莎莉到他寓所去共用茶点，却被她谢绝了。

“不，我不想去。这事多不好。”

他们俩从来不说卿卿我我之类的情话。莎莉看上去只想两人并肩散散步，除此之外，别无他念。不过菲利普深信莎莉很乐意同他在一起。她还是同他们俩刚结识时那样，依然令人捉摸不透。她的所作所为，菲利普还是不得要领。但是他认识她愈久，就愈加喜欢她。莎莉人很能干，自制力强，还有一种富有魅力的诚实的品德，令人感到无论在什么情况下，她都是可以信赖的。

“你是个顶好的好人，”有一次，菲利普没头没脑地脱口对莎莉说。

“我想我还不是同大家一个样嘛，”莎莉接着说。

菲利普知道自己并不爱莎莉。他对莎莉怀有一种强烈的情感，就喜欢她伴在自己的身旁。有她在身旁，菲利普感到一种莫名的安慰。他似乎觉得，自己对一名年方十九的缝纫女工情意缱绻是荒唐可笑的：他只是尊敬她而已。他对她那异常健全的体魄赞叹不绝。她是个纯洁无瑕、妙不可言的尤物。她那无懈可击的体态美使他的心里总是充满一种敬畏的情感。在她面前，菲利普总是觉得自己同她一点也不般配。

返回伦敦三周后的一天，两人散步的当儿，菲利普注意到她显得比往常更为沉默，只见她眉宇间微微起皱，划破了恬静安详的脸部表情。这是愁眉蹙额的先兆。

“怎么啦，莎莉？”菲利普关切地问道。

莎莉两眼避开菲利普，直直地凝望着前方，脸上愁云密布。

“我也说不清楚。”

菲利普立刻明白了她话中的含义。他的心跳突然加快了。他感到自己的脸陡然为之变色。

“你这话是什么意思？你是怕……？”

菲利普戛然打住话头。他语塞喉管，说不下去了。发生此类事情的可能性，他脑子里可从没有闪过。这时候，他发现莎莉的双唇打颤了，她在极力克制住自己的情感，不让自己哭出声来。

“我还没有把握，兴许没出事。”

他们俩默然无语地向前走着，最后来到昌策里巷的拐角处。菲利普通常在这儿同莎莉分手。这时候，莎莉向他伸过一只手，脸上微微笑着。

“眼下还不必担忧。我们要多往好处想想。”

菲利普默默地走了，但脑海里思潮翻滚，难以平静。他一向是个傻瓜！他第一个念头就是认为自己是个下贱的、可悲的傻瓜，一气之下，接连十多次痛骂自己是个傻瓜。他鄙视自己，责怪自己怎么昏了头又陷入这种糟糕的境地。这时候，他脑海里思绪万千，纷至沓来，不一会儿，全都缠绕在一起，剪不断，理还乱，犹如梦魇里见到的拼板玩具中的拼板。他不禁扪心自问：今后究竟怎么办？展现在他眼前的一切是那么清晰明朗，他多年来孜孜以求的目标终于唾手可得，然而，这下可好，他那难以想象的愚蠢行为又给自己设置了障碍。菲利普自己也承认，他的弱点就在于执著地向往过一种秩序井然、有条不紊的生活，也就是说他对未来的生活满怀激情，可就是克服不了。他刚回到医院定下心来开始工作，脑子里就想入非非起来，忙着为以后的旅行作种种打算。以往，他还想法克制自己，不让自己为未来作过细打算，因为那样做只会使自己灰心丧气。可眼下，他却认为，既然他的目的即将实现，就是对一种难以抗拒的渴望之情作些让步也没什么害处。旅途的第一站，他想去西班牙。那个国度是他一心向往的地方。此时，他心里充满了那个国家的精神、传奇、风采、历史及其崇高形象。他感到西班牙给了他一种任何别的国家所不能给他的特殊的启示。科尔多瓦、塞维利亚、莱昂、塔拉戈纳、波尔戈斯等古老而优美的城市，菲利普耳熟能详，仿佛他打孩提时代起就在那些城市的弯弯曲曲的街道上行走似的。只有西班牙的伟大画家才是他心目中的画家。当脑海里浮现出他心醉神迷地伫立在那些画作面前的情景时，他的心怦怦直跳；对他来说，那些画作要比任何其他画作更能抚慰他那遭受创伤、骚动不安的心灵。他读过出自伟大诗人手笔的名篇佳作，但西班牙诗人的诗作要比任何别的国家的诗人的诗作更富有民族特色，这是因为西班牙诗圣们似乎并不是从世界文学潮流里，而是直接从他们祖国的炎热、芳香的平原和荒凉的群山峻岭中获取灵感的。要不了几个月时间，他就可以亲耳聆听四周人们都操着那种似乎是最善抒发心灵和情感之美的语言了。他的情趣雅洁，他隐约觉得安达卢西亚那个地方太幽静，太发人伤感，似乎还有些儿俗气，不能满足他那奔放的热情；他满心向往那遥远的大风呼啸的卡斯蒂利亚和巍峨雄伟、道路崎岖的阿拉贡和莱恩。到那些未知世界中去闯荡，这究竟会给自己带来什么，菲利普自己也不甚了了。但他总感觉到，他可以从中获得力量和决心，使自己面对更遥远、更陌生的地方的种种奇观时，更加从容不迫，更能领悟其中的妙处。

这不过是万事开个头而已。菲利普已经同几家轮船公司挂上了钩，这几家轮船公司的船只出海时，都要带随船外科医生。因此，他对各家公司的航海路线了如指掌，并从跑过这几条航线的人们那儿摸清了各条航线的利弊。他撇开东方轮船公司和太平洋海外航运公司不予考虑,因为在这两家公司的轮船上很难搞到住舱,再说这两家公司主要是接运旅客,在客轮上,医务人员的活动余地太小了。不过,这不打紧,另外几家公司专门有船开往东方,货运任务不紧,一路上大小港口都停靠,停靠时间长短不等,短则一两天,长则半个月,这样时间充裕,还可以乘机深入口岸内地兜上一圈呢。在这种船上当随船医生,薪水不多,伙食平常,所以也没有多少人来谋求这一职位。一个手中持有在伦敦学医的文凭的人,一旦提出申请,十拿九稳是会被接受的。船从一个偏僻的港口驶往另一个港口,运货做生意;船上除偶然带个把人之外,就没什么乘客,因此,上面的生活倒是亲切可人、十分愉快的。菲利普把船只沿途停靠的港口地名熟记于心。那一个个地名无不在他脑海里勾勒出一幅幅阳光普照、色彩奇异的热带风光图,勾勒出一幅幅丰富多彩、变幻莫测和节奏紧张的生活的风俗画。啊,生活!那正是他菲利普所缺少的啊。生活终于渐渐向他逼近了。他说不定可以在东京或上海换乘别的航线的轮船,径直驶向南太平洋群岛。当名医生,到处都有用武之地。兴许还有机会到缅甸去逛一趟哩。至于苏门答腊、婆罗洲的茂密森林,他为什么就不能去观赏一下呢?他还年轻嘛,时间不成问题。他在英国无亲无故,完全可以花上几年在这大千世界周游一番,尽情领略万花筒似的生活之美妙。

可就在这节骨眼上,却出了这么件伤脑筋的事情。他不认为莎莉会判断错误,说来奇怪,他深信莎莉的感觉是对的,这种事情毕竟是可能发生的啊。明眼人一看就知道,造物主本来就把莎莉造就成一个会生儿育女的母亲。菲利普知道自己该怎么做。他不该让这区区小事使自己偏离既定的人生道路,哪怕是偏离一丝一毫都不行!这当儿,他想起了格里菲思。他完全想象得出,要是换了格里菲思得知这种消息,他会以怎样的冷淡态度加以对待。格里菲思一定会认为这是件令人头痛的麻烦事,一定会像聪明人那样溜之大吉,让那姑娘独吞苦果。菲利普暗自思忖着,倘若事情果真如此,那是因为这种事情是不可避免的。想到这里,他倒反而责怪起莎莉来了。莎莉她可是个懂得世故和熟悉生活琐事的姑娘呀,然而她却还睁着双眼不顾后果地冒险。只有疯子才会让这区区小事把他整个生活格局给搅了呢。能够深切意识到人生好比朝露,瞬息即逝,并懂得要抓住机会及时行乐的人,世上寥寥无几,而他菲利普就是其中之一。他愿意为莎莉做他力所能及的事,还可以设法凑笔钱给她。一个铮铮汉子是决不会让任何事情来改变自己的人生目标的。

菲利普说是这么说,可他心里明白,他是做不出这种事来的。他绝对做不出来！他对自己还是了解的。

“我简直太懦弱了,”菲利普自暴自弃地嘟囔了一句。

莎莉一向信赖他,并待他一向很好。不管理由有千万条,他绝对不能做出一件他觉得可怕的事儿来。他知道要是老是惦记着莎莉的狼狈处境,那在旅途中他的心境一刻也得不到安宁。再说,对她的父母如何交待呢?他们夫妇俩从不把他当外人看,决不能恩将仇报哇。唯一可行的办法,就是尽快同莎莉结婚。他可以写信给索思大夫,说他马上就要结婚,如果大夫的建议继续有效的话,他愿意接受。在穷人中行医,这是他的唯一出路。在他们中间,他的跛足于事无碍,穷人们也不会嘲笑他妻子的憨直的态度的。真可笑,他竟把莎莉当成自己的妻子了。这时候,他心中不由得萌生出一种不可名状的温柔的情感。当想到那孩子正是他的时候,一股感情的暖流流遍全身。索思大夫一定会很欢迎他回去的,对此,他毫不怀疑。于是,他在脑海里又勾勒起他和莎莉俩在渔村生活的情景来了。他们将在望得见大海的地方租幢小房子,眺望着打眼前驶过的一艘艘大轮船,目送它们驶向那些他永远到不了的地方。这样做或许是最明智的。此时，菲利普的耳畔又回响起克朗肖生前对他说的话来。他说生活琐事对他毫无意义，他凭借自己的想象力，永远占据着时间和空间这两大领域。他的话是千真万确的啊：她将是朵盛开不败的鲜花，如果你永远爱她！①

他将把他的远大理想全都作为结婚礼物奉献给自己的妻子。作自我牺牲！在这美好的精神激励下，菲利普的情绪高昂，一个晚上，他无时无刻不在考虑作出自我牺牲的事儿。他兴奋极了，书上的字一个也看不进去。他像是被人驱赶似地从房间里跑到了街上。他在伯德凯奇散步场所来回踱步，他的心像欢乐的小鸟似的在腔内蹦跳不止。他急不可耐，真想看看在他求婚后莎莉那张幸福的笑脸；要不是时间太晚了，他准会立即跑到莎莉跟前去。他想象以后黄昏时分，他将伴着莎莉坐在舒适的起居室里，目光穿过洞开的百叶窗，眺望着大海的景色。他看着书，而莎莉在一旁埋头做针线。在有灯伞遮掩的灯光的照耀下，她那张可爱的脸蛋显得越发妩媚动人。他们将在一起喁喁细语，议论着渐渐长大的孩子；当她转过目光凝望他时，那目光里闪烁着亲怜蜜爱的光芒。他治过病的那些渔民，还有他们的妻子，会纷纷跑来向他们表示诚挚的谢意；而他和莎莉也将同那些普普通通的人心心相印，分享他们的欢乐，分担他们的痛苦。然而，他的思想一下子又回到即将出世的儿子——是他菲利普的，也是莎莉的——身上。他已经感到自己内心里对儿子充满了一种钟爱之情。他想象自己用手抚摩着儿子的完美无缺的四肢，深信他儿子一定长得很俊美。他还将把有关自己准备欢度一种丰富多彩的生活的种种理想全都转赠给他儿子。回首自己走过的漫长的人生旅程，菲利普对他与莎莉的关系表示欣然接受。他默默地

① 此句出自英国诗人约翰·济慈的著名诗篇《希腊古瓶颂》。

忍受着使其人生坎坷的残疾。他知道它扭曲了自己的性格。不过，此时他发现，同样由于它的缘故，他却获得了那种给予他无穷快乐的反省能力。要是没有它，他将永远不可能获得敏锐的鉴赏力，永远不可能热爱文学艺术和对生活中种种奇观发生兴趣。他常常受人嘲弄，遭人白眼，可这一切却使他性格内向，促使他心里开出朵朵香气不绝的鲜花。接着他认识到正常的事物才是世间最最珍贵的事物。人皆有缺陷，不是身体的就是精神的。这当儿，他回忆起所有他熟悉的人们(整个世界像是座病房，里面的一切皆委实莫名其妙)，只见眼前排着一列长长的队伍，人人皆肉体有残疾，精神有创伤：其中有的身体有病，不是心脏病，就是肺病之类的；有的精神失常，不是意志消沉，就是嗜酒成性。这时，菲利普对他们不觉动了圣洁的怜悯之心。他们身不由己，不过是盲目的机会的工具而已。他可以饶恕格里菲思的狡诈，也可以宽宥米尔德丽德，尽管她使自己蒙受莫大的痛苦。他们两个人也是身不由己呀。只有承认人们的美德，宽容他们的过错，才是合情合理的事情。这当儿，他脑海里掠过奄奄一息的上帝临终前的遗训：

啊，赦免他们，因为他们所作的，他们不晓得。①

第一百二十二章

菲利普同莎莉约定星期六在国立美术馆会面。莎莉答应店里一放工就上那儿去，并同菲利普一道去吃中饭。上次同她见面，还

① 此句出自《圣经·新约》中《路加福音篇》第二十三章第三十四节。

是两天以前的事了。可在这两天里，菲利普那颗激动的心哪，一刻儿也没有平静过。正因为这个缘故，他才没有急着去找莎莉。在这期间，菲利普一丝不苟地反复背诵着他要对莎莉讲的话，操练着同她讲话时应有的语调和神态。他给索思大夫去过一封信，而眼下他衣兜里就装着索思大夫这天上午打来的回电：“那个阴阳怪气的家伙已辞退。您何时到？”菲利普沿着国会大街朝前走去。这天天气晴朗，空中悬着明晃晃、白花花的太阳，缕缕阳光在街上飘飘漾漾，闪闪烁烁的动着。街上万人攒动，拥挤不堪。远处，一幕绸纱般的薄雾，飘飘悠悠，给一幢幢高楼大厦蒙上了一层清辉，使它们显得越发淡雅婀娜。菲利普穿过特拉法尔加广场。蓦然间，他的心咯噔了一下。他发现前面有个女人，以为她就是米尔德丽德。那个女人有着同米尔德丽德一样的身材，走起路来同米尔德丽德也一个姿势，微微拖曳着双脚。他的心怦怦直跳。他不假思索地加快步伐，朝前赶去，走到跟那女人并排的位置时，那女人蓦地转过脸来。菲利普这才发觉他根本不认识这个女人。她那张脸显得更为苍老，上面布满了皱纹，肤色蜡黄。菲利普渐渐放慢了步子。他感到无限宽慰，但顿然又萌生出一种失望之情。他不禁害怕起自己来了。难道他永远摆脱不了那种情欲的束缚了吗？他感到，在自己的内心深处，不论以往发生过什么事情，自己对那个俗不可耐的女人怀有的不可名状的、强烈的思慕之情，总是无时不有，无处不在。那桩暧昧情意的纠葛给他心灵烙下了莫大的创伤。他知道，这种心灵上的创伤永远不可能弥合，最后只有待到双目闭合时，他的欲壑才能填平。

菲利普竭力驱遣内心的痛苦。他想起了莎莉，眼前不时地闪现着她那对温柔的蓝眼睛，这当儿，他嘴角下意识地露出了一丝笑意。菲利普顺着国立美术馆门前的台阶拾级而上，接着坐在最前面的一个房间里，这样，莎莉一出现，他就可以看到她。他每次置身在图画中间，心里总有一种怡悦之感。其实他并不是在观赏图画，只是让那嫣红的色彩和优美的线条陶冶自己的心灵。他一刻不停地思念着莎莉。在伦敦，莎莉亭亭玉立，宛如店里的兰花和杜鹃花丛中的一株矢车菊，放射出夺目的异彩。早在肯特郡长满蛇麻子的田野里，菲利普就知道莎莉并不属于城里人。他深信，在那柔光满天的多塞特郡，莎莉定将出落成一个世上罕见的绝代佳人。正当他遐思蹁跹的时候，莎莉一脚跨了进来。菲利普连忙起立，迎上前去。莎莉上下一身黑，袖口滚着雪白的边，亚麻细布领子围着脖子。他们俩握了握手。

"等好久了吧？"

"没多久。才十分钟。你饿了吧？"

"还好。"

"那我们先在这儿坐一会好吗？"

"随你的便。"

他们俩肩挨肩坐在一起，但谁也不说话。看到莎莉就坐在自己的身旁，菲利普心里喜滋滋的。莎莉容光焕发，使得菲利普顿觉温暖如春。生命的光华犹如光环照亮了她身子的周围。

"嗯，你近来觉得好吗？"菲利普终于憋不住，开腔问道，说话间，脸上带着微笑。

"哦，很好。那是一场虚惊。"

"是吗？"

"你听了不高兴？"

顿时，菲利普心里涌泛出一股异样的情感。他一直确信莎莉的疑心是有充分根据的，可不曾想到会出差错，这样的念头在他脑海里连闪也没有闪一下。眨眼间，他的种种设想都被打乱了，朝思暮想勾勒出来的生活图景到头来不过是一枕黄粱，永远成不了现实。

他又一次摆脱了枷锁！自由啦！他设想的种种计划，一个也不必放弃，生活依然掌在自己的手心之中，要把它捏成啥样就可以捏成啥样。他无激动可言，有的只是满腹惆怅。他的心沉甸甸的。展现在他眼前的未来，却是那么荒漠、空泛。仿佛多年来，他备尝艰辛，越过了一片汪洋，最后终于来到美妙的天国。但是，正当他要抬脚跨进天国之际，骤然间刮起一阵逆风，又把他刮进汪洋大海之中。因为多年来他耽迷于下界的一块块芳草地以及一片片赏心悦目的丛林，所以这苍茫寂寥的大海使他心里充满了苦恼和烦闷。他再也经不住孤单寂寞的侵袭和暴风雨的冲击。莎莉张着她那对明澈的眸子，凝神地望着菲利普。

"你听了不高兴？"她又问了一遍，"我还以为你会扬扬得意呢。"

菲利普瞪大了眼睛望着凝视着自己的莎莉。

"我也说不清楚，"他嘟囔了一句。

"你这人真怪。多数男人听了都会感到高兴的。"

菲利普意识到自己刚才的答话完全是自欺欺人。其实，并非是什么自我牺牲精神驱使自己考虑结婚一事的，而是自己对妻子、家庭和爱情的渴望。眼看着妻子、家庭和爱情统统从自己的指缝里漏掉了，一种绝望的心情攫住了他的心。他需要妻子、家庭和爱情比需要世间任何别的东西更为迫切。什么西班牙及其科尔多瓦、托莱多和莱昂等城市，他还在乎它们什么呢？对他来说，缅甸的宝塔和南海群岛的环礁湖，又算得了什么呢？美国就近在咫尺。他仿佛觉得，他一辈子都是遵循着别人通过嘴说手写向他灌输的理想行事，而从来不是依从自己的心愿行事的。他的一生总是受他认为应该做的事情，而不是受他真心想做的事情所左右。他做了个不耐烦的手势，不再考虑那些事情。他老是生活在对未来的憧憬里，却接二连三地坐失眼前的良机。他的理想是什么呢？他想起了他那个要从纷繁复杂、毫无意义的生活琐事中编织一种精巧、美丽的图案的愿望。一个男人来到世上，干活，结婚，生儿育女，最后悄然去世。这是一种最简单的然而却是最完美的人生格局。他有没有认识到这一点呢？屈服于幸福，兴许就是承认失败，但是，这种失败却要比千百次胜利有意义得多啊。

菲利普匆匆瞥了莎莉一眼，心中暗自纳闷，不知她在想些什么。接着，他把目光移向别处。

“我刚才是想向你求婚的，”菲利普说道。

“我想你兴许会这样的，不过我可不想碍你的事。”

“你决不会碍事的。”

“那你不去旅行啦？不是说要到西班牙等地去吗？”

“你怎么知道我要去旅行的？”

“有关这一类事情，我应该了解一点。你同我父亲议论这件事，最后两人还争得面红耳赤的。这些我都知道。”

“那些事情，我现在都不在乎了。”菲利普略微停顿了一下，随即操着嘶哑的声音对莎莉低语道：“我不想离开你！我也离不开你！”

莎莉没有回答。他不知她是什么心思。

“不知你愿意不愿意嫁给我，莎莉。”

莎莉坐在那儿，一动也不动。从她脸上，捕捉不到一丝表情。她说话时眼睛并不望菲利普。

“随你的便。”

“你不愿意？”

“哦，我当然很想有个自己的家啊，再说我也该成家立业了。”

菲利普粲然一笑。现在他算是摸透了她的心思了。至于她的态度,他倒并不觉得奇怪。

“可是你不愿嫁给我?”

“我不愿意嫁给旁的什么男人。”

“那事情就这样定了。”

“我父母亲一定会大吃一惊,对不?”

“我太幸福了。”

“我想吃中饭了,”莎莉说。

“亲爱的!”

菲利普笑吟吟地拿起莎莉的手,把它紧紧地攥在自己的手里。他们俩站起来,双双步出美术馆。他们在栏杆旁边站了一会儿,注视着特拉法尔加广场,只见那儿马车啦、公共汽车啦,来来往往,穿梭不息,人群熙来攘往,步履匆匆,朝着各个不同的方向涌去。此时,太阳当空,光芒四照。

W.S. Maugham

毛 姆 文 集

W. Somerset Maugham

人生的枷锁（上）

Of Human Bondage

〔英〕毛姆 著 张柏然 张增健 倪俊 译

上海译文出版社

图书在版编目(CIP)数据

人生的枷锁(全2册)/(英)毛姆(Maugham,W. S.)著;
张柏然,张增健,倪俊译.—上海:上海译文出版社,2014.6(2022.3重印)
(毛姆文集)
书名原文:Of Human Bondage
ISBN 978-7-5327-6660-4

Ⅰ.①人… Ⅱ.①毛… ②张… ③张… ④倪… Ⅲ.
①长篇小说—英国—现代 Ⅳ.①I561.45

中国版本图书馆CIP数据核字(2014)第086584号

人生的枷锁
〔英〕毛 姆/著 张柏然 张增健 倪 俊/译
责任编辑/冯 涛 装帧设计/张志全工作室

上海译文出版社有限公司出版、发行
网址:www.yiwen.com.cn
201101 上海市闵行区号景路159弄B座
浙江新华数码印务有限公司印刷

开本850×1168 1/32 印张27.25 插页12 字数534,000
2014年6月第1版 2022年3月第10次印刷
印数:30,001-33,000册

ISBN 978-7-5327-6660-4/I·4012
定价(上、下册):98.00元

译本序

威廉·萨默赛特·毛姆,英国现代著名作家,一八九七年以描绘伦敦贫民区生活的小说《兰贝斯的丽莎》开始其漫长的创作生涯。他一生著作甚多,除诗歌以外的各个文学领域,都有所涉及,有所建树。他共写了长篇小说二十部,短篇小说一百多篇,剧本三十个,此外尚著有游记、回忆录、文艺评论多种。他的作品,特别是他的长、短篇小说,文笔质朴,脉络清晰,人物性格鲜明,情节跌宕有致,在各个阶层中都拥有相当数量的读者群。他的作品被译成各国文字,不少小说还被搬上银幕。他是二十世纪上半叶最受人欢迎的小说家之一。

毛姆是我国读者比较熟悉的一位西方现代作家。他的著作早在三四十年代就有介绍;根据他的小说改编的影片如《孽债》(即《人生的枷锁》)、《剃刀边缘》(即《刀锋》)等,解放前曾在我国上映过。近年来,国内杂志陆续发表了他的一些短篇,著名长篇《月亮和六便士》和《刀锋》的中译本也相继出版,引起了我国广大读者的兴趣。现在,我们能有机会把毛姆这部最主要的作品介绍给读者,既了却了我们多年来的夙愿,也有助于大家对这位作家的进一步了解。本文就毛姆其人以及他的这部代表作,作些粗略的介绍,谈几点很不成熟的意见,以就教高明。

*　　*　　*

萨默赛特·毛姆于一八七四年一月二十五日出生在巴黎。父亲是律师,当时在英国驻法使馆供职。小毛姆不满十岁,母亲和父亲就先后去世,他被送回英国由伯父亨利·毛姆抚养。亨利·毛姆是肯特郡惠特斯泰勃镇的教区牧师，为人自私、贪吝，对待侄子冷漠而近于粗暴。毛姆进坎特伯雷皇家公学之后，境遇更加不幸。他由于身材矮小，且严重口吃，经常受到大孩子的欺凌和折磨，有时还遭到冬烘学究的无端羞辱。孤寂凄清的童年生活，在他稚嫩的心灵上投下了痛苦的阴影，养成他孤僻、敏感、内向的性格。幼年的经历对他的世界观和文学创作产生了深刻的影响。

一八九二年初，他未遵从伯父让他进牛津攻读神学的安排，而去德国海德堡大学学习了一年。在那儿，他接触到德国哲学史家昆诺·费希尔的哲学思想和以易卜生为代表的新戏剧潮流。同年返回英国，在伦敦一家会计师事务所当了六个星期的练习生，随后即进伦敦圣托马斯医学院学医。为期五年的习医生涯，不仅使他有机会了解到底层人民的生活状况，而且使他学会用解剖刀一样冷峻、犀利的目光来剖视人生和社会。毛姆曾说："这段经历对我很宝贵。对一位作家来说，我不知道还有什么比从医数年更好的锻炼了。"他的第一部小说《兰贝斯的丽莎》，正是根据他从医实习期间的所见所闻写成的。

从一八九七年起，毛姆弃医专事文学创作。在接下来的几年里，他写了若干部小说，但是，用毛姆自己的话来说，其中没有一部能够"使泰晤士河起火"。他转向戏剧创作，获得成功，成了红极一时的剧作家，伦敦舞台竟同时上演他的四个剧本。他的第十个剧本《弗雷德里克夫人》连续上演达一年之久。这种空前的盛况，据说只有著名剧作家萧伯纳才能与之比肩。但是辛酸的往事，梦魇似地郁积在他心头，不让他有片刻的安宁，越来越强烈地要求他去表现，去创作。他决定暂时中断戏剧创作，用两年时间潜心写作酝酿已久的小说《人生的枷锁》。

第一次大战期间，毛姆先在比利时火线救护伤员，后入英国情报部门工作，到过瑞士、俄国和远东等地。这段经历为他后来写作间谍小说《埃申登》提供了素材。战后他重游远东和南太平洋诸岛；一九二〇年到过我国，写了一卷《中国见闻录》。一九二八年起毛姆定居在地中海之滨的里维埃拉，直至一九四〇年纳粹入侵时，才仓促离去。

两次大战的间隙期间，是毛姆创作精力最旺盛的时期。二十年代及三十年代初期，他写了一系列揭露上流社会尔虞我诈、勾心斗角、道德堕落、讽刺有闲阶级荒唐行径的喜剧，如《周而复始》、《比我们高贵的人们》和《坚贞的妻子》等。这三个剧本被公认为毛姆剧作中的佳品。一九三三年完稿的《谢佩》是他的最后一个剧本。毛姆的戏剧作品，情节紧凑而曲折，冲突激烈而合乎情理；所写人物，着墨不多而形象鲜明突出；对话生动自然，幽默俏皮，使人感到清新有力。但总的说来，内容和人物刻画的深度，及不上他的长、短篇小说，虽然他的小说作品也算不上深刻。这一时期的重要小说有：通过描写一画家舍弃西方文明，来到南海与土著人民生活在一起，创作出绚烂多彩的画幅，反映现代西方文明束缚、扼杀艺术家个性及创作的《月亮和六便士》；通过一位“文坛泰斗”及其周围种种人物的描写，惟妙惟肖地刻画当时文坛上可笑可鄙的现象的《寻欢作乐》；以及以大英帝国东方殖民地为背景、充满异国情调的短篇集《叶之震颤》等。短篇小说在毛姆的创作活动中占有重要位置。他的短篇小说风格接近莫泊桑，结构严谨，起承转落自然，语言简洁，叙述娓娓动听。作家竭力避免在作品中发表议论，而是通过巧妙的艺术处理，让人物在情节展开过程中显示其内在的性格。

第二次大战期间，毛姆到了美国，在南卡罗来纳、纽约和文亚德岛等地呆了六年。一九四四年发表长篇小说《刀锋》。在这部作品里，作家试图通过一个青年人探求人生哲理的故事，揭示精神与实利主义之间的矛盾冲突。小说出版后,反响热烈,特别受到当时置身于战火的英、美现役军人的欢迎。

一九四六年,毛姆回到法国里维埃拉。一九四八年写最后一部小说《卡塔丽娜》。此后,仅限于写作回忆录和文艺评论,同时对自己的旧作进行整理。毛姆晚年享有很高的声誉,英国牛津大学和法国图鲁兹大学分别授予他名誉文学博士学位。一九五四年,在他八十寿辰的时候,英国女王授予他颇为显赫的"荣誉团骑士"称号。同年一月二十五日,英国著名的嘉里克文学俱乐部特地设宴庆贺他的八十寿辰;在英国文学史上受到这种礼遇的,只有狄更斯、萨克雷、特罗洛普三位作家。一九六一年,他的母校,德国海德堡大学,授予他名誉校董称号。

一九六五年十二月十五日,毛姆在法国里维埃拉去世,享年九十一岁。骨灰安葬在坎特伯雷皇家公学内。死后,美国著名的耶鲁大学建立了档案馆以资纪念。

* * *

巨著《人生的枷锁》是毛姆的代表作,带有明显的自传色彩。书中主人公菲利普·凯里童年和青年时期的辛酸遭遇,大多取材于作家本人早年的生活经历;作家在这个人物身上,更是倾注了自己的思想感情和切身感受。但是,"《人生的枷锁》并非自传,而是一部带有自传色彩的小说,里面事实和虚构不可分割地交织在一起;"作家是依仗事实的启示,"使用小说家的权限,炮制了若干故事来写我创造的人物。"换句话说,在这本小说里,毛姆打破了事实的拘束,虚构了某些重大情节,塑造了菲利普·凯里这一人物形象。通过描写主人公的曲折遭遇,揭露社会从精神到物质上对人的折磨与奴役。虽说在菲利普·凯里的身上,我们可以看到毛姆早年的某些影子,但他更像狄更斯笔下的大卫·科波菲尔,更像塞缪尔·勃特勒笔下的艾内斯特·蓬提法克斯和康普顿·麦肯齐笔下的迈克尔·费恩。因而,《人生的枷锁》成为继塞·勃特勒的《众生的道路》以后又一部取材于作者亲身经历、揭露维多利亚时代末期英国资本主义社会的现实主义作品,从而真正确立了毛姆在英国文坛的地位。

菲利普·凯里是个有思想、有个性的青年,患有先天残疾(跛足),性格孤僻、敏感、执拗。他自幼双亲亡故,在冷漠而陌生的环境中度过童年;进寄宿学校之后,饱受不合理的教育制度的摧残;而当他跨入社会,又在爱情上遭到残酷打击。在他坎坷的人生道路上,荆棘丛生,他每跨一步,都要经受一番痛苦的折磨,并在身心上留下难以愈合的创伤。

小说着重描写他如何挣脱宗教和小市民习俗这两条禁锢人类精神的锁链,力图在混沌、纷扰的生活漩流中,寻求到人生的真谛。

菲利普自幼由当教区牧师的伯父威廉抚养,后来又在附属于教会的皇家公学念书,所以他是在浸透着宗教气息的环境里长大的。然而,他很早就切身体会到宗教的虚伪。他十二岁那年,学校里掀起一股笃信宗教的热潮,菲利普显得十分虔诚。他先是在《福音书》里看到,而后又在大教堂牧师布道时听到关于"信念能移山"的基督信条;圣诞节回到家里,再经过大伯的一番解释,他对上帝具有回天的神力这一点深信不疑。他热烈而虔诚地祈求万能的上帝在新学年开始前治愈他的残疾。随着指定日期的临近,他愈加心诚。到了开学的前一天晚上,他冒着严寒,赤裸着身子,跪在光秃秃的地板上向上帝作祷告,可是他的跛足依然如故。他旁敲侧击地询问大伯:"假如你祈求上帝做某件事,心也够诚的,结果事情却没发生,这说明什么?"牧师回答说:"只能说明心还不够诚。"菲利普想起保姆给他讲过的关于捉鸟的故事:如果能在小鸟尾巴上撒一撮盐,就能轻而易举地将鸟逮住。可惜谁也没法挨近小鸟。想必"信念"也是如此:谁也没法心诚到足以挨近上帝。于是他得出结论：他大伯一直在耍弄他。如果说菲利普这时还只是朦胧地意识到宗教信仰的虚妄，那么，等他年事稍长，有了选择判别的能力，便自觉发出“人何必非要信奉上帝?”的呐喊，毅然与宗教决裂了。后来他在寓居巴黎习画期间，进一步摒弃了以基督教义为基础的道德伦理观。所有这些无不形象地揭示了宗教的虚伪性和欺骗性，作者对宗教的愤懑充满了字里行间。毛姆还运用他那支解剖刀似的笔，勾画出作为“社会栋梁”的牧师的伪善面目和肮脏的灵魂，他们不论对信徒、同行，还是对妻子、亲友，一概冷酷无情，所谓“教义”，始终只是挂在嘴上的骗人鬼话。在他们的灵魂深处，其实是“认定上帝是不存在的，在此生结束之后就什么也没有了”。他对社会的主要精神支柱——宗教，进行措词如此激烈的抨击，这在当时文坛上还不多见。这是《人生的枷锁》不容忽视的现实主义成就之一。

菲利普热爱生活，对未来充满憧憬，不愿为了“侍奉上帝”而虚度自己宝贵的一生。他不等毕业就断然离开了死气沉沉的皇家公学。他辗转于欧陆与英伦之间，念书学画，寻求安身立命之所；他在阅历人世的同时，还潜心研读古今哲学著作，探索人生的奥秘。但是他的这些努力一无结果，他只能从落魄诗人克朗肖的玩世不恭的奇谈怪论中寻找精神寄托，为自己勾画出一套所谓“尽可为所欲为，只是得留神街角处的警察”的处世“准则”。事实上，这套“准则”在现实生活中根本“行不通”。他进伦敦圣路加医学院学医，爱上了爱皮西点心店的女招待米尔德丽德，为她荒废了学业，将父亲留下的一小笔遗产，耗费了许多，再加上买卖股票赔了本，一时生计无着，幸亏由朋友介绍，在一家服装店当了个顾客招待员，才免于流落街头。他饱尝人间艰辛，历尽世态炎凉，最后得出结论：生活就像一条波斯地毯，虽说色彩斑斓，令人眼花缭乱，实质上却毫无意义。尽管在作家笔下，主人公算是摆脱了情欲的纠缠，卸却了人生职责的重负，似乎进入了心清神净的“大悟大彻”之境，最后甚至还有了“否极泰来”的结局，然而我们在这个人物身上，清楚地看到了资本主义社会中青年人理想尽遭破灭的可悲命运。

菲利普个人的不幸遭遇，无疑有其丰富的社会内容。他的悲剧命运，应该说是由他所处的时代决定了的。十九世纪末期至二十世纪初，正是资本主义英国急剧向垄断资本阶段过渡的这样一个历史时期。资本迅速集中到金融与工业垄断资产阶级手里，中下阶层在贫困的泥淖中越陷越深。大英帝国在国外更是疯狂争夺市场，拼命劫掠殖民地的资源。一八九九年，英国殖民主义对南非布尔人悍然发动了长达两年之久的侵略战争；“巨人竭尽全身之力”，才算赢得不光荣的“胜利”。接着，各帝国主义之间又在酝酿一场重新划分势力范围的世界大战。资本主义社会经历着严重而尖锐的经济和政治危机。随着固有的宗教、道德、文化、哲学的逐渐解体，人们思想上不可避免地出现了一场深刻的精神危机。维多利亚王朝时期的那种虚假的乐观气氛已荡然无存。西方文明将人类引入了精神绝境。小说展示的正是这样一幅“充满恐怖的现实世界”的晦暗画面，画面上形形色色的人物，听凭“命运之神”的驱使，飘忽在“茫茫无尽头的黑暗深渊”之中，“既不明其缘由，也不知会被抛向何方。”小说围绕主人公菲利普的坎坷遭遇，冷静而客观地揭示了一系列灰色人物的悲剧命运。这当中有贫病交迫、靠给穷学生授课苟延残喘的“日内瓦公民”迪克罗，他年轻时浴血疆场，为“自由”而战，晚年却对整个人类不寄予任何希望，静等从死亡中得到解脱；有立志献身艺术、却无绘画才能的穷学生范妮·普赖斯，她忍冻挨饿苦度了几个春秋，终于落到山穷水尽、炊断粮绝的地步，只得含恨轻身，悬梁自尽；有悲叹生不逢辰、自诩看穿尘世的落魄文人克朗肖，他靠翻译庸俗小说、炮制无聊诗文为生，借杯中物和酒后清谈消愁，最后以病死在贫民窟内而终其贫困、潦倒的一生；有爱金钱、讲虚荣、头脑平庸的女招待米尔德丽德，她把嫁人当作终身的衣食之计，结果却被人玩弄、抛弃,沦落为街头的卖笑女子,“淹没在伦敦茫茫的人海之中”。此外,更有那些被作家一笔带过的伦敦贫民,他们不少人不堪忍受贫困的煎熬,被迫走上了绝路。从这里,我们不难看出,菲利普的不幸遭遇,只不过是整个社会大悲剧中的一支小小的插曲。

由此可见,毛姆在小说里直言不讳地描绘出了过去时代的社会生活、宗教信仰、风俗习惯,同时也形象而真实地塑造了形形色色的人物。这些人物是时代的人、阶级的人、社会的人;他们的个人命运总是同他们所处的时代联系在一起的。毛姆就是这样冷眼看世界、如实反映生活,就是这样不断地抠挖着英国资本主义社会的疮疤。这无疑显示了毛姆作为文学家具备着时代喉舌的可贵品质。

作为一个目光敏锐的社会观察者,毛姆不会不看到他借以存身的社会已病入膏肓,而人世间的种种苦难,正是这个千疮百孔的社会所造成的。然而,作为一个脱离人民的资产阶级作家,他当然不会看到西方社会悲剧的根子就在于资本主义制度本身,更不愿承认只有通过变革社会制度,才能从根本上消除这类社会悲剧。小说中主人公菲利普最后省悟出的人生“真谛”,实际上也就是作家自己审视了人生、社会之后所得出的结论:生活毫无意义,也不可能改变成另一个样子。只有摒弃人生的幻想,挣脱精神上的枷锁,才能成为无所追求、无所迷恋的自由人。显而易见,毛姆之所以选定“人生的枷锁”作为小说的标题,其用意也就在于此。小说原以希伯来大预言家艾赛亚(基督教《圣经》中人物)所说的“美自灰烬出”为题,后来作家在斯宾诺莎的《伦理学》中见到“人生的枷锁”一说,欣然作了更改。斯宾诺莎认为:人屈从于感情,有如套上了枷锁;只有运用理智,人才自由。他主张人们应运用想象和理智,变经验为预见,这样才能掌握“未来”,才不致沦为“过去”的奴隶。当然,毛姆在借用这一说法的时候,理性的内容消失了,而是代之以一套类似东方佛家“清心寡欲”、“四大皆空”之说的虚无主义人生哲理。

这是这部巨著的糟粕所在。其实,作家在小说中所阐明的这套"哲理",说穿了无非是一种自欺欺人的说教,一种麻痹人们意志的精神麻醉剂,它既消除不了那些挣扎在资本主义桎梏中的人们的痛苦,更无助于改变造成人世间种种不幸的社会现实。这是我们在读完小说之后必须进行思考和分析的问题。

小说《人生的枷锁》发表于一九一五年。实际上,毛姆在一八九七年完成了第一部小说《兰贝斯的丽莎》之后,就立即着手写自传体小说《斯蒂芬·凯里的艺术气质》。此书完稿后未获出版,而作家本人再也没有勇气去读它,任其撇在一边。"但是,我忘不了书中的那些人物,还有那些事件和感情……某些梦魂萦绕的往事,成了一种难以忍受的折磨,搞得我食不甘味,眠不安生,最后,我决定暂时停止戏剧创作,先让自己摆脱掉回忆的纠缠。我写这本书(即《人生的枷锁》),整整花了两年时间……我取得了预期的效果,因为等我看完校样之后,我发现那些缠人的幽灵全都安息了:人物也罢,事件也罢,以后再没在我脑海里浮现过……现在我很难说清楚,究竟有哪些内容是我向壁虚构的,有哪些是活生生的事实——究竟哪些事是实际发生的,哪些事是我希望发生的。"

由此可见,毛姆写这部作品,先后两易其稿,酝酿、构思长达十数年,是部精心构思、精心创作的巨著。正如他对一位友人说的那样:"有教养的人们常常问我,'你为什么不再写一部《人生的枷锁》这样的小说呢?'我回答他们说,'因为我只有一次生命。我花了三十年才收集到写那部小说所需的材料。'"小说问世后,颇得当时不少著名作家和评论家的好评,认为它是一部"融会了作家真挚感情,体现了作家真实思想的感人之作";它"以质朴无华的文体,出色地表达了一种深沉的,甚至是悲剧性的情感","给人留下坦率而真诚的印象"。美国著名批判现实主义作家西奥多·德莱塞在一篇题为《现实主义者眼里的〈人生的枷锁〉》的文章中，把这部小说称为“天才的著作”，称毛姆为“艺术大师”。这部小说自出版以来，始终未绝版，至今仍广为世界各国读者所传诵。一九六六年，英国著名批评家西里尔·柯诺利将此书列入“现代文学运动巨著一百种”，说明它在英国文学史上具有不可忽视的地位。

本书译者分工情况：第一章至第六十三章，张增健、倪俊译；第六十四章至第一百二十二章，张柏然译。

张增健　张柏然

作者前言

这是一部篇幅很长的小说，而我提笔写下的这篇前言无疑会让它变得更长，对此我很羞愧。一本书的作者也许是最不适合来给他自己的作品写文章的那个人了。关于这一点，罗杰·马丁·杜·加尔——一位杰出的法国小说家——曾讲过一个发人深省的故事，故事是关于马塞尔·普鲁斯特的。普鲁斯特想让一家法国期刊就他那部伟大的小说发表一篇重要文章；在他看来，没有人能比他写得更好了，所以他就亲自伏案提笔。之后他请一位年轻的朋友——一个文人——给文章署名，然后呈给编辑。这个小伙子按他的要求做了，可是几天之后那个编辑差人来找他。“我必须拒登你的文章，”他说。“这篇评论对马塞尔·普鲁斯特先生的作品如此敷衍且漠然，如果我登了这样一篇文章，那他是绝不会原谅我的。”尽管作者们对于自己的作品十分在意，而且很容易对那些负面评论心生怨恨，但他们很少自我满足。他们很清楚这样一部花费了自己大量时间和心血的作品与他们的最初构想有多大的差距，每每想到这点，他们就很容易因自己未能完整表达构想而心生恼怒，反而不太可能满足于那几段可以让他们带着自得的眼光审视的文字。

对于我这部作品本身，我不打算说一个字；我将满足于让读者大致了解：一部到目前为止已相当长寿的小说——以小说的标准而言——是如何写成的；如果读者对此不感兴趣，那我只能恳请原谅。我最初提笔是在我二十三岁那年，当时在从圣托马斯医院耗时五年取得医学学位后，我动身前往塞维尔，决心成为一名作家并以此谋生。我那时的手稿保存至今，但自从我更改过打印稿之后，我就再没有看过它一眼;我非常肯定地认为,这是一部不成熟的稿子。我当时把它寄给了费希尔·昂温——他曾经出版过我的第一本书(我还是一名医科生的时候写的一本小说,叫《兰贝斯的丽莎》,取得过一点儿成功),但他拒绝支付我要求的一百英镑,随后我又将稿子寄给了其他几个出版商,他们一分钱都不肯出。这令那时的我十分沮丧,可我现在知道,我当时是幸运的;因为如果他们当中有谁接受了我的书(起初的书名叫《斯蒂芬·凯里的艺术气质》),我就会丧失一个我因为过于年轻而无法充分利用的主题。提笔时我与我描述的那些事件还没有拉开足够的距离,而且我在最终完成此书时用来丰富作品的那许多经历也是当时的我尚不具备的。另外,我那时还不懂得:写你知道的东西要比写你不知道的容易。比如说,我让我的主人公去鲁昂(我只是偶尔拜访过这座城市)学法语,而不是去海德堡(我自己就在那里待过)学德语。

遭受冷遇后,我把这部手稿收了起来。我写了其他几本小说——这些都得到了出版——然后是戏剧。我一步步地成为了一名非常成功的剧作家,于是决定将余生献给戏剧艺术。但是我忽略了我内心的一股力量,正是它让我的决心落了空。此时我很快乐,很成功,也很繁忙。我的脑袋里装满了我想要创作的剧本。我不知道究竟是成功没有满足我所有的预期,还是说这是对成功的自然反应,总之我刚刚确凿无疑地成为了当时最受欢迎的剧作家,充斥在我脑海中的那些对于我往昔人生的回忆就又开始在我心头挥之不去了。它们如影随形地不断在我眼前重现,在睡梦里,在散步时,在排演中,在聚会上,它们成为了我身上的一个如此沉重的负担,我最终认定,只有一个办法能够摆脱它们,那就是把它们诉诸笔端。在承受了多年戏剧界的紧张节奏之后,我渴望小说创作的无拘无束。我知道我头脑中的这本书会是一部很长的作品,我想要不受打扰,于是我回绝了热切的经理们递给我的合同,暂时退出了舞台。那年我三十七岁。

在我成为一名职业作家后的很长一段时间里,我花了大量的时间学习如何写作,并且接受了一项令人精疲力竭的训练,试图改进我的文风。但在我开始产出剧本的同时,我放弃了这些努力;当我再次开始写作时,我的目标已截然不同。我不再寻求珠光宝气的散文体和丰富的质感,这些东西我之前徒劳地耗费了大量的精力也未能获取;相反,我寻求质朴与简单。我有如此多的内容要在合理的篇幅范围内诉说,因此我不能浪费笔墨,我的理念是:只使用清晰表达语意所必需的文字。带着这样的想法,我开始了写作。我没有修饰的空间。我在戏剧领域的经验教会了我简洁的价值。我不知道该给我的书取什么名,在找了一大圈后,我偶然看到了“灰烬之美”,这是《以赛亚书》中的一句话,在我看来非常得当;但当我得知这个书名不久前刚刚被人用过后,我不得不另觅他途。我最终选定了史宾诺莎的《伦理学》中某一卷的标题。我有一种感觉:当我发现我最初想到的那个书名不能使用时,我又一次走了运。

《人生的枷锁》不是一本自传,而是一部自传体小说;事实与虚构无法分割地夹杂在了一起;那些情感是我本人的,但讲述的事件并非与实际发生的情形全部吻合;有些事件不是从我本人的生活中,而是从那些与我关系密切的人的生活中转移到主人公身上的。这本书带给我的正是我所希望的,它流入世界的那一刻(一个在一场可怕的战争中煎熬的世界,全神贯注于其自身的痛苦与恐惧,无暇顾及一个虚构人物的历险),我感到自己从那些此前一直折磨着我的痛苦和不愉快的回忆中解脱了出来。这本书得到的评价很正面;西奥多·德莱塞为《新共和国》写了一篇长评,他在文中以智慧和同情心——这两点令他的所有文字都熠熠生辉——讨论了这部作品;不过在当时看来,这本书很可能会同绝大多数小说一样,在问世几个月后就被人遗忘。不过,我不知道究竟是怎样的意外帮助它在美国吸引到了许多杰出作家的注意力,他们不断地在媒体上提及此书,逐渐使它为公众所知。这本书由此得来的新生正是拜这些作家所赐,在此我必须向他们表示感谢:没有他们就没有这本书在过去的这些年里不断加速累积的成功。

(宋佥译)

第一章

天亮了,天色阴沉沉的。彤云低垂,寒风刺骨,眼看要飞雪花了。屋里睡着个孩子,一名女仆走了进来,拉开窗帘。她朝对面的房子,一幢正门前筑有柱廊的灰泥房子,无意识地望了一眼,然后走到孩子床边。

"醒醒,菲利普,"她说。

她掀开被子,抱起孩子,带他下了楼。孩子迷迷糊糊的,还未醒透。

"你妈妈要你去哩,"她说。

她来到下面一层楼,推开一间屋子的房门,将小孩抱到床前。床上躺着一位妇人,是孩子的母亲。她张开双臂,让孩子依偎在自己身边。孩子没问为什么要在这时候将他唤醒。妇人吻吻孩子的眼睛,并用那双纤弱的小手,隔着孩子的白法兰绒睡衣,抚摩他温暖的身子。她让孩子贴紧自己的身子。

"还困吗,宝贝?"她说。

她的声音轻轻悠悠,仿佛是从远处飘来。孩子没有应声,只是惬意地微微一笑,躺在这张暖和的大床上,又被温柔的双臂搂着,感到有种说不出的快意。孩子紧偎着母亲,蜷起身子,想让自己缩得更小些;他睡意蒙胧地吻着母亲。不一会,他阖上眼皮,酣然入梦了。医生走过来,站在床前。

"噢,别现在就把他抱走,"妇人悲戚地说。

医生神情严肃地望着她,没有答话。妇人心里明白医生不会让孩子在她身边呆多久的,她又一次亲亲孩子;她抚摸着孩子的身体,手指轻轻下捋，最后触到孩子的下肢；她把右脚捏在手里，抚弄着那五个小脚趾；接着又慢慢地把手伸到左脚上。她抽搭了一声。

“怎么啦?”医生说，“你累了。”

她摇摇头，哽咽着说不出话来，眼泪沿着双颊扑簌而下。医生弯下身子。

“让我来抱他。”

她心力交瘁，无力违拗医生的意愿，只得任他抱走了孩子。医生把孩子交还给保姆。

“最好还是把孩子送回自己的床上去。”

“好的，先生。”

仍在呼呼熟睡的孩子被抱开了。做母亲的这时万箭钻心，低声呜咽起来。

“可怜的孩子，不知他将来会怎么样呢?”

侍候产妇的看护在一旁好言劝慰，想让她平静下来。隔了一会，她由于精疲力竭而停止了哭泣。医生走到房间另一侧的一张桌子跟前，桌上有具死婴，用毛巾蒙着。他揭开毛巾看了看。虽然医生的身子被屏风遮住，但床上的产妇还是猜着了他在干什么。

“是女的还是男的?”她低声问看护。

“又是个男孩。”

妇人没有再吭声。不一会，孩子的保姆回来了。她走到床头前。

“菲利普少爷睡得很香，”她说。

一阵沉默。医生又给病人搭脉。

“我想这会儿没我的事了，”他说。“早饭后我再来。”

“让我领您出去，”孩子的保姆说。

他们默然不语地步下楼梯。到了门厅，医生收住脚步。

“你们派人去请凯里太太的大伯了,是吗?”

“是的,先生。”

“你知道他什么时候能到这儿?”

“不知道,先生,我正在等电报。”

“那小孩怎么办?我觉得最好把他领开去。”

“沃特金小姐说她愿意照看孩子,先生。”

“这位小姐是谁?”

“是孩子的教母,先生。您认为凯里太太的病还能好吗,先生?”

医生摇摇头。

第二章

一个星期之后。翁斯洛花园街上的沃特金小姐公馆。菲利普正坐在客厅的地板上。他没有兄弟姐妹,已习惯于独个儿玩耍取乐。客厅里摆满了厚实的家具,每张长沙发上都有三只大靠垫。每张安乐椅上也放着一只椅垫。菲利普把这些软垫全拿过来,又借助于几张轻巧而易于挪动的镀金雕花靠背椅,煞费苦心地搭成个洞穴。他藏身在这儿,就可以躲开那些潜伏在帷幔后面的印第安人。菲利普把耳朵贴近地板,谛听野牛群在草原上狂奔疾驰。不一会儿,他听见门打开了,赶紧屏气敛息,生怕被人发现;但是,一只有力的手猛地拖开靠背椅,软垫纷纷跌落在地。

“淘气鬼,你要惹沃特金小姐生气啦。”

“你好啊,埃玛!”他说。

保姆弯下腰吻了吻他,然后将软垫抖抖干净,一只只放回原处。

“我该回家了，是吗？”他问道。

“是呀，我特地来领你的。”

“你穿了件新衣裙哩。”

这是一八八五年。她身上穿一件黑天鹅绒裙袍，腰里衬着裙撑，窄袖削肩，裙子上镶了三条宽荷叶边；头上戴一顶系有天鹅绒饰带的黑色无边帽。她犹豫起来。她原以为孩子一见面，一定会提出那个问题，结果压根儿没提，这一来，她预先准备好的回答也就无从出口了。

“你不想问问你妈妈身体好吗？”最后她只好自己这么说了。

“噢，我忘了。妈妈身体好吗？”

埃玛这会儿胸有成竹。

“你妈妈身体很好，也很快活。”

“哦，我真高兴。”

“你妈妈已经去了，你再也见不着她了。”

菲利普没听懂她的意思。

“为什么见不着了？”

“你妈妈已在天国里了。”

埃玛失声痛哭，菲利普虽不完全明白是怎么回事，但也跟着号啕起来。埃玛是个高身材、宽骨架的妇人，一头金发，长得粗眉大眼。她是德文郡人，尽管在伦敦帮佣多年，却始终乡音未改。她这么一哭可真动了感情，难以自禁；她一把将孩子紧搂在怀里。她心头隐隐生出一股怜悯之情：这可怜的孩子被剥夺了他在人世间唯一的爱，那种自古至今纯属无私的爱。眼看着非得把他交到陌生人手里，真有点叫人心寒。过了不多一会儿，她渐渐平静下来。

“你威廉大伯正等着见你呢，”她说，“去对沃特金小姐说声再见，我们要回家了。”

"我不想去说什么再见,"他回答说。出于本能,他不想让人看到自己在哭鼻子。

"好吧,那就快上楼去拿帽子。"

菲利普拿了帽子,回到楼下,埃玛正在门厅里等着。菲利普听到餐室后面的书房里有人在说话。他站定身子。他明白是沃特金小姐和她姐姐在同朋友谈心;他这个九岁的孩子似乎感到,要是自己这时候闯进去,说不定她们会为他伤心难过的。

"我想我还是应该去对沃特金小姐说声再见。"

"我想也是去说一声的好,"埃玛说。

"那你就进去通报说我来了,"他说。

菲利普希望能充分利用这次机会。埃玛敲敲门,走了进去。他听见她说:

"小姐,菲利普少爷向您告别来了。"

谈话声戛然而止;菲利普一瘸一拐地走了进来。亨丽埃塔·沃特金是个身材敦实的女子,脸色红润,头发是染过的。在那个年头,染发颇招物议,记得教母刚把头发染了的那阵子,菲利普在自己家里就听到过不少闲话。沃特金小姐和姐姐住在一起。这位姐姐乐天知命,打算就此安心养老了。有两位菲利普不认识的太太正在这儿作客,她们用好奇的眼光打量着菲利普。

"我可怜的孩子。"沃特金小姐说着张开了双臂。

她呜呜哭了起来。菲利普这会儿明白过来为什么她刚才没在家吃午饭,为什么今天她要穿一身黑衣。沃特金小姐呜咽着说不出话来。

"我得回家去了,"菲利普最后这么说。

菲利普从沃特金小姐怀里脱出身来;她又一次亲了亲这孩子。然后,菲利普走到教母的姐姐跟前,也对她说了声再见。陌生太太中的一位问菲利普是否可以让她吻一下，菲利普一本正经地表示可以。虽说他在不住流眼泪，但是对于眼前这种由自己引起的伤感场面，倒觉得挺带劲的。他很乐意再在这儿多呆一会，让她们在自己身上淋漓尽致地发泄一通，不过又感到她们巴不得自己快点走开，于是便推说埃玛正在等他，径自走出了书房。埃玛已到地下室同她的女友拉家常去了，菲利普就守在楼梯平台处等她。他能听到亨丽埃塔·沃特金的说话声音。

"他母亲是我最要好的朋友。想到她竟这么去了，心里真受不了。"

"你本来就不该去参加葬礼，亨丽埃塔，"她姐姐说，"我知道你去了会难过的。"

一位女客接口了。

"可怜的小家伙，就这么孤苦伶仃地活在人世上，想想也可怕。我见他走路腿还有点瘸呢！"

"是呀，他生下来一只脚就是畸形的。因为这个，他母亲生前可伤心哩。"

这时，埃玛回来了。他们叫了一辆马车，埃玛将去处告诉了车夫。

第三章

凯里太太去世时住的那所房子，坐落在肯辛顿区一条沉闷却颇体面的大街上，地处诺丁希尔门和高街之间。马车到了那儿以后，埃玛就把菲利普领进客厅。他伯父正在给赠送花圈的亲友写信致谢。有一只送来迟了，没赶上葬礼，这会儿仍装在纸盒里，搁在门厅桌子上。

“菲利普少爷来了，”埃玛说。

凯里先生慢腾腾地站起身来同小孩握手，一转念，又弯下腰在孩子额头上亲了亲。凯里先生的个头中等偏下，身子开始发福。他蓄着长发，有意让它盖住光秃的头顶。胡子刮得光光的，五官端正，不难想象，他年轻时相貌一定很帅。他的表链上挂着一枚金质十字架。

“打现在起你要跟我一起过日子了，菲利普，”凯里先生说，“你愿意吗?”

菲利普两年前出水痘时，曾被送到这位教区牧师的家里呆过一阵子；但今天能回忆起来的，只是那儿的一间顶楼和一个大花园，对于他的伯父和伯母却没有什么印象。

“愿意。”

“你得把我和你的路易莎伯母看作自己的父母。”

孩子的嘴唇微微哆嗦了一下，小脸蛋蓦地红了起来，但是他没吱声。

“你亲爱的妈妈把你托付给我照管了。”

凯里先生不善于辞令，这会儿不知该说些什么是好。他一得到弟媳病危的消息，立即动身前来伦敦。他一路上没想别的，只是在担心要是弟媳果真有什么不测，自己就得负起照管她儿子的责任，这辈子休想再过什么太平日子。他年逾半百，结婚已经三十年，妻子没生过一男半女；到了这把年纪，他可不乐意家里凭空冒出个小男孩来，说不定还是个成天爱大声嚷嚷、举止粗野的小子哩。再说，他对这位弟媳从来没有多少好感。

“我明天就打算带你去布莱克斯泰勃，”他说。

“埃玛也一块儿去?”

孩子将小手伸进埃玛的手掌，埃玛将它紧紧攥住。

"恐怕埃玛得离开你了，"凯里先生说。

"可我要埃玛跟我一块儿去。"

菲利普哇的一声哭开了，保姆也忍不住潸然泪下。凯里先生一筹莫展地望着他们。

"我想，最好让我单独同菲利普少爷谈一下。"

"好的，先生。"

尽管菲利普死命拉住她，但她还是温存地让孩子松开了手。凯里先生把孩子抱到膝头上，用胳臂勾着他。

"你不该哭鼻子哟，"凯里先生说。"你现在大了，不该再用保姆啦。我们得想法子送你去上学。"

"我要埃玛跟我一块儿去，"孩子又嘀咕了一遍。

"这样开销太大了，菲利普。你爸爸本没留下多少钱，不知道现在还剩下几个子儿呢。你得好好算计算计，一个便士也不能随便乱花。"

就在前一天，凯里先生走访了家庭律师。菲利普的父亲是位医术高明的外科医生。他在医院担任的各种职务表明，他在医务界已占得一席之地。所以，当他猝然死于血中毒症，人们看到他留给遗孀的财产只有一笔人寿保险金，以及出赁他们在布鲁顿街的那幢房子所收得的租金时，都感到十分意外。那是六个月以前的情况；当时凯里太太身体已十分虚弱，又发觉自己怀了孩子，于是一有人提出要租那幢房子，就稀里糊涂地同意了。她把自己的家具堆藏起来，另外租住进一幢附带全套家具陈设的房子，赁期一年，而租金呢，在那位牧师大伯看来，简直高得吓人。她之所以这么做，为的是在孩子出世前能顺顺当当地过一段日子。但是她从来不善于当家理财，也不懂得节衣缩食，量入为出，以适应境遇的改变。为数本来很有限的钱财，就这样东花一点，西用一点，差不多全从她的指缝里漏掉了。到现在，一切开销付清之后，剩下的不过两千镑多一些，孩子在独立谋生之前，就得靠这笔钱来维持生活。所有这一切又怎么同菲利普讲呢，而这个孩子还在一个劲儿哭鼻子。

“你还是找埃玛去吧，”凯里先生说，他觉得安慰孩子的本事恐怕埃玛比谁都强。

菲利普不声不响地从大伯的膝盖上溜了下来，但凯里先生随即又将他拦住。

“我们明天就得动身，因为星期六我还要准备布道讲稿。你得关照埃玛今天就把行装收拾停当。你可以把所有的玩具都带上，要是想要点父母的遗物留作纪念，你可以各留下一件。其余的东西全要卖掉。”

孩子悄悄地走进客厅。凯里先生一向不习惯伏案工作，这会儿，他怀着一肚子怨气继续写他的信。书桌的一头，放着一叠账单，这些玩意儿使他怒火中烧。其中有一张显得特别荒唐。凯里太太刚咽气，埃玛立即向花商订购了大批白花，用来布置死者的房间。这纯粹是浪费钱。埃玛不知分寸，竟敢这么自作主张。即使生活很宽裕，他也要将她辞掉。

但是菲利普却赶紧跑到埃玛身边，一头扑倒在她怀里，哭得好不伤心。菲利普出世后一个月就一直由埃玛照顾，而她也差不多把菲利普当亲生儿子看待。她好言哄劝，答应以后有空就来看他，决不会将他忘掉；她给菲利普讲了他所要去的那个地方的风土人情，接着又讲了自己德文郡老家的一些情况——她父亲在通往埃克塞特的公路上看守税卡；她老家的猪圈里养了好多猪；另外还养了一头母牛，且刚生下一头牛犊——菲利普听着听着，不但忘掉了刚刚还在淌眼泪，而且想到这趟近在眼前的旅行还渐渐兴奋起来。过了一会儿，埃玛把他放到地上，她还有好多事要做呢。菲利普帮着把自己的衣服一件件拿出来，放在床上。她叫他到幼儿室去把玩具收拢来，不多一会儿，他就高高兴兴地玩开了。

最后，他一个人玩腻了，又回到卧室来。埃玛正忙着把他的衣物用品收进大铁皮箱里。这时，菲利普忽然想起伯父说过他可以拿件把父母亲的遗物留作纪念。他把这事对埃玛说了，并问她应该挑选什么。

“你最好上客厅去看看有什么你喜欢的。”

“威廉大伯在那儿呐。”

“没关系，那些东西现在都是属于你的嘛。”

菲利普缓步走到楼下，发现客厅门开着。凯里先生已经走开了。菲利普慢慢悠悠地转了一圈。他们刚来这儿不久，屋里几乎没有什么东西特别使他感兴趣。这是某个陌生人的屋子，里面看不到一件合他心意的东西；不过他还是能分辨出哪些是母亲的遗物，哪些是房东的物品。这时，他的目光停留在一只小钟上，记得有一回曾听到母亲说起她很喜欢它。菲利普拿着小钟，闷闷不乐地上楼来。他走到母亲的卧室门外，霍地停住脚步，侧耳细听。虽然谁也没关照他别进去，但他总有种感觉，似乎自己不该贸然闯入。菲利普有几分畏惧之意，心儿怦怦乱跳不止；同时却又有那么几分好奇，驱使他去扭动门把。他轻轻地旋转门把，似乎生怕被里面的人听见，随后把门一点一点推开。他在门槛上站立了片刻，最后鼓足勇气走了进去。现在他已无惧意，只是觉得眼前有点陌生。他随手把门带上。百叶窗关着，窗缝里透进几缕一月午后清冷的日光，屋里显得很幽暗。梳妆台上放着凯里太太的发刷和一把带柄面镜。一只小盘里有几只发夹。壁炉架上摆着一张他自己的照片，还有一张父亲的照片。过去，他常趁母亲不在的时候上这儿来；可现在，这屋子似乎变了样。那几张椅子的模样，看上去还真有点怪。床铺理得整整齐齐,好像当晚有人要来就寝似的。枕头边有只套袋,里面放着件睡衣。

菲利普打开大衣柜,里面挂满了衣服,他一脚跨进柜子,张开手臂尽可能多地抱了一抱衣服,将脸埋在衣堆里。衣服上温馨犹存,那是母亲生前所用香水散发出的香味。然后,他拉开抽屉,里面放满了母亲的衣饰用品。他细加端详:内衣里夹着几只薰衣草袋,散发着沁人心脾的阵阵清香。屋子里那种陌生气氛顿时消失了,他恍惚觉得母亲只是刚刚外出散步,待会儿就要回来的,而且还要到楼上幼儿室来同他一起用茶点。他的嘴唇甚至依稀感觉到了母亲给他的亲吻。

说他再也见不着妈妈了,这可没说对。见不着妈妈?这怎么可能呢!菲利普爬上床,把头搁在枕头上。他一动不动地躺在那儿。

第四章

菲利普同埃玛分手时眼泪汪汪的,但是一上了路,沿途所见所闻使他感到挺新鲜。等他们最后到了布莱克斯泰勃,他已显得随遇而安,兴致勃勃。布莱克斯泰勃离伦敦六十英里。凯里先生把行李交给了脚夫,同菲利普一起徒步朝牧师公馆走去。他们走了不过五分钟就到了。菲利普一见那扇大门,立即记起来了。那是扇红颜色的栅门,上面竖有五根栅栏,门上的铰链很活络,能向里外两个方向自由启闭,要是攀吊在栅门上,可以像荡秋千似地前后摆动,只是大人不许这么玩罢了。他们穿过花园来到正门前。这扇正门只有在客人来访时,或是在星期天,再不就是逢到某些特殊场合,比如牧师出门去伦敦或从伦敦归来时,才让使用。平时家里人进出都走边门;另外,还有一扇后门专供花匠、乞丐和流浪汉等出入。这是一幢相当宽敞的黄砖红顶楼房，有教堂建筑物的风格，大约是在二十五年前盖的。正门的款式颇像教堂的门廊，客厅装有哥特式窗户。

凯里太太知道他们会搭乘哪班火车来，所以就在客厅里静心等候，留神着开门的咔哒声。她一听到这声响，立即跑到门口。

“那就是你的路易莎伯母，”凯里先生瞧见凯里太太时对菲利普说，“快去同她亲亲。”

菲利普拖着他那条瘸腿奔跑起来，步态怪别扭的；他跑了几步又站住身子。凯里太太是个瘦小、干瘪的妇人，和丈夫同年，长着一对淡蓝眼睛，脸上皱纹之密，褶印之深，还真少见。灰白的头发，依然按她年轻时流行的发型，梳成一绺绺的小发卷。她穿了件黑衣裙，身上唯一的装饰品是根金链子，上面挂着一枚十字架。她神态羞怯，说起话来柔声细气的。

“一路走来的吗，威廉？”她一边吻着丈夫，一边带着近乎责备的口气说。

“我可没想到这点，”他回答说，同时朝他侄儿瞥了一眼。

“走了这么一程，脚疼不疼，菲利普？”她问孩子。

“不疼。我走惯了。”

菲利普听了他们的对话不免有点奇怪。路易莎伯母招呼他进屋去，他们一齐走进门厅。门厅里铺着红黄相间的花砖，上面交替印有希腊正十字图案和耶稣基督画像。一道气势不凡的楼梯由厅内通向厅外，它是用磨光发亮的松木做的，散发着一股异香。当年教区教堂装设新座椅时，幸好剩下很多木料，于是就成全了这道楼梯。楼梯栏杆上镌有象征福音书四作者的寓意图案①。

---

① 福音书四作者是马太、马可、路加和约翰。他们的标志分别为：人脸、雄狮、牛犊和翔鹰。

"我已叫人把火炉生好了,我想你们一路风尘仆仆,到家一定会感到冷的,"凯里太太说。

门厅里有只黑乎乎的大火炉,只有逢到天气十分恶劣,再加上牧师先生伤风不适的日子才用它来取暖。即使凯里太太受凉感冒了,那也舍不得生这个炉子。煤太贵了。再说,女仆玛丽·安也不乐意在屋子里到处生火取暖。要是有个炉子就生个火,那非得再请个女仆不可。冬天,凯里夫妇整天呆在餐室里,这样,只需在那儿生个火炉就行了;习惯成自然,到了夏天他们照样在那儿饮食起居,凯里先生只是在星期日下午才去客厅睡个午觉。不过每逢星期六,他为了撰写讲道稿,总让人在书房里生个火。

路易莎伯母带菲利普上了楼,把他领进一间面朝车道的小卧室。临窗有棵参天大树,菲利普记起来了,是的,就是这棵大树,枝条低低垂挂着,借着这些枝条,可以上树,爬得很高很高哩。

"小孩住小屋,"凯里太太说。"你独个儿睡不害怕吧?"

"哦,不害怕。"

菲利普上一回来这儿,有保姆陪着,所以凯里太太用不着为他操什么心。而此刻她望着菲利普,心里委实有点放心不下。

"你自己洗手行吗? 要不要我帮你洗?"

"我自己能洗,"他回答得挺干脆。

"嗯,待会儿你下楼来用茶点,我可要检查呢,"凯里太太说。

她对孩子的事一无所知。在决定让菲利普来布莱克斯泰勃之后,凯里太太经常在盘算该如何对待他。她急切地想尽一下作长辈的义务;而现在孩子来了,她却发现自己在菲利普面前,竟像菲利普在自己跟前一样,感到羞怯不安。但愿他不是个老爱大声嚷嚷的野孩子,因为凯里先生不喜欢那样的孩子。凯里太太找了个借口走了,留下菲利普一个人,可是一转眼又跑回来敲门。她没走进房间,只是站在门外问了声他会不会自己倒水，然后便下楼打铃吩咐仆人上茶点。

餐室宽绰，结构匀称，房间两面都有一排窗户，遮着厚厚实实的大红棱纹平布窗帘。餐室中央搁着张大餐桌，靠墙边立着的带镜红木餐具柜，颇有几分气派。一个角落里放着一架簧风琴。壁炉两边各摆着一张皮靠椅，革面上留有商标压印，椅背上都罩有椅套。其中一张配有扶手，被叫作“丈夫”椅；另一张没有扶手，被称为“老婆”椅。凯里太太从来不坐那张有扶手的安乐椅。她说，她宁可坐不太舒适的椅子；每天有许多家务事要干，要是她的椅子也配上扶手，那她就会一个劲儿坐下去，懒得动弹了。

菲利普进来时，凯里先生正在给炉子加煤。他随手指给侄子看两根拨火棒。其中一根又粗又亮，表面很光滑，未曾使用过，他管这根叫“牧师”；另一根要细得多，显然经常是用它来拨弄炉火的，他管这根叫“副牧师”。

“咱们还等什么呢?”凯里先生说。

“我吩咐玛丽·安给你煮个鸡蛋。我想你一路辛苦，大概饿坏了吧。”

在凯里太太想来，从伦敦回布莱克斯泰勃，一路上够劳累的。她自己难得出门，因为他们只能靠区区三百镑的年俸度日；每回丈夫要想外出度假，因手头拮据，负担不起两个人的盘缠，最后总是让他一个人去。凯里先生很喜欢出席全国基督教大会，每年总要设法去伦敦一次。他曾上巴黎参观过一次展览会，还到瑞士去旅行过两三回。玛丽·安把鸡蛋端了进来，大家入席就座。菲利普的椅子嫌太低，凯里先生和他太太竟一时不知所措。

“我去拿几本书给他垫垫，”玛丽·安说。

玛丽·安从簧风琴顶盖上取下一部大开本《圣经》和牧师祷告

时经常用到的祈祷书，把它们放在菲利普的坐椅上。

“噢，威廉，他可不能坐在《圣经》上面呀！”凯里太太诚惶诚恐地说。“你上书房给他拿几本书来不行吗？”

凯里先生沉思了半晌。

“玛丽·安，我想，如果你偶尔把祈祷书搁在上面一次，也没多大关系吧，”他说。“这本《大众祈祷书》，本来就是一些像我们这样的凡人编写的，算不得什么经典神书。”

“这我倒没想到，威廉，”路易莎伯母说。

菲利普在这两本书上坐定身子，牧师做完了谢恩祈祷，动手把鸡蛋的尖头切下来。

“哎，”他说着，把切下的鸡蛋尖递给菲利普，“你喜欢的话，可以把这块蛋尖吃了。”

菲利普希望自己能享用一整个鸡蛋，可现在既然没这福分，只能给多少吃多少了。

“我不在家的时候，母鸡下蛋勤不勤？”牧师问。

“噢，差劲得很，每天只有一两只鸡下蛋。”

“那块鸡蛋尖的味儿怎么样，菲利普？”他大伯问。

“很好，谢谢您。”

“星期天下午你还可以吃上这么一块。”

凯里先生星期天用茶点时总要吃个煮鸡蛋，这样才有精力应付晚上的礼拜仪式。

第五章

菲利普同那些自己要与之一起生活的人终于渐渐熟稔起来，通过他们日常交谈的片言只语——有些当然并非有意说给他听的——了解到许多有关自己和他已故双亲的情况。菲利普的父亲要比牧师年轻好多岁。他在圣路加医院实习期间，成绩出众，被院方正式聘为该院的医生，不久，他就有了相当可观的收入。他花起钱来大手大脚，满不在乎。有回牧师着手修缮教堂，向这位兄弟募款，结果出乎意外地收到了几百镑。凯里先生手头拮据，省吃俭用惯了，他收下那笔款子时，心里酸甜苦辣，百感交集。他妒忌弟弟，因为弟弟竟拿得出这么一大笔钱来；他也为教堂感到高兴，不过又对这种近乎炫耀的慷慨解囊隐隐感到恼火。后来，亨利·凯里同一个病人结了婚，那是个容貌出众却一贫如洗的姑娘，一个无亲无故却是出身名门的孤女。婚礼上良朋佳友如云。打那以后，牧师每次上伦敦，总要去看望这位弟媳。不过在她面前，牧师总显得拘谨，甚至有些胆怯；心底里却对她的仪态万方暗怀愠怨。作为一个兢兢业业的外科医生的妻子，她的穿戴未免过于华丽；而她家里精美雅致的家具，还有那些鲜花——甚至在寒冬腊月她也要生活在花丛之中——说明她生活之奢华，已达到令人痛心的程度。牧师还听她说起，她要出门去赴宴。正如牧师回到家里对他老伴所说，既然她受了人家的款待，总该礼尚往来啰。他在餐室里看到过一些鲜葡萄，想来至少得花八先令一磅；在吃午餐时，还请他尝用尚未上市的鲜芦笋，这种芦笋，在牧师自己家的菜园里还得过两个月才能拿来当菜吃。现在，他所预料的一切都已成了现实。牧师不由心生某种满足之感，就像预言家亲眼见到一个无视自己警告而一意孤行的城市，终于遭到地狱硫火的吞噬一般。可怜的菲利普现在差不多不名一文，他妈妈的那些良朋佳友现在又管什么用？菲利普听人说，自己父亲肆意挥霍实在是造了孽；老天爷还算慈悲，及早把他亲爱的妈妈领回到自己身边去了。在金钱方面，她并不比小孩更有见识。

菲利普来到布莱克斯泰勃一个星期后，发生了一件似乎使他伯父颇不以为然的事情。一天早上，牧师在餐桌上看到一个小包邮件，是由伦敦凯里太太生前所住寓所转寄来的。上面写的是已故凯里太太的名字和地址。牧师拆开一看，原来是凯里太太的照片，共十二张。照片只拍了头部和肩部。发式比平时朴素，云鬓低垂在前额上，使她显得有点异样；脸盘瘦削，面容憔悴，然而疾病却无损于她容貌的俏丽。一双乌黑的大眼睛，隐隐透出一股哀怨之情，这种哀怨神情菲利普已记不得了。凯里先生乍一见到这个已辞人世的女子，心头不觉微微一震，紧接着又感到迷惑不解。这些照片似乎是新近拍摄的，可他想象不出究竟是谁让拍的。

"你知道这些照片是怎么回事，菲利普？"他问道。

"我记得妈妈说去拍过照，"他回答说。"沃特金小姐还为这事责怪妈妈来着……妈妈说：'我要给孩子留下点什么，让他长大以后能记起我来。'"

凯里先生愣愣地望着菲利普。孩子的话音尖细而清朗。他回忆着母亲的话，却不明白话中的含义。

"你最好拿一张去，把它放在自己的房间里，"凯里先生说。"其余的就保存在我这儿吧。"

他寄了一张给沃特金小姐。她在回信里讲了拍摄这些照片的始末。

一天，凯里太太躺在床上，觉得人比平时稍微精神了些，医生早晨来看她，似乎也觉得病情有了点转机。埃玛带着孩子出去了，女仆们都在下面地下室里，凯里太太蓦地感到自己孑然一身飘零世上，好不凄苦。一阵巨大的恐惧攫住心头：她原以为要不了两个星期，病体就会复原的，现在看来要永远卧床不起了。儿子今年才九岁，怎么能指望他将来不把自己忘掉呢？想到他日后长大成人会将自己忘掉，忘得一干二净，她心如刀割，难以忍受；她之所以这么炽烈地爱着他，是因为他体质羸弱，又有残疾，又因为他是自己的亲生骨肉。结婚以后她还没有拍过照，而结婚到现在一晃已有十载。她要让儿子知道自己临终前的模样，这样他就不会把自己忘得一干二净了。凯里太太知道，如果招呼侍女，说自己要起床，那么侍女一定会阻止她，说不定还会把医生叫来。她现在连挣扎、分辩的力气也没有。她下了床，开始穿衣。由于长期辗转病榻，双腿酥软，身体难以支撑，接着脚底又产生一种刺痛的感觉，甚至连脚都没法放到地上。她咬紧牙挺着。她不习惯自己梳理头发；她抬起手臂梳头时，感到一阵眩晕。她怎么也梳不成侍女给自己梳理的那种发式。那一头金黄色的秀发，既柔且密。两道细眉又直又黑。她穿上一条黑裙子，但选了一件最合她心意的夜礼服紧身胸衣。胸衣是用白锦缎做成的，这种料子在当时很时髦。她照照镜子，瞧见自己脸色苍白异常，但皮肤却很细洁。她脸上一向没有多少血色，而这一来，她那美丽的嘴唇反而越发显得红润。她情不自禁地抽泣了一声。但是，此刻可不是顾影自怜的当口，她已感到精疲力竭。凯里太太披上皮外衣，那是亨利前一年圣诞节送给她的，当时她颇为这件礼物自豪，感到无比幸福。她悄没声儿溜下楼梯，心儿突突剧跳不已。她顺顺当当出了屋子，叫了辆车去照相馆。凯里太太付了十二张照片的钱。在坐着拍照的过程中，她支撑不住，不得不要了杯茶水。摄影师的助手看到她有病，建议她改日再来，但她坚持让自己拍完。最后，好歹算拍完了，她又叫车回肯辛顿的那所幽暗小屋。她打心底里厌恶那住所，想到自己竟要死在那里面，真可怕。

她看见大门洞开着。当她的车停下来时，侍女和埃玛三步并作两步奔下台阶来搀扶她。先前，她们发现房间空了，可真吓坏了。她们一转念，心想太太准是上沃特金小姐那儿去了，于是打发厨娘去找。不料,沃特金小姐却跟着厨娘一起来了,一直心焦如焚地守在客厅里。此刻沃特金小姐也赶下楼来,心里焦灼不安,嘴里不住嗔怪凯里太太。凯里太太经过这番折腾,已劳累过度,加上需要硬挺的时刻已经过去,她再也支撑不住,一头扑倒在埃玛怀里,随后便被抬到楼上。凯里太太虽只昏迷了不多一会儿,但对守护在身旁的人来说,时间却长得难以置信;他们赶紧派人去请医生,医生一直没来。到了第二天,凯里太太体力稍有恢复,沃特金小姐从她嘴里了解到了事情的原委。那当儿,菲利普正坐在母亲卧室的地板上玩耍,这两位妇人谁也没去注意他。她俩的谈话,他只是似懂非懂地听到了一些,他也说不清那些话怎么会留在他的记忆里的。

"我要给孩子留下点什么,让他长大以后能记起我来。"

"我不懂她为什么要拍十二张,"凯里先生说,"拍两张不就行了!"

第六章

牧师公馆里的生活,千篇一律,日复一日,无甚变化。

吃过早餐不久,玛丽·安把《泰晤士报》拿进来。这份报纸是凯里先生同两位邻居合订的。十时至一时归凯里先生看,到时间花匠就拿去给莱姆斯庄园的埃利斯先生,一下午报纸留在他那儿,到七时再送交梅诺庄园的布鲁克斯小姐。她最后拿到手,也有个好处,报纸随后便留在她那儿啦。凯里太太夏天制作果酱时,常从她那儿讨张报纸来包果酱罐。每天凯里先生坐下来专心看报的时候,凯里太太就戴上无边帽,由菲利普陪着上街买东西。布莱克斯泰勃是个渔村,镇上只有一条大街,店铺、银行全设在那儿,医生以及两三个煤船主也住在这条街上。小渔港的周围是些窄街陋巷，住着渔民和穷苦村民；既然他们只上非教区教堂做礼拜，那当然是些微不足道的角色啰。凯里太太在街上一见到非国教教会的牧师，总是忙不迭闪到街对面去，免得同他们打照面；实在规避不及，就目不斜视地盯着人行道。在这样一条大街上，竟然设立着三座非教区教堂，这种丑事实在叫牧师无法容忍：他总觉得法律该出面干预，明文禁止设立这类教堂。小镇离教区礼堂有两英里，这也是造成镇上人普遍不从国教的原因之一。在布莱克斯泰勃买东西可大有学问，必须同国教派教友打交道，凯里太太心里雪亮，牧师家人光顾哪家店铺，对店主的信仰有举足轻重的影响。镇上有两个肉铺掌柜，向来是上教区教堂做礼拜的，他们不明白牧师为什么不能同时光顾他们两家铺子；牧师的解决办法很简单，这半年在这家肉铺买肉，那半年再照顾另一家的生意，但他们对这个办法就是不满意。一旦哪家轮空，不定时向牧师家送肉，掌柜的就口口声声扬言以后不再涉足教区教堂了；牧师有时候不得已也要回敬一下：不上教区教堂做礼拜，已是大错特错，如果竟敢错上加错，真的跑到非国教教堂去做礼拜，那么即使他铺子里的肉再好，他凯里先生迫于无奈，当然只好永远不上门问津了。凯里太太路过银行，常常进去替丈夫捎口信给经理乔赛亚·格雷夫斯。格雷夫斯是教区教堂的唱诗班领班，同时兼任司库和执事。他个儿又瘦又高，蜡黄的脸上长着个长鼻子，满头白发，在菲利普心目中，没有再比他老的人了。教堂账目归他管，款待唱诗班歌童、安排主日学校学生远足之类的事儿，也由他负责。虽说教区教堂连架风琴也没有，但是格雷夫斯主持的唱诗班，在布莱克斯泰勃却一致公认是全肯特郡首屈一指的。凡要举行什么仪式，比如主教大人来施坚信礼啦，教区长在收获感恩节来讲道啦，所有必不可少的准备工作全由他格雷夫斯一手张罗。他处理起教区事务来，无论巨细，都独断独行，从来不同牧师认真磋商。而牧师呢，尽管生性怕麻烦，主张多一事不如少一事，但对这位教会执事的专断作风，也很不以为然。看来，他俨然以全教区首要人物自居了。牧师几次三番在凯里太太面前扬言，如果乔赛亚·格雷夫斯不有所收敛，迟早要给他点厉害瞧瞧。不过，凯里太太总是劝他忍耐着点：格雷夫斯用心还是好的，要是他缺少君子之风，那也不能苛求于他嘛。牧师采取了克制态度，以恪守基督徒的美德自慰；不过有时免不了要在背地里骂这位教会执事是"俾斯麦"，出出肚子里的怨气。

有一回这一对终于闹翻了；至今凯里太太想起那段令人焦虑不安的日子，仍心有余悸。是这么回事：保守党候选人宣布要在布莱克斯泰勃发表竞选演说；乔赛亚·格雷夫斯把演说地点安排在布道堂内，随后跑去找凯里先生，说自己希望到时候也要在会上讲几句。看来那位候选人已请乔赛亚·格雷夫斯主持会议了。这种越俎代庖的做法，叫凯里先生如何忍受得了。牧师的职权理应受到尊重，在这点上他决不允许有半点含糊。要是一次有牧师出席的会议，竟让教会执事来主持，岂不荒唐透顶。牧师提醒乔赛亚·格雷夫斯，教区牧师乃是教区的至尊人物①，也就是说，在教区内该由牧师说了算的。乔赛亚·格雷夫斯回敬说，没有人比他更认从教会的尊严了，但这回纯粹是政治上的事务；他反过来提醒牧师别忘了耶稣基督的训诫，"该撒的物当归给该撒"②。对此，牧师反唇相讥：为了自己的目的，魔鬼也会引用《圣经》；不管怎么说，布道堂的支配权只属于他一个人，如果不请他主持，他决不同意动用教堂来召开政

① 英国18世纪法理学家威廉·布莱克斯通曾对教区牧师一词作过这样的解释：牧师即"教会中的人物"，是"拥有教区中一切权利的人物"。凯里牧师说的即指此。

② 这是《马可福音》第12章中耶稣的一句训诫，格雷夫斯在这里加以引用，意思是说，非教会的俗人之事该归俗人来处理。

治会议。乔赛亚·格雷夫斯冲着凯里先生说了声悉听尊便,接着扬言,反正他本人觉得美以美教堂同样是个很合适的开会场所。凯里先生说,如果乔赛亚·格雷夫斯胆敢涉足于一个比异教徒庙宇好不了多少的地方,他就再没有资格担任堂堂国教教区的执事。乔赛亚·格雷夫斯一气之下,便辞去了所有圣职,并于当晚派人到教堂取回黑袈裟和白法衣。替他管家的妹妹格雷夫斯小姐,也辞去了母道会的干事职务。母道会的会务,是向教区内贫苦孕妇发放法兰绒服、婴儿衣、煤以及五先令的救济金。凯里先生说,这回他总算真正当家做主了。但是牧师很快发觉自己对各种要处理的事务一窍不通;而乔赛亚·格雷夫斯呢,愤怒之余也发现自己失去了生活中的主要乐趣。这场争吵使凯里太太和格雷夫斯小姐深为苦恼。她们先是私下通信,继而又碰头商量,决心要把这个疙瘩解开。她们一个劝解自己的丈夫,一个说服自己的哥哥,嘴皮子从早磨到晚。既然她们谆谆规劝的原是这两位正人君子心里巴望做的,所以过了令人不安的三周之后,他俩终于握手言欢了。他们重修旧好,当然对双方都有好处,但他们却归之于对主的共同之爱。演讲会还是在布道堂里举行,不过改由医生来主持,凯里先生和乔赛亚·格雷夫斯两人都在会上讲了话。

凯里太太把口信带给银行家之后,照例要上楼同格雷夫斯小姐拉句把家常,谈谈教区里的事儿,对副牧师,或者对威尔逊太太的新帽子议论一番。威尔逊先生是布莱克斯泰勃的首富,估计每年至少有五百镑的收入。他娶了自己的厨娘做老婆。她们闲聊的时候,菲利普规规矩矩地坐在密不透风的客厅里,目不暇接地看着鱼缸内穿来游去的金鱼。这间客厅只有在接待客人时才使用,窗户整天关着,仅在早晨开几分钟,让房间透透风,客厅里的这股浑浊气味,在菲利普想来,大概跟银行业有着某种神秘的联系吧。

这时，凯里太太想起还得去杂货铺，便又跟菲利普起身上路了。买好东西之后，他们常沿着一条小街一直走到小海滩。小街两边净是些渔民居住的小屋子，大多是小木屋（这儿到处可以看见渔民坐在自己家门口织补渔网，渔网就晾挂在门扉上）。海滩边上仓库林立，但从仓库间的空隙处仍可望得见大海。凯里太太在那儿伫立几分钟，眺望浑浊发黄的海面（谁知道她在想些什么呢?）；而这时候，菲利普就四下寻找扁石，打水漂取乐。然后，他们慢悠悠地往回走，路经邮局时，朝里望望钟点，走过医生家门前，又朝坐在窗口缝衣服的医生老婆威格拉姆太太点头打了个招呼，随后径直回家去。

下午一时吃午饭。星期一、二、三，吃烤牛肉、牛肉丝、剁牛肉；星期四、五、六，吃羊肉。星期天享用一只自家饲养的鸡。每天下午，规定是菲利普做功课的时间。大伯教他拉丁文和数学，其实他大伯自己对这两门学问一窍不通。伯母教他法文和钢琴，而她对法文也几乎是一无所知。不过钢琴倒还会弹两下，能为自己伴奏几首老掉了牙的歌子，这些歌她已唱了三十年。威廉大伯常常对菲利普说，在他还是副牧师的时候，他太太有十二首歌烂熟于心，不论什么时候请她表演，她都能即席唱它几首。就是现在，牧师公馆举行茶会的时候，她还不时露这么一手。牧师不愿邀请太多的人，有幸出席茶会的不外乎那么几位：副牧师、格雷夫斯兄妹、威格拉姆医生夫妇。用过茶点之后，格雷夫斯小姐演奏一两首门德尔松①的《无言歌》，而凯里太太就演唱一首《当燕子飞回家的时候》或者《跑呀，跑呀，我的小马》。

不过凯里先生家并不经常举行茶会，因为张罗起来实在忙得够

① 门德尔松（1809—1847），德国作曲家和钢琴家，《无言歌》是他创作的一组钢琴套曲。

呛,待到客人告辞,他们已累得筋疲力尽。他们喜欢老两口子对坐品茶。用完了茶点再玩一会十五子棋①,凯里太太总设法让凯里先生赢,因为他输了会不高兴的。晚上八时吃晚饭,马马虎虎吃些冷菜残羹。玛丽·安准备了茶点之后,再不高兴做什么菜了,而凯里太太还得帮着收拾餐具。通常,凯里太太只吃点涂牛油的面包片,然后再尝用点水果羹;牧师则外加一片冷肉。晚饭一结束,凯里太太便打晚祷铃。随后,菲利普就去睡觉了。他执意不让玛丽·安替他脱衣服,反抗了一阵子,终于赢得了自己穿衣、脱衣的权利。九时,玛丽·安把盛着鸡蛋的盘子端进屋来。凯里太太在每只鸡蛋上标上日期,并把鸡蛋的数目登录在本子上。这以后,她挎上餐具篮上楼。凯里先生从经常翻阅的书中抽出一本来,继续看着。钟一敲十点,他便站起身,熄了灯,随妻子睡觉去了。

菲利普刚来时,一度竟决定不了到底安排他在哪天晚上洗澡。由于厨房的锅炉出了毛病,热水供应始终是个大难题,同一天内不可能安排两个人洗澡。在布莱克斯泰勃有浴室的唯独威尔逊先生一家,村里人都认为那是存心摆阔。星期一晚上,玛丽·安在厨房洗澡,因为她喜欢干干净净地开始新的一周。威廉大伯不能在星期六洗澡,因为下一天够他辛苦的,而洗完澡,他总觉得有点倦怠,所以便安排在星期五洗澡。凯里太太出于同样的考虑要在星期四沐浴。看来,菲利普当然只好在星期六洗澡了,但玛丽·安说,星期六她可不能让炉子一直烧到晚上,因为星期天得烧那么多的菜,又要做糕点,还有忙不完的这事那事,再要在星期六晚上替孩子洗澡,她觉得实在吃不消。是嘛,这孩子明摆着不会自己洗澡的。至于凯里太太,觉得给男小孩洗澡怪不好意思;牧师先生不用说,得忙着准备

① 是一种双方各有十五枚棋子、掷骰子决定行棋格数的游戏。

他的布道稿。可牧师执意认为,菲利普一定得梳洗得干干净净、整整齐齐地迎接主日。玛丽·安说,她宁可卷铺盖滚蛋也不愿接受硬逼她干的这差事——在这儿已经干了十八个年头,她可不想再承担额外的活计了,他们也该体谅体谅她嘛。不料菲利普本人却表示,他不需要任何人帮他洗澡,他自己完全对付得了,这一说,难题倒迎刃而解了。玛丽·安说,她敢断定,让孩子自己洗是洗不干净的,与其让孩子脏着身子,还不如让她自己累死的好,哪怕是在星期六晚上也罢——这倒不是因为怕孩子在主面前出丑,而是因为她看不惯那种身上洗得不干不净的孩子。

第七章

星期日这天,事情排得满满的。凯里先生老爱自诩:整个教区内,每周工作七天的就他一个。

这天,全家都比平常提早半小时起身。玛丽·安准八点前来敲房门,这时凯里先生总免不了要嘀咕一句:当牧师的真苦命,休息日也休想在床上多躺一会儿。凯里太太这天花在穿衣服上的时间也要多些,梳妆打扮到九点才气喘吁吁地下楼用早餐,正好先于丈夫一步。凯里先生的靴子搁在火炉前,好让它烘烘暖和。做祷告的时间要比平日长,早餐也比往常丰盛。早餐后,牧师着手准备圣餐,把面包切成薄片;菲利普很荣幸,能在一旁帮着削面包皮。牧师差菲利普去书房取来一块大理石镇纸,用它压面包。等面包片压得又薄又软了,再把它们切成许多小方块。数量的多寡,视天气而定。刮风下雨天,上教堂的人寥寥无几;如果天气特好,做礼拜的教友固然济济一堂,但留下来用圣餐的也不会很多。要是天既不下雨,同时又算不上风和日丽，上教堂走一遭尚不失为快事，教友们也并不急着去领略假日的乐趣——逢上这种日子，领圣餐的人才会很多。

随后，凯里太太从餐具室的菜橱里取出圣餐盘，牧师用块羚羊皮将它擦得锃亮锃亮。十时，马车停到了门口，凯里先生穿好靴子。凯里太太花了好几分钟工夫才戴好她那顶无边帽，这期间，牧师披着件宽肥的大氅，候在门厅里，脸上那副神情，活像古代的基督徒，正等着被领入竞技场似的。真奇怪，结婚三十年了，老婆子每到星期天早晨还老是这么磨磨蹭蹭的。她总算姗姗而来了，身上穿着一袭黑缎子衣服。不管什么场合，牧师一看到教士老婆披红戴绿就觉得不顺眼；到星期天，他更是坚持老伴非穿一身黑不可。有几次，凯里太太同格雷夫斯小姐串通好，鼓起勇气在无边帽上插一根白羽毛，或是缀一朵粉红玫瑰什么的，但牧师执意要把它们拿掉，说他不愿意同妖艳的荡妇一块儿上教堂。作为妇人，凯里太太忍不住一声长叹；而作为妻子，她又不得不唯命是从。他们正要上马车的时候，牧师忽然记起家里人今天还没给他吃过鸡蛋。她们明明知道他得吃个鸡蛋润润喉咙；家里有两个女的，可没有一个把他的饮食起居放在心上。凯里太太埋怨玛丽·安，可玛丽·安却回嘴说，她一个人哪能什么事都考虑周全。玛丽·安赶紧去把鸡蛋拿来；凯里太太随手将蛋打入一杯雪利酒里。牧师一口吞下了肚。圣餐盘放进马车，他们出发了。

这辆单马马车是“红狮”车行放来的，车里一股霉稻草的怪味。一路上，两面车窗关得严严实实，生怕牧师着了凉。守候在教堂门廊处的教堂执事，将圣餐盘接了过去。牧师径自朝法衣室走去，凯里太太和菲利普则入牧师家族席坐定。凯里太太在自己面前放了枚六便士的钱币，每回她投在圣餐盘里的就是这点钱，同时还给了菲利普一枚三便士的小钱，派同样的用场。教堂里渐渐坐满了，礼拜随之开始。

牧师的讲道，菲利普听着听着，不觉厌倦起来。可是只要他稍一挪动身子，凯里太太马上伸手将他胳臂轻轻按住，同时用责备的目光盯他一眼。等最后一支圣歌唱完，格雷夫斯先生端着圣餐盘分发圣餐的时候，菲利普的兴致又浓了。

做礼拜的人全离开了教堂，凯里太太走到格雷夫斯小姐的座席跟前，趁等候牧师他们的当儿，同格雷夫斯小姐闲聊几句；而菲利普此时却一溜烟进了法衣室。大伯、副牧师和格雷夫斯先生，还都穿着白法衣。凯里先生将剩下的圣餐给了菲利普，叫他吃了。过去一向是他自己吃掉的，因为扔掉了似乎是对神明的亵渎；菲利普食欲旺盛，现在正好由他代劳。然后他们清点盘里的钱币，里面有一便士的，有六便士的，也有三便士的。每回都有两枚一先令的钱币。一枚是牧师放进去的，另一枚是格雷夫斯先生放的；间或还冒出枚弗罗林[①]银币来。格雷夫斯先生告诉牧师银币是谁奉献的，往往是某个来布莱克斯泰勃作客的外乡人。凯里先生暗暗纳闷，这位施主究竟是什么样人。不过格雷夫斯小姐早已将这种轻率举动看在眼里，而且能在凯里太太面前说出外乡人的底细：他是从伦敦来的，结过婚，而且有孩子。在乘车回家的路上，凯里太太透露了这个消息，于是凯里先生打定主意要亲自登门拜访，请这位施主为“编外副牧师协会”慷慨解囊。凯里先生问起菲利普刚才在教堂里是否守规矩，可凯里太太却唠叨着威格拉姆太太穿了件新斗篷啦，考克斯先生没来做礼拜啦，以及有人认为菲利普斯小姐已经订了婚啦。他们回到家里，个个觉得折腾了一个上午，理当美美地饱餐一顿。

饭后，凯里太太回自己房里休息去了。凯里先生躺在客厅的长

① 英币名，值两先令。

沙发上，忙里偷闲打个盹儿。

下午五时进茶点，牧师特地吃了个鸡蛋，免得主持晚祷时支撑不住。凯里太太为了让玛丽·安去教堂参加晚祷，自己就留在家里了，不过她照样念祈祷文，吟诵圣诗。晚上，凯里先生步行去教堂，菲利普一瘸一拐地跟随在他身边。晚间在乡村小路上行走，菲利普觉得有种新奇之感。远处灯火通明的教堂，一点儿一点儿靠近过来，似乎显得分外亲切。起初，菲利普在他大伯跟前还有点怯生，后来慢慢相处惯了，他常把手悄悄伸进大伯的手掌里，他感到有人在保护自己，跨步时就比较从容自在了。

他们一回到家里，就开始吃晚饭。凯里先生的拖鞋已准备好，端放在火炉前的脚凳上；菲利普的拖鞋也搁在旁边：其中一只，和普通小男孩的鞋没什么两样，另一只却呈畸形，样子很怪。菲利普上楼睡觉时已经累坏了，只得听任玛丽·安帮他脱衣服。玛丽·安给菲利普盖好被子，顺势亲了亲他；菲利普开始喜欢她了。

第八章

菲利普本来就过惯了那种孤独无伴的独子生活，所以到了牧师家以后，也不见得比他母亲在世时更觉着寂寞冷清。他同玛丽·安交上了朋友。玛丽·安小小的个儿，圆圆的脸盘，今年三十五岁，父亲捕鱼为生。她十八岁那年就到了牧师家，这儿是她帮佣的第一户人家，她也无意离开这儿；但是她经常拿“我要嫁人啦”当法宝，吓唬吓唬胆小的男女东家。她父母住在离港口街不远的一所小屋子里。晚上有空时，她常去探望他们。她讲的那些大海故事，颇使菲利普心驰神往。小孩的想象力，给港口一带的狭街陋巷蒙上一层传奇色彩,它们在他眼里显得奇幻多姿。一天晚上,菲利普问是不是可以随玛丽·安到她家去玩玩,可他伯母生怕他沾染上什么,而他伯父则说近墨者黑,和不干不净的人交往会败坏良好的教养。凯里先生看不惯那些打鱼的,嫌他们粗野无礼,而且是上非教区教堂做礼拜的。可是对菲利普来说,呆在厨房里要比呆在餐室里更自在些,一有机会,他就抱起玩具到厨房间去玩耍。他伯母倒也不怎么在意。她不喜欢屋子里搞得乱七八糟的;她也承认,男小孩嘛,免不了要在屋里瞎捣鼓的,所以不如让他上厨房去闹腾。平时,只要菲利普稍微有点坐立不定,凯里先生就显得很不耐烦,说早该送他去上学啦。凯里太太觉得菲利普还小,没到上学的年龄,说实在的,她还真疼这个没娘的孩子呢。她很想博得孩子的好感,做法却不怎么高明,搞得孩子怪难为情的,孩子对她的种种亲热表示又推却不得,结果露出一脸的不高兴,这不能不叫她感到伤心。有时候,她听到菲利普在厨房里尖着嗓门格格大笑,可是只要自己脚一跨进厨房门,孩子立即不作声了。每每玛丽·安解释发笑的原因,菲利普的小脸蛋就涨得绯红。凯里太太听了,并不觉得有什么可乐的,只是勉强地笑笑。

“威廉,这孩子呆在玛丽·安身边,似乎反而比同我们在一块更快活,”她回进屋来,一面重新拿起针线活,一面这么对丈夫说。

“谁都看得出,这小家伙缺少教养。得好好管教管教才行。”

菲利普来后的第二个星期天,不幸闯了一场祸。午餐后,凯里先生照例去客厅小睡片刻,但是那天他心烦意乱,怎么也睡不着。上午,牧师用几盏烛台把教堂圣坛装饰了一下,不料却遭到乔赛亚·格雷夫斯的强烈反对。这几盏烛台是他从坎特伯雷买来的旧货,他觉得它们很有气派。但乔赛亚·格雷夫斯一口咬定那是些天主教兴的玩意儿。这样的一句奚落话,总能惹得牧师火冒三丈。当年爆发牛津运动[1]时,凯里先生正在牛津念书,后来那场运动以爱德华·曼宁[2]脱离国教而告终。就凯里先生本人来说,对罗马天主教颇抱几分同情。按他的心意,他很希望把这儿布莱克斯泰勃低教会派[3]教区的礼拜仪式搞得隆重些,举行一番行列仪式,使满屋明烛高燃,而现在至多也只能焚上几炷香。他讨厌"新教徒"这个称呼,而称天主教徒。他常说,那些信奉罗马公教的人,无非是因为需要个标榜身份的称号才成了罗马"天主教徒";其实,英国国教才是真正名副其实的、最能充分体现其高贵含义的"天主之教"。他想到自己的仪容总很得意:刮得光光的脸,天生一副天主教教士的模样;而他年轻时得天独厚的苦行僧仪表,更能给人一种"天主教教士"的印象。他常对人说起自己在布隆涅[4]度假时的一段经历(那回也像往常一样,为了省钱他老婆没陪他一块去):一天,他正坐在某教堂内,一位法国教区牧师特地走到他面前,请他上台讲经布道。凯里先生坚决主张,尚未领受牧师圣职的教士应该独身禁欲,所以,他手下的副牧师只要一结婚,就被他一一打发掉。然而在某次大选时,自由党人在他花园的篱笆上用蓝笔涂了几个赫赫大字:"此路通往罗马"。凯里先生见此勃然大怒,扬言要上法院告布莱克斯泰勃自由党头目。这会儿他打定主意,乔赛亚·格雷夫斯不管怎么说,休想让他把烛台从圣坛上拿开;想到气恼处,禁不住悻悻然嘟囔了几声"俾斯麦"!

就在这时,牧师冷不防听到哗啦一响。他掀掉盖在脸上的手帕,从沙发上一跃而起,直奔餐室。菲利普坐在桌旁,周围是一大堆

---

① 指1833年英国教会内发生的复活天主教教义与仪式的运动。
② 爱德华·曼宁(1808—1892),英国红衣主教,牛津运动领导人之一,1851年皈依罗马天主教。
③ 英国国教中的一个教派,对主教和牧师的权威、宗教组织和仪式不十分重视。
④ 法国北部的海港。

砖头。他刚才搭了座巍峨的城堡,哪知底部出了点毛病,结果整个建筑物哗啦一下子塌倒了,成为一堆废墟。

“你拿那些砖头干吗,菲利普?要知道星期天是不准做游戏的。”

菲利普瞪着一双受惊的眼睛,愣愣地望着牧师,同时他的小脸习惯性地涨得通红。

“我过去在家里总是做游戏的,”他回答说。

“我敢肯定,你那位好妈妈决不会允许你干这种坏事的。”

菲利普没想到这样做竟不正当;不过要是果真如此,他可不愿让人以为他母亲同意他这么干的。他耷拉着脑袋,默然不语。

“你难道不知道星期天做游戏是很不正当的吗?你不想想星期天干吗叫休息日来着?你晚上要去教堂,可你下午触犯了天主的戒律,晚上怎么有脸面对天主呢?”

凯里先生叫菲利普立即把砖头搬走,并且站在边上监督他。

“你这个孩子真淘气,”他反复嘀咕着。“想想你那位天国里的可怜妈妈,你现在使她多伤心。”

菲利普忍不住想哭,但是出于本能,他不愿让人看到自己掉眼泪,于是他紧咬牙关,硬是不让自己哭出来。凯里先生在安乐椅上坐定,顺手拿过一本书,翻了起来。菲利普站在窗口。牧师公馆很僻静,同那条通往坎特伯雷的公路隔着相当一段距离。从餐室窗口,可以望见一长条呈半圆形的草坪,再过去,则是一片绿茵茵的、连绵天际的田野。羊群在田野里吃草。天色凄迷而阴郁,菲利普满腔悲苦。

这时,玛丽·安进屋来上茶点,路易莎伯母也下楼来了。

“午觉睡得好吗,威廉?”她问。

“好什么!”他回答说。“菲利普这么吵吵闹闹,简直叫人没法合眼。"

凯里先生说的不尽合乎事实,因为他睡不着实在是自己有心事。菲利普绷着小脸听着,心里暗暗嘀咕:我不过偶尔弄出了点声音,在这之前之后,大伯他干吗不能睡呢,真没道理。凯里太太问起是怎么回事,牧师原原本本地说了。

"他竟然连一声'对不起'也没说,"凯里先生最后加了这么一句。

"噢,菲利普,我知道你一定觉得对不起你大伯的,是吗?"凯里太太赶紧说,生怕孩子会给他伯父留下不必要的坏印象。

菲利普没吱声,只顾埋头啃嚼手里的牛油面包片。菲利普自己也搞不懂哪儿来的一股蛮劲,硬是不肯道歉认错。他觉得耳朵里隐隐作痛,真有点想哭,可就是不肯吐出一言半语。

"你也不用虎着脸,已经够糟的啦,"凯里先生说。

大家闷头吃完茶点。凯里太太不时打眼角里偷偷朝菲利普望上一眼;但是凯里先生却故意对他不理不睬。菲利普看到伯父上楼准备更衣上教堂了,就跑到门厅拿起自己的帽子和外套,可是当牧师下楼看见菲利普时,却冲着他说:

"我希望你今晚别上教堂了,菲利普。我想你现在的这种精神状态,是不宜走进天主圣堂的。"

菲利普一言不发,感到自己蒙受了奇耻大辱,双颊红得像火烧。他默不作声地站在那儿,望着伯父戴上宽边帽,披上宽肥的大氅。凯里太太照例将丈夫送至门口,然后转过身来对菲利普说:

"没关系,菲利普,下一个星期天你一定会很乖的,是吗?这样你伯父晚上又会带你去教堂了。"

她拿掉菲利普的帽子和外套,领他走进餐室。

"让我们一块儿来念祈祷文好吗,菲利普?我们还要弹风琴唱圣歌呢。你喜欢吗?”

菲利普神态坚决地一摇头,凯里太太不觉吃了一惊。如果这孩子不愿意同她一起做晚祷,那她就不知道该怎么对待他了。

“那么你在伯父回来之前想干什么呢?”凯里太太束手无策地问。

菲利普总算开腔了。

“我希望谁也别来管我,”他说。

“菲利普,你怎么能说出这样没良心的话来?你不知道你伯父和我完全是为你好吗?难道你一点儿也不爱我吗?”

“我恨你。巴不得你死掉才好呢!”

凯里太太倒抽一口冷气。这孩子竟然说出这么粗暴无礼的话来,怎不叫她瞠目吃惊。凯里太太一时说不出话来。她在丈夫的安乐椅上坐下,想到自己真心疼爱这个孤苦伶仃的跛足孩子,想到自己多么热切地希望能得到这孩子的爱,她想着想着,不禁热泪盈眶,接着一颗颗泪珠顺着双颊慢慢往下淌。凯里太太自己不能生儿育女;她认为自己膝下无子,无疑是上帝的旨意。尽管这样,她有时见到别人家的小孩,仍觉得受不了,心里感到悲苦怅然。菲利普望着伯母这般神情不由得惊呆了。只见她掏出一方手帕,放声痛哭起来。菲利普恍然醒悟过来,自己方才的话伤了伯母的心,惹得她哭了。他感到很内疚,悄悄地走到她跟前,在她脸上亲了一下。菲利普主动来吻她,还是破天荒第一遭。这位面容枯黄、憔悴的可怜老太——她穿着黑缎子服显得那么瘦小,头上梳的螺旋状发卷又是那么滑稽可笑——一把将孩子抱到膝头上,紧紧搂住,一面仍伤心地低声饮泣。然而,她流下的眼泪,一半却是出于欣喜,她感到自己和孩子间的那层隔阂已不复存在。她现在对这孩子萌生出一股惓惓之忱,因为这孩子使她领略了痛苦的滋味。

第九章

这个星期天，牧师正准备去客厅睡午觉（牧师的生活起居就像举行仪式似地按部就班，有板有眼），而凯里太太也正打算上楼去休息，菲利普这时却冷不防启口问：

“不许我玩，那叫我干什么呢？”

“你就不能安安稳稳地坐一会儿吗？”

“我可没法在吃茶点以前，老是这么一动不动坐着。”

凯里先生朝窗外望了望，屋外寒峭阴冷，总不能叫菲利普上花园去吧。

“我知道你可以干点什么了。你可以背一段规定今天念的短祈祷文。”

说着，他从风琴上取下那本供祷告用的祈祷书，翻到要找的那一页。

“这段不算长。如果我进来吃茶点的时候你能一字不差地背出来，我就把我的鸡蛋尖奖给你吃。”

凯里太太随手把菲利普的座椅拖到餐桌旁（他们已特地为菲利普备置了一张高脚座椅），并且把祈祷书放在他面前。

“魔鬼会差使游手好闲之徒干坏事的，①”凯里先生说。

他给火炉加了点煤，待会儿进来用茶点时炉火就会烧得旺旺的。凯里先生走进客厅，松开衣领，把靠垫摆摆正，然后舒舒坦坦地

---

① 此处系借用英国牧师、圣歌作家艾萨克·瓦茨（1674—1748）的对句：“撒旦差闲汉，欲把坏事干。”

在沙发上躺下。凯里太太想到客厅里冷丝丝的，便从门厅那儿拿了条旅行毛毯来，给他盖在腿上，并将双脚裹了个严实。她本来还想把百叶窗放下，免得日光刺眼，后来看到他已经把百叶窗关严了，便踮着脚走出客厅。牧师今天心神安宁，不到十分钟就已堕入梦乡，还轻轻地打起呼噜来。

那天是主显节①后的第六个星期天，指定这天念的祈祷文一开头是这么写的："主啊，圣子已显明他可以破除魔鬼的妖术，从而使我们成为上帝之子，成为永生的后嗣。"菲利普一口气读完祈祷文，却不知所云。他开始高声诵读，里面有好多不认得的词儿，句子结构又是那么古怪。菲利普念来念去，至多也只记得住两行。他老是心不在焉：屋子四周沿墙种着许多果树，一根细长的垂枝不时曳打着窗子玻璃；羊群在花园那边的田野里木然地啃嚼着青草。菲利普的脑袋瓜里似乎结满了疙瘩。突然一阵恐惧袭上心头：要是到用茶点时还背不出来怎么办？他又继续叽里咕噜念起来，念得很快，他不再试着去理解内容，而是像鹦鹉学舌那样硬把这些句子往自己脑袋里塞。

那天下午，凯里太太却翻来覆去睡不着，挨到四点钟光景，她毫无睡意，索性起床走下楼来。她想先听菲利普背一遍祈祷文，免得在背给大伯听时出什么差错，这样他大伯就会感到满意，明白这孩子的心地还是纯正的。但是凯里太太来到餐室门口正待进去的时候，忽然听见一个意想不到的声音，使她倏地收住脚步。她心头猛地一跳。她转过身，蹑手蹑脚出了正门，沿着屋子绕到餐室窗下，小心翼翼地探头朝屋里张望。菲利普仍坐在她端给他的那张椅子里，但是身子却趴在桌子上，小脑瓜埋在手臂里，正悲痛欲绝地低声啜

① 每年1月6日庆祝耶稣显灵的节日。

泣着。凯里太太还看到他的肩膀在一扇一扇上下抽搐。这一下可把她给吓坏了。过去她一直有这样的印象,似乎这孩子颇能自制,从未见他哭过鼻子。凯里太太恍然省悟,孩子的故作镇静原来是某种本能反应,认为在人前流露感情是丢脸的事儿:他常常躲在人背后偷偷哭泣呢!

凯里太太一口气冲进客厅,她丈夫向来讨厌别人突然把他从睡梦中叫醒,这时她也顾不得了。

“威廉,威廉,”她说,“那孩子哭得好伤心哩。”

凯里先生坐起身子,把裹在腿上的毯子掀掉。

“哭的什么事?”

“我不知道……噢,威廉,我们可不能让孩子受委屈呀。你说这是不是该怪我们?我们要是自己有孩子,就知道该怎么办了。”

凯里先生惶惑不解地望着凯里太太。遇到这种事,他特别感到束手无策。

“不见得是因为我叫他背祈祷文他才哭鼻子的吧。一共还不满十行呢。”

“还是让我去拿几本图画书给他看看,你说呢,威廉?我们有几本关于圣地的图画书。这么做不会有什么不妥吧。”

“好吧,我没意见。”

凯里太太进了书房。搜集图书是凯里先生唯一热中的俗事,他每回上坎特伯雷总要在旧书店泡上一两个钟头,而且还带回来四五卷发霉的旧书。他从不去读它们,因为读书怡情的习惯他早就给丢了,不过他有时还是喜欢翻翻,假如书里有插图的话,就看看那些插图。他还喜欢修补旧书的封皮。他巴望天下雨,因为逢到这种天气,他可以心安理得地呆在家里,用胶水锅调点蛋白,花一个下午的时间,修补几册四开本旧书的俄罗斯皮革封面。他收藏了好多册古旧游记,里面还有钢板雕刻画的插页;凯里太太一下子就找出两本介绍圣地巴勒斯坦的书。她走到餐室门口,故意咳嗽一声,好让菲利普有时间镇定下来。她想,菲利普如果在偷偷掉眼泪的当口被自己撞上了,一定会觉得丢脸的。接着,她又喀哒喀哒地转动门把。她走进餐室时,看见菲利普装出一副聚精会神看祈祷书的样子。他用手遮住眼睛,生怕让凯里太太发觉自己刚才在掉眼泪。

"祈祷文背出来了吗?"她问。

他没有马上回答;她觉察得出孩子是生怕自己的嗓音露了馅。她感到这局面尴尬得出奇。

"我背不出来,"他喘了一口粗气,总算迸出了一句。

"噢,没关系,"她说。"你不用背了。我给你拿来了几本图画书。来,坐到我膝头上来,我们一块儿看吧。"

菲利普一骨碌翻下椅子,一瘸一拐地朝她走来。他低头望着地板,有意不让凯里太太看到自己的眼睛。她一把将他搂住。

"瞧,这儿就是耶稣基督的诞生地。"

她指给他看的是座东方风味的城池,城内平顶、圆顶建筑物和寺院尖塔交相错落。画面的前景是一排棕榈树,两个阿拉伯人和几只骆驼正在树下歇脚。菲利普用手在画面上抹来抹去,似乎是想摸到那些房屋建筑和流浪汉身上的宽松衣衫。

"念念这上面写了些什么,"他请求说。

凯里太太用平静的声调,念了那另外一页上的文字记叙。那是三十年代某个东方旅行家写的一段富有浪漫色彩的游记,辞藻也许过于华丽了些,但文笔优美动人,感情充沛,而对于继拜伦和夏多勃里昂①之后的那一代人来说,东方世界正是焕发着这种感情色彩展

① 十九世纪法国诗人、作家,消极浪漫主义的代表,与拜伦为同时代人。

现在他们面前的。过了一会儿，菲利普打断了凯里太太的朗读。

“再给我看张别的图画。”

这时，玛丽·安走了进来，凯里太太站起身来帮她铺台布，菲利普捧着书，忙不迭把书里所有插图一张张翻看过去。他伯母费了好大一番口舌，才哄住他放下书本来用茶点。他已把刚才背祈祷文时的极度苦恼丢诸脑后，忘了刚才还在哭鼻子流眼泪哩。次日，天下起雨来，他又提出要看那本书。凯里太太满心欢喜地拿给了他。凯里太太曾同丈夫谈起过孩子的前途，发觉他俩都希望孩子将来能领圣职，当个牧师；现在，菲利普对这本描述圣子显身之地的书表现出异乎寻常的兴趣，这无疑是个好兆头哟。看来这孩子的心灵，天生是同神圣的事物息息相通的。而隔了一两天，他又提出要看别的书。凯里先生把他领到书房里，给他看一排书架，那上面放着他收藏的一些有插图的书卷，并为他挑选了一本介绍罗马的书。菲利普迫不及待地接了过去。书中的插图把他引进一片新的乐境。为了搞清图画的内容，他试着去念每幅版画前后页的文字叙述；不久，玩具再也引不起他的兴趣了。

之后，只要身旁没有人，他就把书拿出来自念自看；也许是因为最初给他留下深刻印象的是座东方城市，所以他特别偏爱那些描述地中海东部国家和岛屿的书籍。他一看到画有清真寺和富丽堂皇的宫殿的图片时，心儿就兴奋得怦怦直跳；在一本关于康斯坦丁堡的书里，有一幅题为“千柱厅”的插图，特别使他浮想联翩。画的是拜占庭的一个人工湖，经过人们的想象加工，它成了一个神奇虚幻、浩瀚无际的魔湖。菲利普读了插图的说明：在这人工湖的入口处，总是停泊着一叶轻舟，专门引诱那些处事轻率的莽汉，而凡是冒险闯入这片神秘深渊的游人，没有一个能生还。菲利普真想知道，那一叶轻舟究竟是在那一道道柱廊里永远穿行转悠着呢，还是最终抵达了某座奇异的大厦。

一天,菲利普意外地交上了好运,偶然翻到一本莱恩翻译的《一千零一夜》。他一翻开书就被书中的插图吸引住了,接着开始细读起来。一上来先读了那几篇述及巫术的故事,然后又陆续读了其他各篇;他喜欢的几篇,则是爱不释手,读了又读。他完全沉浸在这些故事里面,把周围的一切全忘了。吃饭时,总得让人唤上两三遍才姗姗而来。不知不觉间,菲利普养成了世上给人以最大乐趣的习惯——披览群书的习惯;他自己并没意识到,这一来却给自己找到了一个逃避人生忧患苦难的庇护所;他也没意识到,他正在为自己臆造出一个虚无缥缈的幻境,转而又使得日常的现实世界成了痛苦失望的源泉。没多久,他开始阅读起其他书籍来。他的智力过早地成熟了。大伯和伯母见到孩子既不发愁也不吵闹,整个身心沉浸在书海之中,也就不再在他身上劳神了。凯里先生的藏书多得连他自己也搞不清;他自己并没认真读过几本,对那些因贪其便宜而陆陆续续买回来的零星旧书,心里也没有个底。在一大堆讲道集、游记、圣人长老传记、宗教史话等书帙里面,也混杂了一些旧小说,而这些旧小说终于也让菲利普发现了。他根据书名把它们挑了出来。第一本念的是《兰开夏女巫》,接着读了《令人钦羡的克里奇顿》,以后又陆续读了好多别的小说。每当他翻开一本书,看到书里关于两个孤独游子在悬崖峭壁上策马行进的描写时,他总联想到自己是安然无险的。

春去夏来。一位老水手出身的花匠,给菲利普做了一张吊床,挂在垂柳的枝干上。菲利普一连几小时躺在这张吊床上看书,如饥似渴地看呀看呀,不论是谁上牧师家来,都见不着菲利普的人影。光阴荏苒,转眼已是七月,接着忽忽又到了八月。每逢星期天,教堂内总挤满了陌生人,做礼拜时募到的捐款往往有两镑之多。在这段时间里，牧师也好，凯里太太也好，经常足不出户。他们不喜欢见到那些陌生面孔，对那些来自伦敦的游客极为反感。有位先生租下牧师公馆对面的一幢房子，住了六个星期。这位先生有两个小男孩。有一回，他特地派人来问菲利普是否高兴上他家和孩子一起玩耍，凯里太太婉言谢绝了。她生怕菲利普会被伦敦来的孩子带坏。菲利普长大了要当牧师，所以一定不能让他沾染上不良习气。凯里太太巴不得菲利普从小就成为一个撒母耳①。

第十章

凯里夫妇决定送菲利普进坎特伯雷皇家公学念书。邻近一带的牧师，都是把自己的儿子往那儿送的。根据长久以来的习惯，这所学校早已同坎特伯雷大教堂联系在一起了：该校校长是教堂牧师会的名誉会员；前任校长中有一位还是大教堂的副主教。学校鼓励孩子立志领圣职，当牧师；而学校的教学安排，也着眼于让诚实可靠的少年日后能终身侍奉上帝。皇家公学有一所附属预备学校，现在打算送菲利普去的就是这所学校。近九月底的一个星期四下午，凯里先生领菲利普去坎特伯雷。这一整天，菲利普既兴奋，又惴惴不安。对于学校生活，他只是从《男童报》②上的故事里稍微了解到一些。此外，他还读过《埃里克——点滴进步》那本书。

他们在坎特伯雷跨下火车时，菲利普紧张得快要晕倒了；去城里的途中，他脸色煞白，一声不响地呆坐在马车里。学校前面那堵

---

① 撒母耳系《圣经》中的人物，希伯来的法官和先知。
② 英国出版的一种专供男小孩阅看的漫画刊物。

高高的砖墙使学校看上去活像座监狱。墙上有扇小门,他们一按铃,门应声而开。一个笨手笨脚、衣履不整的工友走出来,帮菲利普拿铁皮衣箱和日用品箱。他们被领进会客室。会客室里摆满了笨实、难看的家具,沿墙端放着一圈靠椅,给人一种庄严肃穆的印象。他们恭候校长光临。

"沃森先生是个啥模样的?"过了半晌,菲利普开口问。

"待会儿你自己瞧吧。"

接着又是一阵沉默。凯里先生暗暗纳闷:校长怎么迟迟不露面?这时菲利普鼓起勇气,又说:

"告诉他我的一只脚有毛病。"

凯里先生还没来得及答话,门倏地被推开,沃森先生大摇大摆地走了进来。在菲利普看来,他简直是个巨人:他身高六英尺开外,肩膀宽阔,一双硕大无朋的巨掌,一簇火红的大胡子。他说起话来,嗓门很大,语调轻快,可是他那股咄咄逼人的快活劲儿,却使菲利普胆战心惊。他同凯里先生握握手,接着又把菲利普的小手捏在掌心里。

"喂,小家伙,来上学了,觉得带劲吗?"他大声说。

菲利普红着脸,窘得不知如何回答是好。

"你多大岁数啦?"

"九岁,"菲利普说。

"你该称呼一声'先生'才是,"他大伯在旁提醒说。

"看来你要学的东西还不少呢,"校长兴致勃勃地大声嚷嚷道。

为了给孩子鼓鼓劲,沃森先生用他粗壮的手指搔逗起菲利普来。菲利普给他这么一搔,又难为情,又发痒难受,不住扭动着身子。

"我暂且把他安排在小宿舍里……住在那儿你会喜欢的,是不是?”他朝菲利普加了一句。“你们那儿一共才八个人。你不会感到太陌生的。”

这时门打开了,沃森太太走了进来。她是个肤色黝黑的妇人。乌黑的头发,打头正中清晰地向两边分开。嘴唇厚得出奇,鼻子挺小,鼻尖圆圆的,一双眼睛又大又黑。这位太太的神态冷若冰霜。她难得启口,脸上的笑容更难见到。沃森先生把凯里先生介绍给自己的太太,然后又亲热地把菲利普往她身边一推。

“这是个新来的孩子,海伦。他叫凯里。”

沃森太太默默地同菲利普握握手,然后一言不发地在一旁坐下。校长问凯里先生菲利普在读些什么书,程度怎样。沃森先生嘻嘻哈哈的热乎劲儿,使这个布莱克斯泰勃的教区牧师有点受不了;不多一会儿,凯里先生赶紧起身告辞。

“我想,菲利普现在就托你多多照应啦。”

“没说的,”沃森先生说。“孩子在我这儿保管没问题。要不了一两天他就习惯这儿的生活啦。你说呢,小家伙?”

不等菲利普回答,大个子校长就纵声哈哈大笑起来。凯里先生在菲利普额上亲了一下,随即离开了。

“跟我来,小伙子,”沃森先生扯着嗓门说,“我领你去看看教室。”

沃森先生迈着大步,大摇大摆地走出客厅,菲利普赶紧在他后面一瘸一拐地跟着。他被领进一个长长的房间,里面空荡荡的,只摆着两张和房间一般长的桌子,桌子两边各有一排长板凳。

“现在学校里还没什么学生,”沃森先生说,“我再领你去看看操场,然后就请你自便了。”

沃森先生在前面领路。菲利普发现自己来到一个大操场,操场的三面都围有高高的砖墙,还有一面横着一道铁栅栏,透过栅栏,可以望见一大片草坪，草坪那边便是皇家公学的几座校舍。一个小男孩在操场上没精打采地闲逛，一边走一边踢着脚下的沙砾。

“喂，文宁，”沃森先生大声招呼，“你什么时候来的？”

小男孩走上前来同沃森先生握手。

“这是个新同学，年纪比你大，个子也比你高，可别欺负他呀。”

校长瞪大眼睛，友善地望着这两个孩子，那洪钟般的嗓音足以将孩子们震慑住，接着他哈哈笑着走开了。

“你叫什么名字？”

“凯里。”

“你爸爸干什么的？”

“爸爸过世了。”

“哦！你妈妈给人洗衣服吗？”

“我妈妈也去世了。”

菲利普以为他的回答会使那孩子发窘，哪知文宁并不当回事，仍嬉皮笑脸地开玩笑。

“哦，那她生前洗衣服吗？”

“洗过的，”菲利普没好气地回答。

“那她是个洗衣妇啰？”

“不，她不是洗衣妇。”

“那她就没给人洗过衣服。”

小男孩觉得自己巧辩有术，占了上风，挺洋洋得意。这时候他一眼瞧见了菲利普的脚。

“你的脚怎么啦？”

菲利普本能地缩回那只跛足，藏在好脚的后面，想不让他看见。

“我的脚有点畸形，”他回答道。

“怎么搞的？”

“生下来就这样。”

“让我看看。”

“不。”

“不看就不看。”

那孩子嘴上这么说,却猛地朝菲利普的小腿飞起一脚。菲利普猝不及防,被踢个正着,痛得他直唏嘘喘气。然而,就程度而言,肉体上的疼痛还及不上心里的惊讶。菲利普不明白文宁干吗要对他来这么一招。他惊魂未定,顾不上还手,况且这孩子年纪也比他小。他在《男童报》上念到过,揍一个比自己年幼的对手是件不光彩的事。在菲利普抚揉小腿的时候,操场上又出现了第三个孩子,那个折磨人的孩子撇开他跑了。过了一会儿,菲利普注意到他俩在窃窃私议,还不住打量自己的一双脚。菲利普两腮发烫,浑身发毛。

这时候又来了一批孩子,共有十来个,不多一会儿又跑来几个,他们叽叽呱呱扯开了:假期里干了些什么啊,去过哪些地方啊,打了多少场精彩的板球啊。几个新同学出现了,一转眼菲利普不知怎么倒同他们攀谈了起来。他显得腼腆,局促不安。菲利普急于给人留下个愉快的印象,可一时却找不到话茬来。别的孩子向他问这问那,提了一大堆问题,他很乐意地一一作了回答。有个小男孩还问他会不会打板球。

“不会,”菲利普说,“我的脚不方便。”

那男孩朝他下肢瞥了一眼,涨红了脸。菲利普看得出,那孩子察觉到自己问的问题不甚得体,羞得连句道歉的话都说不出口,只是尴尬地冲着菲利普发愣。

第十一章

次日清晨，菲利普被一阵丁丁当当的钟声吵醒，他睁开眼，不无惊讶地打量着自己的一方斗室。这时，耳边响起一声叫唤，使他记起自己此刻置身于何处。

“你醒了吗，辛格？”

小卧室是用磨光的油松木隔成的，卧室正面挂着一幅绿色门帘。那时候，人们很少考虑到屋内的通风问题，窗户老是关得严严的，只在早晨打开一会儿，让宿舍透点新鲜空气。

菲利普从床上爬起，跪在地上做祷告。早晨寒气彻骨，菲利普一阵哆嗦；不过他大伯曾开导过他，穿着睡衣做祷告，比等到穿戴整齐后再做祷告更合上帝的心意。这种说法倒不怎么使菲利普感到意外，因为他自己也开始有所领悟：他是上帝创造出来的生灵，这位造物主对善男信女们的磨难困苦特别欣赏。作完晨祷，菲利普开始梳洗。宿舍里有两只浴盆，供五十名寄宿生轮流使用，每个学生一星期可洗一次澡。平时就用搁在脸盆架上的小脸盆洗脸揩身。这只洗脸架，再加上床铺和一把椅子，就是每间小卧室的全部家什。孩子们一边穿衣服，一边快活地随便闲扯。菲利普竖起耳朵听着。这时，又传来一阵钟声，孩子们飞奔下楼。他们进了教室，在两张长桌旁的条凳上坐定。沃森先生也进来坐下，后面跟着他的太太和几名工友。沃森先生做起祷告来很有点威势，雷鸣般的声声祈祷，似乎是针对每个孩子本人发出的恐吓之词。菲利普忐忑不安地听着。随后，沃森先生念了一章《圣经》，工友们鱼贯而出。不一会儿，那个衣履不整的年轻工友端来了两大壶茶，接着又跑了一趟，捧进来几大盘涂着黄油的面包片。

菲利普怕吃油腻的食物,看到涂在面包上的那厚厚一层劣质黄油,怎不叫他倒胃口?但他看到其他孩子都把那层黄油刮掉,他就如法炮制。他们都有一罐罐焖肉之类的自备食品,是放在日用品箱里带进来的。有些学生还享用一份鸡蛋或咸肉"加菜",沃森先生从这上面捞到一笔外快。沃森先生也问过凯里先生,是否让菲利普也来份"加菜",凯里先生一口回绝,说他觉得不该把孩子惯坏了。沃森先生极表赞同——他认为,对正在发育成长的少年来说,再没有比面包加黄油更好的食物了——但是有些做爹娘的却过分娇宠子女,坚持要给他们"加菜"。

菲利普注意到"加菜"给某些孩子争得了几分面子,于是他打定主意,等到给路易莎伯母写信时,要求给自己也来一份"加菜"。

早餐后,孩子们都到外面操场上去溜达。走读生也陆续到校。他们的父亲或是当地的牧师,或是兵站的军官,再不就是定居在这座古城里的工厂主和商人。不一会儿,铃声大作,孩子们争先恐后涌向讲堂。讲堂包括一个长长的大房间和一个小套间。大房间的两头,由两位教师分别教中、低班的课;小套间是沃森先生授课用的,他教高班。为了表示这所学校是附属于皇家公学的预备学校,在一年一度的授奖典礼上,在公文报告里,这三个班级一律正式称为预科高班、预科中班和预科低班。菲利普被安排在低班。这个班的老师名叫赖斯,他满脸红光,有一副悦耳动听的嗓子,给孩子们上课时活泼而风趣。时间不知不觉地溜了过去,一会儿已是十点三刻,时间过得如此之快,使菲利普感到惊讶。课间,孩子们被放到教室外面去休息十分钟。

全校学生一下子吵吵嚷嚷地涌到操场上。新来的学生被吩咐站在操场中央,其他学生沿墙分立在左右两侧。他们开始玩起"逮

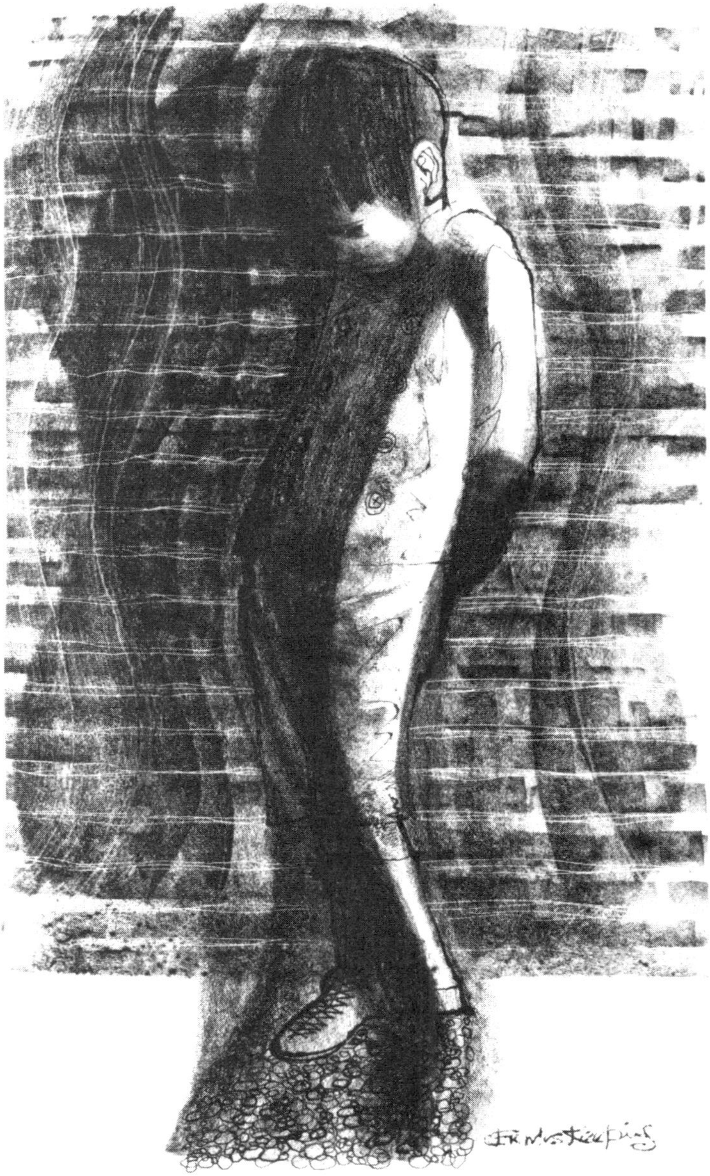

猪”的游戏。老同学从这一堵墙跑到另一堵墙，中间的新同学这时便设法上去拦截，如果逮住一个，就念声咒语：“一、二、三，猪归咱。”于是，那个被逮住的孩子便成了俘虏，反过来帮新同学去捉那些还在逍遥奔跑的人。菲利普看见一个男孩打身边跑过，想上前将他抓住，可他一瘸一拐，眼睁睁让他溜了；这一下，奔跑着的孩子趁机全朝他管辖的地盘跑来。其中有个男孩灵机一动，模仿起菲利普奔跑的怪样子。其他孩子见状都咧嘴大笑，接着他们也学那男孩的样，在菲利普周围怪模怪样地拐着腿奔跑，尖着嗓门又是叫又是笑。他们陶醉在这种新玩意儿的欢快之中，乐得透不过气来。有一个孩子上前绊了菲利普一跤，而菲利普就像平常摔倒时那样，实实地摔个正着，膝盖也跌破了。菲利普挣扎着从地上爬起，孩子们笑得更欢了。一个男孩从背后猛推了菲利普一把，要不是另一个男孩顺手将他拉住，他保准又是扑地一交。大伙儿光顾拿菲利普的残疾取乐，连做游戏也给忘了。其中一个孩子更是别出心裁，做了个怪里怪气的一摇三摆的瘸步模样，让人觉得特别滑稽可笑，好几个孩子乐不可支，笑得直在地上打滚：菲利普吓得目瞪口呆，他实在不明白大伙儿干吗要这般嘲弄他。他的心怦怦乱跳，几乎连气也透不过来。菲利普出娘胎以来，还从未受到过这么大的惊吓。他呆若木鸡似地站在那儿，任凭孩子们在他周围大声哄笑，模仿他的步态，奔来跑去。他们冲着他大声喊叫，逗他去抓他们，但是菲利普纹丝不动。菲利普不愿让他们再看到自己奔跑。他使出全身气力，强忍着不哭出来。

突然铃声响了，学生们纷纷涌回讲堂。菲利普的膝盖在淌血，他头发蓬散，衣衫凌乱，满身是土。有好几分钟，赖斯先生没法控制班上的秩序。刚才那套新奇的玩意儿使孩子们兴奋不已；菲利普看到有一两个同学还在偷偷打量自己的下肢，赶紧把脚缩到板凳下面。

下午,孩子们准备去球场踢足球。菲利普吃过午饭,正往外走,沃森先生把他叫住。

“我想,你不会踢足球吧,凯里?”沃森先生问菲利普。

菲利普窘得涨红了脸。

“不会,先生。”

“那就别踢了。你最好也到场地上去。这点路你总能走吧?”

菲利普并不知道足球场在哪儿,但他还是照先前那样回答了一句:

“能的,先生。”

孩子们在赖斯先生的带领下出发了,他一眼瞥见菲利普没换衣服,便问他为什么不准备去踢球。

“沃森先生说我不必踢了,先生,”菲利普说。

“为什么?”

许多孩子围着菲利普,好奇地望着他。菲利普感到一阵羞愧,垂下眼皮不吭声。别的孩子替他回答了。

“他是个瘸子,先生。”

“噢,我明白了。”

赖斯先生很年轻,一年前刚取得学位。他这时突然感到很困窘。他本能地想对菲利普表示歉意,可又不好意思开口。他粗着嗓子冲着其他孩子嚷了一句:

“喂,孩子们,你们还在等什么呀?还不快走!”

有些学生早已出发,留下来的人也三三两两地走了。

“你最好跟我一块儿走,凯里,”老师说,“你不认得路,是吧?”

菲利普猜到了老师的好意,喉咙口抽噎了一声。

“我走不快的,先生。”

“那我就走慢点，”老师微笑着说。

这位红脸膛的普普通通的年轻人说了句体贴的话，一下子赢得了菲利普的好感。他顿时不再感到那么难过了。

可是晚上孩子们上楼脱衣睡觉的时候，那个叫辛格的男孩却从自己的小卧室里跑出来，把脑袋瓜伸进菲利普的卧室。

“嘿，把你的脚伸出来让我们瞧瞧，”他说。

“不，”菲利普回答道。

他赶紧跳上床钻进毯子。

“别对我说‘不’字，”辛格说。“快来，梅森。”

隔壁卧室里的孩子正在门角处探头探脑，一听到叫唤，立即溜了进来。他们朝菲利普走来，伸手想去掀他身上的毯子，但菲利普紧紧揪住不放。

“你们干吗死乞白赖地缠着我？”菲利普叫喊道。

辛格抓起一把刷子，用刷子背敲打菲利普那只紧抓着毛毯的手。菲利普大叫起来。

“你干吗不把脚乖乖地伸出来让咱们看？”

“就不让你们看。”

绝望之余，菲利普捏紧拳头，对准那个折腾自己的孩子揍了一拳，但是，他势孤力单，辛格一把抓住菲利普的胳臂，死劲反扭着。

“哦，别扭别扭，”菲利普说，“胳臂要断的。”

“那么你老老实实躺着别动，把脚伸出来。”

菲利普抽搭一声，吁了口气。辛格又把手臂扭了一下。菲利普疼得没法忍受。

“好吧，我伸，我伸，”菲利普说。

菲利普伸出了脚。辛格仍旧抓住菲利普的手腕不放。他好奇地打量着那只跛足。

“真恶心!”梅森说。

这时又进来一个孩子,也来凑趣看热闹。

“呸,呸,”他不胜厌恶地说。

“哎哟,模样儿真怪,”辛格说着做了个鬼脸。“它硬不硬?”

他心怀戒惧地用食指尖碰碰那只脚,好像它是个有生命意识的怪物似的。突然,他们听到楼梯上传来沃森先生沉重的脚步声。他们赶紧把毯子扔还给菲利普,像兔子似的一溜烟钻回自己的卧室。沃森先生走进学生宿舍。他只须踮起脚跟,就可以从挂着绿色帘子的竿子上方看到里面的动静。他察看了两三间学生卧室。孩子们都已安然入睡,他熄了灯,回身出去。

辛格叫唤菲利普,但菲利普没有理会。他用牙紧紧咬着枕头,怕让人听到自己在啜泣。此刻他暗自流泪,倒不是因为挨了揍,身子疼痛,也不是因为让他们看了自己的残足,蒙受了羞辱,而是恼恨自己懦弱,这么经不起折磨,最后竟乖乖地把脚伸了出去。

此时,他感受到了生活道路上的凄风苦雨。在他这个人生才刚开始的小孩看来,今后准是苦海无边的了。不知怎么地,他忽然想起那个寒冷的早晨,埃玛怎么将他从床上抱到妈妈身边。打那以后,他再未回想过那番情景;可是此刻,他似乎又感受到偎依在母亲怀里的那股暖意。他顿时觉得,自己所经历的一切,他母亲的溘然辞世,牧师公馆里的生活,还有这两天在学校的不幸遭遇,恍若一场幻梦;而明天一早醒来,自己又在家里了。菲利普想着想着,眼泪渐渐干了。他委实太不幸了,这一切想必是场幻梦;他母亲还活着,埃玛一会儿就会上楼来睡觉的。他睡着了。

然而第二天早晨,他依旧在叮叮当当的铃声中愕然醒来,首先跃入眼帘的还是他小卧室里的那幅绿色门帘。

第十二章

日子一久，菲利普的残疾不再使孩子们感兴趣，而是像某个孩子的红头发，或者像某个孩子的过度肥胖那样，终于也为大家所认可。然而在这段时间里，菲利普却变得极度敏感。只要能不跑，他就尽量避免奔跑，因为他知道自己一奔跑就越发瘸得厉害，即使平时走路，也忸怩作态，步履奇特。在人前，他尽可能伫立不动，把跛足藏在另一只脚后边，以免惹人注目。他每时每刻都在留神别人是否牵扯到自己的跛足。其他孩子玩的游戏，他没法参加，所以对于他们的生活始终很生疏。他们的各种活动也没有他的份，他只能自个儿站在一边观看。他觉得自己同别的孩子之间，似乎横着一道无形的壁障。有时候，孩子们似乎也认为，菲利普不会踢足球那全该怪他自己，而菲利普自己又无法取得孩子们的谅解。他经常茕茕孑立，形影相吊。他一向饶舌多话，现在却渐渐变得沉默寡言。他开始思索起自己跟别的孩子之间究竟有什么不同来了。

宿舍里最大的孩子辛格不喜欢菲利普。就年龄来说，菲利普的个儿算是矮小的，他得经常忍受各种虐待。大约过了半个学期，学校里出现一股玩"笔尖"游戏的热潮。这是种双人游戏，用钢笔尖在桌子或长凳上斗着玩。玩的人须用指甲推动自己的一只笔尖，设法让它迎着对手的笔尖头爬上去；而对手一面招架防备，一面也竭力设法使自己的笔尖迎头爬上对方的笔尖背。谁成功了，就在自己拇指肉球上呵口气，然后用力按这两只笔尖，假如能把它们粘住，同时提起来，那么，这两只笔尖就属于赢者的了。没多久，学校里净看见学生们在玩这种游戏，那些心灵手巧的孩子赢得了大量笔尖。过了一阵子,沃森先生认定这是一种赌博,断然禁止这种游戏,并把学生手里的笔尖全部充公。这种游戏菲利普玩得挺得心应手,结果也只好忍痛割爱,交出全部战利品。但是,他手指痒痒的,总想再过过瘾。几天以后,他在去足球场途中,跑进一家商店,花了一个便士,买了几枚丁字形钢笔尖。他把这些笔尖散放在口袋里,摸着过瘾。辛格很快发现菲利普手头有这些笔尖。辛格的笔尖也上缴了,但是他偷偷留下一只封号叫“大象”的特大笔尖,这只笔尖几乎是常胜将军。这会儿,他怎么也不愿坐失良机,非要把菲利普的丁字形笔尖赢到手不可。菲利普尽管明明知道用自己的小笔尖和他对阵,无异是以卵击石,但他生性爱冒险,所以还是愿意背水一战。再说他也明白,要是自己拒绝比赛,辛格决不肯善罢甘休。他已经歇手了一个星期,现在坐下来重新挥戈上阵,心头止不住一阵兴奋。菲利普一下子就输掉了两只小笔尖,辛格乐得眉开眼笑。可是第三次交锋时,辛格的“大象”不知怎么地突然一个滑转,菲利普乘机把他的丁字形笔尖推上了“大象”脊背。他由于得胜而欢呼起来。就在这时,沃森先生一脚跨了进来。

“你们在干什么?”他问。

他望望辛格,又望望菲利普,他俩谁也不吱声。

“难道你们不知道,我禁止你们玩这种愚蠢的游戏?”

菲利普的心怦怦直跳。他知道会有什么样的结果,吓得魂不附体,但恐惧之中又掺杂着几分喜悦。菲利普还从未挨过老师鞭笞。皮肉之苦固然难熬,但事过之后,未尝不可借此在别的孩子面前吹嘘一番。

“上我书房来。”

校长转过身,两个孩子并排跟在后面,辛格轻声对菲利普嘀咕了一句:

“这回咱们该倒霉了。”

沃森先生指着辛格说：

“弯下身子!”

菲利普脸色煞白，看见辛格每挨一鞭，身子就抽搐一下，三鞭抽下，辛格哇哇号啕起来。紧接着又是三鞭。

“够了，站起来。”

辛格直起身，泪水流了一脸。菲利普跨上一步，沃森先生打量了他一番：

“我可不想用藤鞭抽你。你刚来不久，而且我也不能揍一个瘸腿的孩子。走吧，你们俩都走吧，今后不许再胡闹了。”

他俩走回教室时，一群孩子正在那儿等候着，他们已经通过某种神秘的渠道打听到出了什么事。孩子们急不可耐地冲着辛格问这问那。辛格面朝着他们，脸疼得涨成猪肝色，面颊上还留着斑斑泪痕。辛格将脑袋朝站在身后不远的菲利普一撇，悻悻然说：

“给他滑了过去，他因为是个瘸子沾光啦。”

菲利普红着脸，默不作声地站着。他察觉到孩子们向他投来鄙夷的目光。

“挨了几下?”有个孩子问辛格。

辛格没有理睬。他因为受了皮肉之苦，一肚子怒火。

“以后再也别来找我斗笔尖了，”他冲着菲利普吼道，“你可真占便宜，一点风险也不用担。”

“我可没来找你。”

“你没有?”

辛格说着猛起一脚，将菲利普绊倒在地。菲利普平时就站不太稳，这一交摔得着实不轻。

“瘸子!”辛格骂了一声。

后半学期里，辛格拼命作践菲利普。尽管菲利普竭力回避，无奈学校太小，总是冤家路窄。他试图主动同辛格搞好关系，甚至还巴结奉承他，买了一把小刀送他，小刀他倒收下了，可就是不肯握手言和。有一两回，菲利普实在忍无可忍，一时性起，就朝这个比他大的男孩挥拳踢脚，但是辛格的气力要大得多，菲利普哪是他的对手，到头来好歹挨了一顿揍，而且还得哀告求饶。这一点特别使他疾首痛心：他忍受不了讨饶的屈辱，但每当疼痛超过了肉体所能忍受的限度，他又不得不认错道歉。更糟糕的是，这种悲惨的生活不知得挨到何年何月。辛格才十一岁，一直要到十三岁才会升到中学部去。菲利普明白还得同这个作践自己的冤家同窗两年，而且休想躲得了他。菲利普只有在埋头做功课的当儿，再不就是上床睡觉的时候，才稍许快活一点。一种莫名的感觉经常萦绕在他脑际：眼前的生活，连同它的百般苦难，都不过是一场幻梦，说不定早晨一觉醒来，自己又躺在伦敦老家的那张小床上了。

第十三章

一晃两年过去了，菲利普已快十二岁。现在他已升入预科高班，在班里是名列前茅的优等生。圣诞节以后有几个学生要升到中学部去念书，到那时，菲利普就是班里的尖子顶儿了。他已获得了一大堆奖品，尽是些没什么价值的图书，纸张质地很差，装潢倒挺考究，封面上还镌有学校的徽志。菲利普成了优等生以后，再没有人敢来欺负他，而他也不再那么郁郁寡欢了。由于他生理有缺陷，同学们并不怎么忌妒他的成就。

“对他来说，要到手件把奖品还不容易，”他们说，“他除了死啃书本，还能干什么呢！”

菲利普已不像早先那么害怕沃森先生，并习惯了他那种粗声粗气的嗓门；每当校长先生的手掌沉沉地按在菲利普的肩头上，他依稀辨觉出这实在是一种爱抚的表示。菲利普记性很好，而记忆力往往比智力更有助于学业上的长进。他知道沃森先生希望他在预科毕业时能获得一笔奖学金。

可是菲利普在这两年里，自我意识变得十分强烈。一般来说，婴儿意识不到自己的躯体有异于周围物体，乃是自身的一部分；他要弄自己的脚趾，就像要弄身边的拨浪鼓一样，并不觉得这些脚趾是属于他自身的。只是通过日积月累的疼痛感觉，他才逐渐理解到自己肉体的存在。而对个人来说，他也非得经历这类切肤之痛，才逐渐意识到自我的存在；不过这里也有不同的地方：尽管我们每个人都同样感觉到自己的身躯是个独立而完整的机体，但并非所有的人都同样感觉到自己是以完整而独立的个性存在于世的。大多数人随着青春期的到来，会产生一种落落寡合的感觉，但是这种感觉并不总是发展到明显地同他人格格不入的程度。只有像蜂群里的蜜蜂那样很少感觉到自身存在的人，才是生活的幸运儿，因为他们最有可能获得幸福：他们群集群起，融成一片，而他们的生活乐趣之所以成为生活乐趣，就在于他们是同游同行，欢乐与共的。我们可以在圣灵节那天，看到人们在汉普斯特德·希斯公园翩翩起舞，在足球比赛中呐喊助威，或是从蓓尔美尔大街①的俱乐部窗口挥手向庄严的宗教队列连声欢呼。正因为有他们这些人，人类才被称作社会动物。

菲利普由于自己的跛足不断遭人嘲弄，逐渐失却了孩提的天

① 蓓尔美尔大街，伦敦的一条大街，以俱乐部众多而著名。

真,进而痛苦地意识到自身的存在。对他来说,个人情况相当特殊,无法沿用现成的处世法则来应付周围环境,尽管这些法则在通常情况下还是行之有效的。他不得不另谋别法。菲利普看了好多书,脑子里塞满了各种各样的念头,正由于他对书里讲的事理只是一知半解,这反倒为他的想象力开阔了驰骋的天地。在他痛苦的羞态背后,在他的心灵深处,某种东西却在逐渐成形,他迷迷糊糊地意识到了自己的个性。不过有时候,这也会让他感到不胜惊讶;他的行为举止有时连自己也莫名其妙,事后回想起来,也茫然如堕大海,讲不出个所以然来。

班里有个叫卢亚德的男孩,和菲利普交上了朋友。有一天,他们在教室里一块儿玩着,卢亚德随手拿过菲利普的乌木笔杆耍起戏法来。

"别来这套无聊把戏,"菲利普说,"你不把笔杆折断才怪呢。"

"不会的。"

那小孩话音未落,笔杆已"啪"地一声折成两段。卢亚德狼狈地望着菲利普。

"哎呀,实在对不起。"

泪珠沿着菲利普的面颊扑簌而下,但他没有吱声。

"咦,怎么啦?"卢亚德委实吃了一惊,"一模一样的赔你一根就是啦。"

"笔杆本身我倒不在乎,"菲利普语声颤抖地说,"只是这支笔杆是我妈临终时留给我的。"

"噢,凯里,真是太遗憾了。"

"算了,我不怪你。"

菲利普把折成两段的笔杆拿在手里,出神地看着。他强忍着不发出呜咽,心里悲不自胜。然而他说不上自己为何这般伤心,因为他明明知道,这支笔杆是他上回在布莱克斯泰勃度假时花了一两个便士买来的。他一点也不明白自己为什么无端编造出这么个伤感动人的故事来,可是他却动了真情,无限伤感,好像确有其事似的。牧师家的虔诚气氛,还有学校里的宗教色彩,使得菲利普十分注意良心的清白无瑕;他耳濡目染,不知不觉形成了这样一种意识:魔鬼每时每刻都在窥探,一心想攫取他的永生不灭的灵魂。虽说菲利普不见得比大多数孩子更为诚实,但是他每回撒了谎,事后总追悔不迭。这会儿,他把刚才的事前前后后思量了一番,感到很痛心,打定主意要去找卢亚德,说清楚那故事是自己信口杜撰的。尽管在他眼里,世上再没有比蒙羞受辱更可怕的了,然而有两三天的时间,他想到自己能以卑躬的忏悔来增添上帝的荣耀,想到痛苦悔罪之余的喜悦心情,还暗自庆幸呢。但是他并没有把自己的决心付诸行动,而是选取了比较轻松的办法来安抚自己的良心,只向全能的上帝表示忏悔之意。然而有一点他还是想不通,他怎么会真的被自己虚构的故事打动了呢。那两行沿着邋遢的面颊滚落的泪珠,确实是饱含真情的热泪。后来,他又偶然联想到埃玛向自己透露母亲去世消息时的那番情景。当时,他虽然泣不成声,还是执意要进屋去同两位沃特金小姐道别,好让她们看到自己在哀恸悲伤,从而产生怜悯之情。

第十四章

接着,学校里掀起一股笃信宗教的热潮。再听不到有谁骂人、讲粗话,低年级学生的捣蛋行为被视为大逆不道,而大孩子们就像中世纪不居圣职的上院议员那样,依仗自己的膂力迫使弱小者改恶从善。

菲利普的思想本来就比较活跃，渴望探求新事物，这股热潮一来，他变得十分虔诚。不久，他听说有个“圣经联谊会”招募会员，便写信去伦敦询问详情。回信说，要填一张表格，写上申请人的姓名、年龄和所在学校；还要在一份正式宣誓书上签字，保证自己每天晚上念一节《圣经》，持续念上一年；另外，再缴半个克朗①会费——据解释，所以要缴这半个克朗，一方面是为了证明申请者要求加入“圣经联谊会”的诚意，另一方面也是为了分担该会的办公开支。菲利普将表格和钱款及时寄了去，随后收到对方寄来的一本约值一个便士的日历，日历上注明每天规定要念的经文；另外还附了一页纸，纸的一面印着一幅耶稣和羊羔的图画，另一面是一小段框有红线的祈祷词，每天在念《圣经》之前得先吟诵这段祈祷词。

每天晚上，菲利普以最快速度脱去衣服，为的是争取时间，赶在煤气灯熄掉之前完成他的读经任务。他孜孜不倦地阅读经文，就像平时念书一样，那些关于暴虐、欺骗，忘恩负义、不诚实和诡诈的故事，他不加思辨地一一念过去。这般所作所为，要是果真出现在周围的现实生活之中，准会使他惊恐万状，而现在他念到时，却是不置一词地让它们在头脑里一掠而过，因为这些恶行是在上帝的直接授意下干的。“圣经联谊会”的读经办法是交替诵读《旧约》和《新约》中的一个篇章。一天晚上，菲利普看到耶稣基督的这样一段话：

“你们若有信心，不疑惑，不但能行无花果树上所行的事，就是对这座山说，你挪开此地，投在海里，也必成就。

① 克朗，英币名，相当于五先令。

"你们祷告,无论求什么,只要信,就必得着。"①

当时,这段话并没有给他留下什么印象。但事有凑巧,就在两三天后的那个星期天,住在任所的教堂牧师会成员,也把这段话作为他布道的内容。照理说,即使菲利普很想洗耳恭听,恐怕也未必能听清楚,因为皇家公学的学生全被安排在唱诗班的座席上,而布道坛又设在教堂的十字式耳堂的角落处,这样,布道人差不多是完全背对着菲利普他们。再说,距离又那么远,布道人要是想让坐在唱诗班座席上的人听清楚自己的话,那么他不但得生就一副响嗓子,还须懂得演说的诀窍才行。但长期以来,挑选坎特伯雷大教堂牧师会成员的主要依据,照例是教士们的学识造诣,而不注重他们是否具备应付大教堂事务的实际才能。或许是因为菲利普不久前刚读过那段经文,因而传到他耳朵里时倒还清晰可闻。不知怎么地,他突然觉得这些话似乎是针对自己讲的。在布道的过程中,菲利普老是想着那段话。晚上一爬上床,立刻翻开福音书,又找到了那段经文。菲利普尽管对书上讲的一词一语向来深信不疑,但现在发觉《圣经》里有时明明说的是一码事,到头来指的却是另一码事,确是够玄乎的。这儿学校里,他乐意请教的人一个也没有,于是他把问题记在心里,等到圣诞节回家度假时,才找了个机会提出来。一天吃过晚饭,刚做完祷告,凯里太太同往常一样在数点玛丽·安拿进屋来的鸡蛋,并在每只上面标上日期。菲利普站在桌旁假装没精打采地翻看《圣经》。

"我说呀,威廉大伯,这儿一段话,真是这个意思吗?"

菲利普用手指按着那段经文,装作无意之间读到的样子。

---

① 见《马太福音》第21章22节。

凯里先生抬起眼睛，从眼镜框的上方望着菲利普。他正拿着份《布莱克斯泰勃时报》，凑在炉火前面烘烤。那天晚上送来的报纸，油墨还未干透，牧师总要把报纸烘上十分钟，然后才开始看。

“是哪一节？”

“嗯，是讲只要心诚，大山也能搬掉的那一节。”

“假如《圣经》里这么说的，那当然就是这个意思了，菲利普，”凯里太太语调柔和地说，一面顺手操起餐具篮。

菲利普望着大伯，等他回答。

“这里有个心诚不诚的问题。”

“您的意思是说，只要心诚，就一定能把大山搬掉，是这样吗？”

“要靠心诚感化上帝，”牧师说。

“好了，该向你大伯道晚安了，菲利普，”路易莎伯母说。“你总不至于今晚就想去搬大山吧？”

菲利普让大伯在自己额头上亲了一下，然后走在凯里太太前头，上楼去了。他想要打听的，已经打听到了。小房间像座冰窖似的，他在换睡衣时，禁不住直打哆嗦。然而菲利普总觉得在艰苦的条件下做祷告，更能博得上帝的欢心。他手脚的冰凉麻木，正是奉献给全能之主的祭品。今晚，他跪倒在地，双手掩面，整个身心都在向上帝祈祷，恳求上帝能使他的跛足恢复正常。同搬走大山相比，这简直是件不费吹灰之力的小事。他知道，上帝只要愿意，一举手就能办到；而就他自己来说，内心一片至诚。第二天早晨菲利普结束祷告时，又提出了同样的请求，同时心中还为这项奇迹的出现规定了个日期。

“哦，上帝，假如仁慈与怜悯乃是您的意愿，就请您赐仁慈与怜悯于我，在我回学校的前一天晚上，把我的跛足治好吧。”

菲利普高兴地把他的祈求编成一套固定词儿。后来在餐室里祷告时又重复了一遍。牧师在念完祷告之后，往往要静默片刻才站起身子，而菲利普就是趁这当儿默诵的。晚上睡觉前，他身穿睡衣，浑身哆嗦着又默告了一遍。他的心不可谓不诚。他一度甚至巴不得假期早点结束。他想到大伯见到自己竟一步三级地飞奔下楼，该是多么惊讶；早餐后，自己和路易莎伯母又得怎么赶着出门去买一双新靴子……想着，想着，他不禁失声笑了出来。还有学校里的那些同学，见了不惊得目瞪口呆才怪呢！

“喂，凯里，你的脚怎么好啦？”

“噢，好了就好了呗，”他就这么漫不经心地随口应上一句，似乎这本来是世界上最自然不过的事。

这一来，菲利普尽可以踢足球了。他仿佛见到自己在撒开腿跑呀，跑呀，跑得比谁都快，想到这儿他的心止不住突突猛跳。到复活节学期结束时，学校要举行运动会，他可以参加各种田径赛；他甚至想象到自己飞步跨栏的情景。他可以同正常人完全一样，那些新来的学生，再不会因发现自己的生理缺陷而不胜好奇地一个劲儿打量自己；夏天去浴场洗澡，也不必在脱衣服时战战兢兢，百般防范，然后赶紧把脚藏到水里了——这一切，实在妙不可言。

菲利普将心灵的全部力量，都倾注在自己的祈祷里。他没有一丝一毫的怀疑，对上帝的言词无限信仰。在返校前的那天晚上，他上楼就寝时激动得浑身颤抖不止。户外地面积了一层白雪，甚至路易莎伯母也忍痛破格在自己的卧房里生了火，而菲利普的小房间里冷森森的，连手指也冻麻了。他好不容易才把领扣解开。牙齿不住格格打战。菲利普忽然心生一念：他得以某种异乎寻常的举动来吸引上帝的注意。于是，他把床前的小地毯挪开，好让自己跪在光秃秃的地板上；他又突然想到，自己身上的睡衣太柔软了，可能会惹造物主不快，所以索性把睡衣也脱了，就这么赤裸着身子作祷告。他钻到床上，身子冰凉冰凉，好一阵子都睡不着。可是一旦入睡后，睡得又香又沉，到第二天早晨玛丽·安进屋给他送热水来时，竟不得不把他摇醒。玛丽·安一边拉开窗帘，一边跟他说话。但菲利普不吭声，因为他一醒来马上就记起，奇迹应该就在今晨出现。他心中充满了喜悦和感激之情。他第一个本能动作，就是想伸手去抚摸那只现在已经完好无缺的下肢。但这么做，似乎是对上帝仁慈的怀疑。他知道自己的脚已经健全了。最后他拿定主意，就单用右脚脚趾碰了碰左脚。接着他赶紧伸手摸去。

就在玛丽·安进餐室准备作晨祷的时候，菲利普一瘸一拐地下了楼，在餐桌旁坐下用早餐。

"今儿个早上你怎么一句话也不说呀，菲利普，"少顷，路易莎伯母说。

"这会儿他呀，正在想明天学校给他吃的那顿丰盛早餐哪，"牧师说。

菲利普应答的话，显然跟眼前的事儿毫不相干，这种答非所问的情况常惹他大伯生气。他大伯常斥之为"心不在焉的坏习惯"。

"假定你请求上帝做某件事，"菲利普说，"而且也真心相信这种事儿一定会发生，噢，我指的是搬走大山之类的事，而且心也够诚的，结果事情却没发生，这说明什么呢？"

"真是个古怪孩子！"路易莎伯母说。"两三个星期之前，你就问过搬走大山的事啦。"

"那正说明你心不诚哪，"威廉大伯回答说。

菲利普接受了这种解释。心诚则灵嘛，要是上帝没把他医治好，原因只能是自己心还不够诚。可他没法明白，究竟怎样才能使自己进一步加深自己的诚意。说不定是没给上帝足够的时间吧，他给上帝的限期只有十九天嘛。过了一两天，他又开始祷告了。这一回，他把日期定在复活节。那是上帝的圣子光荣复活的日子，说不定上帝沉浸在幸福之中,会越发慈悲为怀的吧。菲利普但求如愿以偿,又加用了其他一些办法:每当他看到一轮新月或者一匹有斑纹的马,他就开始为自己祝愿;他还留神天上的流星。有一回他假日回来,正碰上家里吃鸡,他同路易莎伯母一块儿扯那根如愿骨①时,他又表示了自己的心愿。每一回,他都祈祷自己的跛足能恢复正常。不知不觉间,他竟祈求起自己种族最早信奉的诸神祇来,这些神祇比以色列信奉的上帝具有更悠远的历史。白天,只要有空,只要他记起来,就一遍又一遍地向全能的主祈祷,总是一成不变的那几句话。在他看来,用同样的言词向上帝请求,是至关重要的。但过了不久,他又隐隐约约感到这一回他的信念也还不够深。他无法抵御向他阵阵袭来的疑虑。他把自己的切身体验归纳成这样一条规律:

"依我看,谁也没法心诚到那种地步,"他说。

这就像他保姆过去常对他说起的盐的妙用一样。她说:不管是什么鸟,只要你往它尾巴上撒点盐,就能轻而易举地将它逮住。有一次,菲利普真的带着一小袋盐,进了肯辛顿花园。但是他怎么也没法挨近小鸟,以便能把盐撒在它尾巴上。他没到复活节,就放弃了这种努力。他对他大伯暗暗生出一股怨气,觉得自己上了大伯的当。《圣经》里讲的搬走大山的事,正是属于这种情况:说的是一码事,指的又是另一码事。他觉得他大伯一直在耍弄自己哩。

第十五章

菲利普十三岁那年正式进了坎特伯雷皇家公学。该校颇以其

---

① 指家禽、鸟等胸前的叉骨。西方迷信说,两人同扯此骨,扯到长的一段的人可以有求必应。

源远流长而自豪。它最初是所修道院学堂,早在诺曼人征服英国之前就创办了,当时只设有几门很简单的课程,由奥古斯汀教团的修士讲授。这所学校也像其他这类学校一样,在修道院遭到破坏之后,就由亨利八世国王陛下的官员加以整顿重建,该校的校名即源出于此。打那时起,学校采取了比较实际的办学方针,面向当地上流人士以及肯特郡各行各业人士的子弟,向他们提供足以应付实际需要的教育。有一两个学生走出校门之后,成了誉满宇内的文人,他们最初以诗人的身份驰骋文坛,论其才华之横溢,仅次于莎士比亚,最后专事散文写作,影响深远,他们的人生观甚至影响到菲利普这一代人。皇家公学还出了个把出类拔萃的律师,不过当今社会上名律师多如牛毛,这也就不足为奇了。此外,还出过个把战功赫赫的军人。然而,皇家公学在脱离修士会以后的三百年内,主要还是专为教会培养大量人材:教士、主教、主任牧师、牧师会成员,特别是乡村牧师。有些在校学生的父亲、祖父和曾祖父都在这儿念过书,现在全都当上了坎特伯雷主教管区内的教区长,所以这些学生刚跨进校门时就已经决心继承祖业,将来当个牧师。尽管如此,也还是有迹象表明,甚至在这些人身上也会发生某些变化;有些孩子把在家里听到的话搬到学校来,说什么如今的教会已不复是往日的教会。问题倒不在于教会的薪俸菲薄,而是现在干教会这一行的人良莠不齐,鱼龙混杂。据个别孩子所知,有几位副牧师的父亲就是做买卖的。他们宁可跑到殖民地去(那时候,凡是在英国找不到出路的人,依然把最后的希望寄托在殖民地上),也不愿在某个出身低贱的小子手下当副牧师。在皇家公学也像在布莱克斯泰勃的牧师公馆一样,说到买卖人,就是指那些投错了娘胎、没有祖传田产(这里,有田产的乡绅和一般的土地占有者之间存在着细微的差别),或是并非从事四大专门职业[①]的人(对于有身份的人来说,要谋事也总是在这四门职业中加以选择的)。皇家公学的走读生里面,大约有一百五十人的家长是当地的上流人士或是驻扎在兵站里的军官,至于老子是做买卖的那些孩子,则自觉地位卑微而抬不起头来。

学校里的那些老夫子,容不得半点教育方面的新思想,有时在《泰晤士报》或《卫报》上也看到一些,便大不以为然。他们一心只盼皇家公学能保持其固有的老传统。那些僵死的语言,教师们教起来道地得无以复加,孩子们日后往往一想到荷马或维吉尔,就不免泛起一股厌恶之感。尽管也有个把胆大妄为的角色在教员公用室进餐时暗示说,数学已显得日益重要了,但大多数人总觉着这门学科岂能与高雅的古典文学相提并论。学校里既不传授德语,又不设置化学课。而法语课呢,那是由级任老师上的,他们维持课堂秩序比外国教员更加有效;再说,他们的语法知识决不比任何法国人逊色。至于他们在布洛涅的餐馆里,要不是侍者懂得点英文,恐怕连杯咖啡也喝不成,这一点似乎是无关宏旨的。教地理课,主要是让学生们画地图。孩子们倒也最爱上这门课,特别是在讲到某个多山国家的时候,因为画画安第斯山脉或是画画亚平宁山脉[②],可以消磨掉很多时间。教师都是些毕业于牛津或剑桥的、没结过婚的教士。假如他们之中偶尔有哪个心血来潮想结婚成家的话,那就得听任牧师会处置,接受某个薪俸较微的职务才行。实际上多年来,还未有哪位教师愿意离开坎特伯雷这样一个高雅的生活圈子(这个生活圈子除了虔诚的宗教气氛之外,还由于当地的骑兵站而带上几分尚武色彩),去过乡村教区的那种单调生活;而学校的教师现在都早

① 四大专门职业,一般指需要受高等教育及特殊训练的律师、建筑师、医师及牧师这样四种职业;但是牧师夫妇所认为的四门体面职业则稍有不同,参见第三十三章。

② 安第斯山脉在南美洲;亚平宁山脉在意大利境内。

已过了四十岁。

而皇家公学的校长，却非得结婚不可；他主持学校事务，直到年迈体衰、无力视事为止。校长退休时，不仅酬以一份一般教师连想都不敢想的优厚俸禄，而且还授予牧师会荣誉会员的称号。

然而就在菲利普升入皇家公学的前一年，发生了一项重大变化。早一阵子大家就注意到，当了二十五年校长的弗莱明博士已经耳聋眼花，显然无力再继续为上帝效劳增光了。后来，正好城郊有个年俸六百镑的肥缺空了出来，牧师会便建议他接受这份美差，实际上也是在暗示他该告老退休了。再说，靠着这样一份年俸，他也尽可以舒舒服服休养生息，尽其天年。有两三位一直觊觎这份肥缺的副牧师，免不了要在老婆面前抱怨叫屈：这样一个需要由身强力壮的年轻人来主持的教区，却交给了一个对教区工作一窍不通、只知营私自肥的老朽，简直岂有此理！不过尚未受领牧师之职的教士们的牢骚怨言，是传不到大教堂牧师会衮衮诸公的耳朵里的。至于那些教区居民，他们在这种事情上没什么要说的，所以也不会有人去征询他们的意见。而美以美会教徒和浸礼会教徒在乡村里又都有自己的小教堂。

弗莱明博士的事儿就这样处置停当了，现在有必要物色一个继任人。如果从本校教师中挑选，那是违背学校传统的。全体教员一致希望推举预备学校校长沃森先生出山：很难把他算作皇家公学的教师，再说，大家认识他已有二十年，不用担心他会成为一个讨人嫌的角色。但是，牧师会的决定却让他们大吃一惊。牧师会选中了一个叫珀金斯的无名之辈。起初，谁也不知道珀金斯是谁，珀金斯这个名字也没给谁留下什么好印象。然而惊愕之余，他们猛然省悟过来：这个珀金斯原来就是布店老板珀金斯的儿子！弗莱明博士直到午餐前才把这消息正式通知全体教师，从他的举止神态来看，他本人也不胜惶遽。那些留在学校里用餐的教师,几乎是一声不响地只顾埋头吃饭,压根儿不提这件事,一直等到工友离开了屋子,才渐渐议论开来。那些在场的人究竟何名何姓,不说也无妨大局,好在几代学生都知道他们的雅号叫"常叹气"、"柏油"、"瞌睡虫"、"水枪"和"小团团"。

他们全都认识汤姆·珀金斯。首先,他这个人算不上有身份的绅士。他过去的情况大家记忆犹新。他是个身材瘦小、肤色黝黑的小男孩,一头乱草堆似的黑发,一双圆滚滚的大眼睛,看上去活像个吉卜赛人。那会儿念书时,他是名走读生,享受学校提供的最高标准的奖学金,所以他在求学期间,连一个子儿也不曾破费。当然啰,他也确实才华横溢。一年一度的授奖典礼上,他手里总是捧满了奖品。汤姆·珀金斯成了学校的活金字招牌。这会儿,教师们不无心酸地回想起当年他们怎么个提心吊胆,生怕他会甩开他们,去领取某所规模较大的公学的助学金。弗莱明博士甚至亲自跑去拜见他那位开布店的父亲——教师们都还记得设在圣凯瑟琳大街上的那家"珀金斯-库珀"布店——而且表示希望汤姆在进牛津之前能一直留在他们那儿。皇家公学是"珀金斯-库珀"布店的最大主顾,珀金斯先生当然很乐意满足对方要求,一口作出了保证。汤姆·珀金斯继续青云直上。他是弗莱明博士记忆之中古典文学学得最好的尖子学生。离校时,他带走了学校向他提供的最高额奖学金。他在马格达兰学院又得到一份奖学金,随之开始了大学里的光辉历程。校刊上记载了他年复一年获得的各种荣誉。当他两门功课都获得第一名时,弗莱明博士亲自写了几句颂词,登在校刊的扉页上。学校教师在庆贺他学业上的出色成就之时,心情分外满意,因为"珀金斯-库珀"布店这时已交上了厄运。库珀嗜酒如命,狂饮无度;而就在汤姆·珀金斯即将取得学位的当口上,这两位布商递交了破产申请书。

汤姆·珀金斯及时受领圣职，当起牧师来了，而他也确实是块当牧师的料子。他先后在威灵顿公学和拉格比公学担任过副校长。

话得说回来，赞扬他在其他学校取得成就是一码事，而在自己学校里，并且还要在他手下共事，那可完全是另一码事。“柏油”先生常常罚他抄书，“水枪”先生还打过他的耳刮子。牧师会竟然作出这等大谬不然的事儿来，实在令人难以想象。谁也不会忘掉他是个破产布商的儿子，而库珀的嗜酒贪杯似乎又往他脸上抹了一层灰。不说也知道，坎特伯雷教长自然是热情支持自己提出来的候选人啰，所以说不定还要设宴替他接风呢。可是，教堂园地内举行的那种赏心悦目的小型宴会，如果让汤姆·珀金斯成了座上客，是否还能保持同样的雅趣呢？兵站方面会有何反应？他根本别指望军官和上流人士会容许他进入他们的生活圈子；如果真的进入了，对学校的危害简直无法估量。家长们肯定会对此表示不满，要是大批学生突然中途退学，也不会令人感到意外。再说，到时候还要称他一声“珀金斯先生”，实在太有失体面！教师们真想集体递交辞呈以示抗议，但是万一上面处之泰然，真的接受了他们的辞呈，岂非弄巧成拙?！想到这里又只得作罢。

“没别的法子，只得以不变应付万变啰，”“常叹气”先生说。五年级的课他已教了二十五年，至于教学，再找不到比他更窝囊的了。

教师们和新校长见面之后，心里也未必就踏实些。弗莱明博士邀请他们在午餐时同新校长见面。他现在已是三十二岁的人了，又高又瘦，而他那副不修边幅的邋遢相，还是和教师们记忆中的那个小男孩一模一样。几件做工蹩脚的衣服胡乱地套在身上，一副寒酸相。满头蓬松的乱发还是像以前那样又黑又长，显然他从来没学会怎么梳理头发；他一挥手，一跺足，那一绺绺头发就耷拉到脑门上，随后又猛地一抬手,把头发从眼睛旁撩回去。脸上胡子拉碴,黑乎乎的一片,差不多快长到了颧骨上。他同教师们谈起话来从容自在,好像同他们才分手了一两个星期。显然,他见到他们很高兴。对于他新任的职务,他似乎一点儿也不感到生疏;人们称他“珀金斯先生”,他也不觉着这里面有什么可以大惊小怪的地方。

他同教师们道别时,有位没话找话的教师,随口说了一声“离火车开车时间还早着呢”。

“我想各处去转一转,顺便看看那个铺子,”珀金斯兴冲冲地回答说。

在场的人明显地感到困窘。他们暗暗奇怪这家伙怎么会这般愣头愣脑的;而那位弗莱明博士偏偏没听清楚珀金斯的话,气氛越发显得尴尬。他的太太冲着他耳朵大声嚷嚷:

“他想各处去转一转,顺便看看他父亲的老铺子。”

所有在场的人都辨出了话里的羞辱之意,唯独汤姆·珀金斯无所察觉。他转身面向弗莱明太太:

“您知道那铺子现在归谁啦?”

她差点答不上话来,心里恼火得什么似的。

“还是落在一个布商手里呗,”她没好气地说。“名字叫格罗夫。我们现在不上那家铺子买东西了。”

“不知道他肯不肯让我进去看看。”

“我想,要是说清楚您是谁,他会让您看的吧。”

直到晚上吃完晚饭,教员公用室里才有人提到那件在肚里憋了好半天的事儿。是“常叹气”先生开的头。他问:

“嗯,诸位觉得我们这位新上司如何?”

他们想着午餐时的那场交谈。其实也算不上什么交谈,而是一场独白,是珀金斯一个人不停地自拉自唱。他说起话来口若悬河,滔滔不绝，嗓音深沉而洪亮。他咧嘴一笑，露出一口洁白的牙齿，笑声短促而古怪。他们听他讲话很费力，且不得要领。他一会儿讲这，一会儿讲那，不断变换话题，他们往往抓不住他前言后语的联系。他谈到教学法，这是自然不过的，可他却大讲了一通闻所未闻的德国现代理论，听得教师们莫不恓恓惶惶。他谈到古典文学，可又说起本人曾去过希腊，接着又拉扯到考古学上，说他曾经花了整整一个冬天挖掘古物。他们实在不明白，这套玩意儿对于教师辅导学生应付考试究竟有何裨益。他还谈到政治。教师们听到他把贝根斯菲尔德勋爵①同阿尔基维泽斯②相提并论时，不免感到莫名其妙。他还谈到了格莱斯顿③先生和地方自治。他们这才恍然大悟，这家伙原来是个自由党人。众人心头顿时凉了半截。他还谈到了德国哲学和法国小说。教师们认为，一个什么都要涉猎、玩赏的人，在学术上肯定不会造诣很深的。

最后还是那位"瞌睡虫"先生，画龙点睛地把大家的想法概括成一句精辟妙语。"瞌睡虫"是三年级高班的级任老师，生性懦弱，眼皮子老是耷拉着。瘦高挑个儿，有气无力，动作迟钝、呆板，给人一种终日没精打采的印象，别人给他起的那个雅号，倒真是入木三分，贴切得很。

"此人乃是热情冲动之徒，""瞌睡虫"说。

热情溢于言表，乃是缺乏教养的表现。热情冲动，绝非绅士应有的风度，让人联想到救世军吹吹打打的哄闹场面。热情意味着变动。这些老夫子想到合人心意的传统积习危在旦夕，不由得浑身起

---

① 贝根斯菲尔德（1804—1881），英国政治家、小说家，英国保守党创始人之一。
② 阿尔基维泽斯（公元前450—前404），雅典政治家、将军，苏格拉底年轻时的好友。
③ 格莱斯顿（1809—1898），英国政治家，自由党领导人之一，曾于1886年、1893年两次提出地方自治法案，均遭上院否决。

了鸡皮疙瘩。前途简直不堪设想。

“瞧他那副模样，越来越像个吉卜赛人了，”沉默了一阵子以后，有人这么说。

“我怀疑教长和牧师会选定此人时，是否知道他是个激进分子，”另一个人悻悻然抱怨说。

谈话难以继续。众人心乱如麻，语塞喉管。

一星期之后，“柏油”先生和“常叹气”先生结伴同行，去牧师会会堂参加一年一度的授奖典礼。路上，一向说话尖刻的“柏油”先生对那位同事感叹道：

“你我参加这儿的授奖典礼总不算少吧？可谁知道这是不是最后一次呢?!”

“常叹气”比往日更加愁眉苦脸。

“我现在也别无他求，只要能给我安排个稍许像样点的去处，我退休也不在乎个早晚了。”

第十六章

转眼间，一年过去了。当菲利普升入皇家公学时，那些老学究依然守着各自的地盘；尽管他们百般阻挠，学校里还是出现了不少变化。说实在的，他们暗地里的那股顽固劲儿，一点也不因为表面上随声附和新上司的主张就更容易对付些。现在，低年级学生的法语课仍由级任老师上，但是学校里另外延聘了一位教师，他一面教高年级的法语课，一面还给那些不喜欢学希腊语的学生开德语课。这位新教师曾在海德堡大学获得语言学博士的学位，并在法国某中学里执教过三年。学校还请了一位数学教师，让他比较系统地讲授数学，而过去一向是认为无须如此大动干戈的。两位新教师都是未就圣职的文士。这真是一场名副其实的重大变革，所以当这两位刚来校执教时，前辈教师都对他们侧目而视，觉得他们靠不住。学校辟建了实验室，还设置了军训课。教师们议论纷纷：学校这一下可兜底变啦！天晓得珀金斯先生那颗乱七八糟的脑袋瓜里，还在盘算些什么新花样！皇家公学同一般的公学一样，校舍狭小，最多只能收二百个寄宿生，而且学校挤缩在大教堂的边上，没法再扩大；教堂周围的那一圈之地，除了有一幢教师宿舍，差不多全让大教堂的教士们给占了，根本别想找到一块扩建校舍的空地。然而，珀金斯先生精心构思了一项计划，如能付诸实施，足以将现有的学校规模扩大一倍。他想把伦敦的孩子吸引过来。他觉得让伦敦孩子接触接触肯特郡的少年，未尝没有好处，也可以使这儿一些不见世面的乡村才子得到磨炼。

“这可完全违背了本校的老传统，”“常叹气”听了珀金斯先生的提议之后说，“我们对伦敦的孩子，一向倍加防范，不让他们败坏我们学校的风气。”

“嘿，简直是瞎扯淡！”

过去，还从未有谁当着这位老夫子的面说他瞎扯淡，他打算反唇相讥，回敬他一句，不妨在话里点一下布料衣裤之类的事儿，捅捅他的老底。可就在他苦思冥想、搜索枯肠的当儿，那位出言不逊的珀金斯先生又肆无忌惮地冲着他发话了：

“教堂园地里的那所房子——只要您结了婚，我就设法让牧师会在上面再加高两层，我们可以用那几间屋作宿舍和书室①，而您

① 这里的所谓“书室”，是指供高年级学生住宿的小寝室。可参见第十七章的有关内容。

太太还可以照顾照顾您。”

这位上了年纪的牧师倒抽了一口凉气。结婚？干吗呢？已经五十七岁啦。哪有人到了五十七岁还结婚的呢！总不见得到这把年纪再来营巢筑窝吧。他压根儿不想结婚。如果非要他在结婚与乡居这两者之间作出抉择，他宁可告老退隐。他现在只求太太平平安度晚年。

“我可没转过结婚的念头哟，”他嘟哝了一句。

珀金斯先生用那双熠熠闪亮的黑眼睛，打量着对方，即使他眸子在调皮地忽闪忽闪，可怜的“常叹气”先生也决不会有所察觉的。

“多可惜！您就不能帮我个忙，结婚安家算了？这样，我在主任牧师和牧师会面前建议将你房子翻造加高时，就更好说话了。”

然而，珀金斯先生最不得人心的一项革新，还是他搞的那套不定期同别的教师换班上课的新规矩。他嘴上说得挺客气，请对方行个方便，实际上这个方便却是非提供不可的。这种做法照“柏油”先生，也就是特纳先生的说法，双方都有失尊严。珀金斯先生往往事先也不打个招呼，晨祷刚结束，就突然对某位教师说：

“请您今天上午十一点替我上六年级的课，不知尊意如何？我们换个班上上，行吗？”

教师们不知道其他学校是否也兴这套做法，不过在这儿坎特伯雷肯定是前所未有的。就上课的效果来说，也让人莫名其妙。首当其冲的是特纳先生，他把消息事先透露给班里的学生，说这天的拉丁文课将由校长先生来上，同时，借口学生们兴许要问他一两个问题，特地在历史课下课前留出一刻钟时间，把规定那天要学的利维①的一段文章给学生逐句讲解了一遍，免得他们到时候目瞪口

① 利维（公元前59—公元17），古罗马历史学家。

呆、出足洋相。然而,等他回到班上,看到珀金斯先生的打分记录,不觉一惊:他班上的两名拔尖学生看来很不争气,而另外几个一向中不溜儿的学生却得了满分。他问自己班上最聪明的孩子埃尔德里奇究竟是怎么回事,孩子绷着脸回答说:

"珀金斯先生根本没要我们解释课文,他问我关于戈登将军①知道点什么。"

特纳先生惊愕地望着埃尔德里奇。孩子们显然都觉得受了委屈,他禁不住对孩子们敢怒不敢言的情绪产生共鸣。他也看不出戈登将军同利维有何相干。后来他鼓起勇气旁敲侧击地探问了一下。

"您问埃尔德里奇关于戈登将军知道些什么,这一问可真把他问懵啦,"他强作笑颜对校长说。

珀金斯先生纵声大笑。

"我见他们已学到凯斯·格拉胡斯②的土地法,所以很想知道他们对爱尔兰的土地纠纷是否有所了解。谁知他们对爱尔兰的了解,仅止于都柏林③位于利菲河畔这一点。所以我再问了一下他们是否听说过戈登将军。"

于是,这个可怕的事实赫然公诸于众:这位新来的上司原来是个"常识迷"。他颇怀疑目前通行的学科考试有何用处,学生们死记硬背无非是为了应付这些考试。他注重的是常识。

时间一个月一个月过去,"常叹气"越来越忧心忡忡。他设法排遣这样的念头:珀金斯先生一定会逼他把结婚日期确定下来;此外,他还十分恼恨这位上司对古典文学所持的态度。毋庸置疑,珀

① 戈登(1833—1885),英国殖民主义军官,第二次鸦片战争期间任英国侵略军军官。1885年被苏丹起义军处死。
② 凯斯·格拉胡斯(公元前158—前122),古罗马政治家,毕生致力于政治改革。这里讲的土地法,最早是其兄蒂韦里乌斯·格拉胡斯提出来的。
③ 爱尔兰的首都。

金斯先生是位造诣很深的学者,眼下正忙于写一篇完全符合正统的论著——一篇有关拉丁文学谱系的论文,但是他平时谈论起古典文学来,口气相当轻率,就像是在谈论某种无关宏旨的类似弹子的娱乐一般,似乎它只是供茶余饭后助兴的话题,无须严肃对待。再说到三年级中班的教师"水枪"先生,此公脾气也是一天坏似一天。

菲利普进皇家公学之后,就被安排在他班上。这位B·B·戈登牧师先生,就其性情来说,似乎并不适宜做教师:既无耐心,肝火又旺。再加上长期以来无人过问他的教学,接触的又尽是些年幼学生,他可以为所欲为,自制力早已丧失殆尽。他上起课来,往往以大发雷霆开始,以暴跳如雷结束。他个子不高也不矮,胖墩墩的,一头黄中带红的短发已开始染上白霜,唇上蓄着一撮又短又硬的小胡子。此公其貌不扬,大脸盘上长着一对小小的蓝眼睛,脸色红扑扑的,可脾气一发作立时转成猪肝色,而他这个人又是动辄发火的。手上的指甲由于经常咬呀,咬呀,连肉也包不住了:只要有哪个学生解释课文时打哆嗦,他就怒从心头起,坐在讲台边直发抖,同时狠咬自己的指甲。关于他虐待学生的丑事,师生中传得沸沸扬扬,其中免不了也有夸大其词的地方。两年前有件事,曾在学校里轰动一时。据说,有位学生家长常扬言要向法院起诉,因为这位老夫子拿起一本书,狠命揍了一个名叫沃尔特斯的孩子的耳光,结果孩子的听觉受到严重影响,不得不中途辍学。孩子的父亲就住在坎特伯雷,城里好些人为之愤愤不平,当地报纸还报道过这件事。然而,沃尔特斯先生毕竟只是区区一酿酒商,所以别人对他的同情也无形中打了个折扣。至于班上其余的孩子,尽管很讨厌这位老夫子,但出于他们自己最清楚不过的考虑,在这件事情上,还是站在教师这一边,不但对外界干涉校内事务表示愤慨,甚至还百般刁难继续留在学校的沃尔特斯的弟弟。不过,戈登先生险些儿被撵到乡下去苟度余生,此后再不敢揍学生了。教师们随之丧失了打学生手心的权利,“水枪”也再不能用教鞭抽打讲台来发泄心头的盛怒了,现在至多不过是抓住学生的肩膀,使劲搡他两下。不过对于调皮捣蛋,或是犟头倔脑的孩子,他们照旧要给予处罚,让他们空悬着一条胳膊,在那儿站上十分钟到半小时,而骂起学生来,依然像过去一样没遮拦。

对于像菲利普这样生性胆怯的学生来说,恐怕再也找不到比“水枪”更糟糕的教师了。菲利普这次进皇家公学,比起第一回见沃森先生时,胆子总算大了些。这儿有好多孩子他都认识,是预科的老同学。他觉得自己不再是小孩子了,他本能地意识到,周围同学越多,他的残疾就越少惹人注目。然而进校第一天,戈登先生就使他诚惶诚恐;这位夫子一眼就能看出哪些学生怕他,同时似乎也单凭这点,就此特别讨厌那些学生。过去,菲利普听老师讲课总觉得津津有味,可现在每到上课就胆战心惊,度时如年。教师提问时,他宁可呆头呆脑地坐着,一声不响,生怕回答错了,挨老师一顿臭骂;每回轮到他站起来解释课文,他总是战战兢兢,脸色煞白,像害了大病似的。他也有快乐的时候,那就是珀金斯先生前来代课的时候。对这位有常识癖的校长,菲利普颇能投其所好,供成年人阅读的各种奇书异卷,菲利普都有所涉猎。珀金斯先生上课常出现这样的情况:他提出的问题先在学生中兜了一圈,谁也回答不出,最后总是留待菲利普来回答。珀金斯先生朝菲利普微微一笑——这一笑使得菲利普心花怒放——然后说:

“好,凯里,请你给大家说说吧!”

菲利普在这种场合取得的好分数,更增添了戈登先生胸中的不平。一天,轮到菲利普做翻译练习,老夫子坐在那儿,一面恶狠狠地瞪着菲利普,一面气呼呼地咬着大拇指。他正在火头上呢!菲利普开始轻声低语。

“别咕咕哝哝的!”老师吼叫了一声。

菲利普喉咙里像被什么异物堵住似的。

“说下去！说下去！说下去!”

他一连尖叫三声,一次比一次响,结果把菲利普原来学到的东西全都吓跑了,菲利普只是望着书页发愣。戈登先生直喘粗气。

“你要是不懂,干吗不明说呢？你到底懂不懂？上次解释课文的时候,你究竟听进去了没有？干吗不开口？说啊,你这个笨蛋!说啊!”

老夫子抓住坐椅的扶手,紧紧抓着,似乎生怕自己会朝菲利普猛扑上去。学生们都知道,过去他常一把掐住学生的脖子,差不多要把学生掐个半死才放手。这会儿戈登先生额上青筋毕露,脸色阴沉可怕。他简直成了个疯子。

菲利普前一天已把那段课文全搞懂了,但此刻却什么也记不起来。

“我不懂,”他气喘吁吁地说。

“你怎么会不懂呢？好吧,让咱们逐字逐句解释,你究竟是不是在装蒜,马上就能见分晓。”

菲利普站着不吭声,面如土色,浑身微微打颤,脑袋耷拉着,差不多碰到了课本。老夫子的鼻孔呼呼直响,简直像在打呼噜。

“校长说你很聪明,真不知道他是怎么看出来的。普通常识!”他粗野地大笑起来。“我不明白他们干吗要把你安排到这个班上来。笨蛋!”

他对这个词儿很欣赏,拉开嗓门一连重复了几声。

“笨蛋！笨蛋！一个瘸腿大笨蛋!”

戈登先生这么发泄一通,火气总算消了几分。他瞧见菲利普的脸倏地涨得通红。他叫菲利普去把记过簿拿来。菲利普放下手里的《恺撒纪事》,悄然无声地走出教室。记过簿是个浅黑封面的本儿,专门用来登录顽皮学生的越轨行为。哪个学生的大名在本子上出现三次,他就要挨一顿鞭笞。菲利普走到校长的住处,敲敲他的书房门。珀金斯先生正坐在桌旁。

“先生,我可以拿记过簿吗?”

“就在那儿,”珀金斯先生随口应了一句,同时朝放记过簿的地方点一点头。“你干了什么不该干的事啦?”

“我不知道,先生。”

珀金斯先生朝菲利普瞥了一眼,但没再说什么,继续忙自己的事儿。菲利普拿起本子,出了书房。几分钟后,菲利普又把记过簿送回来。

“让我看一下,”校长说。“哦,戈登先生把你的名字记进了记过簿,说你‘放肆无礼’。究竟是怎么回事啊?”

“我不知道,先生。戈登先生说我是个瘸腿笨蛋。”

珀金斯先生又望了菲利普一眼,他很想知道这孩子回答的话里是否暗含讥讽之意,只见这孩子惊魂未定,脸色苍白,目光里流露出惊恐、痛苦的神色。珀金斯先生站起身,放下记过簿,顺手拿起几张照片。

“今天上午,我的一位朋友给我寄来了几张雅典地方的风景照,”他口气随便地说。“瞧,这是雅典卫城①。”

他把照片上的古迹细细解释给菲利普听。经他这么一说,画面

① 雅典卫城,设置在一块高45米、长350米、宽150米的大岩石上,早期雅典国王还在那儿修筑了许多宫殿,其中还有巴台农神庙。雅典卫城在波(斯)希战争中被毁。城中许多雕塑艺术珍品在1816年被英人埃尔金劫往英国。

上的残垣废墟顿时变得栩栩如生。他还把狄俄尼索斯①露天剧场指给菲利普看，讲解当时观众按等级就座的情况，又讲到观众打哪边极目远眺，可以看见蔚蓝色的爱琴海。接着，他突然话题一转：

“我记得过去在戈登先生班上念书的时候，他常常叫我‘站柜台的吉卜赛人’。”

菲利普的注意力全集中在那些照片上，他还没来得及领会这句话的含义，珀金斯先生又拿出一张萨拉米斯岛②的图片，还用手指——那手指的指甲尖还有一道黑边——点给他看当年希腊、波斯两国战舰的阵容部署。

第十七章

菲利普在接下来的两年里，生活虽说单调，倒还算自在。比起另外一些个子同他相仿的学生来，也不见得受到更多的欺凌；他身有残疾，不能参加任何游戏活动，所以在外人眼里，有他没有他都无所谓，而菲利普也正求之不得。他默默无闻，形单影只。他在“瞌睡虫”先生的班上学了两个学期。这位“瞌睡虫”先生，成天耷拉着眼皮，一副没精打采的样子，似乎对一切都感到厌倦。他还算恪尽职守，不过干什么都心不在焉。他心地善良，性情温和，就是有点迂拙。他对学生的品行很信得过；他认为，对教师来说，要使孩子们诚实可信，最要紧的是自己一刻也不该产生孩子可能会撒谎这种念头。他还引经据典地说：“求豆者得豆，求瓜者得瓜。”在三年级高

① 希腊神话里的酒神。
② 希腊的一座岛屿，公元前 480 年希腊曾在此处大败波斯军队。

班里,日子着实好混。比如说,逢到解释课文,还未轮到自己,早就摸准了要解释哪几行,再加上作弊用的注释本又在学生手里传来递去,不消两分钟就可以查到所需要的东西。教师挨个儿提问时,学生可以把拉丁语语法书摊在自己的膝头上;即使在十几个学生的作业本上同时发现巧得令人难以置信的错误,"瞌睡虫"夫子也从不觉得这里面有何可疑之处。他不怎么相信考试,因为他注意到学生们考试起来成绩从不像平时在班上那么出色:这固然令人丧气,不过也无妨大局。到时候,学生们照样升级,他们虽然在学业上无甚长进,但是却学会了若无其事、厚着脸皮弄虚作假的本事,对于他们日后处世来说,这种本事说不定比识点拉丁文更管用呢。

随后,他们归"柏油"先生管教了。他真名叫特纳,在学校的老夫子中数他最富有生气。黝黑的肤色,五短身材,挺着个大肚子,下巴上的那一大把黑胡须已开始花白。他穿着那身牧师服,倒也真让人联想到柏油桶。平时要是无意听到有哪个孩子唤他的雅号,他就根据校规罚孩子抄五百行字,然而在教堂园地举行的聚餐会上,自己倒也常常拿这个雅号开几句玩笑。在教师中间,他最耽于世俗的享乐,外出赴宴比谁都勤。与之交往的人也不局限于牧师这个圈子。在学生们的眼里,他是个十足的无赖。一到了假期,这位夫子便脱去牧师服,有人曾看到他在瑞士穿了一套花里胡哨的粗呢服。他爱好杯中物,讲究口腹之欲。有一次,有人还看到他同一位女士——可能是他的一位近亲——在皇家餐馆对酌共餐。打这以后,好几代学生都认为此公耽于纵酒宴乐,这方面许多绘声绘色的详尽细节,足以证实人性堕落之说不容怀疑。

特纳先生估计,要改造这些在三年级高班呆过的学生,整饬他们的学风,得花整整一学期的工夫。他不时在学生面前狡黠地透点口风,表示对他同事班里的种种弊端洞悉无遗。面对这种情况,他倒也不恼火。在他看来,学生天生是些小痞子,只有在确信自己的谎言会露出马脚来的时候,他们才会稍许放老实些。他们有自己独特的荣誉感,而这种荣誉感在同教师打交道时完全不适用;等他们知道调皮捣蛋捞不到半点好处了,才能有所收敛。特纳先生颇为自己的班级感到自豪,尽管眼下已五十五岁了,可还是像初来学校执教时那样,热中于使自己班级的考试成绩胜过别的班级。他也像一般胖子那样,动辄发火,但火气来得快,消得也快;不多久,学生们就摸着了他的脾气,尽管他经常正颜厉色,将他们痛加训斥,但是在他声色俱厉的表象下面,却自有一番亲切厚意。他对那些脑子不开窍的笨蛋很没有耐心,但是对于一些外表任性、内藏颖慧的淘气鬼,却能循循善诱,不厌其烦。他喜欢邀他们到自己房里用茶,尽管那些学生发誓说,同特纳先生一起喝茶时,从不见有蛋糕和松饼之类的点心——一般人总认为特纳先生如此发福,说明他饕餮贪食,而饕餮贪食则说明他肚里多了几条绦虫——但他们还是真心乐意接受他的邀请的。

菲利普现在更惬意了:学校校舍并不宽舒,仅有的一些书室只供高年级学生享用。在这之前,他一直住在集体大宿舍里,学生们在里面吃饭,低年级学生还在那儿做功课,乱哄哄的,菲利普看了总有种说不出的滋味。同别人混在一起,常使他坐立不安,他渴望能让他一个人清静清静。他经常独个儿信步逛入乡间。那儿有条小溪,淙淙流过绿色的田野,小溪两岸耸立着一株株整了枝的大树。菲利普沿着河岸溜达,心里总觉着挺快乐,至于究竟乐在何处,他也说不出个所以然来。走累了,他就趴在岸边草地上,望着鲦鱼和蝌蚪在水里忙碌穿梭。在教堂园地里悠然漫步,给了他一种独特的满足之感。教堂园地中央有一片草地,夏天学生们在那儿练习打网球,而在其他季节,周围十分恬静。孩子们有时候手挽手地在草地上闲逛,间或有个别勤奋好学的孩子在那儿慢腾腾地踱步,眼睛里露出若有所思的神色,嘴里反复念叨着需要背熟的功课。一群白嘴鸦栖息在那几株参天榆树上,凄厉的哀鸣响彻长空。教堂矗立在草地的一侧,雄伟的中央塔楼刺破天穹。菲利普此时还不懂什么叫“美”,可是当他举目凝望教堂的时候,总是油然而生一股莫可名状的、令人困惑的喜悦之情。他搬进书室之后(那是一间俯视着贫民窟的四方斗室,由四个学生合住),买来一张大教堂的照片,把它钉在自己的书桌上方。有时他站在四年级教室里凭窗眺望,发觉从眼前的景色里自能领略到一番新的情趣。教室对面是一块块古色古香、保养得很好的草坪,其间错落着枝繁叶茂的葱郁树丛。这些景物给了菲利普某种奇怪的感受,说不清究竟是痛苦呢,还是喜悦。他心扉微开,第一回萌生出强烈的美感。与此同时,还出现了其他的变化。他的嗓音也开始变了,喉头不由自主地发出古怪的声调来。

菲利普开始到校长书斋里听校长上课,这是为给孩子们施坚信礼而设置的课程,时间在下午用过茶点之后。菲利普对上帝的虔敬热诚,没能经受住时间的考验,他早就丢掉了晚上念诵《圣经》的习惯。可是此时,在珀金斯先生的影响下,再加上身体内部所发生的使他如此心神不定的新变化,他旧情复萌了;他痛责自己虎头蛇尾,有始无终。他脑海里闪现出一幅地狱之火熊熊燃烧的图像。他的所作所为比起异教徒来,实在好不了多少,要是他此时此刻就咽气的话,一定会泯灭在地狱的怒火之中。他坚信永久苦难的存在,而就其程度来说,远远超过了对于永久幸福的笃信;他想到自己所冒的风险不免有点不寒而栗。

菲利普那天在班上当众受到最不堪忍受的凌辱之后,心里像针扎似地不住作痛,可就在这时,珀金斯先生却亲切地同菲利普谈了一席话,从此,菲利普便像家犬眷恋主人那样敬慕校长。他绞尽脑汁想讨好校长先生,可就是没门儿。出于校长之口的褒奖之词,哪怕是最微不足道的一言半语,他也视若珍宝。他来到校长住所参加那些非正式的小型聚会时,恨不得能扑倒在校长脚下。他端坐在那儿,目不转睛地望着珀金斯先生那对灼灼有光的眸子,嘴巴半张半闭,脑袋微微前倾,唯恐听漏一个字。学校的环境平淡无奇,这就使得他们谈论的内容分外扣人心弦。有时,甚至连校长本人也被自己奇妙的话题深深打动了,只见他将面前的书往前一推,十指交叉,紧贴在胸口,似乎是想遏制住心房的剧跳,醉眼陶然地讲述起扑朔迷离的宗教故事。有时菲利普并不理解,而他也不求领悟,他朦朦胧胧地觉得,只要能感觉到那种气氛就够了。在他看来,黑发蓬松、面容苍白的校长,此时酷似那些敢于直言申斥国王的以色列预言家;而当他想到基督耶稣时,又似乎看到耶稣也长着同样的黑眼睛和苍白面颊。

珀金斯先生承担这部分工作时,态度极其认真严肃。平时他谈吐幽默,妙语闪烁,致使学校的冬烘学究都疑心他生性轻浮,可是在上述场合,他总是容严心肃,不苟言笑。珀金斯先生从早忙到晚,事无巨细全都应付得过来,每隔一段时候,还能抽出一刻钟或二十分钟,分别接待那些准备受坚信礼的孩子。他要让他们意识到,这是他们在人生道路上自觉迈出的严肃的第一步。他力图在孩子们的心灵深处探索,把自己炽热的献身精神,灌注进孩子们的心灵。他觉得菲利普尽管外表羞怯,但内心却可能蕴藏着一股同自己不相上下的激情。在他看来,这孩子的气质,基本上是属于那种虔诚敬神的气质。有一天,他在同菲利普谈话时,猝然中断原来的话题,问道:

“你考虑过没有,自己长大了要干什么?”

“我大伯要我当牧师,”菲利普说。

“那你自己呢？”

菲利普转脸望着别处，他想说自己觉得不配侍奉上帝，却又羞于出口。

“我不知道世界上还有什么生活能像我们的生活这样充满幸福。但愿我能让你体会到，这是一种得天独厚的、了不起的荣幸。世人固然皆能以各种身份侍奉上帝，但我们离上帝更近。我并不想左右你的决定，不过，要是——噢，一旦——你拿定了主意，就一定会感受到那种永不消逝的欢乐和宽慰。”

菲利普没有回答，但是校长可以从菲利普的眼神里看出，这孩子对他这番话的寓意已心领神会。

“要是你能像现在这样刻苦攻读，持之以恒，要不了多久，你就会发现自己是全校首屈一指的高材生，这样，等你毕业时，就不愁拿不到奖学金。噢，你自己可有什么财产吗？”

“我大伯说，等我年满二十一岁，我每年可有一百镑的收入。”

“那你算得上是很阔绰的了。我那么大的时候可是两手空空，一无所有。”

校长沉吟了半晌，然后随手拿起一支铅笔，在面前的吸墨纸上漫不经心地画着线条，一面继续往下说：“将来供你选择职业的余地，恐怕是相当有限呢。你自然没法从事任何需要体力的职业啰。”

菲利普的脸一直红到颈脖子，每逢有人稍一提及他的跛足，他总是这样。珀金斯先生神情严肃地望着他。

“不知道你对自己的不幸是否过于敏感了。你可曾想到过要为此感谢上帝？”

菲利普猛然抬起头来。他双唇紧闭，想着自己如何听信了别人的言词，一连好几个月，祈求上帝能像治愈麻风病人和盲人那样治愈自己的跛足。

“只要你在接受这种不幸时稍有违抗之意，那它就只能给你带来耻辱。要是你把它看作是上帝恩宠的表示，看作是因为见你双肩强壮，足以承受，才赐予你佩带的一枚十字架，那么它就不再是你痛苦的根由，而会成为你幸福的源泉。”

他看到这孩子不愿谈论此事，就让他走了。

但是事后，菲利普仔细回味了校长的每一句话，他顿时杂念全无，尽是想着即将面临的坚信礼仪，沉浸在神秘的、如醉如痴的狂喜之中。他的灵魂似乎挣脱了肉体的羁绊，他仿佛已开始了一种全新的生活；他全部身心的热情都被激发了起来，热切希望自己能进入尽善至美的境地。他要将整个身心奉献给上帝。他已经铁了心，要就圣职，当牧师。当这个伟大的日子终于来到时，他惊喜交加，几乎无法自持；他所做的一切准备，他所研读过的所有书籍，尤其是校长的一番令人折服的教诲，深深地感化了他的灵魂。有一个念头一直在折磨着他。他知道，他得独个儿穿过圣坛，他害怕在众目睽睽之下暴露自己一瘸一拐的步态，不光是暴露在参加仪式的全校师生面前，而且还暴露在本城人士或者特来参加儿子受坚信礼的学生家长这样一些陌生人面前。然而，临到最后一刻，他突然觉得自己完全可以带着欢愉的心情来承受这种屈辱。于是，菲利普瘸着腿，一步一步走向圣坛，他的身影在大教堂气势巍然的拱顶下，显得那么渺小，那么微不足道，他有意识地将自己的残疾作为一份祭品，奉献给怜爱他的上帝。

第十八章

但是，菲利普不可能在山巅稀薄的空气中长久地生活下去。他上回沉浸在宗教热忱之中的那一幕，现在又再度重演了。因为他深切感受到信仰的魅力，因为自我牺牲的渴望之火在他胸中燃烧，迸射出宝石般的异彩，所以他显得有点力不从心。激情的猛烈冲动，把他的精力消耗一空。他的心灵突然像遇上一场百年未遇的大旱，完全干枯了。他开始把那位似乎无时不有、无处不在的上帝抛到了脑后。尽管他现在照样按时祈祷，做礼拜，但不过是摆摆样子，走走过场罢了。一上来，他还责备自己不该半途而废，再加上对于地狱之火的恐惧，曾一度驱使他振作起来。但是，热情已化为一堆灰烬，再说，生活中另外一些使他感兴趣的事，也逐渐分散了他的心思。

菲利普没有什么朋友。他酷爱读书的这一雅癖，使他变得落落寡合。披卷破帙成了他生活的第一需要，他无论和谁呆在一块儿，不多一会便感到厌倦和烦躁；他自恃博览群书，学识丰富，不把旁人放在眼里；他思维敏捷，又不善于掩饰，对于同伴们的愚昧无知，轻蔑之情往往溢于言表。同窗学友抱怨他尾巴翘到了天上；在他们看来，菲利普又不是在什么了不起的事情上胜他们一筹，所以常反唇相讥，问他究竟凭什么这么目中无人。菲利普逐渐显示出辛辣的幽默感，自有一套挖苦人的功夫，一开口就能触到别人的痛处。对他来说，讲些调皮刻薄的话，无非是觉得有趣罢了，很少想到自己的话锋有多厉害，而等他发现被他挖苦过的人就此怀恨在心，他又自怨自艾起来。初进学校时所蒙受的种种屈辱，使他对那些同窗学友避之唯恐不及；他始终没法完全摆脱这种畏葸心理，始终那么忸怩腼腆，沉默寡言。其实，尽管他视同窗为异己，尽量敬而远之，然而心底里却渴望得到他们的拥戴，这对有些孩子来说，似乎易如反掌。他暗暗闪在一旁，对这些孩子崇拜得五体投地。虽说他讥讽起他们来往往更不留情面，而且常常当众取笑他们，可是他愿意拿自己的一切去换取他们的地位。说实在的，他心甘情愿做个全校脑子最不开窍的蠢学生，只要四肢健全就行。菲利普渐渐养成一种怪癖，常把自己想象成某个他特别为之着迷的孩子，也可以说，是把自己的灵魂倾注进那个孩子的躯体里，用那孩子的声音讲话，学那孩子的腔调嬉笑；想象自己是在做着那个孩子所做的一切。他想象得如此真切，一时间竟觉得自己真的变成了另一个人啦。他就是用这种办法，时而领略一番异想天开的欢乐。

行过坚信礼之后，学校放圣诞节假。节后新学期一开始，菲利普搬进了另一间书室。同室的孩子中，有个叫罗斯的，是菲利普的同班同学，菲利普对他既敬慕又忌妒。那孩子其貌不扬：他粗手大脚，腰宽肩阔，说明他将来准是个大高个儿。他长相粗笨，但那双眼睛倒是挺迷人的，每当他咧嘴一笑（他经常笑逐颜开），眼角周围的皮肤就皱缩起来，样子挺有趣。罗斯这孩子谈不上聪明，也算不得愚笨，不过功课还不错，在游戏方面更是样样拿手。他是教师和同学心目中的宠儿，而他自己呢，也喜欢周围所有的人。

菲利普被安置在这间书室之后，一眼就注意到同室的其他人对自己相当冷淡。他们几个朝夕相处，已在一起住了三个学期。他颇感不安，觉得自己是个擅自闯入的异客。不过，他已学会了如何掩饰自己的情感，所以给人的印象是整天闷声不响，挺安分守己的。菲利普同其他孩子一样，无法抵御罗斯的魅力，在罗斯面前越发显得羞涩、慌张。哪知正是这位罗斯，首先采取行动，把菲利普拉进了他们的生活圈子。至于罗斯为什么要这么做，是由于见到菲利普的忸怩、慌张，情不自禁地想在他身上试验一下自己的特殊魅力呢，还是纯粹出于一片好意，这就不得而知了。一天，他相当突然地问菲利普是否愿意同自己一起去足球场。菲利普涨红了脸。

“我走不快，跟不上你的，”他说。

“废话，走吧！”

他们正要动身，有个学生打书室门口探头进来，招呼罗斯同行。

“不行，”他回答说，“我已经答应了凯里。”

“别为我费心，”菲利普赶紧说，“我不会介意的。”

“废话，”罗斯说。

他用那双温厚的眼睛打量了菲利普一番，哈哈大笑起来。不知怎的，菲利普感到心头一阵颤动。

他俩就像一般男孩那样，说好就好，没多久，便成了一对形影不离的友伴。别的同学看到他俩突然这么热乎好生奇怪，有人问罗斯看中了菲利普哪一点。

“噢，我也不知道，”他回答说，“说真的，他这个人一点儿也不赖嘛。”

不久同学们也习惯了：他们经常看到他俩手挽手地上教堂，或是在教堂园地里漫步交谈；不管在哪儿，只要发现其中一个，另一个也必定在场。凡是有事找罗斯的，都会托凯里传个口信，似乎是承认罗斯已是非他莫属。起初，菲利普还颇有几分节制，不让自己因喜从天降而忘乎所以；但是没多久，他对命运的怀疑在如醉似狂的幸福面前涣然冰释了。他认为罗斯是他生平遇到的最了不起的人物。他爱不释手的那些书籍，现在也变得微不足道，可有可无的了；还有某些不知重要多少倍的事有待于他去做呢，岂能死捧书本不放！罗斯的朋友们无事可干的时候，常常到他书室来喝茶、闲坐——罗斯生性爱热闹，从不放过逗乐的机会——他们觉得菲利普是个挺正派的人。菲利普自然是满心喜欢。

转眼已是学期的最后一天，他和罗斯筹划假满返校时该乘哪一趟班车，这样他们就可以在此地车站碰头，一起在城里用茶点，然后再回学校。菲利普郁郁不乐地回到家里，整个假期，没有一天不在思念罗斯，脑瓜里浮想联翩，已在想象着下学期他俩会在一块儿做些什么了。他在牧师公馆里都待得发腻了。到了假期的最后一天，他大伯照例用那种开玩笑的口吻问他那个老问题：

“嗯，要回学校去啰，心里可高兴？”

菲利普快活地应了一声：

“那还用说！”

原来已讲好什么时候在车站碰头，但为万全起见，菲利普特地改乘早一班车提前来了。他在月台附近等了一个小时。等那趟从法弗沙姆开来的班车进站时，菲利普激动得随着火车奔跑起来，他知道罗斯一定得在法弗沙姆换车。但是罗斯没乘这班车来。菲利普向搬运夫打听了下班火车什么时候到站，又继续等下去，然而再次大失所望。他又冷又饿，只得穿小巷经贫民窟抄近路走回学校。哪知罗斯人已在书室里了，只见他两只脚搁在壁炉架上，同六七个同学海阔天空地闲扯，那些同学东一个西一个到处乱坐着。罗斯很热情地同菲利普握手，菲利普却拉长了脸。他明白，罗斯早把约定好要在车站碰头的事忘了个精光。

“嘿，你怎么到这时候才来啊！”罗斯说，“我还以为你永远不来了呢。”

“你四点半就到火车站了，”另一个同学说道，“我来的时候看见你的。”

菲利普的脸微微泛起红晕。他不想让罗斯知道自己竟像个傻瓜似的候在车站上。

“我得照顾家里的一个朋友，”菲利普随口编了套词儿，“他们要我送她一程。”

不管怎么说，朋友的爽约使他有点悻然。他一声不吭坐着，有人同他说话，他只是哼哼哈哈地勉强应付。菲利普打定主意，要等自己同罗斯单独在一起时，再向他兴师问罪。但是，等别人陆续离去之后，罗斯马上走到他跟前，菲利普则懒洋洋地靠在椅背上。罗斯一屁股坐在那把椅子的扶手上。

"嘿，我好高兴哪，咱俩这学期又是住在同一间书室里。真带劲，不是吗？"

见到菲利普他似乎真是打心眼里感到高兴，这一来菲利普肚子里一股怒气顿时烟消云散了。他俩就像分手还不满五分钟似的，又津津有味地谈起他们感兴趣的千百桩事儿来。

第十九章

起初，菲利普对罗斯向他表示的友情简直是感激涕零，从不对他提出任何要求。他一切听其自然，倒也过得很快活。但是时隔不久，他看到罗斯在任何人面前都那么和蔼可亲，开始愤愤不满起来，他要求的是一种专一笃实的情谊，过去作为恩惠接受下来的东西，现在却视为非我莫属了。他用妒忌的眼光注视着罗斯同别的孩子交往，尽管自知理亏，可有时还是忍不住要挖苦罗斯几句。要是罗斯在别人书室里消磨了个把小时，那么等他回到自己书室时，菲利普就皱眉蹙额给他看冷脸子。他常常一整天闷闷不乐；而罗斯呢，不是没有注意到他在耍脾气，就是故意不加理会，这就使菲利普倍觉伤心。他明明知道自己傻透了，但还是不止一次地同罗斯寻衅吵架，接着两人一连几天不讲话。然而翻脸的时间一长，菲利普又熬不住了，即使有时相信自己没错，也还是低声下气地向罗斯赔礼道歉。后来他们又言归于好，像过去一样亲密无间地好了一个星期。但是，友谊的黄金时代已去而不返，菲利普看得出来，罗斯同他一起散步，往往是出于固有的习惯，或者是怕他发脾气；他们已不像当初那般情投意合,无话不谈。罗斯常常感到不胜厌烦。菲利普感觉得到,自己的瘸腿开始惹罗斯讨厌了。

学期快结束时,有两三个学生染上了猩红热。学校里一时议论纷纷,要求把他们送回家去,免得疫病传播开来。结果患者给隔离了起来,后来也没有学生再被感染上,大家这才放了心。一场时疫总算及时制止住了。菲利普是猩红热患者之一,整个复活节假期都是在医院里度过的。夏季学期开始时,他被送回牧师公馆疗养,透透新鲜空气。虽然医生打了包票,说菲利普的病已过了传染期,但牧师仍疑虑重重,认为医生建议他侄子到海边来疗养实属考虑不周,而他同意菲利普回家来,也是出于无奈,因为实在没有别的地方好送他去。

菲利普过了半个学期才回到学校。他已经把同罗斯口角争吵的事儿忘了,只记得罗斯是他的莫逆之交。他明白自己过去太傻了,决心以后要通情达理些。在他养病期间,罗斯曾寄来过几封短信,在每封信的结尾处,都祝他"早日康复返校"。菲利普想,罗斯一定在盼着他归来,其心情之迫切,就像自己想见到罗斯一样。

菲利普得知,由于六年级有个学生死于猩红热,书室已作了一些调整,罗斯不再同他住在一块了。多扫兴!菲利普一到学校,直奔罗斯的书室,径自闯了进去。罗斯正坐在书桌旁,同一个名叫亨特的同学一道做功课。菲利普进门时,罗斯倏地转过身来。

"是哪个冒失鬼?"他大喝一声,然后定睛一看,"哟,原来是你啊。"

菲利普尴尬地收住脚步。

"我想进来瞧瞧你身体可好。"

"我们正在做功课哪。"

亨特从旁插了一句。

“你什么时候回来的?”

“才回来五分钟。”

他们端坐不动,只是盯着他望,似乎嫌他来得不是时候。显然,他们巴不得菲利普快点走开。菲利普飞红了脸。

“我这就走。你做完了功课,是不是请到我房间来坐坐,”他朝罗斯说。

“好的。”

菲利普随手带上了门,一瘸一拐地朝自己书室走去。他好不伤心。罗斯见到自己,非但一点儿也不感到高兴,反而面现愠色,似乎他俩一向不过是泛泛之交罢了。他守在自己书室里,一步也不敢离开,生怕罗斯正巧这时来找他,不料他那位朋友始终没露面。第二天早上,他刚开始做晨祷,只见罗斯同亨特勾肩搭背,大摇大摆走了过去。别人把他走后的情形,一五一十地说给他听。菲利普忘了,在一个人的学生时代,三个月的时光可不能算短哪。在这段时间里,他离群索居,养病在家,而罗斯却是生活在熙熙攘攘的人世之中。亨特正好填补了这个空缺。菲利普发觉罗斯一直在悄悄地回避自己。然而菲利普可不是那种遇事迁就,有话也任其憋在肚子里的孩子;他在等待机会,等到确信只有罗斯一个人呆在书室里的时候,他走了进去。

“可以进来吗?”他问。

罗斯瞪着眼,尴尬之余不禁迁怒于菲利普。

“嗯,随你的便。”

“那就多谢您啰!”菲利普语中带刺地说。

“你来有何贵干?”

“听我说,打我回来后,你干吗变得这么窝囊?”

“噢,别说蠢话了,”罗斯说。

“真不懂你看上了亨特哪一点。”

“这你可管不着。”

菲利普垂下眼睑，满肚子的话却不知从何说起。他怕失言丢丑。罗斯站起身来。

“我得上健身房去了，”他说。

他昂首阔步走到门口时，菲利普硬从喉咙口挤出一句话来：

“听我说，罗斯，别那么不讲情义。”

“哼，去你的吧。”

罗斯砰地一声把门带上，任菲利普一个人留在房里。菲利普气得浑身直哆嗦。他跑回自己的书室，脑子里反复回想着刚才的一席话。他现在恨罗斯，一定要设法报复，也让他难受难受，又想到刚才原可以说点什么挖苦他一下。菲利普沮丧地暗自嘀咕，这场情谊就此告吹啦，不知旁人会在背后怎么风言风语呢。他出于神经过敏，似乎在其他同学的言谈举止中看到了各种嘲讽和诧异的表示，其实他们才不把他放在心里呢。他想象着别人在怎么私下议论这件事。

“毕竟是好景不长嘛。真不知道他怎么会和凯里好上的，那么个讨厌家伙！”

为了显得自己对这事满不在乎，菲利普突然同一个自己一向讨厌而且瞧不起的同学打得火热。这同学叫夏普，是从伦敦来的，一副粗俗相：矮胖个儿，嘴唇上盖着一层刚长出来的绒髭，两道浓眉在鼻梁上方合到了一块。一双软绵绵的手，举止斯文得同他的年龄不相称。说起话来，带点儿伦敦土腔。他是属于行动过于迟钝而干脆什么游戏也不参加的那类学生，为了逃避学校规定必须参加的活动项目，他还挖空心思编造些借口来。同学和教师对他总隐隐有种厌恶之感。而菲利普现在主动同他结交，纯粹是出于斗心眼赌气。再过两个学期，夏普将要去德国，在那儿呆上一年。他讨厌上学，把求学念书看作是有失体面的苦差事，而在长大成人踏入社会之前又非得忍受不可。除了伦敦之外，他对什么也不感兴趣，而关于自己假期里在伦敦的活动，他有一肚子的故事好讲。他说起话来柔声细气，喉音低沉，言谈里似乎萦绕着伦敦街头夜生活的袅袅余音。菲利普听了既心荡神迷，又不胜厌恶。凭着他活跃的想象力，菲利普恍惚看到了剧院正厅门周围蜂拥的人流；看到了低级餐馆和酒吧间里的炫目灯光，一些似醉非醉的汉子坐在高脚凳上，同侍女们搭讪攀谈；看到了路灯下影影绰绰的人群，神秘莫测地来来往往，一心想寻欢作乐。夏普把一些从霍利韦尔街买来的廉价小说借给菲利普，菲利普便一头躲进斗室，怀着某种奇妙的恐惧看了起来。

有一回，罗斯试图同菲利普言归于好。他性情温和，不喜欢结怨树敌。

“我说，凯里，你发这么大的傻劲，何苦来着？你不理睬我，对你自己又有什么好处呢？”

“我不明白你的意思，”菲利普回答道。

“嗯，我是说，咱俩何必连句话也不讲呢？”

“你使我讨厌。”

“那就请便吧。”

罗斯一耸肩，转身走开了。菲利普脸色煞白——每当他感情冲动时总是这样——心儿怦怦直跳。罗斯走后，他突然感到悲痛欲绝。他不明白自己干吗要那样回答罗斯。只要能同罗斯重归于好，他甘愿牺牲一切。他怨恨自己刚才和罗斯发生了口角；看到自己给罗斯带来了痛苦，他感到十分内疚。但是在那当口上，他实在控制不了自己，就像魔鬼缠身似的，冲口说了些违心的刻薄话，其实，即使此时此刻，他何尝不想主动找上门去，同罗斯握手言欢。然而，他雪耻泄恨的欲望实在太强烈了。他一直想为自己所忍受的痛苦和屈辱找机会报复一下。这是自尊心在作怪,而这种做法又是多么愚蠢,因为他明知罗斯根本不会把这放在心上,自己反倒要为此备受折磨。他脑子里忽然闪过这样一个念头:去找罗斯,对他说:

“喂,对不起,我刚才太蛮不讲理了。我也实在没法子。让咱俩不计前嫌,和好吧。”

然而他知道,自己说什么也不会这么干的。他怕招罗斯耻笑。他不由得生起自己的气来。不一会儿,夏普走了进来,菲利普一找到个碴儿就同他吵了一架。他具有一种揭别人伤疤的残忍本能,而且往往也因其一针见血而特别招人怨恨。可是这回,亮出致命绝招的却是夏普。

“嘿,我刚才听到罗斯同梅勒讲到你啦,”夏普说。“梅勒说:‘那你干吗不飞腿给他一脚?这可以教训教训他,让他懂点规矩嘛!’罗斯说:‘我才不屑这么干呢。该死的瘸子!’”

菲利普蓦地涨红脸,半晌回不出一句话来,喉咙口哽住了,几乎连气也透不过来。

第二十章

菲利普升入了六年级,但是现在他打心底里讨厌学校生活。由于失去了奋斗目标,他心灰意懒,觉得功课学得好坏都无所谓。每天一早醒来,他心情便十分沉重,因为又得熬过枯燥无味的一天。现在他干什么都觉着厌烦,因为这全是别人要他干的。他对校方规定的各种限制极其反感,这倒不是因为这些限制不合理,而在于它们本身就是束缚人们身心的条条框框。他渴望得到解脱。他讨厌教师重复自己早已知道的东西;教师上课有时为了照顾智力愚钝的学生,翻来覆去地讲解某些内容,而这些内容自己一眼就看懂了,对此他也不胜烦腻。

珀金斯先生的课,学生听不听可以随自己的高兴。珀金斯先生讲课时,热切而又若有所思。六年级的教室设在一座经过修葺的古修道院内,教室里有一扇哥特式窗户,菲利普上课时就把这扇窗子画了一遍又一遍,想借此消闲解闷;有时他凭着记忆信手勾勒大教堂的主塔楼,或是描画那条通往教堂园地的过道。他还真能画上两笔。路易莎伯母年轻时曾画过一些水彩画,现在手头还藏有好几本画册,里面全是她的大作,有画教堂的,画古桥的,还有画田舍风光的。牧师公馆举行茶会时,常把这些画册拿出来请客人观赏。有回她送了一盒颜料给菲利普,作为圣诞节礼物;而菲利普学画,就是从临摹他伯母的水彩画入门的。他临摹得相当出色,出乎他人意料。不久,他就开始自行构思作画。凯里夫人鼓励他学画,觉得这样一来,他就无心再调皮捣蛋了,而且说不定日后菲利普画的画儿还能拿去义卖呢。他有两三幅画配上了镜框,挂在自己的卧室内。

可是有一天,上午的课刚结束,菲利普正懒洋洋地往教室外走,珀金斯先生忽然把他叫住。

"我有话要对你说哩,凯里。"

菲利普等着。珀金斯先生一面用他精瘦的手指捋着胡子,一面定睛打量菲利普,似乎是在琢磨要对这孩子说些什么。

"你怎么搞的,凯里?"他劈头问了这么一句。

菲利普红了脸,飞快地瞥了珀金斯先生一眼。但是他现在摸熟了珀金斯先生的脾气,所以并不急于回答,而是等他继续往下讲。

"我很不满意你近来的表现。老是这么松松垮垮,漫不经心的,似乎对自己的功课一点不感兴趣。作业做得潦潦草草,敷衍了事。"

"很抱歉,先生,"菲利普说。

"就这么句话吗?"

菲利普绷着脸,望着地面。他怎么能照实对珀金斯先生说,这儿的一切都叫他厌烦透了?!

"你知道,这学期你的学业非但没有长进,反而退步了。你别想得到一份成绩优秀的报告单。"

菲利普暗暗在想,要是这位夫子知道学校报告单的下场,不知会作何感慨呢。其实,学校成绩报告单早些时就寄到家了,凯里先生满不在乎地看了一眼,随手递给菲利普。

"是你的成绩报告单。你最好看看上面写些什么来着,"说毕,便只顾用手指去剥旧书目录册上的封面包纸。

菲利普看了一下成绩报告单。

"成绩好吗?"路易莎伯母问。

"没反映出我的实际成绩哪,"菲利普笑嘻嘻地应了一句,把成绩报告单递给他伯母。

"待会儿我戴上眼镜再看吧,"她说。

但是用过早餐,玛丽·安进来说肉铺掌柜来啦,因而她也就把这件事抛到了九霄云外……

这时,珀金斯先生继续说:

"你真叫我大失所望。简直没法理解。我知道,你只要愿意,一定能搞出点名堂来的,看来你再也不想在这方面花工夫了。我本打算下学期让你当班长,可现在我想还是等等再说吧。"

菲利普涨红了脸,想到自己被人瞧不起,心里很不服气。他紧咬嘴唇。

"还有一点。现在你得开始考虑考虑你的奖学金了。除非打现在起发奋攻读,否则,你什么也别想到手。"

菲利普被这顿训斥惹火了。他既生校长的气,又生自己的气。

“我想我不打算上牛津念书了，”他说。

“为什么？我想你是打算将来当牧师的。”

“我已经改变了主意。”

“为什么？”

菲利普不作回答。珀金斯先生摆出个习惯性的古怪姿势，颇像佩鲁季诺①画里的人物，若有所思地捋弄着自己的胡须，他打量着菲利普，似乎想看透这孩子的心思，过了一会儿，突然对菲利普说他可以走了。

显然，珀金斯先生余言未尽。大约隔了一星期，有天晚上菲利普到他书房来交作文，他又拣起几天前的话题。不过这一次他改变了谈话方式：不是以校长身份对学生训话，而是作为普通人在与他人推心置腹交谈。这一回，他似乎并不计较菲利普功课差，也不在乎菲利普在劲敌面前很少有可能夺得进牛津深造所必需的奖学金，而重要的问题在于：菲利普竟贸然改变他今后的生活宗旨。珀金斯先生决计要重新点燃孩子心中献身教会的热情。他极其巧妙地在菲利普的感情上下工夫，这么做还是比较容易的，因为连珀金斯先生自己也动了真情。菲利普的改弦易辙，给他珀金斯带来莫大的痛苦，他真心认为菲利普竟莫名其妙地糟蹋了获得人生幸福的机会。他说话的口吻委婉亲切，感人肺腑。菲利普向来很容易被别人的情感所打动，尽管从外表来看，他常常不动声色——除了短暂地红一下脸之外，内心感受难得见于言表。这一方面是他生性如此，另一方面也是多年来在学校养成的习惯——实质上却极易动感情。此刻他被校长先生的一席恳谈深深打动了。他由衷地感激校长的关心，想到自己的所作所为给校长带来了痛苦，不免深感内疚。珀

① 16世纪意大利画家。

金斯先生作为一校之长,要考虑全校的事务,居然还在他的事情上如此操心,想到这里,菲利普不免有点受宠若惊;可是与此同时,总觉得心头有样异物,像个紧贴在他肘边的第三者,死命地抓住这两个字:

“我不！我不！我不!”

他感到自己在不断沉沦。他无力克服自己的软弱,而这种软弱之感似乎正逐渐充斥他整个身心,就像一只浸在满盆水里的空瓶,水正在不断往里灌;他咬紧牙关,一遍又一遍地对自己重复这几个字:

“我不！我不！我不!”

最后,珀金斯先生伸手按住菲利普的肩头。

“我也不想多劝你了,”他说。“你得自己拿定主意。向全能的上帝祈祷,求他保佑,给你指点迷津吧。”

菲利普从校长的屋子走出来时,天正下着丝丝小雨。他在那条通往教堂园地的拱道内走着。周围阒无一人,白嘴鸦悄然栖息在大榆树上。菲利普慢腾腾地四下转悠。他浑身燥热,身上淋点雨正好清凉一下。他反复回味着珀金斯先生刚才说的每一句话,现在既然已从自己个性的狂热之中摆脱出来,正可以作一番冷静的思考——他额手庆幸自己总算没有让步。

在朦胧的夜色中,他只能影影绰绰地看见大教堂的巨大轮廓:现在他憎恶这座教堂,因为他被迫要在那儿参加各种冗长而令人生厌的宗教仪式。唱起圣歌来又没完没了,而你得一直百无聊赖地木然站着;讲经时,声音单调而低沉,叫人没法听清楚,想舒展舒展肢体,但又不得不在那儿正襟危坐,于是身子不由自主地扭动起来。菲利普又联想到在布莱克斯泰勃做礼拜的情景:每个星期日得早晚做两次,空荡荡的教堂里,阴气逼人;四周弥散着一股润发脂和上过浆的衣服的气味。两次布道分别由副牧师和他大伯主持。随着年岁的增长,他逐渐认清了大伯的为人。菲利普性格率直、偏激;他没法理解这种现象:一个人可以作为教士虔诚地讲上一通大道理,却从不愿以普通人的身份躬身力行。这种言行不一的欺骗行为使他义愤填膺。他大伯是个懦弱、自私之徒,生活中的主要愿望就是别给自己找麻烦。

珀金斯先生对他讲到了鞠躬尽瘁、侍奉上帝的动人之处。菲利普洞悉自己家乡东英吉利那一隅衮衮牧师诸公过着什么样的生活。离布莱克斯泰勃不远,有个怀特斯通教区,教区牧师是个单身汉,为了不让自己闲得发慌,最近着手务农了。当地报纸不断报道他如何在郡法院一会儿同这个一会儿又同那个打官司的情况——不是雇工们控告他拒不发给工资,就是他指控商人们骗取钱财;也有人愤愤然说他竟让自己的奶牛饿着肚子。人们议论纷纷,认为对这个牧师应该采取某种一致行动。另外还有费尔尼教区的牧师,一个蓄着大胡子,颇有几分大丈夫气概的角色,他的老婆因为受不了他的虐待,只得离家出走。她给左邻右舍数说了许多有关他的邪恶行径。在傍海的小村庄苏尔勒,人们每天晚上都可以见到教区牧师在小酒店里厮混。他的公馆离酒店仅一箭之遥。那一带的教会执事常登门向凯里先生求教。在那儿要想找个人聊聊,那只有去找农夫或渔夫。在漫长的冬夜,寒风在光秃秃的树林里凄厉呼啸;环顾四周,唯见一片片清一色的耕翻过的田地和贫困凄凉的景象。人们性格中的各种乖戾因素全都暴露无遗,没有什么可以使他们有所节制。他们变得心胸狭隘、脾气古怪。凡此种种,菲利普知道得一清二楚。但是出于小孩特有的偏执心理,他并不想把这作为口实提出来。他每每想到要去过那种生活就不寒而栗;不,他要跨出去,到尘世中去。

第二十一章

没多久珀金斯先生就明白了，自己的那席话对菲利普不起什么作用，因而那学期就再也没去理他。学期终了，珀金斯先生给他写了份措辞辛辣的报告单。学校报告单寄到家里时，路易莎伯母问菲利普报告单上怎么说的，菲利普嬉皮笑脸地答道：

"糟透了。"

"是吗？"牧师说，"那我得再看一下。"

"您觉得我在坎特伯雷呆下去真有好处？我早该想到，还是去德国呆一阵子的好。"

"你怎么会生出这么个念头来的？"路易莎伯母说。

"您不觉得这是个挺好的主意吗？"

夏普已经离开了皇家公学，并从汉诺威给菲利普写过信。他才是真正挪开了生活的步子呐，菲利普每想到这点，就越发坐立不安。要他再在学校的樊笼里熬上一年，真觉得受不了。

"那你就拿不到奖学金啦。"

"反正我已经没指望了，再说，我觉得自己也不怎么特别想进牛津念书。"

"可你将来不是要当牧师的吗，菲利普？"路易莎伯母惊叫起来。

"我早就不做那个梦了。"

凯里太太瞪着双惊愕的眼睛，愣愣地望着菲利普，不过她惯于自我克制，旋即转身给菲利普的大伯又倒了一杯茶。伯侄三人全都沉默不语。顷刻，菲利普看见眼泪沿着伯母的双颊缓缓淌下。他的心猛地一抽，因为他给她带来了痛苦。她穿着街那头的成衣匠给她缝制的黑色紧身外衣，脸上布满了皱纹，眼神暗淡而倦怠，那一头灰发仍按年轻时的发式梳理成一圈圈轻佻的小发卷，她的整个儿模样，既引人发笑，又不知怎么叫人觉着怪可怜的。菲利普还是头一回注意到这一点。

后来，等牧师进了书房，关起门同副牧师在里面谈心的时候，菲利普伸出条胳臂一把搂住他伯母的腰。

"唉，路易莎伯母，真对不起，我使您伤心了，"他说。"但是，如果我秉性不宜当牧师，即使勉强当了，也不会有什么出息的，您说呢？"

"这太叫我失望了，菲利普，"她呻吟着说。"我早就存了这份心思。我想你将来可以成为你大伯的副手，万一我们有个三长两短——我们毕竟不可能长生不老的，是不？——你就可以接替你大伯的位置。"

菲利普惊慌失措，心儿怦怦直跳，浑身像筛糠般抖动，好似误入罗网的鸽子在不停地扑打翅膀。伯母把头靠在他肩上，抽抽搭搭地呜咽起来。

"希望您能劝劝威廉大伯，放我离开坎特伯雷算了。那地方我讨厌透了。"

然而，要那位布莱克斯泰勃的教区牧师改变主意，谈何容易。根据原来的打算，菲利普得在皇家公学呆到十八岁，随后进牛津深造。关于菲利普这时想退学的事儿，他说什么也听不进去，因为事先没有通知过学校，这学期的学费不管怎样还得照付不误。

"那您是不是通知一下学校，说我圣诞节要离开学校？"经过长时间舌剑唇枪的争论，菲利普最后这么说。

"好吧，我就写信给珀金斯先生，告诉他这件事，看看他有什么意见。”

“上帝哟，但愿我现在就满二十一岁了。干什么都得要别人点头，真憋气！”

“菲利普，你不该这么对你大伯说话啊，”凯里太太温和地说。

“难道你不知道珀金斯先生是不会放我走的吗？他恨不得把每个学生都攥在手心里呢。”

“你为什么不想上牛津念书？”

“既然我将来不打算当牧师，进牛津又有什么意思？”

“什么打算不打算当牧师，你已经是教会里的人啦！”牧师说。

“这么说，已经是牧师啰，”菲利普不耐烦地顶了一句。

“那你打算干什么呢，菲利普？”凯里太太问。

“我也说不上。我还没打定主意。不过将来不管干什么，学点外语总是有用的。在德国住上一年，要比继续呆在那个鬼地方强多了。”

菲利普觉得进牛津无非还是他学校生涯的继续，并不比现在强，不过他不愿意这么直说。他满心希望能主宰自己的命运。况且，一些老同学多多少少知道他这个人，而他就是想远远避开他们。他觉得他的求学生涯完全失败了。他要改弦易辙，开始新的生活。

说来也凑巧，菲利普想去德国的念头，正好和最近布莱克斯泰勃人们议论的某些主张不谋而合。有时候，医生家有些朋友来访小住，他们谈到外界发生的新鲜事儿；八月里来海滨消夏的那些游人，也自有一套独特的观察事物的方式。牧师也听说过，有人认为老式教育目前已不及过去那么管用，他年轻时不为人重视的各种现代语，现在却日见重要。连他自己也感到有点无所适从。他的一个弟弟有回考试没及格，后来被送去德国念书，由此开创了个先例。但是既然后来他患伤寒死于异国他乡，就只能说明这样的试验实在危险得很。伯侄俩不知磨了多少嘴皮子,最后总算谈妥了:菲利普再回坎特伯雷读一学期,然后就离开那儿。对这样的解决办法,菲利普并不怎么满意。哪知他回学校几天之后校长就对他说:

“我收到你伯父的一封来信。看来你是想要去德国,他问我对这件事有什么看法。”

菲利普惊得目瞪口呆。他的保护人竟然说话不算数,这不能不使他火冒三丈。

“我认为事情已经定啦,先生,”他说。

“远非如此。我已经写信告诉你伯父,我认为让你中途退学是莫大的错误。”

菲利普立刻坐下来,给他大伯写了一封措辞激烈的信。他也顾不上斟词酌句。那天晚上,他气得连觉也睡不着,一直到深夜还在想这件事;一早醒来,又在细细琢磨他们耍弄自己的手法。菲利普心急如焚地等着回信。过了两三天回信来了,是路易莎伯母写的,写得很婉转,字里行间充满了痛苦,说菲利普不该对他大伯说那种话,搞得他大伯伤心透了;说他不懂得体谅人,没有基督徒的宽容精神;他得知道,他们为他费尽了心血,况且他们年纪比他大得多,究竟什么对他有利,想必更能作出判断。菲利普把拳头捏得紧紧的。这种话他听得多了,真不明白为什么有人将此奉为金科玉律。他们并不像他自己那样了解实际情况,他们凭哪点可以这么想当然,认为年长必定智高睿深呢?那封信的结尾还提到,凯里先生已经撤回了他给学校的退学通知。

菲利普满腔怒火,一直憋到下个星期的半休日。学校的午休日一般放在星期二和星期四,因为星期六下午他们都得去大教堂做礼拜。那天上完课,六年级学生都散了,只有菲利普待着不走。

“先生,今天下午我想回布莱克斯泰勃,可以吗?”他问。

“不行，”校长回答得很干脆。

“我有要紧事同我大伯商量。”

“你没听到我说‘不行’吗？”

菲利普二话不说，掉头出了教室。他羞愧难当，心里直想吐。他蒙受了双重羞辱，先是不得不启口求人，继而又被一口回绝。现在他痛恨这位校长。这种极端蛮不讲理的专横作风，真使菲利普揪心。他怒火中烧，什么也顾不上了，一吃过午饭，便抄一条自己很熟悉的小路走到火车站，正好赶上开往布莱克斯泰勃的班车。他走进牧师公馆，看见大伯和伯母正坐在餐室内。

“嘿，你打哪儿冒出来的？”牧师说。

很明显，他并不怎么高兴见到菲利普，看上去还有点局促不安。

“我来是要找您谈谈我离校的事。上回我在这儿的时候，您明明亲口答应了，谁知一星期后又突然变卦了，我想搞清楚你这么出尔反尔究竟是什么意思。”

菲利普不免对自己的大胆微微感到吃惊，但是自己究竟要说些什么他反正已拿定了主意，所以尽管心头小鹿猛撞不已，还是逼着自己一吐为快。

“你今天下午来这儿，学校准你假了？”

“没有。我向珀金斯先生请假，被他一口拒绝了。要是你高兴，不妨写信告诉他我来过这儿了，包管可以让我挨一顿臭骂呢。”

凯里太太坐在一旁做编结活，手不住地颤颤抖抖。她看不惯别人争吵，此刻伯侄俩剑拔弩张的场面，使她如坐针毡。

“要是我真的写信告诉他，你挨骂也是活该，”凯里先生说。

“你要是想当个道地的告密者，那也成嘛，反正你已经给珀金斯先生写过信了，这种事你内行着呢。”

菲利普说这些个话实在不高明，正好给了牧师一个求之不得的脱身机会。

“我可不想再坐在这儿,任你冲着我满口胡言,”他气宇轩昂地说。

他站起身,阔步走出餐室,进了书房。菲利普听见他砰地关上了房门,而且还上了锁。

“唉,上帝,但愿我现在满二十一岁就好了。像这样受人钳制糟糕透了。”

路易莎伯母低声抽泣起来。

“噢,菲利普,你可不该用这种态度对你伯父说话,快去给他赔个不是。”

“我可没什么要赔不是的。明明是他在耍弄我嘛。让我继续留在那儿念书,还不是白白浪费金钱,但他在乎什么呢?反正又不是他的钱。让一些什么也不懂的人来做我的监护人,真够残忍的。”

“菲利普!”

菲利普正口若悬河,发泄着心头怨气,听到她这一声叫唤,猛地闭上了嘴。那是声悲痛欲绝的凄叫。他没意识到自己说的话有多刻薄。

“菲利普,你怎么可以这么没有心肝?你要知道我们费尽心血无非是为了你好。我们知道自己没有经验,这可不比我们自己有过孩子,所以我们只得写信去请教珀金斯先生。”她声音发抖,一时说不下去。“我尽量像母亲那样对待你。我爱你,把你看作自己的亲生儿子。”

她小不丁点的个儿,风也吹得倒似的,在她老处女似的神态里,含带着几分凄迷的哀怨,菲利普的心被打动了。他喉咙口突然一阵梗塞,热泪夺眶而出。

“真对不起，”他说，“我不是存心要伤您老的心哪。”

他在她身旁跪下，张开胳膊将她抱住，吻着她那老泪纵横、憔悴的双颊。她伤心地低声饮泣；菲利普似乎油然生出一股怜悯之情，可怜她的一生就这么白白虚度了。她从来未像现在这样淋漓尽致地流露自己的情感。

“我知道，我一直不能按我心里想的那样对待你，菲利普，也不知道怎么才能把我的心掏给你。我膝下无儿，就像你幼年丧母一样，够寒心的。”

菲利普忘却了自己的满腔怒火，忘却了自己的重重心事，只想着怎么让她宽心，他结结巴巴地好言相劝，一边用小手笨拙地抚摸着她的身子。这时，时钟敲响了。他得立即动身去赶火车，只有赶上这趟车，才能及时返回坎特伯雷参加晚点名。当他在火车车厢的一角坐定，这才明白过来，自己什么也没干成，白跑了一趟。他对自己的懦弱无能感到气愤。牧师旁若无人的傲态，还有他伯母的几滴眼泪，竟搞得自己晕头转向，忘了回家是干什么来的了，真窝囊。然而，在他走后，也不知道那老两口子是怎么商量的，结果又有一封信写给了校长。珀金斯先生看到后，不耐烦地耸了耸肩。他把信让菲利普看了。上面这样写道：

亲爱的珀金斯先生：

请原谅我为菲利普的事儿再次冒昧打扰您。这个受我监护的孩子，实在让我和内人焦虑不安。看来他急切希望离开学校，他伯母也觉得他愁苦不开心。我们不是他的生身父母，究竟该如何处置，我们委实一筹莫展。他似乎认为自己的学业不甚理想，觉得继续留在学校纯属浪费金钱。要是您能同他恳谈一次，我们将感激不尽；倘若他不愿回心转意，也许还是按我原先的打算让他在圣诞节离校为好。

您的非常忠实的

威廉·凯里

菲利普把信还给校长,一阵胜利的自豪感涌上心头。他毕竟如愿以偿,争取到了自行其是的权利,他的意志战胜了他人的意志。

"你大伯收到你下一封信,说不定又要改变主意了,我犯不着花半个钟头来复他的信,"校长不无恼怒地说。

菲利普默然不语,尽管他脸上一点声色不露,却无法掩饰眸子里的灼灼闪光。珀金斯先生觉察到了他的眼神,呵呵地笑了起来。

"你算得胜了,是吗?"他说。

菲利普坦然地莞尔一笑。他掩饰不住内心的狂喜。

"你真的急于想离开吗?"

"是的,先生。"

"你觉得在这儿心情不舒畅?"

菲利普涨红了脸,他本能地讨厌别人刺探他内心深处的情感。

"哦,我说不上来,先生。"

珀金斯先生慢条斯理地捋着下巴上的胡子,若有所思地打量着菲利普。看来,他仿佛是在自言自语。

"当然啰,学校是为智力平常的学生而设的。反正就是这些个圆孔儿,管你木桩是方是圆,都得揳进去呆在那儿。① 谁也没时间去为那些智力出众的学生劳神费心。"接着,他猝然冲着菲利普发话:"听着,我倒有个建议,你不妨听听。这学期反正没多少日子了,

① 英语成语,原意为"在圆孔中揳入方木桩",该成语原指人与其所任工作的不相称,而这里是指学校按固定章程办事,不能根据学生的不同特点因材施教。

再待上一个学期,不见得会要你的命吧。假如你真想去德国,最好等过了复活节,别一过圣诞节就走。春日出门远比隆冬舒服嘛。要是等到下学期结束,你仍坚持要走,我就不阻拦你了。你觉得怎么样?”

“多谢您了,先生。”

菲利普满心喜悦,总算争取到了那最后三个月的时间,多呆一个学期也不在乎了。想到在复活节前就可以得到永久的解脱,学校似乎也减却了几分樊笼的气氛。菲利普心花怒放。那天晚上在学校小教堂里,他环顾周围那些规规矩矩站在年级队列里的同学,想到自己要不了多久就再见不着他们了,禁不住窃窃自喜。他几乎怀着友好的情意打量他们。他的目光落在了罗斯身上。罗斯一丝不苟地履行着班长的职责;他这个人一心想成为学校里有影响的模范学生。那天晚上,正轮到他朗读经文,他念得很生动。菲利普想到自己将与他永远分道扬镳,脸上绽出一缕笑纹。再过六个月,管他罗斯身材怎么高大,四肢怎么健全,都于他毫无关系了;罗斯当班长也罢,当耶稣十一个门徒的头头也罢,又有什么了不起呢?菲利普凝神注视那些身穿教士服的老夫子。戈登已经作古,两年前中风死的。其余的全都齐集一堂。菲利普现在明白他们是多么可怜的一群,也许特纳算得上个例外。他身上多少还有点人的气味。他想到自己竟一直受着这些人的管束,不觉感到痛心。再过六个月,也不用再买他们的账了。他们的褒奖对他再没有什么意义,至于他们的训斥,尽可耸耸肩膀一笑了之。

菲利普已学会克制自己的感情,做到喜怒不形于色。尽管他仍为自己的忸怩羞怯感到苦恼,然而就精神状态来说,倒往往是热烈而高昂的。他拐着条腿,带着淡漠的神情,沉默而拘谨地踽踽独行,但他内心却洋溢着欢乐,在大声欢呼。在他自己看来,似乎觉得步履也轻松了。脑子里万念丛生,遐想联翩,简直难以捕捉。然而它们来而复往,给他留下了喜不自胜的满腔激情。现在,他心情开朗,可以专心致志地刻苦攻读了。他决心在本学期剩余的几个星期里,把荒废多时的学业再补起来。他资质聪慧,脑子灵活,以激发自己的才智为人生一大快事。在期终考试时,他取得了优异的成绩。对此,珀金斯先生只简单评论了一句,那是他给菲利普评讲作文时说的。珀金斯先生作了一般性的评讲之后,说:

"看来你已下定决心不再做傻事了,是吗?"

他对菲利普微微一笑,露出一口皓齿,而菲利普则双目下垂,局促不安地回以一笑。

有五六个学生,一心希望明年夏季学期结束时,能把学校颁发的各种奖品和奖学金全都给包了,他们早已把菲利普排除在劲敌之外,现在却不得不对他刮目相看,且有点惴惴不安。菲利普将在复活节离校,所以根本谈不上是什么竞争对手,可是他在同学中间半点口风不露,任他们整日价提心吊胆。他知道,罗斯曾在法国度过两三个假期,自以为在法语方面胜人一筹;此外还希望能把牧师会教长颁发的英语作文奖拿到手。但罗斯现在发现,菲利普在这两门科目上远远胜过了自己,不免有些泄气;菲利普则冷眼相看,暗暗感到极大的满足。还有一个叫诺顿的同窗,要是拿不到学校的奖学金就没法进牛津念书。他问菲利普是否在争取奖学金。

"你有意见怎么的?"菲利普反诘了一句。

菲利普想到别人的前途竟操在自己手心里,觉得怪有趣的。这样的做法真有几分浪漫色彩——先把各种各样的奖赏尽数抓在自己的掌心里,然后,因为自己不稀罕这些劳什子才让别人占点便宜。冬去春来,预定分手的日子终于到了,菲利普前去同珀金斯先生告别。

“总不见得你当真要离开这儿吧?”

看到校长明显的惊讶神色,菲利普沉下脸来。

“您说过到时候不会横加阻拦的,先生,”菲利普回答道。

“我当时想,你不过是一时心血来潮,还是暂时迁就一下的好。现在看来你这个人脾气既固执,又刚愎自用。你倒说说,你现在急着要走究竟为的什么?不管怎么说,至多也只有一个学期了。你可以轻而易举地获得马格达兰学院的奖学金;我们学校颁发的各种奖品,你可以稳稳拿到一半。”

菲利普噘嘴望着珀金斯先生,觉得自己又被人捉弄了。不过珀金斯先生既然向自己许下了愿,他非得兑现不可。

“在牛津你会过得很顺心的。到了那儿不必立即决定今后要干什么。不知你是否了解,对于任何一个有头脑的人来说,那儿的生活有多愉快。”

“眼下我已经作好去德国的一切安排,先生,”菲利普说。

“安排好了就不能改变吗?”珀金斯先生问,嘴角上挂着嘲弄的浅笑。“失去你这样的学生,我很惋惜。学校里死啃书本的笨学生,成绩往往比偷懒的聪明学生要好,不过要是学生既聪明又肯用功,那会怎么样呢——会取得像你这学期所取得的成绩。”

菲利普满脸绯红。他不习惯听别人的恭维话,在这之前,还没有人夸过他聪明呐。校长把手按在菲利普的肩头上。

“你知道,要把知识硬塞到笨学生的脑瓜子里去,实在是件乏味的苦差事。要是不时有机会遇上个心有灵犀的聪明孩子,你只须稍加点拨,他就豁然贯通了。嘿,这时候呀,世上再没有比教书更快人心意的事儿了。”

校长的一片好意,使菲利普的心软了下来。他压根儿没想到珀金斯先生对于自己的去留竟这么在乎。他被打动了,心里有一种说不出的甜美滋味。要是极其光彩地结束中学时代的学习生活，然后再进牛津深造，那该有多好呢？霎时间，他眼前闪现出一幕幕大学的生活场景。这些情况有的是从回校参加 O. K. S.[①]比赛的校友们的谈话中了解到的，有的是从同学们在书室里朗读的校友来信里听到的。但是他感到惭愧，假如他现在打起退堂鼓来，那他在自己眼里也是个十足的大傻瓜；他大伯会为校长的诡计得逞而暗暗窃笑。他本不把学校那些奖品放在眼里，因而打算颇有戏剧性地放弃这些唾手可得的东西，现在如果突然也像普通人一样去明争暗夺，这种前倨后恭的态度岂不贻笑于他人。其实在这时候，只需有人从旁再规劝菲利普几句，给足他面子，他就会完全按珀金斯先生的愿望去做了。不过此时他声色不改，一点儿也没流露出他内心情感的冲突，怏怏不乐的脸上，显得很平静。

“我想还是离开的好，先生，”他说。

珀金斯先生也像许多惯于凭借个人影响处理事情的人那样，见到自己花的气力不能立时奏效，便有点不耐烦了。他要办的事情多着呢，总不能净把时间浪费在一个在他看来似乎是冥顽不化的疯孩子身上呀。

“好吧，我说过要是你执意要走，就放你走。我恪守自己的诺言。你什么时候去德国？”

菲利普的心剧烈搏动着。这一仗算是打赢了，是不是打输了反倒更好呢，他说不上来。

“五月初就走，先生，”菲利普回答说。

“嗯，你回来以后，务必来看看我们。”

他伸出了手。假如他再给菲利普一次机会，菲利普是会回心转

① 疑是“皇家公学校友体育比赛”的缩写。

意的，但是他觉得木已成舟，断无挽回的余地了。菲利普走出屋子。他的中学生涯就此结束了。他自由了。可是以前一直翘首期待的那种欣喜若狂的激情，这时却不知了去向。他在教堂园地里踟蹰逡巡，心头沉甸甸的，感到无限压抑。现在，他懊悔自己不该这么愚蠢。他不想走了，但是，他知道他无论如何也不会再跑到校长跟前，说自己愿意留下来。他永远也不会让自己蒙受这等羞辱。他拿不准自己做得究竟对不对。他对自己，对自己周围的一切都感到愤愤不平。他怅惘地问自己：这是不是人之常情呢，好不容易达到了目的，事后反倒希望自己功败垂成呢！

第二十二章

菲利普的大伯有一个老朋友叫威尔金森小姐，住在柏林，是位牧师的女儿。凯里先生当副牧师的最后任期，就是在这位小姐的父亲手下度过的，当时他是林肯郡某村的教区长。父亲死后，威尔金森小姐被迫自谋生计，先后在法国和德国许多地方当过家庭教师。她同凯里太太保持着通信往来，还曾来布莱克斯泰勃牧师公馆度过两三次假期，她也像偶尔来凯里先生家作客的亲友一样，照例要付点儿膳宿费。等到事态已很清楚，凯里太太觉得执意违拗菲利普的心愿，只能给自己横生麻烦，还不如依顺他的好，于是便写信给威尔金森小姐，向她请教。威尔金森小姐推荐说，海德堡是个学习德语的理想之地，菲利普可以寄宿在欧林教授夫人的家里，那儿环境舒适，每星期付三十马克膳宿费。欧林教授在当地一所中学执教，他将亲自教授菲利普德语。

五月里的一个早晨，菲利普来到了海德堡。他把行李往小车上一搁，跟着脚夫出了车站。湛蓝的天空中，阳光明媚；他们所经过的大街上，枝叶扶疏，树影婆娑；四周的气氛给了菲利普一种新鲜之感。菲利普乍然进入新的生活天地，置身于陌生人中间，腼腆胆怯的心情之中掺杂着一股神清心爽的强烈喜悦。脚夫把他带到一幢白色大房子的正门处，径自走了。菲利普看到没人出来接他，有点不大痛快，而且感到很难为情。一个衣衫不整的小伙子把他让进门，领进客厅。客厅里摆满了一大套蒙有绿天鹅绒的家具；客厅中央有一张圆桌，上面放着一束养在清水里的鲜花，一条羊排肋骨似的装饰纸边把鲜花紧紧地扎在一起；花束周围井井有条地散放着皮封面的书籍。屋子里有股霉味。

不一会儿，随着一股厨房饭菜的油腻味，教授夫人走了进来。她身材不高，长得非常结实，头发纹丝不乱，红扑扑的脸，一对小眼睛像珠子似的晶莹发亮，神态举止洋溢着一股热情。她一把握住菲利普的双手，问起威尔金森小姐的情况。威尔金森小姐曾两次来她家，住了几个星期。她口操德语，间或夹着几句蹩脚英语。菲利普没法让她明白他自己并不认识威尔金森小姐。这时，她的两个女儿露面了。菲利普觉得她俩年龄似乎已经不小了，不过也许还没有超过二十五岁。大女儿特克拉，个儿同她母亲一般矮，脸上神情也同样那么灵活多变，不过容貌姣好，一头浓密的乌发；妹妹安娜，身材修长，姿色平庸，但她笑起来很甜，菲利普一见之下，觉得还是妹妹更讨人喜欢。彼此寒暄一阵之后，教授太太将菲利普领到他的房间便走开了。房间在顶层角楼上，俯视着街心花园内的一片树梢密叶。床支在凹室里，所以坐在书桌旁看这个房间，会觉得一点儿也不像间卧室。菲利普解开行李，把所有书籍都拿出来摆好。他终于摆脱了羁绊，不再受人掣肘。

一点钟铃声响了，唤他去用午餐。他走进客厅，发现教授太太的房客已济济一堂。她把菲利普介绍给自己丈夫，一个高个子中年人，脑瓜挺大，金黄色的鬓发已有点斑白，蓝蓝的眼睛，目光柔和。他用准确无误却是早已过时的英语同菲利普交谈，显然他的英语是通过钻研英国古典作品，而不是通过实际会话这一途径学到手的；他所用的口语词汇，菲利普只在莎士比亚的剧作中见到过，听起来怪别扭的。欧林教授太太并不把她经营的这所公寓叫做膳宿公寓，而是称之为"房客之家"，其实这两者究竟有何不同，兴许得借重玄学家明察秋毫的眼力才辨别得出来。当大家在狭长而幽暗的客厅外套间坐下来用饭时，菲利普颇感腼腆。他看到席上共有十六人，教授太太坐在餐桌的一端，用刀切着熟肉。那个给菲利普开门的愣小子，负责端汤上菜，分送食物，他笨手笨脚，把餐盆子碰得叮叮当当震天价响；尽管他不停地来回穿梭，还是照顾不过来，最早一批拿到饭菜的人已经盆空肚饱，而后面的人还没拿到他们的那一份。教授太太执意要大家用餐时只许讲德语，这样一来，即使忸怩不安的菲利普有勇气想凑兴几句，也不敢贸然开口了。他打量着面前这些自己将与之一起生活的人。教授太太身旁坐着几个老太太，菲利普对她们并不多加注意。餐桌上有两个年轻的金发姑娘，其中一个长得很漂亮，菲利普听到别人称呼她们赫德威格小姐和凯西莉小姐。凯西莉小姐的颈脖子后面拖条长辫子。她们俩并排坐着，一面喊喊喳喳地聊个不停，一面在吃吃地笑，并不时朝菲利普瞟上一眼，其中一位不知悄声儿说了句什么，只听见她俩格格地笑开了。菲利普尴尬得脸红耳赤，觉得她们暗中在拿自己打哈哈。她们旁边坐着一个中国人，黄黄的脸上挂着开朗的微笑。他正在大学里研究西方社会的状况。他说起话来很快，口音也很怪，所以他讲的话，姑娘们并不句句都懂。这一来，她们就张扬大笑，而他自己也随和地跟着笑了，笑的时候，那双细梢杏眼差不多合成了一道缝。另外还有两三个美国人，身穿黑外套，皮肤又黄又燥，是攻神学的大学生。菲利普在他们那一口蹩脚德语里听出了新英格兰的口音，用怀疑的目光扫了他们一眼。他所受的教育给他灌输了这样的看法：美国人尽是些轻率、喜欢铤而走险的野蛮人。

饭后，他们回到客厅，在那几张蒙有绿天鹅绒的硬椅上坐了一会。安娜小姐问菲利普是否愿意跟她们一起去散散步。

菲利普接受了邀请。散步的人不少哩，有教授太太的两个女儿，另外两位姑娘，一个美国大学生，再加上菲利普。菲利普走在安娜和赫德威格小姐的旁边。他有点忐忑不安。他从来没和姑娘打过交道。在布莱克斯泰勃，只有一些农家姑娘和当地商人的小姐。他知道她们的芳名，同她们打过几个照面，但他怯生生的，总以为她们在笑话他的残疾。牧师和凯里太太自视高人一等，不同于地位低下的庄稼人，菲利普也欣然接受了这种看法。医生有两个女儿，但年纪都比菲利普大得多，在菲利普还是小孩的时候就相继嫁给了医生的两位助手。学校里有些学生认识两三个胆量有余而庄重不足的姑娘，同学间飞短流长，说他们和那些姑娘有私情，这很可能是出于男性的想入非非，故意危言耸听。这类传闻常使菲利普不胜震悚，但表面上，他总装出一副清高、不屑一听的神气。他的想象力，还有他看过的书籍，在他心中唤起一种要在女子面前保持拜伦式风度的愿望。他一方面怀有病态的羞涩心理，一方面又确信自己应该显示出风流倜傥的骑士风度，结果被折腾得不知如何是好。此刻，他觉得正该显得聪明潇洒、风趣大方才是，哪知脑子里却偏偏空空如也，挖空心思也想不出一句话来。教授太太的女儿安娜小姐出于责任感，不时同他攀谈几句，但她身旁的那位姑娘却难得启口，时而转动那对闪如流星的眸子乜他一眼，间或还在一旁纵声大笑，搞得他越发心慌意乱。菲利普觉得自己在她眼里一定可笑极了。他们沿着山麓，在松林中缓缓而行，松树沁人肺腑的阵阵幽香，使菲利普心旷神怡。天气暖洋洋的，晴空里不见一丝云翳。最后他们来到一处高地，居高临下，只见莱茵河流域跃然展现在他们面前。广阔的田野、远处的城市沐浴在阳光之中，金光闪烁。其间更有莱茵河曲折蜿蜒，宛如银色的缎带。在菲利普所熟悉的肯特郡那一隅，很少见到这等开阔的一马平川，只有凭海远眺，才能见到天地相连的胜景。眼前这一片广阔无垠的田野，使他的心灵激起一阵奇特的、难以描述的震颤。他猛地陶醉在幸福之中。尽管他自己并不了解，但这是他有生以来第一次真正领悟到了美，而且没有被奇异的感情所冲淡。他们，就他们三个人，坐在一张长凳上，其余的则继续往前去了。两位姑娘用德语快速交谈着，而菲利普毫不理会她们近在咫尺，尽情饱览眼前的绮丽风光。

"天啊，我真幸福！"他不知不觉地喃喃自语了一句。

第二十三章

菲利普偶尔也想到坎特伯雷皇家公学，而每当他回想起以前他们某时某刻正在干些什么的时候，就禁不住暗自发笑。他常常梦见自己还待在那儿，等他一觉醒来意识到自己是躺在角楼的小房间内，心里立刻感受到一种异乎寻常的满足。他从床头就可以望见飘浮在蓝天里的大团大团积云。他尽情享受着自由的乐趣。他愿意何时安寝就何时安寝，高兴何时起床就何时起床。再没有人在他面前发号施令，要他干这干那了。他忽然想到今后无需再违心撒谎了。

根据安排，由欧林教授教菲利普拉丁语和德语，一个法国人每天上门来给他上法语课;此外,教授夫人还推荐了一位英国人教他数学。此人名叫沃顿,目前在海德堡大学攻读语言学,打算得个学位。菲利普每天早晨去他那儿。他住在一幢破房子的顶楼上,那房间又脏又乱,满屋子的刺鼻怪味,各种污物散发出五花八门的臭气。菲利普十点钟来到这儿的时候,他往往尚未起床,接着,他便一跃而起,披件邋里邋遢的睡衣,趿双毛毡拖鞋,一面吃着简单的早餐,一面就开始授课了。他矮矮的个儿,由于贪饮啤酒而变得大腹便便。一撮又浓又黑的小胡子,一头蓬蓬松松的乱发。他在德国待了五年,入乡随俗,已十足条顿化了。他得过剑桥的学位,但提起那所大学时,总是语带嘲讽;在海德堡大学取得博士学位之后,他将不得不返回英国,开始其教书匠的生涯;而在谈到这种生活前景时,又不胜惶恐。他很喜欢德国大学的生活,无拘无束,悠然自在,且有好友良朋朝夕相伴。他是 Burschenschft① 的会员,答应几时带菲利普去参加 Kneip②。他手头非常拮据,对菲利普也直言不讳,说给他上课直接关系到自己的午餐是吃肉饱口腹呢,还是嚼面包和干酪充饥。有时,他一夜狂饮,第二天头疼欲裂,连杯咖啡也喝不下,教课时,自然是昏昏沉沉打不起精神。为了应付这种场合,他在床底下藏了几瓶啤酒,一杯酒外加一斗烟,就可帮助他承受生活的重担。

"解酒还须杯中物,"他常常一面这么说着,一面小心翼翼地给自己斟酒,不让酒面泛起泡沫,耽误自己喝酒的工夫。

随后,他就对菲利普大谈起海德堡大学里的事儿来,什么学生联合会里的两派之争啦,什么决斗啦,还有这位、那位教授的功过是非啦,等等。菲利普从他那儿学到的人情世故要比学到的数学还

---

① 德语,大学生联合会。
② 德语,大学生饮啤晚会。

多。有时候,沃顿向椅背上一靠,呵呵笑着说:

"瞧,今天咱们什么也没干,你不必付我上课费啦。"

"噢,没关系,"菲利普说。

沃顿讲的事儿既新鲜,又极有趣,菲利普感到这要比三角学更重要,说实在的,这门学科他怎么学也搞不懂。现在面前好似打开了一扇生活的窗户,他有机会凭窗向内窥视,而且一面偷看,一面心里还扑通扑通跳个不停。

"不行,还是把你的臭钱留着吧,"沃顿说。

"那你午餐吃什么呢?"菲利普微笑着说,因为他对这位老师的经济情况了如指掌。

沃顿甚至要求菲利普把每节课两先令的束脩,从每月一付改为每周一付,这样算起钱来可以少一点麻烦。

"噢,别管我吃些什么。喝瓶啤酒当饭,又不是第一遭。这么一来,头脑反而比任何时候更清醒。"

说罢,他一骨碌钻到床底下(床上的床单由于不常换洗,已经呈暗灰色),又提出一瓶啤酒来。菲利普年纪还轻,不知晓生活中的神仙事,硬是不肯同他把杯对饮,于是他继续独个儿自斟自酌。

"你打算在这儿待多久?"沃顿问道。

他和菲利普两人干脆把数学这块装门面的幌子扔在一边,越发畅所欲言了。

"噢,我也不知道,大概一年吧。家里人要我一年之后上牛津念书。"

沃顿一耸肩,满脸鄙夷之色。菲利普有生以来还是第一次看到有人竟然对那样一所堂堂学府如此大不敬。

"你上那儿去干啥?无非是到那儿混混,镀一层金罢了。干吗不在这儿上大学呢?一年时间不管用,得花个五年时间。要知道,生活中有两件宝：思想自由和行动自由。在法国，你有行动的自由，你爱干什么就干什么，没人会出面干预，但是你的思想必须同他人一致。在德国，你的行动必须同他人一致，可是你爱怎么想就怎么想。这两件东西都很可贵。就我个人来说，更喜欢思想上的无拘无束。然而在英国，什么自由也没有：被陈规陋习压得透不过气来，既不能无拘无束地思想，也不能随心所欲地行动。这就因为它是个民主国家。我看美国的情况更糟。"

他小心翼翼地往后靠，因为他坐的那把椅子一条腿已有点晃悠，要是在他高谈阔论、妙语连珠的当儿，猛然一屁股摔倒在地，岂不大煞风景。

"年内我得回英国去，但要是我能积蓄点钱，勉勉强强凑合得过去，我就在这儿再待上一年。以后，我无论如何得回去，不得不和这儿的一切分手啦。"他伸出条胳臂朝那间肮脏的顶室四下一挥。屋子里，被褥凌乱，衣服散落了一地，靠墙是一排空啤酒瓶，哪个墙角落里都堆着断脊缺面的破书。"到外省的某个大学去，设法混个语言学教授的教席。到时候我还要打打网球，参加参加茶会。"他忽地收住话头，用疑惑的目光看了菲利普一眼。菲利普穿戴整齐，衣领一尘不染，头发梳得漂漂亮亮。"哟，我的上帝，我得洗把脸了。"

菲利普觉得自己的穿戴整齐竟受到了不能宽容的责备，顿时飞红了脸。他最近也开始注意起打扮来，还从英国带来了几条经过精心挑选的漂亮领带。

夏天俨然以征服者的姿态来到了人间。每天都是丽日当空的晴朗天气。湛蓝的天空透出一股傲气，像踢马刺一样刺痛人的神经。街心花园内的那一片青葱翠绿，浓烈粗犷，咄咄逼人；还有那一排排房屋，在阳光的照晒下，反射出令人眼花缭乱的白光，刺激着你的感官，最终使你无法忍受。有时，菲利普从沃顿那里出来，半路上就在街心花园的婆娑树影下找张条凳坐下歇凉，观赏着璀璨的阳光透过繁枝茂叶在地面交织成的一幅幅金色图案。他的心灵也像阳光那样欢快雀跃。他沉醉在这种忙里偷闲的欢乐之中。有时，菲利普在这座古老城市的街头信步漫游。他用敬畏的目光瞧着那些属于大学生联合会的学生，他们脸上划开了一道道口子，血迹斑斑，头上戴着五颜六色的帽子，在街上高视阔步。午后，他常同教授太太公寓里的女孩子们一道沿山麓闲逛。有时候，他们顺着河岸向上游走去，在浓荫蔽日的露天啤酒店里用茶点。晚上，他们在Stadtgarten① 里转悠，聆听小乐队的演奏。

菲利普不久就了解到这幢屋子里各人所关切的问题。教授的长女特克拉小姐同一个英国人订了婚，他曾在这座寓所里待过一年，专门学习德语，后来回国了。婚礼原定于今年年底举行，不料那个年轻人来信说，他父亲——一个住在斯劳的橡胶商——不同意这门亲事，所以特克拉小姐常常偷洒相思泪。有时候，可以看到母女俩厉目圆睁，嘴巴抿得紧紧的，细嚼细咽地读着那位勉为其难的情人的来信。特克拉善画水彩画，她偶尔也同菲利普，再加上另一位姑娘的陪同，一起到户外去写生画意。俊俏的赫德威格小姐也有爱情方面的烦恼。她是柏林一个商人的女儿。有位风流倜傥的轻骑兵军官堕入了她的情网。他还是个“冯”②哩。但是，轻骑兵军官的双亲反对儿子同一个像她这种身份的女子缔结亲事，于是她被送到海德堡来，好让她把对方忘掉。可是她呢，即使海枯了，石烂了，也没法将他忘掉的；她不断同他通信，而那位情郎也使出浑身解数，诱劝他那气冲牛斗的父亲回心转意。她红着脸，把这一切全告诉了菲

① 德语，市立公园。
② 指这个军官是个贵族，因为德国贵族的名字前面往往加上个“冯”字。

利普,一边说一边妩媚地连声叹息,还把那个风流中尉的照片拿出来给菲利普看。教授太太寓所里的所有姑娘中,菲利普最喜欢她,出外散步时总是想法子挨在她身边。当别人开玩笑说他不该如此明显地厚此薄彼时,他的脸红到了耳根。菲利普在赫德威格小姐面前,破天荒第一次向异性吐露了心声,可惜纯粹是出于偶然罢了。事情的经过是这样的:姑娘们如果平时不出门,就在铺满绿天鹅绒的客厅里唱唱小曲,那位一向以助人为乐的安娜小姐,卖力地为她们弹琴伴唱。赫德威格小姐最喜欢唱的一支歌叫《Ich Liebe dieh》(《我爱你》)。一天晚上,她唱完了这首歌,来到阳台上,菲利普则站在她身边,抬头仰望满天星斗,忽然想到要就这首歌子谈一下自己的感受。他开口说:

"Ich Liebe dieh."

他讲起德语来,结结巴巴,一边还搜索枯肠找自己需要的词儿。他真正只停顿了一刹那的工夫,可就在他要往下说的时候,赫德威格小姐却接过了话茬:

"Ach, Herr Carey Sie müssen mir nieht'du' sagen."(不许您用第二人称单数这样对我说话。)

菲利普感到浑身一阵燥热,其实他根本没有勇气在少女面前这样亲昵放肆,可他一时怎么也想不出话来辩解。要是对她解释说,他并非在表示自己的想法,只是随口提到一首歌的歌名罢了,这未免有失骑士风度。

"Entschnldipen Sie,"(请您原谅)他说。

"没关系,"她悄声儿说。

她嫣然一笑,悄悄地抓住菲利普的手,紧紧一握,然后返身回进客厅。

翌日,菲利普在她面前窘得什么似的,一句话也讲不出来。出于羞愧，菲利普尽可能躲着她点。姑娘们像往日那样邀他出外散步，他推托有事，婉言谢绝了。可是赫德威格小姐瞅准了个机会，趁没有他人在场的当儿对菲利普说：

“您干吗要这样呢？”她和颜悦色地说，“您知道，我并没因您昨晚讲的话而生您的气呀。您要是爱上我，那也是没办法的嘛。我很高兴呢。话得说回来，虽说我还没有同赫尔曼正式订婚，但我绝不会再爱别人了，我已把自己看作他的新娘啦。”

菲利普脸又红了，但这次他倒俨然摆出一副求爱遭到拒绝的神情。

“但愿您非常幸福，”他说。

第二十四章

欧林教授每天给菲利普上一堂课。他开了一张书单，规定菲利普要读哪些著作，为最后研读巨著《浮士德》做好准备。与此同时，欧林教授独具匠心地一上来先教菲利普学一册莎翁剧作的德译本，莎翁的剧作他在中学里就念过的。那阵子，歌德在德国正处于盛名的顶峰。尽管歌德对爱国主义持相当傲慢的态度，但他还是作为民族诗人被德国人接受了。自一八七〇年战争[①]爆发以来，他似乎更成了最能体现民族团结的光辉代表人物之一。热情冲动的人们，听到炮击格拉夫洛[②]的隆隆排炮声，似乎沉迷在五朔节前夜[③]的癫狂之中。然而，一个作家之所以伟大，其标志就在于不同的人可以从

① 指1870年7月15日爆发的普法战争。
② 法国一地名，普法战争中普军于此大败法军。
③ 据德国传说，魔女和魔王在五朔节（5月1日）前夜在哈尔茨山脉高峰上相会尽欢。

他的作品里汲取到不同的灵感。这位憎恶普鲁士人的欧林教授，对歌德却佩服得五体投地，因为只有他那些庄严肃穆的作品，才为神志清醒的人提供了一个能抵御当代人蛮横进攻的庇护所。近来在海德堡，经常有人提到一位戏剧家的大名，去年冬天，他的一个剧本在剧院上演时，追随者欢呼喝彩，而正派人士却报以一片嘘声。在教授太太家的长桌旁，菲利普不止一次听到人们在议论这件事；逢到这种场合，欧林教授一反泰然自若的常态，挥拳拍桌，大声吼叫，他那低沉悦耳的喉音压倒了所有的反对意见。这出戏纯粹是乱弹琴，污言秽语不堪入耳。他硬逼着自己坐等戏演完，讲不出自己是厌烦呢，还是更感恶心。要是将来的戏剧都成了这副模样，那还不如趁早让警察出面干预，把所有戏院都来个大封门的好。欧林教授可不是个拘谨古板的夫子，他在皇家剧院观看闹剧时，听到台上伤风败俗之徒的插科打诨，也同所有观众一样捧腹大笑。可是在上面讲的那出戏里，除了乌七八糟的东西外，什么内容也没有。他打了个有力的手势，捏住鼻子，从牙缝间嘘了一声口哨。那出戏实在是家庭的毁灭，道德的沦丧，德意志的崩溃。

“Abor, Adolf[①]”，教授太太在桌子另一端说，“别激动嘛！”

他朝她扬了扬拳头。他这个人的性格再温驯不过，从不敢不向太太请教就贸然行事的。

“不，海伦，你听我说，”他大声嚷嚷，“我情愿让女儿死在我脚下，也不放她们去听那个无耻之尤的无聊废话。”

那出戏是《玩偶之家》，作者是亨利克·易卜生。

欧林教授把易卜生和理查德·瓦格纳[②]归在一类里，但是他谈

---

① 德语，听我说，阿道夫。
② 瓦格纳（1813—1883），19 世纪德国作曲家、诗人。

到后者时,并不生气,只是不甚计较地哈哈一笑。瓦格纳是个冒充内行的江湖客,不过冒充得不露破绽,单凭这一点,就颇有几分喜剧色彩,足以令人陶然。

“Verrückter kerl![1]”他说。

他看过《洛亨格林》,这出歌剧还算过得去,虽然有点沉闷,还不至于太糟。但是《齐格菲》,欧林教授一提到这出歌剧,就把头往手上一靠,声若洪钟似地大笑起来。歌剧从头到尾,一节悦耳动听的旋律也没有。不妨作这样的想象:剧作家理查德·瓦格纳本人就坐在包厢里,看到台下所有观众都在一本正经地观看这出歌剧,他忍俊不禁,最后连肚子也笑疼了。这是十九世纪最大的骗局。欧林教授把自己的那杯啤酒举到嘴唇边,头往后一仰,一饮而尽。然后,他用手背抹了抹嘴,说:

“年轻人,我可以告诉你们,不出十九世纪,瓦格纳就会被人们忘得一干二净。瓦格纳!我宁愿拿他所有的作品去换唐尼采蒂[2]的一出歌剧。”

第二十五章

在菲利普的这些私人教师中,最古怪的要数法语教师了。这位迪克罗先生是位日内瓦的公民,一个高个儿老头,肤色蜡黄,双颊凹陷,头发灰白,又稀又长。他衣履寒碜,穿一身黑,上衣的肘部已露出破洞,裤子也已磨损。内衣很脏,菲利普还从没见他的衣领有过

---

① 德语,一个疯子。
② 唐尼采蒂(1797—1848),意大利作曲家。

干净的时候。他不爱多说话,教课时一丝不苟,就是没有什么热情:准时到达,按点离去,分秒不差。收取的教课费微乎其微。他沉默寡言;而有关他的一些情况,菲利普全是从别人那儿打听到的。据说他曾在反对罗马教皇的斗争中同加里波迪①并肩战斗过。等他清楚地看到为自由——所谓“自由”就是指建立共和国——所做的一切努力无非是换一副枷锁而已,便怀着厌恶的心情离开了意大利;后来不知在政治上犯了什么罪,被驱逐出日内瓦。看到这样一个人物,菲利普又困惑又惊奇,他和自己脑子里的革命者形象大相径庭。迪克罗先生说起话来声音低沉,待人接物特别彬彬有礼;别人不请他坐,他就一直站着;有时偶然在大街上遇到菲利普,他免不了要摘下帽子,行个很道地的手势礼;他从来没有出声笑过,甚至脸上从未浮现过一丝笑意。假使有人比菲利普具有更完善的想象力,就会把当年的迪克罗想象成一位前程似锦的青年,因为他想必是在一八四八年开始进入成年时期的。那个年头,国王们想到他们法国兄弟的下场,便如有芒刺在背,惶惶然四处奔走;也许,那股席卷了整个欧洲的渴求自由的热浪,以摧枯拉朽之势,荡涤着横在它面前的污秽杂物——那些在一七八九年革命之后的反动逆流中死而复燃的专制主义和暴政残灰——在每一个胸膛内点燃了一把更炽热的烈火。人们不妨还可以这样想象:他热烈地信奉各种有关人类平等和人权的理论,同别人探讨、争论,在巴黎街垒后面挥戈战斗,在米兰的奥地利骑兵面前疾驰飞奔;一会儿在这儿锒铛下狱,一会儿又在那儿遭到放逐。他总是希望满怀。“自由”这个字眼,这个似乎具有无限魔力的字眼,始终赋予他支撑的力量。直到最后,他被疾病、饥饿、衰老而压垮了,除了给几个穷学生上这么几节课以

---

① 加里波迪(1807—1882),意大利爱国志士,毕生致力于意大利的统一。

外，再无其他谋生糊口的手段了。而且他还发现自己置身于这座外表整洁的小城镇，备受专制独裁暴政的蹂躏，其肆虐程度，更甚于欧洲其他城市。也许在他沉默寡言的外表之下，隐伏着对人类的蔑视，因为他的同类，已背弃了他年轻时代所憧憬的那些伟大的理想，沉湎于碌碌无为的怡适之中。说不定三十年来的革命已经使他懂得，人类是不配享有自由的，他醒悟过来，自己一生孜孜以求的目标原来并不值得探求。再不然就是他已精疲力竭，正冷漠地等待从死亡中得到解脱。

一天，菲利普带着他那种年纪所特有的愣劲，问起他过去是否真的同加里波迪在一起呆过。那老头似乎一点儿没把这个问题当作一回事。他用平日里的那种低沉声调，十分平静地应答了一声：

"Oui Monsieur. ①"

"听别人说，你参加过公社。"

"别人这么说的吗？让我们开始上课吧，呃？"

他把书本翻开，菲利普战战兢兢地开始翻译那段他已准备好的课文。

有一天，迪克罗先生好像受到巨大的疼痛折磨，几乎连那几级楼梯也爬不动，一进菲利普的屋就沉沉地往椅子上一坐，想歇歇喘口气，那张灰黄色的脸歪扭着，额头上沁出一颗颗汗珠。

"恐怕您病了吧，"菲利普说。

"没关系。"

但是菲利普看得出他病得不轻，等上完课，菲利普问他是否最好歇几天，等身体好些再继续上课。

"不，"老头说，声调还是那么平稳、低沉，"我身体还行，我愿意

---

① 法语，是的，先生。

继续教下去。”

菲利普在不得不提及钱的事儿时，心里总是紧得发慌，这会儿他脸涨得通红。

“但这反正对您没什么影响，”菲利普说，“我课金还是照付不误。要是您不介意，我想现在就把下星期的课金预付给您。”

迪克罗先生的课金，一小时十八个便士。菲利普从口袋里掏出一枚十马克的硬币，很难为情地把它放在桌子上。他怎么能把钱塞到老头手里呢，好像他是个乞丐似的。

“既然这样，我想我就等身体好些再来吧。”他收下了那枚硬币，还是同往常一样，向菲利普一躬到底之后就走了出去，再没有什么别的表示。

“Bonjour，Monsieur. ①”

菲利普隐隐感到有点失望。想想自己如此慷慨解囊，迪克罗先生总该对他千恩万谢，感激涕零吧，哪知这位年迈的教师，收下这笔赠金就像是理所当然似的，菲利普颇感意外。他年纪还轻，不懂得人情世故。实际上，受惠者的知恩报答心理，要比施惠者的施恩图报心理淡薄得多。五六天之后，迪克罗先生又来了，步履越发踉跄，身体显得很衰弱，不过重病一场现在总算挺过来了。他仍旧像过去那样沉默寡言，还是那么神秘、孤僻、邋遢。一直等到上完了课，他才提到自己生病的事。接着，他起身告辞，就在他打开房门的时候，突然在门口刹住了脚。他犹豫着，仿佛有什么难言之隐似的。

“要不是您给我的那点钱，我早就饿死了。我全靠那点钱过日子。”

他庄重而巴结地鞠了一躬，走出房去。菲利普一阵心酸，喉咙

① 法语，日安，先生。

口哽住了。他似乎多少有点明白过来，这位老人是在绝望的痛苦中挣扎着，就在菲利普觉着生活如此美好的时候，生活对这位老人来说却是多么艰难。

第二十六章

菲利普已在海德堡呆了三个月。一天早晨，教授太太告诉他有个名叫海沃德的英国人要住进这寓所来，就在当天晚上吃饭时，他见到了一张陌生面孔。连日来，这屋子里的人一直沉浸在兴奋之中。首先，经过教授太太母女俩低三下四的恳求，加上含而不露的恫吓，另外天知道还耍了些什么鬼花招，那位与特克拉小姐订婚的英国青年的父母，终于邀请她去英国看望他们。她动身时，随身带了一本水彩画册，有意显示一下自己的多才多艺，另外还带去一大捆情书，以证明那位英国青年在孽海中陷得有多深。一星期之后，赫德威格小姐又春风满面地宣布，她的意中人，那位轻骑兵中尉，就要偕同父母前来海德堡。中尉的父母一则吃不住宝贝儿子死皮赖脸的纠缠，二则对赫德威格小姐的父亲主动提出的那笔嫁妆动了心，终于同意来海德堡同这位少女结识一下。会面的结果尽如人意，赫德威格小姐洋洋得意地把情人领到市立公园，让欧林教授家所有的人一睹丰采……那几位紧靠教授太太端坐上席的老太太，平时一向沉静端庄，今晚却显得心绪不宁。当赫德威格小姐说她要立即启程回家去举行订婚仪式时，教授太太毫不吝惜地说，她愿意请大家喝 Maibowle①，聊表祝贺之意。欧林教授颇为自己调制这种淡

① 德语，草莓酒。

雅、香醇的酒的手艺感到自豪。晚餐后,在客厅的圆桌上隆重地摆上了一大碗掺苏打水的白葡萄酒,碗里还漂着一些香草和野生草莓。安娜小姐拿菲利普打趣,说他的情人要甩下他走了,菲利普听了浑身不自在,有种说不出的惆怅之感。赫德威格小姐唱了好几支歌子,安娜小姐演奏了《婚礼进行曲》①,教授唱了《Die Wacht am Rhein》②。沉浸在这样的欢乐气氛之中,菲利普很少留意那位新来的房客。刚才吃晚饭时他俩面对面坐着,但菲利普净忙着同赫德威格小姐拉扯絮叨,而那位陌生人不懂德语,只顾一个人埋头吃饭。菲利普注意到他系了条淡蓝色的领带,单因为这一点,菲利普就陡然心生厌恶。此人二十六岁,眉清目秀,蓄着波浪形的长发,时而还漫不经心地抬手抚弄一下。一双蓝色的大眼睛,不过是很淡很淡的蓝色,眼神里颇带几分倦怠之意。胡子刮得精光,尽管嘴唇薄薄的,但整个口形很美。安娜小姐对于相面术很感兴趣,她要菲利普日后留神一下,那陌生人的头颅外形有多匀称,而他脸庞的下部却显得松软。那颗脑袋,她评论说,是颗思想家的脑袋,但他的下巴却缺少个性。这位注定了要当一辈子老处女的安娜小姐,生就一副高高的颧骨和一只怪模怪样的大鼻子,特别注重人的个性。就在他们谈论此人长相的时候,他已离开大伙儿,站在一旁冷眼观看这闹哄哄的一群人,怡然自得的神态中微带几分傲慢。他身材修长。这会儿,他有意摆出一副风雅不俗的仪态。维克斯,那几个美国学生中的一个,见他独自站在一旁,便跑去同他搭讪。他们两位形成了奇怪的对照:那个美国人穿戴整洁,上身穿一件黑色外套,下身套一条椒盐色的裤子,长得又瘦又干瘪,举止神情之中多少渗着点教士的热

① 瓦格纳的名曲。
② 《莱茵河上的卫士》。

忱;而那个英国人呢,穿着一身宽松的花哨的呢服,粗手大脚,举动慢条斯理。

菲利普直到第二天才同新来的房客讲了话。午餐前,他们发现就自己两个站在客厅前的凉台上。海沃德向他招呼说:

“我想你是英国人吧?”

“是的。”

“这儿的伙食老是像昨晚上的那么差劲?”

“差不多就是这个样子。”

“糟透了,是不?”

“糟透了。”

菲利普一点儿没觉着伙食有什么不对头。事实上,他不但吃起来津津有味,而且食量颇大。但是,他可不想让人看出自己在吃的方面是个外行,竟把别人认为不堪入口的伙食视作上乘佳品。

特克拉小姐已去英国作客,操持家务就得偏劳妹妹安娜,她再抽不出时间经常到野外去散步。那位脸小鼻塌、金发束成长辫子的凯西莉小姐,近来也常闭门独处,似乎不大愿意同别人交往。赫德威格小姐走了,经常陪他们一同外出散步的那个美国人维克斯,现在也到德国南部旅行去了,丢下菲利普一个人,怪冷清的。海沃德有心要同他结交,可菲利普却有这么个不幸的特点:由于生性羞怯,或者说,由于在他身上出现某种返祖遗传——承继了穴居人的习性,他在同别人乍打交道时,总是心生嫌恶,一直要等到以后熟稔了,才会消除初次见面时别人给自己留下的坏印象。由于这点,外人很难同他接近。对于海沃德的友好表示,菲利普虚与应付,感到羞赧难当。一天,海沃德邀菲利普同去散步,菲利普不得已同意了,因为他实在想不出句体面的托辞来。他照例是那么一句告罪的话,同时对自己禁不住要脸红这一点很是恼怒，于是故意张扬一笑，想借此来掩饰自己的窘态。

“我恐怕走不快呀。”

“我的老天，我又不是要打赌看谁走得快。我就是喜欢随便溜达溜达。您不记得佩特①在《马里乌斯》的一章里曾经讲过，悠然漫步乃是最理想的交谈助兴剂？”

菲利普颇能领略他人讲话的妙处。虽然他自己也常常想说些语惊四座的妙语，但往往等到说话的机会已经错过了，才想起句把来；海沃德却谈锋甚健。换个比菲利普稍微老练些的人，也许会觉得海沃德就是喜欢别人听他自己高谈阔论。他那目空一切的傲态，给了菲利普很深的印象。对于许多被自己视为近乎神圣不可侵犯的事物，此人竟敢表示轻侮之意，单凭这一点，就不能不叫人佩服，不能不叫人肃然起敬。海沃德针砭世人对体育的盲目崇拜，把热心各种体育活动的人一概斥之为“奖品迷”；其实菲利普不明白，海沃德毕竟脱不了此窠臼，在身心的陶冶方面，他也总得迷恋些别的什么。

他们信步逛到古堡那儿，在古堡前那座俯瞰着海德堡全城的平台上坐定。小城傍依在风光宜人的内卡河②畔，显示出一种与世无争的恬淡气氛。千家万户的烟囱里，腾起袅袅青烟，弥漫在古城上空，化成一片淡蓝的雾霭；高耸的屋顶和教堂的塔尖，错落有致，赋予小城一种赏心悦目的中世纪风味。整个古城自有一种沁人肺腑的亲切暖意。海沃德谈到了《理查·弗浮莱尔》③和《包法利夫人》，

① 佩特（1839—1894），英国散文作家、文艺批评家；《马里乌斯》是他所写的一部长篇历史小说，全名为：《伊壁鸠鲁信徒马里乌斯》。

② 莱茵河的一条支流。

③ 《理查·弗浮莱尔》是19世纪英国小说家、诗人梅瑞狄斯写的长篇小说，全名为《理查·弗浮莱尔的苦难》。

谈到了魏尔伦①、但丁和马修·阿诺德②。那时候,菲茨杰拉德翻译的莪默·伽亚谟的诗集③,只为少数上帝的特选子民所知晓,而海沃德却能将诗集逐字逐句地背诵给菲利普听。他很喜欢背诵诗篇,自己写的,或是别人写的,都以一种平直的歌调加以吟诵。等到他们回到家里时,菲利普对海沃德的态度,已从敷衍猜疑一转而为热情崇拜。

他们每天下午总要一起出外走一遭。菲利普没多久就了解到海沃德的身世点滴。他是位乡村法官的儿子,不久前法官去世,他继承到一笔岁入三百镑的遗产。海沃德在查特豪斯公学的学业成绩优异出众,他进剑桥大学时,甚至连特林尼特学院院长也破格亲自出迎,对他决定进该学院深造表示满意。海沃德厉兵秣马,准备干一番轰轰烈烈的事业。他同出类拔萃的知识界人士周旋交往,热情研读勃朗宁的诗作,对丁尼生的作品嗤之以鼻。④雪莱同海略特⑤的那段啼笑姻缘的细节,他洞晓无遗;他对艺术史也有所涉猎(在他房间的墙壁上,挂有G·F·华茨、伯恩-琼斯和波提切利⑥等画家杰作的复制品)。他自己也写了一些格调悲凉,却不乏特色的诗篇。朋友间相互议论,说他资质聪颖,才气横溢;海沃德很乐意听他们预言自己将来如何一鸣惊人,蜚声文坛。没多久,他自然而然地成了

① 19世纪法国象征派诗人。
② 19世纪英国诗人。
③ 莪默·伽亚谟,古波斯诗人。所著诗集《鲁拜集》,内容否定来世和宗教信条,谴责僧侣的伪善,宣扬享乐和自由,不少诗篇常有悲观厌世色彩。该诗集由19世纪英国诗人、评论家菲茨杰拉德译成英语,曾在英国上流社会流行一时。
④ 勃朗宁、丁尼生均为19世纪英国著名诗人。
⑤ 海略特,雪莱之前妻。雪莱十九岁时,为了将十六岁的海略特从其凶残的酒吧老板父亲手里救出来,和她结了婚。但是他俩在心智和兴趣方面格格不入。后来雪莱爱上玛丽·葛德汶。海略特也因某种爱情事件的失败而自杀。
⑥ G·F·华茨(1817—1904),英国画家、雕塑家;伯恩-琼斯(1833—1898),英国画家;波提切利(1444—1510),意大利文艺复兴时期的画家。

文学艺术方面的权威。纽曼①的《自辩书》对他颇有影响;罗马天主教生动别致的教义,和他敏锐的美感一拍即合,他只是怕父亲(他父亲是个思想褊狭、心直口快的愣汉,平生喜读麦考利②的作品)大发雷霆才没有“幡然改宗”,皈依天主教。当海沃德在毕业考试中只取得个及格成绩时,朋友们都惊愕不止;而他自己却耸耸肩,巧妙地暗示说,他可不愿充当主考人手里的玩偶。他让人感到优异的考试成绩总不免沾有几分市井之气。他用豁达调侃的口吻描述了一次口试的经过:某个围了只讨厌透顶的领圈的角色,提问他逻辑学上的问题;口试冗长乏味到了极点,突然,他注意到主考人穿着一双宽紧靴,这情况怪诞而可笑,他思想开起小差来,想到了金斯学院哥特式教堂的粗犷之美。话得说回来,他也确实在剑桥度过一段美好时光:在那儿,他宴请过亲朋好友,餐席之丰美,还未见过能与之比肩的;他在自己的书室里与同窗纵论天下事,其言谈之高雅,往往令人永志难忘。说着,他随口给菲利普引述了一句精辟的警句:

> “他们告诉我,赫拉克利特③,他们告诉我,你已经归天了。”

这会儿,当他言归正传,继续绘声绘色地讲述关于主考人和他靴子的轶事时,他禁不住仰面大笑起来。

“这当然是件蠢事啰,”他说,“不过在此蠢事之中也有其微妙之处。”

菲利普不无激动地想:真了不起!

---

① 19世纪英国红衣主教及作家。
② 麦考利(1800—1859),英国历史学家、作家。
③ 公元前5世纪的希腊哲学家,辩证法的奠基人之一。

之后,海沃德去伦敦攻读法律。他在克莱门特法律协会租了几间十分雅致的、墙壁上镶有嵌板的房间,设法把它们布置得像学院里的书室那样。他的抱负,多多少少是着眼于政界官场的。他自称是辉格党人。有人推举他加入一个虽带有自由党色彩、绅士气息却很浓的俱乐部。海沃德的想法是先开业当律师(他打算处理大法官法庭方面的诉讼事务,因为这比较仁慈些),一俟各方的许诺兑现之后,便设法当上某个地利人和的选区的议员。在此期间,他经常上歌剧院,结交少数几个趣味相投的风雅之士。他还加入某个聚餐俱乐部,俱乐部的座右铭是:全、佳、美。他同一个住在肯辛顿广场、比他年长八岁的女士建立了柏拉图式的情谊。几乎每天下午,他都要同她在带遮光罩的烛灯之下品茶对饮,谈论乔治·梅瑞狄斯和沃特·佩特。众所周知,律师协会举行的考试是不论哪个傻瓜都通得过的,所以海沃德也就疲疲沓沓地应付着学业。哪知到头来,结业考试却没及格,海沃德认为这是主考人存心同他过不去。也就在这时,那位住在肯辛顿广场的太太告诉他说,她丈夫马上要从印度回国来度假了,丈夫的为人尽管在各方面都无可指责,但毕竟是个见地平庸的男人,对于一位青年男子的频繁拜访,不见得会予以充分谅解的吧。海沃德感到生活里充满了丑恶,同时,想到还要再一次面对玩世不恭的主考人,真是打心底里感到厌恶。他觉得干脆把脚边的球一脚踢开去,倒不失为快刀斩乱麻的好办法。况且他眼下债台高筑;在伦敦,想依靠三百镑的岁入来维持个体面的生活,也实在是难。他内心向往着威尼斯和佛罗伦萨,这两处地方被约翰·罗斯金[1]说得神乎其神。他觉得自己适应不了庸俗繁忙的法律事务,因为他已发现,先把自己的大名往大门上一写,是招揽不到什么诉讼

① 约翰·罗斯金(1819—1900),英国作家、文学批评家。

案的,而且现代政治似乎也欠尊严。他觉得自己生来是个诗人。他退掉克莱门特法律协会的房间,动身去意大利。他在佛罗伦萨和罗马分别度过了一个冬天,现在又来到德国,消度他在国外的第二个夏天,以便日后可以欣赏歌德的原著。

海沃德具有极其可贵的天赋:他对文学有很高的鉴赏力,能够将自己的激情淋漓尽致地倾注在作品之中,使自己获得与作家相同的感受,洞察作家的一切精华所在,然后剀切入理地加以评论。菲利普读的书不可谓不多,但是从不加以选择,拿到什么就读什么,现在遇到这么一个能在文学鉴赏方面加以点拨的良师益友,真是三生有幸。菲利普从本城藏书量有限的外借图书馆借来各种书籍,凡是海沃德提到过的精彩之作,他一本连一本地拜读过去。虽然读的时候并不都觉得饶有兴味,但他锲而不舍地往下钻。他感到自己太无知,太浅薄,热切地希望自己能有所长进。到八月底,维克斯从德国南部回来的时候,菲利普已经完全置于海沃德的影响之下。海沃德不喜欢维克斯,对那个美国人的黑外套和椒盐色裤子连声哀叹;每每讲到他那新英格兰的良心,则轻蔑地一耸肩。听着海沃德出言不逊,糟蹋维克斯,菲利普也暗暗得意,尽管维克斯对他特别殷勤友善;反过来,维克斯对海沃德稍微发表几句不中听的议论,菲利普听了就会顿时发起火来。

“你的新朋友看上去倒像个诗人呢,”维克斯不无挖苦地说,饱经忧患的嘴角上挂着一缕微笑。

“他本是个诗人嘛。”

“是他自己对你这么说的吗?在我们美国,管他这号人叫标准饭桶。”

“可我们现在并不在美国,”菲利普冷冷地说。

“他多大了?二十五岁?他就这样成天无所事事,住在膳宿公寓里写诗。”

“你不了解他，”菲利普气冲冲地说。

“不，我很了解他呢！像他这样的人我见过一百四十七个了。”

维克斯的那对眸子灼灼有光，但是菲利普欣赏不了美国人的幽默，噘嘴翘唇，铁板着脸。在菲利普看来，维克斯似乎已届中年，实际上他才三十出头。维克斯是个瘦长条子，像学者似的，有点伛偻，头颅大得难看，头发暗淡而稀疏，皮肤呈土色。薄薄的嘴唇，细长的鼻子，额骨明显地向前突出，生就一副粗俗相。他的态度冷淡，举止拘泥刻板，既无生气，也无热情，却有一种莫名其妙的轻浮气质，闹得一些容严心肃的人周章失措，而维克斯出于本能，偏偏喜欢同这等人混在一起。他在海德堡大学攻读神学，而另外一些也在此地攻读神学的同胞对他都心存戒意。此人离经叛道的味儿太浓，使他们望而生畏。他的那种古怪幽默感，也使他们颇不以为然。

“他这样的人你怎么可能见过一百四十七个呢？”

“我在巴黎的拉丁居民区见到过他；我在柏林、慕尼黑的寄宿公寓里见到过他。他住在佩鲁贾和阿西西①的小旅馆里。他那样的人三五成群地伫立在佛罗伦萨的波提切利名画之前；他那样的人占满了罗马西斯廷教堂②的座席。在意大利，他喝葡萄酒稍微多一点；他在德国喝起啤酒来，则是开怀痛饮，全无节制。凡属正确的东西，不问是什么，他一概膜拜顶礼。他打算在不久的将来写一部皇皇巨著。想一想吧，一百四十七部惊世之作，蕴藏在一百四十七位大人物的心头；不幸的是，这一百四十七部惊世之作一部也写不出来。而世界呢，照样在前进。”

---

① 佩鲁贾和阿西西均为意大利的城市。
② 罗马教皇宫殿中的教皇礼拜堂。

维克斯一本正经地侃侃而谈，临结束时，那一双浅灰眸子忽闪了几下。菲利普脸红了，知道这位美国人在拿他打趣。

“净瞎扯淡，”菲利普怒气冲冲地说。

第二十七章

维克斯在欧林夫人家的后屋租了两个小房间，其中一间布置成会客室，用来接待客人，倒也够宽敞的。维克斯生性爱淘气，他在麻省坎布里奇的一些朋友也拿他一点没办法。现在，也许是由于这种脾气在作怪，他常常一吃过晚餐就邀请菲利普和海沃德上他屋里来闲聊几句。他礼数周全地接待他们，一定要他们在屋里绝无仅有的两张比较舒服的椅子里坐下。他自己滴酒不沾，却把几瓶啤酒端放在海沃德的胳膊肘旁边，在这般殷勤好客的礼仪中，菲利普不难辨别出嘲弄之意。在双方唇枪舌剑的激烈争论中，每当海沃德的烟斗熄掉的时候，维克斯就坚持要替他划火柴点火。他们刚结识上的时候，海沃德作为名扬四海的最高学府中的一员，在哈佛大学毕业生维克斯面前摆出一副降尊纡贵的姿态。谈话之中，话锋偶尔转到希腊悲剧作家身上，海沃德自觉得在这个题目上尽可以发表一通权威性评论，于是摆出一副指点迷津非他莫属的架势，不容对方插嘴发表意见。维克斯脸带微笑，虚怀若谷地在一旁洗耳恭听，直到海沃德的高论发表完了，他才提出一两个表面听上去相当幼稚、暗中却打了埋伏的问题，海沃德不知深浅，不假思索地回答了，结果当然中了圈套。维克斯先生彬彬有礼地表示异议，接着纠正了一个事实，然后又援引某个不见经传的拉丁民族注释家的一段注释，再加上一句德国某权威的精辟论断——情况明摆着：他是个精通古典文学的学者。他就这么面带微笑，从容不迫，连连表示歉意，结果却把海沃德的全部立论批驳得体无完肤。他既揭示了海沃德学识的肤浅，又丝毫不失礼仪。他温和委婉地挖苦了海沃德几句。菲利普不能不看到海沃德的那副十足傻相；他本人刚愎自用，不知进退，仍在气急败坏地力图狡辩。他信口开河，妄加评论，维克斯则在一旁和颜悦色地加以纠正；他理屈词穷却硬要强词夺理，维克斯又证明他这么做是多么荒谬。最后，维克斯说了实话，他曾在哈佛大学教过希腊文学。海沃德对此报以轻蔑的一笑。

"这一点你不说我也看得出。你当然是像学究冬烘那样啃希腊文学作品，"他说，"而我是像诗人那样来欣赏它的。"

"在你对作品原意不甚了了的情况下，你是否反倒觉得作品的诗味更浓了呢？我个人认为，只有在天启教①里，错译才会使原意更加丰满呢。"

最后，海沃德喝完啤酒，离开维克斯的屋子，全身燥热，头发蓬松，他忿忿然一挥手，对菲利普说：

"不用说，这位先生是个书呆子，对于美没有丝毫真切的感受。精确是办事员的美德。我们的着眼点在于希腊文学的精髓。维克斯就好比是这么个煞风景的角色，去听鲁宾斯坦②演奏钢琴，却抱怨他弹错了几个音符。弹错了几个音符！只要他演奏得出神入化，错弹几个音符又何足道哉？！"

这段议论给了菲利普很深的印象，殊不知世间有多少无能之辈正是借这种无知妄说聊以自慰呢！

---

① 天启教是指直接受启于上帝的宗教，如犹太教、基督教等。这里所讲的错译之事，疑指《圣经》的翻译。小泉八云在《英国文学中的圣经》一文中曾提到，詹姆士王钦定本《圣经》有好些错译之处，但是"译错的地方，往往要比原文美丽得多"。（可参见孙席珍所译《英国文学研究》一书。）

② 19世纪俄国大钢琴家和作曲家。

海沃德屡遭败北，但他决不肯放过维克斯提供的任何机会，力图夺回前一次失掉的地盘，所以维克斯不费吹灰之力就将海沃德拉了来进行争论。尽管海沃德不会不清楚，他在这个美国人面前显得多么才疏学浅，但是出于英国人特有的那股执拗劲儿，由于自尊心受到了挫伤（也许这两者本是一码事），他不愿就此罢休。他似乎是以显示自己的无知、自满和刚愎自用为乐事呢。每当海沃德讲了一些不合逻辑的话，维克斯三言两语就点出他推理中的破绽，得意扬扬地停顿一会儿，然后匆匆转入另一个话题，似乎是基督徒的兄弟之爱促使他宽宥已被击败的敌手。有时候，菲利普试图插言几句，帮他朋友解围，可是经不住维克斯轻轻一击，便溃不成军了。不过，维克斯对他的态度同对付海沃德不一样，极其温和，甚至连极度敏感的菲利普也不觉得自尊心受到挫伤。海沃德由于感到自己越来越像个傻瓜，常常沉不住气，索性破口大骂起来，幸亏那个美国人总是客客气气地堆着笑脸，才没使争论变为无谓的争吵。每当海沃德在这种情况下离开维克斯的房间，他总要气呼呼地咕哝一句：

“该死的美国佬！”

这样一切就解决了。对于某个似乎无法辩驳的论点，这句咒语就是最妙不过的回答。

他们在维克斯的那个小房间里，虽说开始讨论的是各种各样的问题，但最后总难免要转到宗教这个题目上来：神学学生出于职业上的偏爱，总是三句不离本行；而海沃德也欢迎这样的话题，因为无需列举那些使他仓皇失措的无情事实——在这方面，既然个人感受才是衡量事物的尺度，那就全不必把逻辑放在眼里，既然逻辑又是他的薄弱环节，能把它甩开岂不是正中下怀？海沃德觉得，不花费一番口舌，很难把自己的信仰同菲利普解释清楚。其实，不说也明白（因为这完全符合菲利普对人生世道的看法），海沃德一直是在国教的熏陶中成长起来的。虽然海沃德现在已经摒弃了皈依罗马天主教的念头,但对那个教派仍抱有同情。关于罗马天主教的优点,他有好多话要说。比如,他比较喜欢罗马天主教的豪华典礼,而英国国教的仪式就嫌过于简单。他给菲利普看了纽曼写的《自辩书》,菲利普觉得这本书枯燥无味,不过还是硬着头皮把它看完了。

"看这本书,是为了欣赏它的风格,而不在乎它的内容,"海沃德点拨说。

海沃德兴致勃勃地谈论着祈祷室里的音乐,并且还就焚香与心诚之间的关系,发表了一通娓娓动听的议论。维克斯静静听着,脸上挂着那惯有的一丝冷笑。

"阁下以为单凭这番高论就足以证明罗马天主教体现了宗教的真谛,证明约翰·亨利·纽曼写得一手好英语,证明红衣主教曼宁丰姿出众,是吗?"

海沃德暗示说,他的心灵已饱经忧患。他曾在黑茫茫的迷海里漂泊了一年。他用手指抚弄了一下那一头金色的波浪形柔发,对他们说,即使给他五百镑钱,他也不愿重新经受那些精神上的痛苦折磨。值得庆幸的是,他总算安然进入了风平浪静的海域。

"那么,你究竟信仰什么呢?"菲利普问,他永远也不满足于含糊其辞的说法。

"我相信——全、佳、美。"

他说这话的时候,颀长的四肢怡然舒展,再配上优雅的头部姿势,模样儿显得十分潇洒、俊逸,而且吐词也颇有韵味。

"您在户口调查表里就是这么填写您的宗教信仰的?"维克斯语调温和地问。

"我就是讨厌僵死的定义:那么丑陋,那么一目了然。要是您不见怪,我得说我信奉的是惠灵顿公爵和格莱斯顿先生所信奉的那个教。”

“那就是英国国教啰，”菲利普说。

“哟，多聪明的年轻人！”海沃德回敬了一句，同时还淡淡一笑，把个菲利普羞得脸都没处搁，因为菲利普顿时意识到，自己把别人推衍性的言词用平淡如水的语言直统统地表达出来，未免有失风雅。“我属于英国国教，但是我很喜欢罗马教士身上穿戴的金线绫罗，喜欢他们奉行的独身主义，喜欢教堂里的忏悔室，还喜欢洗涤有罪灵魂的炼狱。置身于意大利黑黢黢的大教堂内，沉浸在熏烟缭绕、神秘莫测的气氛之中，我心悦诚服，相信弥撒的神奇魔力。在威尼斯，我亲眼见到一位渔妇赤裸着双脚走进教堂，把鱼篓往身旁一扔，双膝下跪，向圣母马利亚祈祷。我感到这才是真正的信仰，我怀着同样的信仰，同她一道祈祷。不过，我也信奉阿芙罗狄蒂、阿波罗和伟大的潘神。①”

他的声音悦耳动听，说话时字斟句酌，吐词抑扬顿挫，铿锵有力。他滔滔不绝地还想往下说，可是维克斯这时打开了第二瓶啤酒。

“让我再给您斟点。”

海沃德转身朝菲利普，现出那副颇使这位青年动心的略带几分屈尊俯就的姿态。

“现在你满意了吧？”他问。

如堕五里雾中的菲利普，表示自己满意了。

“我可有点失望，你没在自己的信仰里再加上点佛教的禅机，”维克斯说。“坦白地说，我可有点同情穆罕默德。我感到遗憾，您竟

① 阿芙罗狄蒂，希腊神话中爱与美的女神，相当于罗马神话中的维纳斯。阿波罗，希腊神话中的太阳神，主管音乐、诗、健康等。潘神，希腊神话中的牧羊神。

把他撇在一边不理不睬。”

海沃德开怀大笑。那天晚上他心情舒畅,那些铿锵悦耳的妙语仍在自己耳边回响。他将杯子里的啤酒一口干了。

“我并不指望你能了解我,”他回答说。“你们美国人只有冷冰冰的理解力,只可能持批评的态度,就像爱默生[①]之流一样。何谓批评? 批评纯粹是破坏性的。任何人都会破坏,但并非所有的人都会建设。你是个书呆子,我亲爱的老兄。重要的问题在于建设: 我是富有建设性的;我是个诗人。”

维克斯注视着海沃德,目光中似乎既带着严肃的神色,同时又露出明朗的笑意。

“我想,要是你不见怪的话,我得说,你有点醉了。”

“没有的事,”海沃德兴致勃勃地回答说。“这点酒算得了什么,我照样可以在辩论中压垮您老兄的。得啦,我已经对您开诚布公了。现在您得说说您自己的宗教信仰啰。”

维克斯把头一侧,看上去活像只停歇在栖木上的麻雀。

“这问题我一直琢磨了好多年。我想我是个唯一神教派教徒[②]。”

“那就是个非国教派教徒啰,”菲利普说。

他想象不出他们俩为什么同时哑然失笑: 海沃德纵声狂笑,而维克斯则滑稽地抿嘴格格傻笑。

“在英国,非国教派教徒都算不上是绅士,对吗?”维克斯问。

“嗯,如果您要我直言相告,我得说是的,”菲利普颇为生气地回答说。

---

① 爱默生(1803—1882),19世纪美国散文作家、诗人。
② 基督教的一个教派,认为上帝不是三位一体,而只有一位,主张耶稣只是个伟大的神圣人物而不是神,不是三位一体中的一位。

他讨厌他们笑他，可他们偏偏又笑了起来。

“那就请您告诉我，何谓绅士？”

“哟，我说不上来，反正这一点尽人皆知。”

“您是个绅士吗？”

在这个问题上，菲利普从未有过半点儿怀疑，不过，他知道这种事儿是不该由本人来表白的。

“假如有那么个人在您面前大言不惭自称是绅士，那您完全有把握此人绝非是个绅士！”菲利普顶撞了一句。

“那我算得上绅士吗？”

不会说假话的菲利普觉得很难回答这个问题，然而，他生来很讲礼貌。

“喔，您不一样，”他说，“您是美国人嘛。”

“我想，是不是可以这样认为，只有英国人才算得上是绅士啰，”维克斯神情严肃地说。

菲利普没有反驳。

“是不是请您再稍微讲得具体些？”维克斯问。

菲利普红了脸，不过他一冒火，也就顾不得会不会当众出洋相了。

“我可以给你讲得非常具体。”他想起他大伯曾讲过：要花上三代人的心血才能造就一个绅士。常言道，猪耳朵成不了绸线袋，就是这么个意思。“首先，他必须是绅士的儿子，在公学里念过书，而且还上过牛津或者剑桥。”

“这么说，念过爱丁堡大学还不行啰？”维克斯问。

“他得像绅士那样讲英语，他的穿戴恰到好处，无可挑剔。要是他本人是绅士，那他任何时候都能判断别人是不是绅士。”

菲利普越往下说，越觉得自己的论点站不住脚。不过这本是不言而喻的：所谓“绅士”，就是他说的那么个意思，他所认识的人里面也全都是这么说的。

“我明白了，我显然算不上个绅士，”维克斯说。“可我不明白，为什么我一说自己是非国教派教徒，你竟会那么感到意外。”

“我不太清楚唯一神教派教徒究竟是怎么回事，”菲利普说。

维克斯又怪里怪气地把头一歪，你简直以为他当真要像麻雀那样吱吱啁啾呢。

“对于唯一神教派的教徒来说，凡是世人相信的事物，他差不多一概极其真诚地不予相信，而对凡是自己不甚了然的事物，都深信不疑。”

“不明白您干吗要取笑我，”菲利普说。“我是真心想要知道呐。”

“我亲爱的朋友，我可没在取笑您。我是经过多年的惨淡经营，经过多年呕心沥血、绞尽脑汁的钻研，才下了个那样的定义。”

当菲利普和海沃德起身告辞时，维克斯递给菲利普一本薄薄的平装书。

“我想您现在看法文书没问题了吧。不知这本书会不会使你感兴趣。”

菲利普向他道了谢，接过书，一看书名，原来是勒南[①]写的《耶稣传》。

第二十八章

海沃德也好，维克斯也好，全没想到他们借以消磨无聊黄昏的

① 勒南（1823—1892），法国历史学家、散文作家。

那些饭后清谈,竟会在菲利普灵活的头脑里引起好大一番折腾。菲利普以前从没想到宗教竟是件可以随意探讨的事儿。对他来说,宗教就是英国国教,不相信该教的教义乃是任性妄为的表现,不是今生就是来世,迟早要受到惩罚。关于不信国教者要受惩罚这一点,他脑子里也有一些怀疑。说不定有这么一位慈悲为怀的判官,专把地狱之火用来对付那些相信伊斯兰教、佛教以及其他宗教的异教徒,而对非国教派的基督徒和罗马天主教徒则可能高抬贵手,网开一面。(不过这可得付出代价——他们在被迫承认错误的时候得蒙受什么样的屈辱!)说不定上帝本人也可能动恻隐之心,宽宥那些没有机会了解真相的人——这也言之成理,因为尽管布道团四下活动,其活动范围毕竟有限——不过,倘若他们明明有这样的机会却偏偏置若罔闻(罗马天主教徒和非国教派教徒显然属于这一范畴),他们就逃脱不了应得的惩罚。不用说,信奉异端邪说者,处境危如累卵。也许并没有人拿这些话来开导过菲利普,但是,他无疑得到了这样的印象:唯有英国国教派的教友,才真正可望获得永恒的幸福。

有一点菲利普倒是听人明确提起过的,这就是:不从国教者,尽是些邪恶、凶险之徒。可这位维克斯,尽管对他菲利普所信仰的一切事物几乎全表示怀疑,却过着基督徒纯洁无瑕的生活。菲利普并没有从生活中得到多少温暖友爱,而现在倒是被这个美国人乐于助人的精神深深打动了。有一次,他因患感冒在床上整整躺了三天,维克斯像慈母一般在旁悉心照料。在维克斯身上,没有半点邪恶和凶险的影子,唯见一片赤诚和仁爱。显然,一个人完全有可能做到既有德行,而又不信从国教。

另外,菲利普从他人的言谈中也了解到,有些人之所以死抱住其他信仰不放,若不是由于冥顽不化,就是出于私利的考虑:他们心里明知那些信仰纯属虚妄，但仍有意装模作样来蒙骗他人。为了学习德语，菲利普本来已习惯于主日上午去路德会教堂做礼拜，自从海沃德来到这儿以后，又开始跟他一起去做弥撒。他注意到新教堂[①]内门庭冷落，做礼拜的教友都显得没精打采；而另一方，耶稣会[②]教堂内却是人头攒动，座无虚席，善男信女祷告时似乎虔诚到了极点。他们看上去也不像是一伙伪君子。见到如此鲜明的对比，菲利普不由暗暗吃惊，不用说，他知道路德会的教义较接近于英国国教，所以比罗马天主教会更贴近真理。大部分信徒（做礼拜的基本上都是男信徒）是德国南部人士，菲利普不禁暗自嘀咕，要是自己出生在德国南部，也肯定会成为天主教徒的。诚然，他生于英国，但也完全有可能出生在某个天主教国家；就是在英国，他诞生在一个幸好是遵奉法定国教的家庭，但也完全可能诞生在某个美以美教友、浸礼会教友或卫理会教友的家庭。好险啊，差点儿投错了娘胎！想到这儿，菲利普还真舒了一口气。菲利普和那位身材矮小的中国人相处得很融洽，每天要和他同桌共餐两次。此人姓宋，总是笑眯眯的，为人和善，举止文雅。要是仅仅因为他是个中国人就非得下地狱受煎熬，岂不奇哉怪也？反之，要是一个人不问有何信仰，灵魂都能获得拯救，那么信奉英国国教似乎也谈不上有什么得天独厚之处了。

菲利普一生中，从未像现在这样迷惘惶惑，他去试探维克斯对这事的看法。他得慎之又慎，因为他对别人的嘲弄颇为敏感，而那个美国人谈论英国国教时的尖酸口吻，弄得菲利普狼狈不堪。维克

① 即指前面提到的路德会教堂。路德会是一个起源于德国的基督教派，以马丁·路德为名。
② 耶稣会为天主教的一个教派，1533 年由西班牙人伊格那修·罗耀拉所创。主张顺从、刻苦、坚贞；而新教徒指摘其虚伪、阴险，故有下文“不像是一伙伪君子”之说。

斯反而使他越发迷惑不解。他迫使菲利普承认：他在耶稣会教堂看到的那些德国南部人士，他们笃信罗马天主教，就像他笃信英国国教一样至诚。维克斯进而又使他承认，伊斯兰教徒和佛教徒也同样对各自的宗教教义坚信不疑。由此看来，自认为正确并不说明任何问题，大家都自认为正确得很。维克斯无意破坏这孩子的信仰，只不过是因为自己对宗教深感兴趣，觉得宗教是个引人入胜的话题罢了。他说过，凡是他人信仰的事物，他差不多一概加以怀疑，这话倒也精确无误地表达了他自己的观点。有一回，菲利普问了他一个问题，那是菲利普以前听到他大伯提出来的，当时报纸正在热烈讨论某部温和的唯理主义作品，而他大伯也在家里同人谈起了这部作品。

"请问，为什么偏偏是你对，而像圣安塞姆和圣奥古斯丁①那样一些人物倒错了呢？"

"你的意思是说，他们是聪明绝顶、博学多才的圣人。而对于我呢，你很有怀疑，觉得我既不聪明，又无学问，是吗？"

"嗯，"菲利普支支吾吾，不知说什么是好，自己刚才那样提出问题，未免有点儿唐突失礼。

"圣奥古斯丁认为地球是平的，而且太阳是绕着地球转动的。"

"我不懂这话说明什么问题。"

"嘿，这证明一代人有着一代人的信仰。您的那些圣人生活在信仰的年代里，在他们那种时代，那些在我们看来绝对无法置信的事物，他们却几乎不能不奉为玉律金科。"

"那么，您又怎么知道我们现在掌握了真理呢？"

---

① 圣安塞姆(1033—1109)，英国坎特伯雷大主教。圣奥古斯丁(354—430)，北非希波主教，早期基督教著作家。

“我并没这么说。”

菲利普沉思片刻之后说：

“我不明白，为什么我们今天坚信不疑的事物，就不会像过去他们所相信的事物那样，同样也是错误的呢？”

“我也不明白。”

“那您怎么还可能有信仰呢？”

“我说不上来。”

菲利普又问维克斯对海沃德所信奉的宗教有何看法。

“人们总是按照自身的形象来塑造神祇的，”维克斯说，“他信奉生动别致的事物。”

菲利普沉思了半晌，又说：

“我不明白一个人干吗非得信奉上帝。”

话刚一出口，他顿时意识到自己已不再信奉上帝了。他好似一头栽进了冷水里，气也透不过来。他瞪着惊恐的双眼望着维克斯，突然害怕起来，赶紧离开了维克斯。他希望独自冷静一下。这是他有生以来最怵目惊心的际遇。菲利普想把这件事通盘思考一下；这件事使他激动不已，因为它关系到他的整个一生（他觉得在这个问题上所作出的决定，势必深刻影响到他今后一辈子的生活历程），只要偶一失足，就可能沉沦万世，永劫不复。然而，他越是前思后想，主意就越坚定；尽管在以后的几个星期里，他如饥似渴地研读了几本帮助了解怀疑主义的书籍，结果无非是进一步坚定了他本能感受到的东西。事实是，他已不再相信上帝了，这并非出于这层或那层理由，而在于他天生没有笃信宗教的气质。信仰是外界强加给他的。这完全是环境和榜样在起作用。新的环境和新的榜样，给了他认识自我的机会。抛弃童年时代形成的信仰，毫不费事，就像脱掉一件他不再需要的斗篷一样。抛弃信仰以后，一上来，生活似乎显得陌生而孤独，尽管他一直没意识到，信仰毕竟是他生活中的可靠支柱。他感到自己像个一向依赖拐杖走路的人，现在突然被迫要独立跨步了。说真的，白天似乎更加寒冷，夜晚似乎越发凄凉。但是内心的激动在支撑着他，这一来，生活似乎成了一场更加惊心动魄的冒险；不久以后，那根被他扔在一边的拐棍，那件从他肩头滑落的斗篷，就像难以忍受的重担，永远从他身上卸去了。多年来一直强加在他身上的那一套宗教仪式，已成了他宗教信仰的一个重要组成部分。他不时想到那些过去要他死记硬背的祈祷文和使徒书，想到大教堂里所举行的那些冗长的礼拜仪式——从开始到结束就那么坐着，四肢发痒，巴不得能松动一下。他回忆起当年夜间如何沿着泥泞的道路走向布莱克斯泰勃的教区礼拜堂，那幢暗淡的建筑物里多么阴冷，他坐着坐着，双脚冻得像冰一般，手指又僵又重，无法动弹，而周围还弥漫着一股令人恶心的润发油的腻味，真是无聊透了。明白到自己已永远摆脱了所有这一切时，他的心房止不住跳荡起来。

他对自己感到吃惊，竟如此轻而易举地抛弃了上帝。他进入了心明神清的不惑之境，将此归因于自己的小聪明，殊不知他之所以会有这样的感受，乃是由于内在性格的微妙作用。他飘飘然有点忘乎所以。菲利普少年气盛，缺乏涵养，看不惯任何不同于自己的处世态度。他对维克斯和海沃德颇有几分鄙夷之意，因为他们满足于那种被称之为上帝的模糊感情，逡巡不前，不愿跨出在菲利普看来似乎是非跨不可的那一步。一天，他为了登高远望，饱餐秀色，独自来到某座山冈。他自己也不明白，为什么野外景色总能使他心旷神怡，充满腾云飞天似的狂喜之情。眼下已入秋季，还经常是万里无云的大好天气，天幕上似乎闪烁着更加璀璨的光芒：大自然好似有意识要把更饱满的激情，倾注在所剩无几的晴朗日子里。菲利普俯视着眼前那一大片在阳光下微微颤抖的广阔平原,远处隐隐可见曼海姆的楼房屋顶,而那朦胧迷离的沃尔姆斯显得分外邈远。更为光耀夺目的,则是那横贯平原的莱茵河。宽阔的河面,华波涌涌,浮光闪金。菲利普伫立在山头,心儿不住欢快地跳动,他想象着魔鬼是如何同耶稣一块儿站在高山之巅,指给他看人世间的天堂。菲利普陶醉在眼前的绮丽风光之中,对他来说,似乎整个世界都展示在他面前,他急不可待地要飞步下山,去尽情领略尘世的欢乐。他摆脱了对沉沦堕落的恐惧,摆脱了世俗偏见的羁绊。他尽可以走自己的路,不必再害怕地狱之火的无情折磨。他猛地意识到自己同时也摆脱了责任的重负,以往由于这一重负压肩,他对自己生活中的一举一动,都得考虑其后果,不敢掉以轻心。现在,他可以在无拘无束的气氛中自由地呼吸。他的一言一行只需对自己负责就行了。自由!他终于摆脱了一切羁绊,成了自己的主宰。出于原有的习惯,他又不知不觉地为此而感谢那位他已不再信奉的上帝。

菲利普一面陶醉在自己的智慧和勇气之中,一面从容不迫地开始了新的生活。但是信仰的丧失,并没像他预期的那样明显地影响到自己的言谈举止。尽管他把基督教的信条扔到了一边,但他从未想到要去批评基督教的伦理观;他接受了基督教倡导的各种美德,并且进而认为,要是能因其本身的价值而身体力行,并不顾及报偿或惩罚,那倒也不失为好事。在教授太太的家里,很少有实践这些美德的用武之地。不过,他还是愿意表现得比以往更诚实些,强迫自己对那几位枯燥乏味的老太太更殷勤些。有时她们想跟他攀谈,而他呢,只是一般性地敷衍几句。文雅的诅咒语,激烈的形容词,这些体现我们英国语言特色的东西,菲利普一向视为男子气的象征,努力修习,可现在则是煞费苦心地戒绝不说了。

既然已把这件事一劳永逸地圆满解决了,菲利普便想把它抛置脑后。不过,嘴上说说很容易,做起来可不简单哪:他无法排除那些后悔的念头,也不能抑制那些不时折磨着自己的疑虑情绪。菲利普毕竟年纪尚轻,结交的朋友又不多,所以灵魂的永生不灭对他并无特别的吸引力,说不信也就不信了,没什么大不了的。但是有一件事情使他黯然神伤。菲利普暗暗责备自己太不近情理,试图借嘲笑自己来排遣这种悲怆之情。可是,每当他想到这一来将永远见不着那位美丽的母亲了,总忍不住热泪盈眶。他母亲死后,随着岁月的流逝,他越来越觉得母爱的珍贵。似乎是由于无数虔诚、敬神的先人在冥冥中对他施加影响,他有时会陷于莫名其妙的恐惧之中而不能自拔:说不定这一切竟是真的呢,在那儿,蓝色的天幕后面,藏着一位生性忌妒的上帝,他将用永不熄灭的烈火来惩罚无神论者。逢到这种时候,理智也帮不了他什么忙,他想象着无休止的肉体折磨会给人带来什么样的巨大痛苦,吓得浑身冷汗淋漓,差不多要晕了过去。最后,他绝望地自言自语说:

“这毕竟不是我的过错。我不能强迫自己去相信。若是果真有个上帝,而且就因为我老实表示不相信他而一定要惩罚我,那我也只得随他去了。”

第二十九章

秋尽冬来。维克斯到柏林听保尔森讲学去了,海沃德开始考虑去南方。当地的剧院在上演各种戏目。菲利普和海沃德每周要跑两三次戏院。看戏的目的倒也颇值得嘉许,乃是为了提高他们的德语水平。菲利普发觉,通过这种途径来掌握语言比听牧师布道更生动有趣。他们置身于戏剧的复兴浪潮之中。冬季准备上演的剧目中，有好几出易卜生的戏剧。苏台尔曼[1]的《荣誉》是一部新作，它上演之后，使这座恬静的大学城顿时为之哗然，有的推崇备至，有的痛加抨击。另有些剧作家也紧紧跟上，奉献了不少在新思潮影响下写成的剧本。菲利普眼界大开，在他看到的一系列剧作中，人类的罪恶暴露无遗。在此之前，他还从未看过话剧（有时候，一些可怜巴巴的巡回剧团也来布莱克斯泰勃的村会议厅演出，但是那位教区牧师一则碍于自己的职业，二则认为看戏有失风雅，所以从不肯屈尊赏脸），他被舞台上人物的喜怒哀乐深深吸引住了。他一走进灯光暗淡的蹩脚小戏馆，就感到心弦颤动。没多久，菲利普对那小剧团的特色已了如指掌。只要看一下演员角色的分派情况，就能立刻说出剧中人物的性格特征；不过这并不影响菲利普的兴致。在他看来，戏剧是真实生活，那是一种阴森而痛苦的奇怪生活，男男女女都把自己内心的邪念暴露在无情的睽睽众目之下：姣好的容貌把堕落的灵魂包藏了起来；君子淑女拿德行当作掩饰丑恶隐私的面具；徒有其表的强者由于自身的弱点而逐渐演为色厉内荏；诚实之徒并不诚实；高洁之辈原是荡妇、淫棍。你恍惚置身于这样一个房间：前一夜，人们在这儿纵酒宴乐，清晨，窗户尚未打开，空气浑浊不堪，酒残烟陈，杯盘狼藉，煤气灯还在闪亮。台下没有爽朗的笑声，至多也只是对那些伪君子或傻瓜蛋窃笑几声罢了：剧中人自我表白时所使用的残忍言词，仿佛是在羞痛交逼之下硬从心坎里挤出来的。

菲利普完全被这人间的罪恶渊薮迷住了。他似乎是按另一种方式重新审视着世界，对于眼前的这个世界他也渴望了解透彻。演出结束后，菲利普同海沃德一道去小酒店，坐在又明亮又暖和的店堂里，吃一客三明治，喝一杯啤酒。他们周围，三五成群的学生谈笑

---

① 苏台尔曼（1857—1928），德国剧作家、小说家。

风生。阖家光临酒店的也不少，父母，两三个儿子，还有一个女儿。有时，女儿说了句刺耳的俏皮话，做父亲的就往椅背上一靠，仰面大笑，笑得还真欢哩。气氛极其亲切、纯真，好一幅天伦之乐图。但是，对于这一切，菲利普却视而不见。他还在回味着刚才在剧院里见到的那一幕幕。

“你不认为这就是生活吗，呃？”他激动地说。“你知道，我不会再在这儿长呆下去。我要去伦敦，开始过真正的生活。我要见见世面。老是在为生活作准备，真使人发腻：我要尝尝生活的滋味。”

有时候，海沃德让菲利普独个儿回公寓。他从不针对菲利普心急火燎的提问作出确切回答，而是无所用心地嘻嘻傻笑一声，转弯抹角地谈起某一件风流韵事。他还引用一些罗塞蒂[①]的诗句，有次甚至给菲利普看了一首十四行诗。诗中热情洋溢，辞藻华丽，充满了悲惋凄怆的情调，全部诗情为一个名叫特鲁德的少女而发。海沃德把自己的肮脏、庸俗的无谓“艳遇”，抹上一层光泽照人的诗意，还认为自己的诗笔颇得伯里克理斯[②]和菲狄亚斯[③]的几分遗风，因为他在描述自己所追求的意中人时特意选用了“hetaira”[④]这样一个词，而不屑从英语所提供的那些直截了当、比较贴切的字眼中挑选一个。白天，菲利普受着好奇心的驱使，曾特地去古桥附近的小街上走了一遭。街上有几幢整洁的、装有绿色百叶窗的白房子，据海沃德说，特鲁德小姐就住在那儿。但是，打门里走出来的那些女人，个个涂脂抹粉，脸带凶相，粗声粗气地同他打招呼，不能不叫他心惊肉跳。她们还伸出双粗壮的手来想把菲利普拦住，吓得他拔腿就

① 19世纪下半叶英国女诗人。
② 古雅典政治家。
③ 古希腊雕塑家。
④ 希腊语，情人。

溜。他特别渴望增加阅历，觉得自己幼稚可笑，因为自己到了这般年纪，还没有领略过所有小说作品无不渲染的那种所谓“人生最重要的东西”；不幸的是，他天生具有那种洞察事物本来面目的能力，出现在他面前的现实，同他梦境中的理想，其差别之大，有如天壤。

他不懂得在人生的旅途上，非得越过一大片干旱贫瘠、地形险恶的荒野，才能跨入活生生的现实世界。所谓“青春多幸福”的说法，不过是一种幻觉，是青春已逝的人们的一种幻觉；而年轻人知道自己是不幸的，因为他们充满了不切实际的幻想，全是从外部灌输到他们头脑里去的，每当他们同实际接触时，他们总是碰得头破血流。看来，他们似乎成了一场共谋的牺牲品，因为他们所读过的书籍（由于经过必然的淘汰，留存下来的都是尽善至美的），还有长辈之间的交谈（他们是透过健忘的玫瑰色烟雾来回首往事的），都为他们开拓了一个虚假的生活前景。年轻人得靠自己去发现：过去念到过的书，过去听到过的话，全是谎言，谎言，谎言；而且每一次的发现，又无疑是往那具已被钉在生活十字架上的身躯再打入一颗钉子。不可思议的是，大凡每个经历过痛苦幻灭的人，由于受到内心那股抑制不住的强劲力量的驱使，又总是有意无意地再给现实生活添上一层虚幻的色彩。对于菲利普来说，世上再不会有比与海沃德为伍更糟糕的事了。海沃德这个人是带着十足的书生气来观察周围一切的，没有一丁点儿自己的看法；他很危险，是因为他欺骗自己，达到了真心诚意的地步。他真诚地错把自己的肉欲当作浪漫的恋情，错把自己的优柔寡断视为艺术家的气质，还错把自己的无所事事看成哲人的超然物外。他心智平庸，却孜孜追求高尚娴雅，因而从他眼睛里望出去，所有的事物都蒙上了一层感伤的金色雾纱，轮廓模糊不清，结果就显得比实际的形象大些。他在撒谎，却从不知道自己在撒谎；当别人点破他时，他却说谎言是美的。他是一个理想主义者。

第三十章

菲利普坐卧不安，身心得不到满足。海沃德富有诗意的旁征博引，使他想入非非，他的心灵渴望着浪漫艳遇，至少，他对自己就是这么说的。

正好这时候欧林太太的公寓里发生了一桩事儿，使菲利普越发专注于有关两性的问题。有两三回菲利普在山间散步，遇到凯西莉小姐一个人在那里溜达。菲利普走过她身边，朝她一躬身，继续往前；没走多远，又看到了那个中国人。当时也不觉得有什么；可是有一天傍晚，夜幕已经低垂，他在回家的路上打两个行人身旁经过。那两人原是紧靠在一起的，可他们一听到菲利普的脚步声，赶紧向两旁闪开。夜色朦胧，菲利普看不真切，但几乎可以肯定那是凯西莉和宋先生。他俩如此忙不迭分开，说明他们刚才是手勾着手走的。菲利普惊讶之余又有点困惑。他对凯西莉从未多加注意。这个姑娘平常得很，方方的脸，五官并不怎么清秀。既然她把一头金发编成长辫子，说明她还没超过十六岁。那天晚上用餐时，菲利普好奇地打量她，尽管她近来在桌上很少言语，这会儿倒主动跟菲利普攀谈起来了。

“您今天去哪儿散步来着，凯里先生?”她问。

“哦，我朝御座山那儿走了一程。”

“我呆在屋里没出去，”她主动表白说，“头有点疼。”

坐在她身边的那个中国人，这时转脸对她说：

“真遗憾，”他说，“希望您这会儿好点了吧。”

凯西莉小姐显然放心不下，因为她又问了菲利普这么一句：

“路上您遇到不少人吧？”

菲利普当面扯了个弥天大谎，脸儿禁不住红了起来。

“没啊，我想连个人影儿也没见着。”

菲利普觉得她的眼睛里闪过宽慰的神情。

然而不久，关于他俩关系暧昧这一点，不可能再有什么好怀疑的了。教授太太公寓里的其他人，也看到过他俩躲在幽暗处不知鬼鬼祟祟干啥。坐在上席的那几位老太太，现在开始把这件事当作丑闻来谈论。教授太太又气又恼，但她尽力装作什么也没察觉。此时已近隆冬，不比夏天了，要让公寓住满房客可不那么容易。宋先生是位不可多得的好主顾：他在底楼租了两个房间，每餐都要喝一瓶摩泽尔葡萄酒，教授太太每瓶收他三个马克，赚头挺不错。可是，她的其他房客都不喝酒，有的甚至连啤酒也点滴不沾。她也不想失掉凯西莉小姐这样的房客。她的父母在南美洲经商，为了酬谢教授太太慈母般的悉心照顾，他们付的费用相当可观。教授太太心里明白，假如她写信给那位住在柏林的凯西莉小姐的伯父，他会马上把她带走的。于是，教授太太满足于在餐桌上朝他俩狠狠地瞪上几眼；她不敢得罪那位中国人，不过尽可以对凯西莉小姐恶声恶气，以发泄自己的心头之恨。但是那三位老太太却不肯就此罢休。她们三个，两个是寡妇，一个是长相颇似男子的荷兰老处女。她们付的膳宿费已经少得不能再少，而且还经常给人添麻烦，但她们毕竟是永久性的房客，所以对她们也只得将就些。她们跑到教授太太跟前说，一定得果断处置才是，这太不成体统，整个公寓的名声都要给败坏了。教授太太使出浑身解数招架，时而正面顶牛，时而勃然大怒，时而痛哭流涕，但还是敌不过那三位老太太。最后，她突然摆出一副疾恶如仇的架势，愤然表示要了结这桩公案。

吃完午饭，教授太太把凯西莉带到自己的卧房里，开始正颜厉色地同她谈话。使教授太太吃惊的是，凯西莉的态度竟那么厚颜无耻，公然提出得任她自行其是，如果她高兴同那位中国先生一起散步，她看不出这同旁人有何相干，这本是她自己的事嘛。教授太太威胁说要给她伯父写信。

“那亨利希伯父就会送我到柏林的某户人家去过冬，这对我来说岂非更好！宋先生也会去柏林的嘛。”

教授太太开始号啕起来，眼泪沿着红通通的、又粗又肥的腮帮子扑簌扑簌往下掉，凯西莉却还在一个劲儿取笑她。

“那就是说，整个冬天要有三间屋子空着啰，”她说。

接着，教授太太变换对策，想用软功来打动凯西莉的柔肠：说她善良、理智、忍让；不该再拿她当女孩子看待，她已经是个大人啦。教授太太说，要不是姓宋的，事情本不会这么糟嘛，黄皮肤，塌鼻梁，一对小小的猪眼睛，这才是使人惶恐不安的症结所在。想到那副尊容，就叫人恶心。

“Bitte，Bitte！”①凯西莉说，一面喘着粗气，“别人讲他坏话，我一句也不要听。”

“这话你只是说说的吧？”欧林太太倒抽着凉气。

“我爱他！我爱他！我爱他！”

“Gott in Himmel！”②

教授太太神色惊恐地冲着凯西莉小姐发愣。她原以为这一切无非是女孩子的淘气，一场无知的胡闹罢了。然而，她话音里情感之热切，泄露了全部真情。凯西莉用那双灼热的眼睛，端详了教授

---

① 德语，别，请别说了。
② 德语，我的上帝！

太太一番，然后肩膀一耸，扬长而去。

欧林太太绝口不提这次谈话的经过。过了一两天，她把餐席的座次变换了一下。她问宋先生是否愿意坐到她这一头来，始终那么温文尔雅的宋先生欣然从命。凯西莉对这一改变满不在乎。似乎是因为他俩的关系反正在这幢公寓里已是尽人皆知，他们也就越发肆无忌惮。现在，他们不再瞒着人偷偷地一起出外散步，而是每天下午都大大咧咧地到小山冈那儿溜达。显然，他们已不在乎旁人的说三道四。闹到最后，甚至连秉性温和的欧林教授也沉不住气了，他坚持要妻子同那个姓宋的谈一次。教授太太这回把宋先生拉到一边，对他好言规劝：他不该败坏那姑娘的名誉；他正危及整个公寓的名声；他必须明白他的所作所为有多荒唐，有多邪恶。但是，她得到的却是面带微笑的矢口否认；宋先生不知道她说的是什么，他对凯西莉小姐不感兴趣，他从来没同她一起散过步；所有这一切纯属子虚乌有，全是捕风捉影。

“啊，宋先生，您怎能这么说呢？人家不止一次看到你们俩在一起。”

“不，您搞错了。哪有这种事呢。”

他始终笑眯眯地望着教授太太，露出一口整齐、洁白的细牙。他泰然自若，什么也不认账。他厚脸而又文雅地百般抵赖。最后，教授太太冒火了，说那姑娘自己也承认爱上他了。但是宋先生还是不动声色，脸上仍旧挂着微笑。

“扯淡！扯淡！根本没这种事。”

教授太太从他嘴里掏不出一句实话来。天气渐渐变得十分恶劣，又是下雪，又是降霜。然后，冰融雪化，一连好几天，让人感到没精打采，出外散步也变得索然无味。一天晚上，菲利普刚上完教授先生的德语课，站在客厅里同欧林太太说话，还没说上几句，只见安娜急匆匆地跑了进来。

“妈妈,凯西莉在哪儿?”她说。

“大概在她自己房间里吧。”

“她房间里没有灯光。”

教授太太惊叫一声,神情沮丧地望着女儿。安娜脑袋里的念头也在她脑际闪过。

“打铃叫埃米尔上这儿来,”她嗓音嘶哑地说。

埃米尔是个笨头笨脑的愣小子,吃饭时,他在桌旁伺候,平时屋里的大部分活计都丢给他一个人干。他应声走了进来。

“埃米尔,到楼下宋先生的房间去,进去时别敲门。要是里面有人,你就说是来照看火炉的。”

在埃米尔呆板的脸上,不见有半点惊讶的表示。

他慢腾腾地走下楼去。教授太太母女俩任房门开着,留神楼下的动静。不一会儿,他们听见埃米尔又上楼来了,他们忙招呼他。

“屋里有人吗?”教授太太问。

“宋先生在那儿。”

“就他一个人吗?”

他抿起嘴,脸上绽出一丝狡黠的微笑。

“不,凯西莉小姐也在那儿。”

“哟,真丢人,”教授太太叫了起来。

这会儿,埃米尔咧嘴笑了。

“凯西莉小姐每天晚上都在那儿。一呆就是几个小时。”

教授太太开始绞扭双手。

“哟,真可恶!你为什么不早点告诉我?”

“这可不关我的事,”他回答,同时慢腾腾地耸了耸肩。

“我看他们一定赏了你不少钱吧。走开!走吧!”

他脚步蹒跚地向门口走去。

“一定得把他们撵走，妈妈，”安娜说。

“那让谁来付房租呢？税单就要到期了。得把他们撵走，说得多轻巧！可是他们一走，我拿什么来付账。”她转身面朝菲利普，脸上挂着两串热泪。“哎，凯里先生，您不会把听到的话声张出去吧。假如让福斯特小姐知道了，”——就是那位荷兰老处女——“假如让福斯特小姐知道了，她会立刻离开这儿的。假如大家都跑了，咱们就只好关门大吉。我实在无力维持下去。”

“我当然什么也不会说的。”

“如果让她再在这儿呆下去，我可不愿再理睬她了，”安娜说。

那天晚上吃饭时，凯西莉小姐准时入席就座。她脸色比平日红些，带着一股执拗的神情。但是宋先生没有露面，菲利普暗自思忖，他今天是有意要躲开这个难堪的局面吧。不料最后宋先生还是来了，满脸堆笑，一双眼睛忽溜忽溜转着，为自己的姗姗来迟不住连声道歉。他还是像往常一样，硬要给教授太太斟一杯他订的摩泽尔葡萄酒，另外还给福斯特小姐斟了一杯。屋子里很热，因为炉子整天烧着，窗户又难得打开。埃米尔慌慌张张地奔来跑去，不过手脚倒还算麻利，好歹把席上的人挨个儿应付了过去。三位老太太坐在那儿不吭声，一脸不以为然的神气；教授太太哭了一场，似乎还没恢复过来；她丈夫不言不语，闷闷不乐。大家都懒得启口。菲利普恍惚觉得，在这伙一日三餐与他共坐一席的人身上，似乎有着某种令人胆寒的东西，在餐室那两盏吊灯的映照下，他们看上去同往常有些异样，菲利普隐隐感到局促不安。有一回，他的目光偶然同凯西莉小姐相遇，他觉得她的目光里射出仇恨与轻蔑。屋子里空气沉闷，压得人透不过气来，似乎大家被这对情人的兽欲搞得心神不宁；周围有一种东方人堕落的特有气氛：炷香袅袅，幽香阵阵，还有窃玉偷香的神秘味儿，似乎逼得人直喘粗气。菲利普感觉得到额头上的脉管在搏动。他自己也不明白，究竟是什么奇怪的感情搞得他如此心慌意乱，他似乎觉得有什么东西在极其强烈地吸引他，而同时又引起他内心的反感和惶恐。

这种局面延续了好几天，整个气氛令人恶心，人们感到周围充斥着那股违反常理的情欲，小小客寓中所有人的神经都被拉得紧紧的，似乎一碰即崩。只有宋先生神态如故，逢人还像以前那么笑容满面，那么和蔼可亲，那么彬彬有礼。谁也说不准他的那种神态算是文明的胜利呢，还是东方人对于败倒在他们脚下的西方世界的一种轻蔑表示。凯西莉则四处招摇，一副玩世不恭的神气。最后，这种局面甚至连教授太太也感到忍无可忍了。惊恐之感突然攫住她心头，因为欧林教授用极其严峻的坦率的口气向她点明，这一众人皆知的私通事件可能会引起什么样的后果。这件丑事说不定会闹得满城风雨，而她就得眼睁睁看着自己在海德堡的好名声，连同自己一生惨淡经营的寄宿公寓的良好声誉毁于一旦。不知怎的，她也许是被一些蝇头小利迷住了心窍，竟一直没想到这种可能性。而现在，她又因极度的恐惧而乱了套套，几乎忍不住要立时把这姑娘撵出门去。多亏安娜还算有见识，给柏林的那位伯父写了封措辞谨慎的信，建议他把凯西莉领走。

但是，教授太太在横下心决计忍痛牺牲这两个房客之后，再也憋不住心头的一股子怨气，非要痛痛快快地发泄一通不可——她已经克制了好久啦。现在她可以当着凯西莉的面，爱怎么说就怎么说。

“我已经写信给你伯父了，凯西莉，要他来把你领走。我不能再让你在我屋里呆下去。”

教授太太注意到那姑娘脸色刷地发白，自己那双溜圆的小眼睛禁不住一闪一闪发亮。

“你真不要脸，死不要脸，”她继续说。

她把凯西莉臭骂了一顿。

“您对我的亨利希伯父说了些什么呢，教授太太？”姑娘问，原先那股扬扬自得、桀骜不驯的神气突然化为乌有了。

“噢，他会当面告诉你的。估计明天就能收到他的回信。”

第二天，教授太太为了要让凯西莉当众出丑，故意在吃晚饭时拉开嗓门，冲着坐在餐席下首的那姑娘大声嚷嚷。

“我已经收到你伯父的来信啦，凯西莉。你今晚就给我把行李收拾好，明天一早，我们送你上火车。他会亲自到中央车站去接你的。”

“太好了，教授太太。”

教授太太看到宋先生仍然满脸堆笑，尽管她再三拒绝，他还是硬给她斟了一杯酒。这顿饭，教授太太吃得津津有味。虽说她一时占了上风，可到头来还是失算了。就在就寝之前，她把仆人唤到跟前。

“埃米尔，要是凯西莉小姐的行李箱已经收拾停当，你最好今晚就把它拿到楼下去。明天早饭之前，脚夫要来取的。”

仆人走开不多一会儿，又回来了。

“凯西莉小姐不在她房里，她的手提包也不见了。”

教授太太大叫一声，拔脚就往凯西莉的房间跑去：箱子放在地板上，已经捆扎好而且上了锁，但是手提包不见了，帽子、斗篷也不知去向。梳妆台上空空如也。教授太太喘着粗气，飞步下楼，直奔姓宋的房间。她已有二十年没这么健步如飞了。埃米尔在她背后连声呼喊，要她当心别摔倒。她连门也顾不得敲，径直往里面闯。房间里空荡荡的，行李已不翼而飞，那扇通向花园的门豁然洞开着，说明行李是从那儿搬出去的。桌上放着一只信封，里面有几张钞票，算是偿付这个月的膳宿费和外加的一笔小费。教授太太由于刚才的疾步飞奔，这时突然支撑不住，她嘴里呻吟着，胖乎乎的身躯颓然倒在沙发里。事情再清楚不过了：那对情人双双私奔了。埃米尔仍旧是那么一副木然、无动于衷的神态。

第三十一章

一个月来，海沃德口口声声说自己明天就要动身去南方，可是想到整理行装好不麻烦，还有旅途的沉闷乏味，他又下不了这个决心，结果行期一周又一周地往后延宕，直到圣诞节前，大家都忙着过节，这才迫不得已动了身。他受不了条顿民族的寻欢作乐方式，只要一想到节日期间那种放浪形骸的狂欢场面，他身上就会起鸡皮疙瘩。为了不招人注目，他决定趁圣诞节前夜悄悄启程。

菲利普送走海沃德时，心里并不感到依依不舍，因为他生性爽直，见到有谁优柔寡断拿不定主意，就会生出一股无名火来。尽管他深受海沃德的影响，但他认为一个人优柔寡断，并不说明他感官锐敏，讨人喜欢。另外，海沃德对他为人处世的一板一眼，不时暗露嘲讽之意，这也使他忿忿不满。他们俩保持通信往来。海沃德可谓是尺牍圣手，他自知在这方面颇有天分，写信时也就特别肯下功夫。就海沃德的气质来说，他对接触到的胜景美物，具有很强的感受力，他还能把淡雅的意大利乡土风光，倾注在他罗马来信的字里行间。他认为这座古罗马人缔造的城市，有点俗不可耐，只是由于罗马帝国的衰微才沾光出了名；不过教皇们的罗马①，却在他心头引起共

① 指梵蒂冈。

鸣,经他字斟句酌的精心描绘,洛可可式①建筑的精致华美跃然纸上。海沃德谈到古色古香的教堂音乐和阿尔卑斯山区的绮丽风光,谈到袅袅熏香的催人欲眠,还说到令人销魂的雨夜街景:人行道上微光闪烁,街灯摇曳不定,显得虚幻迷离。这些令人赞叹的书信,说不定他还只字不改地抄寄给诸亲好友。他哪知道这些书信竟扰乱了菲利普心头的平静呢。相形之下,菲利普眼下的生活显得何其索然寡味。随着春天的来临,海沃德诗兴勃发,他建议菲利普来意大利。他呆在海德堡纯粹是虚掷光阴。德国人举止粗野,那儿的生活平淡无奇。置身于那种古板划一的环境,人的心灵怎能得到升华?在托斯卡纳②,眼下已是春暖花开,遍地花团锦簇;而菲利普已经十九岁了。快来吧,他们可以一起遍游翁布里亚③诸山城。那些山城的名字深深印刻在菲利普的心坎上。还有凯西莉,她也同情人一起去意大利了。不知怎的,他一想到这对情侣,就有一种莫可名状的惶惶之感攫住了他的心。他诅咒自己的命运,因为他连去意大利的川资也无法筹措,他知道大伯除了按约每月寄给他十五镑外,一个子儿也不会多给的。他自己也不善于精打细算。付了膳宿费和学费之后,菲利普的口袋里已是所剩无几。再说,他发现同海沃德结伴外出,开销实在太大。海沃德一会儿提出去郊游,一会儿又要去看戏,或者去喝瓶啤酒,而这种时候,菲利普的月规钱早已花个精光,囊中空空;而在他那种年岁的年轻人都有那么一股子傻气,硬是不肯承认自己手头拮据,一点铺张不起的。

幸好海沃德的信来得不算太勤,菲利普还有时间安下心来过他穷学生的勤奋生活。菲利普进了海德堡大学,旁听一两门课程。昆

① 洛可可式是欧洲十八世纪建筑艺术的一种风格,其特点是纤巧、浮华、繁琐。
② 意大利中部一地区。
③ 意大利中部一地区。

诺·费希尔此时名声大噪，红得发紫。那年冬季，他作了一系列有关叔本华的相当出色的讲座。菲利普学哲学正是由此入的门。他的头脑注重实际，一接触抽象思维就如堕烟海似地惴惴不安起来，可是他在聆听先验哲学的专题报告时，却销声敛息，出乎意外地入了迷，有点像观赏走钢丝的舞蹈演员在悬崖峭壁表演惊险绝技似的，令人兴奋不已。这一厌世主义的主题，深深吸引了这个年轻人。他相信，他即将步入的社会乃是一片暗无天日的无情苦海，这也丝毫不减他急于踏入社会的热情。不久，凯里太太来信转达了菲利普的监护人的意见：他该回国了。菲利普欣然表示同意。将来到底干什么，现在也得拿定主意了。假如菲利普在七月底动身离开海德堡，他们可以在八月间好好商量一下，如能就此作出妥善安排，倒也不失时宜。

回国行期确定之后，凯里太太又来了一封信，提醒他别忘了威尔金森小姐，承蒙这位小姐的推荐，菲利普才在海德堡欧林太太的家里找到落脚之处。信中还告诉他，说威尔金森小姐准备来布莱克斯泰勃同他们小住几周。预计她将在某月某日自弗拉欣[1]渡海，他要是也能在这一天动身，到时候可以同她结伴同行，在来布莱克斯泰勃的路上照顾照顾她。生性怕羞的菲利普赶忙回信推托，说他得迟一两天才能动身。他想象着自己如何在人群里寻找威尔金森小姐，如何难为情地跑上前去问她是否就是威尔金森小姐（他很可能招呼错了人而横遭奚落），然后又想到，他拿不准在火车上是该同她攀谈呢，还是可以不去搭理她，只管自己看书。

菲利普终于离开了海德堡。近三个月来，他净是在考虑自己的前途，走时并无眷恋之意。他一直没觉得那里的生活有多大乐趣。

① 荷兰的一个港口。

安娜小姐送给他一本《柴金恩的号手》,菲利普回赠她一册威廉·莫里斯的著作。他俩总算很聪明,谁也没去翻阅对方馈赠的书卷。

第三十二章

菲利普见到伯父伯母,不觉暗暗一惊。他以前怎么从没注意到他俩已是这般老态龙钟了?牧师照例用那种不冷不热的态度接待了他。牧师又稍许胖了一点,头发又秃了些,白发也更多了。在菲利普眼里,大伯是个多么微不足道的小人物啊。他脸上流露出内心的软弱和任性。路易莎伯母把菲利普搂在怀里,不住地亲他,幸福的热泪夺眶而出,顺着面颊滚滚流下。菲利普深受感动,又有点忸怩不安,他以前并不知道她竟是这般舐犊情深地疼爱自己。

“哦!菲利普,你走后,我们可是度日如年呀,”她抽搭着说。

她抚摩着他的双手,用喜滋滋的目光端详着他的脸庞。

“你长大了,简直是个大人啦。”

他上唇边上已长出薄薄一层软髭。他特地买了把剃刀,不时小心翼翼地将光滑的下巴颏上的柔毛剃掉。

“你不在家,我们好冷清啊。”接着,她又用微带颤抖的声音腼腆地问:“回到自己家里很高兴吧?”

“那还用说!”

她又瘦削又单薄,仿佛目光也能将她的身子穿透似的。那两条勾住菲利普颈脖的胳膊,瘦骨嶙峋,不禁让人联想起鸡骨头来;那张凋枯的脸哦,皱纹竟是这般密密层层!一头斑斑白发,仍梳理成她年轻时流行的鬈发式样,模样儿既古怪,又叫人觉得可怜。那干瘪瘦小的身躯,好似秋天的一片枯叶,你觉得只要寒风一起,就会将它吹得无影无踪。菲利普意识到,他们这两个默默无闻的小人物,已经走完人生的历程:他们属于过去的一代,现在正在那儿耐心而又相当麻木地等待着死神的来临。而他呢,却是朝气蓬勃,年富力强,渴望着刺激与冒险,看到如此浑浑噩噩地虚度年华,自然不胜惊骇。他们一生碌碌无为,一旦辞世之后,也就如同未曾到过人世一般。他对路易莎伯母倍感怜悯,突然疼爱起她来,因为她也疼爱自己呢。

这时,威尔金森小姐走进屋来。刚才她十分知趣地回避开,好让凯里夫妇有机会同侄儿亲热一会儿。

"这是威尔金森小姐,菲利普,"凯里太太说。

"浪子回家啦,"她边说边伸出手来,"我给浪子带来了一朵玫瑰花,把它别在衣扣上吧。"

她笑吟吟地把那朵刚从花园里摘来的玫瑰花别在菲利普上衣的纽扣眼里。菲利普脸涨得通红,觉得自己傻乎乎的。他知道威尔金森小姐是威廉大伯从前的教区长的女儿;自己也认识许多牧师的女儿。这些小姐衣着很差,脚上的靴子也过于肥大。她们通常穿一身黑衣服。菲利普早先呆在布莱克斯泰勃的那几年,手织衣还没传到东英吉利来,而且牧师家的太太小姐们也不喜欢穿红戴绿。她们的头发蓬蓬松松,梳得很马虎,上过浆的内衣发出一股刺鼻的怪味。她们认为女性魅力的外露,有失体统,因而无论老妇少女全是千篇一律的打扮。她们把自己的宗教当作借以目空一切的金字招牌。她们自恃与教会血缘相连,在对待同类的态度上,免不了带有几分专横之气。

威尔金森小姐可不同凡响。她身穿一袭白纱长服,上面印有鲜艳的小花束图案,脚蹬一双尖头高跟鞋,再配上一双网眼长袜。在不见世面的菲利普眼里,她的穿戴似乎极为阔气,岂知她的外衣乃是一件华而不实的便宜货。她头发做得十分考究,故意将一绺光滑的发髻耷拉在前额中央,发丝乌黑发亮,很有骨子,看上去似乎永远不会蓬松散乱。一双眼睛又黑又大,鼻梁略呈钩形,她的侧影略带几分猛禽的凶相,而从正面看上去,却很逗人喜欢。她总是笑容可掬,但因为嘴大,笑的时候,得留神不让自己那口又大又黄的板牙露出来。最使菲利普不好受的,是她脸上抹的那厚厚一层脂粉。他对女性的风度举止向来很挑剔,认为一个有教养的上流女子万万不可涂脂抹粉;不过话得说回来,威尔金森小姐当然是位有教养的小姐啰,因为她是牧师的千金,而牧师则是属于有教养的上流人士。

菲利普打定主意不对她产生半点好感。她说话时带点法国腔,他不明白她为什么要这样,她明明是在英格兰内地土生土长的嘛。他觉得她笑起来流于矫揉造作,还有那股故作羞态的轻浮劲儿,也使他感到恼火。头两三天里,他心怀敌意,不和她多啰唆,而威尔金森小姐显然没有注意到他的态度,在他面前显得特别和蔼可亲。她几乎只跟他一个人交谈,并且不断就某些问题征求菲利普的意见,这种做法自有讨人喜欢的地方。她还故意逗他发笑,而菲利普对那些使自己感到有趣的人,一向无法拒之于门外:他颇有几分口才,能时而说几句高雅风趣的妙语,现在碰上了一位知音者,怎么能不叫他喜上心头呢。牧师和凯里太太都没一点幽默感,无论他说什么都不能引他们开颜展笑。菲利普渐渐同威尔金森小姐厮混熟了,他不再感到拘泥羞涩,而且渐渐喜欢起她来了:他发觉她的法国腔别有风味;在医生家的游园会上,她打扮得比谁都漂亮,穿一身蓝底大白点子的印花绸裙衫,单凭这一点,就足已使菲利普心荡神移。

“我敢肯定,他们准会认为你有失身份,”他笑着对她说。

“让人们看作放荡的野女人,本是我平生夙愿,”她回答说。

有一天,菲利普趁威尔金森小姐呆在自己房里的当儿,问路易莎伯母她有多大了。

“哎哟,亲爱的,你万万不可打听一位姑娘的年龄。不过有一点是肯定的,你要和她结婚,那她年纪可嫌太大啦。”

牧师肥胖的脸膛上,慢慢漾起一丝笑意。

“她可不是个黄毛丫头吧,路易莎,”他说。“我们在林肯郡的那阵儿,她就差不多已是个大姑娘了。那还是二十年前的事儿了。那会儿,她背后还拖着根大辫子呢。”

“那时她也许还不满十岁吧,”菲利普说。

“不止十岁了,”路易莎伯母说。

“我想那时候她快二十了吧,”牧师说。

“哦,不,威廉,至多不过十六七岁。”

“那她早已三十出头啰,”菲利普说。

就在这时候,威尔金森小姐步履轻盈地走下楼来,嘴里还哼着支本杰明·戈达德的曲子。她戴着帽子,因为已经约好菲利普一块儿去散步;她伸出手来,让菲利普给她扣好手套的纽扣。他并不精于此道,动作笨拙。他虽有几分尴尬,却自觉显示了骑士风度。他们俩现在交谈起来,无拘无束,十分投机;这会儿他们信步闲逛,一边天南海北地聊着。她给他讲在柏林的所见所闻,而他则告诉她这一年在海德堡的生活情形。过去似乎是无足轻重的琐事,现在谈起来却增添了新的趣味。他描述了欧林太太寓所内的房客以及海沃德和维克斯之间的那几次谈话。当时似乎对他影响至深,此刻他却略加歪曲,使两位当事人显得荒唐可笑。听到威尔金森小姐的笑声,菲利普颇感得意。

“你真让人害怕,”她说,“你的舌头好厉害。”

接着,她又打趣地问他在海德堡时可有过什么艳遇。菲利普不假思索直言相告:福分太浅,一事无成。但威尔金森小姐就是不相信。

“你嘴巴真紧!”她又说,“在你这种年纪,怎么可能呢?”

菲利普双颊刷地红了,哈哈一笑。

“啊,你打听的事未免多了点,”他说。

“哈哈,我说嘛,”威尔金森小姐得意洋洋地笑了起来,“瞧你脸都红啦。”

说来好不叫人得意,她竟会认为自己是风月场中的老手。为了让她相信自己确实有种种风流事儿要隐瞒,他赶忙变换话题。他只怨自己从来没谈过情,说过爱。实在没有机缘哪。

威尔金森小姐时乖命蹇,怨天尤人。她怨恨自己不得不自谋生计糊口。她在菲利普面前絮絮叨叨地讲述自己的身世;她原可以从她母亲的一个叔父那儿继承到一笔财产,哪知这个叔父竟跟他的厨娘结了婚,把遗嘱改了。言谈之中,她暗示自己家境曾相当阔绰;她将当年在林肯郡野游有马可策、出门有车代步的宽裕生活,同目前寄人篱下的潦倒处境作了对比。事后菲利普对路易莎伯母提起此事时,路易莎伯母的话却使他有点迷惑不解。她告诉菲利普,当年她认识威尔金森一家的时候,他们家充其量也只有一匹小驹和一辆寒碜的单马马车;至于那个阔叔父,路易莎伯母倒确实听人说起过,但他不仅结过婚,而且在埃米莉①出世前就有了孩子,所以埃米莉压根儿没希望得到他的遗产。威尔金森小姐眼下在柏林工作,她把那儿说得一无是处。她抱怨德国的生活粗俗不堪,不无痛苦地将它同巴黎的五光十色作了对比。她在巴黎呆过好几年,但没说清究竟呆了几年。她在一个时髦的肖像画师家里当家庭教师,女主人是个有钱的犹太人。在那儿,她有幸遇到许多知名人士,她一口气说了一大串名流的名字,听得菲利普晕头转向。法兰西喜剧院的几位演

---

① 即威尔金森小姐。

员是她主人家的常客。吃饭时,科克兰①就坐在她身边,他对她说,他还从未遇到过哪个外国人能说这么一口纯粹、流利的法国话。阿尔方斯·都德②也来过,曾给她一本《萨福③诗选》。他原答应把她的芳名写在书上,可她后来忘记提醒他了。不管怎么说,她现在仍把这本书当宝贝似地保存在手边,她愿意借给菲利普一阅。还有那位莫泊桑。威尔金森小姐提到他时格格一笑,意味深长地瞅着菲利普。了不起的人物!了不起的作家!海沃德曾讲到过莫泊桑,因而此人的名声菲利普也略有所闻。

"他向你求爱了吗?"他问道。

说来也奇怪,这句话冒到喉咙口时似乎在那儿哽住了,可毕竟还是吐了出来。现在他挺喜欢威尔金森小姐,同她闲聊时,心里止不住阵阵激动,可他很难想象会有人向她求爱。

"瞧你问的!"她叫了起来。"可怜的居伊④,他不论遇到什么样的女人都会向她求爱的。他这个脾气怎么也改变不了。"

她轻轻地叹了口气,似乎是满怀柔情地回忆着往事。

"他可是个迷人的男子啊,"她低声嘟哝。

只有阅历比菲利普深些的人,才能从她的话里猜测出那种可能有的邂逅场面:那位著名作家应邀前来赴家庭便宴,女教师带着两个身材修长的女学生,彬彬有礼地走了进来;主人向客人介绍:

"Notre Melle Anglaise."⑤

"Mademoiselle."⑥

① 科克兰(1841—1909),法国名演员。
② 都德(1840—1891),法国小说家。
③ 古希腊抒情女诗人。
④ 莫泊桑的名字。
⑤ 法语,我们的英国小姐。
⑥ 法语,小姐。

席间,名作家同男女主人谈天说地,那位 Melle Anglaise 默默地坐在一旁。

可是她的那番话,却在菲利普的头脑里唤起远为罗曼蒂克的奇思遐想。

“快跟我讲讲他的事情吧,”他激动地说。

“也没什么好讲的,”她这句说的倒是实话,可眉宇间的那副神气却似乎在说:哪怕写上三厚本也写不尽其中的艳史佳话呢。“你可不该这么刨根问底呀。”

她开始议论起巴黎来。她喜欢那儿的林荫大道和奇花异木。条条马路都优美雅致,而爱丽舍田园大街①上的树丛林苑,更是别具一格。他们俩这会儿坐在公路边的栅栏梯磴上,威尔金森小姐望着面前那几棵挺拔的榆树,目光里流露出鄙夷的神情。还有那儿的剧院,其节目之瑰丽多彩,演技之精湛高超,均是无与伦比的。她学生的母亲,福约太太,要去成衣铺试衣时,常由她陪同前往。

“哦,做人没钱花,真是活受罪!”她大声嚷嚷。“那些个漂亮时装!只有巴黎人才懂得穿衣打扮,而我呢,却买不起!可怜的福约太太,身段太差劲了。有时候成衣匠在我耳边轻声嘀咕:‘唉,小姐,要是她能有您这样的身段就好啦!’”

菲利普这时才注意到威尔金森小姐体态丰满,而且她本人也颇为之自豪。

“英国的男人够蠢的,只看重脸蛋长相。法国人才是个懂得爱情的民族,他们知道身段远比相貌重要。”

菲利普以前从不留神这种事儿,现在可注意到了威尔金森小姐脚脖子又粗又难看。他赶紧把目光移开。

---

① 横贯巴黎市中心的林荫大道,又译作“香榭丽舍”。

“你应该去法国。你干吗不去巴黎住上一年。你可以把法语学到手,这样会使你变得 déniaiser①。”

“那是什么意思?”他问道。

她狡黠地抿嘴一笑。

“这你可得去查查词典啰。英国男人不懂如何对待女人,他们羞羞答答的。男子汉还羞羞答答,多可笑。他们不懂得如何向女人求爱,甚至在恭维女人的漂亮迷人时,也免不了显出一副傻相。”

菲利普感到自己愚蠢可笑。显然,威尔金森小姐希望自己别这么拘谨。说真的,这时要是能说几句妙趣横生的俏皮话,献一点儿殷勤,那该多快人心意。可惜他搜索枯肠,就是掏不出半句来;等到他真的想到了,却又怕说出口会出洋相。

“哦,那时我爱上了巴黎,”威尔金森小姐感叹地说,“却不得不去柏林。福约家的女儿后来相继出嫁,我没法再在他们家待下去,一时又找不到事干,而柏林倒有个位置,就是我眼下干的这个差使。他们是福约太太的亲戚,我答应了下来。我在布里达街有个小套间,是在 cinquième②,那儿实在毫无体面可言。布里达街的情形你是知道的——ces dames③,是吧。”

菲利普点点头,其实根本不明白她说的是什么,只是模模糊糊猜到了一点。他生怕她会笑自己少不更事。

“不过我也不在乎。Je suis libre, n'est-ce pas④?”她很喜欢插句把法语,而她法语也确实说得不错。“我在那儿还有过一段奇遇呢。”

① 法语,老练些。
② 法语,第五。此处指五楼。
③ 法语,那些个女人。
④ 法语,我这个人很开明,是吗?

她蓦地收住话头，菲利普催她往下说。

“你也不肯把自己在海德堡的奇遇讲给我听嘛，”她说。

“实在太平淡无奇啦，”菲利普辩解说。

“假如凯里太太知道我们在一起谈这种事儿，真不知道她会怎么说呢。”

“你想我怎么会去告诉她呢?”

“你能保证不说?”

他作了保证之后，她就开始说：她楼上房间里住了个学美术的学生，他——但她又突然改变话题。

“你干吗不去学美术？你画得挺不错呢。”

“差得远呐。”

“这得由别人来评判。Je m'y connais①，我相信你具有大画家的气质。”

“要是我突然跑去对威廉大伯说我要去巴黎学美术，他的那副嘴脸够你瞧的!”

“你总不见得现在还是任人牵着鼻子走的吧。”

“你存心在卖关子哪，还是请你把刚才的事说下去吧。”

威尔金森小姐莞尔一笑，继续说她的故事。有几次，她在楼梯上同那个学美术的学生交臂而过，而她并没怎么特别去留意他，只看到他有一对漂亮的眼睛，他还彬彬有礼地脱帽致意。有一天，她发现从门缝里塞进来一封信。是他写的。信上说他几个月来一直对她暗中敬慕，他故意站在楼梯旁等她走过。哦，信写得委婉动人!她当然没回信啰。不过，天底下有哪个女人不喜欢受人奉承？第二天，又送来了一封信！这封信写得妙极了，热情洋溢，感人至深。后

① 法语，就我来说。

来，她在楼梯上同他再次相遇时，简直不知道眼睛该往哪儿看才好。每天都有信来，信中恳求与她相会。他说他晚上来，vers neuf heures①，她不知如何是好。这当然是万万不可的，他或许会不断拉铃，而她决不会去开门：然而就在她等待铃声叮当作响时，他却出其不意地出现在她面前。原来她自己进屋时忘了把门关上。

“C'était une fatalité.”②

“后来呢？”菲利普追问道。

“故事到此结束啦，”她回答说，同时伴随着一串格格的笑声。

菲利普半晌没言语。他心儿突突直跳，心田里似乎涌起一阵阵莫名其妙的感情的波澜。他眼前浮现出那条黑洞洞的楼梯，还有那一幕又一幕邂逅相遇的情景。他钦佩写信人的胆量——哦，他可永远不敢那么胆大妄为——还佩服他竟那么悄没声儿，几乎是神不知鬼不觉地进了她的房间。在他看来，这才是风流韵事的精华所在。

“他长得怎么样？”

“哦，长得挺帅。Charmant garçon。③”

“你现在还同他往来吗？”

菲利普问这句话的时候，心中隐隐感到一股酸溜溜的滋味。

“他待我坏透了，男人嘛，全是一丘之貉。你们全是没良心的，没一个好货。”

“这一点我可没有体会，”菲利普不无困窘地说。

“让我们回家去吧，”威尔金森小姐说。

---

① 法语，大约九点左右。
② 法语，这是命中注定的嘛。
③ 法语，迷人的小伙子。

第三十三章

菲利普没法把威尔金森小姐的那段风流事从脑子里排除开去。尽管她讲到紧要处戛然收住话头，但意思还是够清楚的，他不免有点震惊。这种事对已婚女子来说当然无所谓，他读过不少法国小说，知道这类苟且事在法国确实可谓司空见惯。然而，威尔金森小姐是个英国女子，还未结婚，况且她的父亲又是个牧师。接着他一转念，说不定那个学美术的学生既不是她的第一个，也不是她的最后一个情人呐，想到这儿不由得倒抽了口冷气：他从未打这方面去体察威尔金森小姐，居然有人向她求爱，简直不可思议。他由于天真单纯，并不怀疑她自述的真实性，就像从不怀疑书里的内容一样；令他气恼的倒是，为什么这种奇妙的事儿从来轮不到自己头上。要是威尔金森小姐执意要他讲讲在海德堡的艳遇而他竟无可奉告，那该多丢人。他固然也有一套臆造杜撰的本事，然而他是否能使她相信自己是拈花惹草的老手，那就很难说了。女子的直觉十分敏锐，菲利普看到书本上是这么说的，她也许一眼就识破他是在撒谎。他想到她也许会掩面窃笑他，不由羞得面红耳赤。

威尔金森小姐一边弹着钢琴，一边懒洋洋地唱着。她唱的是马赛耐特、本杰明·戈达特和奥古斯塔·霍姆斯谱写的歌曲，不过这些曲子对菲利普来说都很新鲜。他俩就这样厮守在钢琴旁边，一连消磨上好几个钟头。有一天，威尔金森小姐想知道他是否生就一副歌喉，执意要他试试嗓音。她夸他有一副悦耳动听的男中音嗓子，主动提出要教他唱歌。一上来，他出于惯有的腼腆谢绝了。但她再三坚持，于是，每天早餐以后凑着空就教他一小时。她颇有当教师的天赋，无疑是个出色的家庭教师。她教授有方，要求严格。讲课时，虽然仍带着一口浓厚的法国腔，但那种软绵绵的嗲劲却一扫而尽。自始至终没有半句废话，断然的口气中带几分威势儿；学生思想一开小差，或是稍有马虎，她出于本能，当即毫不客气地予以制止和纠正。她知道自己的职责所在，逼着菲利普练声吊嗓子。

课一结束，她脸上又自然而然地泛起诱人的浅笑，说话的口吻也重新变得温柔可爱。她转瞬就卸掉了那层为人之师的外壳，可是要菲利普摆脱自己当门生的身份就没这么容易，上课时得到的印象，同听她讲述个人艳遇时的内心感受，颇有点格格不入。他对她的观察更加细致入微。他发觉威尔金森小姐晚上要比早晨可爱得多。早晨，她脸上的皱纹不少，颈脖上的皮肤也有点粗糙。他真希望她能把脖子遮起来，但天气很暖和，她穿的上衣领口开得很低。她又非常喜欢穿白色的服装，而在上午穿这种颜色的衣服对她实在不很合适。一到了晚上她就显得妩媚动人：她穿着像晚礼服一样的长裙，脖子上挂着一串红石榴珠项链，长裙前胸和两肘上缀有花边，使她显得温柔而讨人喜欢。她用的香水溢出一股撩人的异香(在布莱克斯泰勃人们只用科隆香水，而且只在星期天或者头疼病发作时才洒上几滴)。这时候，她看上去确实很年轻。

菲利普为计算她的年龄伤透了脑筋。他把二十和十七加在一起，总得不出一个满意的答数来。他不止一次地问路易莎伯母，为什么她认为威尔金森小姐有三十七岁了。她看上去还不满三十岁呢！谁都知道，外国女子比英国女子老得快；威尔金森小姐长期身居异邦，差不多也称得上是个外国人了。菲利普个人认为她还不满二十六岁。

“她可不止那把年纪啰，”路易莎伯母说。

菲利普对凯里夫妇说话的精确性抱有怀疑。他们唯一记得清的，是他们在林肯郡最后一次见到威尔金森小姐时她还留着辫子。是嘛，她那时说不定才十二岁呢。那是多年以前的事情，而牧师的记忆力一向靠不住。他们说这是二十年前的事情，但是人们总喜欢用整数，所以很可能是十八年，或者十七年前的事。十七加十二，只不过二十九。活见鬼，这个岁数算老吗？安东尼为获得克莉奥佩特拉而舍弃整个世界时，那位埃及女王已经四十八岁①。

那年夏季天气晴好。日复一日，碧空无云。气候虽炎热，不过由于靠近海，暑气有所冲淡，空气中渗透着一股令人振奋的清新之意，所以即使置身于八月盛夏的骄阳之下，也不觉得熏烤难受，反而横生一股兴致。花园里有个小池，池中喷泉飞溅，睡莲盛开，金鱼翔浮在水面，沐浴着阳光。午餐之后，菲利普和威尔金森小姐常常带着旅行毯和坐垫来到池边，躺在草地上，借那一排排高高的玫瑰树篱遮阴。他们一个下午就这么躺在那儿聊天、看书，时而还抽支把烟。牧师禁止在室内抽烟，认为抽烟是种恶习。他经常说，任何人若沦为某一嗜好的奴隶，未免有失体统。他忘了他自己也有喝午茶的嗜好。

有一天，威尔金森小姐给菲利普看《波希米亚人的生涯》②一书。这本书是她在牧师书房的书堆里偶然翻到的。凯里先生有回要买一批廉价书，也连带把它买了来，十年来就一直丢在那儿没人问津。

米尔热的这本杰作，情节离奇，文笔拙劣，内容荒诞，菲利普一

① 安东尼（公元前83—前30），古罗马将军、政治家，与渥大维·恺撒、莱必多斯同为执政官。公元前30年，安东尼在权力角逐中败于渥大维·恺撒，遂自刎。生前曾热恋埃及女王克莉奥佩特拉，她在安东尼死后亦自尽殉情。

② 法国作家亨利·米尔热（1822—1861）所写的一部著名小说，这里所谓的“波希米亚人”是指一群放荡不羁的巴黎青年艺术家。这部小说曾被普契尼等作曲家改编为歌剧。

翻开就立刻被迷住了。书中有关饥馑的描写,笔调诙谐,怨而不怒;关于赤贫景象的画面,栩栩如生,跃然纸上;下流的恋情经作家写来,却那么富于浪漫色彩;无病呻吟的哀怨感伤,到了作家的笔下却是缠绵悱恻,婉约动人——所有这一切,都使菲利普心驰神往,喜不自胜。鲁多尔夫和米密,缪塞和肖纳德!他们穿着路易·腓力普时代的稀奇古怪的服装,在拉丁区的灰暗街道上游荡,时而栖身于这个小阁楼上,时而又在那一个小顶楼里安顿下来;含着眼泪,挂着微笑,醉生梦死,及时行乐。谁能不被他们勾了魂去?只有等你获有更健全的鉴别力再回过头来看这本书的时候,你才会感到他们的欢乐是多么粗俗,他们的心灵是多么平庸,这时你才会感到,那一伙放浪形骸之徒,不论作为艺术家,还是作为凡人,都一无可取之处。但菲利普却为之心醉神迷。

“现在你打算去的是巴黎而不是伦敦了吧?”威尔金森小姐问,对他的热情不无讥讽之意。

“现在即使我打算去巴黎也来不及了,”他回答道。

他从德国回来已有两个星期,曾同大伯多次谈到自己的前途问题。他坚决拒绝进牛津念书,再说他再也别想拿到奖学金,甚至连凯里先生也得出他无力上大学的结论。菲利普的全部财产本来只有两千镑,虽然这笔钱以百分之五的利息投资于抵押业,但他无法靠其利息过日子。现在这笔钱又减少了一点。上大学的最低生活费用一年至少得二百镑,花这样一大笔钱去念书,简直荒唐。因为即使在牛津大学读上三年,还是照样不能养活自己。他急于直接上伦敦去谋生计。凯里太太认为,有身份的绅士只能在四种行业中选择:陆军、海军、司法和教会。她还加上一门医业,因为她的小叔子就是干这一行的,不过她没忘记在她年轻时,谁也不把医生算在上等人之列的。前两门行当根本不用去考虑,而菲利普本人又坚决反对任圣职,剩下的就只有进司法界这条出路。本地医生建议,如今许多有身份的人都从事工程实业,但凯里太太当即表示反对。

“我不想让菲利普去做买卖,”她说。

“是啊,不过他总得有个职业,”牧师应道。

“为什么不能让他像父亲那样去当医生呢?”

“我讨厌这种职业,”菲利普说。

凯里太太并不感到惋惜。既然他不打算进牛津,也别指望干律师这一行。因为凯里夫妇觉得,要想在这一行里搞出点名堂,还非得有学位不可。商量来商量去,最后建议菲利普去给一个律师当学徒。他们写信给家庭律师阿尔伯特·尼克逊,问他愿不愿意收菲利普做徒弟。他与布莱克斯泰勃教区牧师同是亨利·凯里生前指定的遗嘱执行人。隔了一两天回信来了,说他门下没有空额,而且对他们的整个计划很不以为然。目前这门行业已是人满为患,一个人要是没有资金,没有靠山,至多也只能做个事务所主管员。他建议菲利普去当会计师。而会计师算个什么行当,牧师也罢,他老伴也罢,都一无所知,菲利普也从没听说过有谁是当会计师的。律师又来信解释说:随着现代工商业的发展,随着企业公司的增加,出现了许多审核账目、协助客户管理财务的会计师事务所,它们建立的那一套行之有效的财务管理制度,是老式财务管理所没有的。自从几年前取得皇家特许之后,这个行业逐年重要起来,不仅受人尊重,而且收入丰厚。给阿尔伯特·尼克逊管理了三十年财务的会计师事务所,恰好有个练习生的空额,他们愿意收下菲利普,收费三百镑,其中有一半在五年合同期内以工资形式付还本人。尽管前景并不怎么吸引人,但菲利普觉得自己总该有个决断才是,他权衡得失,最后还是对伦敦生活的向往之情压倒了心头的退缩之意。布莱克斯泰勃的教区牧师写信请教尼克逊先生,这是不是一门适于上等人干的体面职业,尼克逊先生回信说:自从授予特许状以后,许多念过公学和大学的青年人都投身于这门行业。再说,要是菲利普觉得这工作不合心意,一年之后希望离开的话,赫伯特·卡特——就是那位会计师——愿意归还合同费用的半数。事情就算这样定了。根据安排,菲利普将在九月十五日开始工作。

"我还可以逍遥整整一个月,"菲利普说。

"到那时,你将走向自由,而我却要投身桎梏,"威尔金森小姐应了一句。她共有六周假期,到时候只比菲利普早一两天离开布莱克斯泰勃。

"不知我们以后是否还会再见面,"她说。

"我不明白怎么不会呢?"

"哦,别用这种干巴巴的腔调说话吧。还没见过像你这样不懂温情的人呢。"

菲利普满脸通红。他就怕威尔金森小姐把自己看成个脓包:她毕竟是个年纪不大的女子,有时还挺漂亮的,而自己也快二十岁了,假若他们的交谈仅止于艺术和文学,未免有点可笑。他应向她求爱。他们经常议论爱情,谈到过布里达街的那个学艺术的学生,还有那位巴黎肖像画家。她在他家住了很久,他请她做模特儿,而且狂热地追求她,吓得她不得不借故推托,不再给他当模特儿。不用说,威尔金森小姐对这类献殷勤的玩意儿早已司空见惯。那天,她戴了一顶大草帽,看上去十分妩媚动人。下午天气炎热,是入夏以来最热的一天,她上嘴唇上挂着一串豆大的汗珠。他想起了凯西莉小姐和宋先生。他以前想到凯西莉时毫不动心。她姿色平庸,一无动人之处,但是现在回想起来,他俩的私情却似乎很富有浪漫气息。他此刻眼看也有遇到点风流事的机缘。威尔金森小姐差不多完全法国化了,这就给可能经历的艳遇增添几分情趣。当他晚间躺在床上或是白天独自在花园里看书时，一想到此事，心弦就禁不住震颤起来，可是当威尔金森小姐出现在他面前时，事情似乎就不那么香艳动人了。

不管怎么说，在她讲了那几段风流韵事之后，如果他也向她表示爱情，想来她不至于会大惊小怪吧。他还隐隐觉得，她一定对自己至今无所表示感到奇怪。也许这只是自己的胡思乱想，不过近两天来，他不止一次地在她的目光里依稀辨觉出点鄙夷的意味。

“你愣愣地在想些什么，”威尔金森小姐笑吟吟地瞅着他说。

“我可不想告诉你，”他答道。

他想，应当就在此时此地吻她。不知道她是不是正巴望他这么做呢。但毕竟事先没有半点儿表示，怎能这么冒冒失失呢。她不以为自己疯了才怪哩，也许会赏自己一个耳刮子，说不定还会到他大伯面前去告状。真不知道宋先生怎么把凯西莉勾搭上的。要是她把事情告诉了伯父，那就糟了。他深知大伯的为人，他一定会说给医生和乔赛亚·格雷夫斯听的，这样他在众人面前就成了个十足的大傻瓜。路易莎伯母不是一口咬定威尔金森小姐已整整三十七岁了吗？想到自己会成为众人的笑柄，不禁透心凉了半截。他们还会说，她的年龄那么大，足可做他的母亲呢！

“瞧你又在愣神了，”威尔金森小姐莞尔一笑。

“我在想你呐，”他鼓足勇气答道。

不管怎么样，这句话可抓不到什么辫子。

“在想些什么呢？”

“啊，这回是你在刨根问底了。”

“淘气鬼！”威尔金森小姐说。

又是这种口气！每当他好不容易把感情鼓动了起来，她却总是说些煞风景的话，让人忘不了她那家庭教师的身份。他练声时没达到她的要求，她就俏皮地骂他淘气鬼。这一回可惹得他一肚子不高兴。

“希望你别把我当作三岁小孩。”

“恼火了吗？”

“恼火得很哪。”

“我可不是有意的。”

她伸出手来，他握住了。近来，有几次他们晚上握手告别时，他似乎感到她有意捏了捏他的手，而这回再没什么好怀疑的了。

他不知接下去该说些什么。此刻，任他冒险的机会终于来了，如果他坐失此良机，岂非真成了个傻瓜蛋？惜乎这场面过于平淡了些，该更多一点魅力才是。他读到过不少关于爱情的描写，而他现在一点也感觉不到小说家们描绘的那种内心情感的奔突勃发，他并没有被一阵阵情欲冲动搞得神魂颠倒，何况威尔金森小姐也不是他理想中的情人。他经常给自己描绘了这么个千媚百娇的姑娘：长着一对水汪汪的大眼睛，皮肤像雪花石膏似的白皙滑润；他常常幻想自己如何把脸埋在她一绺绺涟漪般的浓密褐发之中。可是他没法想象自己会把脸埋在威尔金森小姐的头发里，而这位小姐的头发总使他感到有点黏糊。话又得说回来，偷香窃玉毕竟是够刺激的，他为自己即将取得的成功感到激动，感到由衷的自豪。他是完全靠自己把她勾引到手的。他打定主意要去吻威尔金森小姐，不过不是在此刻，得等到晚上，在灯火阑珊之处比较方便些。只要吻了她，那以后的事就有谱儿了。就在今天晚上，一定要吻她。他还如此这般地立下了誓言。

他已胸有成竹，考虑周全。晚饭后，他建议两人到花园里去散步，威尔金森小姐同意了。他俩肩并肩地在花园中转悠。菲利普十分紧张。不知怎么的，话说来说去总是引不上那条路子。他原来决定第一步要用手臂挽住她的腰肢，而她却在大谈特谈下周举行的赛船会，他总不能贸然伸手去勾住她吧。他巧妙地把她引入花园的浓阴深处，可一到了那儿，他的勇气却不知了去向。他俩坐在长凳上，他真的打定了主意要利用眼前的大好良机了，可就在这时，威尔金森小姐突然说这里肯定有蚰蜒虫，说什么也要往前走。他们又在花园里逛了一圈，菲利普决计要在转到那张长凳之前断然采取行动，可就在他们打屋子旁边经过的时候，看见凯里太太站在门口。

"年轻人，你们最好进屋来吧。夜里寒气重，我敢说对你们身体没好处的呢。"

"也许我们还是进去的好，"菲利普说，"我不想让你着了凉。"

说罢，他顿觉松了口气。今晚不必再胡思乱想干什么了。可是后来等他独自回到房里，却对自己大为恼火。真是十足的傻瓜。可以肯定，威尔金森小姐正等着自己去吻她，否则她才不会上花园去呢。她不是常说只有法国人才懂得怎么对待女人吗？菲利普看过不少法国小说。要是他是个法国人的话，他会一把将她搂在怀里，热情奔放地向她诉说爱慕之情；他要把双唇紧紧地贴在她的nuque[①]上。他不明白法国人干吗总是喜欢吻女人的nuque。他自己可从来没注意到颈脖子有什么迷人之处。当然，对法国人来说干这些事是很容易的，语言帮了不少忙，而菲利普总感到用英语说那些热情奔放的话，听上去荒唐可笑。菲利普心想，要是自己从来没打算围攻威尔金森小姐的贞操，那该多好。开始的两星期，日子过得挺轻松的，而现在他却感到痛苦不安。然而，他决不能就此罢休，否则他要一辈子瞧不起自己。他铁了心，非要在明天晚上吻她不可。

① 法语，颈脖子。

翌日，他起床一看，外面在下雨，他第一个念头就是今晚不能上花园去了。早餐时他兴致很好。威尔金森小姐差玛丽来说，她头疼不想起床。直到下午用茶点时她才下楼来，脸色苍白，穿着一件合身的晨衣。等到吃晚饭时，她完全复元了，因此晚餐的气氛很活跃。做完了祷告，她说她得回房休息去了，她吻了吻凯里太太，然后转身对菲利普说：

"我的天哪！"她嚷道，"我真想亲亲你呢！"

"干吗不呢？"他说。

她呵呵一笑，伸出手来。她明显地紧捏了一下他的手。

第二天天气转晴，蓝天不见一缕云翳，雨霁的花园，空气分外清新芳香。菲利普去海滨游泳，回来后，美美地饱餐一顿。下午，牧师公馆里举行网球聚会，威尔金森小姐穿上最漂亮的衣服。她穿衣打扮确实很在行，菲利普没法不注意到，她出现在副牧师太太和医生那位已出阁的女儿旁边，还真算得上仪态万方哩。她在腰带上缀了两朵玫瑰，坐在草坪边上的庭院靠椅里，打着一把大红阳伞，日光透过伞面，映着她的脸盘，浓淡恰到好处。菲利普喜欢打网球，发球技术不错，他不便奔跑，所以专打近网球。虽说他有足疾，动作却挺利索，很难使他失球。他每局都打赢了，高兴得什么似的。喝茶时他坐在威尔金森小姐脚边，浑身淋汗，气喘吁吁。

"你穿着这身法兰绒服很合适，"她说，"今天下午你看上去挺帅。"

他高兴得脸都红了。

"我也可以老实地恭维你一句。你的样子使人神魂颠倒。"

她嫣然一笑，那双乌黑的眸子久久地盯在他脸上。

晚饭后，他坚持要她出去散步。

"你玩了一整天还没玩够？"

“今晚花园里夜色迷人,星星都出来了。”

他兴致勃勃。

“你知道吗? 为了你,凯里太太还怪我哩,”当他们款步穿过菜园子时,威尔金森小姐说,“她说我不该跟你调情。”

“你跟我调情了吗? 我还没觉察到哩。”

“她不过是说句笑话罢了。”

“昨晚你好狠心,就是不肯吻我。”

“你也不看看我说那话时,你大伯瞅我的那副神情!”

“你就这样被吓住了?”

“我吻别人时不喜欢有人在场。”

“现在可没人在场啊。”

菲利普用手勾住她的腰肢,在她的嘴上亲了亲。她只是咧嘴笑笑,毫无退缩之意。一切进行得相当自然。菲利普颇感自豪。他决心要做的,毕竟做到了。这本是世界上最轻而易举的事。要是他早这样干就好了。他又吻了她一下。

“哦,你不该这么着,”她说。

“为什么?”

“因为你的吻太叫我喜欢啦,”她呵呵笑了。

第三十四章

第二天吃了午饭,他俩带着旅行毛毯和软垫来到喷水池边。虽然他们随身还带着书,但谁也没心思去看。威尔金森小姐舒舒服服安顿好之后,信手撑开那柄大红伞面的阳伞。现在菲利普已无所顾忌,可是一上来威尔金森小姐却不许他吻自己。

“昨晚，我太有失检点啦，”她说，“我怎么也睡不着，觉得自己做了亏心事。”

“瞎扯淡！”他大声说。“我可以肯定你昨晚睡得才香哪。”

“你不想想，要是让你大伯知道了，他会怎么说？”

“瞧你说的，他才不会知道呢！”

他向她凑过身子，心儿扑通扑通直跳。

“你为什么想吻我？”

他知道自己该回答一句“因为我爱你嘛”，可就是说不出口。

“你倒说说看呢？”他反诘一句。

她满眼含笑地瞅着他，同时用手指尖轻轻地触摸他的脸。

“瞧你的脸蛋多滑嫩！”她悄声儿说。

“我的脸真得勤刮才行，”他说。

说来也奇怪，想不到谈情说爱竟这么难！他觉得沉默反倒比言语更能帮自己的忙，他可以用目光来表达无法言传的情感。威尔金森小姐叹了口气。

“你到底喜欢我不？”

“喜欢得很哩。”

他又凑上去要吻她，这回她半推半就了。菲利普看上去热情冲动，其实是在虚张声势，他在扮演风流情种的角色，而且自觉演得惟妙惟肖。

“你开始让我有点害怕了，”威尔金森小姐说。

“吃过晚饭你出来好吗？”他恳求说。

“除非你答应别胡来。”

“随你说什么我全答应。”

这股半真半假拨弄起来的情焰，现在真的烧到他身上来了。下午用茶点时，他嘻嘻哈哈，旁若无人，威尔金森小姐心神不安地看着他。

“你那双忽闪忽闪的眸子该悠着点才是，”她后来对他说。“你的路易莎伯母会怎么想呢？”

“她怎么想我才不管呢！”

威尔金森小姐快活地呵呵一笑。晚饭刚一吃完，菲利普就冲着她说：“你可高兴陪我去抽支烟？”

“你就不能让威尔金森小姐好好歇会儿？”凯里太太说。“别忘了她可不像你那么年轻。”

“哦，我就是想出去走走呢，凯里太太，”她颇不买账地说。

“吃罢午饭走一程，吃罢晚饭歇一阵，”牧师说。

“你伯母为人挺好，可就是有时候婆婆妈妈的惹人恼火，”他们出了屋子刚把边门带上，威尔金森小姐就咕噜了这么一句。

菲利普把刚点着的烟卷往地上一扔，张开胳臂猛地将她搂住。她用力想把他推开。

“你答应过不胡来的，菲利普。”

“你也不见得真的相信我会信守这种诺言的，是吗？”

“别这样，离屋子太近了，菲利普，”她说。“万一有人突然打屋里出来呢？”

菲利普把她引到菜园子里，这时候没人会上这儿来，而这一回威尔金森小姐也没有想到蚰蜒虫。菲利普热烈地吻她。有一点他百思不得其解：早晨，他对她一无好感；过了中午，觉得她尚可人意；可是到了晚上，一碰到她的手，魂儿就被摄了去。而且怎么也想不到，自己的舌头也变巧了，竟能吐出那一连串绵绵情话来。如果在大白天，那是无论如何也说不出口的，连他自己听了，得意之余也不免暗觉惊讶。

“谈情说爱你还真有一手哩，”她说。

他自己也是这么想的。

“哦,要是我能把心中燃烧的激情一古脑儿倾吐出来,那有多好!”他口气热烈地喃喃低语。

真是妙不可言! 他还从未玩过这么富有刺激性的游戏,妙就妙在他说的每句话差不多都出自肺腑,只是略带几分夸张罢了。看到这一切竟在她身上立时奏效,他不仅觉得极有趣,而且兴奋得什么似的。最后,她显然费了好大劲才开得口,说她要回屋去了。

“哦,别现在就走,”他嚷道。

“一定得走了,”她嘟哝着说。“我心里害怕。”

他突然产生一种直觉,知道此刻该作何反应才不失分寸。

“我现在不能进屋去,我要留在这儿好好想想,我双颊发烫,需要吹点晚风凉凉。晚安。”

菲利普煞有介事地伸出手,她默然不语地握着。他觉得她在竭力克制,不让自己发出呜咽之声。哦,真带劲! 他一个人在黑洞洞的园子里,百无聊赖地呆了一段时间,想想也说得过去了,便走进屋子,发现威尔金森小姐已回房睡觉去了。

打这以后,他俩之间的关系自然已非同一般。第二天和第三天,菲利普俨然是个堕入情网的热恋之人。他发现威尔金森小姐爱上了自己,心里美滋滋的,好不得意:她用英语对他这么说,也用法语对他这么说。她向他倾诉钦慕之情。过去,从未有谁当面说他有一双迷人的眼睛,有一张肉感的嘴。他一向很少在个人仪表上劳神费心,可现在一有机会,就要在镜子面前顾影自怜一番。在同她接吻的时候,菲利普能感受到那股似乎使她心灵震颤的激情,真是奇哉妙也。他经常吻她,因为这要比说些个卿卿我我的情话来得容易。不过,他本能地感到她巴不得自己能在她耳边情语喁喁。即使现在,要向她吐露爱慕之意,仍使自己觉得愚蠢可笑。他情场得意,满希望眼前能有个把听他吹嘘夸耀的人,愿意同此人讨论自己谈情说爱时的细枝末节。有时她说的事儿挺玄乎,听得他如堕五里雾中。要是海沃德在这儿就好了,可以向他请教她说的究竟是什么意思,自己下一步最好采取什么行动。是速战速决呢,还是听其自然,他拿不定主意。现在只剩下三个星期的时间了。

"一想到假期快要结束,我就受不了,"她说,"我难过得心如刀剐,到时候咱俩说不定就此永别了。"

"你要是果真对我有半点情意,决不会对我这么狠心,"他低声说。

"哦,咱俩一直就这样,不是挺好的吗,你为什么还不满足? 男人全都一个样,得寸进尺,永远没有满足的时候。"

在他死乞白赖纠缠之下,她只得说:

"你没看到这不可能嘛! 这儿怎么行呢?"

他提出种种方案,可她说什么也不肯沾边试试。

"我可不敢冒这份险,万一被你伯母发觉了,岂不糟透!"

一两天后,他想出了个看来是万无一失的好主意。

"听着,如果星期天晚上你推说头疼,愿意留下看家,那么路易莎伯母就会上教堂去了。"

通常星期天晚上,为了好让玛丽·安上教堂,凯里太太总是留下来看家。不过,要是有机会参加晚祷,她是不大肯放过的。

菲利普在德国时已改变了对基督教的看法,不过他觉着没有必要让他的亲戚们知道,也不指望取得他们的谅解,看来还是不声不响地去教堂做礼拜的好,省得给自己找麻烦。但他只在早晨去一次,把这看成是对社会偏见所作的一种体面让步;他拒绝晚间再上教堂,认为这是他决心维护思想自由的一种恰如其分的表示。

当他提出这个建议时,威尔金森小姐沉吟了半晌,然后摇摇头。

“不,我不干,”她说。

可是到了星期天下午用茶点时,她却大大出乎菲利普的意外。

“我今晚不想去教堂了,”冷不防她竟这么说了。“我头疼得好厉害。”

凯里太太十分关心,一个劲儿劝她服用几滴她自己经常喝的“头痛药水”。威尔金森小姐谢谢她的好意,喝完茶就说要回房去休息了。

“你真的啥也不需要吗?”凯里太太焦虑地问。

“啥也不要,谢谢您。”

“要真是这样,我可要上教堂去了。平时我很少有机会去做晚祷。”

“哦,行,您放心去是了!”

“还有我在家呢,”菲利普说,“威尔金森小姐如果需要点什么,可以差遣我嘛。”

“你最好把起居室的门开着,菲利普,这样,要是威尔金森小姐打铃,你就听得到了。”

“好的,”菲利普说。

于是,过了六时,家里只剩下菲利普和威尔金森小姐他们俩。菲利普反倒害怕起来,心里慌得很,他真心懊悔,自己怎么会出这么个馊主意,但现在悔之也晚矣,总不能把好不容易才争取来的机会白白放过吧。要是他临阵退却,威尔金森小姐会怎么想呢!菲利普走到穿堂里,侧耳细听,屋里悄无声息,不知道威尔金森小姐是不是真的头疼。说不定她早就把他的建议给忘啦。他的心痛苦地折腾着。他蹑手蹑脚地爬上楼梯。楼梯嘎吱一响,他猛吓一跳,忙不迭收住脚步。他总算来到威尔金森小姐的房门口,先是站在门外听了听,然后把手搭在门把上。又等了一会儿。他似乎在那儿至少伫立了五分钟之久，迟迟拿不定主意，那只手不住哆嗦。要不是怕自己事后会反悔不迭，他早就溜之大吉了。现在好比是已爬上游泳池的最高一层跳台。站在台下仰头往上看，似乎没什么大不了的；可是等你站到跳台上，再朝下凝望水面，心儿不免凉了半截。仅仅因为怕出乖露丑，才肯硬着头皮纵身下跳。如果从刚才爬上来的阶梯再畏畏葸葸地爬下去，多丢人。菲利普鼓足勇气，轻轻地转动门把，挪步走了进去。他觉得自己浑身筛糠，好似风中的一片残叶。

威尔金森小姐站在梳妆台前，背对着门，一听到开门声，忙转过身来。

“哦，是你啊！你来干什么？”

她已脱掉了裙子和上衣，就穿着条衬裙站在那儿。衬裙很短，只齐靴帮高；裙摆是用一种乌黑发亮的料子缝制成的，下面镶着一条荷叶边。她上身穿着件短袖白布衬衣。她那副怪模样，菲利普看了心都凉透了。从未见到她像此刻这样缺少韵致，可是事到如今，已断无后退的余地。他随手把门带上，并上了锁。

第三十五章

菲利普第二天一早就醒了。尽管他辗转反侧，一宿没睡好，但是此刻他展舒双腿，望着从软百叶窗里透进来的阳光在地板上交织成金色的图案，还是心满意足地吁了口气。他颇有点沾沾自喜。他开始想到威尔金森小姐。她要菲利普叫她埃米莉，但不知怎的，他就是叫不出口。在他脑子里她始终是威尔金森小姐。既然唤她威尔金森小姐要挨她骂，菲利普干脆什么名儿也不叫。记得在小时候，他常听人说起路易莎伯母有个妹妹，一个海军军官的未亡人，大

家全叫她埃米莉姨妈。所以现在要他用这个名字来称呼威尔金森小姐,他感到怪别扭的,而他也想不出有什么更合适的称呼。她打一开始就是威尔金森小姐,在他的印象里,这个名字似乎和她本人须臾不可分离的。他眉尖微蹙。不知怎么地,他现在总把她往坏处里看。他忘不了昨晚目睹她身穿衬衣衬裙,倏然转身过来那一瞬间自己心里所产生的沮丧之感,想起了她那稍显粗糙的皮肤,还有颈脖子上又长又深的皱褶。他那股胜利的喜悦顿时作了烟云散。他又估算了一下她的年龄,不明白她怎么会还不满四十岁。这一来,这段风流韵事就显得荒唐可笑了。她人老珠黄,风韵全无。他脑海里顿时浮现出她的形象来:形容憔悴,尽管涂脂抹粉,也掩盖不住满脸皱纹;那一身打扮,就她的地位而论,未免显得过于艳丽,而对她的年龄来说,似乎又嫌太花哨。他打了个寒颤。他突然觉得自己再也不愿见到她了。想到自己竟还同她亲嘴,真有点受不了。他对自己的所作所为不胜骇然。难道这就是爱情?

为了晚点同她照面,他穿衣时尽量磨蹭拖时间,等他最后迫不得已走进餐室时,他的心绪坏到了极点。祷告仪式已结束,大家围在餐桌边吃早饭。

"懒骨头!"威尔金森小姐快活地嚷了一声。

一看到她本人,他倒不觉宽慰地舒了口气。她背朝窗口坐着,模样儿还真俏。他不明白自己干吗尽往她坏处想。他顿时又洋洋自得起来。

昨日今朝她判若两人,菲利普着实吃了一惊。刚吃罢早饭,她就迫不及待地说她爱他,而说话的声音则因内心的激动而微微颤抖。过了一会儿他俩去起居室上唱歌课,他在琴凳上坐定。一行音阶只弹到一半,她就仰起脸,说:

"Embrasse-moi. ①"

菲利普刚弯下身子,她就张开双臂一把搂住他的颈脖。这滋味可不大好受,因为她连拖带拉地紧紧勾住菲利普,差点儿没把他憋死。

"Ah! je t' aime. Je t' aime. Je t' aime!②"她操着一口浓重的法国腔大声说。

菲利普真希望她能用英语讲话。

"嘿,不知你想到没有,园丁随时都有可能打窗口经过。"

"Ah! je m'en fiche du jardinier. Je m' en refiche, et je m'en contrefiche. ③"

菲利普觉得这一切简直成了法国小说里的场景,心头无端冒出股无名火来。

最后他说:

"嗯,我想到海滩那儿去逛逛,顺便泡泡海水。"

"哦,总不见得你——偏偏要在今天早晨撇下我一个人吧?"

菲利普不大明白干吗今天就不行呢? 不过,她要这么说自己也管不着。

"你要我呆在家里?"他微笑着说。

"噢,亲爱的! 不,你去吧。去吧。我要想象一下你顶着带咸味的波浪,畅游在广阔海面上的情景。"

他拿起帽子,悠然走开了。

"真是娘儿们的蠢话,"他暗自嘀咕了一声。

不过他感到兴奋,快乐,飘飘然。她显然已完全被自己迷住啦。

---

① 法语:拥抱我。
② 法语:啊,我爱你,我爱你,我爱你。
③ 法语:啊,我不在乎那个园丁。我不在乎,我才不在乎呢。

他一瘸一拐地走在布莱克斯泰勃的大街上，带点儿目空一切的神气，打量着过往行人。他同不少人有点头之交，他微笑着向他们颔首致意，心想要是让他们知道自己的风流事儿，那该多好啊！他真巴不得能有个把人晓得呢。他想他要给海沃德写信，而且在脑子里构思起来。信里，他要谈到花园和玫瑰，还有那位娇小玲珑的法国女教师，她像玫瑰丛中的一朵奇葩，芬芳馥郁，妖艳异常。他要说她是法国人，因为——嗯，她在法国住了那么多年，差不多也算得上个法国人了。再说，如果把整个事儿毫不走样地和盘托出，也未免有点不雅，不是吗？他要告诉海沃德他俩初次见面的情景：她穿着一袭漂亮的薄纱衣裙，还献给了他一朵鲜花。为了描写这一情景，他还编了一首玲珑剔透的短诗：阳光和海水赋予爱情以烈焰和魔力，星星更增添了诗情画意，古色古香的牧师公馆花园正是天造地设的谈情说爱的场所。他的情人颇像梅瑞狄斯笔下的人物，虽算不上是露茜·弗浮莱尔①，也比不上克拉拉·米德尔顿②，但她千妩百娇的媚态，却非笔墨所能形容。菲利普的心口突突直跳。他的联翩浮想，使他心醉神迷，所以当他水淋淋地爬回海滩，哆哆嗦嗦地钻进更衣车之后，又堕入漫漫遐想之中。他想着自己钟爱的情人。在给海沃德的信里，他要这样来描绘她：玲珑娇小的鼻子，流星似的棕色大眼睛，还有一头浓密的棕色柔发，把脸埋在这样的发堆里才真是妙不可言呢；说到她的皮肤，白腻如象牙、光洁似日光，面颊像是鲜艳欲滴的红玫瑰。她多大了？也许是十八岁吧。他叫她缪赛。她笑声清脆，宛如溪水淙淙；说起话来，嗓音之轻柔婉转，胜过人间最甜美悦耳的音乐。

---

① 梅瑞狄斯小说《理查·弗浮莱尔的苦难》中的女主人公。
② 梅瑞狄斯小说《利己主义者》中的女主人公。

“你出神想啥啊？”

菲利普蓦地收住脚步。他正在回家的路上慢腾腾地走着。

“我在四分之一英里以外的地方就开始向你招手了，瞧你这副神不守舍的德行。”

威尔金森小姐站在他面前，取笑他那副吃惊的神情。

“我想我得来接你哩。”

“你想得真周到，”他说。

“让你吓了一跳，是吗？”

“有那么一点，”他承认说。

他到底还是给海沃德写了封长达八页的信。

时光荏苒，剩下的两周时间转眼过去了。虽然每天晚上吃过晚饭去花园散步的时候，威尔金森小姐照例要感叹又是一天过去了，但菲利普的勃勃兴致并未因此而有所消减。一天晚上，威尔金森小姐提出，如果她能放弃柏林的工作而在伦敦另找个差事，该多称人心意啊。这样他们就可以经常见面了。菲利普嘴上敷衍说，真要能那样就好了，但实际上，这种前景并没有在他心中激起半点热情。他指望在伦敦能开始一种奇妙的新生活，最好别受到任何牵累。他在讲述自己今后的打算时口气过于随便了些，威尔金森小姐一眼就看出，他是恨不得马上就能远走高飞呢。

“你要是爱我，就不会用这种口气说话了，”她哭着说。

他猛吃一惊，闭口不言语了。

“我多傻啊，”她咕哝着。

他万万没料到她竟哭了起来。他心肠很软，平时就怕看到别人伤心落泪。

“哦，真抱歉。我哪儿对不起你啦？别哭呀。”

“哦，菲利普，别把我丢了。你不明白，你对我有多重要，我一生多么不幸,是你让我感受到人生的幸福。”

他默默地吻着她。她的声调里确实饱含着极大的痛楚,他害怕了。他万万没料到她的话全然出自肺腑,绝非说着玩的。

“我实在很抱歉。你知道我很喜欢你。我巴不得你上伦敦来呢。”

“你知道我来不了的。这儿很难找到工作,而且我也讨厌英国生活。”

菲利普被她的悲苦不幸所打动,几乎不再意识到自己是在扮演某种角色,他抱住她,越搂越紧。她的泪水隐隐使他高兴,他热烈地吻她,这回倒是出于一片真情。

但一两天后,她却当众大闹了一场。牧师公馆举行了一次网球聚会,来客中有两位年轻姑娘,她们的父亲是印度驻军的退休少校,最近才到布莱克斯泰勃安的家。姐妹俩长得很漂亮,姐姐和菲利普同庚,妹妹大约小一两岁。她们习惯于同青年男子交往,肚子里装满了有关印度避暑地的逸闻趣事(那时,拉迪亚德·吉卜林①的短篇小说风靡于世,人人竞相阅读)。她们同菲利普嘻嘻哈哈开玩笑,而菲利普也觉得挺新鲜——布莱克斯泰勃的年轻小姐对待牧师的侄子都有点一本正经——快活得什么似的。不知是哪个魔鬼附到他身上,他竟放肆地同那姐妹俩打情骂俏起来;由于这儿只有他这么个年轻人,她俩也相当主动地凑合上来。碰巧她俩的球艺都很不错,而菲利普本来就觉得同威尔金森小姐推来拍去很不过瘾(她来布莱克斯泰勃时刚开始学打网球),所以等他喝完茶,着手安排比赛阵容时,便建议先由威尔金森小姐同副牧师搭档,跟副牧师太太对阵,然后才让他与新来的人交锋。他在奥康纳大小姐身边坐下,压

① 吉卜林(1865—1933),20世纪英国小说家、诗人。

低嗓门对她说：

“我们先把那些个窝囊废打发掉，随后我们痛痛快快地打上一盘。”

显然，他的悄悄话给威尔金森小姐偷听到了，只见她把球拍往地上一扔，说是闹头疼，扭身便走。大家都看出来她是生气了。菲利普见她竟然当众耍脾气，很是恼火。他们撇开她，重新安排了阵容，但不多一会儿凯里太太来叫他了。

“菲利普，你伤了埃米莉的心。她回到房里，这会儿在哭呢。”

“干吗要哭？”

“哦，说是什么窝囊废对局的事儿。快到她跟前赔个不是，说你不是有意要伤她的心的，好孩子，快去！”

“好吧！”

他敲敲威尔金森小姐的房门，见没人应声，便径自走了进去。只见她合扑在床上，嘤嘤抽泣着。他轻轻拍拍她的肩膀。

“嘿，到底是怎么回事？”

“别管我，我再不想同你讲话了。”

“我怎么啦？我很抱歉，没想到让你伤心了。我不是有意的。听我说，快起来！”

“哦，我多么不幸。你怎忍心这么对待我。你知道我讨厌那套无聊玩意儿。我之所以有这份兴致，还不是为了想和你在一块儿玩。”

她站起身，朝梳妆台走去，往镜子里飞快地瞟了一眼，然后颓然倒在椅子里。她把手帕捏成个小球，轻轻拭擦眼角。

“一个女人能给男子的最珍贵的东西，我已经给了你了——哦，我好傻啊！——而你呢，全无感激之意。你一定是个没心肝的。你怎么能这么狠心地折磨我，当着我的面跟那两个俗不可耐的野丫头勾勾搭搭。我们只剩下一个多星期了。你连这么点时间都不能留来陪我吗?”

菲利普绷着脸,站在一边望着她。他觉得她的举动幼稚得可笑。尤为恼火的是,她竟当着外人的面耍起脾气来。

“其实你也知道,我对那两位奥康纳小姐一点也不感冒。你凭哪一点以为我喜欢她们呢?”

威尔金森小姐收起手帕。那张抹了粉的脸蛋上泪痕斑斑,头发也有些凌乱。这时候,那件白衣裙对她就不怎么合适了。她用如饥似渴的火热眼光,凝视着菲利普。

“因为你和她都才二十岁,”她嘶哑地说,“而我已经老了。”

菲利普涨红了脸,扭过头看着别处。她那凄楚悲苦的声调,使他感到有种说不出的滋味。他悔恨交集,要是自己从未和威尔金森小姐有过瓜葛,那该多好。

“我并不想让你痛苦,”他尴尬地说。“你最好还是下楼去照看一下你的朋友们。他们不知道你出什么事了。”

“好吧。”

他很高兴,总算得以脱身了。

他俩闹了一场别扭,很快就言归于好。但是在剩下为数不多的几天里,菲利普有时感到不胜厌烦。他只想谈谈今后的事儿,可是一提到今后,威尔金森小姐总是哭鼻子。一上来,她的眼泪还有点感化作用,使他感到自己薄情狠心,于是他竭力表白自己的炽热爱情永不泯灭。可是现在,徒然引起他的反感:如果她是个少女,倒还说得过去,可像她那样的半老徐娘,老是哭哭啼啼的,简直蠢透了。威尔金森小姐一再提醒他,他欠她的这笔风流孽债,是一辈子也还不清的。既然她口口声声这么说,他也愿意认可;不过说实在的,他不明白为什么自己得感激她,而不是她该感激自己呢?她要菲利普知恩图报，要从多方面履行情人的义务，这实在够呛。他一向习惯于只身独处，有时这还真成了他的切身之需。可是在威尔金森小姐看来，他须整天厮守在身边，对她俯首帖耳，否则就是忘恩负义。两位奥康纳小姐曾邀他俩去喝茶，菲利普当然乐意前往，但威尔金森小姐却说，她再过五天就要走了，他必须归她一人所有。虽然这种说法听起来甜滋滋的，可做起来却烦死人。威尔金森小姐在他耳边絮聒，说法国人感情细腻，要是他们和漂亮女人好上了，就像菲利普同她威尔金森小姐那样，他们会是如何体贴入微。她对法国男人赞不绝口，夸他们倜傥风流，感情炽热，渴望自我牺牲，且温存得体。威尔金森小姐的要求似乎还真不低呐。

菲利普听了威尔金森小姐所列举的、完美情人必须具备的种种品质，不禁暗暗庆幸：亏得她是住在柏林呢。

“你会给我写信的，是吗？每天都要给我写信。我想知道你的情况，你的一言一行不得对我有任何隐瞒。”

“到时候我会忙得够呛的，”他答道，“我尽量多给你写信就是了。”

她猛张开胳膊，热烈地搂住菲利普的脖子。她的这种爱情表示，有时搞得菲利普狼狈不堪，他宁可她悠着点，居于守势。她所作的暗示是那么露骨，真有点叫他震惊，这同他心目中女性的端庄贤淑完全格格不入。

威尔金森小姐预定动身的日子终于来到了。她下楼来吃早饭，脸色苍白，神情沮丧，套一件经久耐穿的黑白格子旅行服，俨然是个精明能干的家庭女教师。菲利普也默然不语，因为他不知道在这种场合该说些什么，生怕出言不慎，惹得威尔金森小姐当着他大伯的面哭闹一场。昨晚他们在花园里已相互挥泪告别过，这会儿看来没有机会可容他俩单独聚叙，菲利普感到很放心。早饭后他一直呆在餐室里，提防威尔金森小姐硬要在楼梯上吻他。他不想让玛丽·安撞见这种暧昧可疑的场面。玛丽·安已届中年，嘴尖舌辣，很不好对付。她不欢喜威尔金森小姐，背地里叫她老馋猫。路易莎伯母身体欠佳，不能亲自到车站送行，就由牧师和菲利普一并代劳了。就在火车快要开动的时候，她探出身子吻了凯里先生。

“我也得吻吻你呢，菲利普，”她说。

“可以嘛，”他红着脸说。

他站在月台上，挺直身子，威尔金森小姐迅速地吻了吻他。火车启动了，威尔金森小姐颓然倒在车厢的角落里，黯然泪下。在回牧师公馆的路上，菲利普如释重负，着实松了口气。

“嗯，你们把她平平安安地送走了？”路易莎伯母见他们进屋来这么问道。

“送走了，她几乎成了泪人儿了。她硬是要吻我和菲利普。”

“哦，是吗？在她那种年纪，吻一下也没什么危险。”说罢，凯里太太指指餐具柜。“菲利普，那儿有你的一封信，随着第二班邮件来的。”

信是海沃德寄来的。全文如下：

亲爱的老弟：

我立即给你复信。我不揣冒昧，擅自把你的信念给我的一位挚友听了。那是个迷人的女子，一个对文学艺术真正具有鉴赏力的女子。她的帮助和同情于我是十分珍贵的。我们俩一致认为你的信婉约动人。你的信发自心田。你不知道，字里行间渗透着多么令人心醉的天真烂漫气息。正因为你在恋爱，所以你落笔时就像个诗人。啊，亲爱的老弟，说真的，我感觉到了你炽热的青春激情；字字句句皆出于真挚的情感，犹如音乐般扣人心弦。你一定很幸福！我多么希望自己也能在场，躲在那座令人销魂的花园里，看着你们俩肩抵肩，手挽手，像扎弗尼斯①和赫洛②一样漫步在百花丛中。我可以看到你，我的扎弗尼斯，温存热烈，如痴似醉，眸子里闪烁着初恋的光芒；而你怀里的赫洛，那么年轻、温柔、娇嫩，她发誓决不同意，决不——最后还是同意了。玫瑰、紫罗兰、忍冬花！哦，我的朋友，我真忌妒你哟。想到你的初恋竟像纯洁的诗篇，多叫人高兴。珍惜这宝贵的时刻吧，因为不朽的众神已将人世间最珍贵的礼物赐给了你，这种既甜蜜又郁悒的回忆，将伴随至你生命的最后一刻。你以后再也领略不到这种无牵无挂的极乐狂喜。初恋是最难能可贵的；她美丽，你年轻，整个世界都属于你俩。当你怀着值得钦慕的质朴之情，向我披肝沥胆，说你把脸埋在她秀长的柔发之中，我感到我的脉搏加快了。我敢说，那肯定是一头光泽细洁的栗发，好似轻轻抹上了一层金色。我要让你俩并肩坐在枝叶扶疏的葱茏树下，共读一册《罗密欧与朱丽叶》。然后我要你双膝跪下，代表我亲吻那留有她脚印的一方土地，并转告她，这是一个诗人对她的灿烂青春，也是对你的忠贞情爱所表示的一份敬意。

永远是你的

G·埃思里奇，海沃德

“简直是乱弹琴！”菲利普看完信说。

说来好不蹊跷，威尔金森小姐也曾提议他俩一块儿看《罗密欧

① 希腊神话中的西西里牧羊人。
② 希腊神话中的谷物女神。

与朱丽叶》,但遭到菲利普的坚决拒绝。接着,在他把信揣入衣袋里的时候,一阵莫可名状的痛楚蓦地袭上心头,因为现实与理想竟如天壤之别。

第三十六章

数日之后,菲利普上伦敦去了。副牧师劝他住在巴恩斯,于是菲利普写信去那儿赁了一套房间,租金一周十四个先令。他到那儿已是黄昏时分。女房东是个古怪的老太婆,身子矮小而干瘪,脸上的皱纹又深又密。她替菲利普准备了顿便餐。起居室内大部分地盘让餐具柜和一张方桌占了,靠墙一侧放着一张覆盖着马鬃的沙发,壁炉边配置了一张扶手椅,椅背上套着白罩布,座子弹簧坏了,所以上面放了个硬垫子。

吃完便餐,菲利普解开行李,放好书籍,随后坐下来想看看书,却打不起精神。悄然无声的街道,使他有点忐忑不安,他觉得怪冷清的。

次日他一早就起床,穿好燕尾服,戴上礼帽。这顶帽子还是他以前在学校念书时戴的,寒碜得很,他决计在去事务所的途中进百货店买顶新的。买好帽子,他发觉时间还早,便沿着河滨信步往前走。赫伯特·卡特先生公司的事务所坐落在法院街附近的一条小街上,菲利普不得不三番五次地向行人问路。他发觉过往行人老是在瞅自己,有一回他特地摘下帽子,看看是不是自己一时疏忽把标签留在上面了。到了事务所,他举手叩门,里面没人应声。他看了看表,发现刚刚九点半,心想自己来得太早了点。他转身走开去,十分钟后又回过来,这回有个打杂的小伙子出来开门了。那勤工长着个长鼻子，满脸粉刺，说话时一口苏格兰腔。菲利普问起赫伯特·卡特先生。他还没有上班视事呢。

“他什么时候来这儿？”

“十点到十点半之间。”

“我还是在这儿等吧！”菲利普说。

“您有事吗？”那个勤工问。

菲利普有点局促不安，他想用调侃的口吻来掩饰内心的慌张。

“嗯，如果您不反对的话，本人将在贵所工作。”

“哦，您是新来的练习生？请进来吧。古德沃西先生一会儿就到。”

菲利普进了事务所，他一边走，一边注意到那个勤工——他跟菲利普年龄相仿，自称是初级书记员——在打量他的脚，菲利普刷地涨红了脸，赶忙坐下来，把跛足藏到另一只脚的后面。他举目环顾了办公室，室内光线暗淡，而且邋遢得很，就靠屋顶天窗透进来的那几缕光照明。屋子里有三排办公桌，桌前靠放着高脚凳。壁炉架上放着一帧画面污秽的版画，画的是拳击赛的一个场面。这时办事员们陆陆续续来上班了。他们瞟了菲利普一眼，悄悄地问那勤工他是干什么来的（菲利普知道了那勤工叫麦克道格尔）。这时耳边响起一声口哨，麦克道格尔站起身。

“古德沃西先生来了，他是这儿的主管。要不要我去对他说您来了。”

“好的，劳驾您了，”菲利普说。

勤工走出去，不一会儿又回身进来。

“请这边来好吗？”

菲利普跟着他穿过走道，进了另一间狭小的斗室，里面空荡荡的，没有什么家具陈设。背对壁炉，站着个瘦小的男子，个儿比中等身材还矮一大截，脑袋瓜却挺大，松软地耷拉在身躯上，模样儿丑陋得出奇。他五官开豁而扁平，一双灰不溜丢的眼睛鼓突在外，稀稀拉拉的头发黄中带红，脸上胡子拉碴，应该长满须发的地方却偏偏寸毛不生。他的皮肤白里泛黄。他向菲利普伸出手来，同时咧嘴一笑，露出一口的蛀牙。他说话时，屈尊俯就的神态之中又露出几分畏怯，似乎他明知自己是个微不足道的角色，却偏要摆出一副不同凡响的架势来。他说他希望菲利普会爱上这门行当，当然啰，工作中颇多乏味之处，但一旦习惯了，也会感到兴味盎然的。毕竟是门赚钱的行当，这才是主要的，对不？他带着那种傲慢与畏怯交杂在一起的古怪神情，嘿嘿笑了起来。

“卡特先生马上就到，”他说。“星期一早晨，他有时来得稍晚一些。他来了我会叫你的。这会儿我得找点事给你干干啰。你学过点簿记或记账吗？”

“没学过，”菲利普回答说。

“料你也没学过。那些商业中很管用的学问，学校里是从不教给学生的呢。”他沉吟片刻。“我想我能给你找到点事干干。”

他走进隔壁房间，隔了一会儿出来时，手里捧着个大硬纸板箱，里面塞满了一大堆乱七八糟的信件。他叫菲利普先把信件分分类，再按写信人姓氏的字母顺序整理好。

“让我领你到练习生办公的房间去。那儿有个很好的小伙子，名字叫华生，是华生·克莱格·汤普森公司老板华生的儿子——你也知道，是搞酿酒业的。他要在我们这儿见习一年。”

古德沃西先生领着菲利普穿过那间邋遢不堪的办公室——现在有六至八名职员在那儿办公——走进里面的狭窄后间，那是用一道玻璃板壁从大房间里隔出来的。他们看到华生靠着椅背在看《运动员》杂志。他是个体格结实、魁梧的年轻人，衣着很考究。古德沃西西先生进屋时，他抬起头来。他对主管员直呼其名，借此显示自己的身份不同一般。主管员对他的这种故作亲昵颇不以为然，毫不含糊地冲着他叫华生先生，可是华生并不认为这是种指责，而把这一称呼看做是对他本人绅士气派的一种恭维。

“我看他们已把里哥雷托撤下来了，”等到只剩下他们两人时，他对菲利普说。

“是吗？”菲利普应了一声，他对马赛一无所知。

他望着华生那身华丽的衣饰，不由得肃然起敬。他的燕尾服非常合身，颈口的大领结中央，巧妙地别着一枚贵重的饰针。壁炉架上放着他的礼帽，帽子上瘦下肥，款式入时，且闪闪发亮。菲利普不免自惭形秽。华生开始谈起狩猎来——在这么个鬼地方浪费光阴，简直窝囊透了，他只能在星期六去打一回猎——接着，话锋一转，又谈到了射击，邀请信从全国各地雪片似地向他飞来，多带劲，但他当然只好一一婉言谢绝啰。窝囊透了，好在受罪的时间不会太长，他只打算在这鬼地方混一年，然后就进商界去闯啦。到那时候，他可以每星期打上四天猎，还可参加各地的射击比赛。

“你要呆在这儿挨上五个年头，是吗？”他一边说，一边伸出条手臂朝小房间四下一挥。

“我想是吧，”菲利普说。

“日后我们还会有见面的机会。你也知道，我们公司的账务是托卡特管的。”

菲利普可说是被这位青年绅士的降尊纡贵的气度震慑住了。在布莱克斯泰勃，人们对待酿酒行业虽不冷言相讥，却总怀有几分轻慢之意，牧师也常常拿酿酒业开句把玩笑。而现在菲利普发现，他面前的华生竟是这么个举足轻重、气宇轩昂的角色，大大出乎意外。他在温彻斯特公学和牛津大学念过书，交谈过程中他反复提到这一点，使人不能不留下深刻印象。当他了解到菲利普受教育的曲折经过，越发摆出一副曾经沧海的架势来。

“当然啰，一个人如果没上过公学，还以为那类学校是些数一数二的名牌学府呢，是吗？”

菲利普问起事务所内其他人的情况。

“哦，我才不屑在他们身上费心思哩，”华生说。“卡特这老家伙还算不赖。我们时而请他来吃顿饭。其余的人嘛，净是些酒囊饭袋。”

说罢，他就埋头处理手头上的事务，菲利普也动手整理信件。不一会儿，古德沃西先生进来说卡特先生到了。他把菲利普领进他自己办公室旁边的一个大房间。房里放着一张大办公桌，两张大扶手椅，地板上铺着土耳其地毯，四周墙上挂着好多幅体育图片。卡特先生坐在办公桌旁，一见他们进来，就站起身来同菲利普握手。他穿着礼服大衣，模样儿像个军人，胡子上了蜡，灰白的头发短而齐整，昂首挺胸，腰杆笔直，说话时口气轻快，谈笑风生。他住在恩弗尔德，是个体育迷，追求乡间生活的情趣。他是哈福德郡义勇骑兵队的军官，又是保守党人协会的主席。当地有位大亨说，谁也不会把他当作伦敦城里人看待，他听说之后，觉得自己的这大半辈子总算没有白过。他跟菲利普随口交谈着，态度和蔼可亲。古德沃西先生不会亏待他的。华生这个人挺不错，是个道地的绅士，还是个出色的猎手——菲利普打猎吗？多可惜，这可是上等人的消遣哩。现在他很少有机会去狩猎了，得留给儿子去享受啦。他儿子在剑桥念书，以前进过拉格比——出色的拉格比公学，那儿培养的全是品学兼优的学生。再过一两年他儿子也要来此当练习生，那时菲利普就有伴了，菲利普准会喜欢他儿子的，他可是个百发百中的好猎手。他希望菲利普不断有所长进，爱上这儿的工作。他要给见习生上业务课，菲利普可千万别错过了，他们这一行正处于兴旺发达之时，要物色网罗有识之士。嗯，好了，古德沃西先生在那儿，如果菲利普还想了解什么，古德沃西先生会告诉他的。他的书法如何？啊，好，古德沃西先生会有所安排的。

这种洒脱飘逸的绅士风度，菲利普不能不为之折服倾倒：在东英吉利，人们知道谁是上等人，谁算不得上等人，然而上等人对此历来都是心照不宣的。

第三十七章

一上来，由于工作很新鲜，菲利普并不感到乏味。卡特先生向他口授信稿，此外他还得缮写誊抄财务报表。

卡特先生希望把事务所办得更富有绅士气派；他不愿同打字文稿沾边，对速记也绝无好感。那位勤工会速记，但只有古德沃西先生利用他的这门特长。菲利普经常跟一位老资格的办事员去某家商行查账，他渐渐摸清了客户的底细：对哪些客户须恭而敬之，而哪些客户境况不妙，头寸紧得很。人们不时交给他一长串一长串的账目要他统计。为了应付第一次考试，他还要去听课。古德沃西先生几次三番地对他说，这门行当嘛，一开始虽觉得枯燥乏味，但他慢慢会习惯起来的。菲利普六时下班，安步当车，穿过河来到滑铁卢区。等他到了寓所，晚饭已给他准备好了。整个晚上他呆在家里看书。每逢星期六下午，他总去国家美术馆转上一圈。海沃德曾介绍他看一本游览指南，是根据罗斯金的作品编纂而成的，菲利普手里捧着这本指南，不知疲倦地从一间陈列室转到另一间陈列室：他先是仔细研读这位批评家对某幅名画的评论，然后按图索骥，审视画面，不把该画的真髓找出来决不罢休。星期天的时间，就颇难打发了。他在伦敦没一个熟人，常常只好孤零零地捱过一天。某个星期天，律师尼克逊先生曾邀他去汉普斯泰德作客，菲利普混在一伙精力旺盛的陌生人里面度过了愉快的一天。酒足饭饱之后，还到公园里溜了一圈。告辞的时候，主人泛泛地说了声请他有空时再来玩。可他深恐自己的造访会打扰主人家，因此一直在等候正式邀请。不用说，他以后再也没等到，因为尼克逊家经常高朋满座，他们哪会想到这么个孤独、寡言的年轻人呢，何况又不欠他什么人情。因此，他星期天总是很晚才起身，随后就在河滨的纤路上散散步。巴恩斯那儿的泰晤士河，河水污秽浑浊，随着海潮时涨时落。那儿既看不到船闸上游一带引人入胜的绮丽风光，也不见伦敦大桥下那种后浪推前浪的壮观奇景。下午，他在公用草地上四下闲逛。那里也是灰不溜丢的，脏得够呛，既不属于乡村，也算不上是城镇；那儿的金雀花长得又矮又小，满眼皆是文明世界扔出来的杂乱废物。（星期六晚上，他总要去看场戏，兴致勃勃地在顶层楼座的厅门旁边站上个把小时。）博物馆关门之后，去 A. B. C. 咖啡馆①吃饭还太早，要在这段时间里回巴恩斯一次，似乎又不值得。时间真不知如何消磨才好。他或是沿证券街溜达一会，或是在伯林顿拱道上信步闲逛，感到疲倦了，就去公园小坐片刻，如果碰上雨天，就到圣马丁街的公共图书馆看看书。他瞅着路上熙来攘往的行人，羡慕他们都有亲朋好友。有时这种羡慕会演变为憎恨，因为他们是那么幸福，而自己却是这般凄苦。他从未想到，身居偌大一座闹市，竟会感到如此孤寂。有时他站在顶层楼座门边看戏，身旁看客想同他搭讪几句，菲利普出于乡巴佬对陌生人固有的猜疑，在答话中总是爱理不理的，致使对

① 指由伦敦面包公司经营的一家大众咖啡馆。

方接不住话茬，攀谈不下去。戏散场后，他只好把自己的观感憋在肚子里，匆匆穿过大桥来到滑铁卢区。等回到自己寓所——为了省几个钱，房间里连个火都舍不得生——心灰意懒到了极点。生活凄凉得可怕。他开始厌恶这所客寓，厌恶在这里度过的悲凉凄清的漫漫长夜。有时候他感到孤独难熬，连书也看不进去，于是就一小时又一小时地坐在屋里发愣，双眼死瞪着壁炉，陷于极大的悲苦之中。

此时他已在伦敦住了三个月，除了在汉普斯泰德度过了那个星期天外，他至多也只是同事务所的同事们交谈过几句。一天晚上，华生邀他去饭店吃饭，饭后又一起上杂耍剧场，但他感到怯生生的，浑身不自在。华生侃侃而谈，讲的净是些他不感兴趣的事。在他看来，华生自然是个市井之徒，但他又情不自禁地羡慕他。他感到气愤，因为华生显然并不把他的文化素养放在眼里，可是根据别人的评价再来重新估量自己，他也禁不住藐视起自己那一肚子的一向自认为并非无足轻重的学问来了。他生平第一回感到贫穷是件丢脸的事。他大伯按月寄给他十四镑，他还得靠这笔钱添置许多衣服。单单晚礼服就花了他五个畿尼。他不敢告诉华生这套晚礼服是在河滨街买的。华生说过真正像样的裁缝店，全伦敦只有一家。

"我想你不会跳舞吧，"有一天，华生这么说着，朝菲利普的跛足扫了一眼。

"不会，"菲利普说。

"可惜有人要我约几个会跳舞的人去参加个舞会。要不然，我满可以介绍你认识几个讨人喜欢的小妞。"

有一两次，菲利普实在不想回巴恩斯，就留在市里，一直逛荡到深夜。这时，他发现有一幢宅邸，里面正在举行社交聚会。他混在一群衣衫褴褛的人里面，站在仆役的背后，看着宾客们纷至沓来，谛听着从窗口飘来的音乐。有时一对男女，不顾夜凉气寒，到阳台上来站一会儿，呼吸几口新鲜空气，在菲利普想来，他俩一定是堕入情网的情侣。他赶紧转过身子，怀着沉重的心情，一瘸一拐地继续踽踽前行。那个男子交上了桃花运，可他自己永远也不会有这么一天。他觉得天底下没有哪个女子会真心不嫌恶他的残疾。

这使他想起威尔金森小姐。即使想到她，心里也不觉着快慰。他们分手时曾讲定：她在知道他的确切地址之前，就把信投寄至切尔林克罗斯邮局。菲利普去邮局取信时，一下子拿到了三封。她用的是紫墨水、蓝信笺，而且是用法语写的。菲利普暗自纳闷，她干吗不能像个有见地的女人那样用英语写呢？尽管她情话绵绵，却丝毫打动不了他的心，因为信的措词使他想起了法国小说。她责怪菲利普为什么不给她写信，他回信推托说自己工作忙。一上来他还真不知道信该用什么抬头，他说什么也不愿用“最亲爱的”或者“心肝宝贝”之类的称呼，也不高兴称她埃米莉，所以最后就用了“亲爱的”这样的抬头。它孤零零吊在那儿，看上去不但别扭，而且有点傻乎乎的，但他还是这么用了。这是他有生以来所写的第一封情书，他自己也知道信写得平淡乏味。他觉得，应该用上各种热得发烫的言词来倾吐自己的感情，说他无时不在思念她呀，如何渴望吻她美丽的双手啊，如何一想到她那红艳欲滴的嘴唇心弦就止不住颤动啊，等等。但是，出于某种难以言传的羞怯心理，他并没这样写，而只是向她谈了一下自己的新寓所和他上班的地方。下一班回邮带来了她的回信，满纸都是愤激而辛酸的责备之词：他怎么能这般冷酷无情！他难道不知道她在痴痴地等待他的回信？她把一个女人所能给予的全奉献给了他，而她得到的竟是这样的酬报！是不是他已经对她厌倦了？他好几天没有回信，于是威尔金森小姐的信就像雪片似的向他袭来，大兴问罪之师。她无法忍受他的寡情薄义；她望眼欲穿地盼望鸿雁传书，却终未见有他的片言只语。夜复一夜，她都是噙着泪珠入梦的。她现在是斯人独憔悴，大家都在私下议论纷纷。他要是不爱她，干吗不干脆直说呢？接着她又说，一旦失去了他，她自己也没法活了，就只有了结残生这样一条出路。她责备他冷酷自私，忘恩负义。所有这些都是用法语写的。菲利普心里明白，她这么做是存心向他炫耀，不管怎么说，她的来信搞得他忧心如焚。他并不想惹她伤心。过了不久，她写信来说她再也忍受不了这种身居异地的相思之苦，要设法到伦敦来过圣诞节。菲利普赶紧回信说，他巴不得她能来呢，可惜他已同朋友有约在先，要到乡间去过圣诞节，总不能临时变卦自食其言吧？她回信说，她并不想死皮赖脸地来缠住他，明摆着是他不希望见到自己嘛，这不能不使她深感痛心，她从没想到他会如此薄情地报答她的一片痴心。她的信写得缠绵悱恻，菲利普觉得信笺上泪痕依稀可见。他一时冲动，写了封回信，说他十二万分抱歉，恳求她到伦敦来，直到收到她的回信才算松了口气，因为她信上说，眼下实在抽不出身来。这之后，他一收到她的来信，心就发凉，迟迟不敢拆开。他知道信中的内容无非是愤怒的责备，外加悲戚的哀求。看到这些信，不免让自己感到是个无情无义的负心汉，可是他不明白自己有什么该引咎自责的。他迟迟不愿提笔复信，一天一天往后拖，接着她就又寄来一封信，说她病倒了，感到寂寞而悲苦。

“上帝啊，当初真不该同她发生这层瓜葛啊！”他说。

他佩服华生，因为他处理起这类事情来毫不费劲。华生和巡回剧团的一个姑娘勾搭上了，他绘声绘色地描述这段风流事，听得菲利普惊羡不已。可是过了不多久，喜新厌旧的华生变了心。一天，他向菲利普介绍了同那姑娘一刀两断的经过。

“我看，在这种事儿上优柔寡断没半点好处。我开门见山地对她说，我已经同你玩腻啦，”他说。

“她没大吵大闹？”菲利普问。

“你也知道，这当然免不了的啰。但我对她说，别跟我来这一套，没什么用处的。”

“她可哭了？”

“开始哭鼻子啦！可我最头疼那些哭哭啼啼的娘们，所以我当即对她说，还是知趣点儿，趁早溜吧。”

随着年岁的增长，菲利普的幽默感也益见敏锐。

“她就这么夹着尾巴溜了？”他笑着问。

“嗯。她除此之外还有什么别的妙着呢，嗯？”

圣诞节一天天临近了。整个十一月，凯里太太一直在害病，医生建议她和牧师最好在圣诞节前后去康威尔住上几个星期，让她好生调养调养。这一来，菲利普可没了去处，只好在自己寓所内消度圣诞节。由于受到海沃德的影响，菲利普也接受了这种说法：圣诞节期间的那一套喜庆活动，既庸俗又放肆。所以他打定主意别去理会这个节日。可是真的到了这一天，家家户户喜气洋洋的节日气氛，却使他无端伤感，愁肠百结。节日里，房东太太和丈夫要同已出嫁的女儿团聚，菲利普为了不给他们添麻烦，宣布他要到外面去吃饭。将近中午，他才去伦敦，独自在凯蒂餐馆吃了一片火鸡和一客圣诞节布丁。饭后他闲得发慌，便到西敏寺去做午祷。整个街道空荡荡的，即使有三两个行人，看上去也都是带着副若有所思的神态，急匆匆地赶去某个地方，没一个人在逛荡转悠，差不多全是结伴而行。在菲利普看来，他们似乎全是有福之人，唯独他形单影只，从没像现在这样感到孤苦伶仃。他原打算无论如何要在街头把这一天消磨掉，然后到某个饭馆去吃顿晚饭。可是面对这些兴高采烈的人群——他们在说笑，在寻欢作乐——他再也呆不下去，所以他还是折回滑铁卢，在路过西敏桥路时买了一些火腿和几块碎肉馅饼，回到巴恩斯来。他在冷清清的小房间里胡乱吞了些食物充饥,晚上就借书解闷,万股愁思压得他几乎没法忍受。

节后回事务所上班时,华生津津有味地谈着自己是如何欢度这个短暂节日的,菲利普听了越发不是滋味。他们家来了几位挺活泼可爱的姑娘,晚饭后,他们把起居室腾出来,开了个舞会。

"我一直玩到三点钟才上床,嘿,真不知道是怎么爬上床的。天哪,我喝得个酩酊大醉。"

最后,菲利普鼓足勇气,不顾一切地问:

"在伦敦,人们是怎么结交朋友的?"

华生惊讶地望着他,暗觉好笑的神色之中又夹着几分鄙夷。

"哦,叫我怎么说呢。就这么认识了呗。你如果经常去跳舞,就会立刻结识许多人,只要你应付得过来,结识多少都行。"

菲利普对华生绝无好感,可他甘愿牺牲自己的一切,只求能换得华生的地位。昔日在学校里经受过的那种感觉,又在心田悄然复萌。他让自己钻进别人的皮囊,想象自己若是华生,会过着什么样的生活。

第三十八章

到了岁末,有一大堆的账务要处理。菲利普跟着一个叫汤普逊的办事员到处奔波,从早到晚一成不变地干着一件事:把账本上的开支项目一样样报给那个办事员听,让他核对,有时候还得把账页上的一长串数字统加起来。他生来没有数学才能,只能一笔一笔慢慢往上加。汤普逊看到他错误百出,忍不住要发火。这位同事是个瘦长条儿,年岁在四十左右,脸带菜色,乌黑的头发,乱蓬蓬的胡须,双颊凹陷,鼻子两侧沟沟壑壑,皱纹很深。他不喜欢菲利普,因为他是个练习生。这小子只不过因为付得起三百镑,能在这儿优哉游哉混上五年,日后说不定就有机会飞黄腾达;而他自己呢,尽管有经验,有能力,一生一世却只能当个周薪三十五先令的小办事员,永无出头之日。他儿女成群,被生活担子压得喘不过气来,所以养成个火爆脾气,动辄发怒。他自觉在菲利普身上辨察出一股傲气,颇有几分不平之意,他因为菲利普比自己多念了几年书,常报以冷嘲热讽。他讥笑菲利普的发音;他不能原谅菲利普的语音里不带伦敦腔,所以在同菲利普讲话时,故意把 h 这个字母的音发得特别响①。起初,他的态度仅仅是生硬,惹人反感罢了。可是一等他发现菲利普压根儿没有当会计师的禀赋,就专以出他的洋相为乐事。他的攻击又粗鲁又笨拙,却足以伤害菲利普的自尊心;菲利普为了自卫,违反自己的本性,硬摆出一副恃才傲物的神气。

"今儿个早上洗澡了?"一天,菲利普上班迟到了,汤普逊就这么问一句。现在,菲利普不再像早先那样规矩守时了。

"是啊。你呢?"

"没有,我又不是什么贵人,不过是个小职员罢了。我只在星期六晚上洗个澡。"

"我想,这就是你在星期一比平时更惹人讨厌的缘故吧。"

"今天是否劳你驾,把几笔款子数目简单加一加?恐怕这对一个懂拉丁文和希腊文的上等人来说,过于苛求了吧。"

"你想说句把挖苦话,可说得不大高明哪。"

不过菲利普自己肚里雪亮,那些薪俸菲薄、举止粗鲁的职员,个个比自己强,更顶事。有那么一两回,连古德沃西先生也沉不住气了。

① 伦敦土音中字母 h 常常不发音,汤普逊故意把它发得很响,是要学菲利普的发音,以示挖苦之意。

“到现在你实在也该有点长进啰，”他说，“你甚至还不如那个勤工来得伶俐。”

菲利普绷着脸听着。他不喜欢让人责怪。有时候古德沃西先生不满意他誊写的账目，又叫别人去重抄一遍，这也使他感到下不了台。起初，由于这工作还算新鲜，好歹还凑合得过去，可现在越来越惹人厌烦，再加上他发现自己又没有这方面的才能，不由得恨起这工作来了。分配给他的分内差事，他常常撇在一边不管，信手在事务所的信笺上勾勒涂画，白白糟蹋时间。他替华生画了各种不同姿态的素描画，他的绘画才能给了华生很深的印象。一天华生心血来潮，把这些画拿回家去，第二天上班时，带来了他全家人的赞誉。

“我奇怪你干吗没当个画家呢，”他说。“话得说回来，靠这种玩意儿当然发不了财的。”

隔了两三天，卡特先生恰巧到华生家吃饭，这些画也拿给他看了。第二天早晨，他把菲利普叫到跟前。菲利普难得见到他，对他颇有几分惧意。

“听着，年轻人，你下班后干些什么我管不着，但是我看到了你的那些个画，都是画在事务所的信笺上的，而且古德沃西先生也说你现在有点吊儿郎当。作为一个见习会计师，你干事不巴结点，将来是搞不出什么名堂来的。这是门体面的行当，我们正在把一批有才干的人士网罗进来，但是要干这一行就得……”他想找个比较贴切的字眼来结束他的谈话，但一时又找不到，最后只好草草收场：“要干这一行就得巴结些。”

要不是原来有约在先——他如果不喜欢这工作，可以在一年后离开，并可收回所付合同费用的半数——说不定他就得硬着头皮干下去了。他觉得自己适合于干点更有出息的工作，而不是整天老是算算账。说来也真丢人。这种低贱的事儿偏偏干得这么糟。同汤普逊的怄气斗嘴，更是搞得他心烦意乱。三月间，华生在事务所的一年见习期满了，虽说菲利普并不怎么喜欢这个人，但见他走了又不免有点惋惜。事务所的其他办事员对他们两个都没有好感，因为他俩所属的阶层要稍胜他们一筹，这个事实无形之中把他俩捆在一条船上了。菲利普一想到还得同这批浑浑噩噩的家伙打四个年头的交道，人都透心凉了。他原以为到了伦敦会过上如花似锦的生活，到头来却是一无所获。现在他痛恨这座城市。他举目无亲，什么人也不认识，也不知道该如何去同他人结交。他已厌倦了独个儿到处逛荡。他渐渐感到，这种生活没法再忍受下去。晚上他躺在床上，心里在想，要是永远不再见到那间肮脏的事务所，不再见到里面的那些家伙，从此离开这个犹如死水一潭的住所，那该多快活。

开春后，有件事使他大为扫兴。海沃德原说要到伦敦来消度春光，菲利普翘首企足，恨不得马上能同他见面。他最近看了不少书，想的也很多，脑子里塞满了各种各样的念头，很想找个人谈谈，而他所认识的人里面，谁也不对抽象的事物感兴趣。他想到很快有个知音来同他开怀畅谈，喜欢得什么似的。哪知海沃德却来信说，意大利今年春光明媚，比以往哪年都可爱，实在舍不得从那儿跑开。这好似给菲利普当头浇了一盆凉水。他信中还问菲利普，干吗不到意大利来。看世界如此多娇，硬把自己关在一间办公室里，蹉跎青春，何苦来着？信里接着写道：

我真想不通，那种生活你怎么受得了的。我现在只要一想到舰队街和林肯旅社，就恶心得直打哆嗦。世界上只有两件东西使我们的生活值得苟且，这就是爱情和艺术。我无法想象你竟能龟缩在办公室里，埋头伏案于账册之中。你是不是还头戴礼帽，手拿雨伞和小黑包？我总觉得你我应当把生命视作一场冒险，应当让宝石般的火焰在胸中熊熊燃烧。做人就应该冒风险，应该赴汤蹈火，履险如夷。你为什么不去巴黎学艺术呢？我一向认为你是有艺术才华的。

最近一个时期，菲利普反复盘算着这种可能性，而海沃德的建议恰好与他的考虑不谋而合。一上来，这个念头着实使他吃了一惊，但他又没法不朝这方面想。经过反复思考，他觉得这是摆脱目前可悲处境的唯一出路。他们都认为他有才华：在海德堡，人们夸奖他的水彩画；威尔金森小姐更是赞不绝口，说他的画很逗人爱；甚至像华生一家那样的陌生人，也不能不为他的速写所折服。《波希米亚人的生涯》一书留给他的印象可谓深矣。他把这本书也带到伦敦来了，逢到心情极度压抑的时候，只要看上几页，万般愁思顿作烟云散，恍惚已置身于那些令人销魂的小阁楼里，罗道夫他们在那儿唱歌，跳舞，谈情说爱。他开始向往巴黎，就像从前向往伦敦一样，不怕再经历第二次的幻灭。他渴望罗曼蒂克的生活，渴望美和爱情，而所有这一切，似乎在巴黎全能享受到。他酷爱绘画，为什么他就不能画得同他人一样出色呢？他写信向威尔金森小姐打听，他要是住在巴黎生活费用需要多少。她回信说，一年八十英镑足以应付了。她热情支持他的计划，说他有才情，不该埋没在办公室里。她颇富戏剧性地说：明明可以成为大艺术家的人，有谁甘心当一辈子小办事员呢？她恳求菲利普要有自信，这才是最关键的。然而，菲利普生性谨慎。海沃德奢谈什么做人应该冒风险，他当然可以这么说啰，他手里那些镀有金边的股票，每年给他生出三百镑的利息，而他菲利普的全部财产，充其量也不过一千八百镑。他举棋不定。

事有凑巧，一天古德沃西先生突然问他是否想去巴黎。该事务所替圣奥诺雷区的一家旅馆管理账务，那是家由某英国公司开设的旅馆，古德沃西先生和一名办事员每年要去那儿两次。那个经常去的办事员碰巧病倒了，而事务所内工作很紧张，一时又抽不出别的人手。古德沃西先生想到了菲利普，因为这儿有他没他无所谓，况且契约上也规定他有权要求承担件把最能体现本行业乐趣的差事。菲利普自然是喜出望外。

“白天得忙一整天，”古德沃西先生说，“但是到了晚上就自由啦。巴黎毕竟是巴黎嘛。”他狡黠地微微一笑。“旅馆里的人待我们很周到，一日三餐分文不取，咱们一个子儿也不必花。所以我可喜欢上巴黎呢——让别人替咱掏腰包。”

抵达加来港时，菲利普见到一大群脚夫在不住地指手画脚，他的心也随着跳荡了起来。

“这才是真正的生活呢，”他自言自语说。

火车在乡间田野上疾驶，他目不转睛地凝望窗外。他很喜欢那一片片起伏的沙丘，那沙丘的色调，似乎比他生平所见的任何景物都更为赏心悦目；那一道道沟渠，还有那一行行连绵不绝的白杨树，看得他入了迷。他们出了巴黎的北火车站，坐上一辆破破烂烂、不住吱嘎作响的出租马车，在碎石路上颠簸向前。异国的空气犹如芳醇，菲利普一口一口吸着，陶然忘情，几乎忍不住要纵声呼喊起来。他们来到旅馆时，只见经理已在门口恭候。经理胖墩墩的，一脸和气，说的英语还算过得去。他同古德沃西先生是老朋友了，他嘘寒问暖，热乎极了。他邀他们在经理专用雅室里进餐，经理太太也出席作陪。满席佳肴美酒，菲利普似乎还从未尝到过像 beefsteak aux pommes① 那样鲜美可口的菜肴，也从未喝过像 vin ordinaire② 那样

① 法语，土豆牛排。
② 法语，家常酒。

醇香扑鼻的美酒呐。

对于古德沃西先生这样一个循规蹈矩、道貌岸然的当家人来说,法国首都乃是酒色之徒恣意行乐的天堂。第二天上午他问经理,眼下可有什么“够味”的东西能饱饱眼福。他深得巴黎之行的乐趣,说不时来这儿走一遭,可以防止脑瓜儿“生锈”。晚上,一天的工作结束了,吃过饭之后,他就带着菲利普到红磨坊和情人游乐场去。当他捕捉到那些淫秽场面时,那对小眼睛顿时忽溜忽溜放光,嘴角也禁不住浮起一丝狡猾的淫笑。那些专为外国人安排的寻欢作乐场所,他都一一跑遍了。事后,他又感叹一句:堂堂一个国家,竟放纵这类事儿,到头来不会有好结果的。有一回观看一出小型歌舞剧,台上出现了一个几乎一丝不挂的女伶,他用胳膊肘轻轻捣了一下菲利普,接着还指给他看那些在剧场内四下招摇的体态丰满、身材高大的巴黎名妓。他领给菲利普看的,是个庸俗低级的巴黎,但是菲利普却用一双被幻觉蒙住的眼睛,看着这个扑朔迷离的城市。一清早,他匆匆出了旅馆,来到爱丽舍田园大街,伫立在协和广场边上。时值六月,空气清新柔和,整个巴黎像抹了一层银粉似地清澈明亮。菲利普感到自己的心飞到了人群之中。他想,这儿才是他梦寐以求的浪漫之乡。

他们在巴黎呆了将近一周,于星期日离开。当菲利普深夜回到巴恩斯的暗淡寓所时,他已最后拿定了主意。他将解约赴巴黎学画。不过为了不让人觉得他不明事理,他决计在事务所呆满一年再走。到八月中旬他有两周假期,临走之前他要对赫伯特·卡特讲明,自己无意再回事务所。尽管菲利普可以强迫自己每天到事务所上班应卯,却没法叫自己对工作发生兴趣,哪怕只是装装门面。他脑子里无时不在想着将来。一过七月半,工作开始清闲下来,他借口要应付第一次考试,得去听业务讲座,经常不上班。他利用这些时间跑国家美术馆。他翻阅各种有关巴黎和绘画的书籍，埋头研读罗斯金的论著，另外还看了瓦萨里①写的许多画家传记。他特别欣赏高里季奥②的一生经历；他想象自己伫立在某幅不朽杰作跟前大声呼喊：Anch' io son'pittore③。现在他不再游移不定，深信自己是块做大画家的料子。

“事到如今，我也只能试试自己的运气了，”他自言自语说。“人生贵在冒险嘛。”

八月中旬总算盼到了。卡特先生这个月在苏格兰消夏，所内一切事务由主管员全权处理。自巴黎之行以来，古德沃西先生似乎对菲利普有了几分好感，而菲利普想想反正自己很快就要远走高飞，对这个可笑的小老头也总忍着点，不多所计较。

“凯里，你明天就要去休假了？”傍晚下班时，古德沃西先生对他说。

一整天菲利普不断对自己念叨：这可是自己最后一次坐在这间可恨的办公室里了。

“是啊，我的第一年见习期算熬到头了。”

“恐怕你干得并不怎么出色呢。卡特先生对你很不满意。”

“我对卡特先生更不满意哩，”菲利普轻松地回敬了一句。

“凯里，我觉得你不该用这种腔调说话。”

“我不打算回来了。咱们有约在先，要是我不喜欢会计师的工作，卡特先生愿意把我所付的见习合同费用退还我一半，我只要呆满一年就可以歇手不干。”

“我劝你三思而行，别这么仓促作出决定。”

---

① 瓦萨里（1511—1574），意大利建筑师、画家及传记作家。
② 高里季奥（1494—1534），意大利画家。
③ 意大利语，我是个画家。

“早在十个月以前,我就开始讨厌这儿的一切,讨厌这儿的工作,讨厌这间办公室。我讨厌伦敦。我宁可在街头扫地,也不愿再在这儿混日子。”

“好吧,说实在的我也觉得你不适合于干会计师这一行。”

“再见了,”菲利普边说边伸出手来。“我得谢谢你对我的关心。如果我给你们添了麻烦,还请多多包涵。我差不多打一开始就知道自己是干不好的。”

“好吧,要是你果真主意定了,那就再见吧。不知你今后作何打算。要是你有机会上这一带来,不妨请进来看看我们。”

菲利普呵呵一笑。

“恐怕我的话很不中听,不过实话实说,我打心底里希望以后别再见到你们之中的任何一位。”

第三十九章

菲利普把自己的打算向布莱克斯泰勃教区牧师和盘托出,但是后者说什么也不肯点头同意。他有这么种高见:一个人不管干什么,都得有始有终。他也像所有软弱无能者一样,过分强调不该朝三暮四,见异思迁。

“当初要当会计师,那可纯粹出于你自愿,谁也没强迫过你,”他说。

“我当初所以选中这一行,是因为我当时看到要进城,就只有这么个机会。我现在讨厌伦敦,讨厌那差使,说什么也别想叫我再回那儿去。”

听到菲利普要想习艺当画家,凯里夫妇丝毫不掩饰他们的满腔愤慨。他们正告菲利普，别忘了他父母是上等人，画画儿可不是个正经的行业，那是放荡不羁之徒干的，既不体面，又不讲道德。而且还要上巴黎！

“只要我在这事情上还有点发言权，我是决不会放你去巴黎鬼混的，”牧师口气坚决地说。

那是个罪恶的渊薮。妖艳的荡妇，巴比伦的娼妓，在那儿公开炫耀自己的罪恶，普天之下再也找不到比它更邪恶的城市了。

“你从小受到良好教育，有着上等人和基督徒的教养，如果我放你到魔窟去受诱惑，我就辜负了你已故双亲对我的嘱托。”

“嗯，我知道我不是个基督徒，现在甚至连自己是不是上等人也开始有点怀疑，”菲利普说。

双方唇枪舌剑，各不相让。菲利普还得等上一年才能自行支配父亲留下的那一小笔遗产。凯里先生明确提出，在这期间菲利普要想得到生活费，非得继续留在事务所里不可。

菲利普明白，自己如果不打算继续干会计师这行当，必须趁现在离开，这样，所付的见习合同费还可以收回一半。但牧师根本听不进去。菲利普再也按捺不住，冲口说了些刺耳、伤人的话。

“你有什么权利把我的钱往水里扔！”最后他这么说。“这毕竟是我的钱，不是吗？我又不是三岁娃娃。如果我拿定主意去巴黎，你想拦也拦不住。你想强迫我回伦敦，办不到！”

“要是你干的事我认为不合适，我一个子儿也不给，这一点我是办得到的。”

“好吧，我才不在乎呢！反正巴黎我是去定了，我可以变卖我的衣服、书籍，还有我父亲的首饰。”

路易莎伯母默默地坐在一边，又焦急又痛心：她看到菲利普已经气昏了头，知道自己这时候不管说些什么，都只会往火上浇油。

最后，牧师宣称他不想再谈论此事，说罢，神气十足地离开了房间。叔侄俩一连三天彼此不理不睬。菲利普写信给海沃德询问巴黎的情况，决计一有回音立即动身。凯里太太翻来覆去琢磨这件事。她觉得菲利普由于怨恨她丈夫，结果把她自己也牵扯了进去。这个想法使她好生苦恼。她打心眼里疼爱这孩子。最后她主动找菲利普谈了，菲利普向她倾诉衷肠，谈到自己对伦敦所抱幻想的破灭，谈到对前途的憧憬和自己的远大志向，她一字不漏地悉心听着。

"也许，我混不出什么名堂来，但至少得让我试试。总不至于比呆在那个讨厌的事务所内更没出息。我感到自己还能画上几笔，自觉在这方面还有几分天赋。"

她并不像丈夫那样自信，认为侄儿想当什么画家，显然是鬼迷了心窍，做长辈的理当出面阻挠。但她看过一些大画家的传记，那些画家的父母都反对他们去学画习艺，事实证明这种做法有多愚蠢。再说，一个画家毕竟也可能像会计师那样，过贞洁的生活，为主增添荣耀嘛。

"我担心的倒是你去巴黎这一点，"她凄凄切切地说。"如果你在伦敦学画，那倒也算了。"

"要学就得学到家，真正的绘画艺术只有在巴黎才能学到手。"

凯里太太根据菲利普的建议，给律师写了封信，说菲利普不满意伦敦的差使，要是现在改弦更张，不知他高见以为如何。尼克逊先生作了如下的回复：

亲爱的凯里太太：

我已拜访过赫伯特·卡特先生，恐不能不如实相告，令侄这一年并未取得令人满意的进展。如若令侄辞意甚坚，则趁此机会及早解约为好。我自然颇感失望，但正如俗话所说："君可牵马去河边，焉能迫其饮河水？①”

你的忠诚的

阿尔贝特·尼克逊

信拿给牧师看了，结果反倒使他越发固执己见。他愿意让菲利普改换门庭，另外找个职业，甚至建议他继承父业，去当医生。然而，菲利普要是执意去巴黎，那就休想从他手中拿到一个子儿生活费。

“这无非是为自我放纵、耽于声色找个借口罢了，”牧师说。

“听到你责怪别人自我放纵，我觉得挺有趣的，”菲利普语中带刺地顶撞一句。

这时，海沃德已有回信来了。信中提到一家旅馆的名字，菲利普出三十法郎的月租，可以在那儿租到一个房间。信内还附了封给某美术学校女司库的介绍信。菲利普把信念给凯里太太听，并对她说，他打算在九月一日动身。

“可你身边一个子儿也没有呀？”她说。

“今天下午我打算去坎特伯雷变卖首饰。”

他父亲留给他一只带金链的金表、两三枚戒指和几副链扣，另外还有两枚饰针，其中一枚镶有珍珠，可以卖大价钱。

“买进是个宝，卖出是棵草，”路易莎伯母说。

菲利普笑了笑，因为这是他大伯的一句口头禅。

“这我知道。不过，我想这些玩意儿至少可以卖一百镑。有了这笔钱，我总能维持到二十一岁了吧。”

---

① 英国谚语，意指不要强人所难，硬逼他人做违心之事。相当于我国谚语“强扭的瓜不甜”。

凯里太太没答话,径自上了楼,戴上她那顶黑色小无边帽,随后出门去银行。一小时后她回来了。她进了起居室,走到正在埋头看书的菲利普面前,交给他一只信封袋。

"是什么呀?"他问。

"给你的一份薄礼,"她回答说,赧然一笑。

他拆开信封袋一看,里边有十一张五镑的钞票,还有一个塞满一枚枚金镑的小纸包。

"我不忍心眼睁睁看着你变卖你父亲的首饰。这是我存在银行里的钱,差不多有一百镑了。"

菲利普刷地红了脸,不知怎的,他心头一酸,顿时热泪盈眶。

"哦,亲爱的,这个我可不能拿,"他说。"你心肠真好,不过我怎么也不能忍心收下这笔钱。"

凯里太太出阁时,手头攒有三百镑的私房钱,她守着这笔钱一个子儿也舍不得乱花,临到有什么意想不到的开支,才拿出一点来救救急,比如要捐助一笔火烧眉毛的赈款啊,或是给伯侄俩买件把圣诞节或生日礼物什么的。这些年来,这笔可怜巴巴的款子虽然所剩无几,但仍被牧师当作打趣的笑料,他说到妻子时总称她"阔奶奶",而且不断念叨那笔"私房钱"。

"哦,菲利普,请收下吧。只怪我平时用钱大手大脚,现在就只剩这些了。要是你肯收下,会使我很高兴的。"

"可你自己也很需要啊,"菲利普说。

"不,我想我用不着了。我留着这笔钱,原是防你大伯先我而去。我想,手头有点什么总有好处,可以应付应付不时之需,但现在想想,我已行将就木,活不了多久了。"

"哦,亲爱的,快别这么说。呃,你一定会长生不老的。我可少不了您啊。"

“哦，我现在可以瞑目了。”她双手掩面，语音颤抖着，说不出话来。俄顷，她擦干泪水，勇敢地破涕一笑。“起初，我常祈求上帝别把我先召去，因为我不愿让你大伯孤零零地留在世上，我不想让他忍痛受苦。但现在我已明白过来，他并不像我，不会把这一切看得那么重。他比我更想活。我从来就不是他理想的生活伴侣，要是我有个三长两短，我看他说不定会续弦再娶的。所以我希望能先走一步。菲利普，我这么说，你不会以为我自私吧。如果他先去了，我就受不了。”

菲利普亲了亲她那布满皱纹的瘦削面颊。他不明白，见到这种深情挚爱、催人泪下的场面，自己反会莫名其妙地感到羞惭。对那么个极其冷漠自私、极其粗俗任性的男人，她却这般关怀备至，简直不可理解。菲利普隐隐约约地捉摸到，尽管她心里明明知道丈夫冷漠自私，是的，她全明白，但还是低三下四地爱着他。

“你肯收下这笔钱的吧，菲利普？”她一面说，一面轻轻地抚摸菲利普的手。“我知道你没有这笔钱也凑合得过去，但你收下这笔钱，会给我带来莫大的幸福。我一直想要为你做点什么。你看，我自己没养过孩子，我爱你，一直把你当作我的亲生儿子。你小时候，我差不多还巴望你生病来着，尽管我知道这个念头很邪恶，但是这一来我就可以日日夜夜地守护在你身边。可惜你只生了一次病，后来你就去上学了。我非常想给你出点力。这是我一生中绝无仅有的一次机会了。说不定有朝一日你真的成了大画家，你就不会忘记我，你会想到是我第一个资助你创业的。”

“您老心肠真好，”菲利普说，“我说不出对您有多感激。”

她疲惫的眼睛里，浮现出一缕笑意，这是一种发自心田的幸福笑意。

“哦，我多么高兴！”

第四十章

数日之后，凯里太太去车站给菲利普送行。她伫立在车厢门口，噙泪忍泣。菲利普显得急切而不安，巴不得早点插翅高飞。

“再吻我一下，”她说。

菲利普将身子探出车窗，吻了吻她。火车启动了。她站在小车站的木制月台上，频频挥动手绢，直至火车消失在视野之内。她心头像压上了铅块，沉重得很。回牧师公馆的路程总共才几百码，却似有千里之遥。她边走边沉思：菲利普这孩子，也难怪他那么迫不及待地要走，他毕竟年轻，未来在向他召唤。可她自己——她紧咬牙关，强忍着不哭出来。她默默祈祷，求上帝暗中保佑菲利普，让他免受诱惑，赐予他幸福和好运。

可是菲利普在车厢里坐定身子，不多一会就把他伯母撇在脑后。他心里充满着对未来的憧憬。他写过一封信给奥特太太——某美术学校的司库，海沃德曾向她介绍过菲利普的情况，这时菲利普口袋里还揣着奥特太太邀他明天去喝茶的请帖。到了巴黎，他雇了辆小马车，让人把行李放到车上。马车徐徐行进，穿过五光十色的街道，爬过大桥，驶入拉丁区的狭街陋巷。菲利普在“两极”旅社已租下一个房间。这家旅馆坐落在离蒙帕纳斯大街不远的一条穷陋小街上，从这里到他学画的阿米特拉诺美术学校还算方便。一位侍者把行李搬上五楼，菲利普被领进一间小房间，里面窗户关得严严的，一进门就闻到股霉味。房间大部分地盘都叫一张大木床给占了。床上蒙着大红棱纹平布帐幔，窗上挂着同样布料制成的、厚实但已失去光泽的窗帘。五斗橱兼用作脸盆架，另外还有一只结实的大衣柜，其式样令人联想起那位贤明君主路易·腓力普。房间里的糊墙纸因年深日久，原来的颜色已褪尽，现呈深灰色，不过从纸上还能依稀辨认出衬有棕色树叶的花环图案。菲利普觉得这房间布置得富有奇趣，令人销魂。

夜已深沉，菲利普却兴奋得难以成眠。他索性出了旅馆，走上大街，朝华灯辉闪处信步逛去。他不知不觉来到火车站。车站前面的广场，在几盏弧光灯的照耀下，显得生趣盎然，黄颜色的有轨电车，似乎是从四面八方涌至广场，又叮叮当当地横穿而过。菲利普注视着这一切，禁不住快活地笑出声来。广场四周开设了不少咖啡馆。他正巧有点口渴，加上也很想把街上的人群看个仔细，于是就在凡尔赛咖啡馆外面的露天小餐桌旁坐下。今晚夜色迷人，其他餐桌上都已坐满了人，菲利普用好奇的目光打量着周围的人群：这边是家人在团聚小饮，那边坐着一伙头上戴着奇形怪状的帽子、下巴上蓄着大胡子的男子，他们一边粗声大气地拉呱，一边不住地指手画脚；邻座的两个男子看上去像是画家，身边还坐着妇人，菲利普心想，她们不是画家的结发之妻才妙呢；背后，他听到有几个美国人在高谈阔论，争辩着有关艺术的问题。菲利普心弦震颤。他就这么坐在那儿，一直到很晚才恋恋不舍地离去，尽管筋疲力尽，心里却美滋滋的。等他最后好不容易上了床，却心清神爽，倦意全无。他侧耳谛听着巴黎夜生活的鼎沸喧嚣。

第二天下午喝茶时分，菲利普动身去贝尔福狮子街，在一条由拉斯帕依大街向外延伸的新铺筑的马路上，找到了奥特太太的寓所，奥特太太是个三十岁光景的微不足道的妇人，仪态粗俗，却硬摆出一副贵夫人的派头。她把菲利普介绍给她母亲。没聊上几句，菲利普就了解到她已在巴黎学了三年美术，后来又知道她已同丈夫分道扬镳。小小的起居室里，挂着一两幅出自她手笔的肖像画。菲利普毕竟不是个行家，在他看来，这些画尽善至美，功力已到了炉火纯青的地步。

“不知可有那么一天，我也能画出同样出色的画来，”他感叹地说。

“哦，我看你准行，”她不无得意地应道。“当然罗，一锹挖不出个井来，得一步步来嘛。”

她想得很周到，特地给了他一家商店的地址，说从那儿可以买到画夹、图画纸和炭笔等用品。

“明天上午九点左右我要去阿米特拉诺画室，如果你也在那时候到那儿，我可以设法给你找个好位子，帮你张罗点别的什么。”

她问菲利普具体想干些什么，菲利普觉得不能让她看出自己对整个事儿至今还没个明确的打算。

“嗯，我想先从素描着手，”他说。

“听你这么说我很高兴。一般人总是好高骛远，急于求成。拿我来说，到这儿呆了两年，才敢去试几笔油彩。至于效果如何，你自个儿瞧吧。”

奥特太太朝挂在钢琴上方的一幅黏糊糊的油画瞟了一眼，那是幅她母亲的肖像。

“我要是你的话，在同陌生人交往时，一定火烛小心，不同外国人在一起厮混。我自己向来言行谨慎，丝毫不敢大意。”

菲利普谢谢她的忠告。但说实在的，这番话菲利普听了好生奇怪，他不明白自己干吗非要做个瞻前顾后、谨小慎微的君子呢。

“我们现在过日子，就像留在英国一样，”奥特太太的母亲说，她在一旁几乎一直没开过口。“我们来这儿的时候，把老家所有的家什全都搬了来。”

菲利普环顾四周。房间里塞满了笨实的家具，窗户上挂的那儿幅镶花边的白窗帘，同夏天牧师公馆里挂的一模一样。钢琴和壁炉架上都铺着“自由”绸罩布。菲利普东张张西望望，奥特太太的目光也随着来回转动。

“晚上一把百叶窗关上，就真像回到了英国老家似的。”

“我们一日三餐仍然按老家的规矩，”她母亲补充说，“早餐有肉食，正餐放在中午。”

从奥特太太家出来，菲利普便去购置绘画用品。第二天上午，他准九点来到美术学校，竭力装出一副沉着自信的神态。奥特太太已先到一步，这时笑容可掬地迎上前来。菲利普一直在担心，他这个“nouveau”①会受到什么样的接待。他在不少书里看到，乍进画室习画的学生往往会受到别人的无礼捉弄，但是奥特太太的一句话，就使他的满腹疑虑涣然冰释。

“哦，这里可不兴那一套，”她说。“你瞧，我们同学中差不多有一半是女的，这儿是女士们当道呢。”

画室相当宽敞，空荡荡的，四周灰墙上挂着一幅幅获奖习作。一个模特儿正坐在椅子里，身上裹着件宽大的外套。她周围站着十来个男女学生，有的在聊天，有的还在埋头作画。这会儿是模特儿的第一次休息时间。

“一上来，最好先试些难度不太大的东西，”奥特太太说。“把画架放到这边来。你会发现，从这个角度上写生，最讨巧。”

菲利普根据她的指点搁好画架，奥特太太还把他介绍给近旁的一个年轻女子。

“这位是凯里先生。这位是普赖斯小姐。凯里先生以前从未学过画，开头还得有劳您多多点拨，您不会嫌麻烦的吧？”说着，她转身

① 法语，新生。

朝模特儿喊了声："La pose."①

模特儿正在看《小共和国报》，这时把报纸随手一扔，绷着脸掀掉了外套，跨上画台。她支开双脚，稳稳地站在那里，双手十指交叉，托着后脑勺。

"这姿势够别扭的，"普赖斯小姐说，"真不明白他们怎么偏偏选中这么个怪姿势。"

刚才菲利普进画室时，人们向他投来好奇的目光，模特儿淡漠地瞟了他一眼，现在再没人注意他了。菲利普面前的画架上，铺着一张漂亮挺括的画纸，他局促不安地注视着模特儿，不知该从何处落笔才好。他还是生平第一次见到裸体女人。这个模特儿年纪不轻了，乳房已趋萎缩；失去了光泽的金发，像一蓬乱草似地耷拉在脑门上，满脸尽是一块块显眼的雀斑。他朝普赖斯小姐的作品瞥了一眼。这幅画她刚画了两天，看来已遇上麻烦。由于她老是用橡皮擦拭，画面已搞得邋里邋遢。在菲利普看来，她笔下的人体全走了样，不知画的啥名堂。

"我早该想到，自己画起来不至于比这更糟吧，"他暗暗对自己说。

他着手先画头部，打算慢慢往下画。但不知怎么的，他发现同样是画头，写生却要比单凭想象作画难得多。他卡住了，再也画不下去。他朝普赖斯小姐瞥了一眼。她正聚精会神、一丝不苟地画着。她心情热切，连眉头都不觉紧蹙起来，目光中流露出焦躁不安的神情。画室里很热，她额头上沁出了一颗颗汗珠。普赖斯小姐今年二十六岁，一头浓密的金褐色柔发，发丝光滑美丽，可惜梳理得很马虎，她把头发打前额往后一挽，草草束成个大发髻。大脸盘上嵌

① 法语，摆好姿势。

着一对小眼睛，五官宽阔而扁平；皮肤白里泛青，带着几分怪异的病态，双颊不见一丝血色。她看上去像是从来不梳洗打扮似的，人们不禁要纳闷：她晚上没准儿是和衣而睡的呢。她生性沉默，不苟言笑。第二次休息时，她退后一步，端详着自己的大作。

“不知怎么搞的，老是不顺手，”她说，“不过，我也算把心思放在上面了。”她转脸朝菲利普。“你进展如何？”

“糟透了，”菲利普苦笑着应了一声。

她看了看他的画。

“你这么个画法哪成呢！你得先用笔比划一下，然后得在纸上框好轮廓线。”她干净利索地给他示范了一下。她这番真挚情意委实打动了菲利普，可她那毫无韵致的仪态还是让菲利普感到不悦。他感谢了她的热心指点，又重新操起画笔来。到这时候，其他学画的人也都陆陆续续到齐了，这会儿姗姗而来的人大多是男的，因为女的总是一早就来了。今年这时候（虽说季节还早了点），画室已是人满为患。过了一会，走进来一个青年，稀疏的黑发，特大的鼻子，一张长脸不由得叫人联想起马来。他在菲利普身旁坐下，并且隔着菲利普朝普赖斯小姐一点头。

“你怎么这时候才来，”她说，“是不是刚起床？”

“今天是这么个风和日丽的好日子，我想，我得躺在床上，好好想象一下户外的景色有多美。”

菲利普会意一笑。普赖斯小姐却挺顶真，不把这话当玩笑看待。

“这种做法真有点好笑。照我的想法，及早起床，趁天气大好出外逛逛，这才更加在理呢。”

“看来要想当个幽默家还真不容易呢，”那个年轻人一本正经地说。

他似乎还不想立即动笔，只是朝自己的画布望了一眼。他正在给画上水彩，这个模特儿的草图，他昨天就勾勒好了。他转身对菲利普说。

“您刚从英国来吧？”

“是的。”

“你怎么会跑到阿米特拉诺学校来的？”

“我只晓得这么一所美术学校。”

“但愿你来这儿时没存非分之想，以为在这儿可以学到点最起码的有用本事。”

“阿米特拉诺可是巴黎首屈一指的美术学校，”普赖斯小姐说，“这样认认真真对待艺术的学校，还不见有第二所呢。”

“难道对待艺术就非得认真不可？”年轻人问。既然普赖斯小姐的回答只是轻蔑地一耸肩，他也就自顾自往下说了：“不过关键还在于：所有的美术学校全都大高而不妙。显然全都学究气十足。而这儿所以为害较浅，就因为这儿的教学比别处更为无能，在这儿啥也学不到手……”

“那您干吗要上这儿来呢？”菲利普插嘴问。

“我找到了捷径坦途，却还是在走老路。普赖斯小姐文化素养很高，一定记得这句话的拉丁语原文吧。”

“希望你谈话时别把我牵扯进去，克拉顿先生，”普赖斯小姐毫不客气地说。

“学习绘画的唯一途径，”他若无其事地继续说，“是租间小画室，雇个模特儿，靠自己闯出条路来。”

“这似乎并不难做到，”菲利普说。

“这可需要钱呐，”克拉顿接口说。

克拉顿开始动笔了，菲利普打眼角里偷偷打量他。只见他高高的个子,瘦得只剩下一把骨头,那宽大的骨架似乎突到肌体的外面;两肘尖削,差不多快要把他破外套的袖管给撑破了。裤子的臀部已经磨破,每只靴子上都打了个难看的补丁。普赖斯小姐站起身,朝着菲利普的画架走过来。

“如果克拉顿先生肯闭上嘴安静一会儿,我就过来帮你一下,”她说。

“普赖斯小姐不喜欢我,是因为我有几分幽默,”克拉顿一边说,一边若有所思地端详自己的画面,“而她讨厌我,则是因为我有几分才气。”

克拉顿煞有介事地说着,菲利普瞧着他那只模样古怪的大鼻子,觉得他的话听上去格外好笑,忍不住扑哧了一声。普赖斯小姐却气得满脸通红。

“这儿除你之外,谁也没埋怨过你有才气。”

“这儿唯独我的意见,我觉得最不足取。”

普赖斯小姐开始品评菲利普的习作。她滔滔不绝谈到剖视、结构、平面、线条,以及其他许多菲利普一窍不通的东西。她在这儿画室已经呆了好长一段时间,通晓教师们再三强调的绘画要领,她一口气点出了菲利普习作中的各种毛病,然而讲不出个矫枉匡正的道道来。

“多谢你这么不厌其烦地开导我,”菲利普说。

“哦,没什么,”她回答说,不好意思地红了脸。“我刚来这里时,别人也是这么指点我的,不管是谁,我都乐意效劳。”

“普赖斯小姐要想说的是,她向您传经赐教,纯粹是出于责任感,而并非是由于您本人有什么迷人的魅力,”克拉顿说。

普赖斯小姐恶狠狠地白了他一眼,又回到自己的座位上继续画画。

时钟敲了十二下，模特儿如释重负般地叫了一声，从画台上走下来。

普赖斯小姐收拾好自己的画具。

“我们有些人要去格雷维亚餐馆就餐，”她对菲利普说，并乜了克拉顿一眼。“我自己一向是在家里吃午饭的。”

“如果你不介意，就让我陪你去格雷维亚餐馆吧，”克拉顿说。

菲利普道了谢，起身准备离开画室。没走几步，奥特太太过来问他今天学画的情况如何。

“范妮·普赖斯可手把手教你了？”她询问道。“我特意把你安排在她旁边，因为我知道，只要她乐意，她还是有这点能耐的。这个姑娘不怎么讨人喜欢，脾气又坏，她自己也不会作画。不过，她懂得作画的诀窍，只要她不嫌麻烦，倒可以给新来者指点一下迷津的。”

他们走上大街的时候，克拉顿对菲利普说：

“范妮·普赖斯对你的印象不错，你最好留神点。”

菲利普哈哈大笑。对她那样的女人，他压根儿没想到要留下什么好印象。他们来到一家经济小餐馆，画室的几个学生正坐在那儿用餐，克拉顿在一张餐桌旁坐下，那儿已经坐了三四个人。在这儿，花一个法郎，可以吃到一只鸡蛋、一碟子肉，外加奶酪和一小瓶酒。要喝咖啡，则须另外付钱。他们就坐在人行道上，黄颜色的电车在大街上来回穿梭，叮叮当当的铃声不绝于耳。

“哦，请问您尊姓？”在他们就座时，克拉顿猝然问了一声。

“凯里。”

“请允许我把一位可信赖的老朋友介绍给诸位——他叫凯里，”克拉顿正经八百地说。“这位是弗拉纳根先生，这位是劳森先生。”

在座的人哈哈一笑，又继续谈自己的。他们海阔天空，无所不谈;大家七嘴八舌,只顾自己叽叽呱呱,根本不去理会旁人说些什么。他们谈到夏天去过哪些地方,谈到画室,还有这样那样的学校;他们提到许多在菲利普来说还是很陌生的名字:莫奈、马奈、雷诺阿、毕沙罗、德加①等等。菲利普竖起耳朵听着,尽管感到有点摸不着头脑,却兴奋得什么似的,心头小鹿猛撞不已。

时间过得真快。克拉顿站起身说:

"今晚要是你愿意来,你准能在这儿找到我。你会发觉这儿是拉丁区里最经济实惠的一家馆子,花不了几个子儿,包管可以让你害上消化不良症。"

第四十一章

菲利普沿着蒙帕纳斯大街信步闲逛。眼前的这个巴黎,同他春上来给圣乔治旅舍结算账务时所看到的迥然不同——他每想到那一段生活经历就不寒而栗——就其风貌来说,倒和自己心目中的外省城镇差不多。周围是一派闲适自在的气氛;明媚的阳光,开阔的视野,把人们的心神引入飘飘欲仙的梦幻之中。修剪得齐齐整整的树木,富有生气的白净房屋,宽阔的街道,全都令人心旷神怡。他觉得自己完全适应了这里的生活。他在街头悠然漫步,一边打量来往行人。在他看来,就连那些最普通的巴黎人,比如那些束着大红阔边腰带、套着肥大裤管的工人,那些身材矮小、穿着褪了色却很迷人

① 莫奈(1840—1926),法国画家,印象画派的创始人之一;马奈(1832—1883),法国画家,在欧洲绘画的传统上革新技巧,曾遭到学院派画家的歧视;雷诺阿(1841—1919),法国印象派画家;毕沙罗(1830—1903),法国印象派画家;德加(1834—1917),法国画家,早年倾心于古典绘画,后倾向于印象派。

的制服的士兵，似乎都焕发着动人的风采。不一会儿，他来到天文台大街，展现在他眼前的那种气势磅礴且又典雅绮丽的景象，不由得令他赞叹不已。他又来到卢森堡花园：孩童在玩耍嬉戏，头发上束着长丝带的保姆，成双结对地款款而行；公务在身的男士们，夹着皮包匆匆而过；小伙子们穿着各式各样的奇装异服。风景匀称、精致。自然景色虽带着人工斧凿的痕迹，却显得玲珑剔透。由此看来，自然风光若不经人工修饰，反倒失之于粗鄙。菲利普陶然若醉。过去他念到过许多有关这一风景胜地的描写，如今终于身临其境，怎能不叫他喜上心头，情不自胜。对于他来说，这里算得上是历史悠久的文艺胜地，他既感敬畏，又觉欢欣，其情状如同老学究初次见到明媚多姿的斯巴达平原时一般。

菲利普逛着逛着，偶一抬眼，瞥见普赖斯小姐独自坐在一条长凳上。他踌躇起来，他此刻实在不想见到任何熟人，况且她那粗鲁的举止与自己周围的欢乐气氛极不协调。但他凭直觉辨察出她是个神经过敏、冒犯不得的女子。既然她已看到了自己，那么出于礼貌，也该同她应酬几句。

“你怎么上这儿来啦？”她见菲利普走过来，这样问。

“散散心呗。你呢？”

“哦，我每天下午四点至五点都要上这儿来。我觉得整天埋头于工作，不见得有什么好处。”

“可以在这儿坐一会儿吗？”他说。

“悉听尊便。”

“您这话似乎不太客气呢，”他笑着说。

“我这个人笨嘴拙舌，天生不会甜言蜜语。”

菲利普有点困窘，默默地点起一支烟。

“克拉顿议论过我的画吗？”她猝然问了这么一句。

"我印象里他什么也没说，"菲利普说。

"你知道，他这个人成不了什么气候。自以为是天才，纯粹瞎吹。别的不说，懒就懒得要命。天才应能吃得起大苦，耐得起大劳。最要紧的，是要有股锲而不舍的韧劲。世上无难事，只怕有心人嘛。"

她说话时，激昂之情溢于言表。她头戴黑色水手草帽，上身穿一件不很干净的白衬衫，下身束一条棕色裙子。她没戴手套，而那双手真该好好洗洗。她毫无风韵可言，菲利普后悔不该跟她搭讪。他摸不透普赖斯小姐是希望他留下呢，还是巴不得他快点走开。

"我愿意尽力为你效劳，"她突然前言不搭后语地说，"我可深知其难呢。"

"多谢你了，"菲利普说。停了一会儿他又说："我请你去用茶点，肯赏光嘛？"

她飞快地瞟了他一眼，刷地涨红了脸。她脸一红，那苍白的皮肤顿时斑驳纷呈，模样儿好怪，就像变质的奶油里拌进了草莓似的。

"不，谢谢，你想我干吗要用茶点呢？我刚吃过午饭。"

"我想可以消磨消磨时间嘛，"菲利普说。

"哦，要是你闲得发慌，可犯不着为我操心。我一个人待着，并不嫌冷清。"

这时候，有两个男子打旁边走过。他们穿着棕色棉绒上衣，套着肥大的裤管，戴着巴斯克便帽①。他们年纪轻轻，却蓄着胡子。

"嗳，他们是美术学校的学生吧？"菲利普说，"真像是从《波希米亚人的生涯》那本书里跳出来的哩。"

"是些美国佬，"普赖斯小姐用鄙夷的口吻说。"这号服装，法

① 欧洲比利牛斯山西部地区巴斯克人所戴的一种帽子。

国人三十年前就不穿了。可那些从美国西部来的公子哥儿,一到巴黎就买下这种衣服,而且赶忙穿着去拍照。他们的艺术造诣大概也仅止于此了。他们才不在乎呢,反正有的是钱。"

菲利普对那些美国人大胆别致的打扮倒颇欣赏,认为这体现了艺术家的浪漫气质。普赖斯小姐问菲利普现在几点了。

"我得去画室了,"她说。"你可打算去上素描课?"

菲利普根本不知道有素描课。她告诉菲利普,每晚五时至六时,画室有模特儿供人写生,谁想去,只要付五十生丁就行。模特儿天天换,这是个不可多得的习画好机会。

"我看你目前的水平还够不上,最好过一个时期再去。"

"我不明白干吗不能去试试笔呢! 反正闲着没事干。"

他们站起身朝画室走去。就普赖斯小姐的态度来说,菲利普摸不透她究竟希望有他做伴呢,还是宁愿独个儿前往。说实在的,他纯粹出于困窘,不知道用什么办法可以脱身,这才留在她身边的;而普赖斯小姐不愿多开口,菲利普问她的话,她总是爱理不理,态度简慢。

一个男子站在画室门口,手里托着一只大盘子,凡是进画室的人都得往里面丢半个法郎。画室济济一堂,人比早晨多得多,其中英国人和美国人不再占大多数,女子的比例也有所减少。菲利普觉得这么一大帮子人,跟他脑子里的习画者的形象颇不一致。天气暖洋洋的,屋子里的空气不多一会儿就变得混浊不堪。这回的模特儿是个老头,下巴上蓄着一大簇灰白胡子。菲利普想试试今天早晨学到的那点儿技巧,结果却画得很糟。他这才明白,他对自己的绘画水平实在估计得过高了。菲利普不胜钦羡地望了一眼身旁几个习画者的作品,心中暗暗纳闷,不知自己是否有一天也能那样得心应手地运用炭笔。一个小时飞快地溜了过去。他不愿给普赖斯小姐再添麻烦,所以刚才特意避着她找了个地方坐下。临了,当菲利普经过她身边朝外走时,普赖斯小姐却唐突地将他拦住,问他画得怎样。

“不怎么顺手,”他微笑着说。

“如果你刚才肯屈尊坐在我旁边,我满可以给你点提示。看来你这个人自视甚高呢。”

“不,没有的事。我怕你会嫌我讨厌。”

“要是我真那么想,我会当面对你说的。”

菲利普发现,她是以其特有的粗鲁方式来表示她乐于助人的善意。

“那我明天就多多仰仗你了。”

“没关系,”她回答。

菲利普走出画室,自己也不知道该如何打发吃饭前的这段时间。他很想干点独出心裁的事儿。来点儿苦艾酒如何!当然很有此必要。于是,他信步朝车站走去,在一家咖啡馆的露天餐席上坐下,要了杯苦艾酒。他喝了一口,觉得恶心欲吐,心里却很得意。这酒喝在嘴里挺不是滋味,可精神效果极佳:他现在觉得自己是个道道地地的投身艺术的学生了。由于他空肚子喝酒,一杯下肚,顿觉飘然欲仙。他凝望着周遭的人群,颇有几分四海之内皆兄弟的感觉。他快活极了。当他来到格雷维亚餐馆时,克拉顿那张餐桌上已坐满了人,但是他一看到菲利普一拐一瘸地走过来,忙大声向他打招呼。他们给他腾出个坐儿。晚餐相当节俭,一盆汤,一碟肉,再加上水果、奶酪和半瓶酒。菲利普对自己面前的食物并不在意,只顾打量同桌进餐的那些人。弗拉纳根也在座。他是个美国人,年纪很轻,有趣的脸上竖着只扁塌的狮子鼻,嘴巴老是笑得合不拢。他身穿大花格子诺福克夹克衫,颈脖上围条蓝色的硬领巾,头上戴顶怪模怪样的花呢帽。那时候，拉丁区是印象派的一统天下，不过老的画派也只是最近才失势的。卡罗路斯-迪朗、布格柔[①]之流仍被人捧出来，同马奈、莫奈和德加等人分庭抗礼。欣赏老一派画家的作品，依然是情趣高雅的一个标志。惠司勒[②]以及他整理的那套颇有见识的日本版画集，在英国画家及同胞中间有很大的影响。古典大师们受到新标准的检验。几个世纪以来，世人对拉斐尔推崇备至，如今这在聪明伶俐的年轻人中间却传为笑柄。他们觉得他的全部作品，还及不上委拉斯开兹[③]画的、现在陈列在国家美术馆里的一幅腓力四世头像。菲利普发现，谈论艺术已成了一股风气。午餐时遇到的那个劳森也在场，就坐在他对面。他是个身材瘦小的年轻人，满脸雀斑，一头红发，长着一对灼灼有光的绿眼睛。菲利普坐下后，劳森目不转睛地望着他，这时冷不防高谈阔论起来：

"拉斐尔只有在临摹他人作品时，还算过得去。譬如，他临摹彼鲁其诺[④]或平图里乔[⑤]的那些画，很讨人喜欢，而他想在作品中画出自己的风格时，就只是个——"说到这儿，他轻蔑地一耸肩，"——拉斐尔。"

劳森说话的口气之大，菲利普不觉暗暗吃惊，不过他也不必去答理他，因为这时候弗拉纳根不耐烦地插嘴了。

"哦，让艺术见鬼去吧！"他大声嚷道。"让咱们开怀痛饮，一醉方休。"

"昨晚上你喝得够痛快的了，弗拉纳根，"劳森说。

---

① 卡罗路斯-迪朗（1837—1917），法国画家；布格柔（1825—1905），法国学院派画家。
② 惠司勒（1834—1903），侨居英国的美国油画家和版画家。画风受日本绘画的影响。
③ 委拉斯开兹（1599—1660），西班牙画家，曾受聘于西班牙王腓力四世，担任宫廷画师。晚期作品表现技巧较高，对19世纪欧洲现实主义画派有很大影响。
④ 彼鲁其诺（1446—1523），意大利画家，拉斐尔的老师。
⑤ 平图里乔（1454—1513），意大利画家，曾协助彼鲁其诺完成西斯廷教堂的壁画。

“昨晚是昨晚，我说的可是今夜良宵，”他回答。“想想吧，来到巴黎之后，整天净在想着艺术、艺术。”他说话时，操着一口浓重的西部口音。“嘿，人生得意须尽欢嘛。”只见他抖擞精神，用拳头砰地猛击餐桌。“听我说，让艺术见鬼去吧！”

“说一遍就够啦，干吗婆婆妈妈的唠叨个没完，”克拉顿板着脸说。

同桌还有个美国人，他的穿着打扮，同菲利普下午在卢森堡花园见到的那些个公子哥儿如出一辙。他长得很清秀，眸子乌黑发亮，脸庞瘦削而严峻。他穿了那一身古怪有趣的服装，倒有点像个不顾死活的海盗。浓黑的头发不时耷拉下来，遮住了眼睛，所以他时而做出个颇带戏剧性的动作，将头往后一扬，把那几绺长发甩开。他开始议论起马奈的名画《奥兰毕亚》，这幅画当时陈列在卢森堡宫里。

“今儿个我在这幅画前逗留了一个小时。说实在的，这画算不得一幅上乘之作。”

劳森放下手中的刀叉，一双绿眼珠快冒出火星来。他由于怒火中烧，连呼吸也急促起来，不难看出，他在竭力按捺自己的怒气。

“听一个头脑未开化的野小子高谈阔论，岂不有趣，”他说。“我们倒要请教，这幅画究竟有什么不好？”

那美国人还没来得及启口，就有人气冲冲地接过话茬。

“你的意思是说，你看着那幅栩栩如生的人体画，竟能说它算不上杰作？”

“我可没那么说。我认为右乳房画得还真不赖。”

“去你的右乳房，”劳森扯着嗓门直嚷嚷。“整幅画是艺苑中的一个奇迹。”

他详尽地讲述起这幅杰作的妙处来，然而，在格雷维亚餐馆的这张餐桌上，谁也没在听他——谁要是发表什么长篇大论，得益者唯他自己而已。那个美国人气势汹汹地打断劳森。

“你不见得要说，你觉得那头部画得很出色吧？”

劳森此时激动得脸色都发白了，他竭力为那幅画的头部辩解。再说那位克拉顿，他一直坐在一旁默默不语，脸上挂着一丝宽容的嘲笑，这时突然开腔了。

“就把那颗脑袋给他吧，咱们可以忍痛割爱。这无损于此画的完美。”

“好吧，我就把这颗脑袋给你了，”劳森嚷道，“提着它，见你的鬼去吧。”

“而那条黑线又是怎么回事？”美国人大声说着，得意扬扬一抬手，把一绺差点儿掉进汤盆里的头发往后一掠。“自然万物，无奇不有，可就是没见过四周有黑线的。”

“哦，上帝，快降下一把天火，把这个渎神的歹徒烧死吧！”劳森说。“大自然同这幅画有何相干？自然界有什么，没有什么，谁说得清楚！世人是通过艺术家的眼睛来观察自然的。可不是！几个世纪来，世人看到马在跳越篱笆时，总是把腿伸得直直的。啊，老天在上，先生，马腿确实是伸得直直的！在莫奈发现影子带有色彩之前，世人一直看到影子是黑的，老天在上，先生，影子确实是黑的哟。如果我们用黑线条来勾勒物体，世人就会看到黑色的轮廓线，而这样的轮廓线也就真的存在了；如果我们把草木画成红颜色，把牛画成蓝颜色，人们也就看到它们是红色、蓝色的了，老天在上，它们确实会成为红色和蓝色的呢！”

“让艺术见鬼去吧！”弗拉纳根咕哝道，“我要的是开怀痛饮！”

劳森没理会他。

“现在请注意，当《奥兰毕亚》在巴黎艺展中展出时，左拉——

在那批凡夫俗子的冷嘲热讽声中，在那伙守旧派画家、冬烘学究还有公众的一片唏嘘声中——左拉宣布说：‘我期待有那么一天，马奈的画将陈列在卢佛宫内，就挂在安格尔①的《女奴》对面，相形之下，黯然失色的将是《女奴》。’《奥兰毕亚》肯定会挂在那儿的，我看这一时刻日益临近了。不出十年，《奥兰毕亚》定会在卢佛宫占一席之地。”

“永远进不了卢佛宫，”那个美国人大嚷一声，倏地用双手把头发狠命往后一掠，似乎想要一劳永逸地解决这个麻烦。“不出十年，那幅画就会销声匿迹。它不过是投合时好之作。任何一幅画要是缺少点实质性的内容，就不可能有生命力，拿这一点来衡量，马奈的画相去何止十万八千里。”

“什么是实质性内容？”

“缺少道德上的内容，任何伟大的艺术都不可能存在。”

“哦，天哪！”劳森狂怒地咆哮。“我早知道是这么回事。他稀罕的是道德说教。”他双手搓合，做出祈祷上苍的样子：“哦，克利斯朵夫·哥伦布。克利斯朵夫·哥伦布，你在发现美洲大陆的时候，你可知道自己是在干什么啊？”

“罗斯金说……”

他还要往下说，冷不防克拉顿突然用刀柄乒乒乓乓猛敲桌面。

“诸位，”他正颜厉色说，那只大鼻子因为过分激动而明显地隆起一道道褶皱。

“刚才有人提到了一个名字，我万万没想到在上流社会竟然也会听到它。言论自由固然是件好事，但也总得掌握点分寸，适可而止才是。要是你愿意，你尽可谈论布格柔：这个名字虽招人嫌，听

① 安格尔（1780—1867），法国画家，古典主义画派最后的代表人物。

上去却让人感到轻松，逗人发笑。但是我们可千万别让罗斯金，G·F·瓦茨和E·B·琼司[1]这样一些名字来玷污我们贞洁的双唇。”

“这个罗斯金究属何人？”弗拉纳根问。

“维多利亚时代的伟人之一，擅长优美文体的文坛大师。”

“罗斯金文体——由胡言乱语和浮华辞藻拼凑起来的大杂烩，”劳森说。“再说，让维多利亚时代的那些伟人统统见鬼去！我翻开报纸，只要一看见某个伟人的讣告，就额手庆幸：谢天谢地，这些家伙又少了一个啦。他们唯一的本事是精通养生之道，能老而不死。艺术家一满四十，就该让他们去见上帝。一个人到了这种年纪，最好的作品也已经完成。打这以后，他所做的不外乎是老调重弹。难道诸位不认为，济慈、雪莱、波宁顿[2]和拜伦等人早年丧生，实在是交上了人世间少有的好运？假如史文朋在出版第一卷《诗歌和民谣集》的那天溘然辞世，他在我们的心目中会是个多么了不起的天才！”

这席话可说到了大家的心坎上，因为在座的没一个人超过二十四岁。他们立刻津津有味地议论开了。这一回他们倒是众口一词，意见一致，而且还各自淋漓尽致地发挥了一通。有人提议把四十院士的所有作品拿来，燃起一大片篝火，维多利亚时代的伟人凡满四十者都要一一往里扔。这个提议博得一阵喝彩。卡莱尔、罗斯金、坦尼生、勃朗宁、G·F·瓦茨、E·B·琼司、狄更斯和萨克雷等人，被匆匆抛进烈焰之中。格莱斯顿先生、约翰·布赖特和科勃登[3]，也遭到同样下场。至于乔治·梅瑞狄斯，曾有过短暂的争执；至于

---

① 瓦茨（1817—1904）与琼司（1833—1898）均系英国画家。
② 波宁顿（1802—1828），英国画家，擅长水彩画及油画。
③ 布赖特（1811—1889）和科勃登（1804—1865）均为英国政治家。

马修·阿诺德[1]和爱默生,则被痛痛快快付诸一炬。最后轮到了沃尔特·佩特。

“沃尔特·佩特就免了吧,”菲利普咕哝说。

劳森瞪着那双绿眼珠,打量了他一阵,然后点点头。

“你说得有理,只有沃尔特·佩特一人证明了《蒙娜丽莎》的真正价值。你知道克朗肖吗?他以前和佩特过往甚密。”

“克朗肖是谁?”

“他是个诗人,就住在这儿附近。现在让咱们上丁香园去吧。”

丁香园是一家咖啡馆,晚饭后他们常去那儿消磨时间。晚上九时以后,凌晨二时之前,准能在那儿遇到克朗肖。对弗拉纳根来说,一晚上的风雅之谈,已够受的了,这时一听劳森作此建议,便转身对菲利普说:

“哦,伙计,我们还是找个有姑娘的地方去乐乐吧。上蒙帕纳斯游乐场去,让咱们喝它个酩酊大醉。”

“我宁愿去见克朗肖,而不想把自己搞得醉醺醺的,”菲利普笑呵呵地说。

第四十二章

席上的人一哄而散。弗拉纳根和另外两三个人往杂耍剧场而去,菲利普则随克拉顿、劳森两人慢悠悠地朝丁香园而来。

“你也该上蒙帕纳斯游乐场去看看,”劳森对菲利普说。“那儿

---

① 阿诺德(1822—1888),英国诗人,文艺批评家。

算得上是巴黎的一大胜景。过些日子我打算去把它画下来。”

由于受到海沃德的影响，菲利普认为杂耍剧场是个不雅的场所，不屑一顾，殊不知他这阵子上巴黎来，正值杂耍剧场的黄金时代，它们的潜在艺术魅力刚被人们发掘出来。灯光设计的新颖别致，暗红与失却光泽的金黄色浑成一片，灯火阑珊处的浓阴密影，还有各种各样的装饰线条，都为艺术创作提供了新的主题。拉丁区有一半左右的画室，都陈列了在本地这家或那家剧场所作的写生画。文人紧步画家的后尘，也突然不谋而合地探索起杂耍剧目的艺术价值来。于是，那些红鼻子的丑角演员顿时被捧上了天，说他们把角色演活了；那些肥胖的女歌手，曾默默无闻地嚎叫了二十年，这时人们也刮目相看，发现她们的演唱声情并茂，曲尽诙谐之妙。还有些文人在耍狗戏中获得了美的感受，另一些则竭尽人间言词，百般称颂魔术师和飞车演员的精湛绝技。杂耍戏的观众也因此沾了光，成为舆论界同情关注的对象。菲利普同海沃德观点一致，向来瞧不起大轰大嗡的芸芸众生；他也像一般生性孤傲的人那样，洁身自好，独来独往，对市井之徒的古怪行径横眉侧目，不胜厌恶；但此时克拉顿和劳森却热情洋溢谈论着百姓大众。他们绘声绘影地谈到巴黎各类集市上摩肩接踵的人流，那真是万头攒动，人山人海；在乙炔灯的强光之下，人们的脸半隐半现；嘟嘟的喇叭声、呜呜的汽笛声、嗡嗡的低语声，交相错杂，不绝于耳。他们所说的这一切，菲利普听来新鲜而陌生。他们向他介绍了克朗肖的情况。

“你可曾看过他的作品？”

“没看过，”菲利普说。

“他的作品发表在《黄皮书》上。”

他们对克朗肖的态度，就像一般画家看待作家那样，既有几分轻视（因为他在绘画方面是个门外汉），又有几分宽容（因为他搞的毕竟也是门艺术),同时还有几分敬畏(因为他所运用的艺术媒介,颇使他们惴惴不安)。

“此人可是个不同凡响之辈。一上来,你也许会对他有点失望,只有等他喝醉了,才会露出他人杰的本色。”

“伤脑筋的是,”克拉顿接口说,“他得喝上好几个时辰才有醉意。”

到了咖啡馆门前,劳森告诉菲利普,他们还得往里面去。秋风送凉,尚不觉寒意,但克朗肖出于一种畏惧风寒的病态心理,即使逢到温暖如春的天气,也非要坐在店堂里不可。

“凡属值得结交的有识之士,他全都认得,”劳森解释说,“佩特和奥斯卡·王尔德和他曾有过交往,现在他和马拉美①这类名流也保持往来。”

他们搜索的目标,此刻正坐在咖啡馆的一个遮风最严的角落里。他穿着外套,衣领朝上翻起,帽檐压得低低的,一直盖到脑门上,生怕着了凉。他身材魁梧,敦实而不流于臃肿;圆圆的脸盘,一撮小胡子;眯细的眼睛,呆板无神。那颗脑袋瓜似乎小了些,同他的魁梧躯干很不相称,好比是一粒豌豆放在鸡蛋上,随时有滑下来的可能。他正在跟一个法国人玩多米诺骨牌,见有人过来,也不搭腔,只是朝来人淡淡一笑,同时顺手把餐桌上的一小叠茶托往边上一推(他手边有多少只茶托,就说明他已灌下了多少杯酒),算是给来者腾出了点地盘。当别人把菲利普介绍给他时,他点了点头,继续玩他的骨牌。菲利普虽然自己的法语不怎么高明,可还是听得出克朗肖的法语讲得很糟,亏他还在巴黎混了好多年呢。

他总算直起腰,把身子往椅背上一靠,脸上漾起胜利的微笑。

---

① 马拉美(1842—1898),法国诗人,象征派诗歌的代表人物。

"Je vous ai battu."[1]他说的法语口音够别扭的。"Garçon!"[2]他大声招呼侍者,然后转过脸对菲利普说:

"你刚从英国来?看过板球赛没有?"

菲利普给这么个出其不意的问题给问懵了。

"对近二十年来第一流板球队的球艺水平,克朗肖可谓了如指掌,"劳森笑嘻嘻地说。

那个玩牌的法国人离开他们,到另外一张餐桌找自己的朋友去了。克朗肖随口议论起肯特队和兰开夏队双方的球艺长处。他说起话来慢声细语,懒洋洋的,这倒是他的一个与众不同之处。他给他们讲了上回看到的板球决赛,并描述了比赛中各击球员一一被击败的详细经过。

"这是我来巴黎之后唯一惦念的事儿,"他喝完了侍者端来的bock[3],这么说。"这儿一场板球赛也看不到。"

菲利普大失所望。劳森有点不耐烦了,说来也难怪,他是急于要向菲利普炫耀一下拉丁区的一位名流。那天晚上,克朗肖慢饮细酌,迟迟不见醉意。不过他身边的那一叠茶托表明他至少是诚心想把自己灌醉的。克拉顿看着这光景,觉得煞是有趣:克朗肖如数家珍似地摆弄他在板球赛方面的学问,显然有几分做作;他就是喜欢在听客面前卖关子,故意讲些易招人嫌的话题。克拉顿插嘴问了一句:

"你最近可见到过马拉美?"

克朗肖不紧不慢地打量了克拉顿一眼,仿佛是在揣摩这个问题。他并不急于应答,而是拿起一只茶托,轻叩了几下大理石餐桌。

① 法语,你输给我了。
② 法语,跑堂的。
③ 法语,啤酒。

“把我的那瓶威士忌拿来。”他嚷了句，接着又转过脸对菲利普说：“我在这儿存了瓶威士忌。喝那么一小杯要付五十生丁，我可喝不起。”

侍者端来了酒瓶，克朗肖拿过来凑着灯光仔细端详。

“有人喝过了。跑堂的，是谁偷喝了我的威士忌？”

“Mais personne, Monsieur Cronshaw.”①

“昨晚上我特地做了个记号，你瞧这儿。”

“先生是做了记号的，可是过后先生仍照喝不误。像先生这样做记号还不是白白浪费时间！”

侍者是个嘻嘻哈哈的快活人，同克朗肖混得很熟。克朗肖目不转睛地瞅着他。

“如果你像贵族和绅士那样用名誉担保，说除了我之外谁也没喝过我的威士忌，那我就接受你的说法。”

这句话经他不加修饰地逐字译成生硬的法语，听起来煞是有趣，柜台那儿的女掌柜忍俊不禁，扑哧笑出声来。

“Il est impayable,”②她轻声嘟哝。

听到这话，克朗肖冲着她挤眉弄眼（那女掌柜的是个胖墩墩的中年妇人，一副女管家的派头），而且还一本正经地给了她个飞吻。她耸耸肩。

“别害怕，太太，”他吃力地说，“我可早过了不惑之年，半老徐娘的眷顾，于我已无吸引力。”

他给自己斟了点威士忌，又掺了些苏打水，细细品味着。他用手背抹了抹嘴。

---

① 法语，没人喝过，克朗肖先生。
② 法语，这人真逗。

“他讲得娓娓动听。”

劳森和克拉顿明白，克朗肖的这句话，是针对刚才有关马拉美的询问而说的。每星期二晚上，这位诗人都要接待文人和画家。他巧言善辩，在座的人不论提及什么题目，他都能对答如流。克朗肖是那儿的常客，最近显然也去过。

“他讲得娓娓动听，可惜全是废话。他谈到艺术，似乎那是世界上头等重要的东西。”

“怎么不是呢！要不咱们何必来这儿?”菲利普问。

“你干吗要来这儿，我可不知道。这和我毫不相干。不管怎么说，艺术是件奢侈的身外之物。人们重视的只是自我保存、传宗接代。只有在这两种本能得到满足之后，他们才愿意忙里偷闲，借作家、画家和诗人所提供的余兴来消遣一下身心。”

克朗肖停下来呷了一口酒。二十年来，他一直在思考这样一个问题：究竟是因为酒能助长谈话的兴致，他才如此贪杯的呢，还是因为谈话使他口渴思酒，所以他才喜欢高谈阔论?

他接着说:“昨天我写了首诗。”

不等人请，他当即朗诵了起来。他一词一语地缓缓吟诵，一边还伸出中指打着节拍。也许这是首极精致的好诗。可偏巧这时闯进来了一位妙龄女郎。她浓妆艳抹，两片嘴唇涂得血红，那鲜艳的双颊，显然并非出自其平庸的本色；眉毛和睫毛染得漆黑，上下眼睑都抹上一层醒目的蓝色，而且一直抹到眼角处，构成一个奇怪而有趣的三角形。一头乌黑的云鬓梳理得很考究，从耳朵上方往后挽，那种发型由于克莱奥·德梅罗德小姐的提倡而风行一时。菲利普的一双眼睛，直勾勾地围着她转。克朗肖朗诵完了，朝菲利普宽容地微微一笑。

“你没在听呐，”他说。

“哦，不，我听着呢。”

“我不责备你，因为这恰恰证明我刚才说的话一点儿不假。离开了爱情，有何艺术可言？刚才你出神地望着这位妩媚动人的人间尤物而对我的好诗无动于衷，为此，我向你表示敬意和赞赏。”

她打他们的餐桌旁边走过时，克朗肖一把拉住她的手臂。

“坐到我身边来，我的宝贝，让咱俩演一出神圣的爱情喜剧。”

“Fichez-moi la paix.”①说着她用力将他推开，又大大咧咧地去了。

“所谓艺术，”他一扬手，又继续说，“无非是聪明人在酒醉饭饱、玩够了女人之后，为了消遣解闷而发明的玩意儿。”

克朗肖又给自己斟了满满一杯，然后滔滔不绝地高谈阔论起来。他嗓音圆润，口齿清楚，措辞很考究，是经过一番斟酌的。他将精辟妙语和愚蠢无聊的昏话捏合在一起，其荒诞程度，足以令人瞠目。他一会儿板着脸拿他的听客打趣，一会儿又嬉皮笑脸地向他们进言忠告。他谈到艺术、文学和人生。他忽儿虔诚恳切，忽儿满口秽言，忽儿笑逐颜开，忽儿凄然泪下。他显然已酩酊大醉，接着他又背诵起诗歌——他自己的和弥尔顿的，他自己的和雪莱的，他自己的和基特·马洛②的。

最后，劳森感到筋疲力尽，起身告辞了。

“我也得走了，”菲利普说。

他们几个人中开口最少的是克拉顿，他留下来，嘴角上挂着一丝讥诮的浅笑，继续听克朗肖胡言乱语。劳森陪菲利普回到旅馆，互道了晚安。菲利普上床后，却毫无睡意。别人在他面前信口胡诌

① 法语，让我安静一会儿。
② 基特·马洛，即克利斯朵夫·马洛（1564—1593），英国诗人。

的那些标新立异之说，这会儿在他脑海里翻腾起伏。菲利普兴奋不已，感到自己身上积聚着喷薄欲出的巨大力量，他比以往任何时候都更为自信。

“我知道自己会成为大画家的，”他自言自语说，“我感到自己身上有这种气质。”

当另一个念头闪过脑际时，他的整个身心禁不住震颤起来。不过，即使对自己，他也不愿把这个念头付诸言词。

“苍天在上，我相信我是有天才的！”

事实上，他完全醉了，不过既然他喝下肚的充其量只有一杯啤酒，那么使他陶然忘情的，只可能是一种比酒精更危险的麻醉剂。

第四十三章

画师每逢星期二、五上午来阿米特拉诺画室评讲学生的习作。在法国，画家的收入微乎其微，出路是替人作肖像画，设法取得某些美国阔佬的庇护，就连一些知名画家，也乐于每周抽出两三个小时到某个招收习画学生的画室去兼课，赚点外快，反正这类画室在巴黎多的是。星期二这一天，由米歇尔·罗兰来阿米特拉诺授课。他是个上了年纪的画家，胡子白苍苍的，气色很好。他曾为政府作过许多装饰画，而这现在却在他的学生中间传为笑柄。他是安格尔的弟子，看不惯美术的新潮流，一听到马奈、德加、莫奈和西斯莱 tas de farceurs[①] 的名字就来火。不过，他倒是个不可多得的好教师：温和有礼，诲人不倦，且善于引导。至于周五巡视画室的富瓦内，却是个

① 法语，这伙丑类。

颇难对付的角色。此公长得瘦小干瘪,满口蛀牙,一副患胆汁症的尊容,蓬蓬松松的灰胡子,恶狠狠的眼睛,讲起话来嗓门尖利,语透讥锋。早年,他有几幅作品被卢森堡美术馆买了去,所以在二十五岁的时候,踌躇满志,期待有朝一日能独步画坛。可惜他的艺术才华,只是出自青春活力的一时勃发,而并非深植于他的个性之中。二十年来,他除了复制一些早年使他一举成名的风景画之外,别无建树。当人们指责他的作品千篇一律之时,他反驳说:

“柯罗①一辈子只画一样东西,我为何不可呢?”

别人的成功,无一不招他忌妒,至于那些印象派画家,他更是切齿痛恨,同他们势不两立。他把自己的失败归咎于疯狂的时尚,惯于赶时髦的公众——Sale bete②——全被那些作品吸引了过去。对于印象派画家,米歇尔·罗兰还算留点情面,只是温和地唤他们一声“江湖骗子”,而富瓦内却和之以连声咒骂,crapule③ 和 canaille④ 算是最文雅的措词了。他以诋毁他们的私生活为乐事,用含带讥讽的幽默口吻,骂他们是私生子,攻击他们乱伦不轨,竭尽侮慢辱骂之能事。为了使那些不堪入耳的奚落之词更带点儿辛辣味儿,他还援用了东方人的比喻手法和东方人的强调语势。即便在检查学生们的习作时,他也毫不掩饰自己的轻蔑之意。学生们对他既恨又怕;女学生往往由于受不了他那不留情面的嘲讽而哭鼻子,结果又免不了遭他一顿奚落。尽管学生被他骂得走投无路而群起抗议,可也奈何不得,他照样在画室内执教,因为他无疑是全巴黎首屈一指的美术教师。有时,学校的主持人,也就是那个老模特儿,斗胆规劝他几

① 柯罗(1796—1875),法国风景画家。
② 法语,该死的畜生。
③ 法语,恶棍。
④ 法语,流氓。

句，但在这位蛮横暴烈的画家面前，那规劝之语转眼就化为卑躬屈膝的连声道歉。

菲利普首先碰上的便是这位富瓦内画师。菲利普来到画室时，这位夫子已在里面了。他一个画架一个画架地巡视过去，学校司库奥特太太在一旁陪着，遇到那些不懂法语的学生，便由她充当翻译。范妮·普赖斯坐在菲利普边上，画得很巴结。她由于心情紧张，脸色发青；她时而放下画笔，把手放在上衣上搓擦，急得手心都出汗了。她突然神情焦躁地朝菲利普转过脸来，紧锁双眉，似乎想借此来掩饰内心的焦虑不安。

"你看画得还可以吗？"她问，一边朝自己的画点点头。

菲利普站起身，凑过来看她的画。不看还罢，一看大吃一惊。她莫非是瞎了眼不成？画儿完全走了样，简直不成个人形。

"我要能及到你一半就挺不错了，"他言不由衷地敷衍说。

"没门儿，你还刚来这儿嘛。你现在就想要赶上我，岂不有点想入非非。我来这儿已经两年了。"

听了范妮·普赖斯的话，菲利普不由得怔住了。她那股自负劲儿，实在叫人吃惊。菲利普已发现，画室里所有的人都对她敬而远之，看来这也不奇怪，因为她似乎特别喜欢出口伤人。

"我在奥特太太跟前告了富瓦内一状，"她接着说。"近两个星期，他对我的画竟看也不看一眼。他每回差不多要在奥特太太身上花半个小时，还不是因为她是这儿的司库。不管怎么说，我付的学费不比别人少一个子儿，我想我的钱也不见得是缺胳膊少腿的。我不明白，干吗单把我一个人撇在一边。"

她重新拿起炭笔，但不多一会儿，又搁下了，嘴里发出一声呻吟。

"我再也画不下去了，心里紧得慌哪。"

她望着富瓦内，他正同奥特太太一起朝他们这边走来。奥特太太脾气温顺，见地平庸，沾沾自喜的情态之中露出几分自命不凡的神气。富瓦内在一个名叫露思·查利斯的英国姑娘的画架边坐了下来。她身材矮小，衣衫不整，一对秀气的黑眼睛，目光倦怠，但时而热情闪烁；那张瘦削的脸蛋，冷峻而又富于肉感，肤色宛如年深日久的象牙——这种风韵，正是当时一些深受布因-琼司影响的切尔西[①]少女所蓄意培养的。富瓦内今天似乎兴致很好，他没同她多说什么，只是拿起她的炭笔，信手画上几笔，点出了她的败笔所在。他站起来的时候，查利斯小姐高兴得满脸放光。富瓦内走到克拉顿跟前，这时候菲利普也有点紧张起来，好在奥特太太答应过，有事会照顾着他点的。富瓦内在克拉顿的习作前站了一会儿，默默地咬着大拇指，然后心不在焉地把一小块咬下的韧皮吐在画布上。

“这根线条画得不错，”他终于开了腔，一边用拇指点着他所欣赏的成功之笔，“看来你已经有点入门了。”

克拉顿没吭声，只是凝目望着这位画家，依旧是那一副不把世人之言放在眼里的讥诮神情。

“我现在开始相信，你至少是有几分才气的。”

奥特太太一向不喜欢克拉顿，听了这话就把嘴一撇。她看不出画里有什么特别的名堂。富瓦内坐定身子，细细地讲解起绘画技巧来。奥特太太站在一旁，有点不耐烦了。克拉顿一言不发，只是时而点点头；富瓦内感到很满意，他的这一席话，克拉顿心领神会，而且悟出了其中的道理。在场的大多数人虽说也在洗耳恭听，可显然没听出什么道道来。接着，富瓦内站起身，朝菲利普走来。

① 伦敦西部的一个地区，环境幽静，风景优美，19世纪的许多著名画家、诗人都住在那儿从事创作。

“他刚来两天，”奥特太太赶紧解释道，“是个新手，以前从没学过画。”

“Ça se voit，”[①]画师说，“不说也看得出。”

他继续往前走，奥特太太压低嗓门对他说：

“这就是我同你提起过的那个姑娘。”

他瞪眼冲她望着，仿佛她是头令人憎恶的野兽似的，而他说话的声调也变得格外刺耳。

“看来你认为我是亏待你了。你老是在司库面前嘀咕抱怨。你不是要我关心一下你的这幅大作吗？好吧，现在就拿来让我开开眼界吧。”

范妮·普赖斯满脸通红，病态的皮肤下，血液似乎呈现出一种奇怪的紫色。她不加分辩，只是朝面前的画一指，这幅画，她从星期一一直画到现在。富瓦内坐了下来。

“嗯，你希望我对你说些什么呢？要我恭维你一句，说这是幅好画？没门儿。要我夸你一声，说画得挺不错的？没门儿。要我说这幅画总还有些可取之处吧？一无是处。要我点出你的画毛病在哪儿？全都是毛病。要我告诉你怎么处置？干脆把它撕了。现在你总该满意了吧？”

普赖斯小姐脸色惨白。她火极了，他竟当着奥特太太的面如此羞辱她。她虽然在法国呆了很久，完全听得懂法语，但要她自己讲，却吐不出几个词儿来。

“他没有权利这样对待我。我出的学费一个子儿也不比别人少，我出学费是要他来教我。可现在瞧他，哪儿是在教我！”

“她说些什么？她说些什么？”富瓦内问。

---

① 法语，不说也看得出。

奥特太太支吾着，不敢转译给他听。普赖斯小姐自己用蹩脚的法语又说了一遍：

"Je vous paye pour m' apprendre."[1]

画师眼睛里怒火闪射，他拉开嗓门，挥着拳头。

"Mais, nom de Dieu[2]，我教不了你。教头骆驼也比教你容易。"他转身对奥特太太说："问问她，学画是为了消闲解闷，还是指望靠它谋生。"

"我要像画家那样挣钱过日子，"普赖斯小姐答道。

"那么我就有责任告诉你：你是在白白浪费光阴。你缺少天赋，这倒不要紧，如今真正有天赋的人又有几个；问题是你根本没有灵性，直到现在还未开窍。你来这里有多久了？五岁小孩上了两堂课后，画得也比你现在强。我只想奉劝你一句，趁早放弃这番无谓的尝试吧。你若要谋生，恐怕当 bonne à tout faire[3] 也要比当画家稳妥些。瞧！"

他随手抓起一根炭条，想在纸上勾画，不料因为用力过猛，炭条断了。他咒骂了一声，随即用断头信手画了几笔，笔触苍劲有力。他动作利索，边画边讲，边讲边骂。

"瞧，两条手臂竟不一样长。还有这儿的膝盖，给画成个什么怪模样。刚才我说了，五岁的孩子也比你强。你看，这两条腿叫她怎么站得住呀！再瞧这只脚！"

他每吐出一个词，那支怒不可遏的炭笔就在纸上留下个记号，转眼间，范妮·普赖斯好几天来呕心沥血画成的画，就被他涂得面目全非，画面上尽是乱七八糟的条条杠杠和斑斑点点。最后他把炭

---

① 法语，我出学费是要你来教我。
② 法语，他妈的。
③ 法语，打杂女工。

条一扔，站起身来。

“小姐，听我的忠告，还是去学点裁缝的手艺吧。”他看看自己的表。“十二点了。A la semaine prochaine, messieurs.”①

普赖斯小姐慢腾腾地把画具收拢来。菲利普故意落在别人后面，想宽慰她几句。他搜索枯肠，只想出这么一句：

“哎，我很难过。这个人多粗鲁！”

谁知她竟恶狠狠地冲着他发火了。

“你留在这儿就是为了对我说这个？等我需要你怜悯的时候，我会开口求你的。现在请你别挡住我的去路。”

她从他身边走过，径自出了画室。菲利普耸耸肩，一拐一瘸地上格雷维亚餐馆吃午饭去了。

“她活该！”菲利普把刚才的事儿告诉劳森之后，劳森这么说，“坏脾气的臭娘们儿。”

劳森很怕挨批评，所以每逢富瓦内来画室授课，他总是避之唯恐不及。

“我可不希望别人对我的作品评头品足，”他说。“是好是坏，我自己心中有数。”

“你的意思是说，你不希望别人说你的大作不高明吧，”克拉顿冷冷接口说。

下午，菲利普想去卢森堡美术馆看看那儿的藏画。他在穿过街心花园时，一眼瞥见范妮·普赖斯在她的老位置上坐着。他先前完全出于一片好心，想安慰她几句，不料她竟如此不近人情，想起来心里好不懊丧，所以这会在她身边走过时只当没看见。可她倒立即站起身，朝他走过来。

① 法语，先生们，下星期见。

"你想就此不理我了,是吗?"

"没的事,我想你也许不希望别人来打扰吧!"

"你去哪儿?"

"我想去看看马奈的那幅名画,我经常听人议论到它。"

"要我陪你去吗?我对卢森堡美术馆相当熟悉,可以领你去看一两件精彩之作。"

看得出,她不愿爽爽快快地向他赔礼道歉,而想以此来弥补自己的过失。

"那就有劳你了。我正求之不得呢。"

"要是你想一个人去,也不必勉强,尽管直说就是了,"她半信半疑地说。

"我真的希望有人陪我去。"

他们朝美术馆走去。最近,那儿正在公展凯博特的私人藏画,习画者第一次有机会尽情尽兴地揣摩印象派画家的作品。以前,只有在拉菲特路迪朗-吕埃尔的画铺里(这个生意人和那些自以为高出画家一等的英国同行不一样,总是乐意对穷学生提供方便,他们想看什么就让他们看什么),或是在他的私人寓所内,才有幸看得到这些作品。他的寓所每逢周二对外开放,入场券也不难搞到,在那儿你可以看到许多世界名画。进了美术馆,普赖斯小姐领着菲利普径直来到马奈的《奥兰毕亚》跟前。他看着这幅油画,惊得目瞪口呆。

"你喜欢吗?"普赖斯小姐问。

"我说不上来,"他茫然无措地回答。

"你可以相信我的话,也许除了惠司勒的肖像画《母亲》之外,这幅画就是美术馆里最精彩的展品了。"

她耐心地守在一旁,让他仔细揣摩这幅杰作的妙处,过了好一会才领他去看一幅描绘火车站的油画。

“看,这也是一幅莫奈的作品,”她说,“画的是圣拉扎尔火车站。”

“画面上的铁轨怎么不是平行的呢?”菲利普说。

“这又有什么关系呢?”她反问道,一脸的傲慢之气。

菲利普自惭形秽,范妮·普赖斯捡起目前画界议论不休的话题,凭着自己这方面的渊博知识,一下子就说得菲利普心悦诚服。她开始给菲利普讲解美术馆内的名画,虽说口气狂妄,倒也不无见地。她讲给他听各个画家的创作契机,指点他该从哪些方面着手探索。她说话时不时地用大拇指比划着。她所讲的这一切,对菲利普来说都很新鲜,所以他听得津津有味,同时也有点迷惘不解。在此以前,他一直崇拜瓦茨和布因-琼司,前者的绚丽色彩,后者的工整雕琢,完全投合他的审美观。他们作品中的朦胧的理想主义,还有他们作品命题中所包含的那种哲学意味,都同他在埋头啃读罗斯金著作时所领悟到的艺术功能吻合一致。然而此刻,眼前所看到的却全然不同:作品里缺少道德上的感染力,观赏这些作品,也无助于人们去追求更纯洁、更高尚的生活。他感到惶惑不解。

最后他说:“你知道,我累坏了,脑子里再也装不进什么了。让咱们找张长凳,坐下歇歇脚吧。”

“反正艺术这玩意儿,得慢慢来,贪多嚼不烂嘛,”普赖斯小姐应道。

等他们来到美术馆外面,菲利普对她热心陪自己参观,再三表示感谢。

“哦,这算不得什么,”她大大咧咧地说,“如果你愿意,咱们明天去卢佛尔宫,过些日子再领你到迪朗-吕埃尔画铺走一遭。”

“你待我真好。”

“你不像他们那些人，他们根本不拿我当人待。”

“是吗？”他笑道。

“他们以为能把我从画室撵走，没门儿。我高兴在那儿呆多久，就呆多久。今天早上发生的事，还不是露茜·奥特捣的鬼！没错，她对我一直怀恨在心，以为这一来我就会乖乖地走了。我敢说，她巴不得我走呢。她自己心里有鬼，她的底细我一清二楚。”

普赖斯小姐弯来绕去讲了一大通，意思无非是说，别看奥特太太这么个身材矮小的妇人，表面上道貌岸然，毫无韵致，骨子里却是水性杨花，常和野汉子偷情。接着，她的话锋又转到露思·查利斯身上，就是上午受到富瓦内夸奖的那个姑娘。

“她跟画室里所有的男人都有勾搭，简直同妓女差不多，而且还是个邋遢婆娘，一个月也洗不上一回澡。这全是事实，我一点也没瞎说。”

菲利普听着觉得很不是滋味。有关查利斯小姐的各种流言飞语，他也有所风闻。但是要怀疑那位同母亲住在一起的奥特太太的贞操，未免有点荒唐。他身边的这个女人，竟然在光天化日之下恶意中伤别人，实在叫他心寒。

“他们说些什么，我才不在乎呢。我照样走自己的路。我知道自己有天赋，是当画家的料子。我宁可宰了自己也不放弃这一行。哦，在学校里遭人耻笑的，我又不是第一个，但到头来，还不正是那些受尽奚落的人反倒成了鹤立鸡群的天才。艺术是我唯一放在心上的事儿，我愿为它献出整个生命。问题全在于能否持之以恒，做到锲而不舍。”

这就是她对自己的评价，而谁要是对此持有异议，就会被她视为居心叵测，妒贤忌才。她讨厌克拉顿。她对菲利普说，克拉顿实际上并没有什么才能，他的画华而不实，肤浅得很。他一辈子也画不出稍微像样的东西来。至于劳森：

“一个红头发、满脸雀斑的浑小子。那么害怕富瓦内，连自己的画也不敢拿出来给他看。不管怎么说，我毕竟还有点胆量，不是吗？我不在乎富瓦内说我什么，反正我知道自己是个真正的艺术家。”

他们到了她住的那条街上，菲利普如释重负地吁了口气，离开她走了。

第四十四章

尽管如此，下星期日当普赖斯小姐主动表示要带他去参观卢佛尔宫时，菲利普还是欣然前往了。她领他去看《蒙娜丽莎》。菲利普望着那幅名画，心里隐隐感到失望。不过，他以前曾把沃尔特·佩特关于此画的评论念了又念，直至烂熟于心——佩特的珠玑妙语，给这幅举世闻名的杰作平添了几分异彩——此刻，菲利普便把这段话背给普赖斯小姐听。

“那纯粹是文人的舞文弄墨，”她用略带几分鄙夷的口吻说，“千万别信那一套。”

她指给他看伦勃朗[1]的名画，同时还对这些作品作了一番介绍，讲得倒也头头是道。她在《埃墨斯村的信徒》那幅画前面站定身子。

“如果你能领悟这幅杰作的妙处，那么你对绘画这一行也算摸着点门儿了。”

她让菲利普看了安格尔的《女奴》和《泉》。范妮·普赖斯是个

① 伦勃朗（1606—1669），荷兰著名画家。

专横的向导，由不得菲利普做主，爱看什么就看什么，而是硬要菲利普赞赏她所推崇的作品。她对学画极认真，很有一股子蛮劲。菲利普从长廊的窗口经过，见窗外的蒂勒利宫绚丽、雅致，阳光明媚，宛如出自于拉斐尔之手的一幅风景画，情不自禁地喊道：

“嘿，太美啦！让咱们在这儿逗留一会儿吧。”然而，普赖斯却无动于衷，漠然地说：“好吧，呆一会儿也无妨。不过别忘了咱们是来这儿看画的。”

秋风徐来，空气清新而爽神，菲利普颇觉心旷神怡。将近正午的时候，他俩伫立在卢佛尔宫宽敞的庭院里，菲利普真想学弗拉纳根的样，扯开喉咙大喊一声：让艺术见鬼去吧！

“我说啊，咱俩一块上米歇尔大街，找家馆子随便吃点什么，怎么样？”菲利普提议说。

普赖斯小姐向他投来怀疑的目光。

“我已在家里准备好了午饭，”她说。

“那也没关系，可以留着明天吃嘛。你就让我请你一回吧。”

“不知道你干吗要请我呢。”

“这会让我感到高兴，”他微笑着回答。

他们过了河，圣米歇尔大街的拐角处有家餐馆。

“我们进去吧。”

“不，我不进去，这家馆子太阔气了。”

她头也不回地径直朝前走，菲利普只好跟了上去。不多几步，又来到一家小餐馆跟前，那儿人行道的凉篷下面，已经有十来个客人在用餐。餐馆的橱窗上写着白色的醒目大字：Déjeuner 1.25，vin compris.①

① 法语，供应午餐，1.25法郎，包括酒资。

“不可能吃到比这更便宜的中饭了，再说这地方看来也挺不错的。”

他们在一张空桌旁坐下，等侍者给他们送上煎蛋卷，那是菜单上的第一道菜。菲利普兴致勃勃地打量着过往行人，似乎被他们吸引住了。他虽有几分困倦，却有种说不出的快意。

“哎，瞧那个穿短外套的，真逗！”

他朝普赖斯小姐瞟了一眼，使他吃惊的是，他看到她根本不理会眼前的景象，而是盯着自己的菜盘子发愣，两颗沉甸甸的泪珠，正从脸颊上滚落下来。

“你这是怎么啦？”他惊呼道。

“别对我说什么，要不我这就起身走了，”她回答说。

这可把菲利普完全搞糊涂了。幸好这时候煎蛋卷送了上来。菲利普动手把它分成两半，一人一份吃了起来。菲利普尽量找些无关痛痒的话题来同她攀谈，而普赖斯小姐呢，似乎也在竭力约束自己，没耍性子。不过，这顿饭总叫人有点扫兴。菲利普本来就胃纳不佳，而普赖斯小姐吃东西的那号模样，更叫他倒足了胃口。她一边吃，一边不住发出啧啧之声，那狼吞虎咽的馋相，倒有点像动物园里的一头野兽。她每吃完一道菜，总用面包片拭菜盆子，直到把盆底拭得雪白铮亮才罢手，似乎连一小滴卤汁也舍不得让它留在上面。他们在吃卡门贝尔奶酪①时，菲利普见她把自己那一份全吃了，连干酪皮也吞下了肚，不由得心生厌恶。哪怕是几天没吃到东西的饿鬼，也不见得会像她这么嘴馋。

普赖斯小姐性情乖张，喜怒无常，别看她今天分手时还是客客气气的，说不定明天就会翻脸不认人，朝你横眉竖眼。但话得说回

① 指产于法国卡门贝尔村的奶酪。

来，他毕竟从她那儿学到了不少东西。尽管她自己画得并不高明，但凡属可以口传手授的知识，她多少都懂得一点，亏得有她不时在旁点拨，菲利普才在绘画方面有所长进。当然，奥特太太也给了他不少帮助，查利斯小姐有时也指出他作品中的不足之处。另外，劳森滔若江河的高谈阔论，还有克拉顿所提供的范本，也都使菲利普得益匪浅。然而，范妮·普赖斯小姐最恨他接受旁人的指点；每当菲利普同人交谈之后再去向她求教，总被她恶狠狠地拒之于门外。劳森、克拉顿、弗拉纳根等人常常借她来取笑菲利普。

“留神点，小伙子，”他们说，“她已经爱上你啦。”

“乱弹琴，”他哈哈大笑。

普赖斯小姐这样的人也会坠入情网，这念头简直荒谬透顶。菲利普只要一想到她那丑陋的长相，那头茅草似的乱发，那双邋遢的手，还有那一年到头常穿不换、又脏又破的棕色衣衫，就不由得浑身发凉：看来她手头很拮据。其实这儿又有谁手头宽的？她至少也该注意点边幅，保持整洁才是。就拿那条裙子来说，用针线缝补拾掇一下，总还是办得到的吧。

菲利普接触了不少人，他开始系统地归纳自己对周围人的印象。如今，他不再像旅居海德堡时那样少不更事（那一段岁月，在他看来已恍如隔世），而是对周围的人产生出一种更为冷静而成熟的兴趣，有意在一旁冷眼观察，并暗暗作出判断。他与克拉顿相识已有三个月，虽说天天见面，但对此人的了解，还是同萍水相逢时一样。克拉顿留给画室里众人的印象是：此人颇有几分才干。大家都说他前途无量，日后必定大有作为，他自己也是这么认为的。至于他将来究竟能干出什么样的事业来，那他自己也好，其他人也好，都说不出个名堂来。克拉顿来阿米特拉诺之前，曾先后在“朱利昂”、“美术”、“马克弗松”等画室学过画，说来还是呆在阿米特拉诺的时日最长,因为他发现在这儿可以独来独往,自行其是。他既不喜欢出示自己的作品,也不像其他学画的年轻人那样,动辄求教或赐教于他人。据说,他在首次战役路有间兼作工作室和卧室的小画室,那儿藏有他的一些精心佳作,只要谁能劝他把这些画拿出来公展,他肯定会就此一举成名。他雇不起模特儿,只搞些静物写生。对他所画的一幅盘中苹果图,劳森赞不绝口,声称此画是艺苑中的杰作。克拉顿生性喜好嫌歹,一心追求某种连自己也不甚了了的目标,总觉得自己的作品不能尽如人意。有时,他觉得作品中某一部分,譬如说,一幅人体画的前臂或下肢啊,静物写生中的一个玻璃杯或者瓷杯什么的,也许尚差强人意,于是他索性从油布剪下这些部分,单独加以保存,而把其余的画面毁掉。这样,如果有谁一定要欣赏他的大作,他就可以如实禀告:可供人观赏的画,他一幅也拿不出来。他在布列塔尼曾遇到过一个默默无闻的画家,一个怪人,原是证券经纪人,直至中年才幡然弃商习画①。克拉顿深受此人作品的影响,他正打算脱离印象派的门庭,花一番心血,另辟蹊径,不仅要闯出一条绘画的新路子,而且要摸索出一套观察事物的新方法。菲利普感到克拉顿身上确实有一股独出心裁的古怪劲头。

无论是在格雷维亚餐馆的餐桌上,还是在凡尔赛或丁香园咖啡馆消磨黄昏的清谈中,克拉顿难得开腔。他默默地坐在一旁,瘦削的脸上露出讥诮的神情,只要看到有机会插句把俏皮话的时候才开一下金口。他喜欢同别人抬杠,要是在座的人中间有谁可以成为他调侃挖苦的靶子,那他才来劲呢。他很少谈及绘画以外的话题,而且只在一两个他认为值得一谈的人面前发表自己的高见。菲利普

① 这里所讲的画家,系指法国后期印象派画家高更。毛姆后来根据此画家的事迹,写成另一部长篇小说《月亮与六便士》。

在心里嘀咕：鬼知道这家伙在故弄什么玄虚。不错，他的沉默寡言、他那副憔悴的面容，还有那种辛辣的幽默口吻，似乎都表明了他的个性。然而所有这些，说不定只是一层掩饰他不学无术的巧妙伪装呢。

至于那位劳森，菲利普没几天就同他熟稔了。他兴趣广泛，是个讨人喜欢的好伙伴。他博览群书，同学中间很少有人能在这方面赶得上他的。尽管他收入甚微，却喜欢买书，也很乐意出借。菲利普于是有机会拜读福楼拜、巴尔扎克的小说，还有魏尔伦、埃雷迪亚和维利埃·德利尔-亚当①等人的诗作。他俩经常一块儿去观赏话剧，有时候还跑歌剧场，坐在顶层楼座里看喜歌剧。离他们住处不远，就是奥代翁剧场。菲利普很快也沾染上他这位朋友的热情，迷上了路易十四时期悲剧作家的作品，以及铿锵悦耳的亚历山大体诗歌②。在泰特布街常举行红色音乐会③，花上七十五个生丁，就可在那儿欣赏到优美动听的音乐，说不定还能免费喝上几口。座位不怎么舒适，场内听众挤得满满的，浑浊的空气里弥散着一股浓重的烟丝味儿，憋得人透不过气来，可是他们凭着一股年轻人的热情，对这一切毫不介意。有时候他们也去比利埃跳舞厅乐一下。逢到这种场合，弗拉纳根也跟着去凑热闹。他活泼好动，爱大声嚷嚷，一身的快活劲，常常逗得菲利普和劳森乐不可支。跳起舞来，又数他最在行。进舞厅还不到十分钟，就已经同一个刚结识的妙龄售货女郎在舞池里翩跹起舞啦。

他们这伙人谁都想搞到个情妇。情妇乃是巴黎习艺学生手里

① 魏尔伦（1844—1896）、埃雷迪亚（1842—1905）、维利埃·德利尔-亚当（1840—1889）均为法国诗人。

② 指一种十二音节的抑扬格诗歌。

③ 指现代派音乐家在咖啡馆、酒吧或街头举行的音乐会。法语中的“红色”一词含有“新颖”、“不落俗套”之意。

的一件装饰品。要是到手个情妇,周围的伙伴都会对他刮目相看,而他自己呢,也就有了自我吹嘘的资本。可难就难在他们这些穷措大连养活自己也成问题,尽管他们振振有词地说,法国女郎个个聪明绝顶,即使养了个情妇,也不见得会比单身过日子增加多少开支,可惜同他们长着一样心眼的姑娘,就是打着灯笼也难找啊。所以,就大部分学生来说,他们也只得满足于酸溜溜地骂那些臭娘们狗眼看人低,瞧不起他们这些穷学生,而去委身于那些功成名就的画家。万万想不到,在巴黎物色个情妇竟这等困难。有几次,劳森好不容易结识了一个小妞儿,而且同她订下了约会。在接下来的二十四小时内,他兴奋得坐卧不宁,逢人便夸那尤物如何如何迷人,可是到了约定的时候,那妞儿却影踪全无。直到天色很晚了劳森才赶到格雷维亚餐馆,气急败坏地嚷道:

"见鬼,又扑了个空!真不明白,凭哪一点她们不喜欢我。莫非是嫌我法语讲得不好,还是讨厌我的红头发怎么的。想想来巴黎已一年多了,竟连一个小妞儿也没搞到手,真窝囊。"

"你还没摸着门儿呗,"弗拉纳根说。

弗拉纳根在情场上屡屡得手,可以一口气报出一长串情妇的名字来,还真叫人有点眼红。尽管他们可以不相信他说的全是真话,可是在事实面前,他们又不能不承认他说的未必尽是谎言。不过他寻求的并不是那种永久性的结合。他只打算在巴黎呆两年;他不愿上大学,他花了一番口舌说通了父母,才来巴黎学画的。满两年之后,他准备回西雅图去继承父业。他早拿定要及时行乐的主意,所以他并不追求什么忠贞不渝的爱情,而是热忠于拈花惹草,逢场作戏。

"真不知道你是怎么把那些娘儿弄到手的,"劳森愤愤不平地说。

“那还不容易,伙计!”弗拉纳根回答说。“只要瞅准了目标,迎上去就行了呗!难就难在事后如何把她们甩掉。这上面才要你要点手腕呢。”

菲利普大部分时间忙于画画上,另外还要看书,上戏院,听别人谈天说地,哪还有什么心思去追女人。他想好在来日方长,等自己能操一口流利的法国话了,还愁没有机会!

他已有一年多没见到威尔金森小姐。就在他准备离开布莱克斯泰勃的时候,曾收到过她一封信,来巴黎之后,最初几个星期忙得不可开交,竟至没工夫回信。不久,她又投来一书,菲利普料想信里肯定是满纸怨怼,就当时的心情来说,他觉得还是不看为妙,于是就把信搁在一边,打算过些日子再看,谁知后来竟压根儿给忘了。事隔一月,直到有一天他拉开抽屉想找双没有破洞的袜子,才又无意中翻到那封信。他心情沮丧地望着那封未开封的信。想到威尔金森小姐准是伤透了心,他不能不责怪自己太薄情寡义。继而转念一想,管她呢,反正这时候她好歹已熬过来了,至少已熬过了最痛苦的时刻。他又想到女人说话写信,往往喜欢夸大其词,言过其实。同样这些话,若是出于男人之口,分量就重多了。再说,自己不是已下了决心,今后无论如何再不同她见面了吗,既然已好久没给她写信,现在又何必再来提笔复她的信呢?他决计不去拆看那封信。

“料她不会再写信来了,”他自言自语道。“她不会不明白,咱们间的这段缘分早尽了。她毕竟老啦,差不多可以做我老娘呢。她该有点自知之明嘛。”

有一两个小时光景,他心里感到不是个滋味。就他的处境来说,显然也应该取这种断然的态度,但是他思前顾后,总觉得整个事儿失之于荒唐。不过,威尔金森小姐果真没再给他写信,也没有出其不意地在巴黎露面,让他在朋友面前出丑——他就怕她会来这一手，其实这种担心还真有点可笑。没过多少时候，他就把她忘得一干二净了。

与此同时，他毫不含糊地摒弃了旧时的崇拜偶像。想当初，他是那么惊讶地看待印象派作品，可是往日的惊讶之情，今日尽化为钦慕之意，菲利普也像其余的人一样，振振有词地谈着马奈、莫奈和德加等画家的过人之处。他同时买了一张安格尔名作《女奴》和一张《奥兰毕亚》的照片，把它们并排钉在脸盆架的上方，这样，他可以一边修面剃须，一边细细揣摩大师们的神来之笔。他现在确信，在莫奈之前根本谈不上有什么风景画。当他站在伦勃朗的《埃默斯村的信徒》或委拉斯开兹的《被跳蚤咬破鼻子的女士》面前，他真的感到心弦在震颤。"被跳蚤咬破鼻子"，这当然不是那位女士的真实姓名，但是他正因为有了这个诨号才在格雷维亚餐馆出了名。从这里岂不正看出此画的魅力吗，尽管画中人生就一副令人难以消受的怪模样。他已把罗斯金、布因-琼司和瓦茨等人，连同他来巴黎时穿戴的硬边圆顶礼帽和笔挺的蓝底白点领带，全都打入冷宫。现在，他戴的是宽边软帽，系的是随风飘飞的黑围巾，另外再套一件裁剪式样颇带几分浪漫气息的披肩。他在蒙帕纳斯大街上悠然漫步，那神态就像是他一生下来就知道这地方似的。由于凭着一股锲而不舍的韧劲，他居然也学会了喝苦艾酒，不再感到味儿苦涩。他开始留长发了，心里还很想在下巴颏上蓄起胡子，无奈造化不讲情面，历来对年轻人的非分之想不加理会，于是他也只得将就点了。

第四十五章

菲利普不久就意识到，正是克朗肖的灵感，使他那伙朋友变得聪明起来。劳森嘴里的那一套奇谈怪论,是从克朗肖那儿搬来的,就连那位力求不落窠臼的克拉顿,在发表自己的高见时,也有意无意地袭用了那位长者的一些措词。他们在餐桌上议论的是克朗肖的一些想法;他们评判事物的是非曲直,则更要援引克朗肖的权威见解。他们无意间会对他流露出几分敬意,为了弥补这一过失,他们故意嘲笑他性格上的弱点,为他身染多种恶习而悲叹连连。

“不用说,可怜的老克朗肖再也成不了气候啦,”他们说,“这老头已无可救药。”

事实上,也只有他们这个圈子里的几个人欣赏他的天才,而他们自己颇以此为骄傲。出于青年人对干傻事的中年人所特有的那种轻蔑之情,他们在背后议论到他的时候,免不了要摆出一副纡尊降贵的架势。不过他们认为,此公郁郁不得志,实在是生不逢时,如今这个时代只允许一雄独步群芳嘛,而他们能结识这样一位人杰,毕竟脸上很有几分光彩。克朗肖从不到格雷维亚餐馆来。近四年来,他一直和一个女人同居,只有劳森曾见过那女人一面。他们住在大奥古斯丁街的一幢破旧不堪的公寓里,靠六楼上的一个小套间栖身,境遇甚为糟糕。有一回,劳森津津有味地描绘了那屋里污秽凌乱、垃圾满地的情形:

“那股扑鼻的臭气,熏得你五脏六腑都要翻倒出来。”

“吃饭的时候别谈这些,劳森,”有人劝阻说。

可劳森正在兴头上,哪肯住嘴,硬是把那些曾钻进他鼻孔的气味绘声绘色描述了一番。他还惟妙惟肖地讲了那个给他开门的女人的模样,讲的时候,那股得意劲儿就别提了。她肤色黝黑,身材矮小而丰腴,年纪很轻。满头乌黑的云鬓像是随时都会蓬松开来。她贴身裹了件邋遢的短上衣,连紧身胸衣也没穿。那张红扑扑的脸庞,那张富有性感的阔口,还有那对流光泛彩、勾魂摄魄的双眸,使人不禁想起那帧陈列在卢佛尔宫内的弗兰兹·海尔斯①的杰作《波希米亚女子》。她浑身上下透出一股招蜂引蝶的浪劲儿,既让人觉得有趣,又令人不胜骇然。一个蓬头垢面的婴儿正趴在地上玩。那个荡妇背着克朗肖,同拉丁区一些不三不四的野小子勾勾搭搭,已不成其为什么秘密。然而才智过人、爱美胜似性命的克朗肖竟然和这样一个宝贝货搅在一起,真叫那些常在咖啡馆餐桌旁汲取克朗肖的睿智敏慧的天真青年百思而不得其解。克朗肖自己呢,对她满口不登大雅之堂的粗俗言词倒似乎大加赞赏,还常常把一些不堪入耳的粗话转述给别人听。他调侃地称她 La fille de mon concierge②。克朗肖一贫如洗,就靠给一两家英文报纸撰写评论画展的文章勉强糊口,同时还搞点翻译。他过去当过巴黎某英文报纸的编辑,后来由于好酒贪杯而砸了饭碗,不过现在仍不时为这家报纸干点零活,报道特鲁沃饭店举行的大拍卖啊,或是介绍杂耍剧场上演的活报剧什么的。巴黎的生活已经渗入他的骨髓之中;尽管他在这儿尝尽了贫困、劳累和艰苦,但他宁肯舍弃世间的一切,也不愿抛开这儿的生活。他一年到头都厮守在巴黎,即使在酷暑盛夏,他的朋友熟人全都离开巴黎消夏去了,他也不走:只要离开圣米歇尔大街一英里,他就浑身感到不自在。可说来也是桩怪事,他至今连句把像样的法国话也不会说。他穿着从"漂亮的园丁"商场买来的破旧衣衫,始终是一副英国佬的气派,大概至死也改不了啦。

这个人确实是生不逢辰,要是在一个半世纪之前,那他一定会混得很得志。因为那时候单凭能说会道这一条,就能出入于社交界,结交名流,觥筹交错地喝个大醉酩酊。

① 弗兰兹·海尔斯(1580—1666),荷兰肖像画家。
② 法语,我那位管家婆。

“我这个人啊，本该生在十九世纪的，”他对自己这么说道。“我缺少有钱有势的保护人。否则，我可以靠他的捐赠出版我的诗集，把它奉献给某个达官贵人。我多么希望能为某伯爵夫人的狮子狗写几行押韵的对句。我整个心灵都在渴望能和贵人的侍女谈情说爱，同主教大人们谈天说地。”

说着，他随口援引了浪漫诗人罗拉①的诗句：

“Je suis venu trop tard dans un monde trop vieux.”②

他喜欢看到一些陌生的面孔。他对菲利普颇有好感，因为菲利普在同人交谈时似乎具有这样一种不可多得的本事：言语不多又不少，既能引出谈论的话题，又不会影响对方侃侃而谈。菲利普被克朗肖迷住了，殊不知克朗肖说的大多是老调重弹，很少有什么新奇之点。他的谈吐个性鲜明，自有一股奇异的力量。他嗓音洪亮悦耳，而阐明事理的方式，又足以使青年人拜倒折服。他的一字一句，似乎都显得那么发人深思，难怪劳森和菲利普在归途中，往往为了讨论克朗肖随口提出的某个观点，而在各自寄宿的旅馆之间流连忘返。菲利普身为年轻人，凡事都要看其结果如何，而克朗肖的诗作却有负于众望，这不免使他有点惶惑不解。克朗肖的诗作从未出过集子，大多发表在杂志上。后来菲利普磨了不少嘴皮子，他总算带来了一圈纸页，是从《黄皮书》、《星期六评论》以及其他一些杂志上撕下来的，每页上都刊登着他的一首诗。菲利普发现其中大多数诗作都使他联想起亨莱③或史文朋的作品，不由得吓了一跳。克朗肖能把他人之作篡改成自己的诗章，倒也需要有一支生花妙笔呢。菲利普在劳森面前谈到了自己对克朗肖的失望，谁知劳森却把这些话

① 罗拉（1300—1349），中世纪英国神秘主义诗人、隐士。
② 法语，我来到一个太古老的国家，来得太迟了。
③ 亨莱（1849—1903），英国作家和编辑。

随随便便地捅了出去，待到菲利普下回来到丁香园时，诗人圆滑地冲他一笑：

“听说你对我的诗作评价不高。”

菲利普窘困难当。

“没的事，”他回答说，“我非常爱读阁下的大作。”

“何必要顾及我的面子呢，”他将自己的胖手一挥，接口说，“其实我自己也不怎么过分看重自己的诗作。生活的价值在于它本身，而不在于如何描写它。我的目标是要探索生活所提供的多方面经验，从生活的瞬息中捕捉它所激发的感情涟漪。我把自己的写作看成是一种幽雅的才艺，是用它来增添而不是减少现实生活的乐趣。至于后世如何评说——让他们见鬼去吧！”

菲利普含笑不语，因为怎么也瞒不过明眼人：眼前的这位诗人，喜欢在纸上涂鸦，从未写出过什么像样的作品。克朗肖若有所思地打量了菲利普一眼，给自己的杯子里斟满酒。他打发侍者去买盒纸烟。

“你听我这么议论，一定觉得好笑。你知道我是个穷措大，同一个俗不可耐的骚婆娘住在公寓的顶楼上，那女人背着我偷野汉子，同理发师和 garç ons de café[①] 勾勾搭搭。我为英国读者翻译不登大雅之堂的书籍，替一些不值一文的画儿写评论文章，而实际上对这些画儿，就连骂几句还嫌弄脏自己的嘴呢。不过，请你告诉我，生活的真谛究竟何在？”

“哦，这倒是个挺难回答的问题！还是请你自己来回答吧。”

“不，答案除非由你自己找出来，否则便一无价值。请问，你活在世上究竟为何来着？”

① 法语，咖啡馆侍者。

菲利普从来没问过自己这样的问题，他沉吟了半晌，然后答道：

“哎，我说不上来：我想是为了聊尽自己的责任，尽量发挥自己的才能，同时还要避免去伤害他人。”

“简而言之，就是人以德待吾，吾亦以德待人，对吗？”

“我想可以这么说吧。”

“基督徒的品性。”

“才不是呢，”菲利普愤愤然说，“这同基督徒的品性风马牛不相及，纯粹是抽象的道德准则。”

“但是，世界上根本不存在‘抽象的道德准则’这种东西！”

“要真是这样，那么，假设你离开这儿时，因为喝醉了酒而把钱包丢下了，我顺手捡了起来，请问你凭什么认为我应该把钱全还给你呢？总不至于是害怕警察吧。”

“那是因为你怕造了孽会下地狱，也因为你想积点阴德好升天堂。”

“可我既不信有地狱，也不信有天堂。”

“那倒也可能。康德在构思‘绝对命令’之说时，也是啥都不信的。你抛弃了信条，但仍保存了以信条为基础的伦理观。你骨子里还是个基督教徒；所以如果天堂里真有上帝，你肯定会得到报偿的。上帝不至于会像教会宣传的那般愚蠢。他只要求你遵守他的法规，至于你究竟信他还是不信，我想上帝才一点不在乎呢。”

“不过，要是我忘了拿钱包，你也一定会完璧奉还的吧，”菲利普说。

“这可不是出于抽象道德方面的动机，而仅仅是因为我害怕警察。”

“警察绝无可能查明此事。”

“我的祖先长期居住在文明之邦，所以对警察的畏惧已经深深地渗透进我的骨髓之中。而我的那位 concierge[①] 就绝不会有片刻的犹豫。你也许要说，她是归在罪犯那一类里的。绝不是，她不过是已摆脱了世俗的偏见而已。”

“但同时也就抛弃了名誉、德行、良知、体面——抛弃了一切，”菲利普说。

“你过去作过孽没有？”

“我不知道，我想大概作过吧。”

“瞧你说话的腔调，就像个非国教派的牧师似的。我可从来未作过什么孽。”

克朗肖裹着件破大衣，衣领子朝上翻起，帽檐压得很低，红光满面的胖圆脸上，一对小眼睛在忽闪忽闪，这副模样儿着实滑稽，只是因为菲利普太当真了，竟至一点儿不觉着好笑。

“你从未干过使自己感到遗憾的事吗？”

“既然我所做的一切都是不可避免的，我哪会有遗憾之感呢？”克朗肖反诘道。

“这可是宿命论的调子。”

“人们总抱有一种幻觉，以为自己的意志是自由的，而且这种幻觉如此根深蒂固，以至连我也乐意接受它了。当我采取这种或那种行动的时候，总以为自己是个有自由意志的作俑者。其实事成之后就很清楚：我所采取的行动，完全是各种各样的永恒不灭的宇宙力量共同作用的结果，我个人想防止也防止不了。它是不可避免的。所以，即使干了好事，我也不想去邀功请赏，而倘若干了坏事，我也

① 法语，管家婆。

绝不引咎自责。”

“我有点头晕了。”

“来点威士忌吧，”克朗肖接口说，随手把酒瓶递给菲利普。“要想清醒清醒脑子，再没比喝这玩意儿更灵的了。要是净喝啤酒，脑子不生锈才怪呢。”

菲利普摇摇头，克朗肖又接着往下说：

“你是个挺不错的小伙子，可惜竟不会喝酒。要知道，神志清醒反倒有碍于你我之间的交谈。不过我所说的好事和坏事，”菲利普明白他又接上了刚才的话头，“完全是套用传统的说法，并没有赋予什么特定的涵义。对我来说，‘恶’与‘善’这两个字毫无意义。对任何行为，我既不称许道好，也不非难指责，而是一古脑儿兜受下来。”

“在这世界上，总还有一两个其他人吧，”菲利普顶了他一句。

“我只替自己说话。只有当我的活动受到别人限制时，我才感觉到他们的存在。就他们来说，每个人的周围，也各有一个世界在不停转动着。各人就其自身来说，也都是宇宙的中心。我个人的能力大小，划定了我对世人的权限范围。只要是在力所能及的范围内，我尽可以为所欲为。我们爱群居交际，所以才生活在社会之中，而社会是靠力，也就是靠武力（即警察）和舆论力量（即格朗迪太太[①]）来维系的。于是你面前就出现了以社会为一方，而以个人为另一方的阵势：双方都是致力于自我保存的有机体。彼此进行着力的较量。我孑然一身，只得接受社会现实。不过也谈不上过分勉强，因为我作为一个弱者，纳了税，就可换得社会的保护，免受强者

① 格朗迪太太 18 世纪英国剧作家莫尔顿所作喜剧中的人物。这位太太拘泥礼俗，爱说闲话，邻人多畏之；后来格朗迪太太成为“社会舆论”的代名词。

的欺凌。不过我是迫于无奈才屈服于它的法律的。我不承认法律的正义性：我不懂得何谓正义，只知什么是权力。譬如说，我生活在一个实施征兵制的国家里，我为取得警察的保护而纳了税，还在军队里服过兵役（这个军队使我的房屋田产免受侵犯），这样我就不再欠社会什么了。接下来，我就凭借自己的老谋深算来同社会的力量巧妙周旋。社会为了保全自身而制定了法律，如果我犯了法，社会就会把我投入监狱，甚至将我处死。它有力量这么做，所以也就拥有了这份权利。假如我犯了法，我甘愿接受国家的报复，但是我决不会把这看作是对我的惩罚，也不会觉得自己真的犯了什么罪。社会用名誉、财富以及同胞们的褒奖作钓饵，想诱使我为它效劳，可同胞们的褒奖，我不稀罕，名誉，我也不放在眼里。我虽无万贯家财，日子还不照样混得挺好。"

"如果人人都像你这么想，社会岂不立即分崩离析了！"

"别人和我有何相干？我只关心我自己。反正人类中的大多数都是为了捞名获利才干事的，而他们干的事总会直接或间接地给我带来方便，我乐得坐享其成呢。"

"我觉得你这么看问题，未免太自私了吧。"

"难道你以为世人做事竟有不出于利己动机的？"

"是的。"

"我看不可能有。等你年事稍长，就会发现，要使世界成为一个尚可容忍的生活场所，首先得承认人类的自私是不可避免的。"……

……

"要果真是这样，"菲利普嚷道，"那么，生活还有什么意思呢？去掉了天职，去掉了善与美，我们又何必到这世界上来呢？"

"灿烂的东方给我们提供答案来了，"克朗肖微笑着说。

克朗肖抬手朝店堂口一指：店门开了，随着一股飕飕冷风，进来了两个流动小贩。他们是地中海东岸一带的阿拉伯人，各人膀子上都挽着一卷毛毯，是来兜售廉价地毯的。时值星期六晚上，咖啡馆里座无虚席，只见这两个小贩在一张张餐桌间穿行而过。店堂里烟雾腾腾，空气很浑浊，还夹着酒客身上散发出的臭气。他们的来到，似乎给店堂里平添了一股神秘气氛。他俩身上倒是欧洲人的打扮，又旧又薄的大衣，绒毛全磨光了，可各人头上却戴着顶土耳其无檐毡帽。面孔冻得发青。一个是中年人，蓄着黑胡子；另一个是年约十八岁的小伙子，满脸大麻子，还瞎了一只眼。他们打克朗肖和菲利普身边走过。

"伟哉，真主！先知穆罕默德是真主的代言人，"克朗肖声情并茂地说。

中年人走在前面，脸上挂着谄媚的微笑，那模样就像只习惯于挨揍的杂种狗。只见他朝门口乜斜了一眼，鬼鬼祟祟而又手脚麻利地亮出一张春宫画。

"你是亚历山大①的商人马萨埃德·迪恩？要不，你是从遥远的巴格达捎来这些货色的？哟，我的大叔，瞧那边的独眼龙，我看那小伙子真有点像谢赫拉查德给她主子讲的三国王故事里的一个国王呢，是吗？"

商贩尽管一句也没听懂克朗肖的话，却笑得越发巴结，他像变魔术似地拿出一只檀香木盒。

"不，还是给我们看看东方织机的名贵织品吧，"克朗肖说。"我想借此说明个道理，给我的故事添加几分趣味。"

东方人展开一幅红黄相间的台布，上面的图案粗俗丑陋，滑稽可笑。

① 埃及港口。

“三十五个法郎，”他说。

“哟，大叔，这块料子既不是出自撒马尔罕①的织匠之手，也不是布哈拉②染坊上的色。”

“二十五个法郎，”商贩堆着一脸谄媚的微笑。

“谁知道是哪个鬼地方的货色，说不定还是我老家伯明翰的产品呢。”

“十五个法郎，”蓄着黑胡子的贩子摇尾乞怜道。

“快给我走吧，我的老弟，”克朗肖说，“但愿野驴子到你姥姥的坟上撒泡尿才好呢！”

东方人敛起脸上的笑容，夹着他的货物不动声色地朝另一张餐桌走去。

“你去过克鲁尼博物馆③吗？在那儿你可以看到色调典雅的波斯地毯，其图案之绚丽多彩，真令人惊羡不止，从中你可以窥见讳莫如深的东方秘密，感受到东方的声色之美，看到哈菲兹④的玫瑰和莪默⑤的酒杯。其实，到时候你看到的还远不止这些。刚才你不是问人生的真谛何在？去瞧瞧那些波斯地毯吧，说不定哪天你自己会找到答案的。”

“你是在故弄玄虚呢，”菲利普说。

“我是喝醉了，”克朗肖回答说。

① 中亚细亚的俄国城市，丝织中心。
② 中亚细亚的俄国城市。
③ 巴黎的一座博物馆，以珍藏古代弗兰德斯和波斯挂毯、地毯而著名。
④ 14世纪波斯抒情诗人，主要作品为《诗歌集》，收五百多首抒情诗，内容多为揭露僧侣的伪善，反对禁欲主义。
⑤ 12世纪波斯诗人，所著诗集《柔巴依集》，否定古老的宗教信条，宣扬享乐的自由。（参见第二十六章注）

第四十六章

菲利普发觉在巴黎过日子，开销并不像当初听人说的那样省，他随身带来的那几个钱，不到二月份就已花掉一大半。他秉性高傲，当然不肯启齿向他的监护人求助，而且他也不愿意让路易莎伯母得知他目前的捉襟见肘的窘境，因为他相信，伯母一旦知道了，定会刮尽私囊给他寄钱来，而他心里明白，伯母力不从心，她"私房"里实在也挤不出几个子儿。好在再熬上三个月，等满了法定的成年年龄，那笔小小的财产就可归自己支配了。他变卖了几件父亲留下的零星饰物，以应付眼前这段青黄不接的日子。

差不多也就在这时候，劳森向菲利普提议，是不是合伙把一间空关着的小画室租下来。画室坐落在拉斯佩尔大街的一条岔路上，租金甚为低廉，还附有一个可作卧室用的小房间。既然每天上午菲利普都要去学校上课，到时候劳森就可以独个儿享用画室，不愁有人打扰。劳森曾一连换过好几所学校，最后得出结论，还是单枪匹马干的好。他建议雇个模特儿，一周来个三四天。起初，菲利普担心开支太大，拿不定主意，后来他们一块儿算了笔细账（他俩都巴不得能有间自己的画室，所以就实打实地估算起来），发现租间画室的费用似乎也不见得比住旅馆高出多少。虽说房租开支略微多了些，还要付给看门人清洁费，但是 petit déjeuner① 由自己动手做，这样可以省出钱来。假如是在一两年以前，菲利普说什么也不肯同别人合住一个房间，因为他对自己的残疾过于敏感。不过，现在这种病态

① 法语，意为"早饭"。

心理已渐趋淡薄：在巴黎，他的残疾似乎算不了一回事；尽管他自己一刻也没忘记过，但他不再感到别人老在注意他的跛足了。

他俩终于搬了进去，又添置了两张小床、一只洗脸盆架和几把椅子，生平第一回感受到一种占有之喜。乔迁后的头天晚上，在这间可以称为“家”的屋子里，他们躺在床上，兴奋得合不上眼，唧唧呱呱一直谈到凌晨三时。第二天，他们自己生火煮咖啡，然后穿着睡衣细饮慢啜，倒真别有一番风味。直到十一点光景，菲利普才匆匆赶至阿米特拉诺画室。他今天的兴致特别好，一见到范妮·普赖斯就朝她点头打招呼。

“日子过得可好？”他快活地随口问了一声。

“管你什么事？”她反诘了一句。

菲利普忍不住呵呵笑了。

“这可把我给问住了，何必呢？我不过是想显得有点礼貌罢了。”

“谁稀罕你的礼貌。”

“要是同我也吵翻了，您觉得划得来吗？”菲利普口气温和地说。“说实在的，乐意同您说句把话的人并不多呀。”

“那是我自个儿的事，对不？”

“当然啰。”

菲利普开始作画，心里暗暗纳闷：范妮·普赖斯干吗存心要惹人讨厌呢。他得出结论：这女人没有一点讨人喜欢的地方。这儿，大伙儿对她没好感。要说还有谁对她客客气气的话，那无非是顾忌她那片毒舌头，怕她在人前背后吐出些不堪入耳的脏话来。但是那天菲利普心里着实高兴，连普赖斯小姐也不想多所得罪，惹她反感。平时，他只需要点手腕就能使她回嗔作喜，这会儿他又想重演一下故技。

“嘿,我真希望你能过来看看我的画。我画得糟透了。”

“谢谢你的抬举,可我没这许多闲工夫,我有更值得的事情要做。”

菲利普瞪大眼,吃惊地望着普赖斯小姐,他自以为已摸透了她的脾气,只要开口向她求教,她准会欣然应允的。只见她压低嗓门,气急败坏地往下说:

“现在劳森走了,所以你又来迁就我了。多谢你的抬举。还是另请高明吧!我可不愿拾别人的破烂。”

劳森天生具有当教师的禀赋,每逢他有点什么心得体会,总是热切地传授给别人。正因为他乐于教人,所以教起来也颇得法。菲利普不知不觉地养成了习惯,一进画室就挨着劳森坐下;他万万没想到,范妮·普赖斯竟会打翻醋罐子,竟会因为看到他向别人求教而憋了一肚子火。

“当初,你在这儿人生地不熟,所以很乐意找我来着,”她悻悻地说。“可你一交上新朋友,立即把我给甩了,就像甩掉只旧手套那样。”她把这个早被用滥了的比喻,不无得意地又重复了一遍——“就像甩掉只旧手套那样。好吧,反正我也不在乎,可你休想叫我再当第二次傻瓜!”

她的这番话倒也未必没有道理,菲利普由于被触到了痛处而恼羞成怒,脑子里一想到什么,立时脱口而出:

“去你的吧!我向你讨教,不过是为了投你所好罢了。”

她喘了一口粗气,突然朝菲利普投来满含痛楚的一瞥。接着,两行泪水沿着腮帮子滚落下来。她看上去既邋遢又古怪。这种神态,菲利普从未见到过,也不知算是怎么一回事,只顾忙自己的画去了。他心里很不自在,深感内疚。然而,他说什么也不肯跑到她跟前去,向她赔个不是,问一声自己有没有伤了她的心,因为怕反被她乘机奚落一番。打这以后，她有两三个星期没对他讲过一句话。起先，菲利普见她对自己不理不睬，心里很有点惴惴不安，可事情过后，他似乎反倒为自己摆脱了这样一个难于对付的女友，大有如释重负之感。以往，她总露出一副菲利普非她莫属的神气，菲利普真有点消受不了。这个女人确实不寻常。每天早晨八点就来到画室，模特儿刚摆好姿势，她便立即动手作画。画起来还真有一股韧劲，对谁也不吭一声，即使遇到无力克服的障碍，也依然一小时又一小时地埋头闷干，直到钟敲十二点才离开画室。说到她画的画，那真是不可救药。大多数年轻人来画室学上几个月之后，总多少有所长进，好歹能画几笔，可她时至今日，还远远赶不上他们。她每天一成不变地穿着那身难看的棕色衣裙，裙边上还留着上一个雨天沾上的泥巴，菲利普初次同她见面时就看到的破烂处，至今也没拾掇好。

然而有一天，她红着脸走到菲利普跟前，问菲利普待会儿她能否同他说几句话。

“当然可以，随你说多少句都行，”菲利普含笑说。“十二点我留下来等你。”

课结束后，菲利普朝她走去。

“陪我走一程好吗?”她说，窘得不敢正眼看菲利普。

“乐意奉陪。”

他俩默默无言地走了两三分钟。

“你还记得那天你对我说什么来着?”她冷不防这么问。

“哎，我说呀，咱们可别吵嘴，”菲利普说，“实在犯不着哟。”

她痛苦而急促地猛抽一口气。

“我不想同你吵嘴。你是我在巴黎独一无二的朋友。我原以为你对我颇有几分好感。我觉得我俩之间似乎有点缘分。是你把我吸引住了——你知道我指的是什么，是你的跛足吸引了我。”

菲利普蓦地红了脸，本能地想装出正常人走路的姿势来。他讨厌别人提及他的残疾。他明白范妮·普赖斯这番话的含义，无非是说：她其貌不扬，人又邋遢，而他呢，是个瘸子，所以他俩理应同病相怜。菲利普心里对她十分恼火，但强忍着没吭声。

“你说你向我讨教，不过是为了投我所好。那你认为我的画一无是处啰？”

“我只看过你在阿米特拉诺作的画，光凭那些，很难下断语。”

“不知你是否愿意上我住处看看我的其他作品。我从不让别人看我的那些作品。我倒很想给你看看。”

“谢谢您的美意。我也真想饱饱眼福呢。”

“我就住在这儿附近，”她带着几分歉意说，“走十分钟就到了。”

“噢，行啊，”他说。

他们沿着大街走去。她拐入一条小街，领着菲利普走进一条更加狭陋的小街，沿街房屋的底层都是些出售廉价物品的小铺子。最后总算到了。他们爬上一层又一层的楼梯。她打开门锁，他们走进一间斜顶、开着扇小窗的小顶室。窗户关得严严的，屋里弥漫着一股霉味。虽然天气很冷，屋里也不生个火，看来这屋子从来就没生过炉子。床上被褥凌乱。一把椅子，一口兼作脸盆架的五斗橱，还有一只不值几个钱的画架——这些就是房间里的全部陈设。这地方本来就够肮脏的了，再加上满屋子杂物，凌乱不堪，看了真叫人恶心。壁炉架上，胡乱堆放着颜料和画笔，其间还搁着一只杯子、一只脏盆子和一把茶壶。

“请你往那边站，我好把画放到椅子上，让你看清楚些。”

她给菲利普看了二十张长十八厘米，宽二十厘米左右的小幅油画。她把它们一张接一张地搁在椅子上，两眼留神着菲利普的脸色。菲利普每看完一张，就点点头。

“这些画你很喜欢，是吗？”过了一会儿，她急不可待地问。

“我想先把所有的画看完了，”他回答道，“然后再说说自己的看法。”

菲利普强作镇静，其实心里又惊又慌，不知该说什么是好。这些画不单画得糟糕，油彩也上得不好，像是由不懂美术的外行人涂上去似的，而且毫无章法，根本没有显示出明暗的层次对比，透视也荒唐可笑。这些画看上去就像是个五岁小孩画的。可话得说回来，要果真出自五岁小孩之手，还会有几分天真的意趣，至少试图把自己看到的东西按原样勾画下来。而摆在眼前的这些画，只能是出于一个市井气十足、脑袋里塞满了乱七八糟的庸俗画面的画匠之手。菲利普还记得她曾眉飞色舞地谈论过莫奈和印象派画家，可是摆在他面前的这些作品，却是蹈袭了学院派最拙劣的传统。

“喏，”她最后说，“全在这儿了。”

虽说菲利普待人接物不见得比别人更诚实，但要他当面撒一个弥天大谎，倒也着实使他为难。在他说出下面这段话的时候，脸一直红到了脖子根：

“我认为这些都画得挺不错的。”

她那苍白的脸上，泛起淡淡的红晕，嘴角处还漾起一丝笑容。

“我说，你要是觉得这些画并不怎么样，就不必当面捧我。我要听你的真心话。”

“这确实是我的心里话。”

“难道没什么好批评的了？总有几幅作品，你不那么喜欢的吧。”

菲利普无可奈何地四下张望了一眼。他瞥见一幅风景画，一幅业余爱好者最喜欢画的风景“小品”：画面五彩缤纷，画着一座古桥，一幢屋顶上爬满青藤的农舍，还有一条绿树成荫的堤岸。

“当然啰，我也不想冒充行家，说自己对绘画很精通，”他说，“不过，那幅画究竟有多大意思，我可不太明白。”

她的脸刷地涨得通红。她赶紧把那幅画拿在手里，把背面对着菲利普。

“我不懂你干吗偏偏选这张来挑剔。这可是我所画过的最好的一幅。我相信自己的眼力没错。至于画的价值，懂就是懂，不懂就是不懂，这种事儿是没法把着手教的。”

“我觉得所有这些都画得挺不错的，”菲利普重复了一句。

她带着沾沾自喜的神情望着那些画。

“依我看，这些画完全拿得出去，没什么好难为情的。”

菲利普看了看表。

“我说，时间不早了。我请你去吃顿便饭，肯赏脸吗？”

“这儿我已准备好了午饭。”

菲利普看不到一丝午饭的影子，心里想：也许等他走后，看门人会把午餐送上来的吧。他只想快点离开这儿，屋里的那股霉味把他头都熏疼了。

第四十七章

到三月份，画室里热闹了起来，大家净忙着为一年一度的巴黎艺展投送画稿。唯独克拉顿超然物外，没准备任何作品，还把劳森送去的两幅头像画大大奚落了一番。这两幅画显然出自初学者之手，是直接根据模特儿写生的，不过笔力苍劲，有股雄浑之气，而克拉顿所追求的，是完美无缺的艺术，他不能容忍火候功力还未到家的彷徨逡巡之作。他耸耸肩对劳森说，一些连画室门都拿不出的习作，竟要送去展览，真有点不知天高地厚。即使后来那两幅头像被画展处接受了，他仍然固执己见。弗拉纳根也试了运气，结果送去的画被退了回来。奥特太太送去了一幅《母亲之像》，一幅具有一定造诣、无可非议的二流作品，被挂在十分显眼的地方。

劳森和菲利普打算在自己的画室里举行一次聚餐会，对劳森的作品荣获公展聊表庆贺之意。这时海沃德也到巴黎来小住几天，正好凑上了这场热闹。打他离开海德堡之后，菲利普还没见到过他。菲利普一直很盼望能再次见到海沃德，可是如今真的会了面，倒不觉有点失望。海沃德的模样变了。一头金黄色的柔发变得稀稀拉拉，随着姣好容颜的迅速衰败，人也显得干瘪瘪的没一点生气。那对蓝眼睛失去了昔日的光泽，整个面容都带点灰溜溜的神情，然而他的思想却似乎丝毫未变。可惜，使十八岁的菲利普深为叹服的那种文化素养，对二十一岁的菲利普来说，似乎只能激起轻蔑之情。菲利普已今非昔比：往日那一整套有关艺术、人生和文学的见解，而今一概视如敝屣；至于那些至今仍死抱住这些迂腐之见的人，他简直无法容忍。他似乎没意识到自己多么急于在海沃德面前露一手。等他陪着海沃德参观美术馆的时候，他情不自禁地把自己也不过刚接受过来的革命观点，一古脑儿端了出来。菲利普把海沃德领到马奈的《奥兰毕亚》跟前，用颇带戏剧性的口吻说：

“我愿意拿古典大师的全部作品，来换取眼前的这一幅杰作，当然委拉斯开兹、伦勃朗和弗美尔①的作品除外。”

“弗美尔是谁？”海沃德问。

“哟，亲爱的老兄，你连弗美尔都不知道？你莫非是还没开化怎

---

① 弗美尔（1632—1675），荷兰风俗画家。

么的。要是连弗美尔也不知道，人活着还有啥意思。他是唯一具有现代派风格的古典大师。”

菲利普把海沃德从卢森堡展览馆里硬拖了出来，催着他上卢佛尔宫去。

“这儿的画都看完了？”海沃德怀着那种唯恐有所遗漏的游客心理问。

“剩下的净是些微不足道的作品，你以后可以自己带着导游手册来看。”

到了卢佛尔宫之后，菲利普径直领着他的朋友步入长廊。

“我想看看那幅《永恒的微笑》①，”海沃德说。

“噢，我的老兄，那算不得杰作，被文人捧起来的，”菲利普答道。

最后来到一间小房间，菲利普在弗美尔·凡·戴尔夫特的油画《织女》跟前停了下来。

“瞧，这是卢佛尔宫内首屈一指的珍品，完全像出自马奈的手笔。”

菲利普翘起他富于表现力的大拇指，细细介绍起这幅佳作的迷人之处。他一口画家的行话，叫人听了不能不为之折服。

“不知我是否能尽领其中妙处，”海沃德说。

“当然啰，那是画家的作品嘛，”菲利普说。“我敢说，门外汉是看不出多大名堂的。”

“门——什么？”海沃德说。

“门外汉。”

跟大多数艺术爱好者一样，海沃德很想充当行家，最怕在别人

① 即达·芬奇的名画《蒙娜丽莎》。

面前露馅。倘若对方闪烁其词，不敢断然发表自己的见解，他就要摆出一副权威的架势来；倘若对方引经据典，振振有词，他就做出虚心听取的样子。菲利普斩钉截铁的自信口吻，不由海沃德不服，他乖乖地认可了菲利普的言外之意：只有画家才有资格评断绘画的优劣，而且不管怎么说也不嫌武断。

一两天后，菲利普和劳森举行了聚餐会。克朗肖这回也破例赏光，同意前来尝尝他们亲手制作的食品。查利斯小姐主动跑来帮厨。她对女性不感兴趣，要他们不必为了她的缘故而特地去邀请别的女客。出席聚餐会的有克拉顿、弗拉纳根、波特和另外两位客人。屋里没什么家什，只好把模特儿台拿来权充餐桌。客人们要是喜欢，可以坐在旅行皮箱上；要是不高兴，那就席地而坐。菜肴有查利斯小姐做的蔬菜肉汤，有从街角处一家餐馆买来的烤羊腿，拿来时还冒着腾腾的热气，散发着令人馋涎欲滴的香味（查利斯小姐早已把土豆煮好，画室里还散发着一股油煎胡萝卜的香味，这可是查利斯小姐的拿手好菜），这以后是一道火烧白兰地梨，是克朗肖自告奋勇做的。最后一道菜将是一块大得出奇的 fromage de Brie①，这会儿正靠窗口放着，给已经充满各种奇香异味的画室更添了一股浓香。克朗肖占了首席，端坐在一只旅行皮箱上，盘起了两条腿，活像个土耳其帕夏②，对着周围的年轻人露出宽厚的笑意。尽管画室里生着火，热得很，但他出于习惯，身上仍然裹着大衣，衣领朝上翻起，头上还是戴着那顶硬边礼帽。他心满意足地望着面前的四大瓶意大利西昂蒂葡萄酒出神。那四瓶酒在他面前排成一行，当中还夹着瓶威士忌酒。克朗肖说，这引起了他的联想，好似四个大腹便便的太监

① 法语，布里干酪。
② 土耳其的高级官衔。

守护着一位体态苗条、容貌俊美的彻尔克斯[1]女子。海沃德为了不让别人感到拘束，特意穿了套花呢服，戴了条"三一堂"牌领带。他这副英国式打扮看上去好古怪。在座的人对他彬彬有礼，敬如上宾。喝蔬菜肉汤的时候，他们议论天气和政局。在等羊肉上桌的当儿，席间出现了片刻的冷场。查利斯小姐点了一支烟。

"兰蓬泽尔，兰蓬泽尔，把你的头发放下来吧，"她冷不丁冒出了这么一句。

她仪态潇洒地抬起手，解下头上的绸带，让一头长发披落到肩上。随即又是一摇头。

"我总觉得头发放下来比较惬意。"

瞧着她那双棕色的大眼睛、苦行僧似的瘦削脸庞、苍白的皮肤和宽阔的前额，真叫人以为她是从布因-琼司的画里走下来的呢。她的那双手，十指纤纤，煞是好看，美中不足的是指端已被尼古丁熏得蜡黄。她穿了件绿紫辉映的衣裙，浑身上下透出一股肯辛顿高街的淑女们所特有的浪漫气息。她风流放荡，但为人随和、善良，不失为出色的人间尤物，惜乎情感比较浅薄。这时猛听得门外有人敲门，席上的人齐声欢呼起来。查利斯小姐起身去开门。她接过羊腿，高高举托过头，仿佛盛在盘子里的是施洗者圣约翰的头颅。她嘴里仍叼着支烟卷，脚下跨着庄重、神圣的步伐。

"妙啊！希律迪亚斯[2]的女儿！"克朗肖喊道。

席上的人全都津津有味地大啃其羊腿来，尤其是那位面如粉玉的女郎大啖大嚼的馋相，看了更叫人觉着有趣。在她的左右两边，分别坐着克拉顿和波特。在场的人心里全明白，她对这两个男子决

① 俄国北高加索西部地区的山民部族，女子以貌美著称。
② 《圣经》中犹太希律王的第二个妻子。

不会故作忸怩之态。对于大多数男子,不出六个星期,她就感到厌倦了,不过她很懂得事后该如何同那些曾经拜倒在她石榴裙下的多情郎应付周旋。她爱过他们,后来不爱了,但她并不因此而对他们怀有任何怨隙;她同他们友好相处,却不过分亲昵。这会儿,她不时用忧郁的目光朝劳森望上一眼。火烧白兰地梨大受欢迎,一则是因为里面有白兰地,一则是由于查利斯小姐坚持要大家夹着奶酪吃。

“这玩意儿究竟是美味可口呢,还是令人恶心,我实在说不上来,”她在充分品尝了这道杂拌以后评论说。

咖啡和科涅克白兰地赶紧端了上来,以防出现什么棘手局面[①]。大家坐着惬惬意意地抽着烟。露思·查利斯一抬手、一投足,都有意要显示出她的艺术家风度。她姿态优美地坐在克朗肖身旁,把她那小巧玲珑的头倚靠在他的肩头。她若有所思地凝望空中,仿佛是想望穿那黑森森的时间的深渊,间或朝劳森投去长长的、沉思的一瞥,同时伴以一声长叹。

转眼间夏天到了。这几位年轻人再也坐不住了。湛蓝湛蓝的天穹,引诱他们去投身大海;习习和风在林荫大道的梧桐枝叶间轻声叹息,吸引他们去漫游乡间。人人都打算离开巴黎。他们在商量该带多大尺寸的画布最合适;他们还备足了写生用的油画板;他们争辩着布列塔尼各个避暑地的引人入胜之处。最后,弗拉纳根和波特到孔卡努[②]去了;奥特太太和她母亲,性喜一览无余的自然风光,宁愿去篷特阿旺[③];菲利普和劳森决计去枫丹白露森林。查利斯小姐晓得在莫雷有一家非常出色的旅馆,那儿有不少东西很值得挥笔

① 指防止查利斯小姐因食用火烧白兰地梨而引起呕吐。
② 法国西北部的海滨避暑胜地。
③ 法国比斯开河口的一个小村庄。

一画，再说，那儿离巴黎又不远，菲利普和劳森对车费也并非毫不在乎。露思·查利斯也要去那儿。劳森打算替她在野外画一幅肖像画。那时候，巴黎艺展塞满了这类人像画；阳光灿烂的花园，画中人身居其间，眨巴着眼睛，阳光透过繁枝茂叶，在他们的脸庞上投下斑驳的绿影。他们请克拉顿结伴同游，可是克拉顿喜欢独个儿消夏。他刚刚发现了塞尚①，急着要去普罗旺斯。他向往云幕低垂的天空，而那火辣辣的点点蓝色，似乎像汗珠那样从云层间滴落下来。他眷恋尘土飞扬的宽阔的白色公路、因日晒而变得苍白的屋顶，还有被热浪烤成灰色的橄榄树。

就在准备动身的前一天，上午上完课后，菲利普一边收拾画具，一边对范妮·普赖斯说：

"我明天要走啦，"他兴冲冲地说。

"去哪儿？"她立刻追问道，"你不会离开这儿吧？"她的脸沉了下来。

"我要找个地方去避避暑，你呢？"

"我不走，我留在巴黎。我还以为你也留下呢。我原盼望着……"

她戛然收住口，耸了耸肩。

"夏天这儿不是热得够呛吗？对你身体很不利呢。"

"对我身体有利没有利，你才无所谓呢。你打算去哪儿？"

"莫雷。"

"查利斯也去那儿。你该不是同她一起去吧？"

"我和劳森一块儿走。她也打算去那儿，是不是同行我就不清楚了。"

① 塞尚(1839—1906)，法国后期印象派画家。

她喉咙里轻轻咕噜了一声，大脸盘憋得通红，脸色阴沉得可怕。

“真不要脸，我还当你是个正派人，大概是这儿独一无二的正派人呢。那婆娘同克拉顿、波特和弗拉纳根都有过私情，甚至同老富瓦内也勾勾搭搭——所以他才特别为她费神嘛——现在可又轮到你和劳森两个了，这真叫我恶心！”

“哟，你胡扯些什么呀。她可是个正经女人，大家差不多把她当男子看待。”

“哟，我不想听！我不想听！”

“话说回来，这又关你什么事？”菲利普诘问道。“我愿上哪儿消夏，完全是我自个儿的事嘛。”

“我一直痴痴地盼望着这样一个机会，”她喘着粗气，仿佛是在自言自语，“我还以为你没钱出去呢。到时候，这儿再没旁人，咱们俩就可以一块儿作画，一块儿出去走走看看。”说到这儿，她又猛地想起了露思·查利斯。“那个臭婊子，”她嚷了起来，“连跟我说话都不配。”

菲利普望着她，心头有股说不出的滋味。他不是个自作多情的人，以为世上的姑娘都会爱上自己；相反，他由于对自己的残疾十分敏感，在女人面前总感到狼狈，显得笨嘴拙舌。此刻，他不知道她这顿发作，除了一泄心头之火外还能有什么别的意思。她站在他跟前，身上套着那件邋遢的棕色衣裙，披头散发，衣衫不整，腮帮子上还挂着两串愤怒的泪水，真叫人受不了。菲利普朝门口瞟了一眼，本能地巴望此刻有人走进屋来，好马上结束这个尴尬的场面。

“我实在很抱歉，”他说。

“你和他们都是一路货。能捞到手的，全捞走了，到头来连谢一声都不说。你现在学到的东西，还不都是我把着手教给你的？除我以外，还有谁肯为你操这份心。富瓦内关心过你吗？老实对你说了吧，你哪怕在那里学上一千年，也决不会有什么出息。你这个人没有天分,没一点匠心。不光是我一个人——他们全都是这么说的。你一辈子也当不了画家。”

“那也不管你的事,对吗?”菲利普红着脸说。

“哟,你以为我不过是在发脾气,讲气话?不信你去问问克拉顿,去问问劳森,去问问查利斯!你永远当不成画家。永远!永远!永远当不成!你根本不是这块料!”

菲利普耸耸肩,径自走了出去。她冲着他的背影,大声喊道:

“永远!永远!永远当不成!”

那时光,莫雷是个只有一条街的老式小镇,紧挨在枫丹白露森林的边沿。“金盾”客栈是一家还保持王政时代遗风的小旅舍,面临蜿蜒曲折的洛英河。查利斯小姐租下的那个房间,有个俯瞰河面的小凉台,从那儿可以看到一座古桥及其加固过的桥口通道,景致别有风味。每天晚上用过晚餐,他们就坐在这儿,喝咖啡,抽烟卷,谈艺术。离这儿不远,有条汇入洛英河的运河,河面狭窄,两岸种着白杨树。工作之余,他们常沿运河的堤岸溜达一会。白天的时间,他们全用来画画。他们也跟同时代的大多数青年人一样,对于富有诗情画意的景色感到头痛;展现在眼前的小镇的绮丽风光,他们偏偏视而不见,而有意去捕捉一些质朴无华的景物。凡是俏丽之物,他们一概嗤之以鼻。西斯莱和莫奈曾经画过这儿白杨掩映的运河,他们也很想试试笔锋,画一幅具有典型法国情调的风景画,可是又害怕眼前景色所具有的那种匀称之美,于是煞费苦心地要加以回避。心灵手巧的查利斯小姐落笔时,故意把树顶部分略去不画,以使画面独具新意,不落窠臼。劳森尽管一向瞧不起女子的艺术作品,可这一回也不得不叹服她独具匠心。至于他自己,灵机一动,在画的前景添上一块蓝色的美尼尔巧克力糖的大广告牌,以显示他对巧克力盒糖的厌恶。

现在菲利普开始学画油画了。当他第一次使用这种可爱的艺术媒介时,心里止不住感到一阵狂喜。早晨,他带着小画盒随同劳森外出,坐在劳森身旁,一笔一笔地在画布上涂抹着。他得心应手,画得好欢,殊不知他所干的充其量只是依样画葫芦罢了。他受这位朋友的影响之深,简直可以说他是通过他朋友的眼睛来观察世界的。劳森作画,爱用很低的色调,绿宝石似的草地,到了他俩眼里则成了深色的天鹅绒,而光华闪烁的晴空,在他们的笔下也成了一片郁郁苍苍的深蓝。整个七月都是大好晴天,气候酷热,热浪似乎把菲利普的灵感烤干了,他终日没精打采,连画笔也懒得拿,脑子里乱哄哄的,杂念丛生。早晨,他常常侧身躲入河边的浓阴,念上几首小诗,然后神思恍惚地默想半个钟头。有时候,他骑了辆租来的破自行车,沿着尘土飞扬的小路朝森林驶去。随后拣一块林中空地躺下,任自己沉浸在罗曼蒂克的幻想之中。他仿佛看到华托①笔下的那些活泼好动、漫不经心的窈窕淑女,在骑士们的伴同之下,信步漫游于参天巨树之间;她们喁喁私语,相互诉说着轻松、迷人的趣事,然而不知怎么地,似乎总摆脱不掉一种无名恐惧的困扰。

整个客栈里,除了一个胖胖的法国中年妇人之外,就他们这几个人了。那女人颇似拉伯雷②笔下的人物,动辄咧嘴大笑,发出一阵阵淫荡的笑声。她常去河边,很有耐心地钓上一整天鱼,尽管从未钓到过一条。有时候,菲利普走上去同她搭讪几句。菲利普发现,她过去是干那种营生的——那一行里面最负盛名的人物,在我

---

① 华托(1684—1721),法国画家,多数作品描绘贵族的闲逸生活,画中人物带有沉思忧郁之感,反映贵族阶级精神上的空虚。

② 拉伯雷(1494—1533),文艺复兴时期的法国作家,人文主义者。主要作品为《巨人传》。

们这一代就数华伦太太[1]了。她赚足了钱,现在到乡下来过她布尔乔亚的清闲日子。她给菲利普讲了些不堪入耳的淫秽故事。

"你得去塞维利亚[2]走一遭,"她说——她还能讲几句蹩脚英语,"那儿的女人是世界上最标致的。"

她用淫荡的目光瞟了菲利普一眼,又朝他点点头。她的上下三层下颌,还有那鼓突在外的大肚子,随着格格笑声不住地抖动起来。

气温愈来愈高,晚上几乎无法入眠。暑热像是一种有形物质,在树丛间滞留不散。他们不愿离开星光灿烂的夜景,三个人悄没声儿地坐在露思·查利斯的房间的凉台上,一小时又一小时,谁都懒得说一句话,只顾尽情地享受夏夜的幽静。他们侧耳谛听潺潺的流水声,直到教堂的大钟打了一下,两下,有时甚至打了三下,才拖着疲惫的身子上床去睡。菲利普恍然醒悟过来,露思和劳森原来是对情侣。这一点,他是凭自己的直觉,从姑娘凝望年轻画家的目光以及后者着了魔似的神态中揣测到的。菲利普同他们坐在一块儿的时候,总觉得他们在眉来眼去,传送着某种射流,似乎空气也因夹带了某种奇异之物而变得沉重起来。这一意想不到的发现,着实叫菲利普大吃一惊。他向来认为查利斯小姐是个好伙伴,很喜欢同她聊上几句,似乎从没想到能同她建立起更深一层的关系。一个星期天,他们三人带着茶点篓筐,一齐走进森林。他们来到一块绿树环拥的理想的林间空地,查利斯小姐认为这儿具有田园风味,执意要脱下鞋袜。惜乎她的脚太大了些,而且两只脚的第三个脚趾上都长着一个大鸡眼,要不然她那双脚倒也够迷人的。菲利普暗自嘀咕,这大概就是她行走时步态有点滑稽可笑的缘故吧。可是现在,菲利

① 萧伯纳剧本《华伦太太的职业》中的人物,以开妓院为业。
② 西班牙城市,著名的游览胜地。

普对她刮目相看了。她那双大眼睛,那一身橄榄色的皮肤,都显露出女性所特有的温柔。菲利普觉得自己真是个大傻瓜,竟一直没注意到她原是那么富于魅力。他似乎觉得她有点儿瞧他不起,就因为他过于迟钝,竟然会感觉不到有她这样的尤物存在;而他发现劳森现在似乎也带有几分自恃高人一等的神气。他忌妒劳森,不过他忌妒的倒也并非劳森本人,而是忌妒他的爱情。要是他能取劳森而代之,像劳森那样去爱,那该有多好呀。菲利普心烦意乱,忧心忡忡,唯恐爱情会从他身旁悄悄溜走。他盼望有股感情的激流向他猛然袭来,把他卷走。他愿意听凭这股激流的摆布,不管卷至何方,他全不在乎。在他看来,查利斯小姐和劳森似乎有点异样,老是守在他们身边,使他感到惴惴不安。他对自己很不满意。他想获得的东西,生活就是不给。他心里很不是个滋味,觉得自己是在蹉跎光阴。

那个法国胖女人没多久就猜到了这对青年男女之间的关系,而且在菲利普面前直言不讳。

"而你呢,"她说,脸上挂着那种靠同胞委身卖笑而养肥自己的人所特有的微笑,"你有 petite amie① 吗?"

"没有,"菲利普红着脸说。

"怎么会没有呢? C′ est de votre âge②。"

菲利普耸耸肩。他手里拿着魏尔伦的一本诗集,信步走开了。他想看看书,但是情欲在他心头骚动得厉害。他想起弗拉纳根给他讲过的男人们寻花问柳的荒唐经:小巷深院里的幽室,装饰着乌得勒支③天鹅绒织品的客厅,还有那些涂脂抹粉的卖笑女子。想到这里,菲利普禁不住打了个寒噤。他往草地上一倒,像头刚从睡梦中

---

① 法语,女朋友。
② 法语,你已经到了谈情说爱的年龄了。
③ 荷兰城市,以天鹅绒织品著称于世。

醒来的幼兽那样仰肢八叉地躺着。那泛着涟漪的河水,那在微风中婆娑起舞的白杨树,那蔚蓝的天穹——周围的这一切,菲利普几乎都没法忍受。他现在已堕入了自织的情网。他想入非非,似乎感到有两片温暖的嘴唇在吻他,有一双温柔的手搂着他的脖子。他想象着自己如何躺在露思·查利斯的怀里,想到了她那对乌黑的明眸,那细腻光洁的皮肤,他竟白白地错过了这份良缘,自己不是疯子才怪呢!既然劳森这么干了,他为何不可呢?不过,只是她不在跟前的时候——晚上躺在床上睡不着觉,或是白天在运河边沉思的时候,他才会有这样的欲念。而一见到她,他的感情就起了突变,既不想拥抱她,也不再想象自己如何吻她了。这真是天下少有的怪事!她不在跟前时,他觉得她千媚百娇,仪态万方,只想到她那双勾魂摄魄的眸子和略透奶油色的苍白脸庞;可是同她呆在一块儿的时候,他只看到她平直的胸脯和那一口微蛀的龋齿,而且还忘不了她脚趾上的鸡眼。他简直没法理解自己。难道是囿于自己的那种似乎净在夸大伊人的不尽如人意之处的畸形视觉,他才永远只有在心上人不在跟前的时候才能去爱,而一旦有机会和她面面相对,反觉扫兴的吗?

气候的变换,宣布漫漫长夏已尽。他们返回巴黎,而菲利普心里并无半点遗憾之感。

第四十八章

菲利普回到阿米特拉诺画室,发现范妮·普赖斯已不再在那儿学画。她个人专用柜的钥匙也已交还给学校。菲利普向奥特太太打听她的情况,奥特太太双肩一耸,说她很可能回英国去了。菲利普听了不觉松了口气。她那副臭脾气实在让人受不了。更气人的是，菲利普在作画的时候，她定要在旁指手画脚，倘若菲利普不按她的意见办，她便认为是有意怠慢，不把她放在眼里。殊不知他菲利普早已不是当初那么个一窍不通的傻小子啦。没多久，菲利普便把她忘得一干二净。现在他迷上了油画，一心希望画出一两幅有分量的作品来，好参加明年的巴黎艺展。劳森在作查利斯小姐的肖像画。就这位小姐的模样来说，确实颇堪入画，凡是拜倒在她脚下的青年人，都曾替她作过画。她天生一副慵慵恹恹的神态，再加上喜欢搔首弄姿，使她成为一个不可多得的模特儿。再说她自己对这门也很在行，还可以在旁提些中肯的意见。她之所以热忠于艺术，主要是因为向往艺术家的生涯。至于自己的学业是否有所长进，倒是满不在乎。她喜欢画室里的热闹气氛，还有机会大量抽烟。她用低沉而悦耳的声调，谈论对艺术的爱，谈论爱的艺术，而这两者究竟有何区别，连她自己也分辨不清。

近来，劳森一直在埋头苦干，差不多真到了废寝忘食的地步。他一连画上好几天，直到支撑不住才罢手，接着却又把画好的部分统统刮掉。幸好是露思·查利斯，若换了别人早就不耐烦了。最后，画面被他搞得一团糟，再也没法补救。

“看来只得换块画布，重砌炉灶啰，”他说。“这回我心里有底了，不消多久就能画成的。”

当时菲利普正好也在场，查利斯小姐对他说：

“你干吗不也来给我画一张？你观摩劳森先生作画，一定会学到不少东西的。”

查利斯小姐对他的情人一律以姓氏相称①——这也是她待人

① 根据英语国家的习惯，以姓氏相称，既表示客气，也显得疏远。亲友与熟人之间，一般皆以教名相称。

接物细致入微的地方。

“要是劳森不介意,我当然非常乐意啰。”

“我才不在乎呢!”劳森说。

菲利普还是第一次动手画人像,一上来尽管有点紧张,但心里很得意。他坐在劳森旁边。一边看他画,一边自己画。面前放着这么个样板,又有劳森和查利斯小姐毫无保留地在旁点拨,菲利普自然得益匪浅。最后,劳森终于大功告成,请克拉顿来批评指教。克拉顿刚回巴黎。他从普罗旺斯顺路南下,到了西班牙,很想见识一下委拉斯开兹在马德里的作品,然后他又去托列多待了三个月。回来后,他嘴里老念叨着一个在这些年轻人听来很觉陌生的名字:他竭力推崇一个名叫埃尔·格列柯①的画家,并说倘若要想学他的画,则似乎非去托列多不可。

“哦,对了,这个人我听说过,”劳森说,“他是个古典大师,其特色却在于他的作品同现代派一样拙劣。”

克拉顿比以往更寡言少语,这会儿他不作任何回答,只是脸带讥讽地瞅了劳森一眼。

“你打算让咱们瞧瞧你从西班牙带回来的大作吗?”

“我在西班牙什么也没画,我太忙了。”

“那你在忙点啥?”

“我在思考问题。我相信自己同印象派一刀两断了。我认为不消几年工夫,他们的作品就会显得十分空洞而浅薄。我想把以前学的东西统统扔掉,一切从零开始。我回来以后,就把我过去所画的东西全都销毁了。在我的画室里,除了一只画架、我用的颜料和几

---

① 埃尔·格列柯(1541—1614),西班牙画家,原籍希腊,于1557年去西班牙,并在反宗教改革的中心托列多终其一生。作品多系宗教题材,人物形象多半瘦削修长,并用阴冷色调来渲染超现实的气氛,积极为宗教改革服务。

块干净的画布之外，什么也没有了。”

“那你打算干什么呢？”

“我说不上来。今后要干什么我还只有一点模糊的想法。”

他说起话来慢腾腾的，神态很怪，好像在留神谛听某种勉强可闻的声音。他身上似乎有股连他自己也不理解的神秘力量，隐隐然挣扎着寻求发泄的机会。他那股劲头还真有点儿咄咄逼人。劳森嘴上说恭请指教，心里可有点发慌，忙不迭摆出一副对克拉顿的见解不屑一听的架势，以冲淡可能挨到的批评。但菲利普在一旁看得清楚，劳森巴不得能从克拉顿嘴里听到几句赞许的话呢。克拉顿盯着这张人像，看了半晌，一言不发，接着又朝菲利普画架上的画瞥了一眼。

“那是什么玩意儿？”他问。

“哦，我也试着画画人像。”

“依着葫芦学画瓢，”他嘟哝了一句。

他再转过身去看劳森的画布。菲利普涨红了脸，没吱声。

“嗯，阁下高见如何？”最后劳森忍不住问道。

“很有立体感，”克拉顿说，“我看画得挺好。”

“你看明暗层次是不是还可以？”

“相当不错。”

劳森喜得咧开了嘴。他像条落水狗似的，身子连着衣服一起抖动起来。

“嘿，你喜欢这幅画，我说不出有多高兴。”

“我才不呢！我认为这幅画毫无意思。”

劳森拉长了脸，惊愕地望着克拉顿，不明白他葫芦里卖的什么药。克拉顿不善辞令，说起话来似乎相当费劲，前言不搭后语，结结巴巴，啰里啰唆，不过菲利普对他东拉西扯的谈话倒还能琢磨出个究竟来。克拉顿自己从不开卷看书,这些话起初是从克朗肖那儿听来的,当时虽然印象不深,却留在他的记忆里了。最近,这些话又霍然浮现在脑际,给了他某种新的启示:一个出色的画像,有两个主要的描绘对象,即人及其心灵的意愿。印象派沉湎于其他方面,尽管他们笔下的人物,有形有色,令人赞叹,但他们却像十八世纪英国肖像画家那样,很少费心去考虑人物心灵的意愿。

“可你果真朝这方面发展,就会变得书卷气十足了,”劳森插嘴说,“还是让我像马奈那样画人物吧,什么心灵的意愿,见他的鬼去!”

“要是你能在马奈擅长的人像画方面胜过他,当然再好不过,可实际上你赶不上他的水平。你今天立足的这个地盘,已是光光的一无所有,你怎么能既站在现在的地盘上又想用往昔的东西来丰富自己的创作呢?你得脚踏实地重新退回去。直到我见到格列柯的作品之后,我才开了眼界,感到可以从肖像画中得到以前所不知道的东西。”

“那不是又回到罗斯金的老路上去了!”劳森嚷道。

“不——你得明白,他喜欢说教,而我才不在乎那一套呢。说教呀,伦理道德呀,诸如此类的玩意儿,根本没用,要紧的是激情和情感。最伟大的肖像画家,不仅勾勒人物的外貌,而且也描绘出人物心灵的意愿。伦勃朗和埃尔·格列柯就是这样。只有二流画家,才局限于刻画人物的外貌。幽谷中的百合花,即使没有香味,也是讨人喜欢的;可是如果还能散发出阵阵芳馨,那就更加迷人了。那幅画,”——他指着劳森画的人像——“嗯,构图不错,立体感也可以,就是没有一点新意。照理说,线条的勾勒和实体的表现,都应该让你一眼就看出这是个卖弄风骚的婆娘。外形准确固然是好,可埃尔·格列柯笔下的人物,却是身高八英尺,因为非如此便不足以表达他所想表达的意趣。”

“去他妈的埃尔·格列柯，”劳森说，“这个人的作品我们连看都没看到过，却在这儿谈论此人如何如何，还不是瞎放空炮！”

克拉顿耸耸肩，默默地点上一支烟，走开了。菲利普和劳森面面相觑。

“他讲的倒也不无道理，”菲利普说。

劳森悻悻然冲着自己的画发愣。

“除了把你看到的东西毫不走样地勾勒下来，还有什么别的方法可用来表达人物心灵的意愿？”

差不多就在这时候，菲利普结交了个新朋友。星期一早晨，模特儿们照例要到学校来应选，选中者就留下来工作一周。有一回，选中了个青年男子，他显然不是个职业模特儿。菲利普被他的姿态吸引住了：他跨上站台，两腿交叉成直角，稳稳地站着，紧攥双拳，头部傲然前倾，这一姿态鲜明地显示了他体型的健美；他身上胖瘦适中，鼓突的肌肉犹如钢铸铁浇一般。头发剪得很短，头部轮廓线条很优美，下巴上留着短短的胡须；一对眼睛又大又黑，两道眉毛又粗又浓。他一连几个小时保持着这种姿势，不见半点倦意。他那略带几分羞惭的神态之中，隐隐透出一股刚毅之气。他活力充沛，神采奕奕，激起了菲利普的罗曼蒂克的遐想。等他工作完毕，穿好衣服，菲利普反觉得他像个裹着褴褛衣衫的君王。他寡言少语，不轻易开口。过了几天，奥特太太告诉菲利普，这模特儿是个西班牙人，以前从未干过这一行。

“想来他是为饥饿所迫吧，”菲利普说。

“你注意到他的衣服了？既整洁又体面，是吗？”

说来也凑巧，在阿米特拉诺画室习画的美国人波特，这时要去意大利小住几个月，愿意让菲利普借用他的画室。菲利普正求之不得。他对劳森那种命令式的诲训已渐渐有点不耐烦，正想一个人住开去。周末，他跑到那个模特儿跟前，借口说自己的画还没画完，问他是否肯上自己那儿去加一天班。

“我不是模特儿，”西班牙人回答说，“下星期我有别的事要干。”

“现在跟我一起去吃中饭，咱们可以边吃边商量嘛，”菲利普说。他见对方迟疑不决，又笑着说：“陪我吃顿便饭会把你坑了怎么的。”

那个模特儿耸了耸肩，同意了，他们便一块儿去一家点心店就餐。那个模特儿说一口蹩脚的法语，吐词又像连珠炮似的，所以听起来很吃力。菲利普小心应付，和他谈得还算投机。那西班牙人是个作家，来巴黎写小说的，在此期间，为了糊口，穷光蛋干的苦差事他差不多全干过：他教书，搞翻译，主要是搞商务文件翻译（凡能揽到手的，不管什么都译），到最后，竟不得不靠自己的健美体型来赚钱。给人当模特儿，收入倒还不错，这个星期所挣到的钱，够他以后两个星期花的。他对菲利普说，他靠两个法郎就能舒舒服服地过上一天（菲利普听了好生惊讶）。不过，为了挣几个子儿而不得不裸露自己的身子，这实在使他感到羞愧难当。在他看来，做模特儿无异是一种堕落，唯一可聊以自慰的是：总不见得眼睁睁地让自己饿死吧。菲利普解释说，他并不想画整个身子，而是单画头部，他希望画张他的头像，争取送到下一届巴黎艺展去展出。

“干吗你一定要画我呢？”西班牙人问。

菲利普回答说自己对他的头形很感兴趣，说不定能画出一幅成功的人像画来。

“我可抽不出时间来。要我挤掉写作时间，哪怕是一分一秒，我也不乐意。”

“但我只想占用你下午的时间。上午我在学校里作画。不管怎么说，坐着让我画像，总比翻译法律公文要强吧。”

拉丁区内不同国籍的学生，一度曾相处得十分融洽，至今仍传为美谈，可惜这早已成了往事。如今，差不多也像在东方城市里那样，不同国籍的学生老死不相往来。在朱利昂画室或是在美术学院里，一个法国学生若与外国人交往，就会遭到本国同胞的侧目；而一个旅居巴黎的英国人要想与所住城市的当地居民有所深交，似乎比登天还难。说真的，有许多学生在巴黎住了五年之久，学到的法语只够在跑商店饭馆时派点用处。他们仍过着地道的英国式生活，好似在南肯辛顿工作、学习一样。

菲利普一向醉心于富有浪漫气息的事物，现在有机会和一个西班牙人接触，他当然不舍得白白放过。他拨动如簧巧舌，连劝带哄，想把对方说通。

“我说就这么办吧，”西班牙人最后说，“我答应给你当模特儿，但不是为了钱，而是我自个儿高兴这么做。”

菲利普劝他接受点报酬，但对方拒意甚坚。最后他们商定，他下星期一下午一时来。他给了菲利普一张名片，上面印着他的大名：米格尔·阿胡里亚。

米格尔定期来当模特儿，他虽然拒绝收费，但不时问菲利普借个五十法郎什么的，所以菲利普实际的破费，比按常规付他工钱只多不少。不过，西班牙人感到满意了，因为这些钱可不是干下贱活儿挣来的。由于他有着西班牙的国籍，菲利普就把他当作浪漫民族的代表，执意要他谈谈塞维利亚和格拉纳达①，谈谈委拉斯开兹和

① 西班牙南部城市。

卡尔德隆[①]。但是米格尔并不把自己国家的灿烂文化放在眼里。他也像他的许多同胞一样,认为只有法国才算得上英才荟萃之乡,而巴黎则是世界的中心。

“西班牙完蛋了,”他大声叫道。“没有作家,没有艺术,什么也没有。”

渐渐地,米格尔以其民族所特有的那种浮夸辩才,向菲利普披露了自己的抱负。他正在写一部长篇小说,希望能借此一举成名。他深受左拉的影响,把巴黎作为自己小说的主要生活场景。他详细地给菲利普讲了小说的情节。在菲利普听来,作品内容粗俗而无聊,有关秽行的幼稚描写——c′ est la vie, mon cher, c′ est la vie[②],他叫道——反而更衬托出故事的陈腐俗套。他置身于难以想象的困境之中,坚持写了两年,含辛茹苦,清心寡欲,舍弃了当初吸引他来巴黎的种种生活乐趣,为了艺术而甘心忍饥挨饿;他矢志不移,任何力量也阻挡不了实现毕生宏愿的决心。这种苦心孤诣的精神倒还真了不起呢。

“你何不写西班牙呢?”菲利普大声说。“那会有趣多了。你熟悉那儿的生活。”

“巴黎是唯一值得描写的地方。巴黎才是生活。”

有一天,他带来一部分手稿,自念自译。他激动得什么似的,再加上他的法语又那么蹩脚,菲利普听了简直不知其所云。他一口气念了好几段。实在糟糕透了。菲利普望着自己的画发愣:他实在没法理解,藏在宽阔的眉宇后面的思想,竟是那么浅薄平庸;那对灼灼有光、热情洋溢的眸子,竟只看到生活中浮光掠影的表象。菲利

① 卡尔德隆(1600—1681),西班牙剧作家及诗人。
② 法语,这就是生活,我的朋友,这就是生活。

普对自己的画总觉着不顺心,每回作画临结束时,差不多总要把已成的画面全部刮掉。人物肖像,旨在表现心灵的意愿,这说法固然很中听,可如果出现在你面前的是一些集各种矛盾于一身的人物,那又有谁说得出心灵的意愿是什么呢？他喜欢米格尔,看到他呕心沥血却劳而无功,不免感到痛心。成为出色作家的各种条件,他差不多一应俱全,唯独缺少天赋。菲利普望着自己的作品。谁又分辨得出这里面确实凝聚着天才,还是纯粹在虚掷光阴呢？显然,那种不达目的誓不罢休的意志,帮不了你什么忙,自信心也毫无意义。菲利普想到了范妮·普赖斯:她既坚信自己的禀赋,意志力也相当惊人。

"要是我自知成不了大器,我宁可就此封笔不画了,"菲利普说。"我看当个二流画家实在毫无出息。"

一天早上他刚要出门,看门人将他叫住,说有封他的信。平时除了路易莎伯母,间或还有海沃德外,再没别人给他写信了。而这封信的笔迹他过去从未见过。信上这么写着:

> 见信后请速来我处。我再也支撑不住。你务必亲自前来。想到让别人来碰我的身子,我简直受不了。我要把所有的东西全留给你。
>
> 范·普赖斯
>
> 我已经一连三天没吃到一口食物。

菲利普突然感到一阵惶恐,浑身发软。他急匆匆直奔她的住所。使他吃惊的是,她竟还留在巴黎。他已经好几个月没见到她,以为她早就回英国去了。他一到那儿,便问门房她是否在家。

"在的吧,我已经有两天没见她出门了。"

菲利普一口气奔上了楼,敲敲房门。里面没人应答,他叫唤她的名字。房门锁着,他弯腰一看,发现钥匙插在锁孔里。

"哦,天哪,但愿她没干出什么糊涂事来,"他失声大叫。

他急忙跑到楼下对门房说,她肯定是在房间里。他刚收到她的一封信,担心出了什么意外。他建议把门撬开。起初门房板着脸,不想听他说话,后来知道事态严重,一时又慌了手脚。他负不起破门而入的责任,坚持要把警察署长请来。他们一块儿到了警察署,然后又找来了锁匠。菲利普了解到普赖斯小姐还欠着上个季度的房租。元旦那天,也没给门房礼物,而门房根据惯例,认为元旦佳节从房客那儿到手件把礼物乃是理所当然的事。他们四人一起上了楼,又敲了敲门,还是无人应答。锁匠动手开锁,最后大家总算进了房间。菲利普大叫一声,本能地用手捂住眼睛。这个可怜的姑娘已上吊自尽了——绳索就套在天花板的铁钩上,而这钩子是先前某个房客用来挂床帘的。她把自己的小床挪到一边,先站在椅子上,随后用两脚把椅子蹬开。椅子现在就横倒在地上。他们割断绳索,把她放下来。她的身子早已凉透了。

第四十九章

从菲利普多方面了解到的情况来看,范妮·普赖斯的境遇够惨的。平时,画室里的女同学常结伴去餐馆用餐,唯独她范妮·普赖斯从未凑过这份热闹,所以她们免不了要在背后嘀咕几句。其实原因很清楚:她一贫如洗,哪有钱上馆子。菲利普想起他初来巴黎时曾同她在一块儿吃过一顿午餐,当时她那副狼吞虎咽的馋相,菲利普看了不胜厌恶,现在他明白过来,她原来并非嘴馋贪吃,而实在是饿坏了。她平日吃些什么，看门人给菲利普讲了：每天给她留一瓶牛奶，面包由她自个儿买，中午她从学校回来，啃半个面包，喝半瓶牛奶，剩下的就留在晚上吃。一年四季天天如此。想到她生前忍饥挨饿，一定受够了苦，菲利普不由得一阵心酸。她从来不让人知道自己比谁都穷；她显然已落到山穷水尽的地步，最后连画室的学费也付不出。她的一方斗室里，空空荡荡的几乎没什么家具。至于她的衣服，除了那件一年穿到头的破旧棕色裙衫外，就再没有什么了。菲利普翻看她的遗物，想找到个把亲友的地址，好同他联系。他发现了一张纸条，上面写着他菲利普的名字，一连写了几十次。他像当头挨了一棍子似地愣住了。想来她准是爱上自己了哩。那具悬梁高挂、裹在棕色衣衫里的形销骨立的尸体，顿时浮现在眼前，他禁不住打了个寒战。要是她心里果真有他，那干吗不开口向他求助呢？他肯定乐意尽力周济的嘛。当初不该明知她对自己有特殊的感情，竟然装聋作哑，漠然置之，现在想来，心里悔恨交集。她遗书中的那句留言，包含着几多哀怨：想到让别人来碰我的身子，我简直受不了。她是活活给饥饿逼死的。

菲利普终于找到了一封落款为“家兄艾伯特”的信件。信是在两三个星期之前从萨比顿区①某街寄来的，信中一口回绝了商借五英镑的请求。写信人说，他有家室之累，得为妻子儿女着想；他不认为自己有理由可随意借钱给别人。他劝范妮回伦敦设法谋个差事。菲利普给艾伯特·普赖斯发了份电报。不久，回电来了：

“深感悲恸。商务繁忙，难以脱身。是否非来不可？普赖斯。”

---

① 伦敦市郊的一个行政区。

菲利普又去了份简短的电报,请他务必拨冗前来。第二天早上,一个陌生人来画室找他。

“我叫普赖斯,”菲利普把门打开,对方自我介绍说。

来人略带几分粗俗之气,穿一身黑衣服,圆顶礼帽上箍了根薄条带。他那笨手笨脚的模样有点像范妮。他蓄着一撮短须,一口的伦敦土腔。菲利普请他进了屋子。在菲利普向他详述出事经过以及他如何料理后事的时候,他不时斜睨着眼四下打量。

“我就不必去看她的遗体了吧,呃?”艾伯特·普赖斯问。“我的神经比较脆弱,受不了一点儿刺激。”

他渐渐打开了话匣子。他是个橡胶商,家里有老婆和三个孩子。范妮原是当家庭教师的,他不明白为什么她好端端的差事不干,非要跑到巴黎来不可。

“我和内人都对她说,巴黎可不是姑娘家待的地方。干画画这一行赚不了钱的——历来如此嘛。”

不难看出,他们兄妹俩的关系并不怎么融洽。他抱怨她不该自寻短见,死了还要给他添麻烦。他不愿让人说他妹妹是迫于贫困才走此绝路的,因为这似乎有辱他们家的门庭。他忽然想到,她走这一步会不会出于某种较为体面的动机。

“我想她总不至于同哪个男人有什么瓜葛吧。你明白我的意思,巴黎这个地方,无奇不有嘛,她也许是为了保全自己的名誉才不得已这么干的呢。”

菲利普感到自己脸上发烫,心里暗暗诅咒自己的软心肠。普赖斯那对刺人的小眼睛,似乎在怀疑菲利普和他妹妹有什么私情。

“我相信令妹的贞操是无可指摘的,”他以坚决的口气答道,“她自寻短见是因为她快饿死了。”

“嗯,您这么一说,可使她家里人感到难堪啰,凯里先生。她只需给我来封信就行了。我总不会眼睁睁看着妹妹缺吃少穿的嘛。”

菲利普正是看了这位兄长拒绝借钱的信才知道他地址的，可菲利普只是耸了耸肩：何必当面揭穿他的谎言呢。他十分讨厌这个小个儿男人，只求能尽快地把他打发走。艾伯特·普赖斯也希望能快点把事办完，及早回伦敦去。他们来到可怜的范妮生前住的小斗室。艾伯特·普赖斯看了看屋子里的画和家具。

“在艺术方面我可不想充内行，”他说，“我想这些画还可以卖几个子儿的，是吗？”

“一文不值，”菲利普说。

“这些家具值不了十个先令。”

艾伯特·普赖斯对法语一窍不通，凡事都得由菲利普出面张罗。看来还得经过一道道没完没了的手续，才能让那具可怜的遗体安然入土。从这儿取到证件，得上那儿去盖印儿，还得求见不少官老爷。一连三天，菲利普从早一直忙到晚，简直连喘口气的工夫也没有。最后，他总算和艾伯特·普赖斯一起，跟随在灵车后面，朝蒙帕纳斯公墓走去。

“我也希望把丧事办得体面些，”艾伯特·普赖斯说，“不过，想想白白把钱往水里扔，实在没意思。”

灰蒙蒙的早晨，寒意侵人，草草举行的葬礼显得分外凄凉。参加葬礼的还有另外五六个人，都是和范妮·普赖斯在画室里共过学的同窗：奥特太太——因为她身为司库，自认为参加葬礼责无旁贷；露思·查利斯——因为她心地善良；此外还有劳森、克拉顿和弗拉纳根。她生前从未得到过这些人的好感。菲利普纵目望去，只见碑石林立，有的简陋、粗糙，有的浮华俗气，不堪入目。菲利普看着看着不由得一阵哆嗦。眼前这一片景象好不肃杀凄然。他们离开公墓时，艾伯特·普赖斯要菲利普陪他一起去吃午饭。菲利普一则

对他十分厌恶，二则感到困顿异常（这些天来他一直眠不安神，老是梦见身裹破旧棕色衣服的范妮·普赖斯悬梁高挂的惨状），很想一口回绝，但一时又想不出什么话来推托。

“你领我去一家上等馆子，让咱俩吃顿像样的午餐。这种事儿糟透了，真叫我的神经受不了。”

“拉夫纽餐厅可算是这儿附近最上乘的一家馆子了，”菲利普答道。

艾伯特·普赖斯在一张天鹅绒靠椅上坐定身子，如释重负地吁了口气。他要了份丰盛的午餐，外加一瓶酒。

“嘿，我真高兴，事情总算办完了。”

他狡猾地问了几个问题，菲利普一听就知道他很想了解巴黎画家的私生活情况。尽管他口口声声说画家的私生活糟透了，但实际上却巴不得能听到他想象中画家们所过的那种淫逸放浪生活的细枝末节。他时而狡黠地眨眨眼睛，时而颇有城府地窃笑几声，那意思分明是说：菲利普休想瞒得过他，得好好从实招来。他是个见过世面的人，对这类事的内情暗幕也并非一无所知。他问菲利普是否去过蒙马特尔①，那儿下至坦普尔酒吧，上至皇家交易所，全是享有盛名的冒险家的乐园。他真想编些词儿，说自己曾去过“红磨坊游乐场”呢！他们这顿午餐菜肴精美，酒也香醇醉人。艾伯特·普赖斯酒足饭饱之余，兴致更高了。

“再来点白兰地吧，”咖啡端上餐桌时，他说，“索性破点财啰！”

他搓了搓手。

“我说呀，我还真想在这儿过夜，明儿再回去呢。让咱俩一块儿消度今宵，老弟意下如何？”

① 巴黎北部的一个区，艺术家的聚居地。

“你是要我今儿晚上陪你去逛蒙马特尔？见你的鬼去吧！”菲利普说。

“我想我不是那个意思。”

他回答得那么一本正经，反倒把菲利普逗乐了。

“再说，你的神经恐怕也消受不了哪，”菲利普神态严肃地说。

艾伯特·普赖斯最后还是决定搭下午四时的火车回伦敦去，不一会儿，他就和菲利普分手了。

“再见了，老弟，”他说。“告诉你，过些日子我还要上巴黎来的，到时候我再来拜访你，让咱们痛痛快快地乐一下。”

那天下午菲利普心神不定，索性跳上一辆公共汽车过河去迪朗-吕埃尔画铺，看看那儿可有什么新的画儿展出。然后，他沿着大街信步闲逛。寒风劲吹，卷地而过。行人裹紧大衣，蜷缩着身子，想挡住侵骨的寒气。他们愁眉锁眼，行色匆匆，一副心事重重的神态。此刻，在那白色墓碑林立的蒙帕纳斯公墓的地下，准像冰窖似的阴冷彻骨。菲利普感到自己在此茫茫人世间，好不孤独，心头不禁涌起一股莫可名状的思乡之情。他想找个伴儿。但眼下这时候，克朗肖正在工作，克拉顿从来就不欢迎别人登门造访，劳森正忙着给露思·查利斯画另一幅肖像，自然不希望有人来打扰。于是他决计去找弗拉纳根。菲利普发现他在作画，不过正巴不得丢下画来跟人聊聊。画室里又舒适又暖和，这个美国学生比他们大多数人都阔绰。弗拉纳根忙着去张罗茶水。菲利普端详着弗拉纳根那两幅准备送交巴黎艺展的头像。

“我要送画去展出，脸皮未免厚了点吧，”弗拉纳根说。“管他呐，我就是要送去。阁下认为这两张画够糟的吧？”

“不像我想象的那么糟，”菲利普说。

事实上，这两幅画的手法之巧妙，令人拍案。凡是难以处理的地方，均被作画人圆熟地回避掉了；调色用彩很大胆，透出一股刚劲之气，叫人惊讶之余，更觉得回味无穷。弗拉纳根虽不懂得绘画的学问或技巧，倒像个毕生从事绘画艺术的画家，信手挥毫，笔锋所至，画面顿生异趣。

“如果规定每幅画的欣赏时间不得超过三十秒钟，那你弗拉纳根啊，包管会成为个了不起的大画家，”菲利普笑着说。

这些年轻人之间倒没有那种相互奉承、吹吹拍拍的风气。

“在我们美国，时间紧着呢，谁也抽不出三十秒钟的工夫来看一幅画，”弗拉纳根大笑着说。

弗拉纳根虽然算得是天字第一号的浮躁之徒，可他心肠之好，不但令人感到意外，更叫人觉得可爱。谁要是生了病，他自告奋勇地充当看护。他那爱说爱笑的天性，对病人来说，着实胜过吃药打针。他生就一副美国人的脾性，不像英国人那样严严控制自己的情感，唯恐让人说成是多愁善感；相反，他认为感情的流露本是人之天性。他那充溢的同情心，常使一些身陷苦恼的朋友感激不尽。菲利普经过几天来好大一番折腾，心情沮丧，弗拉纳根出于真心好意，说呀笑呀闹个没完，一心想把菲利普的劲头鼓起来。他故意加重自己的美国腔——他知道这是惹英国人捧腹的绝招——滔滔不绝地随口扯淡，他兴致勃勃，想入非非，那股快活劲儿就别提了。到时候，他们一起去外面吃饭，饭后又上蒙帕纳斯游乐场，那是弗拉纳根最喜欢去的娱乐场所。黄昏一过，他的兴头更足了。他灌饱了酒，可他那副疯疯癫癫的醉态，与其说是酒力所致，还不如归之于他天生活泼好动。他提议去比里埃舞厅，菲利普累过了头反倒不想睡觉了，所以很乐于上那儿走一遭。他们在靠近舞池的平台上找了张桌子坐下。这儿地势稍高，他们可以一边喝啤酒一边看别人跳舞。刚坐下不久，弗拉纳根一眼瞧见了个朋友。他发狂似地喊了一声，纵身越过栅栏,跳到舞池里去了。菲利普打量着周围的人群。比里埃舞场并非是上流人士出入的游乐场所。那是个星期四的晚上,舞厅里人头攒动,其中有些是来自各个学院的大学生,但小职员和店员占了男客的大多数。他们穿着日常便服:现成的花呢上装或式样古怪的燕尾服——而且还都戴着礼帽,因为他们把帽子带进了舞厅,跳舞的时候帽子无处可放,只得搁在自己的脑瓜上。有些女的看上去像是用人,有些是浓妆艳抹的轻佻女子,但大多数是售货女郎,她们身上穿的虽说是些便宜货,却是模仿河对岸的时兴款式。那些个轻佻姑娘打扮得花枝招展,像杂耍场里卖艺的,要不就是有意学那些名噪一时的舞蹈演员的模样;她们在眼睛周围涂了一层浓浓的黑色化妆品,两颊抹得鲜红。真不知道什么叫害臊。舞厅里的白色大灯,低低挂着,使人们脸上的阴影越发显得浓黑。在这样的强光之下,所有的线条似乎都变得钢硬死板,而周围的色调也显得粗俗不堪。整个舞厅里呈现一片乌烟瘴气的景象。菲利普倾靠在栅栏上,目不转睛地望着台下,他的耳朵里听不到音乐声了。舞池里的人们忘情地跳着。他们在舞池里缓缓地转着圈子,个个神情专注,很少有人说话。舞厅里又闷又热,人们的脸上沁出亮晶晶的汗珠。在菲利普看来,他们平时为了提防别人而戴上的那层道貌岸然的假面具,此刻全部剥落下来,露出了他们的本来面目。说来也怪,在此恣意纵乐的时刻,他们全都露出了兽类的特征:有的像狐狸,有的像狼,也有的长着愚不可及的山羊似的长脸。由于他们过着有害身心的生活,吃的又是营养不足的食物,他们脸上带着一层菜色。庸俗的生活趣味,使他们的面容显得呆板愚钝,唯有那一双狡诈的小眼睛在骨溜溜地打转。他们鼠目寸光,胸无大志。你可以感觉到,对所有这些人来说,生活无非是一长串的琐事和邪念罢了。舞厅里空气浑浊,充满了人身上发出来的汗臭。但他们狂舞不止,仿佛是受着身体内某种力量的驱使，而在菲利普看来，驱使他们向前的乃是一股追求享受的冲动。他们不顾一切地想逃避这个充满恐怖的现实世界。……命运之神凌驾于他们头上。他们跳呀，跳呀，仿佛他们的脚下是茫茫无尽头的黑暗深渊。他们之所以缄默不语，是因为他们隐隐感到惊恐。他们好似被生活吓破了胆，连他们的发言权也被剥夺了，所以他们内心的呼声到了喉咙口又被咽了回去。他们的眼神凶悍而残忍；尽管他们的兽欲使他们脱却了人形，尽管他们面容显得卑劣而凶狠，尽管最糟糕的还在于他们的愚蠢无知，然而，那一双虎视眈眈的眼睛却掩饰不住内心的极度痛苦，使得这一群浑浑噩噩之徒，显得既可怕而又可怜。菲利普既厌恶他们，又为他们感到痛心，对他们寄予无限同情。

他从衣帽间取出外衣，跨出门外，步入凛冽的寒夜之中。

第五十章

这一不幸事件一直在菲利普脑际萦绕，叫他想忘也忘不了。最使他烦忧不安的是，范妮勤学多年，到头来竟是白辛苦一场。论刻苦，比诚心，谁也赶不上她：她真心相信自己赋有艺术才华。可是在这方面，自信心显然说明不了什么问题。他的朋友们不是个个都很自信？至于其他人，比如米格尔·阿胡里亚，亦复如此。这个西班牙人从事写作，可谓苦心孤诣，矢志不移，可写出来的东西却浅薄无聊，不堪一读。所费心血之多，所得成果之微，其间差距委实令人瞠目。菲利普早年凄楚不幸的学校生活，唤起他内心的自我剖析机能。他在不知不觉间染上的这种怪癖，就像吸毒成瘾那样，早已根深蒂固，无法摆脱。如今，他更是深切地感到有必要对自己的内心情感作一番剖析。他不能不看到,自己对艺术的感受毕竟有异于他人。一幅出色的美术作品能直接扣动劳森的心弦。他是凭直觉来欣赏作品的。即使弗拉纳根能从感觉上把握某些事物,而菲利普却非得经过一番思索才能有所领悟。菲利普是靠理性来欣赏作品的。他不由得暗自感叹:假如他身上也有那种所谓"艺术家的气质"(他讨厌这个用语,可又想不出别的说法),他就会像他们那样,也能借助感情而不是借助推理来获得美的感受。他开始怀疑自己莫非只有手面上那么一点巧劲儿,至多也只能靠它依样画葫芦。这实在毫不足取。他现在也学别人的样,不再把技巧放在眼里。最要紧的是如何借画面表达作画人的内心感受。劳森按某种格调作画,这本是由他的天性所决定了的;而他作为一个习画者,尽管易于接受各种影响,然而在他的刻意模仿之中,却棱角分明地显露出他个人的风格。菲利普呆呆地望着自己那帧露思·查利斯像,成画到现在已三月有零,他这时才意识到自己的画不过是劳森作品的忠实翻版而已。他感到自己毫无匠心,不堪造就。他是用脑子来作画的,而他心里明白,有价值的美术作品,无一不是心灵的结晶。

他没有多少财产,总共还不到一千六百镑,他得节衣缩食,精打细算地过日子。十年之内,他别指望挣到一个子儿。纵观一部美术史,一无收益的画家比比皆是。他得安于贫穷,苦度光阴。当然啰,要是哪天能创作出一幅不朽之作来,那么即使穷苦一辈子倒也还算值得,怕就怕自己至多只能有个当二流画家的出息。倘若牺牲了自己的青春韶华,舍弃了生活的乐趣,错过了人生的种种机缘,到头来只修得个二流画家的正果,这值得吗?菲利普对于一些侨居巴黎的外国画家的情况,十分熟悉,知道他们生活在一方小天地里,活动圈子极其狭窄。他知道有些画家为了想扬名四海,含辛茹苦二十年如一日,最后仍然出不了名,于是一个个皆穷途潦倒,沦为一蹶不振的酒鬼。范妮的悬梁自尽，唤起了菲利普对往事的回忆。他常听人谈到过这个或那个画家的可怕遭遇，说他们为了摆脱绝境，如何如何寻了短见。他还回想起那位画师如何讥锋犀利地向可怜的范妮提出了忠告。她要是早点听了他的话，断然放弃这一毫无希望的尝试，或许尚不至于落个那样的下场。

菲利普完成了那幅米格尔·阿胡里亚人像之后，决计送交巴黎艺展。弗拉纳根也打算送两幅画去，菲利普自以为水平和弗拉纳根不相上下。他在这幅画上倾注了不少心血，自信不无可取之处。他在审视这幅作品时，固然觉得有什么地方画得不对头，一时又说不出个所以然来，可是只要他眼前看不到那幅画，他又会转忧为喜，不再有怏怏失意之感。送交艺展的画被退了回来。起初他倒也不怎么在乎，因为他事先就想过各种理由来说服自己，入选的可能性微乎其微。谁知几天之后，弗拉纳根却兴冲冲地跑来告诉菲利普和劳森，他送去的画中有一幅已被画展选中了。菲利普神情冷淡地向他表示祝贺。陶然忘情的弗拉纳根只顾额手称庆，一点儿也没察觉菲利普道贺时情不自禁流露出的讥诮口风。头脑机灵的劳森，当即辨出菲利普话里有刺，好奇地望了菲利普一眼。劳森自己送去的画不成问题，他在一两天前就知道了，他对菲利普的态度隐隐感到不悦。等那美国人一走，菲利普立即向劳森发问，问题问得很突然，颇叫劳森感到意外。

“你要是处于我的地位，会不会就此洗手不干了？”

“你这话是什么意思？”

“我怀疑当个二流画家是否值得。你也明白，要是换个行当，就说行医或经商吧，即使庸庸碌碌地混一辈子也不打紧，只要能养家糊口就行了。然而要是一辈子净画些二流作品，能有多大出息？”

劳森对菲利普颇有几分好感，他想菲利普一向遇事顶真，此时一定是为画稿落选的事在苦恼，所以竭力好言相劝：谁都知道，好些被巴黎画展退回的作品，后来不是成了画坛上的名作？他菲利普首次投稿应选，遭到拒绝，也是在意料之中的嘛；至于弗拉纳根的侥幸成功，不外乎这么回事：他的画完全是卖弄技巧的肤浅之作，而暮气沉沉的评选团所赏识的偏偏就是这号作品。菲利普越听越不耐烦；劳森怎么也不明白菲利普心情沮丧，乃是由于从根本上对自己的能力丧失了信心，而竟然以为自己会为了这等微不足道的挫折而垂头丧气！这未免太小看人了。

近来，克拉顿似乎有意疏远那些在格雷维亚餐馆同桌进餐的伙伴，过起离群索居的日子来。弗拉纳根说他准是跟哪个姑娘闹恋爱了，可是从他不苟言笑的严肃神情里却看不到一点堕入情网的迹象。菲利普心想，他回避旧日的朋友，很可能是为了好好清理一下他脑子里的那些新的想法。然而有一天晚上，其他人全离开餐馆上剧场看话剧去了，只留下菲利普一个人闲坐着，这时克拉顿走了进来，点了饭菜。他们随口攀谈起来。菲利普发现克拉顿比平时健谈，说的话也不那么刺人，决定趁他今天高兴的当儿好好向他讨教一下。

"哎，我很想请你来看看我的习作，"他试探着说，"很想听听阁下的高见。"

"我才不干呢。"

"为什么？"菲利普红着脸问。

他们那伙人相互之间经常提出这种请求，谁也不会一口回绝的。克拉顿耸了耸肩。

"大家嘴上说敬请批评指教，可骨子里只想听恭维话。况且就算提出了批评，又有何益？你画得好也罢，歹也罢，有什么大不了的？"

“对我可大有关系呢!”

“没的事。一个人所以要作画,只是因为他非画不可。这也算得上是一种官能,就跟人体的所有其他官能一样,不过只有少数人才具有这种官能罢了。一个人作画,纯粹是为了自己,要不让他作画,他说不定会自杀。请你想一想,为了能在画布上涂上几笔,天知道你下了多少年的苦功夫,呕沥了多少心血,结果又如何呢?交送画展的作品,十有八九要被退回来;就算有幸被接受了,人们打它跟前走过时至多朝它看上个十秒钟。要是有哪个不学无术的笨伯把你的画买了去,挂在他家的墙上,你就算是交了好运,而他对你的画就像对屋子里的餐桌一样,难得瞧上一眼。批评向来同艺术家无缘。批评纯粹是客观性的评断,而凡属客观之物皆同画家无关。”

克拉顿用手捂住眼睛,好让自己的心思全部集中在自己要说的话上。

“画家从所见事物中获得某种独特的感受之后,身不由己地要想把它表现出来。他自己也说不清是为了什么,反正他得用线条和色彩来表现自己的内心感受。这就跟音乐家一样。音乐家只要读上一两行文字,脑子里就会自然而然地映现出某种音符的组合,他自己也说不清为什么这几个词或那几个词会在他心里唤起这一组或那一组的音符来,反正就是这么来着。我还可以给你举个理由,说明批评纯属无谓之举。大画家总是迫使世人按他的眼光来观察自然,但是,时隔一代,一位画坛新秀则按另一种方式来观察世界,而公众却仍按其前辈而不是按他本人的眼光来评断他的作品。巴比松派①画家教我们的先辈以某种方式来观察树木,可后来又出了

① 19世纪法国著名画派之一,该画派因其代表人物特奥陀、卢骚、米勒等人长期定居在巴比松村而得名。该画派作品多描绘田园景色及农民的劳动生活。

个莫奈，他另辟蹊径，独树一帜，于是人们议论纷纷：树木怎会是这个样子的呢。他们从来没想到过，画家爱怎么观察树木，树木就会有个什么样子。我们作画时是由里及表的——假如我们能迫使世人接受我们的眼光，人们就称我们是大画家；假如不能呢，世人便不把我们放在眼里。但我们并不因此而有所不同。伟大也罢，渺小也罢，我们才不看重世人的这些褒贬之词哩。我们的作品问世之后会有什么样的遭遇，那是无关紧要的；在我们作画的时候，我们已经获得了所能获得的一切。"

谈话暂时中断，克拉顿风卷残云似地把他面前的食品一扫而光。菲利普一面抽着廉价雪茄，一面仔细打量克拉顿。他那凹凸不平的头颅——仿佛是用顽石雕刻而成的，而在雕刻的时候，雕刻家的凿子怎么也制伏不了这块顽石——再配上那一头粗鬃似的黑发、大得出奇的鼻子和宽阔的下巴，表明他是一条个性倔强的硬汉子。可是菲利普心里却在暗暗嘀咕：在这强悍的面具下面，会不会隐伏着出奇的软弱呢？克拉顿不愿意让别人看到他的大作，说不定纯粹是虚荣心在作怪：他受不了他人的批评，也不愿冒被巴黎艺展拒之于门外的风险；他希望别人能把他当作艺术大师看待，可又不敢把作品拿出来同他人较量，唯恐相形之下自愧不如。菲利普同他相识已有十八个月，只见他变得愈来愈粗鲁、尖刻，尽管他不愿意公开站出来与同伴比个高低，可是对伙伴们轻而易举地获得成功往往露出愤愤不平之意。他看不惯劳森。当初菲利普刚认识他们的时候，他和劳森过往甚密，形同莫逆，可如今这已成往事。

"劳森吗，没问题，"他用鄙夷的口吻说，"日后他回英国去，当个时髦的肖像画家，一年挣个万把英镑，不到四十岁就会戴上皇家艺术协会会员的桂冠。只要动手为显贵名流多画几帧肖像就行了呗！"

菲利普听了这席话，不由得也窥测了一下未来。他仿佛见到了二十年后的克拉顿，尖刻、孤僻、粗野、默默无闻，仍死守在巴黎，因为巴黎的生活已经渗入他的骨髓之中；他靠了那条不饶人的舌头，成为小型 cénacle① 上的风云人物，他同自己过不去，也同周围世界过不去；他愈来愈狂热地追求那种可望而不可即的尽善尽美的艺术境界，却拿不出什么作品来，最后说不定还会沦为酒鬼。近来，有个想法搞得菲利普心神不定。既然人生在世只有一次，那就切不可虚度此生。他并不认为只有发迹致富、名扬天下，才算没枉活于世，可究竟怎样才无愧于此生，他自己也说不上来。也许应该阅尽人世沧桑，做到人尽其才吧。不管怎么说，克拉顿显然已难逃失败的厄运，除非他日后能画出几幅不朽杰作来。他想起克朗肖借波斯地毯所作的古怪比喻，近来菲利普也经常想到这个比喻。当时克朗肖像农牧神那样故弄玄虚，硬是不肯进一步说清意思，只是重复了一句：除非由你自己悟出其中的奥妙来，否则便毫无意义。菲利普之所以在是否继续其艺术生涯的问题上游移不定，归根结底是因为他不希望让自己的一生年华白白虚度掉。克拉顿这时又开腔了。

“你还记得吗，我曾同你谈起过我在布列塔尼遇到的那个家伙？前几天，我在这儿又遇到他了。他正打算去塔希提岛②。他现在成了个一文不名的穷光蛋。他本是个 brasseur d′ affaires③，我想也就是英语中所说的股票经纪人吧。他有老婆孩子，有过十分可观的收入，可他心甘情愿地抛弃了这一切，一心一意想当画家。他离家出走，只身来到布列塔尼，开始了他的艺术生涯。他身无分文，险些儿饿死。”

---

① 法语，艺术家的茶话会。
② 大洋洲的一个岛屿。
③ 法语，事业家。

“那他的老婆孩子呢?”菲利普问。

“哦,他撇下他们,任他们饿死拉倒。”

“这未免太缺德了吧。”

“哦,我亲爱的老弟,要是你想做个正人君子,就千万别当艺术家。两者是水火不相容的。你听说过有些人为了赡养老母,不惜粗制滥造些无聊作品来骗取钱财——唔,这表明他们是恪尽孝道的好儿子,但这可不能成为粗制滥造的理由。他们只能算是生意人。真正的艺术家宁可把自己的老娘往济贫院里送。我认识这儿的一位作家。有一回他告诉我,他老婆在分娩时不幸去世了。他爱妻的死,使他悲痛欲绝;但是当他坐在床沿上守护奄奄一息的爱妻时,他发现自己竟然在偷偷地打腹稿,默默记下她弥留时的脸部表情、她临终前的遗言以及自己当时的切身感受。这恐怕有失绅士风度吧,呃?”

“你那位朋友是个有造诣的画家吗?”

“不,现在还算不上。他绘图的风格颇似毕沙罗。他还没察觉自己的特长,不过他很懂得运用色彩和装饰。但关键不在这儿。要紧的是激情,而他身上就蕴藏着那么一股激情。他对待自己的老婆孩子,像个十足的无赖;他的行为举止始终像个十足的无赖,他对待那些帮过他忙的人——有时他全仗朋友们的接济才免受饥馁之苦——态度粗鲁,简直像个畜生。可他恰恰是位了不起的艺术家。”

菲利普陷入了沉思。那人为了能用颜料将人世给予他的情感在画布上表现出来,竟不惜牺牲一切:舒适的生活、家庭、金钱、爱情、名誉和天职。这还真了不起。可他菲利普就是没有这种气魄。

刚才想到克朗肖,菲利普忽然记起他已经有一星期没见到这位作家了,所以同克拉顿分手后,便径直朝丁香园咖啡馆逛去,他知道在那儿准能遇到克朗肖。在他旅居巴黎的头几个月里,他曾把克朗肖的一言一语皆奉为金科玉律，然而时日一久，讲究实际的菲利普便渐渐对克朗肖的那套空头理论不怎么买账了。他那薄薄的一束诗章，似乎算不得是悲惨一生的丰硕之果。菲利普出身于中产阶级，他没法把自己品性中的中产阶级本能驱除掉。克朗肖一贫如洗，干着雇佣文人的营生，勉强糊口。他不是蜷缩在腌臜污秽的小顶室里，就是在咖啡馆餐桌边狂饮，过着两点一线的单调生活——凡此种种，都是同菲利普心目中的体面概念相抵触的。克朗肖是个精明人，不会不知道这年轻人对自己有看法，所以不时要回敬菲利普几句，有时带点开玩笑的口气，而在更多的场合，则是犀利地加以冷嘲热讽，挖苦他市侩气十足。

“你是个生意人，”他对菲利普说，“你想把人生投资在统一公债上，这样就可稳稳到手三分年利。我可是个挥霍成性的败家子，我打算把老本吃光用尽，赤裸着身子去见上帝。”

这个比喻颇叫菲利普恼火。因为这样的说法不仅给克朗肖的处世态度平添了几分罗曼蒂克的色彩，同时又诋毁了菲利普对人生的看法。菲利普本能地觉得要为自己申辩几句，可是一时却想不出什么话来。

那天晚上，菲利普心里好矛盾，迟迟拿不定主意，所以想找克朗肖谈谈自己的事儿。幸好时间已晚，克朗肖餐桌上的茶托高叠（有多少只茶托就表示他已灌下了多少杯酒），看来他已准备就人生世事发表自己的独到见解了。

“不知你是否肯给我提点忠告，”菲利普猝然开口说。

“你不会接受的，对吧？”

菲利普不耐烦地一耸肩。

“我相信自己在绘画方面搞不出多大的名堂来。当个二流画家，我看不出会有什么出息，所以我打算洗手不干了。”

“干吗不干了呢?”

菲利普沉吟了片刻。

“我想是因为我爱生活吧。”

克朗肖那张平和的圆脸上形容大变。嘴角骤然垂挂下来,眼窝深陷,双目黯然无光。说来也奇怪,他竟突然腰也弯、背也驼了,显出一副龙钟老态。

“是因为这个?”他嚷了一声,朝周围四座扫了一眼。真的,他连说话的声音也有些颤抖了。

“你要是想脱身,那就趁早吧。”

菲利普瞪大眼,吃惊地望着克朗肖。这种动感情的场面,常使菲利普感到羞涩不安,不由得垂下眼睑。他知道,呈现在他面前的乃是一幕人生潦倒的悲剧。一阵沉默。菲利普心想,这会儿克朗肖一定在回顾自己的一生,也许他想到了自己充满灿烂希望的青年时代,后来这希望的光辉逐渐泯灭在人生的坎坷失意之中,空留下可怜而单调的杯盏之欢,还有渺茫凄清的惨淡未来。菲利普愣愣地望着那一小叠茶托,他知道克朗肖的目光这时也滞留在那些茶托上面。

第五十一章

几个月一晃就过去了。

菲利普经过一番思索,似乎从眼前这些事情里悟出了一个道理:凡属真正的画家、作家和音乐家,身上总有那么一股力量,驱使他们将全部身心都扑在事业上,这一来,他们势必要让个人生活从属于整个艺术事业。他们明明屈从于某种影响,自己却从未有所察觉,像中了邪似地受着本能驱使和愚弄,只是自己还不知道罢了。生活打他们身边一溜而过,一辈子就像没活过一样。菲利普觉得,生活嘛,就该痛痛快快地生活,而不应仅仅成为可入画面的题材。他要阅历世事,从人生的瞬间里吸取生活所提供的全部激情。最后,他决心采取果断行动,并准备承担其后果。决心既定,他打算立即付诸行动。正巧明天上午是富瓦内来校讲课的日子,菲利普决定直截了当地向他请教:他菲利普是否值得继续学画?这位画师对范妮·普赖斯所提的忠告,他始终铭记在心。听来逆耳,却切中要害。菲利普无论怎样也没法把范妮从脑子里完全排除出去。画室少了她,似乎显得生疏了。班上有哪个女生一抬手或一开口,往往会让他吓一跳,使他不由得想起范妮来。她死了反倒比活着的时候更让人感觉到她的存在。菲利普夜里常常梦见她,有时会被自己的惊叫声吓醒。她生前一定吃足了苦头,受尽了煎熬——想到这些就使菲利普心惊肉跳。

菲利普知道,富瓦内逢到来画室上课的日子,总要在奥德萨街上的一家小饭店吃午饭。菲利普三划两口,匆匆吃完自己的那顿午饭,以便及时赶到小饭店外面恭候。他在行人熙来攘往的街上来回踱步,最后,总算看见富瓦内先生低着头朝他这边走过来。菲利普的心里很紧张,但他硬着头皮迎上前去。

“对不起,先生,我想耽搁您一下,有几句话要对您说。”

富瓦内朝他扫了一眼,认出了他,但是绷着脸没同他打招呼。

“说吧,”他说。

“我在这儿跟您学画,差不多已学了两年。想请您坦率地告诉我,您觉得我是否还值得继续学下去?”

菲利普的声音微微颤抖。富瓦内头也不抬地继续往前迈着步子。菲利普在一旁察言观色,不见他脸上有任何表示。

“我不明白你的意思。”

“我家境贫寒。如果我没有天分，我想还不如及早改行的好。”

“你有没有天分，难道你自己不清楚？”

“我的那些朋友们，个个自以为有天才，可我知道，其中有些人缺少自知之明。”

富瓦内那张不饶人的嘴巴微微一撇，嘴角漾起一丝笑意，问道：

“你就住在这儿附近？”

菲利普把自己画室的地址告诉了他。富瓦内转过身子。

“咱们就上你画室去。你得让我看看你的作品。”

“现在？”菲利普嚷了一声。

“有何不可呢？”

菲利普反倒无言以对。他默不作声地走在画家的身旁，心里七上八下，说不出有多紧张。他万万没想到富瓦内竟会立时三刻要去看他的作品。他真想问问富瓦内：要是请他改日再去，或是让自己把作品拿到他画室去，他可介意？这样菲利普就可在思想上早作准备，免得像现在这样措手不及。菲利普心慌意乱，连身子也哆嗦起来。他打心底里希望富瓦内在看了他的作品以后，脸上会泛起那种难得看到的笑容，而且还一边同他握手一边说：“Pasmal①。好好干吧，小伙子。你很有才气，真有几分才气哩。”想到这儿，菲利普心头不觉热乎起来。那该是多大的安慰！多么令人欢欣！他从此可以勇往直前了。只要能达到胜利的终点，什么艰苦呀，贫困呀，失望呀，那又算得了什么呢？他从来没偷懒，而要是吃尽辛苦，到头来竟是白费劲一场，那才叫人疾首痛心呢。他猛地一惊，想起范妮·普赖斯不也正是这么说的！等他们走到了住所跟前，菲利普完全被恐

---

① 法语，不错呀！

惧攫住了。他要是有胆量的话，说不定会请富瓦内走开的。现在他不想知道真情了。在他们进屋子的当儿，看门人递给菲利普一封信，他朝信封看了一眼，认出上面是他大伯的笔迹。富瓦内随着菲利普上了楼。菲利普想不出话茬来，富瓦内也一语不发，而这种沉默比什么都更叫人心慌意乱。教授坐了下来，菲利普什么也不说，只是把那幅被艺展退回来的油画放在富瓦内面前。富瓦内点点头，还是不做声。接着，菲利普又给富瓦内看了两幅他给露思·查利斯画的肖像，两三幅在莫雷画的风景画，另外还有几幅速写。

"就这些了，"菲利普一边说，一边局促不安地干笑一声。

富瓦内自己动手卷了一支烟，点着了。

"你没什么家私吧？"他终于开口问道。

"很少，"菲利普回答，心里倏地凉了半截，"尚不足以糊口。"

"要时时刻刻为生计操心，世上再没有什么比这更丢脸的了。那些视金钱如粪土的人，我就最瞧不起。他们不是伪君子就是傻瓜。金钱好比第六感官，少了它，就别想让其余的五种感官充分发挥作用。没有足够的收入，生活的希望就被截去了一半。你得处心积虑，锱铢必较，决不为赚得一个先令而付出高于一个先令的代价。你常听到人们说，穷困是对艺术家最有力的鞭策。唱这种高调的人，自己从来没有亲身尝过穷困的滋味。他们不知道穷困会使你变得多么卑贱。它使你蒙受没完没了的羞辱，扼杀掉你的雄心壮志，甚至像癌一样地吞蚀你的灵魂。艺术家要求的并非是财富本身，而是财富提供的保障：有了它，就可以维持个人尊严，工作不受阻挠，做个慷慨、率直、保持住独立人格的人。我打心底里可怜那种完全靠艺术糊口的艺术家，耍笔杆子的也罢，搞画画的也罢。"

菲利普悄没声儿地把刚才拿出来的画，一一收了起来。

"说话听音——我想您的意见似乎是说，我很少有成功的希望吧。”

富瓦内先生微微耸了耸肩。

“你的手不可谓不巧。看来你只要肯下苦功夫,持之以恒,没有理由当不成个兢兢业业、还算能干的画家。到那时,你会发现有成百上千个同行还及不上你,也有成百上千个同行得同你不相上下。在你给我看的那些东西里,我没有看到横溢的才气,只看到勤奋和智慧。你永远也不会超过二三流的水平。”

菲利普故作镇静,用相当沉着的口吻回答说:

“太麻烦您了,真过意不去。不知该怎么谢您才好。”

富瓦内先生站起身,似乎要告辞了,忽儿又改变了主意,他收住脚步,将一只手搭在菲利普的肩膀上。

“要是你想听听我的忠告,我得说,拿出点勇气来,当机立断,找些别的行当碰碰运气吧。尽管话不中听,我还是要对你直言一句:假如我在你这种年纪的时候,也有人向我进此忠告并使我接受的话,那我乐意把我在这世界上所拥有的一切都奉献给他。”

菲利普抬起头,吃惊地望着他。只见画家张开双唇,勉强挤出一丝笑意来,但他的眼神依旧是那样的严肃、忧郁。

“等你追悔不及的时候再发现自己的平庸无能,那才叫人痛心呢,但再痛心,也无助于改善一个人的气质。”

当他说出最后几个字的时候,他呵呵一笑,旋即疾步走出房间。

菲利普机械地拿起大伯的信,看到大伯的字迹,心里颇觉忐忑不安,因为往常总是由伯母给他写信的。可近三个月以来,她一直卧床不起。菲利普曾主动表示要回英国去探望她,但她婉言谢绝,怕影响他的学业。她不愿意给他添麻烦,说等到八月份再说吧,希望到时候菲利普能回牧师公馆来住上两三个星期。万一病势转重,她会通知他的。她希望在临终前无论如何能见他一面。既然这封

信是他大伯写来的,准是伯母病得连笔杆儿也提不起了。菲利普拆开信,信里这样写道:

亲爱的菲利普:

我悲痛地告知你这一噩耗,你亲爱的伯母已于今日清晨溘然仙逝。由于病势突然急转直下,竟至来不及唤你前来。她自己对此早有充分准备,安然顺从了我主耶稣基督的神圣意志,与世长辞,同时深信自己将于天国复活。你伯母临终前表示,希望你能前来参加葬礼,所以我相信你一定会尽快赶回来的。不用说,眼下有一大堆事务压在我肩上,亟待处理,而我却是心乱如麻。相信你是能替我料理好这一切的。

你亲爱的大伯

威廉·凯里

第五十二章

菲利普第二天就赶回布莱克斯泰勃。自母亲去世之后,他还从未失掉过任何至亲好友。伯母的溘然辞世,不仅使他感到震惊,而且还使他心头充满一股无名的恐惧:他有生以来第一回感觉到自己最终也难逃一死。他无法想象,他大伯离开了那位爱他、伺候他四十年如一日的贤内助将如何生活下去。他料想大伯定然是悲恸欲绝,人整个儿垮掉了。他害怕这服丧期间的第一次见面,他知道,自己在这种场合说不出句把起作用的话来。他暗自念叨着几段得体的吊慰之词。

菲利普从边门进了牧师公馆,径直来到餐室。威廉大伯正在看报。

“火车误点了，”他抬起头说。

菲利普原准备声泪俱下地一泄自己的感情，哪知接待场面竟是这般平淡无奇，倒不免吃了一惊。大伯情绪压抑，不过倒还镇静，他把报纸递给菲利普。

“《布莱克斯泰勃时报》有一小段关于她的文章，写得很不错的，”他说。

菲利普机械地接过来看了。

“想上楼见她一面吗？”

菲利普点点头。伯侄俩一起上了楼。路易莎伯母躺在大床中央，遗体四周簇拥着鲜花。

“请为她祈祷吧，”牧师说。

牧师屈膝下跪，菲利普也跟着跪下，他知道牧师是希望他这么做的。菲利普端详着那张形容枯槁的瘦脸，心里只有一种感触：一生年华竟这样白白虚度了！少顷，凯里先生干咳一声，站起身，指指床脚边的一只花圈。

“那是乡绅老爷[1]送来的，”他说话的嗓门挺低，仿佛这会儿是在教堂里做礼拜似的。但是，他那口气让人感到，身为牧师的凯里先生，此刻颇得其所。“茶点大概已经好了。”

他们下楼回到餐室。餐室里百叶窗下着，气氛显得有点冷清。牧师坐在桌端他老伴生前的专座上，礼数周全地斟茶敬点心。菲利普心里暗暗嘀咕，像现在这种场合，他俩理应什么食物也吞咽不下的呢，可是他一转眼，发现大伯的食欲丝毫不受影响，于是他也像平时那样津津有味地大嚼起来。有一阵子，伯侄俩谁也不吱声。菲利

① 指本地区最大的地主。

普专心对付着一块精美可口的蛋糕,可脸上却露出一副哀容,他觉得这样才说得过去。

"同我当副牧师的那阵子比起来,世风大不相同啰,"不一会儿牧师开口了。"我年轻的时候,吊丧的人总能拿到一副黑手套和一块蒙在礼帽上的黑绸。可怜的路易莎常把黑绸拿来做衣服。她总说,参加十二回葬礼,就可以到手一件新衣裙。"

然后,他告诉菲利普有哪些人送了花圈,说现在已收到二十四只,佛尔尼镇的牧师老婆罗林森太太过世的时候,曾经收到过三十二只花圈。不过,明天还会有好多花圈送来。送丧的行列要到十一点才从牧师公馆出发,他们肯定能轻取罗林森太太。路易莎向来讨厌罗林森太太。

"我将亲自主持葬礼。我答应过路易莎,安葬她的事儿绝不让别人插手。"

当牧师拿起第二块蛋糕时,菲利普朝他投去不满的目光。在这种场合竟要吃两块蛋糕,他不能不认为他大伯过于贪恋口腹之欲了。

"玛丽·安做的蛋糕,真是没说的。我怕以后别人再也做不出这么出色的蛋糕。"

"她不打算走吧?"菲利普吃惊地喊道。

从菲利普能记事的时候起,玛丽·安就一直待在牧师家里。她从未忘记过菲利普的生日,到时候总要送他件把小玩意儿,尽管礼物很不像样,情意可重呢。菲利普打心眼里喜欢她。

"不,她要走的,"凯里先生回答,"我想,让个大姑娘留在这儿欠妥当吧。"

"我的老天,她肯定有四十多啦。"

"是啊,我知道她有这把岁数了。不过,她近来有点惹人讨厌,管得实在太宽啦。我想这正是打发她走的好机会。”

“这种机会以后倒是不会再有了呢，”菲利普说。

菲利普掏出烟来，但他大伯不让他点火。

“行完葬礼后再抽吧，菲利普，”他温和地说。

“好吧，”菲利普说。

“只要你可怜的路易莎伯母还在楼上，在这屋子里抽烟，总不太得体吧。”

葬礼结束后，银行经理兼教会执事乔赛亚·格雷夫斯又回转牧师公馆进餐。百叶窗拉开了，不知怎的，菲利普身不由己地生出一种如释重负之感。遗体停放在屋子里，使他感到颇不自在。这位可怜的妇人生前堪称善良、温和的化身，然而，当她身躯冰凉、直挺挺僵硬地躺在楼上卧室里，却似乎成了一股能左右活人的邪恶力量。这个念头使菲利普不胜惊骇。

有一两分钟光景，餐室里只剩他和教会执事两个人。

“希望您能留下来陪您大伯多住几天，”他说。“我想，眼下不该撇下他孤老头子一个人。”

“我还没有什么明确的打算，”菲利普回答说，“如果他要我留下来，我是很乐意尽这份孝心的。”

进餐时，教会执事为了给那位不幸丧偶的丈夫排解哀思，谈起了布莱克斯泰勃最近发生的一起失火事件，这场火灾烧毁了美以美会教堂的部分建筑。

“听说他们没有保过火险，”他说，脸上露出一丝浅笑。

“有没有保火险还不是一个样，”牧师说。“反正到时候重建教堂，还不是需要多少就能募集到多少。非国教的教徒们总是很乐意解囊捐助的。”

“我看到霍尔登也送了花圈。”

霍尔登是当地的非国教派牧师。凯里先生看在耶稣份上——耶稣正是为了拯救他们双方而慷慨捐躯的嘛——在街上常同他颔首致意,但没同他说过一句话。

“我想这一回出足风头了,”他说。“一共有四十一只花圈。您送来的那只花圈漂亮极啦,我和菲利普都很喜欢。”

“算不上什么,”银行家说。

其实,他也很得意,注意到自己送的花圈比谁都大,看上去好不气派。他们议论起参加葬礼的人。由于举行葬礼,镇上有些商店甚至都未开门营业。教会执事从口袋里掏出一张通告,上面印着:“兹因参加凯里太太的葬礼,本店于下午一时前暂停营业。”

“这可是我的主意哪,”他说。

“他们这份情意我领受了,”牧师说,“可怜的路易莎要是在天有灵也会心生感激的。”

菲利普只顾自己吃饭。玛丽·安把那天当成主日对待,所以,他们就吃上了烤鸡和鹅莓馅饼。

“你大概还没有考虑过墓碑的事吧?”教会执事说。

“不,我考虑过了,我打算搞个朴素大方的石头十字架。路易莎向来反对讲排场。”

“搞个十字架倒是最合适不过的了。要是你正在考虑碑文,你觉得这句经文如何:留在基督身边,岂不更有福分?”

牧师噘起了嘴。这执事简直像俾斯麦,什么事都想由他来做主!他不喜欢那句经文。这似乎是有意在往自己脸上抹灰。

“我想那段经文不妥吧。我倒更喜欢这一句:主赐予的,主已取走。”

“噢,你喜欢这个!我总觉得这一句似乎少了点感情。”

牧师尖酸地回敬了一句,而格雷夫斯先生答话时的口吻,在那位鳏夫听来又嫌过于傲慢,简直不知分寸。要是他这个做丈夫的还不能为亡妻的墓碑选择经文,那成何体统!经过一段冷场之后,他们把话题转到教区事务上去了。菲利普跑到花园里去抽烟斗。他在长凳上坐下,蓦地歇斯底里地大笑起来。

几天以后,牧师表示希望菲利普能在布莱克斯泰勃再住几个星期。

"好的,我觉得这样安排很合乎我的心意,"菲利普说。

"我想叫你待到九月份再回巴黎去,不知行不行。"

菲利普没有回答。最近他经常想到富瓦内对他讲过的话,兀自拿不定主意,所以不愿多谈将来的事儿。假如他放弃学美术,自然不失为上策,因为他有自知之明,深信自己在这方面不可能超群出众。不幸的是,似乎只有他一个人才这么想,别人会以为他是知难而退,认输了,而他就是不肯服输。他生性倔强,明知自己在某方面不见得有天赋,却偏要和命运拼搏一番,非在这方面搞出点名堂不可。他决不愿让自己成为朋友们的笑柄。由于这种个性,他本来很可能一时还下不了放弃学画的决心,但是环境一换,他对事物的看法也突然跟着起了变化。他也像许多人那样,发现一过了英吉利海峡,原来似乎是至关重要的事情,霎时间变得微不足道了。原先觉得那么迷人、说什么也舍不得离开的生活,现在却显得索然无味。他对那儿的咖啡馆,对那些烹调手艺相当糟糕的饭馆,对他们那伙人的穷酸潦倒的生活方式,油然生出一股厌恶。他不在乎朋友们会对他有什么看法了。巧言善辩的克朗肖也罢,正经体面的奥特太太也罢,矫揉造作的露思·查利斯也罢,争吵不休的劳森和克拉顿也罢,所有这些人,菲利普统统感到厌恶。他写信给劳森,麻烦他把留在巴黎的行李物品全寄来。过了一星期,东西来了。菲利普把帆布包解开,发现自己竟能毫无感触地定睛打量自己的画。他注意到了这一事实,觉得很有趣。他大伯倒急不可待地想看看他的画。想当初,牧师激烈反对菲利普去巴黎,如今木已成舟,他倒无所谓了。牧师对巴黎学生的学习生活很感兴趣,一个劲儿问这问那,想打听这方面的情况。事实上,他因为侄儿成了画家而颇有几分自豪。当有人来作客,牧师总寻方设法想逗菲利普开腔。菲利普拿给他看的那几张画模特儿的习作,牧师看了又看,兴致才浓咧。菲利普把自己画的那幅米格尔·阿胡里亚头像放在牧师面前。

“你干吗要画他呢?”凯里先生问。

“噢,我需要个模特儿练练笔。他的头形使我感兴趣。”

“我说啊,反正你在这儿闲着没事,干吗不给我画个像呢?”

“您坐着让人画像,会感到腻烦的。”

“我想我会喜欢的吧。”

“咱们瞧着办吧。”

菲利普被大伯的虚荣心给逗乐了。显然,他巴不得菲利普能给他画幅像。有得而无所失的机会,可不能白白放跑了。接下来的两三天,他不时有所暗示。他责怪菲利普太懒,老问他什么时候可以动手工作。后来,他逢人便说菲利普要给自己画像了。最后,等来了一个下雨天,吃过早饭,凯里先生对菲利普说:

“嗯,今天上午,你就动手给我画像吧,你说呢?”

菲利普搁下手里的书,身子往椅背上一靠。

“我已经放弃画画了,”他说。

“为什么?”他大伯吃惊地问。

“我认为当个二流画家没多大意思,而我看准了自己不会有更大的成就。”

“你真叫我吃惊。你去巴黎之前，不是斩钉截铁地说自己是个天才来着。”

“那时候我没自知之明，”菲利普说。

“我原以为你选定了哪一行，就会有点骨气一干到底的呢。现在看来你这个人见异思迁，就是没个长性。”

菲利普不免有点恼火，大伯竟然一点儿不明白他这份决心有多了不起，凝聚了多大的勇气。

“滚石不长苔藓①，”牧师继续说。菲利普最讨厌这句谚语，因为在他看来，这条谚语毫无意义。早在菲利普离开会计事务所之前，大伯同他争论时就动辄搬出这句谚语来训人。现在，他的监护人显然又想起了那时的情景。

“如今你已不是个孩子，也该考虑自己的安身立命之所了。最初你执意要当会计师，后来觉得腻了，又想当画家，可现在心血来潮又要变卦。这说明你这个人……”

他迟疑了一下，想考虑这究竟说明了性格上的哪些缺陷，却被菲利普接过话茬，一口气替他把话讲完。

“优柔寡断、软弱无能、缺乏远见、没有决断力。”

牧师倏地抬起头，朝侄儿扫了一眼，看看他是不是在嘲弄自己。菲利普的脸挺一本正经，可他那双眸子却在一闪一闪，惹得牧师大为恼火。菲利普不该这么玩世不恭。牧师觉得应该好好训侄儿一顿才是。

“今后，我不再过问你金钱方面的事儿，你可以自己做主了。不过，我还是想提醒你一句，你的钱并不是多得花不完的，再说你还不幸身患残疾，要养活自己肯定不是件容易的事。”

① 英国谚语，意思是说，没长性的人不会有所建树。

菲利普现在明白了，不论是谁，只要一同他发火，第一个念头就是要提一下他的跛足。而他对整个人类的看法正是由下面这一事实所决定的：几乎没人能抵制住诱惑，不去触及人家的痛处。好在菲利普现在老练多了，即使有人当面提到他的残疾，也能照样不露声色。菲利普小时候常为自己动辄脸红而深深苦恼，而现在就连这一点他也能控制自如了。

"你倒说句公道话，当初你执意要去学画，我反对你没有反对错吧。不管怎么说，你这点总得承认啰。"

"这一点我可说不清楚。我想，一个人与其在别人指点下规规矩矩行事，还不如让他自己去闯闯，出点差错，反能获得更多的教益。反正我已放荡过一阵子。现在我不反对找个职业安顿下来。"

"干哪一行呢？"

菲利普对这个问题毫无准备，事实上，他连主意也没最后拿定。他脑子里盘算过十来种职业。

"对你来说，最合适的莫过于继承父业，当一名医生。"

"好不奇怪，我也正是这么打算的呢。"

在这么多的职业中，菲利普所以会想到行医这一行，主要是因为医生这个职业可以让人享受到更多的个人自由，而他过去蹲办公室的那段生活经历，也使他决心不再干任何与办公室沾边的差事。可他刚才对牧师的回答，几乎是无意识脱口而出的，纯粹是一种随机应变的巧答。他以这种偶然方式下定了决心，自己也感到有点好玩。他当场就决定于秋季进他父亲曾念过书的医院。

"这么说来，你在巴黎的那两年就算白丢了？"

"这我可说不上来。这两年我过得很快活，而且还学到了一两件本事。"

"什么本事？"

菲利普沉吟片刻，他接下来所作的回答，听起来倒也不无几分撩拨人的意味。

“我学会了看手，过去我从来没有看过。我还学会了如何借天空作背景来观察房屋和树木，而不是孤零零地观察房屋和树木。我还懂得了影子并不是黑色的，而是有颜色的。”

“我想你自以为很聪明吧，可我认为你满口轻狂，好蠢。”

第五十三章

凯里先生拿着报纸回书房去了。菲利普换了个座位，坐到他大伯刚才坐的椅子上（这是房间里绝无仅有的一张舒服椅子），望着窗外瓢泼般的大雨。即使在这样阴郁的天气，那一片绵连天际的翠绿田野仍不失其固有的怡然气氛。这幅田园景色里，自有一股令人感到亲切的魅力，菲利普想不起自己以前曾否有过这样的感受。两年的旅法生活，启迪了他的心智，使他察觉到自己家乡的美之所在。

菲利普想起他大伯的话，嘴角不由得漾起一丝浅笑。他的脾性还幸亏是倾向于轻狂的呢！他开始意识到双亲早亡，使他蒙受了多大的损失。这是他人生道路中一个与众不同的地方，使他不能袭用一般世人的眼光来观察事物。唯有父母的舐犊之情，才算得上是真正无私的感情。置身于陌生人中间，他好歹总算长大成人了，但是别人对待他，往往既无耐心，又不加克制。他颇为自己的自制力感到自豪。他的这股自制力，硬是伙伴们的冷嘲热讽锤炼出来的，到头来，他们反说他玩世不恭、薄情寡义。他在待人接物方面，学会了沉着应付，在大多数情况下，能做到不露声色，久而久之，现在再也没法使自己的情感见之于言表。人家说他是个冷血动物，可他心里明白自己极易动感情,有谁偶尔帮了他点什么忙,他就感动得什么似的,有时甚至连口也不敢开,生怕让人发觉自己的声音在发抖。他回想起痛苦的学生时代以及那时所忍受的种种屈辱,回想起同学们对他的讪笑如何造成了他唯恐在旁人面前出丑的病态心理。最后,他还想到自己始终感到落落寡合,而踏上社会之后,由于自己想象力活跃,对人生充满憧憬,但现实生活却是那么无情,两者之间的悬殊,导致了幻想和希望的破灭。尽管如此,他还是能客观地剖析自己,而且轻松地付之一笑。

"天哪! 要不是我生性轻狂,我真要去上吊呢!"他心情轻松地暗自嘀咕。

菲利普又想到刚才他回答他大伯的话。他在巴黎学到了点什么?实际上,他学到的远比他告诉给大伯听的要多。同克朗肖的一席谈话,令他永生难忘;克朗肖随口说出的任何一句话,虽说是再普通不过,却使菲利普心窍大开。

"我的老弟,世界上根本就不存在'抽象的道德准则'这种玩意儿。"

想当初菲利普放弃了对基督教的信仰,颇有如释重负之感。在此之前,他的一举一动都直接关系到不朽灵魂的安宁,决不敢稍有玩忽。在此之后,那种束缚他手脚的责任感被抛开了,他感到无牵无挂,好不自在。但是现在他知道,这只是一种幻觉。他是在宗教的熏陶之下成长起来的,尽管他抛弃了宗教,但是却把作为宗教重要组成部分的道德观念完整无损地保留了下来。所以,他下了决心,今后事事须经自己的独立思考,绝不为各种偏见所左右。他把有关德行与罪恶的陈腐观念以及有关善与恶的现存法则,统统从脑子里清除了出去,并抱定宗旨,要给自己另外找出一套生活的准则。他不知道生活中是否非要有准则不可。这也是他要想摸清楚的事物之一。显然，世间许多“道理”他之所以觉得言之成理，无非是因为从小人们就是这么教育他的，如此而已。他读过的书不可谓不多，但是全帮不了他什么忙，因为这些著作无一不是基于基督教的道德观念之上的，甚至那些口口声声自称不信基督教义的作者，最后也还是满足于依照基督登山训众的戒律，制定出一整套的道德训条来。一本皇皇巨著，如果说来说去无非是劝人随波逐流，遇事切莫越雷池一步，那么此书似乎也根本不值一读。菲利普要想弄清楚，自己究竟该如何为人处世，他相信能把握住自己，不为周围舆论所左右。不管怎么说，他还得活下去，所以在确立一套处世哲学之前，他先给自己规定了一条临时性的准则。

“尽可随心所欲，只是得适当留神街角处的警察。”

他认为他在旅居巴黎期间最宝贵的收获，就是精神上得到了彻底的解脱。他终于感到自己绝对自由了。他曾随意浏览过大量哲学著作，而现在可望安享今后几个月的闲暇。他开始博览群书。他怀着激动的心情涉猎各种学说体系，指望从中找到支配自己行动的指南。他觉得自己好像置身于异国他乡的游子，一面在跋山涉水，一往无前，一面由于身历奇境而感到心荡神移。他读着各种哲学著作，心潮起伏，就像别人研读纯文学作品一样。当他在意境高雅的字里行间，发现了自己早已朦胧感觉到的东西时，他的心就止不住怦怦直跳。他那适合于形象思维的脑袋，一旦涉及抽象观念的领域就不怎么听使唤了。即使他有时无法把握作者的推理，然而随着作者迂回曲折的思路，在玄奥艰深的学海边缘上巧妙穿行，也能领受到一番异趣。有时候，大哲学家们似乎对他已无话可说，有时候，他又从他们的声音中辨认出了一个自己所熟悉的智者。他仿佛是深入中非腹地的探险家，突然闯入了一片开阔的高地，只见高地上奇树参天，其间错落着一片片如茵的草地，他竟以为自己是置身在英国的公园之中。菲利普喜欢托马斯·霍布斯[①]富有生命力且通俗易懂的见解，对斯宾诺莎[②]则充满了敬畏之意。在此以前，他还从未接触过如此高洁、如此矜持严峻的哲人，这使他联想起他所热烈推崇的罗丹雕塑《青铜时代》。还有休谟[③]，这位迷人的哲学家的怀疑主义也轻轻拨动了菲利普的心弦。菲利普十分喜欢他笔下的清澈见底的文体，这种文体似乎能把复杂的思想演绎成具有音乐感和节奏感的简洁语言，所以他在阅读休谟的著作时，就像在欣赏小说那样，嘴角上挂着一丝愉快的微笑。然而，在所有这些书里，菲利普就是找不到自己所需要的东西。他似乎曾在哪一本书里看到过这种说法：一个人究竟是柏拉图主义者还是亚里士多德的信徒，是禁欲主义者还是享乐主义者，都是天生就注定了的。乔奇·亨利·刘易斯[④]的一生经历（除了告诉世人哲学无非是一场空谈之外）正表明了这样一个事实：每个哲学家的思想，总是同他的为人血肉相连的；只要了解哲学家其人，就可以在很大程度上猜测到他所阐述的哲学思想。看来，似乎并不因为你是按某种方式思维，所以才按某种方式行事；实际上，你之所以按某种方式思维，倒是因为你是按某种方式造就而成的。真理与此毫不相干。压根儿就没有“真理”这种东西。每个人都有其一套哲学。过去的伟人先哲所煞费苦心炮制的整套整套观念，仅仅对著作者自己有效。

这么说来，问题的症结所在，就是得搞清楚你自己是什么样的人，这点清楚了，你的一套哲学体系也就水到渠成了。在菲利普看来，有三件事需要了解清楚：一个人同他借以存身的世界关系如

---

① 霍布斯（1588—1679），英国哲学家。
② 斯宾诺莎（1632—1697），荷兰哲学家。
③ 休谟（1711—1776），英国哲学家及历史学家。
④ 乔奇·亨利·刘易斯（1817—1878），英国哲学家及批评家。

何；一个人同生活在他周围的人关系如何；一个人同他自己的关系如何。菲利普精心制定了一份学习计划。

生活在国外有这样一个好处：你既能具体接触到周围人们的风俗习惯，又能作为旁观者客观地加以观察，从而发现那些被当地人视为须臾不可缺少的风俗习惯，其实并无遵从的必要。你不会不注意到这样的情况：一些在你看来似乎是天经地义的信仰，在外国人眼里却显得荒唐可笑。菲利普先在德国生活过一年，后又在巴黎呆了很长一段时期，这就为他接受怀疑论学说作好思想准备，所以现在当这种学说摆在他面前时，他一拍即合，感到有种说不出的快慰。他看到世间的事物本无善恶之分，无非是为了适应某种目的而存在的。他读了《物种起源》，许多使他感到困惑的问题似乎都迎刃而解了。他现在倒像个这样的自然考察者：根据推论，他料定大自然必然会展现某些特点，然后，溯大河而上，果然不出所料，发现此处有一条支流，那儿有人口稠密的沃野，再过去则是连绵起伏的群山。每当有了某种重大发现，世人日后总会感到奇怪：为何当初没有立即为人们所接受？为何对那些承认其真实性的人竟然也没有产生任何重大影响？《物种起源》一书最早的读者，虽然在理性上接受了该书的观点，但是他们行动的基础——情感，却未被触动。从这本巨著问世到菲利普出生，中间隔了整整一代人；书中许多曾使上代人不胜骇然的内容，渐渐为这一代的多数人所接受，所以菲利普现在尽可怀着轻松的心情来阅读这部巨著。菲利普被蔚为壮观的生存竞争深深打动了，这种生存竞争所提出的道德准则，似乎同他原有的思想倾向完全吻合。他暗暗对自己说，是啊，强权即公理嘛。在这种斗争中，社会自成一方——社会是个有机体，有其自身的生长及自我保存的规律——而个人则为另一方。凡是对社会有利的行为，皆被誉为善举；凡是于社会有害的行为，则被唤作恶行。所谓善与恶,无非就是这个意思。而所谓“罪孽”,实在是自由人应加以摆脱的一种偏见……

菲利普觉得,如果就个人来说并不存在谁是谁非的问题,那么良心也就随之失去了约束的力量。他发出一声胜利的欢呼,一把抓住这个吃里爬外的恶棍,把他从自己的胸膛里狠狠摔了出去。然而,他并没有比以往更接近人生的真谛。为什么要有这个大千世界存在?人类的产生又是为何来着?这些问题仍像以前那样无从解释。当然啰,原因肯定是有的。他想到克朗肖所打的那个“波斯地毯”比方。克朗肖打那个比方算是对生活之谜的解答。记得他还故弄玄虚地加了一句:答案得由你自己找出来,否则就不成其为答案。

“鬼才知道他葫芦里卖的什么药,”菲利普笑了。

就这样,在九月份的最后一天,急于实施新的处世哲学的菲利普,带着一千六百镑的财产,拖着那条瘸腿,第二次前往伦敦。这是他人生道路上的第三个开端。

第五十四章

菲利普在跟会计师当学徒之前曾通过一次考试,凭这层资格他可以进任何一所医科学校学习。他选了圣路加医学院,因为他父亲就是在那儿学的医。夏季学期结束之前,他抽出一天工夫跑了趟伦敦,去找学校的干事。他从干事那儿拿到一张寄宿房间一览表,接着在一幢光线暗淡的房子里找了个安顿之所。住在这儿有个好处,去医院不消两分钟。

“你得准备好一份解剖材料,”干事对菲利普说。“最好先从解剖人腿着手，一般学生都是这么做的，似乎认为人腿比较容易解剖。”

菲利普发现自己要上的第一堂课便是解剖学，于十一点开始。大约十点半光景，他一瘸一拐地穿过马路，往医学院走去，心里有点紧张。一进校门，就看见张贴在布告栏里的几份通告，有课程表、足球赛预告等等。菲利普安闲地望着这些布告，竭力摆出一副轻松自在的神态。一些年轻小伙子三三两两地走进校门，一面在信架上翻找信件，一面叽叽呱呱闲聊，随后沿着楼梯朝地下室走去，那儿是学生阅览室。菲利普看见有几个学生在四下闲逛，怯生生地东张西望，想来这些人也和自己一样，是第一回来这儿的。待他看完了一张张布告，发现自己来到一扇玻璃门前，屋里面好像是个陈列馆。反正离上课还有二十分钟，菲利普便信步走了进去。里面陈列着各种病理标本。不一会儿，一个约莫十八岁的小伙子朝他走过来。

“嘿，你是一年级的吧？”他说。

“不错，”菲利普回答道。

“你知道讲堂在哪儿？快十一点啦。”

“咱们这就去找找看。”

他们从陈列馆出来，进了一条又暗又长的过道。过道两边的墙壁上漆着深浅两种红色。他看到另外一些年轻人也在往前走，这说明讲堂就在前面。他们来到一扇写有“解剖学讲堂”字样的房门前，菲利普发现里面已坐了好多人。这是间阶梯教室。就在菲利普进门的时候，有位工友走进来，端了杯茶水放在教室前边的讲台上，随后又拿来一个骨盆和左右两块股骨。又有一些学生进来，在座位上坐定。到十一点的时候，讲堂里已差不多座无虚席。大约共有六十多名学生，多半比菲利普年轻得多，是些嘴上无毛的十八岁小伙子，也有几个年纪比他大的。他注意到一个大高个儿，长着一脸的红胡子，模样在三十岁左右；还有一个头发乌黑的小个子，年纪比前者大概小一两岁；再一个是戴眼镜的男子，胡子已有点灰白。

讲师卡梅伦先生走了进来。他眉清目秀，五官端正，头发已染上一层霜。他开始点名，一长串的名字从头叫到底，然后来了一段开场白。他的嗓音悦耳动听，说话时字斟句酌，似乎颇为自己这席言简意赅的谈话暗暗得意。他提到一两本书，建议学生买来备在身边，还劝他们每人备置一具骨架。他谈起解剖学时口气热烈：这是学习外科的必修课目；懂得点解剖学，也有助于提高艺术鉴赏力。菲利普聚精会神地听着。后来他听人说，卡梅伦先生也给皇家艺术学院的学生上课。他曾侨居日本多年，在东京大学任过教，卡梅伦先生自以为对天地间的美物胜景独具慧眼。

“今后你们有许多沉闷乏味的东西要学，”他在结束自己的开场白时这么说，脸上挂着宽容的微笑，“而这些东西，只要你们一通过结业考试，就会立刻忘得一干二净。但是，就解剖学而言，即使学了再丢掉，也总比从没学过要好。”

卡梅伦先生拿起放在桌子上的骨盆，开始讲课了。他讲得条理清晰，娓娓动听。

那个在病理标本陈列馆同菲利普搭讪过的小伙子，听课时就坐在菲利普身边，下课以后，他提议一齐去解剖室。菲利普同他又沿过道走去，一位工友告诉他们解剖室在哪儿。一进解剖室，菲利普立即明白过来，刚才在过道里闻到的那股冲鼻子的涩味儿是怎么回事了。他点燃了烟斗，那工友呵呵一笑。

“这股味儿你很快会习惯的。我嘛，已是久而不闻其‘臭’啦。”

他问了菲利普的姓名，朝布告板上的名单望了望。

“你分到了一条腿——四号。”

菲利普看到他和另一个人的名字同写在一个括号里。

“这是什么意思?”他问。

“眼下人体不够用,只好两人合一份肢体。”

解剖室很宽敞,房间里漆的颜色同走廊一样,上半部是鲜艳的橙红色,下半部的护墙板则呈深暗的赤褐色。沿房间的纵向两侧置放着一块块铁板,都和墙壁交成直角,铁板之间隔有一定的距离。铁板像盛肉的盆子那样开有槽口,里面各放一具尸体。大部分是男尸。尸体由于长期浸在防腐剂里,颜色都发黑了,皮肤看上去差不多像皮革一样。尸体形销骨立,皱缩得不成样子。工友把菲利普领到一块铁板跟前。那儿站着一个青年人。

“你是凯里吧?”他问道。

“是的。”

“哦,那咱俩就合用这条大腿啰。算咱走运,是个男的,呃?”

“此话怎讲?”菲利普问。

“一般学生都比较喜欢解剖男尸,”那工友说,“女的往往有厚厚一层脂肪。”

菲利普打量着面前的尸体。四肢瘦得脱却了原形,肋骨全都鼓突了出来,外面的皮肤绷得紧紧的。死者在四十五岁左右,下巴上留有一撮淡淡的灰胡子,脑壳上稀稀拉拉地长着不多几根失去了光泽的头发;双目闭合,下巴颏塌陷。菲利普怎么也想象不出,躺在这儿的曾是个活人,说实在的,这一排尸体就这么横陈在那儿,气氛真有点阴森可怖。

“我想我大概在下午两时动手,”那个将与菲利普合伙解剖的小伙子说。

“好吧,到时候我会来这儿的。”

前一天,菲利普买了那盒必不可少的解剖器械,这会儿他分配到了一只更衣柜。他朝那个和他一块进解剖室来的小伙子望了一眼，只见他脸色煞白。

“这滋味不好受吧？”菲利普问他。

“我还是第一回见到死人。”

他们俩沿着走廊一直走到校门口。菲利普想起了范妮·普赖斯。那个悬梁自尽的女子，是他头一回见到的死人。他现在还记得当时的惨状给了他什么样的奇怪感受。活人与死者之间，存在着无法测量的距离，两者似乎并非属于同一物种。想想也真奇怪，就在不久以前，这些人还在说话，活动，吃饭，嬉笑呢。死者身上似乎有着某种令人恐怖的东西，难怪有人要想，他们说不定真有一股蛊惑作祟的邪劲儿呢。

“去吃点东西好吗？”这位新朋友对菲利普说。

他们来到地下室。那儿有个布置成餐厅的房间，就是光线暗了点。供应倒是一应俱全，学生同样能吃到外面点心店所供应的各种食品。在吃东西的时候（菲利普要了一客白脱麦饼和一杯巧克力），他知道这位伙伴叫邓斯福德。小伙子气色很好，一双蓝眼睛，一头深色的鬈发乌黑发亮，大手大脚，长得很结实；说起话来，不紧不慢，一举一动挺斯文。他是克里夫顿人，初来伦敦。

“你是不是读联合课程①？”他问菲利普。

“是的，我想尽早取得医生资格。”

“我也读联合课程，不过日后我想成为皇家外科协会会员。我打算主攻外科。”

大多数学生学的都是内外科协会联合委员会规定的课程。不过，一些雄心勃勃或者勤奋好学的学生，还要继续攻读一段时期，直到获得伦敦大学的学位。就在菲利普进圣路加医学院前不久，学校

① 指英国内外科医生协会联合委员会所规定的医学院课程。

章程已有所变化;一八九二年秋季前实行的四年制现已改为五年制。关于自己的学习打算,邓斯福德早已胸有成竹,他告诉菲利普学校课程的一般安排:“第一轮联合课程”考试包括生物学、解剖学和化学三门学科,不过可以分科分期参加考试,大多数学生是在入学三个月后参加生物学考试。这是一门新近刚增加的必修课程,不过只要略懂得点皮毛就行了。

菲利普回解剖室的时候已迟到了几分钟,因为他忘了事先买好解剖用的护袖。他看到好些人在埋头工作。他的合伙人准时动手干了,这会儿正忙着解剖皮肤神经。另外有两个人在解剖另一条腿。还有些人在解剖上肢。

“我已经动手了,你不会介意吧?”

“哪儿的话,继续干你的吧,”菲利普说。

菲利普拿起解剖用书,书已翻到了画有人腿解剖图的地方,他仔细看着需要搞清楚的有关部分。

“看来你对这玩意儿还真有一手呢。”菲利普说。

“噢,其实嘛,我在读预科时就做过大量的动物解剖实验。”

解剖台上话声不断,有谈工作的,有预测足球联赛的前景的,也有议论解剖示范和各种讲座的。菲利普感到自己比在座所有的人都要年长好多岁。他们都是些毛孩子。但是年纪大小并不说明什么问题,更重要的倒在于你肚子里的学问。纽森,那个跟他在一块儿做解剖实验的机灵的小伙子,对这门课很精通。也许他并不觉得卖弄一下学问有什么不好意思,所以详详细细地向菲利普解释他是怎么干的。菲利普尽管满腹经纶,也不得不在一旁洗耳恭听。随后,菲利普拿起解剖刀和镊子,动手解剖,纽森在一旁看着。

“碰上这么个瘦猴,多带劲,”纽森一面揩手一面说。“这家伙可能有一个月没捞到一点儿吃的。”

“不知道他是得什么病死的，”菲利普咕哝道。

“噢，这我可不知道。凡是老家伙吗，十有八九是饿死的。……嘿，当心点，别把那根动脉割断了。”

“‘别把那根动脉割断了’，说得多轻巧，”坐在对面解剖另一条腿的学生发表议论了，“可这个老蠢货的动脉长错地方啦。”

“动脉总是长错地方的，”纽森说，“所谓‘标准’就是指永远找不到的东西，否则干吗要称作‘标准’呢。”

“别说这些个俏皮话了，”菲利普说，“要不然，我可要割破手了。”

“如果割破手，”见多识广的纽森接口说，“得赶紧用消毒剂冲洗。这一点你千万马虎不得。去年有个家伙只是稍微给刺了一下，他也没把这当一回事，结果染上了败血症。”

“后来好了吗？”

“哪里！没到一星期就报销了。我特地上太平间看过他一眼。”

到吃茶点的时候，菲利普已累得腰酸背疼，由于午饭吃得很少，他早就盼着吃茶点了。他手上有股气味，正是他上午在走廊里第一次闻到的那种怪味。他觉得他手里的松饼同样有这股味儿。

“哦，你很快就会闻惯的，”纽森说，“日后你要是在周围闻不到那股讨人喜欢的解剖室臭味，你还会感到挺寂寞的呢。”

“我可不想被这怪味倒了胃口，”菲利普说。他一块松饼刚下肚，赶紧又追加了一块蛋糕。

第五十五章

菲利普对医科学生生活的看法，也就像他对一般公众的看法一样，其源盖出于查尔斯·狄更斯在十九世纪中期所描绘的社会生活画面。没有多久他就发现，狄更斯笔下的那个鲍勃·沙耶①，就算实有其人的话，也同眼下的医科学生无半点相似之处。

就投身医界的人员来说，真可谓鱼龙混杂，良莠不齐，其中自然也不乏懒散成性的冒失鬼。他们以为学医最省劲儿，可以在学校里吊儿郎当地混上几年，然而到头来，或是囊空钱尽，或是盛怒难消的父母不愿再供养他们，没奈何只得夹着尾巴悄悄离开医学院。也有一些人觉得考试实在难以应付，接二连三的考场失利，使他们心中的余勇丧失殆尽。他们一跨进那令人望而生畏的联合课程委员会的大楼，就吓得魂不附体，先前背得滚瓜烂熟的书本内容，顷刻之间全忘光了。年复一年，他们始终是年轻后生们的打趣对象。最后，他们中间有些人总算勉勉强强地通过了药剂师考堂的考试；有些人则什么资格也没混到手，只好充当个医生助手，寄人篱下，苟且度日，一举一动都得看雇主的眼色。他们的命运就是贫困加酗酒。天知道他们到头来会有个什么样的结局。但是就大多数而言，医科学生都是些好学不倦的小伙子。他们出身于中产阶级家庭，父母给他们的月规钱，足可使他们维持原已习惯了的体面的生活方式。有许多学生，父辈就是行医的，他们已经俨然是一副行家里手的派头。他们的事业蓝图也早规划好了：资格一旦混到手，便申请个医院的职位（也说不定先当一名随船医生，去远东跑一趟），然后就回家乡同父亲合伙挂牌行医，安度其一生。至于那少数几个被标榜为“出类拔萃”的高才生，他们每年理所当然地领取各种奖品和奖学金，到时候受聘于院方，担任这样那样的职务，成为医院里的头面人物，最后在哈里街开设一家私人诊所，成为某个科目的专家。他们功成名

① 狄更斯小说《匹克威克外传》中的一个人物，医科学生。

就，出人头地，享尽人世之荣华。

各行各业之中，唯有行医这一行没有年龄限制，谁都可以来试试身手，到时候说不定也能靠它混口饭吃。就拿菲利普那个年级来说吧，有三四个人青春韶华已逝。有一个人当过海军，据说是因酗酒而被开除了军籍，他今年三十岁，红扑扑的脸，举止唐突，说话时粗声大气的。另一位已经成家，有两个孩子，他上了一个不负责任的律师的当，把家产赔光了；他腰弯背驼，仿佛生活的重担已把他给压垮了；他整天不声不响地埋头苦读，显然知道自己到了这把年纪，要死背硬记点东西很吃力，况且脑筋也不灵活了。看着他这么死用功，真叫人觉得可怜。

菲利普住在那套小房间里自在得很。他把书籍排得整整齐齐，再把自己手头的一些画和速写都挂在墙上。他的楼上，即有客厅的那一层，住着个名叫格里菲思的五年级学生。菲利普很少同他照面，一来是因为他大部分时间呆在医院病房里，二来是因为他上过牛津大学。凡是过去在大学里混过的学生，经常聚在一块儿。他们采用了年轻人所惯于采用的那一套办法，故意冷落那些时运欠佳者，让他们自知低人一等；他们那副拒人于千里之外的超然姿态，其余的学生都觉得受不了。格里菲思高高的个儿，长着一头浓密的红色鬈发，蓝眼睛，白皮肤，嘴唇则是鲜红欲滴。他是属于那种谁见了都喜欢的幸运儿，整天兴高采烈，嘻嘻哈哈。钢琴他能胡乱摆弄几下，还可以兴致勃勃地拉开嗓门唱几首滑稽歌曲。差不多每天晚上，当菲利普呆在屋里独自看书的时候，都能听到格里菲思那伙朋友们在楼上嚷呀，笑呀，闹个不停。菲利普回想起自己在巴黎度过的那些令人愉快的夜晚：他同劳森、弗拉纳根和克拉顿坐在画室里，一道谈论艺术与道德，讲述眼下所遇到的风流韵事，展望将来如何扬名天下。菲利普心里好不懊丧。他觉得凭一时之勇作出某种壮烈的姿态，那是很容易的，难倒难在要承担由此而引起的后果。最糟糕的是，他对目前所学的东西似乎已感到腻烦。解剖示范教师的提问使他头痛；听课时思想老开小差。解剖学是一门枯燥乏味的学科，尽叫人死记硬背那些数不清的条条框框，解剖实验也使他觉着讨厌。吃辛吃苦地解剖那些个神经和动脉又有何用，从书本上的图表或是病理学陈列馆的标本了解神经和动脉的位置，岂不省事得多。

菲利普偶尔也交几个朋友，但都是些泛泛之交，因为他觉得在同伴面前似乎没有什么特别的话好说。有时他对他们所关心的事情，也尽量表示感兴趣，可又觉得他们认为自己是在曲意迁就。菲利普也不是那种人，一讲起使自己感兴趣的话题来，就根本不管听者是否感到厌烦。有个同学听说菲利普曾在巴黎学过绘画，自以为他俩情趣相投，便想同菲利普探讨艺术。但是，菲利普容忍不了别人的不同观点。没谈上几句他就发现对方所说的不过是些老生常谈，便嗯嗯噢噢地懒得多开口了。菲利普想讨大家的喜欢，可又不肯主动接近别人。他由于怕受到冷遇而不敢向人献殷勤。就他的气质来说，他还是相当腼腆怕羞的，但又不愿让人家看出来，所以就靠冷若冰霜的沉默来加以掩饰。他在皇家公学的那一段经历似乎现在又要重演了，幸好这儿的医科学生生活挺自由，他尽可以独来独往，少同别人接触。

菲利普渐渐地同邓斯福德热乎起来，这倒并非出于菲利普的主动努力。邓斯福德就是他在开学时认识的那个气色好、身子壮实的小伙子。邓斯福德之所以爱同菲利普接近，只因为菲利普是他在圣路加医学院里结识的第一个朋友。邓斯福德在伦敦无亲无友，每到星期六晚上总要同菲利普一块上杂耍剧场，坐在正厅后座看杂耍，再不就是去戏院，站在顶层楼座上看戏。邓斯福德生性愚笨，但脾气温和，从来也不发火。他总讲些大可不必多说的事情，即便菲利普有时笑话他几句，他也只是微微一笑——而且笑得真甜。别看菲利普爱拿他打哈哈，可心里还是挺喜欢他的。他觉得邓斯福德直率得有趣，而且也喜欢他随和的脾性：邓斯福德身上的迷人之处，恰恰是菲利普痛感缺少的。

他们常常去国会街上的一家点心店用茶点，因为邓斯福德倾心于店里的一个年轻女招待。菲利普看不出那女人有什么诱人之处——瘦长的个子，狭窄的臀部，胸部平坦坦的像个男孩。

"要在巴黎，谁也不会瞧她一眼，"菲利普鄙夷地说。

"她那张脸蛋挺帅！"邓斯福德说。

"脸蛋又有什么大不了的？"

她五官生得小巧端正，蓝蓝的眼睛，低而宽阔的前额（莱顿勋爵、阿尔马·泰德默[①]以及其他不计其数的维多利亚女王时代的画家，都硬要世人相信这种低而宽阔的前额乃是一种典型的希腊美），头发看上去长得很密，经过精心梳理，有意让一缕缕青丝耷拉在前额上。这就是所谓的"亚历山大刘海"。她患有严重的贫血症，薄薄的嘴唇显得很苍白，细嫩的皮肤微微发青，就连脸颊上也不见一丝儿血色，一口洁白的细牙倒挺漂亮。不论干什么，她都小心翼翼的，唯恐糟蹋了那双又瘦又白的纤手。伺候客人时，总挂着一脸不耐烦的神色。

邓斯福德在女人面前显得很腼腆，直到现在他还未能同她搭讪上。他央求菲利普帮他牵线搭桥。

"你只要替我引个头，"他说，"以后我自个儿就能对付了。"

为了不让邓斯福德扫兴，菲利普就主动同她拉话，可她嗯嗯噢

---

① 莱顿（1830—1896）、阿尔马·泰德默（1836—1912），均为英国画家。

噢地硬是不接话茬。她已经暗暗打量过,他们不过是些毛孩子,估计还在念书。她对他们不感兴趣。邓斯福德注意到,有个长着淡茶色头发、蓄一撮浓密小胡子的男人,看上去像是德国人,颇得她的青睐。他每次进店来,她总是殷勤相待;而菲利普他们想要点什么,非得招呼个两三次她才勉强答应。对于那些素不相识的顾客,她冷若冰霜,傲慢无礼;要是她在同朋友讲话,有急事的顾客不论唤她多少遍,她也不予理睬。至于对那些来店里用点心的女客,她更有一套独到的应付本事:态度傲慢,却不失分寸,既惹她们恼火,又不让她们抓到什么好向经理告状的把柄。有一天,邓斯福德告诉菲利普,她的名字叫米尔德丽德。他听到店里另外一个女招待这么称呼她来着。

“多难听的名字,”菲利普说。

“有啥难听?”邓斯福德反问道,“我倒挺喜欢呐。”

“这名字好别扭。”

碰巧那天德国客人没来。她送茶点来的时候,菲利普朝她笑笑,说:

“你那位朋友今天没来呢。”

“我可不明白你这话的意思,”她冷冷地说。

“我是指那个留胡子的老爷。他扔下你找别人去了?”

“奉劝某些人还是少管闲事的好,”她反唇相讥。

米尔德丽德丢下他们走了。有一阵子,店堂里没有别的顾客要伺候,她就坐下来,翻看一份顾客忘了带走的晚报。

“瞧你有多傻,把她给惹火了。”

“谁叫她摆什么臭架子,我才不吃这一套呢。”

菲利普嘴上这么说,心里却着实有点气恼。他原想取悦于一个女人,谁知弄巧成拙,反倒把她惹火了,好不叫人懊恼。他索取账单时，又壮着胆子同她搭腔，想借此打开局面。

“咱们就此翻脸，连话也不讲了吗？”菲利普微笑着。

“我在这儿的差使，是上茶送点心，伺候顾客。我对他们没什么要说的，也不想听他们对我说些什么。”

她把一张标明应付款数的纸条往餐桌上一放，就朝刚才她坐的那张餐桌走回去。菲利普气得满脸通红。

“她是存心给你点颜色看呢，凯里，”他们来到店外面，邓斯福德这么说道。

“一个没教养的臭婊子，”菲利普说，“我以后再也不上那儿去了。”

邓斯福德对菲利普言听计从，乖乖地跟他到其他地方去吃茶点了。过了不久，邓斯福德又找到了另一个追逐的对象。可菲利普受到那女招待的冷遇之后，始终耿耿于怀。假如她当初待他彬彬有礼，那他根本不会把这样的女人放在心上的。然而，她显然很讨厌他，这就伤害了他的自尊心。菲利普忿忿不平，觉得非要报复她一下不可。他因自己存这样的小心眼而生自己的气。他一连熬过三四天，赌气不再上那家点心店，可结果也没把那个报复念头压下去。最后他对自己说，算了吧，还是去见她一面最省事，因为再见上她一面，他肯定不会再想她了。一天下午，菲利普推说要去赴约，丢下了邓斯福德，直奔那家他发誓一辈子再也不去光顾的点心店，心里倒一点也不为自己的软弱感到羞愧。菲利普一进店门，就看到那个女招待，于是在一张属于她照管的餐桌边坐下。他巴望她会开口问自己为什么有一个星期不上这儿来了，谁知她走过来之后就等他点茶点，什么话也没说。刚才他还明明听到她这么招呼别的顾客来着：

“您还是第一次光顾小店呢！”

从她的神情上，一点也看不出他俩以前曾打过交道。为了试探一下她是否真的把自己给忘了，菲利普等她来上茶点的时候问了一句：

“今儿晚上见到我的朋友了吗？”

“没。他已经有好几天没来这儿了。”

菲利普本想利用这作为话茬，和她好好交谈几句，不知怎的心里一慌，什么词儿也没了。对方也不给他一个机会，扭身就走。菲利普一直等到索取账单时，才又抓着谈话的机会。

“天气够糟的，是吗？”他说。

说来也真气死人，他斟酌了好半天，临到头竟挤出这么一句话来。他百思不得其解，在这个女招待面前，自己怎么会感到如此困窘。

“我从早到晚都得呆在这儿，天气好坏同我有什么关系。”

她口气里含带的那股傲劲，特别叫菲利普受不了。他真恨不得冲着她挖苦一句，可话到了嘴边，还是强咽了回去。

“我还真巴不得这女人说出句把不成体统的话来呢！”菲利普气冲冲地对自己说，“这样我就可以到老板那儿告她一状，把她的饭碗砸掉。那时就活该她倒霉啰。”

第五十六章

菲利普怎么也没法把她忘了。对自己的愚蠢行为，他觉得又气又好笑：堂堂男子汉竟为了那么几句话而同个患贫血症的女招待斤斤计较起来，说来岂不荒唐，可他就是想不开，像是蒙受了什么奇耻大辱似的。其实就算它是件丢人的事吧，也只有邓斯福德一个人知道，而且他肯定早给忘了。可菲利普觉得，自己一天不洗刷掉这层耻辱，心里就一天得不到安宁。他左思右想，不知该如何办才好。最后他打定主意，以后每天都要上那点心店去。他显然已给她落了个坏印象。不过，要消除这种印象，自己这点本事还是有的吧。今后在她面前，自己的出言谈吐得多留点神，要做到即使让最敏感的人听了也不会觉得受了冒犯。后来他也确实这么做了，但毫无效果。他进店时，总要道一声"晚上好"，她也依样回他一句。有一回他故意没向她打招呼，想看看她是否会主动向自己问好，结果她什么也没说。菲利普肚子里暗暗嘀咕了一声，而他嘀咕的那个词，尽管对某些女性往往很适用，但是在上流社会里却难得用来谈论她们。他脸上装着没事儿似地要了份茶点。他咬紧牙关，一语不发，临走时，连平日那声"晚安"也没说。他决心再也不上那儿去了。可到了第二天吃茶点的时候，他只觉得站也不是，坐也不是。他尽量去想别的事情，可就是控制不了自己的思绪。最后，他心一横，说：

"想去就去呗，何苦定要同自己作对呢！"

就这样，菲利普已经折腾了好一阵子，等他最后走进那家点心店，已快七点了。

"我还以为你今天不来了呢，"菲利普就座时，那姑娘招呼说。

菲利普的心怦地一跳，觉得自己脸也红了。

"有事给耽搁了，没法早来。"

"怕是在外面同人胡闹吧？"

"还不至于那么淘气。"

"你大概还在学校里念书，是吗？"

"不错。"

她的好奇心似乎得到了满足，径自走开了。这会儿时间已经不早，她照管的那几张餐桌上已没其他顾客，她专心致志地看起小说来,那时候,市面上还没流行那种廉价版的单行本小说。自有一批没出息的雇佣文人,专门为一些识字不多的市民定期炮制些廉价小说,供他们消闲遣闷。菲利普心里喜滋滋的。她毕竟主动同他打招呼了,他感到风水在转了,等真的轮到自己逞威风的时候,他可要把自己对她的看法当面说个明白。要是能把自己一肚子的轻蔑之情统统发泄出来,那才真叫一吐为快呢。他定睛打量她。不错,她的侧影很美。说来也奇怪,属于她那个阶层的英国姑娘,常具有完美无缺的、令人惊叹的轮廓线条,然而她那侧影,却给人一种冷感,仿佛是用大理石雕刻出来的,微微发青的细洁皮肤,给人一种病态的印象。所有的女招待,都是一式打扮:白围裙,黑色平布服,再加上一副护腕和一顶小帽。菲利普从口袋里掏出半页白纸,趁她坐在那儿一面伏案看书,一面努动嘴唇喃喃念诵的当儿,给她画了幅速写。菲利普离开时,随手把画留在餐桌上。想不到这一招还真起作用。第二天,他一进店门,她就冲着他嫣然一笑。

"真没想到你还会画画呢,"她说。

"我在巴黎学过两年美术。"

"昨晚你留下来的那张画,我拿去给女经理看了,她竟看得出了神。那画的是我吧。"

"没错,"菲利普说。

当她去端茶点时,另外一个女招待朝他走过来。

"您给罗杰斯小姐画的那张画我看到了,画得真像,"她说。

菲利普还是第一次听说她姓罗杰斯,当他索取账单时,就用这个姓招呼她。

"看来你知道我名字了,"她走到跟前时这么说。

"你朋友同我讲起那幅画的时候,提到了你的芳名。"

"她也想要你替她画一幅呢。你可别替她画。一开了个头,事情就没个完了，她们会排着队来叫你画的。”稍顿之后，她突然把话题一转，问道：“过去常和你一块来的那个小伙子，现在上哪儿去了？已离开这儿了？”

“没想到你还惦记着他，”菲利普说。

“小伙子长得挺帅。”

菲利普心里顿生一股奇异的感觉。他自己也说不清是怎么回事。邓斯福德长着一头讨人喜欢的鬈发，脸上气色很好，笑起来也很甜。菲利普想起邓斯福德的这些长处，心里很有点酸溜溜的滋味。

“哎，他忙着谈情说爱呢，”菲利普呵呵一笑。

菲利普一瘸一拐地走回家去，一路上一字一句地回味着刚才的那一席话。现在她已对他相当友好。以后有机会，他打算为她画幅精致些的素描，相信她一定会喜欢的。她那张脸蛋叫人感兴趣，侧面轮廓很可爱，即使那因贫血而微微发青的皮肤，也有一种奇特的吸引力。这颜色像什么呢，菲利普胡思乱想着。一上来他想到了豌豆汤，但立刻气呼呼地把这个念头赶跑了，继而又想到黄玫瑰花蕾的花瓣，是那种含苞未放就被人摘下的玫瑰花朵。此刻，菲利普对她已全无反感。

“这妞儿毕竟不赖呢，”他低声自语。

就因为她曾当面冲了自己几句而生她一肚子的气？好傻呀。她又没存心要冒犯谁。说起来还应怪他自己不好，初次见面时没给人留下好印象。何止仅此一次？对这种情况自己现在也该习以为常才是。他对自己那幅画的成功颇洋洋自得。她现在既然知道他还有这么一手，自然要对他刮目相看了。次日，菲利普一整天坐立不安。他想去点心店用午餐，但知道那时候店里顾客一定很多，米尔德丽德不会有工夫来陪他闲谈的。菲利普现在已没有同邓斯福德共进茶点的习惯，到四点半整（他已看了十二次手表），菲利普走进那家点心店。

米尔德丽德背对着菲利普，这时正一边坐下来，一边同那个德国佬交谈。前一阵子，菲利普几乎天天见到那个德国佬，可最近这两个星期，他一直没在店里露面。不知德国佬说了些什么，把个米尔德丽德逗得格格直笑。她笑得好俗气，菲利普不由得打了个寒噤。菲利普唤了她一声，她没理会。他又叫了她一声，这下子菲利普可不耐烦了，他生气地用手杖啪嗒啪嗒敲打桌面。米尔德丽德绷着脸走了过来。

“你好！”菲利普说。

“你好像有什么天大的急事似的。”

她双目看着菲利普，那一脸的傲慢之色倒是菲利普非常熟悉的呢。

“我说你怎么啦？”他问道。

“你想要点什么，我可以给你端来，可要我一晚上光站着说话，我可受不了。”

“请来客茶和烤面包，”菲利普简短地应了一句。

菲利普对她十分恼火。他身边带着一份《星》报，等她来上茶点的时候，就故意装作埋头看报的样子。

“假如您愿意现在就把账单开给我，您就不必劳神再跑一趟了，”菲利普冷冷地说。

米尔德丽德随手开了账单，往餐桌上一放，扭头又往德国佬那边走去。不一会，她就同他谈笑风生地扯开了。这个德国人中等身材，长着典型的日耳曼民族的圆脑袋，一张灰黄色的脸，一撮浓而密的小胡子，身上穿着一件燕尾服和一条灰裤子，胸前拖着一根粗粗的金表链。菲利普心想，店里其他的女招待，这会儿大概正溜转着眼睛，轮流瞅着自己和那边餐桌上的一对，同时还相互交换着意味深长的眼色。他甚至觉得她们准在笑他，想到这儿，他全身血液沸腾。现在他打心眼里恨死了米尔德丽德。他知道自己最好的对策，就是以后再别光顾这家点心店，想想自己竟被她搞得如此狼狈，这口恶气怎能咽得下去！于是，他想出一个主意，要让她明白他菲利普压根儿就瞧她不起。第二天，菲利普换了张餐桌坐下，向另一个女招待要了茶点。米尔德丽德的朋友这会儿也在店里，米尔德丽德只顾同他拉扯，没去注意菲利普。于是，菲利普有意趁她非得从他面前穿过的当儿，起身朝店门外走去。他俩交臂而过时，菲利普漠然地朝她看了一眼，就像不认识她似的。这办法他一连试了三四天，哪天都在盼望她会凑准个机会找他说话。他想，她可能会问他最近为什么一直没光顾她照管的餐桌。菲利普甚至还想好了答话，话里充溢着对她的厌恶之情。他明知自己是在自寻烦恼，可笑得很，但就是控制不了自己。他又一次败下阵来。后来，那个德国佬突然不见了，但是菲利普照旧坐在别的餐桌上。米尔德丽德仍对他不加理会。菲利普恍然醒悟了，任凭自己爱怎么干，她才不在乎呢。像这样硬顶下去，哪怕顶到世界末日，也不见得会有什么效果。

“我可是一不干，二不休呢！”菲利普喃喃自语道。

次日，他又坐回到原来的餐桌上，等米尔德丽德走近时，向她道了声“晚安”，仿佛这一星期来他并没有冷落过她。菲利普脸面上很平静，心儿却止不住狂跳。那时候，喜歌剧刚刚时兴起来，颇受公众欢迎。菲利普料定米尔德丽德很乐意去看一场的。

“我说，”他突然开口说，“不知您是否肯赏个脸，哪天陪我吃顿晚饭，然后再去看场《纽约美女》。我可以搞到两张正厅头等座的戏票。”

他那最后一句是有意加上去的，为的是诱她上钩。他知道女招待上戏院，一般都坐在正厅后座，即使有男朋友陪着，也很少有机会坐到比楼厅更贵的座位上去。米尔德丽德那张脸上，不见有一丝半点的表情。

“好吧，我没意见，”她说。

“你哪天有空？”

“星期四我下班早。”

他们商量怎么碰头。米尔德丽德同她姨妈一块儿住在赫尼希尔。戏八点钟开场，所以他们得在七点用晚餐。她建议菲利普在维多利亚车站的二等候车室里等她。她脸上没一点儿高兴的表示，明明是她接受别人的邀请，看上去倒像她在帮别人忙似的。菲利普心里隐隐感到不悦。

第五十七章

菲利普来到了维多利亚车站，比米尔德丽德指定的时间差不多提早了半个小时。他坐在二等候车室里左等右盼，迟迟不见她来。他有点憋不住了，便起身步入车站，望着打郊区来的一列列火车。她定下的时间已经过了，还是不见她的人影。菲利普着急了，跑进另外几间候车室，四下张望。突然，他的心扑通地跳了一下。

“你在这儿！我还以为你不来了呢。”

“早知道要等那么多时间，我才不高兴来呢。我正在想还是回家算了。”

“可你说好是在二等候车室里等的啊。”

“我根本没那么说。我既然可以坐在一等候车室里，干吗要坐到二等候车室去等，你说呢？”

菲利普确信自己没听错，但他不再为自己辩解。他俩上了一辆出租马车。

“我们上哪儿吃饭?”她问。

“我想去阿德尔夫饭店。你看可合适?”

“随便上哪儿吃饭，我全不在乎。”

米尔德丽德没好气地说。刚才她空等了好半天，憋了一肚子火，这会儿菲利普想同她拉话，她嗯嗯噢噢地爱理不理。她身上披了件深色粗料的长斗篷，头上裹条钩针编织的围巾。他们来到餐馆，在一张餐桌旁就了座。她满意地环顾四周。餐桌上的烛灯，一律罩着红色的灯罩，餐室里镶金嵌银，满目琳琅，再加上一面面大玻璃镜，显得金碧辉煌，气派豪华。

“我还是头一回来这儿。”

米尔德丽德朝菲利普粲然一笑。她脱下斗篷，只见她穿着一袭淡蓝色方领外衣，头发比往常梳得更加考究。他点的是香槟酒，酒菜端上餐桌时，米尔德丽德的眼睛熠熠放光。

“你会喝醉的，”她说。

“就因为我要的是香槟吗?”他用满不在乎的口吻问，那言下之意似乎是，他向来是非此酒而不喝的。

“那天你邀我上戏院，我着实吃了一惊。”

双方谈得不怎么投机，米尔德丽德似乎没什么要说的，而菲利普因为自己没本事把她逗乐而感到惴惴不安。米尔德丽德心不在焉地听着他说话，一双眼睛却忙着左顾右盼，打量其他顾客，她显然无意于装出对菲利普感兴趣的样子。菲利普偶尔同她开一两个玩笑，她却当真了，朝他虎起了脸。只有在菲利普谈起餐馆里其他女招待的时候，她才稍微显得活跃些。米尔德丽德非常讨厌店里的那个女经理，她在菲利普面前一五一十地数说着女经理的种种不端行为。

“我怎么也跟她合不来，特别是她那副臭架子，真叫人受不了。有时候，我真想当着她的面把事情抖出来，她别以为我不知道她的底细。”

“什么事呀？”菲利普问。

“嗯，有一回我偶然听人说起，她常跟一个男人到伊斯特本①去度周末。我们店里的一个姑娘，她姐姐已经成家，有回她同丈夫一块儿去伊斯特本，碰巧撞见了我们店的女经理。女经理和她同住在一家旅店里。别看她手上戴着结婚戒指，至少我知道她根本没结过婚。”

菲利普给她的杯子斟得满满的，希望她喝了香槟酒会变得热乎些，心中巴望这次出游能就此打开局面。他注意到她拿餐刀的样子，就像握笔杆似的，而她举杯呷酒时，那根兰花似的小拇指怡然翘起。菲利普一连换了好几个话题，就是没法从米尔德丽德嘴里多掏出几句话来，再想想她在店里同那德国佬一起谈天说地，嘻嘻哈哈的快活劲儿，真叫人又气又恼。吃完晚饭，他们一块儿上戏院。菲利普是个颇有点修养的年轻人，根本不把喜歌剧放在眼里。他觉得戏里的噱头轻浮庸俗，不登大雅之堂，而音乐的曲调又太浅露，不堪回味。在这方面，法国的喜歌剧似乎要高明得多。然而米尔德丽德却看得津津有味，每看到发噱之处，笑得连腰都直不起来，而且不时瞟上菲利普一眼，分明是想同他交换一下领会个中妙处的眼色，同时还一面欣喜若狂地拍着手。

“我已是第七次上这儿来了，”第一幕结束后，她说，“就是再来这么七回，我也不嫌多。”

① 英国东南部的城市，濒英吉利海峡。

米尔德丽德对周围头等座里的妇人很感兴趣。她点给菲利普看,哪些是脸上涂了脂粉的,哪些是头上戴了假发的。

“这些西区[①]的娘儿们真要不得,”她说,“我不懂她们戴了那么个玩意儿,怎么受得了,”她把手放在自己的头发上。“我的头发可根根都是自个儿的。”

剧场里没有一个是她看得上眼的,不管提到哪个,她都要讲几句坏话。菲利普听了觉得很不是滋味。他想,说不定到了明天她会在店里的姑娘面前,说他带她出去玩过了,而且他这个人乏味至极等等。他对米尔德丽德很反感,然而不知道为什么,他就是要同她呆在一起。在回家的路上,菲利普问她:

“你今天玩得很尽兴?”

“那还用说。”

“改天晚上再和我一块儿出去走走,好吗?”

“我没意见。”

她总是说些这类阴阳怪气的话。她那种冷冰冰的神情简直把菲利普气疯了。

“听你说话的口气,似乎去不去都无所谓。”

“哦,你不带我去,自有别人会来约我。我从来就不愁没人陪我上戏院。”

菲利普不吭声了。他们来到车站,菲利普朝票房走去。

“我有月票,”她说。

“我想要是你不介意,让我送你回家吧,这会儿时间很晚了。”

“要是这样能让你高兴,我也没意见。”

菲利普给她买了张单程头等票,给自己买了一张往返票。

① 西区是伦敦高等住宅区。

“嗯,我得说,你这个人倒是挺大方的,”在菲利普推开车厢门时,她说。

其他的旅客陆续进了车厢,菲利普只得闭上嘴,他自己也不知道心里是高兴还是懊丧。他们在赫尼希尔下了车,菲利普一直陪她走到她住的那条街的街角上。

“就送到这儿吧,晚安,”她边说边伸出了手。“你最好别跑到我家门口来。人言可畏哪,我可不喜欢让别人嚼舌头。”

她道了声晚安,旋即匆匆离去。浓浓的夜色之中,那条白围巾仍依稀可见。他想她也许会转过身来,但她连头也没回。菲利普留神看她进了某一所房子,随即走上前去打量了一番。那是一幢普普通通的黄砖住屋,整洁且小巧,同街面上的其他小屋一模一样。他在外面逗留了几分钟,不一会儿,顶层窗户里的灯光灭了。菲利普慢腾腾地踱回车站。这一晚算个啥名堂。他又气又恼,心里说不出有多窝囊。

菲利普躺在床上,似乎仍看到米尔德丽德的身影:她坐在车厢的角落里,头上兜着那条钩针编织的围巾。从现在算起,还要过好几个小时才能同她再次见面。真不知道该如何打发这段时间才好。他睡意蒙眬地想到她那张瘦削的脸庞,纤巧的五官,还有那苍白而微呈绿色的肌肤。虽说同她呆在一起并不感到快活,可是一旦离开了她,却感到痛苦不堪。他渴望坐在她身旁,望着她,抚摸她的身体,他想要……那念头刚迷迷糊糊冒出来,还没来得及细想下去,脑子就豁然清醒了……他要吻她那张没有血色的小嘴,吻她那两片薄薄的嘴唇。他终于明白过来:自己已爱上她了。他简直不敢相信竟会有这种事。

他过去常常憧憬着爱神的降临,脑子里不止一遍地展现过这样一幕情景:他看到自己翩然步入舞厅,目光停留在一小群正在聊天的男女来宾身上，其中一位女郎转过身来，双眸凝视着自己。他觉得喉头阵阵发紧，粗气直喘，而且知道那女郎也在喘着粗气。他收住脚步，纹丝不动。她身材修长，肤色黝黑，亭亭玉立，楚楚动人，一双明眸像夜一样黑，一身舞服像雪一样白，乌黑的云鬓之中，钻石在熠熠闪光。他俩四目对视，旁若无人。菲利普径直朝她走去，她也挪开轻盈的脚步迎上前来。他俩都感到寒暄客套已属多余。菲利普对她说：

"我一生都在把你寻找。"

"你终于来到了我跟前，"她喃喃地说。

"愿意和我跳舞吗？"

菲利普张开双手，女郎迎上前去，两人一道翩翩起舞。（菲利普总把自己想象成身无足疾之累的）她舞姿轻盈如仙女。

"和我跳过舞的人当中，谁也不像你跳得这么出色，"她说。

她改变了原来的安排，整个晚上只陪菲利普一个跳舞。

"我真幸运，幸亏我一直在等待着你，"菲利普对她说，"我心里明白，早晚会遇到你的。"

舞厅里的人全都看傻了眼。他俩全不在意，丝毫不想掩藏自己内心的激情。最后，他们步入花园之中，菲利普把一件轻巧的斗篷披搭在她的肩头，扶她上了一辆正在等候的马车。他们赶上了午夜去巴黎的火车。火车载着他们穿过万籁俱寂、星光灿烂的黑夜，朝着未知的远方疾驰而去……

他沉浸在他旧日的罗曼蒂克的幻想之中。他怎么会爱上米尔德丽德·罗杰斯这样的女人呢？似乎根本不可能。她的名字古怪可笑。菲利普嫌她长得不漂亮，而且人也太瘦了点。就在那天晚上他还注意到，她因为穿上了夜礼服，胸骨明显地鼓突出来。菲利普将她的面部五官逐一品评过去，他不喜欢那张嘴，那病态的肤色也隐隐激起他的反感。她人品平庸,毫无特色。她词汇贫乏,谈吐无味,颠来倒去就是那么几句言词,这正是她心灵空虚的表现。菲利普想起她在观看喜歌剧时怎么被那些噱头逗得格格直笑——笑得那么粗俗;想起她举杯呷酒时如何有意翘起那根兰花小指。她的举止如同她的谈吐,故作斯文,令人作呕。菲利普还想起她平日里那股盛气凌人的神气,有时候他恨不得劈面给她两巴掌,可是突然他自己也不晓得是何缘故——也许是因为想到要揍她,或者是因为想到她那对漂亮的小耳朵——他被一股突如其来的感情冲动紧紧攫住。他涌起万股缱绻之情,想象着自己如何把她那娇弱瘦小的身子紧紧搂在怀里,并亲吻那两片苍白的嘴唇。他要用手抚摸她那微微发青的脸颊。他多需要她啊。

菲利普一直把爱情看作是令人销魂的温柔之乡,总以为一旦堕入了情网,整个世界就会变得像春天那样美好,他一直在期待着那种令人心醉神迷的欢乐。谁知现在,爱情给他带来的却不是欢乐,而是心灵的饥渴,是痛苦的思念,是极度的苦恼——这种滋味是他有生以来从未尝到过的。

菲利普竭力回想,爱情的种子到底是何时何日撒进他的心田里来的。他自己也说不清。只记得最初几回去那点心店,并不觉得怎么的。可这以后,每去一回,心底里便涌起一阵莫可名状的感觉。那是心灵在隐隐作痛。而且,每当米尔德丽德对他说话的时候,他不知怎么地总觉得喉头紧收,连气都喘不过来。假如说,她一从他身边走开,给他留下的便是苦恼,那么,每当她出现在他面前的时候,给他带来的则是绝望。

菲利普像条狗那样仰肢八叉地躺在床上,心里暗暗纳闷:这种永无休止的心灵的痛楚,自己如何忍受得了。

第五十八章

第二天菲利普一早醒来,首先想到的就是米尔德丽德。他忽然生出个念头:何不去维多利亚车站接她,然后陪她走一程,送她去店里上班。菲利普赶紧刮了脸,匆匆穿好衣服,出门跳上去火车站的公共汽车。七点四十分他到达车站,仔细留神着一列列进站的火车,只见熙熙攘攘的人流不断地从车厢里涌出来。早上这时候,乘车的净是些赶去上班的职员和店员。他们拥上月台,匆匆前行,有成双结对的,也有只身独行的(为数较多),还不时看到三五成群的姑娘。在这大清早,人人脸色苍白,多数人显得丑陋,带着一副神不守舍的恍惚神情。年轻人脚步轻快,仿佛在水泥月台上行走尚有几分乐趣,其他的人则像受到某种机器的驱策,只顾埋头赶路:他们个个愁眉锁眼,露出一脸的焦虑。

菲利普终于看到了米尔德丽德。他急不可待地迎了上去。

“早安!”他说,“我想最好来看看你,不知你昨晚看戏之后身子可好。”

不难看出,她很不高兴在这儿遇见菲利普。她穿件棕色长外套,戴顶水手草帽。

“噢,我身体蛮好。我可没有时间磨蹭。”

“让我陪你沿维多利亚街走一程,你不介意吧?”

“时间不早了,我得抓紧赶路,”说着,朝菲利普的跛足望了一眼。

菲利普刷地红了脸。

“对不起,那我就不耽搁你了。”

“请便。”

米尔德丽德径自往前走去，菲利普垂头丧气地回家来吃早点。他恨死了米尔德丽德。他知道自己这么为她神魂颠倒，实在傻透了。像她这种女人，断然不会把自己放在眼里，而且一定会对自己的残疾心生厌恶。菲利普狠了狠心，决定下午不再去那点心店吃茶点。可到时候他还是身不由己地去了。这不能不叫他痛恨自己。米尔德丽德见他进来，便朝他点头一笑。

“我想，今天早晨对你有些失礼，”她说。“你得知道，我压根儿没想到你会来，太出乎意料了。”

“噢，一点没关系。”

他只感到周身上下突然一阵轻松。这么短短的一句体己话，足以使他感激涕零。

“干吗不坐下？”菲利普说，“这会儿又没人要你照应。”

“就坐一会儿吧，反正我不在乎。”

菲利普望着她，一时却想不出话来说。他搜索枯肠，急于想找个话题，能把她留在自己身边。他想告诉米尔德丽德，说她在自己心里占有多重要的位置。菲利普这一回真心实意地爱上了，反倒口中讷讷，不知该如何向心上人求爱。

“你那位蓄着漂亮小胡子的朋友哪儿去了？近来怎么一直没见着他。”

“噢，他回伯明翰去了。他是在那儿做生意的。只是偶尔上伦敦来走一趟。”

“他爱上你了吧？”

“这你最好去问他本人，”她哈哈一笑。“我倒不明白，就算他真爱上我了，跟你又有何相干。”

一句挖苦的话已冒到了舌尖，但是他已学会了自我克制。

“真不明白为什么要冲着我说这种话，”结果他只是说了这么一句。

米尔德丽德用她那双冷冰冰的眼睛瞅着菲利普。

“看来你并不怎么把我放在眼里，”菲利普又加了一句。

“我干吗非要把你放在眼里呢？”

“确实没有这个必要。”

菲利普伸手去拿自己带来的报纸。

“你这个人脾气真大，”米尔德丽德看到菲利普不以为然的姿态，说，“动不动就生别人的气。”

菲利普微微一笑，带着几分恳求的神情望着米尔德丽德。

“你肯赏脸帮我个忙吗？”

“那得看是什么事了。”

“允许我今晚送你去火车站。”

“随你的便。”

吃完茶点，菲利普走出餐馆回自己住所去了。到了晚上八点，点心店打烊了，他等候在店门外。

“你真是个怪人，”米尔德丽德走出门来说道，“我一点摸不透你的心思。”

“果真想摸透我的心思，我看也不难吧，”菲利普不无挖苦地回答说。

“你在这儿等我，有没有被店里别的姑娘看到？”

“我不知道，反正我不在乎。”

“你要知道，她们都在笑话你哪，说你被我迷住了。”

“你才不把我放在心上呢，”菲利普咕哝道。

“瞧你又想跟我斗嘴了。”

到了车站后，菲利普买了一张车票，说要送她回家。

“你似乎闲得没事干了，”她说。

“我想时间是我自己的，我爱怎么打发就怎么打发。”

他俩似乎老是有意在抬杠。事实上是菲利普怨恨自己，竟爱上了这样一个女人。她似乎老在侮辱他，而他每受到一回冷遇，心里的怨恨就增加一分。但是那天晚上，米尔德丽德倒挺随和，话也比平日多。她告诉菲利普，她的双亲都已过世。她有意要让菲利普知道，她无须挣钱糊口，她出门干活无非是为了找点乐趣，解解闷罢了。

“我姨妈不赞成我出来找活儿干。我家里并不愁吃少穿，样样都挺称心。你可别以为我是不得已才出来混饭吃的。”

菲利普心里明白她没说实话。她那个阶层的人本来就喜欢摆架子充阔，而她呢，当然也生怕人家说她是挣钱糊口，面子上不好看，所以定要编出一套词儿来。

“我们家的亲戚也都是体体面面的，”她说。

菲利普淡然一笑，哪知未能逃过米尔德丽德的眼睛。

“你笑什么？”她当即责问说，“你以为我讲的不是实话？”

“我当然相信你说的，”他回答道。

米尔德丽德用怀疑的目光打量着菲利普。过了一会儿，她又忍不住要向菲利普炫耀一下自己往昔的荣华。

“我父亲常年备有一辆双轮马车，家里雇有三个男仆，一个厨师，一个女仆，还有一个打杂的短工。我们家院子里种着美丽的玫瑰花，打我们家门口经过的行人，常常驻足而立，打听这是谁家的住宅，说那些玫瑰真美。当然啰，让自己跟店里那些姑娘整天厮混在一起，实在不是个滋味，我同那号人实在合不来，所以有时候我真想洗手不干了。店里活儿我倒不在乎，你可别这样想我，我讨厌的是同那一流人物为伍。”

他们面对面地坐在车厢里，菲利普颇表同情地听米尔德丽德絮絮而谈，心里相当快活。她的天真幼稚，不但使他觉得有趣，而且使他有所触动。米尔德丽德的两腮泛起淡淡的红晕，菲利普心想，要是这时能吻一下她的下巴尖，那该有多美。

“你一进我们的店门，我就看出你是个道道地地的上等人。你父亲是个干体面职业的行家吧？”

“是个医生。”

“凡是干体面职业的行家，我一眼就能认出来。他们身上总有点与众不同的地方。究竟是什么，我也说不清，反正一看就知道了。”

他俩一块儿从车站走出来。

“喂，我想请你再陪我去看一场戏。”

“我没意见。”

“你就不可以说一声‘我很想去呢’？”

“干吗非要那么说？”

“不肯说就不说吧。让咱们定个时间。星期六晚上你看行不行？”

“行。”

接着他俩又作进一步的安排，边走边说，不觉已来到米尔德丽德所住大街的拐角上。她朝菲利普伸出手来，菲利普一把握住了。

“哎，我真想就叫你米尔德丽德。”

“要是你喜欢，就这么叫吧，反正我不在乎。”

“你也叫我菲利普，好吗？”

“要是到时候我能想起来，我就这么叫你。不过叫你凯里先生似乎更顺口些。”

菲利普轻轻把她往自己的身边拉，但是她却往后一仰。

“你要干啥?”

“难道你不愿在分手之前亲我一下?”他低声说。

“好放肆!”她说。

米尔德丽德猛然将手抽回,匆匆地朝自己家走去。

菲利普买好了星期六晚上的戏票。那天不是米尔德丽德早下班的日子,所以她没时间赶回家去更衣,故打算早上出门时随身带件外套,下了班就在店里匆匆换上。要是碰上女经理心里高兴,说不定还能让米尔德丽德在七点钟就提前下班。菲利普答应七点一刻就开始在点心店外面等候。他心急火燎地盼着这次出游机会,因为他估计看完戏之后,在搭乘马车去火车站的途中,米尔德丽德会让他吻一下的。坐在马车上,男人伸手去勾住姑娘的腰肢,那是再方便不过了(这可是马车比现代出租汽车略胜一筹的地方);光凭这点乐趣,一晚上破费再多也值得。

谁知到了星期六下午,就在菲利普进店吃茶点,想进一步敲定晚上的约会时,碰上了那个蓄漂亮小胡子的男人从店里走出来。菲利普现在已知道他叫米勒,是个入了英国籍的德国人,已在英国呆了好多年,连自己的名字也英国化了。菲利普以前听过他说话,他虽然能操一口流利、道地的英语,可语腔语调毕竟和土生土长的英国人有所不同。菲利普知道他在同米尔德丽德调情,所以对他怀有一股强烈的妒意。幸亏米尔德丽德生性冷淡,他心里还觉得好受些,要是她性格开放,那更叫他伤心呢。他想,既然米尔德丽德不易动情,那位情敌的境遇决不会比他更顺心。不过菲利普此刻心头咯噔往下沉,因为他立刻想到,米勒的突然露面可能会影响到他几天来所梦牵魂萦的这一趟出游。他走进店门,心里七上八下翻腾着。那女招待走到他跟前,问他要些什么茶点,不一会儿就给端来了。

“很抱歉,”她说,脸上确实很有几分难过的神情,“今儿晚上我实在去不了啦。”

“为什么?”

“何必为这点事板起脸来呢?”她笑着说。“这又不是我的过错。我姨妈昨晚病倒了,今晚又逢到女仆放假,所以我得留在家里陪她。总不能把她一个人丢在家里不管,你说是吗?”

“没关系。咱们就别去看戏,我送你回家得了。”

“可你票子已买好了,浪费了多可惜。”

菲利普从口袋里掏出戏票,当着她的面撕了。

“你这是干吗?”

“你想想,我一个人岂会去看那种无聊透顶的喜歌剧? 我去看那玩意儿,还不完全是为了你!”

“即使你当真想送我回家,我也不要你送。”

“怕是另有所约吧。”

“我不明白你这话是什么意思。你和天底下的男人一样自私,光想到自己。我姨妈身子不舒服,总不能怪我吧。”

米尔德丽德说罢,随手开了账单,转身走开了。菲利普太不了解女人,否则他就懂得,遇到这种事儿,哪怕是再明显不过的谎言,也最好装聋作哑,姑且信之。他打定主意,非要守在点心店附近,看看米尔德丽德是不是同那德国佬一块儿出去。这也是他的不幸之处,事事都想要查个水落石出。到了七点,菲利普守在点心店对面的人行道上,东张西望,四下搜寻,却不见米勒的影子。十分钟不到,只见米尔德丽德从店内出来,她身披斗篷,头裹围巾,同那天菲利普带她上谢夫蒂斯贝利戏院时一样穿戴。此刻她显然不是回家去。菲利普躲闪不及,被米尔德丽德一眼看到了。她先是一怔,然后径直朝他走来。

“你在这儿干吗?”她说。

“透透空气嘛,”菲利普回答说。

“你在监视我呢,你这个卑鄙小人。我还当你是正人君子呢。”

“你以为正人君子会对你这号人发生兴趣?”菲利普咕哝道。

他憋了一肚子火,实在按捺不住,哪怕是闹到不可收拾的地步也在所不惜。他要以牙还牙,也狠狠地伤一下她的心。

“我想只要我高兴,为什么不可以改变主意。凭哪一点我非要跟你出去。告诉你,我现在要回家去,不许你盯我的梢,不许你监视我。”

“你今天见到米勒了?”

“那不关你的事。事实上我并没见到他,瞧你又想到哪儿去了。”

“今天下午我见到他了。我走进店门时,他刚巧走出来。”

“他来过了又怎么样?要是我愿意,我完全可以同他出去,对不对?我不明白你有什么好啰唆的?”

“他叫你久等了吧?”

“哟,我宁愿等他,也不愿意要你等我。劝你好好考虑我的话。你现在最好还是回家去,忙你自己的前程大事吧。”

菲利普情绪骤变,满腔愤怒突然化为一片绝望,说话时连声音也发抖了。

“我说,别对我这么薄情寡义,米尔德丽德。你知道我多喜欢你。我想我是打心底里爱着你。难道你还不肯回心转意?我眼巴巴地好不容易盼到今晚。你瞧,他没来。他根本就没把你放在心上。跟我去吃饭好吗?我再去搞两张戏票来,你愿意上哪儿,咱们就上哪儿。”

“告诉你,我不愿意。随你怎么说也是白搭。现在我已经打定了主意，而我一旦主意已定，就决不会再改变。”

菲利普愣愣地望着她，心像刀剐似的难受。人行道上，熙来攘往的人群在他们身旁匆匆而过，马车和公共汽车川流不息，不断地发出辚辚之声。他发现米尔德丽德正在那里左顾右盼，那神情分明是唯恐看漏了夹在人群之中的米勒。

“我受不了啦，”菲利普呻吟着说。“老是这么低三下四的，多丢人。现在我如果去了，今后再不会来找你。除非你今晚跟我走，否则你再见不着我了。”

“你大概以为这么一说，就能把我吓住，是吗？老实对你说了吧：没有你在跟前，我眼前才清静呢。”

“好，咱们就此一刀两断。”

菲利普点点头，拐着条腿走开了，他脚步放得很慢，心里巴不得米尔德丽德招呼他回去。走过一根路灯杆，他收住脚步，回首顾盼，心想她说不定会招手唤他回去——他愿意不计前嫌，愿意忍受任何屈辱——然而她早已转身走开，显然她根本就没把他放在心上。菲利普这才明白过来，米尔德丽德巴不得能把他甩掉呢。

第五十九章

菲利普在极度的痛苦中熬过了那个夜晚。他事先关照过房东太太，说晚上不回来用餐，所以房东太太没给他准备吃的，他只得跑到加蒂餐馆去吃了顿晚饭。然后，他又回到自己的寓所来。这时候，格里菲思那一伙正在楼上聚会，一阵阵热闹的欢声笑语不断从楼上传来，相形之下，菲利普越发觉得内心的痛苦难以忍受。他索性去杂耍剧场，因为是星期六晚上，场内座无虚席，只好站着观看。

站了半个小时，两腿已发酸，加上节目又乏味，便中途退场回寓所来。他想看一会儿书，却没法集中思想，而眼下又非发奋用功不可，再过半个月就要举行生物考试了。虽说这门课很容易，可他近来很不用功，落了不少课，自知什么也没学到。好在只进行口试，他觉得抓紧这两个星期，临时抱一下佛脚，混个及格还是有把握的。他自信聪明，有恃无恐。他把书本往旁边一扔，一门心思考虑起那件魂牵梦绕的事情来。

他狠狠责备自己今晚举止失当。干吗自己要把话说绝，说什么要么她陪自己去用餐，要么就此一刀两断？她当然要一口回绝啰。他应该考虑到她的自尊心。他这种破釜沉舟的做法，实际上是把自己的退路给断了。退一步说，要是菲利普能对自己说她这会儿也很痛苦呢，那么他心里兴许要好受些，可是他深知其为人，她根本不把他放在心上。要是他当时稍微放聪明些，就应该装聋作哑，不去揭穿她的鬼话。他该有那么点涵养功夫，不让自己的失望情绪流露出来，更不要在她面前使性子耍脾气。菲利普实在想不通，自己怎么会爱上她的。过去他在书本里看到过所谓“情人眼里出美人”的说法，可他在米尔德丽德身上看到的分明是她的本来面目。她一无情趣，二不聪明，思想又相当平庸；她身上那股狡黠的市井之气，更叫菲利普反感；她没有教养，也缺少女性特有的温柔。正如她所标榜的那样，她是个“重实际”的女人。平时有谁玩点花招，捉弄一下老实人，总能赢得她的赞赏；让人“上当受骗”，她心里说不出有多舒服。菲利普想到她进餐时那种冒充风雅、忸怩作态的样子，禁不住哈哈狂笑。她还容忍不得粗俗的言词，尽管她胸无点墨，词汇贫乏，偏喜欢假充斯文，滥用婉词。她的忌讳也特别多。譬如，她从来不兴讲“裤子”，而硬要说“下装”。再有，她觉得擤鼻子有伤大雅，所以逢到要擤鼻子，总露出一副不得已而为之的神态。她严重贫血，自然也伴有消化不良症。她那扁平的胸部和狭窄的臀部,颇令菲利普扫兴;她那俗气的发式,也叫菲利普厌恶。可他偏偏爱上了这样一个女人,这怎能不叫他厌恶、轻视自己。

厌恶也罢,轻视也罢,事实上他现在已是欲罢而不能。他感到这就像当年在学校里受到大孩子的欺凌一样。他拼命抵御,不畏强暴,直到自己筋疲力尽,再无半点还手之力——他至今还记得那种四肢疲软的奇特感觉,就像全身瘫痪了似的——最后只好束手就擒,听凭他人摆布。那简直是一种死去活来的经历。现在,他又产生了那种疲软、瘫痪的感觉。他现在恋上了这个女人,才明白他以前从没有真正爱过谁。任她有种种缺点,身体上的也罢,品格上的也罢,他一概不在乎,甚至觉得连那些缺点他也爱上了。无论如何,那些缺点在他来说完全算不了什么。仿佛整个这件事,并不直接关系到他个人的切身利害,只觉得自己受着一股奇异力量的驱使,不断干出一系列既违心又害己的蠢事来。他生性酷爱自由,所以十分痛恨那条束缚他心灵的锁链。自己过去做梦也想体验一下不可抗拒的情欲的滋味,想想也觉得可笑。他诅咒自己竟如此迁就自己的情欲。他回想起这一切究竟是怎么开始的。要是当初他没跟邓斯福德去那家点心店,也就不会有今天的这种局面了。总之,全怪自己不好。要是自己没有那份荒唐可笑的虚荣心,他才不会在那个粗鄙的臭娘儿身上费神呢。

不管怎么说,今天晚上这场口角,总算把这一切全都了结了。只要他还有一点羞耻之心,就绝不可能再退回去,求她重修旧好。他热切地想从令人困扰的情网中挣脱出来;这种可恨的爱情只能叫人体面丢尽。他必须强迫自己不再去想她。过了一会儿,他心中的痛苦准是缓解了几分。他开始回首起往事来。他想到埃米莉·威尔金森和范妮·普赖斯,不知她们为了他,是否也忍受过他目前所身受的折腾。他不禁涌起一股悔恨之情。

“那时候,我还不懂爱情是怎么一回事呢,”他自言自语道。

那天夜里,他睡得很不安稳。第二天是星期天,他算是开始复习生物了。他坐在那儿,一本书摊开在面前,为了集中思想,他努动嘴唇,默念课文,可念来念去什么也没印到脑子里去。他发现自己无时无刻不在想米尔德丽德;他把前一天晚上同米尔德丽德怄气吵嘴的话,又一字字、一句句地仔细回忆了一遍。他得费好大气力,才能把注意力收回到课本上来。他干脆外出散步去了。泰晤士河南岸的那几条小街,平时尽管够腌臜的,可街上车水马龙,人来人往,多少还有点生气。一到星期天,大小店铺全都关门停业,马路上也不见有车辆来往,四下静悄悄的,显得凄清冷落,给人一种难以名状的沉闷之感。菲利普觉得这一天好长,像是没完没了似的。后来实在太困顿了,这才昏昏沉沉地睡去。一觉醒来,已是星期一,他总算不再彷徨犹豫,重新迈开了生活的步子。此时已近圣诞节,好多同学到乡下去度假了(在冬季学期的期中,有一段不长的假期)。他大伯曾邀他回布莱克斯泰勃过圣诞节,但被他婉言回绝了。他借口要准备考试,事实上是不愿意离开伦敦,丢不开米尔德丽德。他落了许多课,学业全荒废了,现在得在短短的两周内,把规定三个月里学完的课程统统补上。这一回,他倒真的发狠用起功来。随着日子一天天过去,他发觉,要自己不去想米尔德丽德,似乎也越来越容易办到了。他庆幸自己毕竟还有那么一股骨气。他内心的痛楚,不再像以前那么钻心刺骨地难受,而是变为时强时弱的隐痛,就好比是从马背上摔下来,尽管跌得遍体鳞伤,昏昏沉沉,却没伤着骨头,要是不去触碰那些伤口,倒也不觉着怎么痛得厉害。菲利普发觉,他甚至还能带着几分好奇心来审视自己近几个星期来的处境。他饶有兴味地剖析了自己的感情。他对自己的所作所为觉得有点好笑。

有一点使他深有感触：处在当时那种情况之下，个人的想法是多么的无足轻重；他那一套经过精心构思、并使他感到十分满意的个人处世哲学，到头来竟一点也帮不了他的忙。对此，菲利普感到困惑不解。

话虽这么说，可有时候他在街上远远看到一位长相颇似米尔德丽德的姑娘，他的心又似乎骤然停止了跳动。接着，他又会身不由己地撒腿追了上去，心里既热切又焦急，可走近一看，原来是位陌生人。同学们纷纷从乡下回来了，他和邓斯福德一同到 ABC 面包公司经营的一家咖啡馆去吃点心。他一见到那眼熟的女招待制服，竟难过得连话也讲不出来。他还忽生奇念：说不定她已经调到该面包公司的一家分店来工作了，说不定哪一天他又会同她邂逅而遇。他一转到这个念头，心里顿时慌乱起来，却又生怕邓斯福德看出自己的神态失常。他心乱如麻，想不出话来说，只好装着在聆听邓斯福德讲话的样子。可他越听越恼，简直忍不住要冲着邓斯福德大嚷一声：看在老天的分上，快住口吧！

考试的日子来临了。轮到菲利普时，他胸有成竹地走到主考人的桌子跟前。主考人先让他回答了三四个问题，然后又指给他看各种各样的标本。菲利普平时没上几堂课，所以一问到书本上没讲到的内容，顿时傻了眼。他尽量想搪塞过去，主考人也没多加追问，十分钟的口试很快就过去了。菲利普心想，及格大概总不成问题吧，可第二天当他来到考试大楼看张贴在大门上的考试成绩时，不由得猛吃一惊——他在顺利通过考试的考生名单里没有找到自己的学号。他不胜惊讶，把那张名单反复看了三遍。邓斯福德这会儿就在他身边。

“哎，太遗憾了，你没及格呐，”他说。

在看榜之前他刚问过菲利普的学号。菲利普转过身子，只见邓斯福德喜形于色，准是考及格了。

“哦，一点也没关系，”菲利普说，“你过关了，我真为你高兴。我到七月份再来碰碰运气吧。”

他强作镇静，竭力装出满不在乎的样子，当他俩沿着泰晤士河堤路回学校时，菲利普尽扯些与考试无关的话题。邓斯福德出于好心，想帮助菲利普分析一下考试失利的原因，但菲利普硬是摆出一副漫不经心的神态。其实，他感到自己蒙受了奇耻大辱：一向被他认作是虽讨人喜欢、头脑却相当迟钝的邓斯福德，居然通过了考试，而自己却败下阵来，这不能不使他倍觉难堪。他一向为自己的才智出众感到自豪，可他现在忽然自暴自弃起来，怀疑是不是对自己估计过高了。这学期开学到现在已有三个月，十月份入学的学生自然而然地分化成好几档，哪些学生才华出众，哪些聪明机灵或者勤奋好学，又有哪些是不堪造就的“窝囊废”，早已是壁垒分明的了。菲利普肚里明白，他这次考场失利，除了他自己以外，谁也不感到意外。现在已是吃茶点的时刻，他知道许多同学这会儿正在学校的地下室里喝茶。那些顺利通过考试的人，准是高兴得什么似的；那些本来就不喜欢自己的人，无疑会朝他投来幸灾乐祸的目光；而那些没考及格的倒霉蛋，则会同情自己，其实也无非是希望能彼此同病相怜罢了。出于本能，菲利普想在一星期内不进学院的大门，因为事隔一星期，时过境迁，人们也就淡忘了。可菲利普生就一副怪脾气，正因为自己不愿意在这时候去，就偏偏去了——为了自讨苦吃。这会儿，他忘记了自己的座右铭：尽可随心所欲，只是得适当留神街角处的警察。若要说他正是按此准则行事的，那一定是他性格中具有某种病态因素，使他专以残酷折磨自我为乐事。

后来，菲利普果真经受了这场强加在自己身上的折磨，但是当他听够了吸烟室里嘈杂喧嚷的谈话，独自步入黑夜之中，一阵极度的孤寂之感却猛然袭上他的心头。他觉得自己既荒唐又没出息。他迫切需要安慰;他再也抵挡不住那股诱惑,急于要去见米尔德丽德。他不无辛酸地想到,自己很少有可能从她那儿得到些许安慰。但是,他要见她一面,哪怕一句话不说也是好的。她毕竟是个女招待嘛,说什么也得伺候他。在这个世界上,使他牵肠挂肚的就只她一个。自己硬是不承认这一事实,又有何用?当然啰,要他装作若无其事的样子再上那家点心店去,实在丢人,不过他的自尊心也所剩无几了。尽管他嘴上死也不肯承认,可心里却在天天盼望她能给自己来封信。只要把信寄到医学院来,就能送到他手里,这一点她不会不知道;然而,她就是不写。显然,见到他也罢,见不到也罢,她才不在乎呢。菲利普连声自语道:

"我一定要见她,我一定要见她。"

要想见她的愿望如此强烈,以至连走着去也嫌太慢,他急不可待地跳上一辆出租马车。他一向省吃俭用,除非万不得已,是舍不得为此破费的。他在店门外逡巡不前。过了一两分钟,脑子里忽然闪过一个念头:她会不会已经离开这儿了呢?他心里一惊,急忙跨步走了进去。他一眼就见到了她。等他坐下后,米尔德丽德朝他走过来。

"请来杯茶,外加一块松饼,"菲利普吩咐道。

他几乎连话也说不出来。一时间,他真担心自己会号啕大哭起来。

"我简直当你见上帝去了呢。"

说着她莞尔一笑。她笑了!她似乎已经把上回吵嘴的事全忘了,而菲利普却把双方口角之词翻来覆去地在心里念叨了不知多少遍。

"我想,你如果希望见我,会给我写信的,"他回答说。

“我自己的事还忙不过来，哪有闲工夫给你写信。”

看来，她那张利嘴里总吐不出好话来的。

菲利普暗暗诅咒命运，竟把自己和这么个女人拴在一起。她去给他端茶点。

“要我陪你坐一两分钟吗？”米尔德丽德端来了茶点，说。

“坐吧。”

“这一阵子你上哪儿去啦？”

“我一直在伦敦。”

“我还当你度假去了。那你干吗不上这儿来？”

菲利普那双憔悴却洋溢着热情的眼睛紧盯着米尔德丽德。

“我不是说过我再不想见你了，难道你忘了？”

“那你现在干吗还要来呢？”

她似乎急于要他饮下这杯蒙羞受辱的苦酒。不过，菲利普很了解她的为人，知道她是有口无心，随便说说罢了。她的话深深地刺痛了他的心，而就她来说，也未必总是出于本意。菲利普没有回答她。

“你居然在盯梢监视我，这么欺负人，太缺德了吧。我一直当你是道道地地的上等人呢。”

“别对我这么狠心，米尔德丽德。我实在忍受不了。”

“你真是个怪人，一点也摸不透你。”

“还不就是这么回事。我是个该死的大傻瓜，明明知道你根本不把我放在心上，可我还是真心诚意地爱你。”

“要是你真是个上等人，我觉得你第二天就该来向我赔个不是。”

她竟是铁石心肠，毫无怜悯之心。菲利普瞅着她的颈脖子，心想：要是能用那把切松饼的小刀在她脖子上捅一下，那该有多痛快。他学过解剖学，所以要一刀割断她的颈动脉，完全不成问题。而同时他又想凑近她，吻遍那张苍白、瘦削的脸庞。

“但愿我能让你明白，我爱你爱得快发疯了。”

“你还没有求我原谅呢。”

菲利普脸色发白。米尔德丽德觉得自己那天一点也没错，现在就是要煞煞他的威风。菲利普向来自尊心很强。有那么一瞬间，菲利普真想冲着她说：见你的鬼去吧！可他不敢说出口。情欲已把他一身的骨气全磨光了。只要能见到她，不论叫干什么，他都愿意。

“我很对不起你，米尔德丽德，请你原谅。”

菲利普百般无奈，硬从嘴里挤出这句话来，把吃奶的力气也用上了。

“既然你这么说了，那我不妨对你直说。那天晚上我后悔没跟你一块出去。我原以为米勒是个正人君子，现在才知道我是看错了人。我很快就把他给打发走了。”

菲利普抽了一口凉气。

“米尔德丽德，今晚你可愿意陪我出去走走？我们一块儿找个地方吃顿饭吧。”

“哟，那可不行。我姨妈等我回去呢。”

“那我去给她打个电话，就说你有事要留在店里，反正她又搞不清楚。哦，看在上帝的面上，答应了吧。我好久没见到你啦，有好多话要对你说呐。”

米尔德丽德低头看看自己的衣服。

“这个你不用操心，我们可以找个马虎点的地方，那儿随你穿什么都无所谓。吃过饭，我们就去杂耍剧场。你就答应了吧。这会使我多高兴。”

她犹豫了片刻，菲利普用乞求的目光可怜巴巴地注视着她。

"嗯,去就去吧。我自己也记不清有多久没出去走走啦。"

菲利普好不容易才克制住自己,差点儿没当场就抓住她的手热吻起来。

第六十章

他俩是在索霍区①吃的晚饭。菲利普快活得连人都发抖了。他们吃饭的地方,并非是那种生意兴隆、顾客盈门的大众餐馆(一些手头拮据的体面人士爱上那类餐馆用餐,因为在那儿既可显示自己豪放不羁的名士本色,又不必担心破费过多),而是一家店容寒碜的小馆子。掌柜的是个老实巴交的鲁昂②人,他老婆也帮着照管店里的生意。这家馆子是前些日子菲利普无意间发现的,他对那种法国风味的橱窗布置很感兴趣:橱窗正中照例放一客牛排,两旁各放两盆新鲜蔬菜。饭馆只有一名衣衫褴褛的法国侍者,他想在这儿学点英语,可听来听去,客人却全是说的法语。有几位放浪形骸的轻佻女士,经常光顾于此;有一两家法国侨民在这儿包饭,店里还存有他们的自备餐巾;此外,不时有个把模样古怪的男子,进店来胡乱吃点什么。

菲利普和米尔德丽德在这儿可以单独占张餐桌。菲利普让侍者去附近酒店买了瓶法国葡萄酒,另外点了一客 potage aux herbes③、一客陈列在橱窗里的牛排加 aux pommes④ 和一客 omelette

① 伦敦的餐馆区,在牛津街南面,其中大多是意、法侨民所开设的小饭店。
② 法国北部的城市。
③ 法语,蔬菜浓汤。
④ 法语,炸马铃薯片。

au kirsch①。这儿的菜肴和环境，倒真有几分浪漫的异国风味。米尔德丽德起初有点不以为然："我向来不大相信这些外国馆子，谁知道他们拿了些什么乱七八糟的东西来做菜。"可不多一会儿，她就不知不觉地被同化了。

"我喜欢这地方，菲利普，"她说，"在这儿挺逍遥自在，不必拘束，你说是吗？"

一个高个子走了进来。他一头的灰发，又长又密，稀疏的胡子蓬蓬松松。他披了件破旧的斗篷，头上戴一顶阔边呢帽。他朝菲利普点点头，因为菲利普过去在这儿同他打过照面。

"瞧他的模样倒像个无政府主义者，"米尔德丽德说。

"他吗，是欧洲最危险的人物之一。他饱尝了大陆上各处的铁窗风味，要说他亲手干掉的人有多少，只有上绞刑架的杀人魔王可以和他相比。他到处逛荡，口袋里总揣着颗炸弹。当然啰，跟他说话可得留神着点，如果一言不合，他就掏出炸弹，砰地往桌子上一放，让你见识见识。"

米尔德丽德惊惧参半地望着那人。隔了一会儿，她又满腹狐疑地扫了菲利普一眼，发现菲利普的眼睛里透出笑意。她眉尖微微一蹙。

"你在逗弄人。"

菲利普"啊哈"地一声欢呼。他心里快活极了。但是米尔德丽德最不乐意让人取笑。

"我看不出吹牛撒谎有什么可乐的。"

"别生气呀。"

菲利普握住她搁在餐桌上的那只手，轻轻地捏了捏。

① 法语，樱桃蛋卷。

“你真可爱，倘若要我吻你脚下踩过的尘土，我也愿意。”

她那白得发青的皮肤，令菲利普心醉神迷，而她那两片薄薄的没有血色的嘴唇，简直有一股勾魂摄魄的魔力。她由于患有贫血，呼吸有点急促，两片嘴唇经常微微张着。不知怎么地，菲利普觉得这种病态反倒给她的脸蛋增添了几分妩媚。

“你真有点喜欢我，是不？”他问。

“嗯，要不我干吗陪你上这儿来？你是个道道地地的上等人，我说的可是心里话呐。”

他们吃完饭，开始喝咖啡。这会儿，菲利普再也顾不得省钱，竟然抽起三便士一支的雪茄来。

“你想象不出，就这样坐在你对面，望着你，能给我带来多大的乐趣。我无时无刻不在思念你，巴望能见你一面。”

米尔德丽德嫣然一笑，两颊泛起淡淡的一抹红晕。平时她一吃好饭，总是闹消化不良，可今天这病倒没犯。她今天对菲利普似乎特别有好感。连她那目光也一反常态，显得温情脉脉，这怎能不叫菲利普心花怒放。他出于本能，知道自己这样完全拜倒在她脚下，任她摆布，实在是昏了头。要想赢得她的爱，就应该在她面前佯作漫不经心的样子，而绝不能让她察觉那股在他心中沸腾着的澎湃激情；否则她就会利用他的弱点，玩他于股掌之上。但是现在，他情急智昏，也顾不上这许多了。他向她倾诉衷肠，说自己同她分手之后忍受了多少痛苦，自己如何竭力挣扎着想摆脱情欲，一度还以为取得了成功，可到头来发现，那股强烈的情欲却是有增无减。他知道自己嘴上说要摆脱这股情欲，其实并非出自于真心。他实在太爱她了，即使自己受到点折磨也算不得什么。他恨不得把自己的心掏出来给她。他把自己的弱点全都暴露在她面前，甚至以此为荣。

对菲利普来说，就这么坐在这间舒适、简陋的饭馆里，人世间之最大乐事莫过于此了。但是他知道,米尔德丽德喜欢上戏院,逛游乐场。她生性好动,不管到了什么地方,待不多一会儿,就急着要上别处去了。他可不敢让她觉着腻烦。

“听我说,咱们这就去杂耍剧场,怎么样?”他嘴上这么建议,心里却飞快地转着念头:她要是真喜欢自己,一定会说宁愿待在这儿。

“我刚才也在想,要是咱们打算去杂耍剧场,现在就该走了。”

“那就去吧。”

菲利普强耐着性子,好不容易熬到了终场。下一步该采取什么行动,他早已拿定了主意。所以他们上了马车,他就装作无意似地顺手搂住她的腰肢。可是只听他“哎哟”了一声,赶紧把手缩回来。不知什么东西把他扎了一下。米尔德丽德格格笑了。

“嘿,这就是你没事找事,把手臂往这儿乱伸的好处,”她说。“男人什么时候要伸手来搂我,那是瞒不过我的。我的那枚别针决不会放过他们。”

“这一回我可要当心点了。”

菲利普又伸手搂住了她的腰肢。她没有作出拒绝的表示。

“这么坐着好舒服,”他快活地舒了口气说。

“还不是因为你沾到了便宜,所以高兴了,”她刺了他一句。

马车从圣詹姆士街拐进了公园①。菲利普飞快地吻了她一下。他对她怕得出奇,他鼓足了全身的勇气才敢去吻她。而她呢,什么话也不说,只是把嘴唇微微掉向他。看她那副神情,似乎既不介意,也不喜欢。

“你不知道我想吻你想了有多久,”菲利普嗫嚅道。

---

① 指海德公园。在17世纪时,此公园称为詹姆士公园。

他想再吻她一下,她却把头扭开了。

“一次够啦,”她说。

菲利普陪着她往赫尼希尔走去,他仍在窥伺时机,等他们到了她所住大街的尽头时,他问:

“让我再吻你一下好吗?”

她漠然地望着他,接着又朝大街上瞥了一眼,四下阒无人影。

“随你的便。”

菲利普一把将她搂在怀里,发狂地吻着她。米尔德丽德用力将他推开。

“当心我的帽子,傻瓜。谁像你这么笨手笨脚的。”

第六十一章

打那以后,菲利普天天都要同她见面。他甚至开始在那家点心店吃午饭。米尔德丽德不让他这么做,说这会惹店里的姑娘们说闲话的,所以他只好满足于在那儿用茶点。不过他差不多天天守在点心店附近等她下班,陪她走到车站。他俩每星期要一块儿外出用餐一两次。他还送给她一些金镯儿、手套、手帕之类的小礼品。他现在花费大了,月月超支。他也是迫不得已:米尔德丽德只有在礼物到手的时候,才会流露出些许温情来。她知道每样东西的价钱,而她表示谢意的热情程度,则是随礼物价值的大小而浮动的。菲利普也不计较这点。只要米尔德丽德主动给他一个甜吻,他就陶然若醉,至于他是凭什么手段打动伊人情怀的,那才不在乎呢。他了解到米尔德丽德星期天在家感到无聊,于是到了星期天早上,他就跑到赫尼希尔,在马路尽头和她碰头,然后陪她上教堂做礼拜。

“我早就想去教堂看看，那儿挺有气派的，是吗？”

从教堂里出来，她回家去吃午饭，菲利普在一家旅馆里随便吃了点东西。下午，他们又去布洛克韦尔公园散步。他俩话不投机，没什么好多谈的，菲利普深恐她感到厌烦（她动不动就感到腻烦），只得绞尽脑汁，找话题同她闲聊。菲利普知道，像这样的散步，双方都得不到什么乐趣，但他就是舍不得离开她，尽量想延长散步的时间，最后往往累得她筋疲力尽，由她发一通脾气而收场。菲利普明知她不喜欢自己，他的理智告诉他，这个女人天生一副铁石心肠，全然不懂什么叫爱情，可他偏偏缘木求鱼，想从她那儿得到爱情。他无权向她提什么要求，可又身不由己地要强求于她。由于彼此渐渐熟稔了，他不像过去那么容易约束自己的脾气，动辄就发怒，而到了气头上，免不了要说些尖酸刻薄的话。他们俩经常拌嘴，之后她就对他不理不睬，结果又总是他厚着脸皮找上门去，低声下气地求情告饶。菲利普有时也恨自己竟然这么没有骨气。此外，他要是看到米尔德丽德在餐厅里同别的男人说话，心里顿时会酸溜溜的，妒火直冒，而他一旦打翻了醋罐子，就像发疯似地再也管束不住自己。他会故意当众羞辱她一顿，悻然而去。可到了晚上，却是一会儿怒火中烧，一会儿懊悔不迭，辗转床榻，夜不成寐。第二天，他又会跑到店里去找她当面赔不是，求她宽恕。

“别生我的气吧，”他说，“我也是出于无奈，因为我实在太喜欢你了。”

“总有一天你会闹得下不来台的，”她回答说。

菲利普非常想到她家去走走，把关系搞得更密切些，这样，比起她上班时所结识的那些泛泛之交来，他就能稳占上风了。但是米尔德丽德偏不许他去。

“我姨妈见了岂不要觉着奇怪？”她说。

菲利普心想,她不许他上门,无非是不想让他见到她姨妈罢了。米尔德丽德一直说她姨妈是个有身份的寡妇,丈夫生前是个自由职业者(在她眼里,自由职业者就是“体面”的代名词),而她自己心里有数,她那位宝贝姨妈很难称得上是“有身份”的,因而觉得老大不自在。据菲利普估计,她充其量只是个小商人的未亡人罢了。他知道米尔德丽德是个势利鬼。他想向她表明心迹,无论她的姨妈出身何等寒微,他全不在乎,可就是不知如何把话挑明。

一天晚上,他俩一块儿吃饭的时候,又吵了起来,这下可彻底闹翻了。她告诉菲利普,有个男的想请她一块儿去看戏。菲利普一听,面孔煞白,那张脸绷得紧紧的,似乎连针也扎不进。

“你不会去吧?”

“干吗不去? 他可是个体体面面的上等人呢。”

“只要你说声喜欢,不管哪儿我都愿意带你去。”

“这是两码事嘛。我总不能老是跟着你到处转吧。再说,哪天去看戏,他让我自己决定,我可以随便定在哪一天,只要不是同你一起外出的日子就行了嘛。这又不碍着你什么的。”

“要是你还有点自爱之心,要是你还有点感激之情,那你说什么也不会想去的。”

“我不明白你说的‘感激之情’是什么意思。如果你指的是你送给我的那些东西,那你尽可以收回去。谁希罕那些个劳什子。”

她说话的口吻,就像泼妇骂街似的——不过她用这种口吻说话,也不是破天荒头一遭了。

“老是跟着你到处转,多没意思。你光会翻来覆去说,‘你爱我吗?’‘你爱我吗?’简直叫人腻透了。”

(菲利普明知自己一而再、再而三要她回答这个问题实在荒唐得很,可到时候又非问不可。

“嗯,我着实喜欢你,”她总是这么回答。

“就这么一句?我可是真心实意地爱着你呐。”

“我不是那种人,不会来那一套。”

“但愿你能知道,就那么一个词儿,会给我带来多大的幸福!”

“哎,我还是这句老话:我天生是这么个人,谁同我打交道,都得包涵点!假如不合他们的口味,也只好请他们委屈一下咯。”

有时候,她说得更加直截了当。菲利普问起那个老问题时,她干脆回答说:

“别又跟我来这一套。”

菲利普于是把脸一沉,不吱声了,心里恨死了她。)

这会儿,菲利普说:

“嗯,我倒要请教了,要是我真的让你觉着腻透了,那你干吗还要屈尊同我一块儿出来呢?”

“我才不想出来呢,这你尽可放心,还不是你死拖活拉硬把我拖来的。”

这句话可大大地刺伤了菲利普的自尊心,他发疯似地接口说:

“你以为我就那么好欺侮,只配在你找不到旁人的时候请你吃饭,陪你看戏,一旦有人来了,就得乖乖地滚到一边去?得了吧,我才不高兴扛这样的木梢呢。”

“我可不愿让人用这种口吻来跟我说话。现在就请你瞧瞧,我是多么希罕你的这顿该死的晚饭!”

说罢,她霍地站起身,把外套往身上一披,疾步走出餐馆。菲利普仍坐在那儿,他打定了主意由她去。可是十分钟以后,只见他急急忙忙跳上一辆出租马车,又追赶她去了。他估计她是搭公共汽车去维多利亚车站的,所以由马车代步,说不定能同时赶到那儿。他一眼就瞧见她站在月台上,他竭力避开她的视线,悄悄地跟她搭上同一班火车去赫尼希尔。他打算等她快到家了，再同她说话，那时她想避也避不了啦。

待她一转身，刚从亮如白昼、熙熙攘攘的大街拐入横街，他立刻赶了上去。

“米尔德丽德，”他轻声呼唤。

她只顾往前走，既不看他一眼，也不答理他一声。菲利普又唤了她一声，她这才收住脚步，转身面朝菲利普。

“你这算什么意思？我看见你在维多利亚车站晃来晃去。你干吗老缠着我不放。”

“我非常抱歉。让我们讲和吧。”

“不。你的臭脾气，还有你那股醋劲儿，我受够了。我不喜欢你，从来就没喜欢过你，也永远不会喜欢你。咱俩就此一刀两断。”

她继续匆匆前行，菲利普得加快步子才跟得上她。

“你从来也不肯设身处地为我想想，”他说。“要是你心里没有谁，那你当然会整天嘻嘻哈哈，和和气气的，什么也不计较，可要是你也像我这样一头栽入了情网，就很难控制自己的脾气啦。怜悯怜悯我吧。你不喜欢我，我不介意，感情这东西毕竟是没法强求的嘛。只要你能让我爱你就行了。”

她只顾往前走，硬是不开腔。眼看再走不了几百码就到她家门口了，菲利普心里猛地一揪。他再也顾不得体面了。他语无伦次地倾诉心中的爱和悔恨。

“只要你能原谅我这一次，我保证今后绝不再让你受委屈。你高兴跟谁出去，就跟谁出去。你如果什么时候有空，愿意陪我一会儿，我就心满意足了。”

她又停下脚步，因为他们已经来到街角处，平时他们总是在这儿分手的。

“现在请你自便吧。我不要你走近我家门口。”

“我偏不走,除非你说你原谅我了。”

“这一切我厌烦透了。”

菲利普迟疑了片刻。他有一种直觉:他可以说几句叩动她心扉的话,不过要让这些话出口,连自己都感到恶心。

“造化真残忍,我要忍受多大的痛苦啊。你不知道残废人过的是什么日子。你当然不喜欢我。我也不指望你会喜欢我。”

“菲利普,我可没那意思,”她赶忙接口说,口吻里突然流露出几分怜悯。“你知道,你说的不是事实。”

菲利普索性假戏真做了。他压低了嗓门,声音里微带沙哑。

“哦,我可感觉到了呢,”他说。

她握住菲利普的手,望着他,眼眶里噙满了泪水。

“我可以向你担保:这一点我从来没有计较过。除了最初的一两天,我就再没往那上面想过。”

他像悲剧演员那样神情郁悒,缄口不语,他有意要让她感到,他悲不自胜,完全被感情的波澜冲垮了。

“菲利普,你知道我是很喜欢你的。只是有时候你有点叫人受不了。让咱们讲和吧。”

她扬起头,将自己的嘴唇凑了过去,菲利普如释重负地长叹一声,接住了她的吻。

“这下你高兴了吧?”她问。

“高兴极了。”

她向他道了晚安,然后沿着马路匆匆离去。第二天,他送给她一只小巧的怀表,表链上系有一枚胸针,可以别在外套上。这可是件她盼望已久的礼品。

但是过了三四天,米尔德丽德给他上茶点时对他说:

“你还记得那天晚上你答应过我的话吗？你说话算数的，是吗？”

“是的。”

他很清楚她指的是什么事，所以对她接下去要说的话已有了思想准备。

“今儿个晚上，我要跟上回在你面前提起过的那位先生外出一次。”

“好吧。但愿你能玩得尽兴。”

“你不介意，是吗？”

这会儿他不露声色，完全控制住了自己的感情。

“我当然不怎么乐意，”他微微一笑，“不过，我现在想尽量约束自己，不再乱发脾气了。”

一提到这次约会，她显得很兴奋，话也不觉多了起来。菲利普暗暗纳闷：她这么做，究竟是有意伤他的心呢，还是仅仅因为她生来就不懂得体恤别人的感情？他已经习惯于为她开脱，认为她的冷漠无情纯粹出于愚昧无知。她生性迟钝，伤了他的心自己还不知道。

“跟一个既无想象力又无幽默感的姑娘谈情说爱，实在没有多大的乐趣，”他一边听一边这么想。

不过，话又得说回来，也正由于她天生缺少这两种禀性，菲利普才不怎么见怪于她。要不，他哪能原谅她一而再、再而三地给自己带来痛苦呢。

“他已在蒂沃利剧院订了座，”她说。“他让我挑，我就挑了那家戏院。我们先要上皇家餐厅吃晚饭。他说那是全伦敦最阔气的一家馆子。”

“他可是个道道地地的上等人，”菲利普学着米尔德丽德的腔调，在肚里暗暗嘀咕了一句，但是他紧咬牙关，不吭一声。

菲利普也去了蒂沃利剧院，看到米尔德丽德他们坐在正厅前座第二排。她的同伴是个脸上滑溜溜的小伙子，头发梳得油光可鉴，衣着挺括，看上去像个跑码头的兜销员。米尔德丽德戴了一顶黑色阔边帽，上面插着几根鸵鸟羽毛，这种帽子她戴着倒挺适合。她听着那位东道主说话，脸上挂着菲利普所熟悉的那丝浅笑。她脸上的表情向来缺少生气，呆板得很。只有那种粗俗的滑稽笑料，才能逗得她哈哈大笑。不过，菲利普看得出来，她这会兴致很浓，听得津津有味。他酸溜溜地对自己说，她跟那个华而不实、爱说爱笑的同伴倒是天造地设的一对呢。米尔德丽德生性鲁钝，喜欢接近叽叽呱呱的浅薄之徒。菲利普虽说很喜欢同别人探讨各种问题，却并不擅长于空口闲聊。他的一些朋友，例如劳森，很有一套说笑逗趣的本事，兴致所至，插科打诨，谈笑风生，这常叫他钦佩不已。凡是他感兴趣的事，米尔德丽德偏偏觉得乏味。她希望听男人谈论足球和赛马，而菲利普对这两样恰恰一窍不通。能逗伊人展颜一笑的时髦话，他却一句也讲不出来，真是急死人。

菲利普一向迷信于印刷成册的出版物，现在为了给自己的言谈话语增添点儿情趣，便孜孜不倦地啃起《体育时报》来了。

第六十二章

菲利普不甘心于听凭情欲的摆布。他知道，人生世事无一不似过眼烟云，自己的情欲早晚也会烟消云散的。他不胜翘企地期待这一天的到来。爱情好似依附在他心灵上的一条寄生虫，靠吮吸他的心血来维持那可恶的生命；爱情搞得他神魂颠倒，使他对生活中的其他事情一概失去了兴趣。过去,他喜欢去幽静典雅的圣詹姆士公园,常坐在那儿观赏蓝天衬映下的繁枝茂叶,其色泽之淡雅,轮廓之分明,宛如一幅日本版画。他也常去秀丽的泰晤士河河边,觉得在那驳船穿行、码头毗连的河上风光之中,自有一股令人百看不厌的魅力。此外,伦敦变幻不定的万里云天,更能激起他心灵的遐想。可如今,景色再美,他也无心恋及。只要不同米尔德丽德呆在一块儿,他就感到百无聊赖,坐立不安。有时候他去观赏画展,想借此排遣心中的愁思,结果却像观光的游客那样,在国家美术馆的画廊上匆匆而过,没有一幅画能在他心里激起感情的涟漪。他甚至怀疑,自己从前所迷恋过的那些事物,今后会不会再使自己感到兴趣。他过去手不释卷,乐此不疲,现在却觉得满纸荒唐,废话连篇。他一空下来,就钻进医学院俱乐部的吸烟室,一本接一本地浏览期刊杂志。这样的爱情实在是一种折磨,他怨恨自己竟会身陷其中而不能自拔。他成了樊笼中的囚犯,可他心中渴望着自由。

有时他早晨一觉醒来,只觉得心泰神安。他心灵涌起一阵狂喜,因为他相信自己终于挣脱了羁绊:他不再爱她了。哪知过了一会儿,等他神智完全清醒了,痛苦又重新潜入他心田,他明白自己的心病依然如故。尽管他如狂似醉地迷恋着米尔德丽德,可心底里却又对她十分鄙视。他暗暗对自己说:恐怕世界上再没有比这种既爱又嫌的矛盾感情更折磨人的了。

菲利普一向有解剖自我、探究内心感情的习惯。经过一段时间的反复盘算,他终于得出这样的结论:只有使米尔德丽德成为自己的情妇,才能摆脱卑劣情欲的折磨。他的痛苦乃在于肉欲得不到满足;倘若这一点得到了满足,说不定他就能挣脱那条束缚着他身心的、不堪忍受的锁链。他知道米尔德丽德在这方面对他丝毫不感兴趣。每当他发狂似的亲吻她的时候,她出于本能的厌恶,总是尽力挣脱开去。这个女人竟然一点不动春心。有时候他特意讲些在巴黎的风流艳遇,想借此激起她的醋劲,谁知她全然不感兴趣。还有一两回,他故意坐到其他餐桌上去同别的女招待打情骂俏,可她根本不把这当作一回事。菲利普看得出来,她倒不是在存心做作。

“今天下午我没光顾你的座儿,你不介意吧?”有一回他陪她去火车站时这么问。“你管的那几张桌子似乎全坐满了。”

这话并不符合事实,她也不屑点穿他。其实,就算她不把这种事儿放在心上吧,可要是她能装出几分计较的样子,菲利普也会心怀感激的。如果再说句把嗔怪的话,那对菲利普饱受创伤的心灵更是莫大的安慰了。

“我觉得你天天老盯着一张餐桌坐,够傻的。你是该光顾光顾其他姑娘的座儿嘛。”

菲利普越想越觉得眼前只有一条出路:只有叫她委身相就,自己才能获得身心的自由。他就像古时候中了妖术而变成怪兽的骑士,急于想找到那种能恢复自己健美人形的解药。菲利普仅存有一线希望。米尔德丽德很想去巴黎开开眼界。对于她,就像对于大多数英国人一样,巴黎乃是欢乐与时尚的中心。她听人谈起过卢佛尔商场,在那儿可以买到最时新的商品,价钱只及伦敦一半左右。她有位女友曾去巴黎度蜜月,在卢佛尔宫里消磨了一整天。在巴黎逗留期间,她同丈夫,我的老天呀,天天玩个通宵,不到早晨六点是决不肯上床睡觉的。还有“红磨坊”什么的,叫人说不清,道不尽。菲利普心想,哪怕她仅仅是为了实现去巴黎的宿愿才勉强委身相就,自己也不在乎。只要能满足自己的情欲,什么条件他都不计较。他甚至生出闹剧式的疯狂念头——想给她灌麻醉药。吃饭时,他一味地劝她喝酒,想借酒力来刺激她,可她偏偏不爱喝酒。每回进餐,她爱让菲利普点香槟酒,因为这种酒放在餐桌上挺有气派,而她喝下肚的从不超过半杯。她喜欢让大酒杯斟得满满的,然后原封不动地留在餐桌上。

“让跑堂的瞧瞧咱们是何等人物,”她说。

菲利普凑准她态度特别和顺的当口,把这事儿提了出来。三月底他参加解剖学考试。再过一星期就是复活节,到时候她有三个整天的假期。

“听我说,假期里你干吗不去跑一趟巴黎?”他提议说,“我们可以痛痛快快地玩它几天嘛。”

“玩得起吗？得花好大一笔钱呢。”

菲利普盘算过了,跑一趟巴黎少说也得花二十五镑。对他来说,确实是笔不小的款额。不过即使把所有的钱都花在她身上,他也心甘情愿。

“那算得了什么。你就答应了吧,我亲爱的。”

“你倒说说看,天底下还有什么比这更荒唐的事。我哪能没结婚就跟个男人往外乱跑！亏你想得出这么个馊主意。”

“那有什么大不了呢?”

他大谈特谈和平大街有多繁华,牧羊女舞剧场又是何等富丽堂皇。他绘形绘色把卢佛尔宫和廉价商场描述了一番。最后又着意提到仙阁酒家、修道院以及外国游客常去光顾的寻欢作乐之处。他把自己所鄙夷的巴黎那俗艳的一面,抹上了一层绚丽夺目的油彩。他一个劲地劝米尔德丽德跟他同往巴黎一游。

“听我说,你老是讲你爱我,爱我,要是你果真爱我,就该要我嫁给你。可你从来也没向我求过婚。”

“你知道我结不起婚啊。说到底,我还刚进大学读一年级。今后六年里我赚不到一个子儿。”

“噢,我只是说说罢了,没有责怪你的意思。即使你跪在我面前向我求婚，我也不会答应嫁给你的。”

他曾多次想到过结婚的事儿，他怎么也不敢贸然跨出这一步。早在巴黎的时候，他就形成了这样一种看法：男婚女嫁乃是市井之徒的荒谬习俗。他也知道，同她结下百年之好，定会断送掉他的前程。菲利普出于中产阶级的本能，认为娶一个女招待为妻，无疑是冒天下之大不韪。家里放着个平庸的婆娘，体面人士岂肯上门求医。再从他目前的经济状况来看，他巴巴结结地过日子，尚可以勉强维持到他最终取得医生资格。要是结了婚，即使商定不生小孩，他也无力养活妻子。想到克朗肖如何把自己的命运同一个庸俗、邋遢的女人连结在一起，菲利普不由得心寒了。他完全可以预见到，爱慕虚荣、头脑平庸的米尔德丽德将来会成个何等样的角色。说什么也不能同这样的女人结合。在理智上他可以下这样的论断，然而在感情上却认为，哪怕是天塌地陷，也得把她占为己有。假如他非得同她结婚才能将她弄到手，那他就孤注一掷，干脆讨她做老婆，将来的事等到将来再说。哪怕到头来身败名裂，他也全不在乎。他脑子一经生出个念头，那就想赶也赶不跑。他像着了魔似的，其他的一切全可置于不顾。他还有一套不寻常的本事，凡是自己执意要做的事，他总能摆出各种各样的理由来，说得自己心安而又理得。现在，他也把自己所想到的那些反对这门婚事的正当理由，逐条逐条地推翻了。他只觉得自己一天比一天更加倾心于米尔德丽德；而那股得不到满足的情欲最后竟使他恼羞成怒。

“老天在上，要是哪天她当真做了我老婆，非得和她清算这笔账，让她也来受受这份活罪，”他自言自语说。

最后，他再也忍受不住这种痛苦的折磨。一天晚上，在索霍区那家小饭馆吃过晚饭之后（现在他们已是那儿的常客了），菲利普对她说：

“哎,那天你说,即使我向你求婚,你也不会嫁给我的,此话可当真?”

“嗯,怎不当真?”

“我没有你实在没法活。我要你永远陪在我身边。我竭力摆脱,可就是摆脱不了。永远也办不到。我要你嫁给我。”

她曾读过许多小说,自然不会不知道该如何应付这种场面。

“我真的非常感激你,菲利普。承蒙您向我求婚,我真有点受宠若惊呢。”

“哦,别来这套废话。你愿意嫁给我的,是吗?”

“你觉得我们一起生活会幸福吗?”

“不会。但这又有何妨?”

这句话几乎是菲利普违背了自己的意愿,硬从牙缝里挤出来的。她听了不觉一惊。

“哟,你这人好怪。既然你那么想,干吗还要同我结婚?那天你不是说结不起婚的吗?”

“我想我还剩有一千四百镑的财产。两个人凑合着过日子,不见得比单身多花钱。咱们细水长流,那笔款子可以维持到我取得行医资格,然后再在医院里实习一段时间,我就能当上助理医师。”

“那就是说,这六年里你赚不到一个子儿。我们得靠四镑左右的钱过一个星期,是吗?”

“只有三镑多一点儿。我还得付学费呢。”

“你当上了助理医师,能有多少收入?”

“每周三镑。”

“你的意思是说,你长年累月地寒窗苦读,还把仅有的一点儿老本都给贴上了,到头来,却只能换到个每周三镑的收入?我看即使到那时候,我的日子也不见得会比现在好过些。”

菲利普一时语塞。

“这就是说你不愿嫁给我啰?”过了一会儿他嗓音嘶哑地问。“我对你的一片痴情,难道你觉得全无所谓?”

“在这些事情上,谁都免不了要为自己打算打算,不是吗？我不反对结婚,但如果结婚以后,境遇并不见得比眼前好,那我宁可不结婚。我看不出这样的婚事会有什么意思。”

“我看你根本不把我放在心上,否则你不会存这种想法。”

“大概是吧。”

菲利普哑口无言。他喝了一杯酒,想清清梗塞的喉管。

“瞧那个刚走出去的姑娘,”米尔德丽德说,“她穿的那身皮货,是在布里克斯顿的廉价商场里买的。上次我去那儿时在橱窗里看到过。”

菲利普冷冷一笑。

“你笑什么?”她问,“我说的一点不假。当时我还对我姨妈说过,我才不高兴买那种陈列在橱窗里的货色呢,你是花几个钱买下的,谁肚子里都雪亮。”

“真不懂你是什么意思。先是伤透了我的心,接着又七拉八扯地净说些毫不相干的废话。”

“瞧你尽跟我耍脾气,”她说,似乎像是蒙受了多大委屈似的。“我没法不去注意那件皮货,因为我对姨妈说过……”

“你对你姨妈说些什么关我屁事,”他不耐烦地打断她的话。

“我希望你对我说话的时候嘴里放干净些,菲利普,你知道我不爱听粗话。”

菲利普脸上露出一丝笑容,眼窝里却闪烁着怒火。他沉默了片刻,悻悻地瞅着她。对眼前的这个女人,他既恼恨又鄙视,可就是爱她。

“我要是还有一丝半点理智的话，无论如何也不会再想见你，”他终于忍不住这么说了。“但愿你能知道，就因为爱上你这样的女人，我可是打心底里瞧不起自己！”

“你这话冲着我说，恐怕不很得体吧，”她虎着脸说。

“是不得体，”他哈哈笑了。“让我们到派维莲凉亭去吧。”

“你这个人就是这么怪。偏偏在别人意想不到的时候冷不防笑起来。既然我让你那么伤心，你干吗还要带我去派维莲凉亭？”

“无非是因为同你分开要比同你待在一起更使我伤心。”

“我倒真想知道你究竟对我有怎么个看法。”

他纵声大笑。

“我亲爱的，你要是知道了我对你的看法，就再不愿意搭理我啦。”

第六十三章

菲利普没能通过三月底举行的解剖学考试。考试前，他曾同邓斯福德在一块儿复习功课。两人面对菲利普备置的那具骨架，你问我答，我问你答，直到把人体骨骼上的所有附着物以及各个骨节、骨沟的功用都背得滚瓜烂熟。谁知进了考场以后，菲利普却突然惊慌起来，生怕答错了题，结果心里越是怕错，笔底下就越是错误百出。菲利普自知这次考糟了，所以第二天甚至懒得跑到考试大楼去看自己的学号是否登在榜上。由于这第二次的考试失利，他无疑已归在年级中既无能又不用功的学生之列。

菲利普倒也不怎么在乎。他还有别的事情要操心。他对自己说，米尔德丽德也是血肉凡胎，想必总有七情六欲，问题在于如何唤醒她的这些潜在意识。对于女人,他自有一套理论,认为她们个个色厉内荏,只要死死地盯住不放,她们总有俯首就范的时候。关键在于耐住性子,窥视时机:不时向她们献点殷勤,以销蚀她们的意志;趁她们身体累乏之时,对她们备加温存,从而叩开她们的心扉;每当她们在工作中遇到什么不称心的事儿,能及时为她们解怨排闷。菲利普给米尔德丽德讲了巴黎旧友的一些情况,谈到他们如何同自己的心上人亲切交往。那儿的生活经他一描绘,顿时逸闻横生,不但显得轻松愉快,且无半点粗俗之气。他把米密和鲁多尔夫以及缪塞①和其他人的风流艳史交织在自己对往事的回忆之中,让米尔德丽德听起来觉得那儿的生活虽说贫困,却充满诗情画意,洋溢着歌声和欢笑,甚至男女之间的那些苟且之事,由于焕发着青春与美而带上罗曼蒂克的色彩。他从来不直截了当地抨击她的偏见,而是旁敲侧击地加以暗示:她的那些看法纯系孤陋寡闻所致。现在,哪怕她再漫不经心,态度再冷淡,他也决不为此空自烦恼或是悻然不悦。他觉得自己已惹她生厌了。他尽量显得温和恭顺,使自己的谈吐富有情趣;他不再使性子,耍脾气,从不提出任何要求,也决不埋怨、责怪。即使有时她失信爽约,第二天他照样笑脸相迎;而当她向他表示歉意时,他只是说一声"没关系"。他从来不让她察觉到自己为她受尽了痛苦折磨。他知道他过去向她倾诉相思之苦,结果反使她不胜厌烦,所以现在他处处留神,不轻易流露一丝半点的情感,免得招她嫌恶。他的用心可谓良苦矣。

尽管米尔德丽德从不提及他态度上的微妙变化——因为她不屑费神去留心这种事儿——然而,这毕竟对她还是起到了潜移默化

① 均为法国作家米尔热的小说《波希米亚人的生涯》中的人物(参见本书第三十三章)。

的作用，她开始同菲利普讲心里话了。每回受到了点什么委屈，她总要到菲利普这儿来发泄一通；她还常在菲利普面前抱怨诉苦，说店里的女经理、同事中的某个女招待，或是她姨妈怎么怎么亏待她了。她现在絮絮叨叨的，话还真多，虽然讲的不外乎一些鸡毛蒜皮的小事情，可菲利普听了从不感到厌烦。

"只要你不死缠着向我求爱，我还真有点喜欢你呢，"有一次她对他这么说。

"承蒙你抬举我了。"菲利普呵呵一笑。

殊不知她的这句话像当头一盆冷水，浇得菲利普透心凉了。别看菲利普回话的口气挺轻松，那可是咬紧了牙硬挤出来的呀。

"嗯，你不时要吻我一下，我也不在乎。反正又伤不着我什么。只要你觉着高兴就好了。"

有时候，她甚至主动要菲利普带她去外面用餐，她肯这么赏脸，菲利普自然喜出望外。

"对别人我才不肯说这个话呢，"她还为自己辩解一句。"你嘛，我知道不会见怪的。"

"你肯赏脸，实在是给了我天大的面子，"菲利普笑吟吟地说。

临四月底的一个晚上，米尔德丽德要菲利普请她去吃点什么。

"行，吃点好饭，你想去哪儿？"

"哟，哪儿也别去，就陪我坐着聊聊。你不会有意见吧，呃？"

"那还用说。"

菲利普心想，她准是对他自己有了几分情意。假使在三个月以前，要她一晚上哪儿也别去，净坐着聊天，她不觉得厌烦死了才怪呢。那天天气晴朗，春意盎然，这更增添了菲利普的兴致。他现在极容易满足。

"我说，等夏天来了那才带劲呢，"菲利普说，此刻他们正坐在

DISINFECT WITH SANITAS
ALDGATE
NESTLES MILK

去索霍区的公共汽车的顶层上（米尔德丽德主动提议说，不该那么铺张，出门老是坐马车）。“每逢星期天，我们就可以在泰晤士河上玩它一整天。我们可以自备午餐，随身带个食品篮。”

她莞尔一笑，菲利普见了顿添一股勇气，一把握住她的手。她也无意抽回。

“我真要说，你开始有点喜欢我了。”他满面春风。

“你真傻。明知道我喜欢你，要不我干吗跟你上这儿来呢？”

他俩现在已是索霍区那家小餐馆的老主顾了，patronne① 一见他们进来，就冲着他们含笑致意。那个跑堂的更是一脸巴结之色。

“今晚让我来点菜，”米尔德丽德说。

菲利普把菜单递给了她，觉得她今晚分外妩媚动人。她点了几个她最爱吃的菜肴。菜单上不多几样菜，这家馆子所有的菜肴他们都已品尝过多次。菲利普喜形于色，一会儿窥视她的双眼，一会儿望着她那张尽善尽美的苍白脸庞出神。吃完晚餐，米尔德丽德破例抽了支烟，她是难得抽烟的。

“我觉得女人抽烟叫人看着怪不顺眼的，”她说。

她迟疑了片刻，又接着说：

“我要你今晚带我出来，又要你请我吃饭，你是否感到有点意外？”

“我高兴还来不及呢。”

“我有话要对你说，菲利普。”

他飞快地瞥了她一眼，心头猛地咯噔一沉。不过他现在已老练多了。

“往下说呀，”他脸上仍挂着微笑。

① 法语，老板。

“你不会傻呵呵地想不开吧？告诉你，我快要结婚了。”

“真的？”菲利普说。

他一时想不出别的话来说。他以前也常考虑到这种可能性，还想象自己到时候会作何反应。他一想到自己早晚难逃此绝境，便觉得心如刀绞，甚至还转过自杀的念头，估计自己到时候会陷入疯狂的怒火而无力自拔。然而，也许正因为他对这一局面早有充分的思想准备，所以事到临头，他反倒只有一种精疲力竭之感，好似一个病入膏肓的病人，业已气息奄奄，万念俱灰，只求他人别来打扰。

“你知道我年纪一天天大了，”她说，“今年已经二十四岁，该有个归宿了。”

菲利普没有应声。他望望坐在柜台后面的饭馆老板，随后目光又落在一位女客身上，望着她帽子上的一根红羽毛。米尔德丽德有些恼火。

“你该向我道喜才是。”

“该向你道喜，可不？我简直不敢相信这是真的。我经常在梦里梦到这事。你要我带你出来吃饭，我喜欢得合不拢嘴，原来竟是这么回事，想想还真发噱。你要同谁结婚？”

“米勒，”她回答说，现出几分赧颜。

“米勒？”菲利普惊讶得失声叫了起来，“这几个月你一直没见到过他。”

“上星期他上店里来吃中饭，把这事儿提了出来。他是个赚大钱的人。眼下每星期挣七镑，日后光景还要好。”

菲利普又不做声了。他想到米尔德丽德过去就一向喜欢米勒。米勒能使她笑逐颜开，他的异国血统中有着一股奇异的魅力，米尔德丽德不知不觉地被他迷住了。

“说来这也是难免的，”他最后这么说道。“谁出的价高，就该归谁所有。你们打算什么时候结婚?”

“就在下星期六。我已经通知亲友了。”

菲利普心里猛地一揪。

“这么快?”

“我们不准备搞什么结婚仪式,去登记处办个手续就行了。埃米尔喜欢这样。”

菲利普心力交瘁,想快点脱身,立即上床去睡觉。他招呼跑堂结账。

“我去叫辆马车送你去维多利亚车站。我想你不用久等就能上火车的。”

“你不陪我去了?”

“假如你不介意,我想就不奉陪了。”

“随你便吧,”她口气傲慢地说,“我想明天用茶点的时候还会再见面的吧?”

“不,我想咱俩最好就此一刀两断。我何苦要继续折磨自己呢。车资我已经付了。”

他强作笑颜,朝她一点头,随即跳上公共汽车回寓所去了。上床前,他抽了一斗烟,但似乎连眼皮子也撑不开。他不觉得有一丝半点的痛苦,头一搁到枕头上,便立即呼呼睡去。